**Alexandre**

# Zwanzig Jahre nachher

**Alexandre Dumas**

# Zwanzig Jahre nachher

Reproduktion des Originals.

1. Auflage 2022 | ISBN: 978-3-36846-794-4

Verlag: Outlook Verlag GmbH, Zeilweg 44, 60439 Frankfurt, Deutschland
Vertretungsberechtigt: E. Roepke, Zeilweg 44, 60439 Frankfurt, Deutschland
Druck: Books on Demand GmbH, In de Tarpen 42, 22848 Norderstedt, Deutschland

# Zwanzig Jahre nachher

Historisch-romantisches Gemälde

Alexander Dumas

---

# Inhalt

Der Schatten Richelieus
Die nächtliche Runde
Zwei alte Feinde
Königin Anna im sechsundvierzigsten Jahre
Gascogner und Italiener
D'Artagnan ist in Bedrängnis, eine alte Bekanntschaft kommt ihm zu Hilfe
Von den verschiedenen Wirkungen, die eine halbe Pistole auf einen Kirchendiener und auf einen Chorknaben haben kann
Herr Porthos du Vallon de Bracieux de Pierrefonds
Herr von Beaufort
Die Unterhaltungen des Herrn Herzogs von Beaufort in der Turmstube zu Vincennes
Grimaud tritt seinen Dienst an
Was die Pasteten vom Nachfolger des Vaters Marteau enthalten haben
Ein Abenteuer der Marie Michon
Die Befreiung
D'Artagnan trifft zur rechten Zeit ein
Place-Royale
Der gute Broussel
Die Fähre der Oise
Scharmützel
Der Vermummte
Die Lossprechung
Grimaud spricht
Am Tage vor der Schlacht
Der Brief Karls des Ersten
Der Brief Cromwells
Wie die Unglücklichen manchmal den Zufall für die Vorsehung halten
Oheim und Neffe
Die Vaterschaft

Abermals eine Königin, welche Hilfe anspricht
Wo bewiesen ist, dass die erste Regung stets die beste sei
Ein Versuch des Herrn de Retz
Der Turm Saint-Jacques la Boucherie
Die Volksbewegung
Der Aufstand wird zur Empörung
Das Unglück gibt Gedächtnis
Die Zusammenkunft
Die Flucht
Die Karosse des Koadjutors
Der Auftrag
Man bekommt Nachrichten über Athos und Aramis
Der Schotte hält auf seinen Eidschwur wenig,verkauft für einen Heller
seinen König
Der Rächer
Oliver Cromwell
Die Edelleute
Das Losungswort
Wo bewiesen wird, dass große Herzen in den schwierigsten Lagen nie
den Mut, und gute Mägen nie den Appetit verlieren
Parrys Bruder
D'Artagnan ersinnt einen Plan
Die Partie Landsknecht
London
Der Prozess
White-Hall
Die Handwerker
Remember
Der maskierte Mann
Das Haus Cromwells
Konversation
Die Feluke »Der Blitz«
Verhängnis
Wie Mousqueton, nachdem er der Gefahr entronnen war, gebraten zu
werden, beinahe aufgegessen worden wäre
Die Rückkehr
Die Botschafter
Die drei Leutnants des Generalissimus.
Der Kampf bei Charenton
Die Straße nach der Picardie

Die Erkenntlichkeit der Königin Anna
Das Königtum unter Herrn von Mazarin
Kopf und Arm
Arm und Kopf
Die Gefängnisse des Herrn von Mazarin
Konferenzen.
Wo man zu glauben anfängt, Porthos werde Baron und d'Artagnan Kapitän werden.
Wie man etwas mit einer Feder und einer Drohung viel schneller und besser ausrichtet, als mit dem Schwerte und der Ergebenheit.
Schluss

---

### Der Schatten Richelieus

In einem uns schon bekannten Gemache des Kardinalspalastes, an einem Tische mit vergoldeten Ecken, der mit Papieren, Büchern und Schriften beladen war, saß ein Mann, der seinen Kopf in beide Hände stützte. Hinter ihm war ein weiter, vom Feuer geröteter Kamin, worin die brennenden Scheiter auf breiten, vergoldeten Böcken ineinander fielen. Der Widerschein des Herdes erhellte die prächtige Kleidung dieses Träumers von rückwärts, während ihn vorn das Licht eines mit Kerzen ausgestatteten Kandelabers erleuchtete.

Wenn man diese rote Kleidung, diese reichen Spitzen, dazu diese blasse und gedankenvoll niedergebeugte Stirn sah, die Einsamkeit dieses Kabinetts, die Stille der Vorzimmer, den abgemessenen Schritt der Wachen am Vorplatze betrachtete, so konnte man meinen, der Schatten des Kardinals von Richelieu befinde sich noch in seinem Zimmer. Ach! es war in der Tat nur noch der Schatten des großen Mannes. Das geschwächte Frankreich, die verkannte Autorität des Königs, die abermals schwach und aufrührerisch gewordenen Großen, der über die Grenzen zurückgetriebene Feind, alles gab Zeugnis, dass Richelieu nicht mehr da sei.

Was aber noch mehr als alles das Angeführte zeigte, dass die rote Kleidung nicht die des alten Kardinals sei, war diese Absonderung, welche, wie schon bemerkt, viel mehr die eines Schattens als eines lebenden Menschen zu sein schien, das waren die von Hofleuten entvölkerten Gänge, diese Höfe, von Wachen angefüllt; das war diese höhnische Gesinnung, die sich auf der Straße kundgab und durch die Fenster dieses

3

Zimmers drang, die der Hauch einer gegen den Minister vereinigten Stadt erschütterte; das war endlich ein fernes, stets wiederholtes Dröhnen von Flintenschüssen, welche zum Glück ohne Zweck und ohne Folgen, und nur deshalb abgefeuert wurden, damit sie den Garden, den Schweizern, den Musketieren und Soldaten, die das Palais-Royal umzingelten (denn der Kardinalspalast selber veränderte den Namen), zeigen sollten, dass auch das Volk im Besitze von Waffen sei.

Dieser Schatten Richelieus war Mazarin. Mazarin war allein und fühlte sich schwach.

»Ausländer!«, murmelte er, »Italiener, das ist ihr ohnmächtiges Wort! Mit diesem Worte haben sie Concini erdolcht, aufgehenkt und verschlungen, und ließe ich sie gewähren, würden sie mich gleichfalls umbringen, aufknüpfen und zerfleischen, wiewohl ich ihnen nie ein anderes Leid zufügte, als dass ich sie ein bisschen aussog. Die Schwachköpfe, sie fühlen also nicht, dass keineswegs dieser Welsche, der das Französisch so schlecht spricht, ihr Feind ist, sondern vielmehr jene, welche die Gabe besitzen, ihnen so glatte Worte im reinen und guten Pariser Dialekte vorzutragen.«

»Ja, ja!«, fuhr der Minister mit seinem feinen Lächeln fort, das jetzt seltsam von seinen bleichen Lippen abstach, »ja, euer Geschrei sagte es mir, dass das Los der Günstlinge wandelbar ist; doch wenn ihr das wisset, so muss es euch bekannt sein, dass ich kein gewöhnlicher Günstling bin! Der Graf vor Essex besaß einen kostbaren, mit Diamanten übersäten Ring, den ihm seine königliche Gönnerin geschenkt hatte; ich besitze nur einen einfachen Ring mit Namenszug und Datum, doch dieser Ring ward in der Kapelle des Palais-Royal gesegnet; somit werden sie mich nicht zugrunde richten, wie sie es wünschen. Sie gewahren es nicht, dass ich sie mit ihrem ewigen Geschrei: »Nieder mit Mazarin!« bald werde rufen lassen: »Es lebe Herr von Beaufort!« – bald: »Es lebe der Prinz!« und bald ebenso lebhaft: »Es lebe das Parlament!« – Nun, Herr von Beaufort ist in Vincennes; der Prinz wird heute oder morgen zu ihm kommen, und das Parlament – – –«

Hier verwandelte sich das Lächeln des Kardinals in einen Ausdruck von Hass, dessen sein freundliches Antlitz unfähig schien. »Und das Parlament – – je nun, wir werden sehen, was wir aus dem Parlament machen; wir haben Orleans und Montargis. O, ich will die Zeit hierzu benützen, doch diejenigen, welche zu schreien anfingen: »Nieder mit Mazarin!« – werden zuletzt ausrufen: »Nieder da mit all' diesen Leuten, einen nach dem andern!« O, wäre ich nur kein Ausländer, wäre ich nur Franzose und von edler Geburt! –«

Wir wollen jetzt sehen, was von beiden Seiten geschah.

Am siebenten Januar hatten sich siebenhundert bis achthundert Kaufleute von Paris aus Anlass einer neuen Steuer, die man den Hauseigentümern auferlegen wollte, zusammengerottet und dagegen Einspruch getan; sie schickten zehn aus ihrer Mitte ab, dass sie in ihrem Namen mit dem Herzoge von Orleans sprächen, der nach seiner Gewohnheit den Volksfreund spielte. Der Herzog von Orleans ließ sie vor; sie erklärten ihm, dass sie entschlossen wären, diese neue Abgabe nicht zu entrichten, selbst wenn sie sich mit den Waffen gegen diejenigen, welche sie beheben wollten, verteidigen müssten. Der Herzog von Orleans hörte sie huldreich an, ließ sie auf einige Ermäßigung hoffen, versprach ihnen, er wolle deshalb mit der Königin sprechen, und entließ sie mit seinem gewöhnlichen: »Man wird sehen.«

Am Neunten kamen auch die Requeten-Meister zu dem Kardinal und der Wortführer sprach mit so viel Festigkeit und Kühnheit, dass der Kardinal ganz erstaunt darüber war. Er verabschiedete sich mit denselben Worten, wie es der Herzog von Orleans tat: »Wir wollen sehen.«

»Um zu sehen,« – berief man also den Rat zusammen und ließ den Finanzminister d'Emery holen.

Gegen d'Emery war das Volk sehr aufgebracht, schon deshalb, weil er Finanzminister war, und dann auch, wir müssen es wohl sagen, weil er es ein wenig verdient hatte.

Man ließ ihn aus dem Rate rufen; er eilte ganz blass und verstört herbei und sagte, sein Sohn wäre an diesem Tage auf dem Platze vor dem Palais-Royal fast umgebracht worden; die Volksmenge sei ihm begegnet, und habe ihm den Luxus seiner Gemahlin vorgeworfen, da sie eine mit rotem Samt und mit goldenen Fransen ausgeschmückte Wohnung hätte.

D'Emerys Sohn wäre fast erdrosselt worden, denn einer der Rebellen brachte in Vorschlag, ihn so lang zu würgen, bis er das Gold, welches er verschlungen, wieder von sich gegeben hätte. Der Rat entschied an diesem Tage nicht, denn der Finanzminister war mit diesem Vorfall zu sehr beschäftigt, als dass sein Geist frei sein konnte.

Am folgenden Morgen ward der erste Präsident Mathieu Molé gleichfalls angegriffen; das Volk bedrohte ihn ob all' des Bösen, das man ihm zufügen wollte; allein der erste Präsident hatte, ohne die Fassung zu verlieren, und ohne sich zu verwundern, mit gewohnter Ruhe geantwortet;

er wolle, wenn die Unruhestifter nicht gehorchen würden, auf den öffentlichen Plätzen Galgen errichten, und sogleich die Widerspenstigen aufhenken lassen. Aber jene verharrten fortwährend in ihrem starren und verwegenen Trotze.

Das ist noch nicht alles. Als am Ersten die Königin nach Notre-Dame ging, was sie regelmäßig jeden Sonnabend tat, folgten ihr über zweihundert Weiber, welche ihr zuriefen und Gerechtigkeit forderten. Sie hatten zwar keine böse Absicht, da sie sich bloß zu ihren Füßen werfen und ihr Mitleid erregen wollten, allein die Wachen verhinderten sie daran, und die Königin schritt vorüber, ohne auf ihr Gewimmer zu achten. Nachmittags war abermals Ratssitzung, worin beschlossen wurde, die königliche Autorität in Kraft zu erhalten; demgemäß wurde das Parlament für den nächsten Tag, den Zwölften, zusammenberufen.

An diesem Tage nun, an dessen Abend wir diese neue Geschichte eröffnen, ließ der König, der damals erst zehn Jahre alt war und eben geblättert hatte, Dankgebete für seine Genesung in Notre-Dame verrichten, seine Garden, Schweizer und Musketiere unter die Waffen treten, sie rings um das Palais-Royal, auf den Quais und am Pontneuf aufstellen, und nach Anhörung der Messe begab er sich in das Parlament, wo er in einer unvorbereiteten, feierlichen Sitzung seine früheren Edikte nicht bloß bestätigte, sondern auch noch fünf bis sechs neue erließ. – von denen die einen, sagt der Kardinal Retz, verderblicher waren als die andern. Demzufolge erhob sich dann der erste Präsident, der, wie wir sahen, tagszuvor noch für den Hof war, und sprach sich sehr kühn aus gegen die Art und Weise, den König nach dem Palaste zu führen, um die Freiheit der Stimmen zu überrumpeln und abzunötigen. Mit besonderer Heftigkeit aber eiferten gegen diese neuen Auflagen der Präsident Blancmesnil und der Rat Broussel.

Nachdem diese Verordnungen erlassen worden, kehrte der König wieder in das Palais-Royal zurück; eine große Volksmenge stand an seinem Wege: Da man aber wusste, dass er aus dem Parlament komme, ohne zu wissen, ob er dem Volke Gerechtigkeit widerfahren ließ oder nicht, so ließ sich auf seinem Wege nicht ein einziger Jubelruf vernehmen, um ihm zu seiner Genesung Glück zu wünschen. Im Gegenteil waren alle Gesichter finster und bekümmert, und einige sogar der Drohungen voll.

Die Truppen blieben ungeachtet seiner Zurückkunft am Platze; man besorgte einen Aufruhr, wenn das Resultat des Parlaments bekannt wurde; und wirklich, kaum verbreitete sich das Gerücht in der Stadt, der König habe die Steuern noch vermehrt, statt sie zu verringern, so bilde-

6

ten sich Gruppen, und man rief mit lautem Geschrei: »Nieder mit Mazarin! es lebe Broussel! es lebe Blancmesnil!« denn das Volk erfuhr, dass diese beiden zu seinen Gunsten gesprochen, und obwohl ihre Beredsamkeit fruchtlos war, so wusste man ihnen doch dafür keinen geringeren Dank.

Die Unruhe in den Straßen nahm von Minute zu Minute zu. Der Kardinal erhob auf einmal mit halbgerunzelter Stirn das Haupt, als hätte er einen Entschluss gefasst, richtete die Augen auf eine ungeheure Wanduhr, die auf sechs Uhr zeigte, und indem er eine im Bereich seiner Hand liegende Pfeife von vergoldetem Silber vom Tische nahm, pfiff er zu wiederholtem Male.

Da öffnete sich geräuschlos eine in der Tapete verborgene Türe, ein schwarzgekleideter Mann trat hervor und blieb hinter dem Stuhle stehen.

»Bernouin!« sprach der Kardinal, ohne dass er sich umwandte, denn da er zweimal gepfiffen hatte, so wusste er schon, es müsse sein Kammerdiener sein. »welche Musketiere sind im Palast auf der Wache?«

»Monseigneur, die schwarzen Musketiere.«

»Welche Kompagnie?«

»Die Kompagnie Tréville.«

»Steht etwa ein Offizier der Kompagnie im Vorgemach?«

»Der Leutnant d'Artagnan.«

»Ein Vertrauenswürdiger – nicht wahr?«

»Ja, Monseigneur.«

»Rufe mir Herrn d'Artagnan.«

Der Kammerdiener ging diesmal durch die Mitteltür ab, und zwar immer so still und schweigsam wie vorher. Man hätte glauben mögen, er sei ein Schatten.

Bald darauf ging die Türe wieder auf. »Herr d'Artagnan,« sprach der Kammerdiener.

Ein Offizier trat ein. Es war ein Mann von neununddreißig bis vierzig Jahren, von kleinem Wuchse, doch gut gebaut, mit einem lebhaften und geistvollen Auge, mit schwarzem Bart und Haaren, die zu ergrauen begannen, wie das immer geschieht, wenn man das Leben zu gut oder zu schlecht genossen hat, und zumal, wenn man stark braune Haare hat. D'Artagnan trat vier Schritte in das Kabinett und blieb in ehrfurchtsvoller, doch würdiger Haltung stehen. Der Kardinal richtete sein mehr schlaues als durchdringendes Auge auf ihn, und prüfte ihn aufmerksam; dann sprach er nach einigen Sekunden des Schweigens:

»Ihr seid Herr d'Artagnan?«

»Ich bin es, gnädigster Herr,« entgegnete der Offizier. »Mein Herr,« sprach der Kardinal, »Ihr werdet jetzt mit mir gehen, oder vielmehr, ich will mit Euch gehen.«

»Ich stehe zu Befehl, gnädigster Herr«, antwortete d'Artagnan. »Ich möchte gern selbst die umliegenden Wachtposten des Palais-Royal besichtigen; glaubt Ihr, das sei mit Gefahr verbunden?«

»Gefahr?«, fragte d'Artagnan, »und welche denn?«

»Wie es heißt, ist das Volk sehr aufrührerisch.«

»Gnädigster Herr! die Uniform der Musketiere des Königs ist sehr geachtet, und wäre sie das auch nicht, so fühle ich mich doch verbindlich, zu vier ein Hundert dieses Pöbels zu verjagen!«

### Die nächtliche Runde

Zehn Minuten darauf trabte die kleine Schar durch die Straße des Bons-Enfants hinter dem Schauspielsaale, den der Kardinal Richelieu erbaute, um darin »Mirame« aufführen zu lassen, und worin der Kardinal Mazarin, der die Musik mehr liebte als die Literatur, die ersten Opern, die in Frankreich gegeben wurden, zur Aufführung brachte. Von Zeit zu Zeit vernahm man ein Getöse vom Quartier der Hallen. Flintenschüsse dröhnten von der Seite der Straße Saint-Denis her, und manchmal fing auf einmal eine Glocke zu läuten an, welche, man wusste nicht weshalb, von der Laune des Volkes in Bewegung gesetzt ward. Als sie in der Nähe des Wachtpostens der Barriere Seigents kamen, wurden sie von der Schildwache angerufen. D'Artagnan gab Antwort, und nachdem er den Kardinal um das Losungswort gefragt hatte, ritt er dahin; das Losungswort war: Louis und Rocroy. Nach dem Austausch dieser Erkennungszeichen fragte d'Artagnan, ob Herr von Comminges den Posten befehlige. Die Schildwache zeigte ihm hierauf einen Offizier, der sich mit der Hand auf den Hals des Pferdes von demjenigen stützte, mit dem er sich eben besprach. Es war derselbe, um welchen d'Artagnan fragte.

»Dort steht Herr von Comminges«, sagte d'Artagnan, als er zu dem Kardinal zurückkehrte. Der Kardinal ritt dahin, während sich d'Artagnan bescheiden entfernt hielt; mittlerweile sah er an der Art und Weise, wie die Offiziere zu Fuß und die Offiziere zu Pferde ihre Hüte abnahmen, dass sie Seine Eminenz erkannten. »Bravo, Guitaut,« sprach der Kardinal zu dem Reiter, »ich sehe, Ihr seid noch immer munter und treu, und stets derselbe, ungeachtet Eurer vierundsechzig Jahre. Was habt Ihr zu diesem jungen Manne gesprochen?«

»Gnädigster Herr, ich sagte ihm, dass wir in einer seltsamen Zeit leben, und der heutige Tag gleiche so ganz einem jener Tage der Ligue, die ich in meinen jungen Jahren gesehen habe. Wissen Sie, dass man in der Straße Saint-Denis und Saint-Martin von nichts Geringerem sprach, als von der Errichtung von Barrikaden?«

»Und was antwortete Euch Comminges, lieber Guitaut?«

»Gnädigster Herr,« versetzte Comminges, »ich antwortete ihm: »Um eine Ligue zu bilden, fehle Ihnen nur eines, was mir aber hübsch wesentlich scheint – nämlich ein Herzog von Guise. Überdies tut man dasselbe nicht zweimal.«

Hierauf begab man sich zur Inspektion der Wache bei Quinze-Vingts. D'Artagnan ritt mitten durch die Volkshaufen, unbekümmert, als ob er selbst und sein Pferd von Erz wären; Mazarin und Guitaut besprachen sich leise; die Musketiere, welche endlich den Kardinal erkannten, folgten schweigsam nach. Man kam in die Straße Saint-Thomas du Louvre, wo der Wachposten von Quinze-Vingts stand; Guitaut berief einen Unteroffizier, dass er Bescheid gebe.

»Nun?«, fragte Guitaut. »O, mein Kapitän,« entgegnete der Offizier, »auf dieser Seite steht alles gut, wenn nichts im Hotel vorgeht, wie mich dünkt.« Er deutete auf ein prächtiges Hotel, das sich bis zu dem Platz hin erstreckte, wo jetzt das Baudevilletheater steht. »In jenem Hotel?« versetzte Guitaut. »Doch das ist das Hotel Rambouillet.«

»Ich weiß es nicht, ob es das Hotel Rambouillet sei«, antwortete der Offizier, »ich weiß nur so viel, dass ich viele Leute von verdächtigem Aussehen in dasselbe treten sah.«

»Bah,« versetzte Guitaut, ein Gelächter erhebend, »das sind Poeten.«

»Nun, Guitaut,« sprach Mazarin, »du wirst doch von diesen Herren nicht so unehrerbietig reden? Weißt du nicht, dass ich in meiner Jugend auch Poet war und Verse komponierte, wie die des Herrn von Benserade sind?«

»Sie, gnädigster Herr?«

»Ja, ja; soll ich dir einige davon rezitieren?«

»Das ist mir gleichviel, Monseigneur, ich verstehe nicht italienisch.«

9

»Ja, aber französisch verstehst du, nicht wahr, guter und wackerer Guitaut?«, erwiderte Mazarin und legte ihm huldreich die Hand auf die Schulter, »und welchen Auftrag man dir auch in dieser Sprache gäbe, so würdest du ihn vollziehen?«

»Allerdings, gnädigster Herr, wie ich es schon getan habe, vorausgesetzt, dass er mir von der Königin zukommt.«

»Ja,« versetzte Mazarin, sich in die Lippen beißend, »ich weiß, dass du ihr ganz ergeben bist.«

»Ich bin Kapitän ihrer Garden über zwanzig Jahre lang.« »Vorwärts, Herr d'Artagnan!« rief der Kardinal wieder, »von dieser Seite steht alles gut.«

D'Artagnan stellte sich wieder an die Spitze des Zuges, ohne ein Wort zu reden, und mit jenem passiven Gehorsam, der den Charakter des alten Soldaten ausmacht. Sie nahmen den Weg nach dem Hügel von Saint-Roche, wo der dritte Wachposten stand, und eilten durch die Straße Richelieu und die Straße Villedo. Diese war die verödeteste, denn sie grenzte beinahe an die Wälle, und die Stadt war auf dieser Seite wenig bevölkert. »Wer befehligt diesen Posten?«, fragte der Kardinal. »Villequier,« antwortete Guitaut. »Donnerwetter!«, rief Mazarin, »redet allein mit ihm; Ihr wisst es, wir sind in Spannung, seit Ihr den Auftrag hattet, den Herzog von Beaufort zu verhaften; er behauptete, diese Ehre käme ihm zu als Kapitän der Garden des Königs.«

»Das weiß ich und sagte es ihm hundertmal, dass er Unrecht hatte; der König konnte ihm hierzu den Auftrag noch nicht geben, denn der König war damals kaum vier Jahre alt.«

»Ja, Guitaut, aber ich konnte ihm denselben geben, und erteilte Euch den Vorzug.« Guitaut spornte sein Pferd, ohne zu antworten, und als er sich der Schildwache zu erkennen gab, ließ er Herrn von Villequier rufen. Dieser kam.

»Ach, Ihr seid es, Guitaut,« sprach er im Tone übler Laune, der ihm eigen war. »Den Teufel, was wollet Ihr da?«

»Ich will Euch fragen, ob es auf dieser Seite etwas Neues gibt.«

»Was zum Teufel soll es denn geben? Man ruft: »Es lebe der König!«, und: »Nieder mit Mazarin!« das ist nichts Neues, an solche Ausrufungen sind wir seit länger schon gewöhnt.«

»Und Ihr macht den Chor mit,« versetzte Guitaut lachend. »Meiner Treue! ich habe manchmal große Lust dazu und finde, dass sie sehr recht haben, Guitaut. Ich möchte recht gern fünf Jahre meine Löhnung dafür hingeben, die man mir nicht bezahlt, wenn der König um fünf Jahre älter wäre.«

»Wirklich – und was geschähe, wenn der König um fünf Jahre älter wäre?«

»Wäre der König mündig, würde er sogleich seine Befehle selbst erlassen, und es liegt ein viel größeres Vergnügen darin, dem Enkel Heinrichs IV. zu gehorchen, als dem Sohne des Pietro Mazarin. Zum Teufel! für den König wollte ich mich mit Freuden töten lassen; würde ich aber für Mazarin getötet, wie es Eurem Neffen fast geschehen wäre, so gäbe es kein noch so schönes Paradies, das mich je dafür zu trösten vermöchte.«

«Gut, gut, Herr von Villequier,« sprach Mazarin; »seid unbekümmert, ich will den König von Eurer Treue in Kenntnis setzen.« Dann wandte er sich nach der Bedeckung um und fuhr fort:»Vorwärts, meine Herren, es geht alles gut, lasset uns zurückkehren ...«

Der Kardinal hatte während der ganzen Dauer dieses nächtlichen Ausfluges, das ist seit etwa einer Stunde, einen Mann geprüft und nebenbei Comminges, Guitaut und Villequier durchforscht. Jener Mann, der sich bei den Drohungen des Volkes so gleichgültig verhielt, und der bei den Scherzen des Kardinals, sowie bei denen, deren Gegenstand er gewesen war, keine Miene verändert hatte, jener Mann schien ihm ein besonderes Wesen und für Auftritte von der Art derjenigen gestählt, in denen man sich befand, und vorzüglich derjenigen, welche eben bevorstanden. Überdies war ihm der Name d'Artagnan nicht ganz unbekannt, und obschon er erst gegen das Jahr 1634 oder 1635, das heißt, sieben oder acht Jahre nach den Vorfällen, nach Frankreich kam, die wir in einer früheren Geschichte erzählt haben, so glaubte der Kardinal doch, er habe diesen Namen als den eines Mannes nennen gehört, der sich bei einer Begebenheit, die seinem Geiste nicht mehr gegenwärtig war, als ein Muster von Mut, Treue und Geschicklichkeit bewährt habe.

»Lieber Guitaut!« sprach der Kardinal, nachdem er d'Artagnan freundlich verabschiedet hatte,»Ihr habt eben gesagt, dass Ihr schon fast zwanzig Jahre lang im Dienste der Königin steht.«

»Ja, das ist auch wahr,« versetzte Guitaut.

»Nun, lieber Guitaut«, fuhr der Kardinal fort,»ich habe die Bemerkung gemacht, dass Ihr außer Eurem unbestrittenen Mute und Eurer bewährten Treue ein vortreffliches Gedächtnis besitzet.«

»Sie haben diese Bemerkung gemacht, gnädigster Herr?« versetzte der Kapitän der Garden;»das ist, Potz Wetter, umso schlimmer für mich.«

»Warum das?«

»Sicherlich, denn eines der ersten Erfordernisse für einen Hofmann ist, dass er zu vergessen weiß.«

»Ihr seid aber kein Hofmann, Guitaut! Ihr seid ein wackerer Soldat, solch ein Kapitän aus der Zeit des Königs Heinrich IV., aus der leider bald keiner mehr übrig sein wird.«

»Schwerenot, gnädigster Herr, ließen Sie mich denn kommen, um mir ein Horoskop zu stellen?«

»Nein,« entgegnete Mazarin lachend,»ich ließ Euch kommen, um Euch zu fragen, ob Ihr unsern Leutnant der Musketiere beobachtet habt.«

»Herrn d'Artagnan?«

»Ja.«

»Ich brauche ihn nicht zu beobachten, gnädigster Herr, ich kenne ihn seit länger schon.«

»Was ist es für ein Mann?«

»Hm,« versetzte Guitaut, über diese Frage erstaunt,»er ist ein Gascogner.«

»Ja, das weiß ich, allein ich wollte Euch fragen, ob er ein Mann sei, dem man Vertrauen schenken kann.«

»Herr von Tréville achtet ihn hoch, und wie Sie wissen, gehört Herr von Tréville zu den ergebensten Freunden der Königin.«

»Ich möchte wissen, ob er ein Mann ist, der seine Proben bestanden hat?«

»Verstehen Sie darunter den tapferen Soldaten, so glaube ich, antworten zu dürfen: Ja. Wie ich sagen hörte, hat er bei der Belagerung von La Rochelle, im Engpasse von Suze und bei Perpignan mehr getan, als seine Schuldigkeit.«

»Ihr wisst aber, Guitaut, wir Minister brauchen oft noch andere Männer, als bloß tapfere Soldaten. Wir brauchen geschickte Leute. Hat nicht Herr d'Artagnan zur Zeit des Kardinals an irgendeiner Intrige teilgenommen, von der das Gerücht erzählt, er habe sich sehr gewandt herausgezogen?«

Guitaut, der es wohl merkte, dass der Kardinal ihn wolle reden lassen, entgegnete ihm:»Gnädigster Herr, in dieser Beziehung muss ich Ew.

Eminenz sagen, dass ich nicht weiß, was Ihnen das Gerücht bekannt gegeben hat. Was mich betrifft, so habe ich an Intrigen niemals teilgenommen, und wenn ich auch in Bezug auf die Intrigen anderer bisweilen einige vertrauliche Mitteilungen erhielt, so werden es mir Ew. Eminenz erlauben, da das Geheimnis nicht mir angehört, es denen zu bewahren, die es mir anvertraut haben.« Mazarin schüttelte den Kopf und sagte: »Ach, auf mein Wort, es gibt sehr glückliche Minister, welche alles erfahren, was sie wissen wollen.«

»Monseigneur,« entgegnete Guitaut, »diese messen nicht alle Menschen mit demselben Maßstabe und wenden sich an Krieger in Bezug auf den Krieg und an Ränkemacher in Bezug auf Ränke. Wenden Sie sich an irgendeinen Intriganten der Zeit, von welcher Sie reden, und Sie werden von ihm – aber gegen Bezahlung – das erfahren, was Sie zu wissen wünschen.«

»Hm, bei Gott!«, rief Mazarin mit einer Grimasse, die er jedes Mal machte, wenn man ihm die Geldfrage derart berührte, wie es Guitaut eben tat, »man wird bezahlen, wenn sich auf andere Weise nichts erreichen lässt.«

»Verlangt Monseigneur von mir im Ernste, dass ich einen Mann andeute, der in allen Kabalen jener Zeit verwickelt war?«

»Per Bacco!«, rief Mazarin, der schon ungeduldig wurde, »ich frage ja schon seit einer Stunde nichts anderes, Starrkopf!«

»Es ist einer unter ihnen, für den ich in dieser Hinsicht bürge, wenn er überhaupt reden will.«

»Das ist meine Sache.«

»O, gnädigster Herr, es ist nicht immer so leicht, von den Leuten das herauszubringen, was sie nicht sagen wollen.«

»Bah, mit Geduld bringt man sie wohl dahin. Nun, dieser Mann?«

»Ist der Graf von Rochefort!«

»Der Graf von Rochefort?«

»Zum Unglück ist er seit vier bis fünf Jahren verschwunden, und ich weiß es nicht, was mit ihm geschehen ist.«

»Ich werde das wohl erfahren, Guitaut,« versetzte Mazarin. Und da der Kardinal in diesem Momente mit seinem Begleiter im Hofraume des Palais Royal angekommen war, so entließ er Guitaut durch einen Gruß mit der Hand, und als er einen auf- und abgehenden Offizier bemerkte, so ging er auf ihn zu.

Es war d'Artagnan, welcher dem Befehle des Kardinals gemäß wartete. D'Artagnan verbeugte sich, folgte dem Kardinal über die geheime Treppe, und befand sich alsbald wieder in dem Arbeitszimmer, von dem er ausgegangen war. Der Kardinal setzte sich an seinen Schreibtisch, nahm ein Blatt Papier und schrieb darauf einige Zeilen. D'Artagnan blieb gleichgültig stehen, und harrte ohne Ungeduld, wie ohne Neugierde. Er war ein militärischer Automat geworden, und handelte oder gehorchte vielmehr, wie durch Federn in Bewegung gesetzt. Der Kardinal faltete den Brief und siegelte ihn. »Herr d'Artagnan,« sprach er, »tragt diese Depesche nach der Bastille und führt die Person hierher, von der darin die Rede ist; nehmt einen Wagen mit einer Bedeckung und bewacht sorgfältig den Gefangenen.« D'Artagnan ergriff den Brief und legte die Hand an seinen Hut.

### Zwei alte Feinde

D'Artagnan kam in der Bastille an, als es eben halb neun Uhr schlug. Er ließ sich bei dem Gouverneur anmelden, und als dieser hörte, dass er mit einem Befehl und im Namen des Ministers komme, so ging er ihm bis zur Freitreppe entgegen. Der Gouverneur der Bastille war damals Herr du Tremblay, Bruder des Kapuziners Joseph, Günstling von Richelieu, mit dem Beinamen: die graue Eminenz.

Als d'Artagnan dort ankam, um den Auftrag des Ministers zu vollziehen, empfing er ihn mit aller Artigkeit, und da er sich eben zu Tische setzen wollte, so lud er d'Artagnan ein, mit ihm zu nachtmahlen. »Ich würde das mit dem größten Vergnügen annehmen,« entgegnete d'Artagnan, »allein, wenn ich nicht irre, so steht auf dem Umschlag des Briefes: sehr eilig.«

»Es ist so,« sprach Herr du Tremblay.

»Holla Major, man lasse Nr. 256 herabkommen.«

Beim Eintritt in die Bastille hörte man auf, ein Mensch zu sein, man wurde bloß eine Nummer. Es ertönte ein Glockenschlag. »Ich verlasse Sie,« sprach Herr du Tremblay zu ihm, »man ruft mich, dass ich die Wegbringung des Gefangenen unterfertigen möge. Auf Wiedersehen, Herr d'Artagnan!« Es waren keine zehn Minuten vergangen, als der Gefangene erschien. D'Artagnan machte bei seinem Anblick eine Bewegung der Überraschung, die er aber sogleich unterdrückte. Der Gefangene stieg in den Wagen, ohne dass es schien, dass er d'Artagnan erkannt habe. »Meine Herren,« sprach d'Artagnan zu den vier Musketieren, »man empfahl mir die größte Wachsamkeit für den Gefangenen, und da der

14

Wagen an seinen Schlägen keine Schlösser hat, so will ich mich zu ihm hineinsetzen. Herr von Lillebonne, seid so gefällig und führt mein Pferd am Zügel.«

»Mit Vergnügen, mein Leutnant«, antwortete der Gebetene. D'Artagnan stieg ab, gab dem Musketier den Zügel seines Pferdes, setzte sich in die Kutsche neben den Gefangenen, und sagte mit einer Stimme, an der sich unmöglich die mindeste Gemütsbewegung erkennen ließ: »Im Trab – nach dem Palais Royal!«

Der Wagen setzte sich auf der Stelle in Bewegung, und als man unter das Torgewölbe kam, benützte d'Artagnan die dort herrschende Dunkelheit, warf sich an den Hals des Gefangenen und rief: »Rochefort! Ihr – Ihr seid es wirklich? Irre ich nicht?«

»D'Artagnan!« rief nun Rochefort voll Erstaunen.

»Ach, mein armer Freund,« fuhr d'Artagnan fort, »da ich Euch seit vier oder fünf Jahren nicht mehr sah, so hielt ich Euch für tot.«

»Meiner Treue!« entgegnete Rochefort, »mich dünkt, der Unterschied ist nicht groß zwischen einem Toten und einem Begrabenen.«

»Und wegen welcher Schuld seid Ihr in der Bastille?«

»Wollt Ihr, dass ich Euch die Wahrheit gestehe?«

»Ja.«

»Nun, ich weiß es nicht.«

»Rochefort, Ihr setzet Misstrauen in mich.«

»Nein, so wahr ich ein Edelmann bin; denn unmöglich kann ich wegen der Ursache dort sein, die man mir zur Last legt.«

»Welche Ursache?«

»Als Nachtdieb.«

»Ihr als Nachtdieb? Ha, Ihr treibt Scherz, Rochefort.«

»Ich sehe das ein, das verlangt eine Erklärung, nicht wahr?«

»Allerdings.«

»So vernehmt denn, was geschehen ist. Eines Abends, bei einem Gelage in den Tuilerien bei Reinard mit dem Herzoge d'Harcourt, Fontrailles, de Rieux und anderen, brachte der Herzog d'Harcourt in Vorschlag, auf den Pont-neuf zu gehen und Mäntel herabzureißen; wie Ihr wisst, war das eine Belustigung, welche der Herzog von Orleans sehr in die Mode brachte.«

»Waret Ihr denn verrückt – Rochefort, in Eurem Alter?«

»Nein, ich war betrunken; da mir aber das Vergnügen nicht groß schien, so schlug ich dem Chevalier de Rieux vor, lieber Zuschauer als Teilnehmer zu sein, und auf das bronzene Pferd zu steigen, um das Schauspiel vom ersten Rang aus zu sehen. Gesagt, getan. Wir waren auch mittelst der Sporen, die uns als Steigbügel dienten, im Augenblick oben, saßen vortrefflich und hatten die herrlichste Aussicht. Man hatte bereits vier oder fünf Mäntel mit unvergleichlicher Geschicklichkeit geraubt, ohne dass diejenigen, welchen man sie entriss, ein Wort zu reden wagten, als es einem mir unbekannten Kalbskopf einfiel, die Wache herbeizurufen und eine Runde Polizeisoldaten auf uns heranzuziehen. Der Herzog d'Harcourt, Fontrailles und die andern ergriffen die Flucht, dasselbe wollte de Rieux tun. Ich hielt ihn aber zurück und sprach zu ihm, man würde uns da, wo wir waren, nicht suchen. Er achtete nicht auf mich, setzte den Fuß auf den Sporen, um hinabzusteigen; der Sporen brach, er stürzte, brach ein Bein, und anstatt zu schweigen, fing er wie ein Gehenkter zu schreien an. Ich wollte gleichfalls hinabspringen, doch war es schon zu spät; ich sprang in die Arme der Büttel, welche mich nach dem Chatêl führten, wo ich ruhig einschlief, in der festen Überzeugung, dass ich morgen wieder frei sein würde. Es verfloss der folgende Tag, der zweite Tag – es vergingen acht Tage – sonach schrieb ich an den Kardinal. An demselben Tage holte man mich ab und führte mich in die Bastille, wo ich seit fünf Jahren schmachte. Glaubt Ihr wohl, es war ob des Frevels, dass ich mich hinter Heinrich IV. setzte?«

»Nein, Ihr habt recht, lieber Rochefort, deshalb kann es nicht sein, doch werdet Ihr wahrscheinlich die Ursache erfahren.«

»Ach ja, ich vergaß, Euch zu fragen, wohin Ihr mich führet.«

»Zu dem Kardinal.«

»Was will er von mir?«

»Das weiß ich nicht; ja, ich wusste es nicht einmal, dass Ihr es wäret, den ich holen musste.«

»Unmöglich! Ihr ein Günstling?«

»Ich, ein Günstling?«, rief d'Artagnan. »Ach mein armer Graf, ich bin jetzt mehr ein gascognischer Junker als damals, wo ich Euch, wie Ihr wisst, vor etwa zwanzig Jahren in Meung gesehen habe!« Und ein schwerer Seufzer folgte auf die Antwort. »Ihr kommt indes mit einem Befehle?«

»Weil ich mich zufällig im Vorgemache befand und der Kardinal sich an mich wandte, wie er an jeden anderen sich gewandt hätte; ich bin aber noch immer Leutnant bei den Musketieren, und wenn ich richtig rechne, so bin ich es schon gegen einundzwanzig Jahre lang.«

»Nun, es ist Euch doch kein Unglück begegnet, und das ist viel.«

»Dann ist Mazarin immer noch Mazarin?«

»Mehr als je, mein Lieber, und wie es heißt, ist er heimlich mit der Königin verheiratet.«

»Verheiratet?«

»So sind die Frauen,« sprach d'Artagnan wie ein Philosoph. »Die Frauen, wohl, allein die Königinnen!«

»Ach, mein Gott! in dieser Hinsicht sind die Königinnen doppelt Frauen.

»Und ist Herr von Beaufort noch immer im Gefängnis?«

»Ja, immer noch; warum?«

»Ach, weil er mir gewogen war und mich hätte befreien können.«

»Wahrscheinlich seid Ihr näher daran, frei zu werden, als er, und somit wäre es an Euch, ihn zu befreien.«

»Sodann der Krieg ...« »Er wird ausbrechen.«

»Mit Spanien?«

»Nein, mit Paris.«

»Was wollt Ihr damit sagen?«

»Hört Ihr nicht schießen?«

»Ja; nun?«

»Nun, das sind die Bürger, welche indes einzelne Schüsse abfeuern.«

»Glaubt Ihr wohl, mit Bürgern lässt sich etwas anfangen?«

»Ei ja, sie versprechen das, und wenn sie einen Anführer hätten, der diese Truppen zusammenraffte ...«

«Es ist ein Unglück, nicht frei zu sein!«

»Ach Gott! Verzweifelt nicht. Wenn Euch Mazarin holen lässt, so tut er es, weil er Euch braucht, und wenn er Euch braucht, nun, so wünsche ich Euch Glück. Mich hat schon viele Jahre lang niemand mehr gebraucht, sonach seht Ihr, wie es mit mir steht.«

»Nun, so beklagt Euch dann!«

»Hört, Rochefort, einen Vertrag ...«

»Welchen?«

»Ihr wisst, dass wir gute Freunde sind.«

»Bei Gott!«

»Wohlan, wenn Ihr wieder zu Gunst gelangt, so vergesset meiner nicht!«

»So wahr ich Rochefort heiße, doch müsset Ihr desgleichen tun.«

»Das versteht sich, darauf habt Ihr meine Hand.«

»Nun, hört, die erste Gelegenheit, die Ihr findet, von mir zu reden ...«

»Will ich von Euch reden; und Ihr?«

»Ich gleichfalls.«

»Aber sagt, soll ich auch von Euren Freunden reden?« »Von welchen Freunden?«

»Von Athos, Porthos und Aramis. Habt Ihr sie denn vergessen?«

»Beinahe.«

»Was ist denn aus ihnen geworden?«

»Das weiß ich nicht.«

»Wirklich?«

»O mein Gott, ja! Wie Ihr wisset, haben wir uns getrennt; sie sind am Leben, das ist alles, was ich von ihnen weiß, da ich zuweilen indirekte Nachrichten von ihnen bekomme. Doch hole mich der Teufel, wenn ich weiß, in welchem Winkel der Welt sie sind. Nein, auf Ehre! außer Euch, Rochefort, habe ich keinen Freund mehr.«

»Und der berühmte ... wie habt Ihr doch den Diener genannt, den ich im Regiment Piemont zum Sergeanten machte?«

»Planchet.«

»Ja, richtig; und was ist aus dem berühmten Planchet geworden?«

»Nun, er hat eine Zuckerbäckerbude in der Straße Lombards erheiratet: er liebte stets das Wohlleben, sodass er Bürger von Paris wurde, und jetzt wahrscheinlich Meuterei treibt. Ihr werdet sehen, der Schurke wird früher Schöppe, als ich Kapitän werde.«

»Ei was, lieber d'Artagnan! nur ein bisschen Mut. Gerade wenn man zu unterst im Rade ist, wendet sich das Rad und erhebt uns. Euer Schicksal ändert sich vielleicht noch diesen Abend.«

»Amen!«, rief d'Artagnan und ließ die Kutsche anhalten. »Was tut Ihr?«, fragte Rochefort. »Was ich tue? nun, wenn wir angelangt sind, so will ich nicht, dass man mich aus Eurem Wagen steigen sehe; wir kennen einander nicht.«

»Ihr habt recht. Adieu!«

»Auf Wiedersehen. Erinnert Euch an Euer Versprechen.«

D'Artagnan schwang sich wieder auf sein Pferd und ritt an der Spitze der Bedeckung. Fünf Minuten darauf fuhr man in den Hofraum des Palais-Royal. D'Artagnan führte den Gefangenen über die große Treppe, und ließ ihn durch das Vorgemach und die Galerie gehen. An der Türe von Mazarins Kabinett wollte er ihn anmelden lassen, da legte ihm aber Rochefort die Hand auf die Schulter und sagte lächelnd: »Soll ich Euch etwas eingestehen, d'Artagnan, woran ich während des ganzen Weges dachte, als ich die Bürgergruppen betrachtete, durch welche wir fuhren, und die Euch nebst Euren vier Mann mit funkelnden Augen anstierten?«

»Sagt an,« versetzte d'Artagnan. »Dass ich nur um Hilfe zu rufen gebraucht hätte, um Euch und Eure Bedeckung in die Pfanne hauen zu lassen, und dass ich sodann frei geworden wäre.«

»Und warum habt Ihr es nicht getan?«, fragte d'Artagnan.

»Ei, so geht nur«, entgegnete Rochefort, »geschworene Freundschaft!«

»Ha, wäre es ein anderer gewesen als Ihr, der mich begleitete – so bürge ich.« D'Artagnan verneigte sich mit dem Kopfe.

»Lasst Herrn von Rochefort eintreten,« sprach mit Ungeduld Mazarin, als er die beiden Namen aussprechen hörte, »und ersucht Herrn d'Artagnan zu warten, da ich mit ihm noch nicht fertig bin.«

Diese Worte machten d'Artagnan ganz heiter. Wie er gesagt hatte, so war es schon lange, dass niemand seiner bedurfte, und diese Dringlichkeit Mazarins in Betreff seiner Person schien ihm eine gute Vorbedeutung zu sein. Die Türen wurden wieder geschlossen. Rochefort sah Mazarin von der Seite an und erhaschte einen Blick des Ministers, der dem Seinigen begegnete. Der Minister war stets derselbe, gut gekämmt, gut frisiert, gut parfümiert, und schien gar nicht so alt zu sein, wie er wirklich war. Mit Rochefort aber verhielt es sich anders, die fünf Jahre, die er im Kerker zugebracht, hatten diesen würdigen Freund Richelieus sehr gealtert; seine schwarzen Haare wurden völlig weiß und seine dunkle Hautfarbe so blass, dass es einer Entkräftigung glich. Als ihn Mazarin erblickte, schüttelte er unmerklich den Kopf und machte eine Miene, als wollte er sagen: »Dieser Mann scheint mir nicht mehr viel wert zu sein.«

Nach einem Stillschweigen, das in der Tat wohl lange dauerte, aber Rochefort ein Jahrhundert dünkte, nahm Mazarin aus einem Aktenbündel einen offenen Brief hervor, zeigte ihn dem Edelmanne und sprach: »Ich fand da einen Brief, worin Ihr um Eure Freilassung ansucht, Herr von Rochefort! Ihr seid also im Gefängnisse?«

Bei dieser Frage bebte Rochefort und sagte: »Ich dachte aber, Ew. Eminenz wüsste das besser als irgendjemand.«

»Ich? ganz und gar nicht. Aus der Zeit des Herrn von Richelieu gibt es in der Bastille noch eine Menge Gefangene, deren Namen ich nicht einmal weiß.«

»O gnädigster Herr! mit mir verhält es sich anders. Sie kannten den Meinigen, da ich auf Befehl Ew. Eminenz aus dem Chatelet nach der Bastille gebracht worden bin.«

»Das glaubt Ihr?«

»Ich bin davon überzeugt.«

»Ich glaube mich wirklich daran zu erinnern. Habt Ihr Euch nicht einmal geweigert, für die Königin eine Reise nach Brüssel zu unternehmen!«

»Ach, ach!«, rief Rochefort, »das ist also die wahre Ursache, nach der ich fünf Jahre lang forschte? Ich Dummkopf, dass ich sie nicht fand.«

»Aber ich sagte ja nicht, dass das die Ursache Eurer Verhaftung war, verstehen wir uns wohl; ich tat diese Frage an Euch, weiter nichts. Habt Ihr Euch nicht geweigert, für die Königin nach Brüssel zu reisen, während Ihr doch bereitwillig waret, im Dienste des seligen Kardinals dahin zu gehen?«

»Eben weil ich im Dienste des seligen Kardinals dahin gereist bin, konnte ich nicht auf Befehl der Königin abermals dahin gehen. Ich bin in Brüssel zu einer schreckenvollen Zeit gewesen, nämlich zur Zeit der Verschwörung von Chalais. Ich befand mich dort, um den Briefwechsel von Chalais aufzufangen, und als man mich erkannte, wäre ich damals schon fast ermordet worden. Wie hätte ich also dahin zurückkehren sollen? Ich hätte der Königin nur geschadet, anstatt ihr zu dienen.«

»Nun seht Ihr, lieber Herr von Rochefort! wie man oft die besten Absichten falsch deutet. Die Königin sah in Eurer Weigerung nichts als einen Trotz und beklagte sich sehr über Euch gegen den seligen Kardinal.«

Rochefort lachte verächtlich und sagte: »Eben, weil ich dem Herrn Kardinal von Richelieu treu gegen die Königin gedient habe, so mussten

Sie einsehen, gnädigster Herr, dass ich Ihnen jetzt, wo er gestorben, treu gegen jedermann dienen würde.«

»Ich, Herr von Rochefort!« versetzte Mazarin, »ich bin nicht wie Herr von Richelieu, der die Allgewalt ins Auge fasste; ich bin ein einfacher Minister und brauche keine Diener, da ich der der Königin bin. Ihre Majestät ist aber sehr reizbar, sie wird wohl Eure Weigerung erfahren, wird sie als eine Kriegserklärung angesehen haben, und da sie weiß, wie Ihr ein Mann von Kopf und folglich gefährlich seid, lieber Herr von Rochefort, so hat sie mir aufgetragen, ich sollte mich Euer versichern. Deshalb also saßet Ihr in der Bastille.«

»So scheint es denn, gnädiger Herr«, entgegnete Rochefort, »dass ich durch einen Irrtum in der Bastille sitze.«

»Ja, ja!«, antwortete Mazarin, »gewiss, das alles lässt sich in Ordnung bringen; ihr seid ein Mann, der in gewisse Sachen eindringt, und ist er einmal eingedrungen, sie auf geschickte Weise ins Werk setzt.«

»Dieser Ansicht war auch der Herr Kardinal von Richelieu und meine Bewunderung für den großen Mann vermehrt sich noch dadurch, dass Sie so gütig sind, mir zu sagen, es sei auch die Ihrige.«

Rochefort kniff seine Lippen zusammen, um nicht zu lächeln.

»Ich komme nun zum Zwecke, ich brauche gute Freunde, treue Diener; wenn ich sage, ich brauche sie, so soll das heißen, dass die Königin ihrer bedarf. Es versteht sich von selbst, dass ich alles nur im Auftrage der Königin tue; denn ich handle nicht wie der Herr Kardinal von Richelieu, der alles nur nach eigener Laune tat. Deshalb werde ich auch nie ein so großer Mann sein wie er; dagegen bin ich aber ein guter Mann, Herr von Rochefort, und ich hoffe, Ihnen das beweisen zu können.« Rochefort kannte diese glatte Stimme, in die sich ein Zischen mengte. »Ich bin ganz geneigt, dem gnädigen Herrn zu glauben,« sprach er, »wiewohl ich meinesteils wenig Beweise von dieser Güte gehabt habe, von welcher Ew. Eminenz spricht. Vergessen Sie nicht, gnädiger Herr,« fuhr Rochefort fort, als er die Regung bemerkte, die der Minister zu unterdrücken bemüht war, »vergessen Sie nicht, dass ich fünf Jahre lang in der Bastille schmachtete, und dass nichts so sehr den Ansichten eine schiefe Richtung gibt, als wenn man die Dinge durch das Gitter eines Kerkers anblickt.«

»O, Herr von Rochefort, ich habe Euch bereits versichert, dass ich an Eurer Gefangenschaft durchaus keinen Anteil hatte. Die Königin – Zorn der Weiber und Fürstinnen, je nun das geht vorüber, wie es kam, und dann denkt man nicht mehr daran ...«

»Ich begreife recht Wohl, gnädiger Herr, dass sie nicht mehr daran denkt, da sie diese fünf Jahre im Palais-Royal unter Festlichkeiten und Schmeichlern zubrachte; aber ich, der ich sie in der Bastille zubringen musste ...«

»Ach, mein Gott, lieber Rochefort, glaubt Ihr denn, es wohne sich so lustig im Palais-Royal? O nein, geht mir damit; ich versichere Euch, dass wir darin große Widerwärtigkeiten erlebten. Jedoch sprechen wir nichts mehr von all' dem. Ich spiele ein offenes Spiel wie immer. Saget an, Herr von Rochefort, seid Ihr einer der Unsrigen?« –

»Sie werden einsehen, gnädigster Herr, dass ich nichts so sehr wünsche, jedoch mir ist alles fremd geworden. In der Bastille redet man nur mit Soldaten und Gefängniswächtern, von Politik, und Sie können sich nicht vorstellen, gnädiger Herr, wie wenig diese Leute von dem wissen, was vorgeht. Ich teile hierin immer die Ansicht des Herrn Bassompiere ... Er ist stets noch einer der siebzehn Vornehmen.«

»Er ist tot, mein Herr, und es ist ein großer Verlust«, erwiderte der Kardinal. »Er war ein getreuer Diener der Königin, und treue Männer sind selten.«

»Bei Gott, das glaube ich«, versetzte Rochefort. »Wenn Sie welche haben, so werden sie in die Bastille geschickt.«

»Doch was beweist denn die Treue?«, fragte Mazarin. »Die Tat«, erwiderte Rochefort. »Ach, ja! die Tat!« wiederholte der Minister nachdenkend. »Wo finden sich aber tatkräftige Männer?«

»Ich kannte Leute, welche durch ihre Gewandtheit den Scharfblick Richelieus hundertmal täuschten, und durch ihre Tapferkeit seine Garden und seine Kundschafter schlugen.«

»Allein diese Leute, von welchen Ihr da sprechet,« versetzte Mazarin, der im Herzen darüber lächelte, dass Rochefort dahin kam, wohin er ihn bringen wollte, – »diese Leute waren dem Kardinal nicht ergeben, da sie wider ihn stritten.«

»Nein, sie würden besser belohnt worden sein, doch hatten sie das Unglück, dass sie dieser Königin, für welche Sie eben Diener suchen, ergeben waren.«

»Woher könnt Ihr aber das wissen?«

»Ich weiß das, weil jene Leute damals meine Feinde waren, weil sie gegen mich stritten, weil ich ihnen so viel Böses zufügte, als ich nur konnte, weil sie es mir wieder aus allen Kräften vergalten, weil mir einer von ihnen, mit dem ich es persönlich am meisten zu tun hatte, vor etwa sieben Jahren einen Degenstich beigebracht hat – und das war der dritte von derselben Hand – der Abschluss einer alten Rechnung.«

»Ach,« sprach Mazarin mit seltener Gutmütigkeit, »wären mir doch solche Männer bekannt! ...«

»Nun, gnädigster Herr! Einen davon haben Sie seit sechs Jahren vor Ihrer Tür und hielten ihn sechs Jahre lang zu nichts tauglich.«

»Wen?«

»Herrn d'Artagnan!«

»Dieser Gascogner?«, rief Mazarin mit einer ganz gut gespielten Befremdung. »Dieser Gascogner hat eine Königin gerettet, und Herrn von Richelieu einsehen lassen, dass er in Hinsicht auf Schlauheit, Gewandtheit und Politik nur ein Schüler sei.«

»Wirklich?«

»Wie ich die Ehre habe, Ew. Eminenz zu versichern.«

»Erzählt mir doch ein bisschen, lieber Herr Rochefort.«

»Das ist sehr schwierig, gnädigster Herr,« entgegnete der Edelmann lächelnd. »So soll er es mir selbst erzählen ...«

»Daran zweifle ich, gnädigster Herr!«

»Warum?«

»Weil das Geheimnis nicht ihm angehört, weil dieses Geheimnis das einer Königin ist, wie ich schon gesagt habe.«

»Und er allein hat ein solches Unternehmen ausgeführt?«

»Nein, gnädiger Herr! er hatte drei Freunde, drei Tapfere, die ihm behilflich waren, drei Tapfere, wie Sie eben solche suchen.«

»Und diese vier Männer, sagt Ihr, standen im Bunde?«

»So als hätten sie nur einen Mann ausgemacht, und ein Herz in der Brust getragen.«

»Wahrhaft, lieber Herr von Rochefort! Ihr stachelt meine Neugierde auf unbeschreibliche Weise. Könntet Ihr mir denn diese Geschichte nicht mitteilen?«

»Nein, doch kann ich Ihnen ein Märchen erzählen, ein wahrhaftes Feenmärchen, das kann ich versichern, gnädigster Herr!«

»O erzählt es mir, Herr von Rochefort, ich liebe die Märchen ungemein.«

»Sie wünschen das, gnädigster Herr?«, sagte Rochefort, indem er aus diesem schlauen, listigen Antlitz irgendeine Absicht zu lesen bemüht war.

»Ja!«

»Nun wohl, so vernehmen Sie. Es war einmal eine Königin – aber eine gar mächtige, die Königin eines der größten Länder der Welt, gegen die ein großer Minister sehr zürnte, weil er ihr vorher allzu gut gewesen war. Forschen Sie nicht, gnädiger Herr! Sie könnten nicht erraten, wer es war. Alles das hat sich lange vor der Zeit zugetragen, als Sie in das Land kamen, wo diese Königin regierte. Da kam ein so tapferer, reicher, wohlgebildeter Botschafter an den Hof. dass sich alle Frauen rasend in ihn verliebten, und dass sogar die Königin, zweifelsohne zum Andenken an die geschickte Art und Weise, womit er die Staatsangelegenheiten besorgte, so unbedacht war, und ihm einen gewissen, so auffallenden Schmuck schenkte, dass er nicht ersetzt werden konnte. Da nun dieser Schmuck vom Könige herrührte, so forderte der Minister diesen auf, er solle von der Fürstin verlangen, dass sie diesen Schmuck bei dem nächsten Balle unter ihre Toilette aufnehme. Ich brauche Ihnen nicht zu sagen, gnädigster Herr, dass es dem Minister aus zuverlässiger Quelle bekannt war, dass diesen Schmuck der Botschafter, der sehr weit her, von der anderen Seite des Meeres war, mit sich genommen habe. Die große Königin war verloren, verloren wie die Letzte ihrer Untertanen, und schien von ihrer ganzen Höhe herabzustürzen.« »Wirklich?«, rief Mazarin. »Nun, gnädigster Herr! vier Männer fassten den Entschluss, sie zu retten. Diese vier Männer waren keine Prinzen oder Herzoge, sie waren nicht mächtig und nicht einmal reich, sondern vier Soldaten, die ein edles Herz, kräftige Arme und gewandte Klingen besaßen. Sie machten sich auf. Der Minister wusste von ihrer Abreise und stellte auf ihrem Wege Leute auf, um sie an der Erreichung ihres Zieles zu verhindern. Drei wurden durch die vielen Angreifer kampfunfähig gemacht; jedoch einer gelangte nach dem Hafen tötete oder verwundete die, welche sich ihm widersetzten, steuerte über das Meer und brachte der großen Königin den Schmuck zurück, die ihn dann am festgesetzten Tage an ihre Schultern heftete, was den Minister fast zum Sturze brachte. Nun, gnädiger Herr, was sagen Sie zu diesem Zuge?«

»Das ist wunderbar!« versetzte Mazarin gedankenvoll. »Nun denn, ich weiß zehn ähnliche.« Mazarin sprach nicht mehr, er dachte.

So vergingen fünf bis sechs Minuten, dann sagte Rochefort: »Gnädigster Herr, Sie haben mich nichts mehr zu fragen?«»Doch. Und Herr d'Artagnan sagt Ihr, war einer dieser vier Männer?«»Er war es, der das ganze Unternehmen leitete.«»Und wer waren die andern?«»Erlauben Sie, gnädigster Herr, dass ich es Herrn d'Artagnan anheimstelle, Ihnen ihre Namen zu nennen. Sie waren seine Freunde und nicht die Meinigen; nur er hatte einigen Einfluss auf sie; mir waren Sie unter ihren wirklichen Namen nicht einmal bekannt.«»Ihr setzt in mich kein Vertrauen, Herr von Rochefort. Wohlan, so will ich durchaus offenherzig sein; ich brauche Euch, ihn. Alle! –«»Beginnen wir mit mir, gnädiger Herr, da Sie mich holen ließen und ich hier bin; dann kommt an sie die Reihe. Sie werden sich wohl nicht über meine Neugierde verwundern; wenn man fünf Jahre lang im Kerker schmachtet, möchte man doch gerne wissen, wohin man geschickt wird.«»Ihr, lieber Herr von Rochefort, Ihr sollt einen vertrauten Posten bekommen. Ihr reist nach Vincennes, wo Herr von Beaufort gefangen sitzt; Ihr werdet mir ihn mit den Augen behüten. Nun, was habt Ihr?«

»Was ich habe?« versetzte Rochefort, mit betrübter Miene den Kopf schüttelnd. »Sie bieten mir da etwas Unmögliches an.«

»Was, etwas Unmögliches? wie sollte das unmöglich sein?«

»Weil Herr von Beaufort einer meiner Freunde ist, oder vielmehr ich einer der Seinigen bin. Haben Sie vergessen, gnädigster Herr, dass er bei der Königin für mich Bürge stand?«

»Herr von Beaufort ist seit dieser Zeit ein Staatsfeind.«

»Ja, gnädigster Herr, das ist möglich; da ich jedoch weder König, noch Königin, noch Minister bin, so ist er nicht mein Feind; und ich kann Ihren Antrag nicht eingehen.«

»Das nennt Ihr dann Treue? Ich wünsche Euch dazu Glück. Herr von Rochefort! Eure Treue bindet Euch nicht sehr.«

»Und dann, gnädiger Herr«, fuhr Rochefort fort, »werden Sie wohl begreifen: Die Bastille verlassen und nach Vincennes gehen, hieße nur das Gefängnis wechseln.«

»Sagt nur gleich, Ihr gehört der Partei des Herrn von Beaufort an, das ist Eurerseits weit offenherziger.«

»Ich saß so lang in der Haft, gnädiger Herr, dass ich nur noch für eine Partei bin, für die freie Luft. Verwenden Sie mich zu allem andern, schicken Sie mich ins Ausland, beschäftigen Sie mich auf rührige Weise, doch wo möglich auf den Heerstraßen.«

»Lieber Herr von Rochefort,« versetzte Mazarin mit seiner scherzhaften Miene, »Euer Eifer reißt Euch fort. Ihr haltet Euch für einen jungen Mann, weil das Herz noch immer jung ist, doch würde es Euch an Kraft gebrechen. Glaubt mir also, Ihr habt jetzt Ruhe nötig!«

»Sie beschließen also nichts über mich, gnädigster Herr?«

»Im Gegenteil, ich habe schon beschlossen.«

Bernouin trat ein. »Ruft einen Hüter,« sprach er, »und bleibt bei mir,« fügte er leise bei. Ein Hüter trat ein; Mazarin schrieb einige Worte, gab sie diesem Manne und verneigte den Kopf. »Adieu, Herr von Rochefort!« sprach er. Rochefort verbeugte sich ehrerbietig und sagte: »Gnädiger Herr, ich sehe, dass man mich in die Bastille zurückführt.«

»Ihr seht gut.«

»Ich gehe dahin zurück, gnädigster Herr, doch wiederhole ich, dass Sie Unrecht haben, mich nicht zu verwenden.«

Man führte Rochefort wirklich über die kleine Treppe, anstatt durch das Vorgemach, wo d'Artagnan wartete. Er traf im Hofe seine Kutsche und seine vier Mann Bedeckung, doch den Freund suchte er vergebens. »Ach, ach,« sprach Rochefort bei sich selbst, »das verändert die Sache auf schauerliche Weise, und es wogt noch immer eine so große Volksmenge in den Straßen, je nun – dann wollen wir es versuchen, Mazarin zu beweisen, ob wir noch zu etwas anderem als zur Behütung eines Gefangenen taugen.« Er sprang mit ebenso viel Leichtigkeit in den Wagen, als ob er erst fünfundzwanzig Jahre gezählt hätte.

### Königin Anna im sechsundvierzigsten Jahre

Als Mazarin mit Bernouin allein war, blieb er ein Weilchen gedankenvoll; er wusste viel, doch wusste er noch nicht genug. Mazarin täuschte im Spiel, wie uns Brienne berichtet; das nannte er: Seinen Vorteil ergreifen. Sonach beschloss er, mit d'Artagnan die Partie nicht eher anzufangen, als bis ihm alle Karten des Gegners bekannt wären.

»Monseigneur befiehlt nichts?«, fragte Bernouin. »Doch,« versetzte Mazarin. »leuchte mir, ich gehe zur Königin.«

Bernouin ergriff einen Leuchter und ging voraus. Man gelangte auf einen geheimen Gang von dem Kabinette Mazarins zu den Gemächern der Königin; diesen Weg ging der Kardinal, um sich zu jeder Stunde zur Königin zu verfügen, mit der er, wie schon gesagt, insgeheim verheiratet war.

Als er in das Schlafgemach kam, in das dieser Gang mündete, traf Bernouin Madame Beauvais an. Diese beiden waren die Vertrauten dieser veralteten Liebe, und Madame Beauvais nahm es über sich, den Kardinal bei der Königin Anna zu melden, die sich mit dem jungen König, Ludwig XIV., in ihrem Betzimmer befand.

Königin Anna saß in einem großen Stuhle, den Ellbogen auf den Tisch, den Kopf auf ihre Hand gestützt, und sah dem königlichen Kinde zu, welches auf dem Teppiche lag und in einem großen Schlachtenbuche blätterte. Jenes Buch war ein Quintus Curtius mit Kupferstichen; welche Alexanders Heldentaten darstellten.

Madame Beauvais erschien an der Türe des Betzimmers und meldete den Kardinal Mazarin. Der Knabe erhob sich mit gerunzelter Stirne auf ein Knie und blickte seine Mutter an, dann sprach er: »Weshalb tritt er denn auf diese Art ein, und lässt nicht um eine Audienz bitten?« Anna errötete leicht und entgegnete ihm: »Es ist von Wichtigkeit, dass zu der Zeit, in welcher wir jetzt leben, ein erster Minister zu jeder Stunde der Königin Bericht von dem erstattet, was vorfällt, ohne dass er dabei die Neugierde oder die Bemerkungen des ganzen Hofes zu erregen braucht.«

»Allein ich denke,« sprach das unbarmherzige Kind, »Herr von Richelieu ist nicht auf diese Art eingetreten.«

»Wie kannst du dich erinnern, was Herr Richelieu tat? Das konntest du nicht wissen, da du noch zu jung warst.«

»Ich erinnere mich wohl nicht daran, doch fragte ich danach, und man hat es mir gesagt.«

»Und wer hat es dir gesagt?« entgegnete Anna mit schlecht verhehlter Regung des Ärgers. »Ich weiß, dass ich nie die Personen nennen darf, die mir Antwort auf meine Fragen geben«, sagte der Knabe, »sonst würde man mir nichts mehr vertrauen.«

In diesem Momente trat Mazarin ein. Der junge König erhob sich ganz, schlug sein Buch zu und trug es zu dem Tische, wo er stehen blieb, um Mazarin zu nötigen, dass er gleichfalls stehen bleibe. Mazarin überblickte mit seinem schlauen Auge diesen ganzen Auftritt, woraus er das Vorgegangene zu erklären suchte. Er verneigte sich ehrfurchtsvoll vor der Königin und machte dem jungen König eine tiefe Verbeugung, der ihm mit einem ungezwungenen Kopfnicken antwortete.

Königin Anna bemühte sich, in Mazarins Zügen die Ursache dieses unerwarteten Besuches zu erraten, da doch der Kardinal gewöhnlich erst dann zu ihr kam, wenn sich alles zurückgezogen hatte. Der Minister gab ihr ein unmerkliches Zeichen und die Königin sagte dann, zu Madame Beauvais gewendet:»Es ist Zeit, dass der junge König zur Ruhe gehe; ruft Laporte.«

Die Königin hatte bereits zwei- oder dreimal den jungen Ludwig gebeten, sich wegzubegeben, aber stets bestand der Knabe auf zärtliche Weise, zu bleiben, doch diesmal tat er keinen Einspruch, nur biss er sich in die Lippen und wurde blass. Gleich darauf trat Laporte ein. Der Knabe ging gerade auf ihn zu, ohne seine Mutter zu liebkosen.

»Nun, Ludwig,« sprach Anna,»warum umarmst du mich nicht?«

»Weil ich glaube, dass du mir gram bist, und mich fortjagst.«

»Ich jage dich nicht fort; da du aber erst geblattert hast und noch leidend bist, so bin ich bekümmert, das Wachen möchte dir beschwerlich sein.«

»Du hattest nicht dieselbe Kümmernis, als ich mich heute nach dem Palast begeben musste, um die schlimmen Edikte zu erlassen, über welche das Volk so laut gemurrt hat.«

»Sire,« sprach Laporte, um ihn auf andere Gedanken zu bringen,»wolle Ew. Majestät befehlen, wem ich den Leuchter geben soll?«

»Wem immer du willst, Laporte«, erwiderte der Knabe,»nur nicht Herrn Mancini,« fügte er mit lauter Stimme hinzu.

Herr Mancini war ein Neffe des Kardinals, welchen Mazarin als Edelknaben beim König untergebracht hatte, und auf den Ludwig XIV. zum Teil den Hass übertrug, welchen er gegen den Minister hegte. Der König entfernte sich, ohne dass er seine Mutter umarmt und den Kardinal begrüßt hatte.

»Ganz wohl,« sprach Mazarin,»ich freue mich, dass Seine Majestät in einem Abscheu von aller Verstellung erzogen wird.«

»Weshalb?«, fragte die Königin mit einer fast schüchternen Miene. »Nun, ich denke, das Abtreten des Königs bedarf keiner Erklärung. Überdies bemüht sich Seine Majestät nicht, zu verhehlen, welch eine geringe Zuneigung sie zu mir hegt, was mich aber nicht abhält, seinem Dienste ebenso ergeben zu sein wie dem Ihrer Majestät.«

«Kardinal, ich bitte Euch für ihn um Vergebung,« sprach die Königin, »er ist ein Kind, das noch nicht die Verbindlichkeiten kennt, die es gegen Euch hat.« Der Kardinal lächelte. »Doch«, fuhr die Königin fort, »zweifelsohne kämet Ihr einer Wichtigkeit wegen. Nun, was ist es?«

Mazarin setzte sich, oder warf sich vielmehr in einen breiten Stuhl und sprach mit melancholischer Miene: »Was es ist? – nun, dass wir höchstwahrscheinlich bald genötigt sein werden, uns zu trennen, es wäre denn, dass Sie mir aus Aufopferung nach Italien folgen könnten.«

»Und warum das?«, fragte die Königin. »Weil, wie die Oper ›Thisbe‹ sagt, versetzte Mazarin. »Le monde entier conspire àdiviser nos feux.«

«Ihr scherzet, mein Herr,« entgegnete die Königin, welche wieder etwas von ihrer vorigen Würde anzunehmen bemüht war.

»Ach nein, Madame,« sprach Mazarin, »ich scherze nicht im geringsten; ich möchte viel lieber weinen, und bitte es zu glauben, da aller Grund vorhanden ist, und wohl darauf zu achten, was ich sagte: ›Le monde entier conspire à diviser, nos feux.‹ Damit will ich sagen, Madame, dass Ihr mich aufgebt.«

»Kardinal!«

»O mein Gott, sah ich nicht neulich, wie freundlich Ihr dem Herzog von Orleans zugelächelt, oder vielmehr über das gelächelt habt, was er Euch sagte?«

»Und was sagte, er mir?«

»Madame, er sagte Euch: »Mazarin ist der Stein des Anstoßes, schickt ihn fort, und alles geht dann gut.«

»Nun, was soll ich tun?«

»O, Madame, ich denke, dass Ihr die Königin seid.«

»Ein schönes Königtum!«

»Ihr seid aber doch mächtig genug, um diejenigen, welche Euch missfallen, zu entfernen.«

»Die mir missfallen?«

»Allerdings. Wer hat Frau von Chevreuse weggeschickt, die man unter der vorigen Regierung zwölf Jahre lang verfolgt hat?«

»Eine Intrigantin, welche gegen mich alle Ränke fortsetzen wollte, die sie gegen Herrn von Richelieu gesponnen hat.«

»Wer hat Frau von Hautefort weggeschickt, diese so vollkommene Freundin, welche die Gunst des Königs verschmähte, um die Meinige zu bewahren?«

»Nun?«

»Wer ließ Herrn von Beaufort gefangen nehmen?«

»Diesen unruhigen Brausekopf, der von nichts geringerem sprach, als mich umzubringen?«

»So seht Ihr, Kardinal,« versetzte die Königin, »Eure Feinde sind auch die Meinigen.«

»Das ist nicht genug, Madame, denn Eure Freunde sollten auch die Meinigen sein.«

»Meine Freunde – Herr?« – die Königin schüttelte den Kopf und seufzte: »Ich habe leider keine mehr.«

«Wie, Ihr habt keine Freunde mehr im Glück, da Ihr sie doch im Unglück gehabt habt?«

»Eben weil ich diese Freunde im Glück vergessen habe. mein Herr.«

»Nun, sagt an.« sprach Mazarin, »Wäre es nicht an der Zeit, das Unrecht wieder gut zu machen? suchet unter Euren Freuden, unter Euren früheren Freunden.«

»Mein Herr, was wollt Ihr damit sagen?«

»Nichts weiter, als was ich sagte: suchet.«

»Ich sehe niemand, auf den ich Einfluss hätte; den Herzog von Orleans leiten seine Günstlinge wie immer. Gestern war es Choisy, heute ist es La Rivière, morgen wird es ein anderer sein. Den Prinzen lenkt Frau von Longueville, die wieder von dem Prinzen von Marrillac geleitet wird. Herr von Conti wird wieder durch den Coadjutor geleitet und dieser lässt sich wieder von Frau von Guèmenèe leiten.«

»Ich sage Euch deshalb nicht, Madame, dass Ihr Euch unter Euren gegenwärtigen Freunden umsehen möget, sondern unter Euren Freunden aus der früheren Zeit.«

»Unter meinen Freunden aus der früheren Zeit?« wiederholte die Königin.

»Ja, unter Euren Freunden aus der früheren Zeit, unter denen, welche Euch den Herzog von Richelieu zu bekämpfen und selbst zu überwinden geholfen haben.

Ja,« fuhr der Kardinal fort, »Ihr habt bei gewissen Veranlassungen mit diesem, seinen und kräftigen Verstande, der Ew. Majestät eigen ist, und unter Mitwirkung Eurer Freunde die Angriffe dieses Gegners abzuwehren gewusst.«

»Ich,« entgegnete die Königin, »ich habe gelitten, weiter nichts.«

»Ja,« versetzte Mazarin, »so wie Frauen leiden, da sie sich rächen. Nun, kommen wir zur Sache – kennen Sie Herrn von Rochefort?«

»Rochefort war keiner meiner Freunde,« sprach die Königin, »im Gegenteil einer meiner erbittertsten Feinde, einer der Getreuesten des Herrn Kardinals. Ich glaubte, Ihr wüsstet das.«

»Ich weiß es so gut«, antwortete Mazarin, »dass wir ihn in die Bastille versetzten.«

»Hat er sie verlassen?«, fragte die Königin.

»Nein! Seid unbekümmert, er sitzt noch immer dort; ich spreche auch nur von ihm, um auf einen andern überzugehen. Kennt Ihr Herrn d'Artagnan?« fuhr Mazarin fort und fasste die Königin fest ins Auge. Diese ward im Innersten erschüttert und murmelte: »Hat der Gascogner geplaudert?« Dann fügte sie laut hinzu: »Ja, d'Artagnan? Hört! dieser Name ist mir ganz wohl bekannt. D'Artagnan, ein Musketier, der eine meiner Kammerfrauen geliebt hat, ein liebes, armes Wesen, das meinetwegen vergiftet worden ist.«

»Ist das alles?«, fragte Mazarin.

Die Königin sah den Kardinal betroffen an und sagte: »Doch, mein Herr, mich dünkt, Ihr lasset mich da ein Verhör bestehen.«

»Worin Ihr doch nur immer nach Belieben antwortet,« entgegnete Mazarin mit seinem ewigen Lächeln und seiner weichen Stimme.

»Sagt mir deutlich, was Ihr verlangt, und ich will Euch ebenso darauf antworten,« sprach die Königin mit einem gewissen Unwillen.

»Nun gut, Madame,« versetzte Mazarin mit einer Verneigung; »ich wünsche, dass Ihr mir erlaubt, Eure Freunde zu benützen, gleich wie ich Euch an dem bisschen Verstand und Talent, die der Himmel mir verlieh, teilnehmen ließ. Die Umstände sind schwierig, wonach man auf kräftige Weise handeln muss.«

»Nun«, sagte die Königin, »ich dachte, wir wären ihrer mit Herrn von Beaufort entledigt.«

»Ja, Ihr saht wohl den Strom, der alles umzustürzen drohte, doch habt Ihr das stille Wasser nicht beachtet. Indes gibt es in Frankreich ein Sprichwort über das stille Wasser.«

»Endet,« sprach die Königin.

»Nun, wir haben Herrn von Beaufort verhaften lassen, das ist wahr; doch war er der mindest Gefährliche von allen; es ist noch der Prinz da.«

»Der Sieger von Rocroy? Denkt Ihr daran?«

»Ja, Madame, sehr oft; allein *Patientia* – wie die Lateiner sagen; denn nach Herrn von Condé ist der Herzog von Orleans da.«

»Was sagt Ihr? Der erste Prinz von Geblüt – des Königs Oheim?«

»Nein, nicht der erste Prinz von Geblüt – nicht des Königs Oheim, sondern der feige Meuterer, der von seinem launenhaften und fantastischen Charakter angespornt, von schmählicher Langweile gequält, von einem leidigen Ehrgeiz verzehrt, eifersüchtig auf alles, was ihn an Rechtlichkeit und Mut übertraf, entrüstet, dass er wegen seiner Nichtigkeit nichts war, sich unter der früheren Regierung zum Echo aller schlimmen Gerüchte. zur Seele aller Ränke gemacht hat; der all diesen wackern Leuten, die so einfältig waren, dem Worte eines Mannes von hohem Geblüte zu trauen, einen Wink gegeben hat, voranzugehen und der sich von ihnen trennte, als sie das Schafott besteigen mussten! Nein, noch einmal sei es gesagt, nicht der erste Prinz von Geblüt, nicht des Königs Oheim, sondern der Mörder Chalais', Montmorencys und Cinq-Mars', der es heute versucht, dasselbe Spiel zu spielen, und der auch die Partie zu gewinnen hofft, weil er den Gegner gewechselt, und statt eines drohenden, einen lächelnden Mann vor sich hat. Allein er täuscht sich und mir ist nicht darum zu tun, diesen Stoff der Zwietracht in der Nähe der Königin zu lassen, womit der selige Herr Kardinal die Galle des Königs zwanzig Jahre lang aufgeregt hat.«

Anna errötete und verbarg ihren Kopf in die beiden Hände.

»Ich will Ew. Majestät ganz und gar nicht demütigen«, fuhr Mazarin fort, indem er einen ruhigen, aber zugleich auch einen wirklich festen Ton annahm, »ich will, dass man die Königin und dass man auch ihren Minister achtet, da ich in den Augen aller nichts als das bin. Ew. Majestät weiß es, dass ich nicht ein aus Italien gekommener Mime bin, wie viele sagen; und so wie Ew. Majestät muss es jedermann wissen.«

»Nun, was soll ich da tun?«, fragte Anna, gebeugt unter dieser gebieterischen Stimme.

»Ihr müsst in Eurem Gedächtnisse nach den Namen dieser treuen und ergebenen Männer forschen, welche Herrn von Richelieu zum Trotz dass Meer übersetzt haben, wobei sie die Spuren ihres Blutes auf dem ganzen Wege zurückließen, um Ew. Majestät einen, dem Herrn von Buckingham geschenkten Schmuck zu holen.«

Anna erhob sich majestätisch und entrüstet, als hätte sie eine Feder in die Höhe geschnellt, blickte den Kardinal mit jener Hoheit und jener Würde an, durch die sie in den Tagen ihrer Jugend so mächtig war, und sagte: »Herr, Ihr beleidigt mich!«

»Nun«, fuhr Mazarin fort, indem er den Gedanken völlig aussprach, den die Bewegung der Königin abgebrochen hatte, »nun, ich will, dass Ihr jetzt für Euren Gemahl dasselbe tut, was Ihr einst für Euren Günstling getan habt.«

»Abermals diese Verleumdung!«, rief die Königin aus, »Ich glaube, sie sei längst erloschen und unterdrückt, denn Ihr hattet mich bis jetzt damit verschont, nun aber tut auch Ihr davon Erwähnung. Doch, desto besser! denn wir werden es diesmal zur Sprache bringen, und dann wird alles ein Ende haben – versteht Ihr mich?«

»Aber, Madame,« versetzte Mazarin betroffen über diese wiederkehrende Kraft, »ich begehre nicht, dass Ihr mir alles gesteht.«

»Doch will ich, ja, ich will Euch alles sagen,« sprach die Königin. »So hört mich denn. Ich will Euch sagen, mein Herr: Es gab damals wirklich vier ergebene Herzen, vier biedere Männer, vier getreue Degen, die mir mehr als das Leben, die mir die Ehre gerettet haben.«

»Ha, Ihr bekennt es!«, rief Mazarin. »Ist denn nur die Ehre der Schuldigen bloßgestellt, mein Herr; kann man niemand sonst, zumal eine Frau, dem Scheine nach an der Ehre gefährden? Ja, der Schein war gegen mich – und dennoch schwöre ich Euch, dass ich schuldlos war. Ich schwöre Euch ...« Die Königin suchte nach einem Gegenstande, bei dem sie schwören könnte, nahm sodann aus einem in der Tapete verborgenen Wandschrank ein kleines, mit Silber eingelegtes Kistchen von Rosenholz, stellte es auf den Altar und fuhr fort: »Ich schwöre es bei diesen geheiligten Überresten, ich war Herrn von Buckingham geneigt, doch war Herr von Buckingham nicht mein Geliebter!«

»Und was sind das für Überreste, Madame, bei denen Ihr diesen Schwur ablegt?«, fragte Mazarin lächelnd, »Ich sage es im Voraus, dass ich ungläubig bin.«

Die Königin löste einen kleinen goldenen Schlüssel von ihrem Halse und übergab ihn dem Kardinal, indem sie sagte:»Da, mein Herr, schließet auf und sehet selber.«

Mazarin nahm betroffen den Schlüssel und öffnete das Kistchen, worin er bloß ein verrostetes Messer und zwei Briefe fand, von denen der eine mit Blut befleckt war.

»Was ist das?«, fragte Mazarin.

»Was das ist, mein Herr?« versetzte Anna mit königlicher Miene, und streckte über das Kistchen einen Arm aus, der ungeachtet der Jahre noch vollkommen schön war. – »Ich will es Euch sagen. Das sind die zwei einzigen Briefe, die ich je an ihn geschrieben habe. Das ist das Messer, mit dem ihn Felton durchbohrt hat. Leset die Briefe, Herr, und Ihr werdet sehen, ob ich unwahr gewesen.«

Statt dass Mazarin nach der ihm erteilten Erlaubnis den Brief gelesen hätte, nahm er aus einem natürlichen Antrieb das Messer, welches der sterbende Buckingham aus seiner Wunde gezogen und durch Laporte der Königin überschickt hatte. Die Klinge war bereits zerfressen, denn das Blut war zu Rost geworden; nach einer Weile des Anblickes, während dessen die Königin ebenso weiß geworden wie die Hülle des Altars, woran sie sich stützte, legte er es mit einem unwillkürlichen Schauder wieder in das Kistchen zurück und sagte:

»Madame, es ist gut, ich vertraue auf Euren Schwur.«

»Nein, nein, leset,« sprach die Königin mit gerunzelter Stirne, »leset, ich will, ich gebiete es, damit diesmal, wie ich beschlossen, alles beendigt werde, und wir nicht wieder auf diesen Gegenstand zurückkommen. Glaubt Ihr denn,« fügte sie mit einem verzerrten Lächeln hinzu, »dass ich künftig bei jeder Eurer Beschuldigungen bereit sein werde, dieses Kistchen zu öffnen?«

Beherrscht von dieser Energie, gehorchte Mazarin maschinenartig und las die zwei Briefe. Der eine war jener, womit die Königin die diamantenen Nestelstifte von Buckingham zurückverlangte, nämlich jener, welchen d'Artagnan überbracht hatte, und der zu rechter Zeit noch angekommen war; der andere war der, den Laporte dem Herzog eingehändigt, und worin ihm die Königin anzeigte, dass man ihn umbringen wolle, und der zu spät angelangt war.

»Madame, es ist gut,« sprach Mazarin, »darauf lässt sich nichts entgegnen ...«

»Dennoch,« versetzte die Königin, indem sie auf das Kistchen drückte und dasselbe wieder zuschloss, »dennoch lässt sich etwas darauf entgegnen, dass ich nämlich gegen diese Männer stets undankbar war, die mich gerettet, und alles, was sie vermochten, zu meiner Rettung getan haben; dass ich diesen wackern d'Artagnan, dessen Ihr eben gedacht, nichts gab, als die Hand zu küssen und diesen Demantring.«

Hier streckte die Königin ihre schöne Hand aus und zeigte dem Kardinal einen wunderbaren Stein, der an ihrem Finger schimmerte. Dann fuhr sie fort: »Wie es scheint, so hat er ihn in einem Augenblicke der Not veräußert; er hat es getan, um mich ein zweites Mal zu retten, denn es geschah, um an den Herzog einen Boten abzuschicken und ihm den Mordversuch zu melden.«

»Also wusste d'Artagnan?«

»Er wusste alles, doch wie er tätig war, das weiß ich nicht. Zuletzt aber verkaufte er den Stein an Herrn des Essarts, an dessen Finger ich ihn gesehen und zurückgekauft habe. Doch gehört dieser Diamant ihm, mein Herr! Stellt ihm also denselben zurück in meinem Namen, und da Ihr so glücklich seid, solch einen Mann neben Euch zu haben, so sucht, ihn auf ersprießliche Weise zu gebrauchen.«

»Madame, ich danke,« sprach Mazarin, »ich werde den Rat befolgen.«

«Und habt Ihr noch ein anderes Verlangen?«, fragte die Königin, durch diese Gemütsbewegung erschöpft.

»Keine, Madame,« entgegnete der Kardinal mit seiner einschmeichelndsten Stimme, »als Euch inständigst zu bitten, mir meinen ungerechten Argwohn zu vergeben; allein ich liebe Euch so, dass man sich nicht verwundern darf, wenn ich selbst auf die Vergangenheit eifersüchtig bin.«

### Gascogner und Italiener

Mittlerweile war der Kardinal in sein Kabinett zurückgekehrt. Wie er nun allein war, öffnete er die Türe des Vorgemachs. D'Artagnan schlief ermüdet auf einer Bank. »Herr d'Artagnan!« rief er mit leiser Stimme. D'Artagnan bewegte sich nicht. »Herr d'Artagnan!« rief er lauter. D'Artagnan fuhr fort zu schlafen. Der Kardinal näherte sich ihm und berührte mit der Fingerspitze dessen Schulter. D'Artagnan regte sich jetzt, wachte auf, richtete sich schnell empor und stand wie ein Soldat unter den Waffen. »Hier bin ich!« sprach er; »wer ruft mich?«

»Ich,« entgegnete Mazarin mit der freundlichsten Stimme. »Ich bitte Ew. Eminenz um Vergebung!«, sagte d'Artagnan; »ich war so erschöpft ...«

»Bittet mich nicht um Vergebung, mein Herr,« fiel Mazarin ein, »denn Ihr habt Euch in meinem Dienste abgemüht.

Herr d'Artagnan,« sprach Mazarin, indem er sich setzte und sich bequem in seinem Sessel ausstreckte, »Ihr schienet mir stets ein tapferer und biederer Mann zu sein, – der Zeitpunkt ist gekommen, um Eure Talente und Eure Tüchtigkeit wohl zu verwenden.«

»Befehlen Sie, Monseigneur,« sprach er, »ich stehe bereit, Ew. Eminenz zu gehorchen.«

»Herr d'Artagnan,« fuhr Mazarin fort, »Ihr habt unter der letzten Regierung gewisse Taten verrichtet ...«

»Ew. Eminenz ist zu gütig, sich dessen zu erinnern ... Es ist wahr, ich habe im Kriege mit ziemlichem Erfolge gekämpft.«

»Ich, rede nicht von Euren Kriegstaten,« versetzte Mazarin, »denn wiewohl sie einiges Aufsehen erregten, so wurden sie doch durch Eure anderen Dienste überboten.«

D'Artagnan stellte sich verwundert. «Nun, Ihr antwortet nicht?«, fragte Mazarin.

»Ich erwartete,« entgegnete d'Artagnan, »dass Monseigneur mir sagt, von welchen Taten die Rede sein.«

»Ich rede von jenem Abenteuer ... ach, Ihr wisst wohl, was ich sagen Will.«

»Ach nein, Gnädigster Herr«, antwortete d'Artagnan ganz betroffen.

»Ihr seid bescheiden, das ist umso besser; ich meine jenes Abenteuer rücksichtlich der Königin, jene Nestelstifte, jene Reise, die Ihr mit dreien Eurer Freunde unternommen habt.«

»Ha«, dachte der Gascogner, »ist das eine Schlinge! seien wir auf unserer Hut.«

Er bewaffnete seine Züge mit einer solchen Verwunderung, dass ihn Mondori und Bellerose, die zwei besten Schauspieler jener Zeit, darum beneidet hätten.

»Sehr wohl,« versetzte Mazarin lachend, »bravo! Man sagte mir mit Recht, dass Ihr der Mann wäret, den ich brauche. Sprecht, was wollet Ihr wohl für mich tun?«

»Alles, was mir Ew. Eminenz befehlen wird,« entgegnete d'Artagnan.

»Würdet Ihr das für mich tun, was Ihr vor Zeiten für eine Königin getan habt?«

»Für eine Königin, gnädigster Herr? ich verstehe nicht.«

»Versteht Ihr nicht, dass ich Euch und Eure drei Freunde brauche?«

»Welche Freunde, Monseigneur?«

»Eure drei ehemaligen Freunde.«

»Ehemals, gnädigster Herr,« versetzte d'Artagnan,»hatte ich nicht bloß drei Freunde, ich hatte deren fünfzig. Im Alter von zwanzig Jahren nennt man bald jeden seinen Freund.«

»Gut, gut, Herr Offizier,« sprach Mazarin; »die Bescheidenheit ist etwas Schönes, doch könnte es Euch reuen, wenn Ihr heute allzu bescheiden wäret.«

»Gnädigster Herr, Pythagoras ließ seine Schüler fünf Jahre lang stumm sein, um sie das Schweigen zu lehren.«

»Und Ihr, mein Herr, habt zwanzig Jahre lang geschwiegen, das heißt fünfzehn Jahre länger als ein pythagoräischer Philosoph, was mich bemerkenswert dünkt. Redet also heute, denn die Königin selbst nimmt Euch Euren Schwur ab.«

»Die Königin?«, rief d'Artagnan mit einem ungeheuchelten Erstaunen.

»Ja, die Königin, und damit ich Euch beweise, dass ich in ihrem Namen spreche, befahl sie mir, Euch diesen Diamant zu zeigen, von dem sie vorgibt, dass Ihr ihn kennt, und den sie von Herrn des Essarts zurückgekauft hat.«

Hier streckte Mazarin die Hand gegen den Offizier aus, der seufzte, als er den Ring erkannte, den ihm die Königin an jenem Ballabend im Rathause geschenkt hatte. »Ich erkenne allerdings diesen Diamant«, sagte Artagnan, »er hat der Königin zugehört.«

»Somit sehet Ihr, dass ich in Ihrem Namen mit Euch spreche. Antwortet mir also, ohne Euch länger zu verstellen. Ich sagte es schon und wiederholte es Euch: Es handelt sich um Euer Glück.«

»Meiner Treue, gnädigster Herr, ich habe es sehr Vonnöten, mein Glück zu machen. Ew. Eminenz hat mich so lange vergessen.«

»Acht Tage sind hinreichend, um das wieder gut zu machen. Verständigen wir uns, Ihr seid jetzt hier, wo aber sind Eure Freunde?«

»Monseigneur, das weiß ich nicht.«

»Wie! das wisst Ihr nicht?«

»Nein, wir sind seit lange schon getrennt, da alle drei den Dienst verlassen haben.«

»Wo werdet Ihr sie nun auffinden?«

»Überall, wo sie sind, das ist meine Sorge.«

»Gut – und Eure Bedingnisse?«

»Geld, gnädiger Herr, soviel als unsere Unternehmungen erheischen; ich erinnere mich nur zu wohl, wie oft wir aus Geldmangel verhindert wurden, und ohne diesen Diamant, den ich notgedrungen verkaufen musste, hätten wir unser Ziel nicht erreicht.«

»Potz Wetter! Geld und viel Geld!« rief Mazarin, »wie Ihr gleich anfangt, Herr Offizier! Wisst Ihr wohl, dass sich in den königlichen Kassen kein Geld befindet?«

»Tun Sie dann wie ich, gnädigster Herr, verkaufen Sie die Krondiamanten. O, geizen wir ja nicht, mit geringen Mitteln lassen sich große Dinge schlecht ausführen.«

»Wohlan,« sprach Mazarin, »wir werden besorgt sein, Euch zufriedenzustellen.«

»Richelieu«, dachte d'Artagnan, »hätte mir bereits fünfhundert Pistolen auf die Hand gelegt.«

»Ihr werdet also mir angehören?«

»Ja, wenn es meine Freunde wollen.«

«Kann ich aber bei ihrer Weigerung doch auf Euch rechnen?«

»Allein führte ich nie etwas Gutes aus,« versetzte d'Artagnan kopfschüttelnd.

»Sucht sie also auf.«

»Was soll ich nun sagen, um sie zum Dienste Ew. Eminenz zu bewegen?« »Ihr kennet sie besser als ich. Macht ihnen die Anträge je nach ihrem Charakter.«

»Was für Anträge soll ich machen?«

»Sie sollen mir so dienen, wie sie einst der Königin dienten, und mein Dank wird glänzend ausfallen.«

»Was haben wir zu tun?«

»Alles, indem Ihr alles ausführen zu können scheinet.«

»Hat man Vertrauen zu den Leuten, Monseigneur, und will man Vertrauen erlangen, so muss man sie besser unterweisen, als es Ew. Eminenz tut.«

»Seid unbekümmert,« entgegnete Mazarin, »ist einmal der Moment zum Handeln gekommen, so sollt Ihr meinen ganzen Willen erfahren.«

»Und bis dahin?«

»Harret und suchet Eure Freunde auf.«

»Monseigneur, sie sind vielleicht nicht in Paris, ja, wahrscheinlich nicht; und somit werde ich reisen müssen. Ich bin nur ein sehr armer Leutnant der Musketiere, und die Reisen sind kostspielig.«

»Es ist nicht meine Absicht,« versetzte Mazarin, »dass Ihr mit Prunk zu Werke geht; meine Entwürfe bedürfen der Heimlichkeit und würden sich bei zu großem Aufsehen gefährden.«

»Auch dann, Monseigneur, kann ich mit meiner Löhnung nicht reisen, da man mir seit drei Monden rückständig ist; auch kann ich mit meinen Ersparnissen nicht reisen, da ich während meiner zweiundzwanzigjährigen Dienstzeit nur Schulden angehäuft habe.«

Mazarin versank ein Weilchen in ein tiefes Nachsinnen, als ginge in seinem Innern ein heftiger Kampf vor; sodann näherte er sich einem mit dreifachem Schlosse versperrten Schrank, nahm daraus einen Säckel hervor und wog ihn ein paar Mal in der Hand, ehe er ihn d'Artagnan reichte und mit einem Seufzer zu ihm sprach: »So nehmt denn das hin, es ist für die Reise.«

»Wenn das spanische Dublonen oder auch nur Goldtaler sind«, dachte d'Artagnan, »so lässt sich noch etwas mitsammen tun.« Er verbeugte sich vor dem Kardinal und steckte den Säckel in seine weite Tasche.

»Nun, so ist es abgetan«, fuhr der Kardinal fort; »Ihr werdet Euch auf den Weg begeben?«

»Ja, gnädigster Herr.«

»Schreibt mir jeden Tag und gebt mir Nachricht von Euren Unterhandlungen.«

»Ich werde es nicht unterlassen. Monseigneur.«

»Ganz wohl – doch sagt mir die Namen Eurer Freunde.«

»Die Namen meiner Freunde?« wiederholte d'Artagnan mit einem Reste von Kümmernis.

»Ja, indes Ihr auf Euren Wegen sucht, will auch ich mich meinerseits erkundigen, und werde vielleicht etwas in Erfahrung bringen.«

»Herr Graf de la Fère – sonst Athos; Herr Duvallon – sonst Porthos, und der Herr Chevalier d'Herblay, jetzt Abbé d'Herblay – sonst Aramis.«

Der Kardinal lächelte und sprach: »Jüngere Söhne von Adeligen, die sich unter anderen Namen bei den Musketieren anwerben ließen, um ihre Familiennamen nicht bloßzustellen. Wackere Degen, doch leere Geldsäckel, man weiß das.«

»So Gott will, dass diese Degen in den Dienst Ew. Eminenz treten«, sagte d'Artagnan, »so erlaube ich mir einen Wunsch zu äußern, dass nämlich der Goldsäckel des gnädigen Herrn leicht und der Ihrige schwer werde; denn mit diesen drei Männern kann Ew. Eminenz nach Belieben ganz Frankreich, ja ganz Europa in Bewegung setzen.«

»Die Gascogner,« sprach der Kardinal, »sind im Prahlen beinahe den Italienern gleich.«

»In jedem Falle,« versetzte d'Artagnan mit einem Lächeln, dem des Kardinals ähnlich, »übertreffen sie dieselben, wenn es das Schwert betrifft.«

Darauf entfernte er sich, nachdem er einen Urlaub angesucht, der ihm auch bewilligt und vom Kardinal selbst unterfertigt wurde.

Inzwischen rieb sich der Kardinal die Hände und murmelte: »Hundert Pistolen, ja, für hundert Pistolen habe ich mir ein Geheimnis erkauft, welches Richelieu mit zwanzigtausend Talern hätte bezahlen müssen. Ungerechnet diesen Ring,« – fügte er hinzu und beliebäugelte den Diamant, welchen er behielt, statt ihn d'Artagnan zu geben – »ungerechnet diesen Ring, der mindestens einen Wert von zehntausend Livres hat.«

### D'Artagnan ist in Bedrängnis, eine alte Bekanntschaft kommt ihm zu Hilfe

D'Artagnan kehrte also ganz gedankenvoll in sein Gasthaus in der Rue Tiquetonne zurück, fühlte ein ziemlich lebhaftes Vergnügen, den Säckel des Kardinals Mazarin zu tragen, und dachte an den schönen Diamant, der einst sein eigen war und den er einen Augenblick lang am Finger des Ministers blitzen sah. Was hätte d'Artagnan gesagt, wäre es ihm bewusst gewesen, dass die Königin diesen Ring Mazarin gegeben habe, um ihm denselben wieder zurückzustellen?

Als er in die Straße Tiquetonne einbog, sah er, dass dort ein großer Aufruhr stattfinde, und diese Bewegung war in der Nähe seiner Wohnung. »O,« sprach er, »ist etwa Feuer ausgebrochen im Gasthause la Chevrette?«

Als d'Artagnan näher kam, sah er, dass der Auflauf nicht im Gasthause stattfand, sondern im benachbarten Hause. Man erhob ein lautes Geschrei, stürzte mit Fackeln hin und her, und bei diesem Fackellichte bemerkte d'Artagnan Uniformen. Er erkundigte sich, was da vorgehe. Man gab ihm zur Antwort: Ein Bürger habe mit etwa zwanzig seiner Freunde einen Wagen angegriffen, der von den Garden des Herrn Kardinals begleitet war, da jedoch eine Verstärkung hinzukam, so seien die Bürger in die Flucht getrieben worden. Der Anführer des Aufstandes flüchtete sich in das Haus neben der Herberge, und jenes werde eben durchsucht.

D'Artagnan wäre als Jüngling noch dahin geeilt, wo er Uniformen sah, und hätte den Soldaten gegen die Bürger beigestanden, doch war er lange nicht mehr dieser Brausekopf; überdies trug er die hundert Pistolen des Kardinals in der Tasche, und so wagte er es nicht, sich in den Auflauf zu mengen. Er kehrte in das Gasthaus zurück, ohne weitere Fragen zu stellen. Einst wollte d'Artagnan immer alles erfahren, jetzt wusste er immer genug.

Die Wirtin – eine stattliche, noch sehr hübsche Frau, die ihrem vornehmen Gaste die Stunden abendlicher Langeweile umso ungezwungener verkürzte, als ihr Ehegemahl seit langer Zeit verschollen war – erwartete d'Artagnan bereits ungeduldig, da sie, im Falle einer Gefahr, auf seinen Schutz hoffte. Sie wollte demnach ein Gespräch mit ihm anknüpfen und ihm mitteilen, was da vorgefallen war, allein d'Artagnan überlegte, und fühlte sich somit nicht geneigt zu plaudern. Sie zeigte auf das dampfende Nachtmahl, allein d'Artagnan verlangte, dass man ihm dasselbe auf sein Zimmer bringe, und eine Bouteille alten Burgunder hinzufüge.

Die schöne Magdalena – so nannte sich die Wirtin – war zum militärischen Gehorsam abgerichtet, nämlich auf einen Wink. Diesmal geruhte d'Artagnan zu sprechen, und ward sogleich mit doppelter Eilfertigkeit bedient. D'Artagnan nahm seinen Schlüssel und ein Licht und begab sich hinauf in sein Zimmer. Um der Miete nicht Eintrag zu tun, begnügte er sich mit einem Zimmer im vierten Stockwerke. Aus Achtung für die Wahrheit müssen wir sogar sagen, dass dieses Zimmer gerade unter der Dachrinne und dem Dache lag.

Sein erstes Geschäft war, dass er in einem alten Schreibtisch, woran nur das Schloss neu war, seinen Geldsäckel einsperrte, den er nicht einmal nachzusehen brauchte, um sich Rechenschaft über die darin befindliche Summe abzulegen. Als hierauf sogleich sein Nachtmahl mit der Bouteille Wein gebracht wurde, schickte er den Aufwärter wieder fort, schloss die Türe ab und setzte sich zu Tische.

Mit Anbruch des Tages wachte er auf, sprang mit ganz militärischer Rüstigkeit aus dem Bette, und ging gedankenvoll im Zimmer auf und nieder, als er das Klirren eines Fensters hörte, das man in seinem Zimmer einschlug. Er dachte sogleich an seinen Geldsäckel, der im Schreibtische lag, und eilte hinaus. Er irrte sich nicht, es kaum ein Mann durch das Fenster.

»Ha, Unverschämter!«, rief d'Artagnan, da er diesen Mann für einen Schurken hielt, und ergriff seinen Degen.

»In des Himmels Namen, mein Herr!«, rief der Mann, »stecken Sie Ihre Klinge wieder in die Scheide und durchbohren Sie mich nicht, ohne mich angehört zu haben. Ich bin nichts weniger als ein Dieb. Ich bin ein redlicher, wohlbestallter Bürger mit eigenem Hause. Ich nenne mich – doch wie, irre ich nicht? – Sie sind Herr d'Artagnan!«

»Und du Planchet,« entgegnete der Leutnant.

»Zu dienen, gnädiger Herr«, sagte Planchet voll Entzücken, »wenn ich noch zu dienen imstande wäre.«

»Vielleicht,« versetzte d'Artagnan; »was läufst du denn im Monat Januar um sieben Uhr über die Dächer?«

»Sie sollen es wissen, gnädiger Herr«, erwiderte Planchet, »aber am Ende sollen Sie's vielleicht doch nicht wissen.«

»Sprich, was ist's«, fragte d'Artagnan. »Erst hänge aber eine Serviette vor das Fenster und ziehe den Vorhang zu.« Planchet gehorchte, als er fertig war, sagte d'Artagnan: »Nun?«

»Gnädiger Herr«, antwortete Planchet vorsichtig. »Vor allem sagen Sie, wie Sie mit Herrn von Rochefort stehen.«

»E, ganz gut – warum Rochefort? Du weißt ja doch, er ist jetzt einer meiner besten Freunde.«

»O, desto besser.«

»Wie steht denn aber Rochefort in Beziehung mit dieser Manier, in mein Zimmer zu gelangen?«

»Ha, das ist es, gnädiger Herr; ich will Ihnen fürs Erste sagen, dass Rochefort –« Planchet hielt inne.

»Bei Gott,« versetzte d'Artagnan, »ich weiß, dass er in der Bastille ist.«

»Das heißt: Er war darin,« entgegnete Planchet.

»Wie denn: er war darin?« fragte d'Artagnan. »War er etwa so glücklich und konnte entwischen?«

»O, gnädiger Herr«, sagte Planchet, »wenn Sie das Glück nennen, so geht alles, so ist alles gut! Wie mich dünkt, so ließ man gestern Herrn Rochefort aus der Bastille holen.«

»Nun, beim Himmel, ich weiß es, da ich ihn dort abholte.«

»Doch zum Glücke für ihn haben Sie ihn nicht wieder dahin zurückgeführt, denn hätte ich Sie unter der Bedeckung erkannt, gnädiger Herr, so glauben Sie mir, ich hegte für Sie noch immer zu viel Achtung –«

»Pst! so ende doch einmal, was ist denn geschehen?«

»Wohlan, es geschah, dass ein großes Murren entstand, als die Kutsche des Herrn von Rochefort mitten in der Straße la Féronnerie durch eine Gruppe Volkes fuhr und die Leute der Bedeckung rau gegen die Bürger waren; der Gefangene hielt das für eine günstige Gelegenheit sich zu nennen und um Hilfe zu rufen. Ich war anwesend, erkannte den Namen des Grafen von Rochefort, erinnerte mich, dass er es war, durch den ich Wachtmeister im Regiment Piemont geworden bin und rief laut: Er sei ein Gefangener, er sei ein Freund des Herrn Herzogs von Beaufort. Man bot Trotz, hielt die Pferde an und warf die Bedeckung nieder. Mittlerweile öffnete ich den Kutschenschlag. Herr von Rochefort stieg aus und verlor sich in der Menge. Zum Unglück zog in diesem Momente eine Runde vorüber, verband sich mit den Leibwachen und griff uns an; ich ward bedrängt, zog mich zurück nach der Seite der Straße Tiquetonne, und flüchtete mich hier in das anstoßende Haus; man umzingelte und durchsuchte dasselbe, allein vergebens. Ich fand im fünften Stock eine mitleidige Person, die mich zwischen den Tapeten versteckt hielt. Da blieb ich denn bis zum Anbruch des Tages und in der Besorgnis, man würde vielleicht am Abend die Untersuchungen wiederholen, wagte ich mich auf die Dachrinnen, wobei ich fürs erste in irgendeinem Hause einen Eingang und auch einen Ausgang suchte, die nicht bewacht wären. Das ist meine Geschichte, und auf Ehre, gnädiger Herr, ich wäre trostlos, wenn sie Ihnen missfiele.«

»Nicht doch«, erwiderte d'Artagnan, »ich freue mich im Gegenteile sehr, wenn Rochefort frei ist. Weißt du aber eines? Dass du nämlich gehenkt wirst, wenn du den Leuten des Königs in die Hände gerätst.«

»Bei Gott, ob ich das weiß,« versetzte Planchet; »das ist es eben, was mich selbst bekümmert, und deshalb bin ich so froh, dass ich Sie wiederfand, denn wenn Sie mich verstecken wollen, so kann es niemand so gut wie Sie.«

»Ja«, sagte d'Artagnan, »das will ich recht gern, wiewohl ich mich mit meiner Stelle gefährde, wenn es kund wird, dass ich einem Anführer Zuflucht gewährte.«

»Ach, gnädiger Herr, Sie wissen wohl, dass ich für Sie mein Leben einsetzen würde.«

»Du darfst sogar beifügen, Planchet, dass du es schon eingesetzt hast. Ich vergesse nur das, was ich vergessen muss, doch an dies will ich mich stets erinnern. Setze dich also dorthin und iss ruhig, denn ich bemerke die ausdrucksvollen Blicke, die du auf die Überreste meines Nachtmahls wirfst.«

»Ja, gnädiger Herr, denn die Speisekammer der Nachbarin war schlecht bestellt; ich habe seit gestern Mittag nichts genossen als eine Brotschnitte mit Zwetschgenmus. Wiewohl ich die Süßigkeiten zu gehöriger Zeit nicht verschmähe, so fand ich doch das Abendmahl ein bisschen gar zu leicht.«

»Armer Junge,« sprach d'Artagnan, »stärke dich also.«

»Ach, gnädiger Herr«, sagte Planchet. »Sie retten mir zweimal das Leben.«

Er setzte sich an den Tisch und begann da zu verschlingen wie in den guten Tagen der Straße Fossoyeurs. D'Artagnan ging indessen auf und nieder und dachte über die Vorteile nach, welche er in seiner gegenwärtigen Lage aus Planchet ziehen könnte. Mittlerweile arbeitete Planchet mit allen Kräften, um die verlornen Stunden wieder einzubringen. Endlich stieß er den Seufzer der Befriedigung eines hungrigen Menschen aus, womit er andeutet, er wolle jetzt, nachdem die erste und tüchtige Grundlage gelegt ist, eine kleine Pause machen.

»Sag' an,« sprach d'Artagnan, der da glaubte, nun wäre der rechte Moment gekommen, um das Verhör zu beginnen; »gehen wir der Ordnung nach, weißt du, wo Athos ist?«

»Nein, mein Herr,« entgegnete Planchet.

»Teufel! weißt du, wo Porthos ist?«

»Eben so wenig.«

»Teufel! Teufel – und Aramis?«

»Gleichfalls nicht.«

»Teufel! Teufel! Teufel!«

»Aber,« versetzte Planchet mit seiner schlauen Miene, »ich weiß, wo Bazin ist!«

»Wie, du weißt, wo Bazin ist?«

»Ja, gnädiger Herr.«

»Wo ist er denn?«

»In Notre-Dame.«

»Und was tut er in Notre-Dame.«

»Er ist Kirchendiener.«

»Bazin, Kirchendiener in Notre-Dame? weißt du das gewiss?«

»Ganz gewiss, ich habe ihn gesehen und mit ihm geredet.«

»Er muss wohl wissen, wo sein Herr ist.«

»Ohne Zweifel.«

D'Artagnan dachte nach, sodann nahm er seinen Mantel und seinen Degen und machte Miene fortzugehen.

»Gnädiger Herr«, rief Planchet mit kläglicher Miene, »wollen Sie mich in dieser Lage verlassen? Bedenken Sie, ich habe keine andere Hoffnung als auf Sie allein.«

»Man wird dich hier nicht suchen«, erwiderte d'Artagnan.

»Wenn man aber doch käme,« versetzte der vorsichtige Planchet, »bedenken Sie nur, dass mich die Leute des Hauses, die mich nicht eintreten gesehen, für einen Dieb halten.«

»Das ist wahr,« sprach d'Artagnan, »lass uns nachdenken. Sprichst du irgendeine Mundart?«

»Ich spreche mehr als das, gnädiger Herr, ich verstehe eine fremde Sprache, nämlich flamändisch.«

»Zum Teufel, wo hast du das gelernt?«

»In Artois, wo ich zwei Jahre im Felde stand. Hören Sie: Goeden morgen, myn heer, ik ben begeerd te weeten hoc uwe gezoudheyd bestaed.«

»Was will das sagen?«

»Guten Morgen, mein Herr; ich beeile mich, Sie um den Stand Ihrer Gesundheit zu befragen.«

»Das nennt er eine Sprache! Doch gleichviel,« sagte Artagnan. »Das kommt nach Wunsch.«

D'Artagnan trat zu der Türe, rief einen Aufwärter und befahl ihm, der schönen Magdalena zu melden, sie möge heraufkommen.

»Was tun Sie, gnädiger Herr?«, sagte Planchet; »wollen Sie etwa unser Geheimnis einer Frau anvertrauen?«

»Sei unbekümmert, diese wird kein Wort verraten.«

In diesem Moment trat die Wirtin ein; sie kam mit lächelndem Gesichte und hoffte d'Artagnan allein anzutreffen, als sie aber Planchet erblickte, trat sie betroffen einen Schritt zurück.

»Liebe Wirtin«, rief d'Artagnan, »hier stelle ich Euch Euern Herrn Bruder vor, der aus Flandern angekommen ist, und den ich für einige Tage in meine Dienste aufnehme.«

»Mein Bruder?«, sagte die Wirtin noch mehr betroffen.«

»Begrüßt doch Eure Schwester, Master Peter.«

»Willkom, Zuster,« sagte Planchet. »Goeden tag, broder!«, antwortete die Witwe erstaunt. »Hört, wie das kommt,« sprach d'Artagnan; »dieser Herr ist Euer Bruder, den Ihr vielleicht nicht kennt, den aber ich kenne; er kam aus Amsterdam. Kleidet ihn während meiner Abwesenheit, und wenn ich zurückkomme, das ist in einer Stunde, stellt Ihr ihn mir vor, und indem ich Euch nichts verweigern kann, so nehme ich ihn in meinen Dienst auf, wiewohl er, versteht Ihr, kein Wort französisch spricht.«

»Ich errate Eure Wünsche, und mehr bedarf ich nicht,« entgegnete Magdalena.

»Ihr seid eine schätzbare Frau, meine schöne Wirtin, und ich vertraue auf Euch.« Er gab Planchet ein Zeichen des Einverständnisses und ging fort, um sich nach Notre-Dame zu begeben.

### Von den verschiedenen Wirkungen, die eine halbe Pistole auf einen Kirchendiener und auf einen Chorknaben haben kann

D'Artagnan nahm seinen Weg nach dem Pont-neuf und wünschte sich dabei Glück, dass er Planchet wieder gefunden, denn wiewohl er dem würdigen Diener gern einen Dienst erwiesen hätte, so war es doch in der That Planchet, der d'Artagnan einen Dienst leistete. D'Artagnan kam also nach Notre-Dame, zufrieden mit dem Zufall und mit sich selber. Er stieg über die Vortreppe, trat in die Kirche, wandte sich zu einem Sakristan, der eine Kapelle fegte, und fragte ihn, ob er wohl einen Herrn Bazin kenne.

»Herrn Bazin, den Kirchendiener?«, fragte der Sakristan.

»Ja, ihn.«

»Dort in der Kapelle bereitet er eben die Messe vor.«

D'Artagnan begab sich, mit dieser Auskunft sehr zufrieden, sofort nach der Kapelle, und begegnete schon in der Türe dem biederen Bazin, der eben mit seiner Arbeit fertig geworden war und von dem unerwarteten Besuch wenig erbaut zu sein schien. Als d'Artagnan nun gar nach dem Aufenthaltsort d'Herblays fragte, ging ein gewaltiger Schrecken über die Züge Bazins, der für die Seelenruhe seines Herrn zu fürchten begann; er behauptete steif und fest, nichts über Aramis zu wissen.

D'Artagnan sah ein, dass er so nicht zum Ziele gelangen würde und begann, als Bazin sich entfernt hatte, einen kleinen Chorknaben, der ihm gerade in den Weg lief, auszuforschen. Nach wenigen Fragen schon, deren Nachdrücklichkeit durch einige Münzen unterstützt wurde, erfuhr er, dass Bazin häufig nach Roisy zu reiten pflegte, wo, wie d'Artagnan wusste, sich ein Palais des Erzbischofs von Paris befand, das gegenwärtig des Erzbischofs Nichte, die Frau von Longueville, beherbergte. Nun wusste er schon, was er hatte wissen wollen und begab sich noch am gleichen Tage mit Planchet auf den Weg nach Roisy. Die Eintönigkeit dieses Rittes wurde plötzlich durch eine Schar von Reitern unterbrochen, die, offenbar jemand verfolgend, d'Artagnan anhielten und erst, als sie in ihm einen Offizier der Garden erkannten, den Weg freigaben und d'Artagnans aufwallenden Zorn dadurch in dem Momente besänftigten, als er eben nach seinem Degen greifen wollte.

Als die beiden Reiter in Roisy ankamen, hielten sie vor dem Palais des Erzbischofs, um zu beraten, wie sie jetzt, da es spät am Abend war, Aramis auffinden könnten. Da fühlte Planchet plötzlich eine heftige Erschütterung seines Pferdes, drehte sich erschrocken um und sah hinter sich – Aramis sitzen, der aus den Wolken gefallen zu sein schien. Der Abbé begrüßte die beiden Ankömmlinge, bat sie, alle Fragen für später zu bewahren und jetzt den Weg einzuschlagen, den er ihnen zeigen wollte. So gelangte man bald zu Aramis' Haus. Zu d'Artagnans größtem Erstaunen betrat man es nicht durch das Tor, sondern mittels einer Strickleiter durch ein Fenster; eine Maßnahme, die Aramis mit der vorgerückten Zeit und der Strenge der Klosterregeln entschuldigte.

Während Planchet in einer Bedientenwohnung untergebracht wurde, machten d'Artagnan und Aramis es sich in einem ebenso reich als geschmackvoll ausgestatteten Zimmer bequem. Bazin, der ein köstliches Mahl auftrug, ließ beim Anblick d'Artagnans fast die Schüssel fallen und zitterte, als ob er den Teufel selbst in seines Herrn Wohnung angetroffen hätte.

»Nun sind wir allein, lieber Aramis,« sprach d'Artagnan, indem er seine Augen von der Wohnung auf den Bewohner richtete und die mit den Möbeln begonnene Musterung mit den Kleidern beendigte; »wo zum Teufel seid Ihr hergekommen, als Ihr hinter Planchet auf das Pferd fielet?«

»Ei, potz Wetter,« entgegnete Aramis. Ihr saht es doch, aus dem Himmel.«

»Aus dem Himmel?« wiederholte d'Artagnan kopfschüttelnd, »Ihr seht ebenso wenig danach aus, dass Ihr aus ihm kommt, als zu ihm gelangt.«

»Mein Lieber«, erwiderte Aramis mit einer blöden Miene, welche d'Artagnan damals, wo er noch Musketier war, nie an ihm bemerkt hatte, »kam ich nicht aus dem Himmel, so kam ich doch wenigstens aus dem Paradiese, was damit viele Ähnlichkeit hat.«

»Nun, so sind jetzt die Gelehrten einig,« versetzte d'Artagnan, »bis jetzt konnte man sich nicht verständigen über die bestimmte Lage des Paradieses; die einen verlegten es auf den Berg Ararat, die andern zwischen Tigris und Euphrat; wie es scheint, suchte man es in der Ferne, während es ganz nahe lag. Das Paradies ist in der Boish-le-Sec, an der Stelle des Schlosses des Herrn Erzbischofs von Paris. Man verlässt es nicht durch die Türe, sondern durch das Fenster, man steigt aus ihm nicht herab über die Marmorstufen einer Vorhalle, sondern auf den Ästen einer Linde, und der Engel, der es bewacht, hat gerade das Aussehen, als hätte er seinen himmlischen Namen vertauscht mit dem mehr irdischen: eines Prinzen von Marsillac.«

Aramis erhob ein Gelächter und sagte: »Ihr seid noch immer ein lustiger Gesell, mein Lieber, und Euer geistreicher gascognischer Witz ist Euch nicht untreu geworden. Ja, es liegt in allem dem wohl etwas Wahres; nur geht mindestens nicht so weit, zu glauben, dass ich in Frau von Longueville verliebt bin.«

»Pest, ich werde mich wohl davor hüten,« entgegnete d'Artagnan. »Da Ihr so lang in Frau von Chevreuse verliebt waret, so werdet Ihr Euer Herz nicht ihrer größten Feindin geschenkt haben.«

»Ihr begreift wohl, mein Lieber,« versetzte Aramis. »Damals, wo ich Musketier war, bezog ich die Wachen so wenig als möglich, und jetzt, wo ich im Kloster lebe, schone ich mich, so sehr ich kann. Doch kommen wir wieder auf diese arme Herzogin.«

»Auf welche denn? auf die Herzogin von Chevreuse oder von Longueville?«

»Ich sagte Euch bereits, mein Lieber, zwischen mir und der Herzogin von Longueville bestehe kein Verhältnis – vielleicht Koketterien, aber weiter nichts. Nein, ich sprach von der Herzogin von Chevreuse; saht Ihr sie vielleicht bei ihrer Zurückkunft nach des Königs Tode?«

»Ja, wirklich, und sie war noch sehr schön.«

»Ja,« versetzte Aramis, »auch ich habe sie damals ein bisschen gesehen und ihr vortreffliche Ratschläge erteilt, die sie aber nicht benützt hat; ich sagte ihr, dass Mazarin die Königin liebe, allein sie wollte mir nicht glauben, und erwiderte, sie kenne Anna, die zu stolz wäre, um solche Empfindungen zu teilen. Da mengte sie sich in die Umtriebe des Herzogs von Beaufort, und Mazarin ließ den Herzog von Beaufort verhaften und Frau von Chevreuse verweisen.«

»Ihr wisst«, sagte d'Artagnan, »dass sie die Erlaubnis wieder erhielt, zurückzukehren.«

»Ja, und ich weiß auch, dass sie zurückgekommen ist. Vielleicht begeht sie wieder eine Unbesonnenheit.«

»O, diesmal befolgt sie doch wohl Eure Ratschläge.«

»Ach, diesmal sah ich sie nicht wieder,« entgegnete Aramis; »sie hat sich sehr verändert.«

Als sich die zwei Freunde allein befanden, saßen sie ein Weilchen stillschweigend einander gegenüber. Aramis schien auf eine sanfte Verdauung zu warten; d'Artagnan bereitete sich vor auf seine Anrede. Wenn ihn eben der andere nicht ansah, so wagte jeder von ihnen einen verstohlenen Blick. Aramis brach das Stillschweigen zuerst. Er fragte seinen Gast nach den besonderen Beweggründen dieses überraschenden Besuches, der auch nicht zögerte, ihm diese langsam und vorsichtig zu enthüllen. D'Artagnan fragte zunächst, ob sich Aramis noch mit Politik befasse; und als er, in etwas gewundener, augenscheinlich unaufrichtiger Form seine Frage verneint gehört, erinnerte er seinen alten Kameraden an die schöne Zeit der gemeinsamen Abenteuer und Kämpfe und schloss daran die Aufforderung, dieses Leben von Neuem zu beginnen. Er erläuterte weiter, dass dieses Unternehmen im Augenblick wieder besonders reiche Aussichten biete, da Mazarin und die Königin tapferer Männer bedürften.

Aramis witterte einen Auftrag des Kardinals und lehnte freundlich, aber sehr entschieden ab. Nunmehr waren beide bemüht, das Thema in eine neutrale Bahn zu bringen und ließen die Politik geflissentlich aus dem Spiel. Man sprach von den alten Freunden, wobei Aramis unter anderem erwähnte, dass Porthos Besitzer großer Güter geworden sei; sein gegenwärtiger Aufenthalt sei das Landgut Bracieux in der Pikardie. Diese Nachricht gab d'Artagnan neue Hoffnung. Nachdem man noch über dies und jenes geplaudert hatte, verabschiedete sich d'Artagnan sehr herzlich, verließ das Haus und holte Planchet.

Aramis ließ es sich nicht nehmen, seine Gäste bis ans Ende des Dorfes zu begleiten, wo er dann nach einem zweiten freundlichen Abschied wieder umkehrte.

Nach zweihundert Schritten hielt d'Artagnan plötzlich an, sprang vom Pferde, warf Planchet die Zügel zu, und nahm aus den Halftern die Pistolen, die er in seinen Gürtel steckte. »Was tun Sie denn, gnädiger Herr?«, fragte Planchet ganz erschreckt.

»Was ich tue?«, sagte d'Artagnan. »Wie schlau er auch sei, so soll er doch nicht sagen können, dass er mich geprellt habe. Bleib hier und rühre dich nicht; nur halte dich auf der andern Seite der Straße und harre meiner.«

Nach diesen Worten sprang d'Artagnan auf die andere Seite des Grabens, der den Weg begrenzte, und eilte über das Feld, um das Dorf zu umgehen. Er hatte zwischen dem Hause, worin Frau von Longueville wohnte, und dem Kloster einen leeren Raum bemerkt, der nur von einer Hecke umschlossen war. D'Artagnan erreichte die Hecke und versteckte sich hinter derselben. Als er bei dem Hause vorüberkam, wo der erwähnte Auftritt stattgefunden hatte, bemerkte er, dass dasselbe Fenster erleuchtet war. Er hatte die feste Überzeugung, Aramis sei noch nicht nach Hause zurückgekehrt, und wenn er es tat, so würde er nicht allein zurückkehren. Und wirklich vernahm er ein Weilchen darauf Schritte, die sich näherten, und etwas wie den Schall halblauter Stimmen. Beim Anfang der Hecke hielten diese Schritte an. D'Artagnan ließ sich auf die Knie nieder und suchte das größte Dickicht der Hecke, um sich darin zu verstecken. In diesem Momente erschienen zu d'Artagnans großem Erstaunen zwei Männer; doch bald hörte seine Verwunderung auf, denn er vernahm eine sanfte, wohlklingende Stimme; der eine dieser zwei Männer war ein weibliches Wesen, als Kavalier verkleidet.

»Seid unbekümmert, lieber Renatus,« sprach die sanftere Stimme, »das wird sich nicht wieder ereignen; ich habe eine Art unterirdischen Ganges entdeckt, der unter der Straße durchführt, und wir brauchen nur eine der Platten aufzuheben, die vor der Türe liegen, so ist Euch ein Eingang und Ausgang eröffnet.«

»O!« versetzte eine andere Stimme, welche d'Artagnan für die von Aramis erkannte, »ich versichere, Prinzessin, dass ich, hinge nicht Ihr Ruf von all diesen Vorsichtsmaßregeln ab, und brauchte ich nur mein Leben dabei zu wagen ...«

»Ja, ja! ich weiß es, Ihr seid tapfer und kühn, wie irgendeiner in der Welt; jedoch gehört Ihr nicht bloß mir, sondern unserer ganzen Partei an, seid also vorsichtig und besonnen.«

»Madame,« entgegnete Aramis, »ich gehorche immer, wenn man mir mit einer so liebevollen Stimme befiehlt.«

»Gut!«, rief d'Artagnan, während er sich erhob und seine Knie abputzte, »jetzt durchblicke ich dich, du bist Frondeur und der Geliebte der Frau von Longueville!«

### Herr Porthos du Vallon de Bracieux de Pierrefonds

D'Artagnan, der es bereits gewusst hatte, dass Porthos mit seinem Familiennamen du Vallon hieß, erfuhr durch die Erkundigungen, die er bei Aramis einholte, dass er sich nach dem Namen seines Landgutes de Bracieux nenne und dass er eben dieses Gutes wegen einen Prozess mit dem Bischof von Noyon führe. Sonach musste er dieses Landgut in der Umgebung von Noyon aufsuchen, nämlich an der Grenze von Isle-de-France und der Pikardie.

Um Mitternacht trafen die zwei Reisenden in Dammartin ein und setzten nach kurzer Rast und Stärkung den Ritt fort.

Als es zu tagen begann, hatten sie den größten Teil des Weges bereits hinter sich gebracht. Es war ein schöner Lenzmorgen, die Vögel sangen auf den hohen Bäumen, breite Sonnenstrahlen schimmerten durch die Lichtungen und erschienen wie Vorhänge von vergoldeter Gaze. An andern Stellen drangen die Strahlen kaum durch das dichte Laubwerk, und die Stämme der alten Eichen, auf die sich beim Anblick der Reisenden die behänden Eichhörnchen flüchteten, waren in Schatten versenkt; die ganze Luft schwamm von den Wohlgerüchen der Kräuter, Blumen und Blätter und erquickte das Herz. D'Artagnan, welcher der üblen Ausdünstungen von Paris überdrüssig war, sagte bei sich: »Führte man drei

Namen von aneinander stoßenden Landgütern, so müsste man sich in einem solchen Paradiese recht glücklich fühlen.«

Dann schüttelte er den Kopf und sprach:»Wäre ich Porthos, und es machte mir d'Artagnan den Antrag, welchen ich Porthos machen will, so wüsste ich schon, was ich d'Artagnan erwidern würde.«

Planchet dachte an gar nichts und verdaute nur.

Nach Verlauf von zehn Minuten gelangte d'Artagnan zum Eingang einer regelmäßigen, mit hübschen Pappeln bepflanzten Allee, die zu einem eisernen Gitter fühlte, an dem die Spitzen und Querstangen vergoldet waren. Mitten in dieser Allee zeigte sich ein dem Anschein nach vornehmer Herr, der grün gekleidet, wie das Gitter vergoldet war und auf einem dicken Hengste saß. Rechts und links von ihm waren zwei Diener, an allen Nähten mit Borten besetzt, ein Haufen Gesindel brachte ihm sehr ehrfurchtsvolle Huldigungen dar. Dieser Mann entpuppte sich wenige Augenblicke später als Mousqueton, der so feist geworden war, dass seine munteren Äuglein zwischen Fettpolstern begraben zu sein schienen. Er war über d'Artagnans und Planchets Ankunft vor Freude schier außer sich und führte sie strahlend seinem Herrn zu, der seinerseits von dem unvermuteten Wiedersehen tief gerührt war. D'Artagnan war angenehm überrascht; in Porthos noch den strammen, kraftvollen Kavalier wiederzufinden und war überdies froh, in der Hoffnung, diesen Mann für seine und Mazarins Pläne gewinnen zu können. Er erfuhr zu seinem Bedauern, dass Porthos' Gattin gestorben war, und wunderte sich im Stillen, dass der muntere Freund so einsam lebe.

D'Artagnan rückte bald mit seinen Vorschlägen heraus und war hocherfreut, Porthos bereit zu finden, der seiner Begeisterung für den Beginn eines neuen Abenteurerlebens mit ungebundener Fröhlichkeit Ausdruck gab. Er fragte sogleich, ob Aramis und Athos auch mittun wollten, und erfuhr, dass ersterer wegen seines Priesterberufes abgelehnt hätte, während d'Artagnan Athos' Wohnort bisher unbekannt geblieben wäre. Hier konnte Porthos aus der Verlegenheit helfen, da er wusste, dass Athos auf seinem gräflichen Besitz Bragelonne bei Blois hauste. Was übrigens Porthos für d'Artagnans Vorschlag besonders begeisterte, war das Versprechen, dass Mazarin seine künftigen Verdienste durch Verleihung der Baronie belohnen, wolle, was ihm, der ein bisschen ruhmsüchtig war, sehr verlockend schien. Mousqueton war, im Gegensatz zu seinem Herrn, über diese Ruhestörung sehr entsetzt, und schien nun d'Artagnan nicht mehr gewogen, als Bazin, der Diener Aramis', es gewesen war.

D'Artagnan und Planchet waren nach nicht unbeschwerlicher Reise in die Nähe des Schlosses la Vallière gekommen, das man ihm als den Sitz Athos' bezeichnet hatte. Von dem Waldweg, auf dem sich die beiden befanden, sah man bereits das schwere Gittertor, das zu dem gesuchten Schloss zu führen schien. Der Musketier ritt noch einige Schritte weiter, bis er sich dem Gittertor gegenüber befand, das dem Geschmacke der damaligen Gießerei Ehre machte. Man erblickte durch dieses Gitter sorgsam bestellte Küchengärten, einen geräumigen Hof, auf dem mehrere Bediente in verschiedenen Livreen stampfende Reitpferde hielten, und wo eine mit zwei Rossen bespannte Kutsche stand.

»Wir irren, oder dieser Mann hat uns getäuscht«, sagte d'Artagnan, »hier kann Athos nicht wohnen. Mein Gott! er ist etwa gestorben und es gehört dieses Besitztum irgendeinem seines Namens? Steige doch ab, Planchet, und frage, denn ich bekenne, dass ich hierzu nicht den Mut habe.« Planchet stieg vom Pferde. »Setze bei«, sagte d'Artagnan, »ein reisender Edelmann wünsche die Ehre zu haben, dem Herrn Grafen de la Fère seine Aufwartung zu machen, und bist du mit der Auskunft zufrieden, dann – magst du meinen Namen nennen.«

Planchet führte sein Pferd am Zügel, näherte sich dem Tore, läutete die Glocke am Gitter, und allsogleich kam ein Bedienter mit Weißen Haaren, von gerader Gestalt ungeachtet seines hohen Alters und empfing Planchet.

»Wohnt hier der Herr Graf de la Fère?«, fragte Planchet.

»Ja, mein Herr, er wohnt hier,« gab der Diener, der keine Livree trug, Planchet zur Antwort.

»Ist es ein Herr, der sich vom Dienste zurückgezogen hat?«

»Es ist derselbe.«

»Und der einen Bedienten hatte namens Grimaud?«, fragte Planchet weiter, der bei seiner gewohnten Vorsicht nicht genug Erkundigungen einziehen zu können glaubte.

»Herr Grimaud ist eben vom Schlosse entfernt,« entgegnete der Bediente, der an solche Ausforschungen nicht gewohnt war und anfing, Planchet vom Kopf bis zu den Füßen zu beschauen.

»Nun sehe ich«, rief Planchet freudestrahlend aus, »es ist wirklich derselbe Graf de la Fère, welchen wir suchen. Wollt Ihr so gefällig sein und das Tor aufschließen, da ich dem Herrn Grafen zu melden wünsche, mein Herr, ein ihm befreundeter Edelmann sei hier und wünsche ihn zu begrüßen.«

»Weshalb habt Ihr mir das nicht früher gesagt?« entgegnete der Diener und öffnete das Tor. »Doch wo ist Euer Herr?«

»Hinter mir, er kommt nach.«

Der Bediente schloss auch das Gitter auf; Planchet ging voraus und gab d'Artagnan einen Wink, der dann, mit höher klopfendem Herzen in den Hofraum ritt. Als Planchet auf der Freitreppe stand, vernahm er eine Stimme, die aus einem Zimmer des Erdgeschosses hallte und fragte: »Nun, wo ist dieser Edelmann und warum wird er nicht hierhergeführt?«

Diese Stimme, welche bis zu d'Artagnan drang, erweckte in seinem Herzen tausend Gefühle, tausend Erinnerungen, die er schon vergessen hatte. Er sprang rasch vom Pferde, indes Planchet mit einem Lächeln auf den Lippen zu dem Herrn des Hauses hinging.

»Nun, ich kenne ja diesen Mann«, rief Athos, indem er an der Schwelle erschien.

»O ja, Herr Graf! Sie kennen mich und auch ich kenne Sie recht gut. Ich bin Planchet, Herr Graf, Planchet – Sie wissen wohl noch – –« allein der wackere Diener konnte nicht mehr sprechen, da ihn das unerwartete Aussehen des Edelmanns so sehr angegriffen hatte.

»Wie doch, Planchet!«, rief Athos; »also ist Herr d'Artagnan hier?«

»Hier bin ich, Freund, hier bin ich, liebster Athos!«, rief d'Artagnan mit stammelnder Stimme und beinahe wankend.

Bei diesen Worten malte sich auch auf Athos' schönem Antlitz und in seinen ruhigen Zügen sichtbar eine Gemütsbewegung. Er machte schnell zwei Schritte gegen d'Artagnan, von dem er den Blick nicht mehr abwandte, und schloss ihn zärtlich an seine Brust. D'Artagnan erholte sich von seiner Verwirrung und umschlang ihn gleichfalls mit einer Innigkeit, die sich in seinen Augen in Tränen auflöste. Athos fasste ihn bei der Hand, presste sie in die Seinige und führte ihn in den Salon, wo schon mehrere Personen waren, die sogleich alle aufstanden.

»Ich stelle Ihnen den Herrn Chevalier d'Artagnan, Leutnant bei den Musketieren, vor,« sprach Athos, »einen sehr treuen Freund und einen der liebenswürdigsten Kavaliere, die ich jemals kennengelernt.«

D'Artagnan nahm Platz im Kreise und fing an, Athos zu mustern, während die auf einen Augenblick unterbrochene Konversation wieder allgemein wurde. Es war seltsam. Athos war kaum älter geworden, seine schönen Augen, frei von dem dunklen Ringe, der sich durch Nachtwachen oder Schwelgereien erzeugt, schienen weit größer und von einem viel reineren Glanze als jemals; sein etwas länger gewordenes Antlitz hatte das an Würde gewonnen, was es an fieberhafter Aufregung verlor, seine immer noch schöne, und ungeachtet der Geschmeidigkeit kräftige Hand glänzte unter einer Spitzenmanschette wie gewisse Hände Tizians und Van Dyks; er war viel schlanker als vormals; seine sehr zurücktretenden breiten Schultern zeigten von ungewöhnlicher Stärke; seine langen und schwarzen Haare, die sich nur hier und da mit grauen untermengten, fielen wie in natürlichen Locken anmutig und wallend auf die Schultern nieder; seine Stimme klang immer noch so frisch, als zählte er erst zwanzig Jahre, und seine prachtvollen Zähne, die er weiß und unverletzt bewahrt, verliehen seinem Lächeln einen unaussprechlichen Reiz.

Mittlerweile begannen die Gäste des Grafen, die es an der leisen Kälte des Gesprächs bemerkten, dass die zwei Freunde vor Sehnsucht glühten, allein zu sein, mit all der Kunst und Artigkeit von damals, sich zum Aufbruch anzuschicken, zu dieser wichtigen Angelegenheit für Leute von Welt, da es noch Leute von Welt gab; doch jetzt erschallte im Hofraum auf einmal ein lautes Hundegebell und mehrere Personen riefen zugleich:»Ah, das ist Rudolf, der nach Hause kehrt!« Athos wandte sich fast unwillkürlich um, als ein schöner Jüngling von fünfzehn Jahren, einfach, doch vollkommen geschmackvoll angezogen, in den Saal trat und auf anmutige Weise seinen Filzhut zog, der mit einer roten Feder geschmückt war.

»Schon zurückgekehrt, Rudolf?« sprach der Graf.

»Ja, gnädiger Herr«, erwiderte der junge Mann ehrerbietig, »und ich richtete den Auftrag aus, den Sie mir erteilten.«

»Und was Hast du, Rudolf?«, fragte Athos bekümmert, »du siehst bleich und aufgeregt aus.«

»Die Ursache liegt darin, gnädiger Herr,« entgegnete der Jüngling, »weil unsere kleine Nachbarin ein Unglück getroffen hat.«

»Fräulein de la Balliere?«, rief Athos schnell.

»Was denn?«, fragten mehrere Stimmen.

»Sie lustwandelte mit ihrer guten Marcelline in dem Gehege, wo die Holzhauer ihre Bäume spalten und aufschichten, als ich vorüberritt und bei ihrem Anblicke anhielt. Auch sie gewahrte mich, und da sie von der Höhe eines Holzstoßes herabspringen wollte, auf den sie gestiegen war, tat das arme Kind einen Fehltritt und konnte nicht mehr aufstehen. Ich glaube, sie verrenkte den Knöchel am Fuße.«

»O mein Gott!«, rief Athos; »und ist ihre Mutter davon in Kenntnis gesetzt?«

»Nein, gnädiger Herr, Frau von Saint-Remy befindet sich in Blois, bei der Frau Herzogin von Orleans. Ich war in Besorgnis, der erste Verband möchte ungeschickt angebracht sein, und eilte hierher, gnädiger Herr, um mir Ihren Rat zu erbitten.«

»Schicke allsogleich nach Blois, Rudolf, oder reite vielmehr selbst in Eile dahin.«

Rudolf verneigte sich.

»Doch wo ist Louise?«, fragte der Graf.

»Ich führte sie hierher, gnädiger Herr, und brachte sie zu Charlots Frau, die ihr indes den Fuß in Eiswasser stellen ließ.«

Nach dieser Erklärung, welche zum Vorwande diente, aufzustehen, nahmen die Gäste von Athos Abschied, bloß der alte Herzog von Barbé, der ob einer zwanzigjährigen Freundschaft mit dem Hause de la Vallière sich zu den näher Befreundeten rechnete, besuchte die kleine Louise, welche in Tränen schwamm, die aber sogleich, als sie Rudolf erblickte, ihre Augen trocknete und wieder zu lächeln anfing. Er tat nun den Vorschlag, die kleine Louise in der Kutsche nach Blois zu führen.

»Allerdings«, bemerkte Athos, »wird sie viel lieber bei ihrer Mutter sein; aber was dich betrifft, Rudolf, so bin ich überzeugt, dass du unbesonnen warst und Schuld daran trägst.«

»Nein, o Herr, nein, ich versichere Sie«, rief das junge Mädchen, indes der Jüngling bei dem Gedanken erblasste, er möchte Schuld an diesem Unfalle sein. »O gnädiger Herr«, stammelte Rudolf – »ich beteuere Ihnen –«

»Du wirst aber jedenfalls nach Blois gehen,« sprach der Graf, »und dich wie mich bei Frau von Saint-Rouch entschuldigen, wonach du wieder zurückkehren wirst.«

Als Athos und d'Artagnan wieder allein waren, kam das Gespräch sofort auf Rudolf. D'Artagnan erkundigte sich eingehend nach dem so sympathischen jungen Manne und Athos berichtete, dass dieser verwaist sei und er ihn adoptiert habe, außerdem habe er ihm die Grafschaft Bragelonne zugeschrieben, wodurch Rudolf den Namen eines Vicomte de Bragelonne führe. Da d'Artagnan fühlte, dass dieses Thema dem Freund nicht lieb sei, begann er sogleich, vorsichtig von seinen Zukunftsplänen zu sprechen. Er erinnerte auch hier wieder an die schöne Vergangenheit und fragte Athos, ob er nicht etwa daran denke, wieder zum aktiven Dienst zurückzukehren. Da bekam er die deutliche und nicht ohne Anzüglichkeit gegebene Antwort zu hören: »Wenn es der Sache des Königs gilt, ohne einen Augenblick zu zögern! Vorausgesetzt allerdings, dass Mazarin die Hände nicht im Spiele hat.«

So musste d'Artagnan also auch auf diesen Freund verzichten, was ihm umso schwerer fiel, als ihm Athos innerlich am nächsten stand. Als man bei der Tafel saß, erhielt Athos einen Brief Mazarins, der ihn dringend nach Paris berief. D'Artagnan entschuldigte sich bei Athos, ließ die Pferde satteln und machte sich, nach schmerzlichem Abschied von seinem väterlichen Freund und dessen Pflegesohn, der eben im Begriff war, nach Blois zurückzukehren, mit Planchet auf den Weg nach Paris.

Der Graf folgte ihm mit den Augen nach, indem er die Hand auf die Schulter des jungen Mannes stützte, dessen Größe schon fast der Seinigen gleich kam; als sie aber hinter der Mauer verschwunden waren, sprach der Graf: »Wir gehen diesen Abend nach Paris ab.« »Du magst in meinem Namen für dich selbst Abschied bei Frau von Saint-Remy nehmen. Ich erwarte dich hier um sieben Uhr.« Der junge Mann verneigte sich mit einer Miene voll Schmerz und voll Dankbarkeit und ging fort, um sein Pferd zu satteln.

Was d'Artagnan betrifft, so hatte auch er, als er ihnen kaum aus dem Gesichte gekommen war, den Brief aus der Tasche gezogen und abermals durchgelesen.

»Kehrt alsogleich nach Paris zurück! I. M. ...«

»Dieser Brief ist trocken«, murmelte d'Artagnan, »und stände nicht eine ›Nachschrift‹ dabei, so hätte ich ihn vielleicht gar nicht verstanden; doch zum Glücke befindet sich auch eine Nachschrift dabei.« Er las nun diese merkwürdige Nachschrift, derentwegen er sich über die Trockenheit des Briefes hinaussetzte. »N. S. Geht in Blois zu dem königlichen Schatzmeister, nennt Euren Namen und zeigt ihm diesen Brief, Ihr werdet zweihundert Pistolen bekommen.«

»In Wahrheit«, sagte d'Artagnan, «ich liebe diese Prosa, und der Kardinal schreibt besser, als ich mir dachte. Vorwärts, Planchet, machen wir dem königlichen Schatzmeister unsern Besuch, und eilen wir sodann weiter.« »Nach Paris, gnädiger Herr?« »Nach Paris.« Und beide ritten nun im schnellsten Trab ihrer Pferde.

## Herr von Beaufort

Betrachten wir jetzt, was geschehen ist, und welche Ursachen d'Artagnans Zurückkunft nach Paris erforderlich machten.

Als sich Mazarin eines Abends wie gewöhnlich zu der Königin begab, hörte er laut sprechen in dem Saale der Leibgarden, von dem eine Türe auf sein Vorzimmer ging; und da er wissen wollte, wovon die Soldaten sprachen, so näherte er sich schleichend, öffnete leise die Türe und steckte seinen Kopf durch die Öffnung. Die Leibwachen waren in einem Wortwechsel begriffen.

»Und ich bürge Euch dafür,« sprach einer von ihnen, »wenn das Coysel prophezeit hat, so ist die Sache ebenso gewiss, als wäre sie schon geschehen. Ich kenne ihn zwar nicht, doch hörte ich sagen, er sei nicht nur Astrolog, sondern auch noch Zauberer.«

»Potz Wetter! mein Lieber, wenn er zu deinen Freunden gehört, so sei auf deiner Hut! Du tust ihm einen schlechten Dienst.«

»Warum das?«

»Weil man ihm leicht einen Prozess machen könnte.«

»Ah, bah! heutzutage verbrennt man die Hexenmeister nicht mehr.«

»Nicht mehr? ich denke aber, es sei noch nicht lange, dass der selige Kardinal Urban Grandier verbrennen ließ. Ich weiß etwas davon, da ich die Wache am Scheiterhaufen hielt und ihn braten sah.«

»Mein Lieber! Urban Grandier war kein Hexenmeister, sondern ein Gelehrter, was ganz etwas anderes ist. Urban Grandier prophezeite nicht die Zukunft, er kannte die Vergangenheit, und das ist manchmal viel schlimmer.«

»Ich sage dir nicht,« fing der Gardist wieder an, »dass Coysel kein Hexenmeister sei, allein ich sage dir, wenn er seine Prophezeiung im Voraus bekannt machte, so ist das das Mittel, sie nicht in Erfüllung gehen zu lassen.«

»Weshalb?«

»Wenn wir uns schlagen, und ich sage dir im Voraus: Ich wolle dir eine Prime oder Seconde beibringen, so wirst du ganz natürlich den Stoß abwehren. Wenn nun Coysel laut genug sagt, sodass es der Kardinal selber hört: »Vor diesem und diesem Tage wird der und der Gefangene entweichen –« so ist es klar, der Kardinal werde seine Vorsichtsmaßregeln so gut treffen, dass der Gefangene nicht entwischen kann.«

»Ach, mein Gott!« sprach der andere, der auf einer Bank lag und zu schlafen schien, aber ungeachtet seines Scheinschlafes kein Wort von dem Gespräche verlor! »ach, mein Gott! denkt ihr denn, die Menschen können ihrer Bestimmung entgehen? Wenn es dort oben geschrieben steht, dass der Herr von Beaufort entfliehen soll, so wird auch Herr von Beaufort entfliehen, und alle Vorsichtsmaßregeln des Kardinals werden dagegen nichts helfen.«

Mazarin bebte. Er war abergläubisch; sonach trat er mitten unter die Leibwachen, die sogleich ihr Gespräch endeten, als sie ihn erblickten. »Was habt ihr da gesprochen, meine Herren?«, fragte der Kardinal mit seiner schmeichelnden Stimme; »dass der Herr von Beaufort entwischt sei, glaube ich?«

»Ach nein, gnädigster Herr,« entgegnete der ungläubige Soldat; »für diesen Augenblick denkt er noch nicht daran; man erzählt nur, er solle flüchten.«

»Und wer hat das gesagt?«

»Nun, Saint-Laurent, wiederholt Eure Geschichte«, sagte der Gardist und wandte sich gegen den Erzähler.

»Gnädigster Herr,« versetzte der Gardist, »ich erzählte diesen Herren ganz einfach nur das, was ich von der Prophezeiung eines gewissen Coysel sagen hörte, der da vorgibt, wie gut auch Herr von Beaufort bewacht sei, so würde er doch noch vor Pfingsten entfliehen.«

»Und dieser Coysel ist ein Träumer? ein Verrückter?« – sprach der Kardinal noch immer lächelnd.

»Nicht doch«, erwiderte der Gardist, bei seiner Leichtgläubigkeit beharrend, »er hat viele Dinge prophezeit, welche eingetroffen sind, wie z. B. dass die Königin von einem Sohne genesen würde; dass Herr von Coligny in seinem Zweikampfe mit dem Herzoge von Guise fallen würde; dass man endlich den Koadjutor zum Kardinal erhebe. Nun, die Königin genas nicht bloß eines ersten Sohnes, sondern zwei Jahre darauf auch eines zweiten Sohnes, und Herr von Coligny wurde getötet.«

»Ja,« entgegnete Mazarin, «allein der Herr Koadjutor ist noch nicht Kardinal.«

»Nein, gnädigster Herr«, antwortete der Gardist, »er wird es aber werden.«

»Eure Ansicht, Freund, ist also diese, dass sich Herr von Beaufort befreien müsse?«

»Das ist so gewiss, gnädigster Herr,« sprach der Soldat, »dass, wenn mir Ew. Eminenz in diesem Momente die Stelle des Herrn von Chavigny, nämlich die des Gouverneurs vom Schlosse von Vincennes, anbieten möchten, ich dieselbe nicht annehmen würde. Ja, etwas anderes wäre es am Tage nach Pfingsten.«

Nichts ist so bestimmend als eine starke Überzeugung; sie nimmt selbst auf die Ungläubigen Einfluss, und wie bemerkt, war Mazarin keineswegs ungläubig, jedoch abergläubisch. Er ging somit ganz gedankenvoll weg.

»Der Geizige,« sprach der Gardist gegen die Wand gelehnt, »er tut, Saint-Laurent, als glaubte er nicht an Euren Zauberer, damit er Euch nichts schenken muss, er wird sich aber kaum in seinem Zimmer befinden, so nützt er schon Eure Prophezeiung aus.« Und wirklich war Mazarin, anstatt seinen Weg nach dem Zimmer der Königin fortzusetzen, in sein Kabinett zurückgekehrt, wo er Bernouin berief und ihm den Befehl erteilte, dass man am nächsten Morgen mit Tagesanbruch den Offizier hole, welchen er bei Herrn von Beaufort angestellt habe, und dass man ihn aufwecke, sobald derselbe komme.

Als Bernouin um sieben Uhr früh in sein Zimmer trat, um ihn aufzuwecken, war es auch sein erstes Wort: »Nun, was gibt es? ist etwa Herr von Beaufort in Vincennes entwischt?«

»Das glaube ich nicht, gnädigster Herr,« versetzte Bernouin mit einer Amtsruhe, die er nirgends verleugnete; »Sie werden in jedem Falle von ihm Nachricht bekommen, denn der Offizier la Ramée, der heute früh von Vincennes berufen wurde, ist bereits hier und wartet auf die Befehle Eurer Eminenz.«

»Schließ' da auf und lass' ihn eintreten«, sagte Mazarin, und legte sich die Kopfkissen so zurecht, dass er ihn im Bette sitzend empfangen konnte.

Der Offizier trat ein. Er war ein großer, wohlbeleibter, vollbackiger Mann mit gutherziger Miene. Er hatte ein Ansehen von Ruhe, das Mazarins Besorgnis erweckte. Der Offizier blieb schweigend an der Türe stehen.

»Tretet näher«, rief ihm Mazarin zu. Der Offizier gehorchte. »Wisst Ihr, was man sich hier erzählt?«, fuhr der Kardinal fort.

»Nein, Eure Eminenz.«

»Nun, man erzählt sich, Herr von Beaufort würde von Vincennes entweichen, wenn es nicht schon geschehen ist.«

In dem Antlitze des Offiziers malte sich das höchste Erstaunen. Er öffnete zugleich seine kleinen Augen und seinen großen Mund, um den Scherz, den Seine Eminenz an ihn zu richten geruhte, besser in sich einzusaugen; und da er seine Ernsthaftigkeit bei einer solchen Vermutung nicht länger zu behaupten vermochte, so brach er dergestalt in ein Lachen aus, dass sich seine dicken Glieder bei dieser Lust wie unter einem heftigen Fieber schüttelten. Mazarin freute sich mit über diese wenig ehrerbietige Lustbarkeit, behielt jedoch stets seine ernste Miene bei. Als nun la Ramée wacker gelacht und sich die Augen getrocknet hatte, dachte er, es wäre endlich Zeit zu reden und sich über seine ungebührliche Lustbarkeit zu entschuldigen.

»Entweichen, gnädigster Herr,« sprach er, »entweichen? Es weiß also Eure Eminenz nicht, wo sich Herr von Beaufort befindet?«

»Ja Herr, ich weiß es, dass er im Schlossturme von Vincennes liegt.«

»Allerdings, gnädigster Herr, in einem Gemache, dessen Mauern sieben Fuß dick sind dessen Fenster Kreuzgitter haben, wovon jede Stange armdick ist.«

»O Herr,« versetzte Mazarin, »mit Geduld durchbricht man alle Wände, und mit einer Uhrfeder durchsägt man eiserne Stangen.«

»Doch Euer Gnaden wissen also nicht, dass er acht Wachen, vier in seinem Vorgemache und vier in seinem Zimmer hat, und dass ihn diese Wachen gar nie verlassen dürfen?«

»Ja, aber er verlässt sein Zimmer, er spielt Kolben und spielt Ball.«

»Diese Unterhaltungen sind den Gefangenen gestattet; wenn es indes Euer Eminenz befiehlt, so wird man sie abstellen.«

»Nicht doch, nein«, sagte Mazarin in der Furcht, es könnte sein Gefangener, falls man ihm diese Vergnügungen raubte, noch weit erbitterter gegen ihn werden, wenn er je Vincennes wieder verlassen sollte.

»Ich frage nur, mit wem er spielt.«

»Er spielt mit dem wachehabenden Offizier, gnädigster Herr, oder auch mit mir oder mit den andern Gefangenen.«

»Nähert er sich aber während des Spielens nicht den Mauern?«

»Gnädigster Herr, kennt denn Eure Eminenz nicht die Mauern? Die Mauern haben sechzig Fuß Höhe, und ich glaube nicht, Herr von Beaufort sei des Lebens schon so überdrüssig und setze sich der Gefahr aus, im Hinunterspringen den Hals zu brechen. Überdies vergisst Eure Eminenz, dass Herr von Chavigny Gouverneur von Vincennes ist,« fuhr la

Ramee fort, »und Herr von Chavigny ist ganz und gar kein Freund des Herrn von Beaufort.«

»Ja, allein Herr von Chavigny entfernt sich öfter.«

»Wenn er fortgeht, so bin ich da.«

»Aber wenn auch Ihr Euch entfernt?«

»O, wenn ich selbst mich entferne, so habe ich einen Stellvertreter, der Beamter bei Seiner Majestät zu werden trachtet und gute Wache hält, dafür kann ich einstehen. Seit den drei Wochen, die er in meinen Diensten steht, hatte ich ihm nur diesen Vorwurf zu machen, dass er gegen den Gefangenen allzu hart war.«

»Und wer ist dieser Zerberus?«, fragte der Kardinal. »Ein gewisser Grimaud, gnädigster Herr.«

»Und was war sein Geschäft, ehe er zu Euch nach Vincennes kam?«

»Wie mir der Mann sagte, der mir ihn empfohlen hat, war er vordem in der Provinz; er zog sich dort wegen seines Brausekopfes, ich weiß nicht, welchen schlimmen Handel zu, und ich denke, es wäre im nicht unlieb, unter der königlichen Uniform gesichert zu sein.«

»Und wer empfahl Euch diesen Mann?«

»Der Haushofmeister des Herrn Herzogs von Grammont.«

»Denkt Ihr also, man könne sich auf ihn verlassen?«

»Wie auf mich selbst, gnädigster Herr.«

»Ist er kein Schwätzer?«

»Ach, mein Gott, gnädigster Herr! ich hielt ihn lange Zeit für stumm; er redet und antwortet nur durch Zeichen, und es scheint, dass ihn sein früherer Herr dazu abgerichtet habe.«

»Nun, denn, lieber Herr la Ramee,« sprach der Kardinal, »meldet ihm, wenn er gut Wache hält, so wolle man über seine Streiche in der Provinz die Augen zumachen und ihm eine Uniform anziehen, die ihm Achtung verschafft, und in die Taschen dieser Uniform einige Pistolen legen, dass er auf die Gesundheit des Königs trinke.«

### Die Unterhaltungen des Herrn Herzogs von Beaufort in der Turmstube zu Vincennes

Der Gefangene, der dem Kardinal so viel Furcht erweckte, ahnte nichts von all dem Schrecken, den man seinetwegen im Palais-Royal hatte. Der Herzog von Beaufort war ein Enkel Heinrichs IV. und der Gabriele d'Estrées, ebenso gutmütig, so tapfer, so stolz und insbesondere ebenso sehr Gascogner, als sein Großvater, doch viel weniger wissenschaftlich gebildet. Als er nach dem Hingang Ludwigs XIII. durch geraume Zeit der Günstling, der Vertraute, kurz, der Erste am Hofe gewesen, musste er eines Tages vor Mazarin weichen, wo er dann den zweiten Platz einnahm, und da er den schlimmen Einfall hatte, sich ob dieser Zurücksetzung zu erzürnen, und die Unbesonnenheit beging, es kundzugeben, so ließ ihn der König am folgenden Tage verhaften und durch Guitaut nach Vincennes führen. Die Langeweile zu bekämpfen, begann der Herzog zu zeichnen. Er zeichnete mit Kohle die Züge des Kardinals, und da er bei seinen mittelmäßigen Talenten in dieser Kunst keine große Ähnlichkeit zustande brachte, so schrieb er, um über das Original des Bildes keinen Zweifel walten zu lassen, unter dasselbe: *Ritratto dell´ illustrissimo Mazarini*. Als das Herr von Chavigny erfuhr, besuchte er den Herzog und bat ihn, er möge sich einem anderen Zeitvertreib hingeben oder wenigstens Bilder ohne Unterschriften machen. Herr von Beaufort war, wie übrigens alle Gefangenen, Kindern sehr ähnlich, die nur hartnäckig bei dem stehen bleiben, was ihnen untersagt wird.

Herr von Chavigny ward von dem Zuwachs an Schattenrissen in Kenntnis gesetzt. Da Herr von Beaufort seiner nicht genug sicher war, um den Kopf von der Vorderseite zu wagen, so machte er aus seinem Zimmer einen wahrhaften Ausstellungssaal. Diesmal sprach der Gouverneur nichts, doch als Herr von Beaufort eines Tages Ball spielte, ließ er den Schwamm über alle seine Zeichnungen fahren – und das Zimmer neu ausweißen. Herr von Beaufort bedankte sich bei Herrn von Chavigny, weil dieser so gütig war und ihm seine Kartons neu herstellen ließ – und diesmal teilte er sein Gemach in Felder ab und widmete jedes derselben, jedoch mit satirischer Anspielung, einem Zuge aus dem Leben des Kardinals Mazarin. Diese Aufgaben waren jedoch zu großartig für das unzureichende Talent des Gefangenen, daher begnügte sich auch dieser nur damit, dass er die Umrisse zeichnete und die Unterschriften beisetzte. Indes waren die Umrisse und Inschriften doch der Art, dass sie die Empfindlichkeit des Herrn von Chavigny reizten, weshalb er auch Herrn von Beaufort melden ließ, falls er nicht auf diese beabsichtigten Bilder Verzicht leiste, würde er ihm alle Mittel zur Ausführung wegnehmen. Herr von Beaufort gab zur Antwort: Da ihm alle Möglichkeit, sich einen Waffenruhm zu erringen, benommen sei, so wolle er sich einen Ruf in der Malerkunst erwerben, und wenn er kein Bayard oder Trivulzio werden könne, so suche er ein Michelangelo oder Raffael zu werden.

Als eines Tages Herr von Beaufort im Hofraume des Schlosses spazieren ging, nahm man ihm sein Feuer, mit dem Feuer seine Kohlen und mit den Kohlen seine Asche weg, wonach er bei seiner Zurückkunft nicht den kleinsten Gegenstand mehr antraf, um daraus einen Zeichenstift zu machen. Eines Tages, nach der Mahlzeit, erklärte der Herzog ganz laut, man habe ihm Gift beigebracht. Dieser neue Schelmenstreich gelangte zu den Ohren des Kardinals und erweckte ihm große Furcht. Der Schlossturm von Vincennes galt für sehr ungesund, und Frau von Rambouillet erklärte, dass das Gemach, worin Puhlaureus, der Marschall von Ornano und der Großprior von Vendome gestorben seien, so gut sei wie eine derbe Dosis Arsenik – und die Äußerung fand Glauben. Er befahl sonach, der Gefangene sollte nichts mehr zu sich nehmen, bevor man nicht Speise und Trank gekostet hätte; und so war denn damals la Ramée unter dem Titel als Vorkoster bei ihm angestellt worden. Inzwischen hatte Herr von Chavigny dem Herzog die Grobheiten nicht vergeben.

Herr von Chavigny, der ein bisschen Tyrannei zu üben verstand, begann damit, dass er Herrn von Beaufort alle Quälereien erwiderte. Er nahm ihm weg, was man ihm noch an eisernen Messern und silbernen Gabeln gelassen hatte, und gab ihm dafür silberne Messer und hölzerne Gabeln. Herr von Beaufort beschwerte sich, doch Herr von Chavigny ließ ihm antworten, er habe erfahren, dass der Kardinal, als er zu der Frau von Vendome sagte, ihr Sohn sei auf Lebenszeit im Schlossturme von Vincennes, einen Versuch zum Selbstmorde gefürchtet habe. Vierzehn Tage darauf fand Herr von Beaufort zwei Reihen Bäume von der Dicke eines Fingers auf dem Wege angepflanzt, der nach dem Ballspielplatze führte. Auf die Frage, was das zu bedeuten habe, gab man ihm zur Antwort: Das geschah, um ihm einst Schatten zu verschaffen. Endlich besuchte ihn der Gärtner, und unter dem Scheine, als wollte er ihm eine Freude machen, meldete er, man sei eben damit beschäftigt, ihm Spargelbeete anzulegen. Die Spargel aber, welche, wie jedermann weiß, heutzutage vier Jahre brauchen, um gestochen werden zu können, bedurften damals fünf Jahre, da die Gartenkunst noch nicht so vervollkommnet war. Diese Artigkeit brachte Herrn von Beaufort zur Wut.

Herr von Beaufort dachte nun, dass es Zeit wäre, zu einem Befreiungsmittel zu greifen, und er versuchte fürs erste das einfachste: nämlich la Ramée zu bestechen; jedoch la Ramée, der seine Stelle für fünfzehnhundert Taler gekauft hatte, hielt sehr auf diese Stelle. Statt dass er nun in die Absichten des Gefangenen einging, gab er eiligst Herrn von Chavigny davon Nachricht, und dieser ließ unverzüglich acht Mann im

Gemach des Prinzen selbst die Wache versehen, verdoppelte die Schildwachen und verdreifachte die Posten. Von diesem Momente an ging der Prinz nur noch wie ein Theaterkönig mit vier Mann vor und vier Mann hinter sich, diejenigen ungerechnet, welche hinterher schritten.

Anfangs machte sich Herr von Beaufort sehr lustig über diese Strenge, welche ihm Zerstreuung gewährte, und wiederholte, so oft er konnte: »Das unterhält, das zerstreut mich. Doch überdies,« fügte er bei, »wenn ihr mir diese Ehrenbezeigungen wieder nehmen wollt, so habe ich noch neununddreißig andere Mittel.« Am Ende verwandelte sich aber diese Zerstreuung in Langeweile. Aus Ruhmredigkeit hielt sie Herr von Beaufort sechs Monate lang aus; doch als er nach Verlauf von sechs Monaten sich immer acht Mann niedersetzen sah, wenn er sich setzte, aufstehen, wenn er sich erhob, stehen bleiben, wenn er anhielt, so fing er an, die Stirn zu runzeln und die Tage zu zählen. Das erhöhte seine Erbitterung und seinen Hass gegen den Kardinal, der seinerseits wieder alles erfuhr, was in Vincennes vorging, und deshalb unwillkürlich seine Mütze bis auf den Nacken herabzog. Eines Tages rief Herr von Beaufort die Gefängnishüter zusammen und hielt trotz seiner sprichwörtlich gewordenen schwerfälligen Beredsamkeit folgende Rede an sie, die er freilich schon im Voraus memoriert hatte: »Werdet ihr zugeben, meine Herren, dass ein Enkel des guten Königs Heinrich IV. mit Schimpf und Schmach überhäuft werde? Potz Hagelwetter, wie mein Großvater sagte, wisst ihr, dass ich in Paris beinahe regiert habe? Einen ganzen Tag hindurch habe ich den König und den Oheim des Königs in Gewahrsam gehalten. Damals schmeichelte mir die Königin und nannte mich den redlichsten Mann im Königreiche. Helft mir jetzt, dass ich von hier wegkomme, ihr Bürger; ich gehe geradewegs nach dem Louvre, räche mich, an Mazarin, und ihr, ihr werdet dann meine Leibwachen, ich mache euch alle zu Offizieren und das mit guten Besoldungen. Potz' Hagelwetter! vorwärts, marsch!« Doch wie pathetisch auch die Beredsamkeit von Heinrichs IV. Enkel war, so rührte sie doch nicht diese steinernen Herzen; nicht einer regte sich, darum schalt sie Herr von Beaufort alle Lumpenpack und machte sie zu grausamen Feinden. Wenn ihn manchmal Herr von Chavigny besuchte, was alle Wochen zwei- oder dreimal geschah, so benützte der Herzog den Moment, um ihm zu drohen. »Mein Herr,« sprach er zu ihm, »was würden Sie wohl tun, wenn Sie einmal ein Heer Pariser, mit Musketen bewaffnet und durchaus gepanzert, zu meiner Befreiung heranrücken sähen?«

»Gnädigster Herr«, entgegnete Herr von Chavigny, »ich habe auf den Wällen zwanzig Kanonen und in meinen Kasematten Pulver und Kugeln für dreißigtausend Schüsse; ich würde«, fuhr er, sich vor dem Prinzen tief verneigend, fort, »nach meinen besten Kräften auf sie feuern.«

»Ja, doch wenn Ihre dreißigtausend Schüsse getan sind, wird man Ihr Schloss einnehmen, und wenn das Schloss eingenommen ist, werde ich gezwungen sein, Sie festnehmen zu lassen, was mir gewiss ungemein leid tun wird.«

Dabei verneigte sich auch der Prinz vor Herrn von Chavigny mit der größten Artigkeit. »Allein ich, gnädigster Herr«, fuhr Herr von Chavigny fort, »ich werde bei dem ersten Schuft, der meine Torschwelle überschreitet oder den Fuß auf meinen Wall setzt, zu meinem großen Leidwesen genötigt sein, Sie mit eigener Hand zu töten, denn Sie sind mir ganz besonders empfohlen worden, und ich muss Sie tot der lebendig zurückliefern.« Er verneigte sich abermals vor Seiner Hoheit.

»Allerdings«, fuhr der Herzog fort, »da jedoch diese wackeren Leute gewiss erst dann hierher kämen, nachdem sie Giulio Mazarini aus dem Wege geräumt hätten, so würden Sie sich wohl hüten, an mich Hand anzulegen und mich vielmehr am Leben lassen, aus Besorgnis, von den Parisern geviertelt zu werden, was ein bisschen unangenehmer als das Henken wäre.« Diese bittersüßen Scherze dauerten auf solche Art zehn Minuten, eine Viertelstunde, höchstens zwanzig Minuten, hatten aber immer ein gleiches Ende. Herr von Chavigny wandte sich nun nach der Tür und rief: »La Ramée!« La Ramée trat ein. »Ich empfehle Euch insbesondere Herrn von Beaufort, La Ramée«, fuhr Herr von Chavigny fort: »Behandelt ihn wohl mit all der Rücksicht, die seinem Namen und Rang zukommt, verliert ihn aber darum keinen einzigen Augenblick aus den Augen.« Sodann entfernte er sich, indem er sich vor Herrn von Beaufort mit höhnischer Artigkeit verbeugte, worüber dieser höchst entrüstet war.

La Ramée war somit des Prinzen aufgedrungener Gesellschafter, sein beständiger Hüter, der Schatten seines Leibes, doch müssen wir aber auch sagen, die Gesellschaft von la Ramée war die eines lustigen Kameraden, eines heiteren Tischgenossen, eines anerkannten Trinkers, eines gewandten Ballspielers, einer ganz ehrlichen Seele, die für Herrn von Beaufort nur einen Fehler hatte, nämlich den der Unbestechlichkeit. So wurde er aber für den Prinzen vielmehr eine Zerstreuung als eine Bürde. Wir halten es für ganz überflüssig, unseren Lesern das physische und moralische Bild Grimauds zu malen, denn wenn sie, wie wir hoffen, den ersten Teil dieses Werkes nicht gänzlich vergessen haben, so müssen sie sich noch ziemlich klar an diese achtbare Person erinnern, die sich weiter in nichts verändert hat, als dass sie zwanzig Jahre älter geworden ist, was ihn nur noch wortarmer und schweigsamer machte, obschon ihm Athos seit der bei ihm vorgegangenen Umänderung wieder zu sprechen erlaubt hatte.

Allein um diese Zeit schwieg Grimaud bereits zwölf bis fünfzehn Jahre lang, und eine Angewöhnung seit zwölf bis fünfzehn Jahren ist zur zweiten Natur geworden.

### Grimaud tritt seinen Dienst an

Grimaud hatte sich also mit seinem vorteilhaften Äußern im Schlossturme von Vincennes gemeldet. Herr von Chavigny bildete sich ein, dass er einen untrüglichen Blick besitze; er prüfte somit den Bewerber aufmerksam und folgerte, dass die sich berührenden Augenbrauen, die feinen Lippen, die gekrümmte Nase und die hervorragenden Backenknochen Grimauds vollgültige Anzeichen wären. Er richtete an ihn nur zwölf Worte, worauf Grimaud bloß vier zur Antwort gab. »Der Verhaltungsbefehl?«, fragte Grimaud.

»Ist dieser: den Gefangenen nie allein zu lassen, ihm jedes spitzige oder schneidende Werkzeug wegzunehmen, ihn zu verhindern, dass er den Leuten außerhalb Zeichen gebe oder mit den Wächtern zu lange rede.«

»Ist das alles?«, fragte Grimaud.

»Für diesen Augenblick alles«, entgegnete la Ramée. »Wenn es neue Umstände gibt, werden neue Verhaltungsregeln kommen.«

»Wohl«, versetzte Grimaud. Dann trat er in das Gemach des Herzogs von Beaufort. Dieser war eben im Zuge, seinen Bart zu kämmen, den er wie seine Haare wachsen ließ, um Mazarin einen Streich zu spielen und mit seinem schlechten Aussehen Parade zu machen; da er indes einige Tage vorher von der Höhe des Schlossturmes in einer Kutsche die schöne Frau von Montbazon erkannt zu haben glaubte, deren Andenken ihm stets noch teuer war, so wollte er für sie nicht ebenso aussehen wie für Mazarin; er verlangte demnach einen bleiernen Kamm, da er sie wieder zu sehen hoffte, und der Kamm wurde ihm zugestanden. Herr von Beaufort verlangte deshalb einen bleiernen Kamm, weil er, wie alle Blonden, einen etwas roten Bart hatte, und färbte denselben durch das Kämmen. Als Grimaud eintrat, sah er den Kamm, den der Prinz eben auf den Tisch hinlegte; er nahm denselben und verneigte sich. Der Herzog blickte diese seltsame Gestalt verwunderungsvoll an. Die Gestalt schob den Kamm in die Tasche.

»Holla, was soll das heißen?«, rief der Herzog; «wer ist denn dieser Schlingel?« Grimaud antwortete nicht, sondern verneigte sich zum zweiten Male, »Bist du stumm?« fragte der Herzog. Grimaud machte ein verneinendes Zeichen, «Was bist du also, gib Antwort, ich befehle es dir«, sprach der Herzog. »Hüter«, antwortete Grimaud.

»Hüter!«, rief der Herzog aus. »Gut, diese Galgenfigur hat noch gefehlt zu meiner Sammlung. He, la Ramée! komme!«

Der Gerufene eilte herbei; er wollte eben zum Unglück für den Prinzen nach Paris abreisen, da er sich auf Grimaud verließ; ja, er war bereits im Hofe und kehrte missvergnügt wieder zurück. »Was, ist's, mein Prinz?«, fragte er.

»Wer ist dieser Schuft hier, der mir den Kamm wegnimmt und in seinen schmutzigen Sack steckt?«, fragte Herr von Beaufort. »Gnädigster Herr, es ist einer Ihrer Wächter, ein verdienstlicher Mann, den Sie wie Herr von Chavigny und ich schätzen werden, davon bin ich überzeugt.«

»Weshalb nimmt er mir meinen Kamm?«

»Ja, wirklich!« sprach la Ramée, «warum nehmt Ihr den Kamm des gnädigsten Herrn?«

Grimaud nahm den Kamm aus seinem Sacke, fuhr mit seinem Finger darüber, blickte ihn an, fletschte mit den Zähnen und sprach bloß das einzige Wort: »Spitzig!«

»Das ist wahr«, versetzte la Ramée.

»Was spricht dieses Rind?«, fragte der Herzog.

»Dass dem gnädigsten Herrn jedes scharfe Werkzeug von dem Könige verboten ist.«

»Ah so!«, rief der Herzog. »Seid Ihr verrückt, la Ramée? Ihr habt mir doch selbst diesen Kamm gegeben.«

»Daran tat ich sehr unrecht, gnädigster Herr; denn ich handelte gegen meine Verhaltungsbefehle, als ich Ihnen denselben gab.« Der Herzog blickte Grimaud wütend an, als er la Ramée den Kamm zurückstellte.

«Ich sehe es im Voraus,« murrte der Prinz, »dieser Schurke wird mir höchlichst missfallen.« Eines Tages bemerkte er unter seinen Wachen einen Mann, der ein ziemlich gutmütiges Gesicht hatte, und diesem schmeichelte er umso mehr, als ihn Grimaud mit jedem Augenblick mehr anwiderte. Als er aber diesen Mann einmal beiseite gezogen hatte und es ihm gelungen war, mit ihm eine Weile unter vier Augen zu sprechen, trat Grimaud ein, sah, was da vorging, näherte sich ehrfurchtsvoll dem Wächter und dem Prinzen und fasste den Wächter am Arme. «Was wollt Ihr?«, fragte der Herzog mit rauer Stimme. Grimaud führte den Wächter vier Schritte weit und wies ihm die Tür mit dem Worte: »Geh!« Der Wächter gehorchte. »Ha doch!«, rief der Prinz aus. »Ihr seid mir unausstehlich, ich will Euch züchtigen.« Grimaud machte eine ehrerbietige Verbeugung. »Ich will Euch die Knochen zerschlagen!«, rief der Prinz entrüstet. Grimaud verneigte sich und wich zurück. »Herr Spion«, fuhr der Herzog fort, »ich will Euch mit meinen eigenen Händen erwürgen.« Grimaud verneigte sich abermals, indem er noch weiter zurückwich. »Und das im Augenblicke!«, rief der Prinz, welcher glaubte, es sei am besten, ihm auf der Stelle den Hals umzudrehen. Er streckte sonach seine zwei geballten Hände gegen Grimaud aus, welcher weiter nichts tat, als dass er den Wächter aus der Tür stieß und diese hinter ihm absperrte. Zu gleicher Zeit fühlte er, wie ihn die Hände des Prinzen wie zwei eiserne Zangen anfassten; jedoch anstatt zu rufen oder sich zu verteidigen, erhob er nur langsam seinen Zeigefinger bis an die Lippen, und indem er sein Antlitz das holdseligste Lächeln annehmen ließ, sprach er ganz leise: »Still!« Von Grimauds Seite war es um einen Wink, um ein Lächeln, um ein Wort etwas so Seltenes, dass Seine Hoheit unter dem höchsten Erstaunen plötzlich anhielt. Grimaud nützte diesen Augenblick, um aus dem Futter seiner Jacke ein allerliebstes kleines Billett mit adligem Siegel hervorzunehmen, das ungeachtet seines langen Aufenthaltes in Grimauds Wamse seinen Wohlgeruch noch nicht verloren hatte, und er übergab es dem Herzog, ohne dass er ein Wort sprach. Der Herzog, stets mehr verwundert, ließ Grimaud los, nahm das Briefchen, und da er die Handschrift erkannte, rief er aus: »Von der Frau von Montbazon!« Grimaud bejahte es durch ein Kopfnicken. Der Herzog erbrach lebhaft den Umschlag, fuhr mit der Hand über die Augen, so sehr war er geblendet, und las wie folgt:

»Mein lieber Herzog!

Sie können sich ganz auf den wackeren Gesellen verlassen, der Ihnen dieses Briefchen überbringen wird, denn er ist der Bediente eines Edelmannes, der einer der Unsrigen ist, und der sich bei uns für ihn, als durch zwanzig Jahre der Treue bewährt, verbürgt hat. Er war damit einverstanden, in den Dienst Ihres Aufsehers zu treten, und sich in Vincennes mit Ihnen einsperren zu lassen, um Ihre Flucht, mit der wir uns beschäftigen, einzuleiten und dabei hilfreiche Hand zu leisten. Der Augenblick der Befreiung rückt heran; fassen Sie Geduld und Mut mit dem Gedanken, dass Ihre Freunde ungeachtet der Zeit und der Abwesenheit diejenigen Gefühle, die sie Ihnen gewidmet, auch treu bewahrt haben.

Ihre ganz und stets geneigte

Maria von Montbazon.

P. S. Ich schreibe meinen Namen hier ganz aus, da es zu viel Eitelkeit wäre, zu glauben. Sie würden nach einer fünfjährigen Trennung meine Anfangsbuchstaben erkennen.«

Der Herzog war ein Weilchen lang wie betäubt. Was er seit fünf Jahren suchte, ohne es finden zu können, nämlich einen Diener, einen Gehilfen, einen Freund, das fiel ihm plötzlich vom Himmel in dem Momente, wo er es am wenigsten erwartete. Er starrte Grimaud erstaunt an und wandte sich dann wieder zu dem Briefe, welchen er von einem Ende bis zum andern durchlas. Hierauf wandte er sich wieder zu Grimaud und fuhr fort:

»Und du, wackerer Geselle, du bist also geneigt, uns beizustehen?« Grimaud machte ein bejahendes Zeichen. »Und du kamst ausdrücklich deshalb hierher?« Grimaud wiederholte dasselbe Zeichen. »Und ich wollte dich erwürgen,« sprach der Herzog. Grimaud lächelte. »Doch halt«, sagte der Herzog und suchte in seiner Tasche. »Halt«, fuhr er fort und erneuerte den vorher fruchtlosen Versuch; »es soll nicht heißen, dass eine so treue Aufopferung für einen Enkel Heinrichs IV. ohne Lohn geblieben sei.« Die Bewegung des Herzogs von Beaufort bewies die beste Absicht von der Welt, doch war es eine der Vorsichtsmaßregeln, die man in Vincennes einführte, dass dem Gefangenen kein Geld gelassen wurde. Sodann zog Grimaud, der die getäuschte Hoffnung des Herzogs bemerkte, eine Börse voll Gold aus seiner Tasche und reichte sie ihm, indem er sagte: »Da ist, was Sie suchen.« Der Herzog öffnete die Börse, um sie in Grimauds Hände auszuleeren; doch dieser schüttelte den Kopf, trat zurück und sprach: »Ich danke, gnädigster Herr, ich bin bezahlt.« Der Herzog ging von Erstaunen zu Erstaunen über. Dann reichte er Grimaud die Hand; dieser trat näher und küsste sie ihm ehrerbietig. Grimaud hatte etwas von den großartigen Manieren Athos' angenommen. »Was sollen wir jetzt tun?«, fragte der Herzog.

»Jetzt ist es elf Uhr morgens«, versetzte Grimaud. »Wolle der gnädigste Herr um zwei Uhr mit la Ramée eine Ballpartie zu spielen verlangen, und zwei bis drei Bälle über die Wälle schleudern.«

»Gut, und dann?«

70

»Dann – wird sich Monseigneur der Mauer nähern und einem Manne, der in den Gräben arbeitet, zurufen, dass er sie zurückwerfe.«

»Ich verstehe«, sprach der Herzog. In Grimauds Antlitz schien sich eine große Zufriedenheit auszuprägen, der seltene Gebrauch, den er von der Sprache machte, erschwerte ihm die Unterredung. Er machte Miene sich zu entfernen. »Ha,« sprach der Herzog, »du willst also nichts annehmen?«

»Monseigneur, ich wünschte ein Versprechen –«

»Welches? sag' an.«

»Dass ich nämlich, wenn wir entfliehen, stets und überall vorangehe, denn wenn man den gnädigsten Herrn wieder gefangen nähme, liefe er die größte Gefahr, wieder in das Gefängnis gesperrt zu werden, während, wenn man mich erwischt, das geringste, was mir geschehen kann, ist, gehenkt zu werden.«

»Das ist nur allzu richtig,« entgegnete der Herzog, »und so wahr ich Edelmann bin, so soll dein Wunsch geschehen.«

»Nun,« sprach Grimaud, »habe ich den gnädigen Herrn nur noch um eins zu bitten, dass er mir nämlich fortwährend, wie bisher, die Ehre erweise, mich zu verabscheuen.«

»Das will ich versuchen«, erwiderte der Herzog. Man pochte an die Tür.

Der Herzog schob seine Börse und sein Briefchen in die Tasche und streckte sich auf sein Bett hin. Wie man weiß, war das seine Zuflucht in den Momenten großer Langeweile. Grimaud schloss die Türe auf, es war la Ramée, der eben vom Kardinal kam.

La Ramée warf einen prüfenden Blick um sich, und da er noch dieselben Symptome von Feindseligkeit zwischen dem Gefangenen und seinem Hüter sah, so lächelte er voll innerer Zufriedenheit. Hierauf wandte er sich zu Grimaud und sprach: »Gut, mein Freund, gut. Es wird soeben hohen Ortes vorteilhaft von Euch geredet, und hoffentlich werdet Ihr bald Nachrichten erhalten, die Euch gar nicht unlieb sein werden.« Grimaud verneigte sich mit einer Miene, die er freundlich zu machen bemüht war, und entfernte sich seiner Gewohnheit gemäß beim Eintritt seines Vorgesetzten.

»Nun, gnädigster Herr,« sprach la Ramée mit seinem plumpen Lachen, »Sie sind also gegen diesen armen Menschen immer noch grämlich?«

»Ah, Ihr seid da, la Ramée!«, rief der Herzog; »meiner Treue, es war Zeit, dass Ihr kamet. Ich streckte mich auf mein Bett hin und wandte die Nase nach der Wand, um der Versuchung nicht nachzugeben, mein Versprechen zu halten, diesen Schuft von Grimaud nämlich zu erwürgen.«

»Indes zweifle ich«, versetzte la Ramée mit einer geistreichen Anspielung auf die Schweigsamkeit seines Untergebenen, »dass er Eurer Hoheit etwas Unangenehmes gesagt haben sollte.«

»Bei Gott, das glaube ich wohl; ein Stummer aus dem Orient! Ich versichere Euch, la Ramée, es war Zeit, dass Ihr zurückkamt, und ich habe mich gesehnt, Euch wieder zu sehen.«

»Der gnädigste Herr ist zu gütig«, entgegnete la Ramée, von diesem Komplimente geschmeichelt.

»Ja, wirklich«, fuhr der Herzog fort, »ich fühle heute in mir eine Ungeschicklichkeit, die Euch, wenn Ihr sie sehet, belustigen wird.«

»Wir werden also eine Ballpartie machen?«, fragte la Ramée, ohne dabei an etwas zu denken.

»Wenn es Euch gefällig ist.«

»Ich stehe Eurer Hoheit zu Befehl.«

»Das heißt, lieber la Ramée,« sprach der Herzog, »dass Ihr ein liebenswürdiger Mann seid, und dass ich ewig in Vincennes bleiben möchte, um das Vergnügen zu haben, mein Leben mit Euch zuzubringen.«

»Gnädigster Herr«, erwiderte la Ramée, »ich denke, dass es nicht an dem Kardinal liegen würde, wenn Ihre Wünsche nicht in Erfüllung gingen.«

»Wieso? Habt Ihr ihn erst kürzlich gesehen?«

»Er lieh mich diesen Morgen berufen.«

»Wirklich? um mit Euch von mir zu sprechen?«

»Worüber hätte er sonst zu sprechen? Wirklich, gnädigster Herr. Sie sind ein Gespenst.«

Der Herzog lächelte mit Bitterkeit und sagte: »Ah, la Ramèe, wenn Ihr meinen Antrag annehmen wollet.«

»He, gnädigster Herr. Sie fangen noch einmal an, davon zu sprechen, allein Sie sehen doch, dass Sie nicht billig sind.«

»Ich sage Euch, la Ramèe, und ich wiederhole es, dass ich Euer Glück machen würde.«

»Womit? Sie wären kaum aus dem Gefängnisse, so würde man Ihre Güter einziehen.«

»Ich wäre kaum aus dem Gefängnisse, so wäre ich auch schon Herr von Paris.«

»Stille, stille! darf ich denn solches anhören? Das ist ein hübsches Gespräch für einen Offizier des Königs; ich sehe wohl, gnädigster Herr, ich muss mir noch einen zweiten Grimaud suchen.«

»Geht doch, reden wir nicht davon. Es war also zwischen dir und dem Kardinal die Rede von mir? Lass mich doch, wenn du einmal wieder gerufen wirst, la Ramèe, deine Kleider anziehen und hingehen, meine Rache zu üben – und ich würde, wenn es Bedingung wäre, auf Edelmannswort wieder in das Gefängnis zurückkehren.«

»Gnädigster Herr, ich sehe wohl, dass ich Grimaud rufen muss.«

»Ich habe Unrecht. – Und was sagte dir der Küster?«

»Ich sehe Ihnen dieses Wort nach, gnädigster Herr«, versetzte la Ramèe mit schlauer Miene, »denn es reimt sich auf Minister. Was er mir sagte? Nun, er befahl mir, Sie streng zu hüten.«

«Und weshalb solltet Ihr mich hüten?«, fragte der Herzog düster.

»Weil ein Astrolog prophezeit hat, Sie würden entschlüpfen.«

»Ha, ein Astrolog prophezeite das?« sprach der Herzog mit unwillkürlichem Erbeben.

»Ach, mein Gott, ja, diese albernen Zauberer wissen auf Ehre nicht, was sie ersinnen sollen, um ehrbare Leute zu quälen.«

»Und was hast du der erlauchten Eminenz geantwortet?«

»Dass, falls dieser Astrolog Kalender mache, ich ihm anrate, keine davon zu verkaufen.«

»Weshalb?«

»Weil Sie erst Fink oder Zaunkönig werden müssten, um zu entwischen.«

»Du hast leider ganz recht, la Ramèe; doch spielen wir jetzt eine Ballpartie.«

»Ich bitte Eure Hoheit um Vergebung, allein Sie müssen mir eine halbe Stunde nachsehen.«

»Warum das?«

»Weil Seine Gnaden Mazarin, weit stolzer als Sie, wiewohl nicht ganz von so hoher Geburt, darauf vergessen hat, mich auf ein Frühstück einzuladen.«

»Nun, willst du, dass ich dir ein Frühstück hierher bestelle?«

»O nein, gnädigster Herr, ich muss Ihnen sagen, dass der Pastetenbäcker, der dem Schlosse gegenüber wohnte, und Vater Marteau genannt wurde –«

»Nun?«

»Sein Geschäft vor acht Tagen an einen Pastetenbäcker in Paris verkauft hat, und diesem haben die Ärzte, wie es scheint, die Landluft angeraten.«

»Nun, was soll das mich angehen?«

»Warten Sie doch, gnädigster Herr; dieser verfluchte Pasteienbäcker hat vor seiner Bude eine Menge Ding», bei denen einem das Wasser in den Mund tritt.«

»Leckermaul!«

»Ach, mein Gott, gnädigster Herr,« entgegnete la Ramèe, »man ist ja darum noch kein Leckermaul, wenn man gerne gut speist. Es liegt schon in der Natur des Menschen, nach Vollkommenheit bei Backwerken wie bei anderen Dingen zu trachten. Nun muss ich Ihnen aber sagen, gnädigster Herr, dass dieser Schlingel von Pastetenbäcker, als er mich vor seiner Bude anhalten sah, ganz keck herbeitrippelte und mir sagte: ›Herr la Ramèe, Sie müssen mir die Kundschaft der Gefangenen des Schlosses verschaffen. Ich kaufte das Geschäft meines Vorgängers auf seine Versicherung hin, dass er für das Schloss liefere und dennoch, auf Ehre, Herr la Ramèe, ließ Herr von Chavigny seit den acht Tagen, als ich das Geschäft betreibe, noch keine kleine Torte bei mir nehmen.‹

›Es ist aber wahrscheinlich‹, gab ich ihm zur Antwort, ›dass Herr von Chavigny fürchtet, Euer Backwerk möchte nicht gut sein.‹

›Ha, mein Backwerk nicht gut? Wohlan, Herr la Ramèe, ich will Sie zum Richter machen, und das auf der Stelle.‹

›Ich kann nicht‹, erwiderte ich, ›da ich durchaus in das Schloss zurückkehren muss.‹

›Nun denn‹, versetzte er, ›gehen Sie an Ihr Geschäft, da Sie es so eilig zu haben scheinen, doch kommen Sie in einer halben Stunde wieder.‹

›In einer halben Stunde?‹

›Ja. Haben Sie gefrühstückt?‹

›Meiner Seele, nein.‹

›Gut, hier ist eine Pastete, die Sie mit einer Flasche alten Burgunder erwarten wird.‹ – – Und Sie sehen wohl ein, gnädigster Herr, da ich noch nüchtern bin, möchte ich mit Ew. Hoheit Erlaubnis – –« Und la Ramée machte eine Verbeugung.

»So geh' denn, Schelm«, sprach der Herzog; »doch wohlgemerkt, ich gebe dir nur eine halbe Stunde Zeit.«

»Gnädigster Herr, darf ich dem Nachfolger des Vaters Marteau Ihre Kundschaft zusagen?«

»Ja, wenn er anders keine Champignons in seine Pasteten backt. Du weist wohl,« fügte der Prinz bei, »dass die Champignons aus dem Walde von Vincennes meiner Familie tödlich sind.«

**Was die Pasteten vom Nachfolger des Vaters Marteau enthalten haben**

Eine halbe Stunde darauf kam la Ramée froh und wohlgemut zurück, wie ein Mensch, der gut gegessen und zumal gut getrunken hat. Er fand die Pasteten ausgezeichnet und den Wein kostbar. Das Wetter war schön und erlaubte die verabredete Partie. Das Ballspiel in Vincennes fand unter freiem Himmel statt, somit war dem Herzog nichts leichter, als das zu tun, was ihm Grimaud angedeutet hatte, nämlich Bälle in die Gräben hinauszuschnellen.

Doch solange es nicht zwei Uhr geschlagen hatte, war der Herzog nicht ungeschickt, denn zwei Uhr war die festgesetzte Stunde. Nichtsdestoweniger verlor er bis dahin die Spielpartien, und das erlaubte es ihm, zornig zu werden und das zu tun, was man in einem solchen Falle tut, man macht nämlich Fehler auf Fehler.

Wie es nun zwei Uhr schlug, fingen die Bälle an, den Weg nach den Gräben zu nehmen, und zwar zur großen Freude von la Ramée, der bei jedem Ball fünfzehn zählte, den der Prinz nach außen schleuderte. Diese Würfe nach außen nahmen bald dergestalt zu, dass es an Bällen fehlte. La Ramée tat nun den Vorschlag, jemand hinauszuschicken, dass er sie im Graben aufhebe. Jedoch der Herzog bemerkte ganz vernünftig, das wäre verlorene Zeit und näherte sich dem Walle, der, wie schon gesagt, an diesem Orte wenigstens fünfzig Fuß tief war, wo er einen Mann sah, der in einem der tausend kleinen Gärten arbeitete, welche die Landleute außerhalb des Walles bestellten. «Holla, Freund!«, rief ihm der Herzog zu. Der Mann erhob den Kopf, und der Herzog wollte schon einen Ausruf der Überraschung ausstoßen, denn dieser Mann, dieser Bauer, dieser Gärtner war Rochefort, den der Prinz in der Bastille vermutete.

»Nun, was gibt es dort oben?«, fragte der Mann.

»Seid doch so gefällig und werfet uns die Bälle zurück«, antwortete der Herzog. Der Gärtner machte ein Zeichen mit dem Kopfe und fing an die Bälle zu werfen, welche la Ramée und die Wachen auffingen. Einer von ihnen fiel dem Herzog zu Füßen, und da dieser augenfällig für ihn bestimmt war, so schob er ihn in seine Tasche. Er machte sodann dem Gärtner ein Zeichen des Dankes und kehrte zu seinem Spiele zurück. Der Herzog hatte aber ausgemacht einen unglückseligen Tag; die Bälle flogen immer zur Seite, statt dass sie in den Schranken des Spieles blieben; zwei bis drei kehrten in den Garten zurück, da jedoch der Gärtner nicht mehr anwesend war, um sie zurückzuwerfen, so waren sie verloren: Sonach erklärte der Herzog, er schäme sich über seine Ungeschicklichkeit und wolle nicht mehr weiter spielen. La Ramée war entzückt darüber, dass er einen Prinzen von Geblüt so vollständig besiegte. Der Prinz kehrte in sein Gemach zurück und begab sich zu Bette. La Ramée nahm die Kleider des Herzogs unter dem Vorwande, dass sie bestäubt waren, und dass er sie wolle ausbürsten lassen, in der Wirklichkeit aber, um versichert zu sein, dass sich der Prinz nicht rühren würde. La Ramée war ein vorsichtiger Mann. Zum Glück hatte der Prinz Zeit gehabt, den Ball unter sein Kopfkissen zu verbergen. Als die Tür zugeschlossen war, zerriss der Herzog den Überzug des Balles mit seinen Zähnen, da man ihm kein schneidendes Werkzeug ließ; er aß mit Messern mit biegsamen Silberklingen, welche nicht schnitten. Unter dem Überzug befand sich ein Brief, der folgende Zeilen enthielt:

»Gnädigster Herr! Ihre Freunde wachen, und die Stunde Ihrer Befreiung ist nah'; begehren Sie übermorgen eine Pastete von dem neuen Pastetenbäcker zu essen, der das Geschäft von dem alten gekauft hat, und niemand anderer ist als Noirmont, Ihr Haushofmeister; öffnen Sie die Pastete erst dann, wenn Sie allein sind; ich hoffe. Sie werden mit dem Inhalte derselben zufrieden sein.

Der Ew. Hoheit in der Bastille wie anderswo stets ergebene Diener

Graf von Rochefort.

P. S. Ew. Hoheit kann Grimaud in jeder Hinsicht vertrauen; er ist ein sehr einsichtsvoller Mann, der uns ganz ergeben ist.«

Der Herzog von Beaufort, dem man sein Feuer wieder zurückgegeben, seit er versprochen hatte, auf die Malerei Verzicht zu leisten, verbrannte den Brief; wie er es mit noch mehr Leidwesen auch mit jenem der Frau von Montbazon getan hatte, und wollte dasselbe auch mit dem Balle tun, allein er dachte, dieser könnte ihm vielleicht dienlich sein, um Rochefort eine Antwort zuzumitteln. Er war gut bewacht, denn auf die Bewegung, welche er gemacht hatte, trat la Ramée ein. »Bedarf Monseigneur etwas?«, fragte er.

»Es war mir kalt,« entgegnete der Herzog, »darum schürte ich das Feuer an, um mir wärmer zu machen.« Der Herzog legte sich wieder zurück, während er den Ball unter sein Kopfkissen steckte. La Ramie lächelte. Er war im Grunde ein wackerer Mann, hatte eine große Zuneigung zu seinem Gefangenen, und wäre, falls diesen ein Unglück getroffen hätte, untröstlich gewesen.

»Gnädigster Herr,« sprach er zu ihm, »Sie sollen sich derlei Gedanken nicht überlassen, denn solche Gedanken töten.«

»Nun, mein Lieber,« entgegnete der Herzog, »Ihr seid allerliebst; könnte ich doch wie Ihr zu dem Nachfolger des Vater Marteau gehen, um Pasteten zu essen und Burgunder zu trinken, das würde mir Zerstreuung gewähren.«

»Es ist wahr, gnädigster Herr, seine Pasteten sind vortreffliche Pasteten, sein Wein ist ein köstlicher Wein.«

»Es gehört wirklich nicht viel dazu,« versetzte der Herzog, »dass sein Keller und seine Küche besser sind als die des Herrn von Chavigny.«

»Nun,« sprach la Ramée, indem er in die Schlinge ging, »was hält Sie ab, gnädigster Herr, davon zu verkosten? überdies versprach ich ihm Kundschaft.«

Dann sprach Beaufort: »Nun, lieber la Ramée, übermorgen ist Festtag?«

»Ja. gnädigster Herr, es ist Pfingsten.«

»Wollt Ihr mir übermorgen eine Lektion geben?«

»Worin?« »In der Wohlschmeckerei«

»Recht gern, gnädigster Herr.«

»Jedoch eine Lektion unter vier Augen. Wir schicken die Wachen nach der Schenke des Herrn von Chavigny und halten hier ein Frühmahl, das zu bestellen ich Euch überlasse.«

»Hm!« murmelte la Ramée.

Der Antrag war lockend; allein la Ramée war, wie unvorteilhaft auch der Kardinal bei seinem Anblick über ihn geurteilt hatte, doch ein schlauer Fuchs, der alle Schlingen kannte, die ein Gefangener legen konnte. »Sollte nicht etwa hinter diesem Frühmahl eine List stecken?«

»Nun, geht das an?«, fragte der Herzog.

»Ja, gnädigster Herr, unter einer Bedingung.«

»Unter welcher?«

»Dass uns Grimaud bei Tische aufwarte.«

Dem Herzog konnte nichts erwünschter kommen. Indes gewann er so viel Gewalt über sich, dass er sein Gesicht einen sehr augenfälligen Anstrich übler Laune annehmen ließ und ausrief: »Zum Teufel mit Eurem Grimaud, er wird mir das ganze Fest verderben.«

»Ich will ihm auftragen, dass er sich hinter Ew. Hoheit stelle und sein Wort rede; so wird ihn Ew. Hoheit weder sehen noch hören, und sich mit ein bisschen gutem Willen einbilden können, dass er hundert Meilen weit entfernt sei.«

»Wisst Ihr aber, mein Lieber,« versetzte der Herzog, »was sich mir bei alledem am deutlichsten herausstellt? Dass Ihr mir nicht traut.«

»Übermorgen ist Pfingsten, gnädigster Herr.«

»Nun, was geht mich Pfingsten an? Fürchtet Ihr etwa, der Heilige Geist könne in Gestalt feuriger Zungen herabkommen und mir die Pforten meines Gefängnisses öffnen?«

»Nein, gnädigster Herr, allein ich habe Ihnen gesagt, was dieser verdammte Zauberer prophezeit hat.«

»Und was hat er denn prophezeit?«

»Es würde das Pfingstfest nicht vorübergehen, ohne dass Ew. Hoheit aus Vincennes wegkäme.«

»Du glaubst also an Zauberer? Schwachkopf!«

»Ich,« versetzte la Ramée und schnellte mit den Fingern, »ich kümmere mich nicht viel darum; allein der gnädige Herr Giulio kümmert sich darum – er ist abergläubisch.« Der Herzog zuckte die Achseln.

»Wohlan, es sei,« sprach er mit vollkommen gespielter Gutmütigkeit, »ich nehme Grimaud an, da wir sonst nicht einig würden; doch will ich niemand außer Grimaud; Ihr nehmt alles auf Euch, Ihr besorgt das Frühmahl, wie Ihr es versteht; das einzige Gericht, welches ich bestimme, ist eine jener Pasteten, von welchen Ihr mir erzählt hat. Bestellt sie für mich, damit sich der Nachfolger des Vaters Marteau selbst übertreffe, und ihm meine Kundschaft nicht bloß für die Zeit, wo ich im Gefängnisse sitze, verbleibe, sondern auch noch für den Moment, wo ich es verlassen werde.«»Sie glauben also noch immer, dass Sie von hier wegkommen werden?«, fragte la Ramee.

»Potz Wetter!« entgegnete der Prinz, »wäre es auch erst nach dem Tode von Mazarin; ich bin fünfzehn Jahre jünger als er. Freilich«, fügte er bei, »lebt man in Vincennes schneller.«

»Gnädigster Herr«, rief la Ramee, »gnädigster Herr!« –

»Oder man stirbt früher«, fügte der Herzog von Beaufort hinzu, »was auf eins hinausgeht.«

»Gnädigster Herr,« sprach la Ramee, »ich will jetzt das Frühmahl bestellen.«

»Und glaubt Ihr wohl, Ihr werdet etwas aus Eurem Zöglinge machen können?«

»Nun, das hoffe ich, gnädigster Herr«, versetzte la Ramee.

»Wenn er Euch hierzu Zeit lässt«, murmelte der Herzog.

»Was spricht der gnädige Herr?«, fragte la Ramee.

»Der gnädige Herr spricht: Ihr sollet die Börse des Herrn Kardinals nicht schonen, der so gütig war, unser Jahresgehalt zu übernehmen.« La Ramee blieb an der Türschwelle stehen.

»Wen befiehlt der gnädige Herr hierher zu schicken?«

»Wen Ihr wollt, nur nicht Grimaud.«

»Somit den Offizier der Wachen?«»Mit seinem Schachbrett?«

»Ja.«

La Ramee entfernte sich.

Er ließ die Wachen unter irgendeinem Vorwande eine nach der anderen hinausgehen. »Nun?«, fragte der Herzog, als sie sich allein befanden.

»Nun,« entgegnete la Ramee, »Ihr Abendessen ist bestellt.«

»Ah!«, rief der Prinz, »und worin wird es bestehen? Sagt an, mein Herr Haushofmeister.«

»Der gnädigste Herr hat versprochen, sich in dieser Hinsicht auf mich zu verlassen.«

»Wird auch eine Pastete kommen?«

«Ich glaube, so hoch wie ein Turm.«

»Von dem Nachfolger des Vaters Marteau gebacken?«

»Sie ist bestellt.«

»Und sagtest du auch, dass sie für mich gehöre?«

»Das habe ich ihm gesagt.«

»Und was gab er zur Antwort?«

»Er wolle sein möglichstes tun, um Eure Hoheit zufriedenzustellen.«

»So ist es recht«, sprach der Herzog und rieb sich die Hände.

»Zum Kuckuck, gnädigster Herr«, rief la Ramee, »wie Sie doch locker zu werden anfangen! Seit fünf Jahren sah ich bei Ihnen keine so heitere Miene als in diesem Augenblicke.« Der Herzog fühlte, er habe sich nicht genugsam zu beherrschen gewusst; aber als wäre in diesem Augenblick, wo er nach der Tür horchte und sah, eine Ablenkung der Gedanken von la Ramee dringlich vonnöten gewesen, trat Grimaud ein und gab la Ramee einen Wink, dass er ihm etwas mitzuteilen habe. La Ramee trat zu Grimaud, der leise mit ihm sprach. Mittlerweile bekam der Herzog seine Fassung wieder und sagte: »Ich habe diesem Menschen bereits untersagt, ohne meine Erlaubnis einzutreten.«

»Gnädigster Herr,« versetzte la Ramee, »Sie müssen ihm vergeben, da ich ihn hierher bestellt habe.«

### Ein Abenteuer der Marie Michon

Um dieselbe Zeit kamen zwei Männer zu Pferde mit einem Bedienten nach Paris und ritten durch die Faubourg Saint-Marcel. Diese beiden Männer waren der Graf de la Fère und der Vicomte von Bragelonne. Die zwei Reisenden hielten in der Straße du Vieux-Colombier bei dem Gasthause »zum grünen Fuchs« an. Athos kannte dieses Wirtshaus schon seit langer Zeit. Er war dort mit seinen Freunden hundertmal zusammengekommen, doch waren seit zwanzig Jahren, von den Wirtsleuten an, gar mannigfaltige Veränderungen darin vorgegangen. Die Reisenden übergaben ihre Pferde den Aufwärtern, und da die Tiere von edler Rasse waren, so empfahlen sie ihnen dafür die größte Sorgfalt: Sie sollten denselben nur Stroh und Hafer geben und ihnen die Brust und die Beine mit warmem Wein waschen, da sie an diesem Tage zwanzig Stunden zurückgelegt hatten. Nachdem sie sich also vorerst mit ihren Pferden beschäftigt hatten, wie es wahrhafte Reiter tun sollen, so begehrten sie für sich zwei Zimmer. »Rudolf, du wirst deinen Anzug ordnen«, sagte Athos; »ich will dich jemand vorstellen.«

»Heute noch, Herr Graf?«, fragte der junge Mann.

»In einer halben Stunde.« Der junge Mann machte eine Verbeugung.

»Höre,« sprach Athos, »pflege dich gut, Rudolf, ich will, dass man dich schön finden möge.«

»Herr Graf,« versetzte der junge Mann lächelnd, »ich hoffe doch, es handle sich nicht um eine Heirat. Sie wissen, was ich Louise zugesagt habe.« Nun lächelte auch Athos und sagte: »Nein, sei unbesorgt, wiewohl ich dir eine Frau vorstellen werde.«

»Eine Frau?«, fragte Rudolf.

»Ja, und ich wünsche sogar, du möchtest sie lieb gewinnen.«

Der junge Mann blickte mit einer gewissen Angst auf Athos, aber bei dessen Lächeln beruhigte er sich bald wieder. »Wie alt ist sie?«, fragte der Vicomte von Bragelonne.

»Lieber Rudolf«, entgegnete Athos, »merke dir ein für alle Mal, dass man eine solche Frage niemals stellt. Kannst du auf dem Gesicht einer Frau ihr Alter lesen, so ist es unnötig, sie darum zu befragen; und kannst du es nicht mehr, so ist es indiskret.«

»Und ist sie schön?«

»Sie hat vor sechzehn Jahren nicht bloß als die hübscheste, sondern auch als die anmutvollste Frau in Frankreich gegolten.«

Diese Antwort beschwichtigte den Vicomte gänzlich. Athos konnte keine Absichten haben mit ihm und einer Frau, welche ein Jahr vorher, als er geboren wurde, für die hübscheste und einnehmendste Frau in Frankreich gegolten hatte. Er begab sich somit auf sein Zimmer und fing an mit jener Gefallsucht, welche der Jugend so gut steht Athos Auftrag zu vollziehen, sich nämlich so schön als möglich aufzuputzen, und das war mit dem ein leichtes, was die Natur hierzu beigetragen hatte. Als er wieder erschien, empfing ihn Athos mit jenem väterlichen Lächeln, mit welchem er sonst d´Artagnan empfangen hatte, doch enthielt es für Rudolf einen Ausdruck von noch größerer Zärtlichkeit.

»Nun«, murmelte er, »wenn sie auf ihn nicht stolz ist, so ist sie schwer zufriedenzustellen.«

Es war drei Uhr Nachmittag, das heißt, die für Besuche geeignete Stunde. Die zwei Reisenden gingen in das prunkvolle Hotel, über dem das Wappen von Luhnes emporragte.

»Da ist es«, sprach Athos. Er trat in das Hotel mit dem festen und sichern Schritt, welcher dem Schweizer anzeigte, dass der Eintretende hierzu auch berechtigt sei. Er stieg über die Freitreppe, wandte sich an einen in glänzender Livree dastehenden Bedienten, fragte ihn, ob die Frau Herzogin von Chevreuse zu sprechen wäre, und ob sie den Herrn Grafen de la Fere empfangen könnte. Ein Weilchen darauf kehrte der Lakai zurück und meldete: »Wiewohl die Frau Herzogin von Chevreuse nicht die Ehre habe, den Herrn Grafen de la Fère zu kennen, so bitte sie doch gefälligst, eintreten zu wollen.« Athos folgte dem Lakai, der ihn durch eine lange Reihe von Gemächern führte und endlich vor einer verschlossenen Türe anhielt. Man war da in einem Salon. Athos gab dem Vicomte von Bragelonne einen Wink, dass er da, wo er eben sei, verweile. Der Lakai öffnete und meldete den Herrn Grafen de la Fère.

Frau von Chevreuse, deren wir in unserer Geschichte: »Die drei Musketiere«, so oft gedacht haben, ohne dass wir je Gelegenheit fanden, sie auftreten zu lassen, galt noch jetzt für eine sehr schöne Frau. Und wirklich, obschon sie um diese Zeit schon vierundvierzig bis fünfundvierzig Jahre zählte, so schien sie doch kaum achtunddreißig bis neununddreißig alt zu sein; sie hatte noch immer ihre schönen blonden Haare, ihre großen, strahlenden und geistvollen Augen, welche die Intrige so oftmals geöffnet, die Liebe so oftmals geschlossen hatte, und ihren nymphenartigen Wuchs, vermöge dessen man sie, von rückwärts anblickend, noch für ein junges Mädchen hielt, welches mit der Königin Anna über einen Graben setzte, durch welchen Sprung die Krone Frankreichs im Jahre 1623 eines Erben beraubt worden war. Außerdem war sie noch immer jenes flüchtige Geschöpf, das ihren Liebschaften ein solches Gepräge von Originalität verlieh, dass dieselben sozusagen eine Berühmtheit für ihre Familien wurden.

Sie befand sich in einem kleinen Boudoir, dessen Fenster in den Garten gingen. Dieses Boudoir war nach der Mode, die Frau von Rambouillet angegeben hatte, als sie ihr Hotel erbaut, mit einer Art blauen Damasts mit Rosen und Goldlaub behangen. Eine Frau in dem Alter der Frau von Chevreuse bewies damit, dass sie sich in einem solchen Gemache aufhielt, eine große Gefallsucht, zumal wie sie es in diesem Augenblicke war, denn sie lag hingestreckt auf einem langen Stuhl, den Kopf an die Tapete angelehnt. In der Hand hielt sie ein halbgeöffnetes Buch und hatte ein Kissen, diesen Arm, der das Buch hielt, darauf zu stützen.

Als der Diener die Meldung machte, erhob sie sich ein wenig und streckte neugierig den Kopf vor. Athos trat ein. Die ganze Persönlichkeit desjenigen, der eben der Frau von Chevreuse unter einem völlig unbekannten Namen gemeldet wurde, hatte solch einen hochedlen Anstand, dass sie sich halb aufrichtete und ihm höflich einen Wink gab, sich neben ihr auf einen Stuhl zu setzen. Athos verneigte sich und gehorchte. Der Lakai machte Miene, sich zu entfernen, doch gab ihm Athos einen Wink, der ihn zurückhielt. »Gnädige Frau,« sprach er zu der Herzogin, »ich war so kühn, in Ihr Hotel zu kommen, ohne dass Sie mich kennen; doch war ich so glücklich, vorgelassen zu werden. Jetzt habe ich um eine Unterredung von einer halben Stunde zu bitten.«

»Ich gestehe sie Ihnen zu, Herr Graf«, erwiderte Frau von Chevreuse mit ihrem anmutvollsten Lächeln.

»Das ist aber noch nicht alles, gnädigste Frau. Oh, ich verlange viel, ich weiß es! Die Unterredung, um welche ich Sie bitte, ist eine Unterredung unter vier Augen, bei der ich durchaus nicht gern unterbrochen werden mochte.«

»Ich bin jetzt für niemanden zu Hause«, sagte die Herzogin zu dem Bedienten. »Geht.« Der Bediente entfernte sich.

Es trat ein augenblickliches Stillschweigen ein, indes die zwei Personen, die sich auf den ersten Blick dafür erkannten, dass sie von hoher Geburt seien, sich gegenseitig musterten, ohne dass die eine oder die andere dabei in Verlegenheit geriet. Die Herzogin von Chevreuse brach zuerst das Schweigen. »Nun, Herr Graf,« sprach sie lächelnd, »Sie sehen wohl, dass ich ungeduldig warte.«

»Und ich, gnädige Frau,« entgegnete Athos, »ich betrachte mit Bewunderung.«

»Sie müssen mich entschuldigen, Herr Graf,« sprach Frau von Chevreuse, »denn ich wünsche sehnlichst zu wissen, mit wem ich spreche. Sie sind ein Hofmann, das ist ausgemacht, und doch habe ich Sie noch nie bei Hofe gesehen. Kommen Sie etwa von der Bastille?«

»Nein, gnädige Frau«, entgegnete Athos lächelnd, »allein ich befinde mich vielleicht auf dem Wege dahin.«

»Ach, für diesen Fall,« sprach sie lebhaft in jenem heiteren Tone, der ihr so viel Reiz verlieh, »sagen Sie mir schnell, Herr Graf, wer Sie sind, und machen Sie sich dann auf den Weg, denn ich bin bereits derart bloßgestellt, dass ich mich noch mehr bloßzustellen, nicht nötig habe.«

»Wer ich bin, gnädigste Frau? Man meldete Ihnen doch meinen Namen: Graf de la Fere. Sie haben diesen Namen nie gekannt. Einst führte ich einen anderen, den Sie vielleicht gekannt, aber sicher schon vergessen haben.«

»Nennen Sie ihn jedenfalls, Herr Graf.«

»Einst«, entgegnete der Graf de la Fere, »nannte ich mich Athos.«

Frau von Chevreuse öffnete weit ihre großen, erstaunten Augen. Es zeigte sich klar, dass dieser Name, wie ihr der Graf sagte, in ihrem Gedächtnisse nicht ganz verwischt war, wiewohl er sich darin unter andere Erinnerungen aus früherer Zeit sehr vermengt hatte. »Athos?« sprach sie – »warten Sie doch!« ... Sie drückte ihre zwei Hände gegen ihre Stirn, um gleichsam die tausend flüchtigen Ideen, die sie in sich barg, für einen Moment auf einen Punkt zusammenzudrängen, um sie in ihrem glänzenden und bunten Schwarme deutlicher zu überschauen.

»Wollen Sie, gnädige Frau, dass ich Ihnen Beistand leiste?«, fragte Athos lächelnd.

»Jawohl«, sprach die Herzogin, die des Nachsinnens schon müde war, »Sie werden mir damit einen Gefallen tun.«

»Jener Athos war mit drei jungen Musketieren befreundet, welche d'Artagnan, Porthos und ...«

»Aramis hießen«, fuhr die Herzogin lebhaft fort.

»Und Aramis – ganz richtig«, versetzte Athos; »also haben Sie diese Namen doch nicht gänzlich aus dem Gedächtnis verloren?«

»Nein«, erwiderte sie, »nein. Armer Aramis! Er war ein liebenswürdiger, artiger und verschwiegener Edelmann, der hübsche Verse machte; doch glaube ich, hat er sich nicht zum Guten gewendet.«

»Er hat sich entschlossen, Abbé zu werden.«

»Ah, wirklich?« entgegnete Frau von Chevreuse, nachlässig mit dem Fächer spielend. »Nun, ich danke Ihnen, Herr Graf.«

»Wofür, gnädigste Frau?«

»Dass Sie mir wieder diese Erinnerung erweckten, welche unter die angenehmsten meiner Jugend gehört.«

»Erlauben Sie mir«, sagte Athos, »eine zweite zu erwecken.«

»Die sich an diese hier knüpft?«

»Ja und nein.«

»Meiner Treu,« versetzte Frau von Chevreuse, »reden Sie immerhin; mit einem Manne, wie Sie sind, wage ich alles.«

Athos machte eine Verbeugung. »Aramis war mit einer jungen Linnenhändlerin von Tours befreundet. – Ja, eine Base von ihm, namens Marie Michon.«

»Ah, ich kenne sie«, sprach Frau von Chevreuse; »es ist dieselbe, an welche er während der Belagerung von la Rochelle geschrieben hat, um sie von einem Komplott, das sich gegen den armen Buckingham gebildet hatte, in Kenntnis zu setzen.«

»Ganz richtig«, erwiderte Athos. »Wollen Sie mir gütigst erlauben, von ihr zu sprechen?«

Frau von Chevreuse blickte Athos an und sagte: »Ja, wenn Sie mir anders nicht zu viel Schlimmes von ihr sagen.«

»Ich wäre undankbar«, entgegnete Athos, »und ich betrachte den Undank nicht bloß als ein Vergehen oder eine Sünde, sondern als ein Verbrechen, was noch viel schlimmer ist.«

»Sie undankbar gegen Marie Michon, Herr Graf?«, fragte Frau von Chevreuse und suchte in Athos' Augen zu lesen. »Wie wäre es denn möglich, da Sie dieselbe nie persönlich gekannt haben?«

»Nun, wer weiß, gnädigste Frau«, antwortete Athos. »Es gibt ein Volkssprichwort, welches lautet: ›Nur die Berge kommen nie zusammen –‹ und die Volkssprichwörter sind oft ungemein triftig.«

»Oh, fahren Sie fort, Herr Graf, fahren Sie fort,« sprach Frau von Chevreuse lebhaft, »denn Sie können sich nicht vorstellen, welchen Anteil ich an dieser Unterhaltung nehme.«

»Sie ermuntern mich«, sagte Athos, »ich will somit fortfahren. Diese Base von Aramis, diese Marie Michon, kurz, diese Linnenhändlerin hatte, ungeachtet ihres niederen Standes, die vornehmsten Bekanntschaften; sie nannte die edelsten Hofdamen ihre Freundinnen, und selbst die Königin war ihr traulich zugetan.«

»Ach,« sprach Frau von Chevreuse mit einem stillen Seufzer und einem leichten Zucken der Augenbrauen, das nur ihr eigen war, »seit dieser Zeit haben sich die Verhältnisse ungemein verändert.«

»Und die Königin hatte recht«, fuhr Athos fort, »denn Marie war ihr ganz ergeben, so zwar, dass sie ihr sogar als Vermittlerin zwischen ihr und ihrem Bruder, dem Könige von Spanien, diente.«

»Und das«, versetzte die Herzogin, »wird ihr jetzt als ein großes Vergehen angerechnet.«

»Allerdings,« versetzte Athos, »so zwar, dass der Kardinal, der wahre, der frühere Kardinal, eines Morgens beschloss, die arme Marie Michon verhaften und nach dem Schlosse Loches bringen zu lassen. Zum Glück konnte die Sache nicht so insgeheim ablaufen, der Fall war vorhergesehen; würde Marie Michon von irgendeiner Gefahr bedroht, so sollte ihr die Königin ein Gebetbuch, in grünen Samt gebunden, zuschicken.«

»So ist es, mein Herr; Sie sind wohl unterrichtet.«

»Eines Morgens kam nun dieses Buch an, überbracht von dem Prinzen von Marsillac. Es war keine Zeit zu verlieren. Zum Glück hatte sich Marie Michon und eine Dienerin Namens Ketty, die sie hatte, in Mannskleidern allerliebst ausgenommen. Der Prinz besorgte der Marie Michon einen Kavalieranzug, der Ketty eine Bedientenkleidung, und gab ihnen zwei vortreffliche Pferde. Die zwei Flüchtlinge verließen sogleich Tours und schlugen den Weg nach Spanien ein.

»Fürwahr, das ist durchaus richtig«, fiel Frau von Chevreuse ein, und schlug die beiden Hände zusammen. »Es wäre in der Tat seltsam –« sie hielt inne.

– »Sollte ich diesen zwei Flüchtlingen bis ans Ende gefolgt sein?« fragte Athos. »Nein, gnädige Frau, derart will ich Ihre Zeit nicht missbrauchen: Wir wollen sie bloß bis zu einem kleinen Dorfe geleiten, das zwischen Tulle und Angoulème gelegen ist und Roche l'Abeile genannt wird.« Frau von Chevreuse stieß einen Laut der Überraschung aus und blickte Athos mit einem Ausdruck des Erstaunens an, der dem vormaligen Musketier ein Lächeln entlockte. Er fuhr fort: »Warten Sie noch, gnädige Frau, denn was ich Ihnen noch mitzuteilen habe, ist noch viel seltsamer als das Erwähnte.« »Ich halte Sie für einen Zauberer, Herr Graf«, entgegnete Frau von Chevreuse; »ich bin auf alles gefasst ... doch wirklich ... allein gleichviel, fahren Sie nur fort.« »Die Tagreise war diesmal lang und ermüdend, auch war es kalt; man war am elften Oktober. In dem Dorfe befand sich weder ein Gasthaus noch ein Schloss; die Bauernhäuser waren arm und schmutzig. Marie Michon war eine sehr aristokratische Person und gewöhnt an Wohlgerüche und feine Wäsche. Sie beschloss demnach, im Hause des Maire um Gastfreundschaft zu bitten.« Athos hielt inne. »Oh«, rief die Herzogin, »fahren Sie fort, ich sagte Ihnen schon im Voraus, dass ich auf alles gefasst sei.«

»Die zwei Reisenden pochten an die Tür; es war schon spät; der Maire, welcher ganz einsam wohnte und bereits im Bette lag, rief ihnen zu, einzutreten. Die Tür war nicht versperrt, da das Vertrauen in den Dörfern so groß ist, und so traten sie ein. Eine Lampe brannte im Gemache des Maire. Marie Michon, die den liebenswürdigen Kavalier so gut zu spielen wusste, öffnete also die Tür, und indem sie den Kopf hineinstreckte, bat sie um Gastfreiheit. ›Recht gern, mein junger Kavalier‹, sprach der Maire, ›wenn Sie sich mit dem Reste meines Nachtmahles und der Hälfte meines Zimmer zufriedenstellen wollen.‹ Die beiden Reisenden hielten einen Augenblick Rat; der Maire hörte sie ein Gelächter erheben, worauf der Herr oder vielmehr die Herrin antwortete: ›Ich danke, mein Herr; ich nehme es an.‹ ›Nun, so essen Sie, aber machen Sie so wenig Geräusch als möglich‹, entgegnete der Hauswirt, ›denn auch ich war diesen ganzen Tag auf der Heerstraße, und so wäre es mir nicht unangenehm, diese Nacht zu schlafen.‹«Es war augenfällig, dass Frau von Chevreuse von Überraschung zum Erstaunen und vom Erstaunen zur höchsten Verwunderung überging; als sie Athos anblickte, nahm ihr Gesicht einen Ausdruck an, der sich nicht beschreiben lässt; man sah es, sie wollte sprechen, allein sie schwieg, weil sie eines der Worte ihres Gesellschafters zu verlieren fürchtete. »Dann?«, fragte sie. »Dann?« versetzte Athos; »darin liegt eben die Schwierigkeit.« »Sprechen Sie, ha, sprechen Sie, man darf mir alles sagen. Überdies geht mich das nichts an, es betrifft nur die Jungfer Marie Michon.«

»Ah, das ist richtig«, entgegnete Athos. »Nun, Marie Michon speiste also mit ihrer Dienerin zu Nacht, und als sie gegessen hatte, kehrte sie, der erhaltenen Erlaubnis zufolge wieder in das Zimmer zurück, worin der Hauswirt schlief, indes es sich Keith in dem vorderen Zimmer, nämlich dort, wo man das Nachtmahl verzehrt hatte, in einem Lehnstuhl bequem machte.«

»In Wahrheit, mein Herr!«, rief Frau von Chevreuse, »wenn Sie nicht der Teufel in Person sind, so weiß ich nicht, wie Ihnen alle diese Einzelheiten bekannt sein können.«

»Diese Marie Michon war ein reizendes Wesen«, sagte Athos, »eines jener mutwilligen Geschöpfe, in deren Geist unablässig die wunderlichsten Gedanken spuken, und die geboren sind, um uns alle, die wir da sind, zur Verdammnis zu bringen. Da sie nun der Meinung war, dass ihr Wirt ein Hagestolz und Weiberfeind sei, so stieg in dem Geiste der Kokette der Gedanke auf, es wäre wohl unter den vielen lustigen Erinnerungen, die sie bereits hatte, auch eine lustige Erinnerung für ihre alten Tage, diesen Mann zur Verdammnis zu bringen.«

»Graf,« fiel die Herzogin ein, »auf mein Ehrenwort, Sie erschrecken mich.«

»Der arme Maire«, begann Athos wieder, »war leider kein kalter, unerschütterlicher Fels, und Marie Michon, ich wiederhole es, war ein reizendes Wesen.«

»Graf,« fiel die Herzogin lebhaft ein und erfasste Athos' Hand, »sagen Sie mir auf der Stelle, wie Sie diese näheren Umstände wissen, oder ich berufe jemand, dass er Ihnen den Satan austreibe.«

Athos fing zu lachen an. »Gnädige Frau, nichts ist leichter. Ein Reiter, der eine wichtige Sendung hatte, kam eine Stunde zuvor zu dem Hause des Maire, der zugleich Arzt war, und bat um Gastfreundschaft; er kam gerade in dem Augenblicke, wo der Maire im Begriffe stand, zu einem plötzlich Erkrankten zu eilen, der ihn berufen ließ, und somit nicht allein das Haus, sondern das ganze Dorf für diese Nacht zu verlassen. Der menschenfreundliche Maire und Arzt setzte volles Vertrauen in seinen Gast, der überdies Edelmann war, und räumte ihm bereitwillig sein Zimmer ein. Somit hatte Marie Michon von dem Gaste des Maire und nicht von dem Maire selbst Gastfreiheit angesprochen.«

»Und dieser Reiter, dieser Gast, dieser vor ihr eingetroffene Edelmann?«

»War ich – der Graf de la Fere«, erwiderte Athos, indem er aufstand und vor der Herzogin von Chevreuse eine Verbeugung machte.

Die Herzogin war einen Augenblick wie betäubt, dann erhob sie auf einmal ein Gelächter und sagte: »Ha, meiner Treue, das ist sehr drollig, und die mutwillige Marie Michon hat etwas Besseres gefunden, als sie vermutete. Nehmen Sie Platz, Herr Graf, und setzen Sie Ihre Geschichte fort.«

»Nun erübrigt mir nur noch, mich anzuklagen, gnädige Frau. Wie schon erwähnt, befand auch ich mich eines dringenden Auftrages wegen auf der Reise, und so verließ ich mit Tagesanbruch das Gemach, wo ich meine reizende Genossin schlafen ließ. Im vorderen Zimmer schlief gleichfalls die ihrer Herrin ganz würdige Dienerin, den Kopf in einen Lehnstuhl zurückgelegt. Ihr hübsches Antlitz blendete mich; ich trat hinzu und erkannte die kleine Keith, der unser Freund Aramis einen Dienst bei ihr verschafft hat. Auf diese Art erfuhr ich denn, wer diese reizende Reisende sei –«

»Marie Michon,« ergänzte lebhaft Frau von Chevreuse.

»Marie Michon«, wiederholte Athos. »Nunmehr verließ ich das Haus, ging nach dem Stalle, fand mein Pferd gesattelt und meinen Diener bereit, wonach wir uns auf den Weg machten.«

»Und sind Sie niemals wieder durch dieses Dorf gekommen?«, fragte Frau von Chevreuse gespannt.

»Ein Jahr darauf, gnädige Frau.«

»Nun?«

»Nun, ich wollte den guten Maire wieder besuchen. Ich fand ihn sehr bestürzt ob eines Ereignisses, das ihm nicht einleuchtete. Acht Tage zuvor hatte er in einer Wiege einen allerliebsten, drei Monate alten Knaben mit einer Börse voll Gold und einem Briefchen erhalten, welches ganz einfach die folgenden paar Worte enthielt: »Den 11. Oktober 1633.«

»Das war das Datum jenes seltsamen Abenteuers,« bemerkte Frau von Chevreuse.

»Ja, doch verstand er nichts davon, als dass er jene Nacht bei einem Sterbenden zugebracht hatte, denn Marie Michon hatte sein Haus schon früher verlassen, als er dahin zurückgekommen war.«

»Sie wissen Wohl, Herr Graf, dass Marie Michon. als sie im Jahre 1643 wieder nach Frankreich zurückkehrte, sich allsogleich nach diesem Kinde erkundigen ließ, denn sie konnte es, da sie flüchtig war, nicht behalten, doch wollte sie es bei sich erziehen, als sie nach Frankreich zurückkam.«

»Und was sprach der Maire zu ihr?«, fragte Athos.

»Ein vornehmer Herr, den er nicht kannte, sei zu ihm gekommen, habe sich für die Zukunft des Kindes verbürgt und es mit sich genommen.«

»Das ist wahr gewesen.«

»Ha. jetzt begreife ich, dieser vornehme Herr waren Sie, war sein Vater!«

»Stille, gnädige Frau, reden Sie nicht so laut, er ist hier.´´

»Er ist hier?«, rief Frau von Chevreuse und sprang rasch empor.

»Er ist hier, mein Sohn – der Sohn der Marie Michon ist da? Ich will ihn sogleich sehen.«

»Geben Sie acht, gnädige Frau«, unterbrach sie Athos, »dass er weder seinen Vater noch seine Mutter erkenne.«

»Sie haben das Geheimnis bewahrt, und führen mir ihn so zu, in dem Glauben, dass Sie mich sehr glücklich machen würden. O, ich danke, Herr Graf, ich danke Ihnen,« rief Frau von Chevreuse, indem sie seine Hand erfasste und an ihre Lippen zu drücken suchte. «Dank! Sie besitzen ein edles Herz!«

»Ich führe ihn her,« versetzte Athos, indem er seine Hand zurückzog, »damit auch Sie etwas für ihn tun möchten, gnädige Frau. Bis jetzt besorge ich allein seine Erziehung und glaube, einen vollkommenen Edelmann aus ihm gebildet zu haben; allein der Augenblick ist gekommen, wo ich mich abermals genötigt finde, das unstete und gefahrvolle Leben des Parteigängers zu führen. Von morgen an nehme ich teil an einem gewagten Unternehmen, wobei ich den Tod finden kann; sodann wird er nur noch Sie haben, um in der Welt zu einer Stelle zu gelangen, für die er berufen ist.«

»O, seien Sie ruhig!«, rief die Herzogin aus.

»Für diesen Augenblick habe ich zwar leider wenig Einfluss, doch weihe ich ihm das, was mir davon übrig geblieben ist. Was Vermögen und Titel betrifft –«

»Deshalb beunruhigen Sie sich nicht, gnädige Frau, ich habe ihm die Herrschaft Bragelonne zugeschrieben, die ich erbte, und von welcher er den Titel mit zehntausend Livres Einkünften hat.«

»Mein Herr«, rief die Herzogin, »bei meiner Seele, Sie sind ein wahrhafter Edelmann! Allein ich glühe, unsern jungen Vicomte zu sehen. Wo ist er?«

»Dort im Salon; ich will ihn rufen, wenn Sie es erlauben.«

Athos machte einen Schritt nach der Türe; Frau von Chevreuse hielt ihn zurück und fragte: »Ist er schön?« Athos lächelte und erwiderte: »Er gleicht seiner Mutter.« Zugleich öffnete er die Türe und gab dem jungen Manne einen Wink, der an der Schwelle erschien.

Frau von Chevreuse konnte nicht umhin, einen Freudenruf auszustoßen, als sie einen so liebenswürdigen Kavalier erblickte, der alle Hoffnungen überbot, die ihr Stolz zu fassen vermochte. »Tritt näher heran, Vicomte«, rief Athos; »die Frau Herzogin von Chevreuse erlaubt es, dass du ihr die Hand küssest.«

Der junge Mann näherte sich mit entblößtem Haupte und seinem einnehmenden Lächeln, beugte ein Knie und küsste die Hand der Frau von Chevreuse. Dann wandte er sich zu Athos und sagte: »Herr Graf, haben Sie mir nicht etwa aus Schonung für meine Schüchternheit gesagt: Die gnädige Frau sei die Herzogin von Chevreuse und ist sie nicht vielmehr die Königin?«

»Nein, Vicomte,« versetzte Frau von Chevreuse, indem sie ihn gleichfalls bei der Hand erfasste, ihm einen Wink gab, neben ihr Platz zu nehmen und ihn mit wonnestrahlenden Augen betrachtete. »Nein, ich bin leider nicht die Königin, denn wäre ich diese, so würde ich auf der Stelle das für Euch tun, dessen Ihr würdig seid; jedoch als die, welche ich bin«, fuhr sie fort, wobei sie sich mühevoll zurückhielt, ihre Lippen auf seine so glänzende Stirne zu pressen; »sagt an, auf welche Laufbahn wünscht Ihr Euch zu begeben?« Athos, der zur Seite stand, blickte die beiden mit einem Ausdruck unbeschreiblichen Vergnügens an. Der junge Mann erwiderte mit seiner sanften und zugleich wohlklingenden Stimme: »Aber, gnädigste Frau, ich denke, es gäbe für einen Edelmann nur eine Laufbahn, nämlich die der Waffen. Auch glaube ich, dass mich der Herr Graf zu dem Zwecke erzogen hat, aus mir einen Kriegsmann zu bilden, und er ließ mich hoffen, dass er mich in Paris jemandem vorstellen werde, der mich bei dem Prinzen empfehlen könnte.«

»Ja, ich sehe wohl ein, es steht für einen jungen Krieger, wie Ihr seid, recht gut, unter einem jungen Feldherrn zu dienen, wie er ist; – doch halt, wartet – persönlich stehe ich mit ihm so ziemlich schlecht ob der Streitigkeit der Frau von Montbazon, meiner Schwiegermutter, mit Frau von Longueville, allein durch den Prinzen von Marsillac – – Nun, wirklich! sehen Sie, Graf, es geht an; der Prinz ist ein alter Freund von mir; er wird unseren jungen Freund der Frau von Longueville empfehlen, diese wird ihm einen Brief für ihren Bruder, den Prinzen, geben, der sie zu aufrichtig liebt, als dass er nicht alles, was sie von ihm fordert, auf der Stelle tun würde.«

»Gut, das geht ja vortrefflich,« sprach der Graf. »Allein, darf ich es wagen, Ihnen die größte Eile anzuempfehlen? Ich habe Gründe, zu wünschen, dass der Vicomte morgen Abend nicht mehr in Paris verweile.«

»Wünschen Sie, Herr Graf, dass man es in Erfahrung bringe, dass Sie sich für ihn verwenden?«

»Vielleicht wäre es für seine Zukunft erspießlicher, dass man gar nichts davon wisse, dass er mich jemals gekannt hat.«

»Ach, Herr Graf!«, rief der junge Mann.

»Du weißt wohl, Bragelonne,« versetzte der Graf, »dass ich nie etwas ohne Grund tue.«

»Ja, Herr Graf«, erwiderte der junge Mann, »ich kenne die tiefe Weisheit, die Sie leitet, und will Ihnen, wie ich es gewohnt bin, Folge leisten.«

»Wohlan, Graf,« verfetzte die Herzogin, »überlassen Sie ihn mir, ich will den Prinzen von Marsillac berufen, der eben zum Glücke in Paris verweilt, und ihn nicht eher verlassen, als bis die Sache im reinen ist.«

»Gut, Frau Herzogin, tausendfachen Dank! Ich habe noch mehrere Gänge zu tun, und wenn ich gegen sechs Uhr abends zurückkehre, erwarte ich den Vicomte im Gasthause.«

»Was tun Sie diesen Abend?«

»Wir gehen zu Scarron, für den ich einen Brief habe, und bei dem ich einen meiner Freunde finden soll.«

»Gut,« versetzte die Herzogin von Chevreuse, »ich will selbst auf einen Augenblick dahin kommen; verlassen Sie also seinen Salon nicht früher, als bis Sie mich gesehen haben.«

Athos verneigte sich und schickte sich an, fortzugehen.

»Wie doch, Herr Graf,« sprach die Herzogin lachend, »verlässt man denn seine alten Freunde auf eine so formensteife Weise?«

»Ach«, murmelte Athos, indem er ihr die Hand küsste, »hätte ich es doch früher gewusst, dass Marie Michon ein so einnehmendes Wesen sei!«

Er ging seufzend hinweg.

## Die Befreiung

Herr von Beaufort, dem das Innere des Palais-Royal und die Verhältnisse der Königin und des Kardinals so gut bekannt waren, malte sich in seinem Gefängnisse den ganzen, dramatischen Auftritt aus, welcher stattfinden würde, wenn von dem Kabinett des Ministers aus bis zu den Zimmern der Königin der Ruf erschallte: »Herr von Beaufort hat sich befreit!« Während sich nun Herr von Beaufort alles das selber sagte, lächelte er sich freundlich zu, und im Wahne, dass er bereits außen die freie Luft der Ebene und Wälder einatme, ein flinkes Roß zwischen seinen Schenkeln tummle, rief er mit lauter Stimme: »Ich bin frei!« Er befand sich freilich, wenn er zu sich kam, wieder zwischen seinen vier Wänden, und erblickte nur zehn Schritte vor sich la Ramee, der seine Daumen umeinander herumschnellte, und im Vorgemach seine acht Wächter, welche lachten oder zechten. Das einzige Labsal bei diesem so verhassten Gemälde war ihm das finstere Gesicht Grimauds, dieses Gesicht, gegen welches er anfangs eine Abscheu gefasst hatte, und welches dann seine ganze Hoffnung geworden war. Grimaud schien ihm ein Antonious.

Wir brauchen es nicht anzuführen, dass das alles nur ein Spiel der fieberhaft aufgeregten Einbildungskraft des Gefangenen war. Grimaud war stets derselbe: somit erwarb er sich auch das volle Vertrauen seines Vorgesetzten la Ramee, der sich jetzt auf ihn noch mehr als auf sich selbst verlassen hätte; denn la Ramee fühlte, wie schon gesagt, eine große Schwäche gegen Herrn von Beaufort. Demzufolge hatte sich denn der gute la Ramee aus dem kleinen Schmaus unter vier Augen mit dem Gefangenen ein Fest gemacht. Herr la Ramee hatte nur diesen Fehler, dass er ein Gourmand war, er hatte die Pasteten gut, den Wein ausgezeichnet gefunden. Allein der Nachfolger des Vaters Marteau hat ihm eine Fasanpastete statt einer Hühnerpastete und Wein von Chambertin statt Wein von Macon versprochen. Das alles wurde erhöht durch die Gegenwart dieses so gütigen und vortrefflichen Prinzen, der so lustige Streiche gegen Herrn von Chavigny und so gute Scherze auf Mazarin ersann, und so war dieses schöne Pfingstfest la Ramée eines der vier großen Feste des Jahres geworden.

La Ramée erwartete also die sechste Abendstunde ebenso ungeduldig als der Herzog. Er beschäftigte sich vom frühen Morgen an mit allen Umständlichkeiten, verließ sich dabei nur auf sich selbst, und machte auch einen Besuch bei dem Nachfolger des Vaters Marteau. Dieser hatte sich selbst übertroffen; er zeigte ihm eine wirklich ungeheure Pastete, die auf dem Deckel mit dem Wappen des Herrn von Beaufort verziert war; diese Pastete war noch leer, doch lagen daneben ein Fasan und zwei Rebhühner so fein gespickt, dass jedes wie ein Nadelkissen aussah. La Ramee trat das Wasser in den Mund, er rieb sich die Hände und kehrte in das Zimmer des Herzogs zurück.

Herr von Chavigny, der sich, wie schon gesagt, auf la Ramee verließ, hatte, um das Glück vollständig zu machen, selbst eine kleine Reise gemacht, und sich an demselben Morgen auf den Weg begeben, wodurch la Ramee der Untergouverneur des Schlosses wurde. Was Grimaud betrifft, so schien er mürrischer als je.

Am Morgen spielte Herr von Beaufort eine Ballpartie mit la Ramee; ein Wink Grimauds bedeutete ihm, auf alles acht zu haben. Grimaud ging voraus und gab den Weg an, den man abends einzuschlagen hätte. Der Ballspielplatz befand sich in dem sogenannten Kreuzgang des kleinen Schlosshofes. Dieser Raum war ziemlich öde, und man stellte daselbst nur dann Schildwachen auf, wenn Herr von Beaufort seine Partie machte, und selbst diese Maßregel schien überflüssig, da die Mauern so hoch waren. Man musste, ehe man in diesen Raum gelangte, drei Türen aufschließen. Jede öffnete sich mit einem besonderen Schlüssel. La Ramee war der Träger dieser drei Schlüssel. Als man in diesem Vorschloss ankam, setzte sich Grimaud maschinenartig neben eine Schießscharte, und ließ die Beine außerhalb der Mauer hinabhängen. Man wollte offenbar an dieser Stelle die Strickleiter befestigen. Dieses ganze Manöver, das der

Herzog von Beaufort recht wohl verstand, war, wie sich begreifen lässt, für la Ramee unverständlich.

Die Partie fing an. Diesmal war Herr von Beaufort im Glück, und man hätte sagen mögen, er schnelle die Bälle eben dahin, wohin er sie geschnellt haben wollte. La Ramee war ganz geschlagen. Vier Wächter begleiteten Herrn von Beaufort und sammelten die Bälle ein; nach beendigtem Spiele neckte Herr von Beaufort la Ramee ob seiner Ungeschicklichkeit, und reichte den Wächtern zwei Louisdors, dass sie mit ihren vier anderen Gefährten auf seine Gesundheit trinken möchten.

Die Wächter erbaten sich von la Ramee die Erlaubnis und er gestand sie ihnen zu, jedoch nur für den Abend. Bis dahin hatte sich la Ramee mit wichtigen Dingen zu befassen; und da er ausgehen musste, so wollte er nicht, dass man während seiner Abwesenheit den Gefangenen aus den Augen verliere. Hätte Herr von Beaufort das alles selbst angeordnet, so würde er es wahrscheinlich nicht so geschickt eingerichtet haben, als es sein Aufseher tat.

Endlich schlug es sechs Uhr; und obwohl man sich erst um sieben Uhr zu Tische setzen sollte, so waren die Speisen doch schon bereit und aufgetragen. Auf einem Büfett stand die kolossale Pastete mit dem Wappen des Herzogs, und soviel sich nach der goldfarbigen Kruste schließen ließ, schien sie vortrefflich gebacken. Das übrige des Nachtmahls war anlockend.

Alles war schon ungeduldig: die Wächter, um zum Trinken zu gehen, la Ramee, sich an den Tisch zu setzen, und Herr von Beaufort, zu entwischen. Nur Grimaud blieb gleichgültig. Man hätte sagen können, Athos habe ihn in der Voraussicht dieses wichtigen Umstandes dazu erzogen. Wenn ihn der Herzog von Beaufort manchmal anblickte, so fragte er sich, ob er denn nicht träume? und ob dieses Marmorgesicht wirklich in seinem Dienste stehe und sich belebe, wenn der Augenblick gekommen sein würde.

La Ramée entließ die Wächter und empfahl ihnen, auf die Gesundheit des Prinzen zu trinken; als sie sich entfernt hatten, verschloss er die Türen, schob die Schlüssel in seine Tasche und zeigte dem Prinzen den Tisch mit einer Miene, welche ausdrücken wollte: Wenn es dem gnädigen Herrn gefällig ist. Der Prinz blickte auf Grimaud, Grimaud blickte auf die Pendeluhr; es war kaum ein Viertel auf sieben Uhr, die Flucht war für sieben Uhr festgesetzt, wonach man noch drei Viertelstunden warten musste. Der Prinz nahm, um eine Viertelstunde zu gewinnen, eine Lektüre zum Vorwand und wünschte sein Kapitel zu beendigen. La

Ramée näherte sich, blickte über seine Schulter weg, was es für ein Buch sei, das so anziehend wäre, den Prinzen vom Tisch abzuhalten, wo das Essen schon aufgetragen stand.

Es waren die Kommentare Cäsars, die er ihm selbst gegen die Vorschrift des Herrn von Chavigny drei Tage vorher gebracht hatte.

La Ramée nahm sich aber fest vor, er wolle nichts mehr tun, was gegen die Vorschriften des Schlossturmes wäre. Mittlerweile entpfropfte er die Bouteillen und erquickte sich an dem Dufte der Pastete. Dreiviertel vor sieben Uhr stand der Herzog auf und setzte sich zu Tische, während er la Ramee zuwinkte, ihm gegenüber Platz zu nehmen. Der Offizier ließ sich das nicht zweimal wiederholen.

Es gibt kein ausdrucksvolleres Gesicht, als das eines Gourmands, der vor einer wohlbesetzten Tafel ist; als nun la Ramée aus Grimauds Hand seinen Teller Suppe empfing, malte sich auch in seinem Antlitz das Gefühl einer vollkommenen Glückseligkeit ab.

Der Herzog sah ihn mit Lächeln an, dann rief er: »Potz Element! la Ramee, wisst Ihr, wenn man mir sagte, es gäbe in diesem Augenblick einen glücklicheren Menschen als Euch, so würde ich es gar nicht glauben.«

»Und Sie hätten meiner Seele recht, gnädigster Herr«, entgegnete la Ramée. »Was mich anbelangt, so muss ich bekennen, dass ich, wenn ich hungrig bin, keine angenehmere Aussicht weiß, als einen wohlbesetzten Tisch, und wenn Sie hinzufügen«, fuhr er fort, »dass derjenige, welcher den Wirt dieser Tafel macht, der Enkel Heinrichs des Großen ist, so werden Sie begreifen, gnädigster Herr, dass diese Ehre das genossene Vergnügen noch verdoppelt.« Der Prinz verneigte sich, und auf Grimauds Antlitz, der hinter la Ramée stand, zeigte sich ein leises Lächeln. »In der Tat, lieber la Ramée,« sprach der Herzog, »nur Ihr wisst ein Kompliment zu machen.« »Nein, gnädigster Herr, ich spreche, was ich denke, und in dem, was ich sage, glaube ich, liegt wirklich kein Kompliment.« »So seid Ihr mir zugetan?«, fragte der Prinz. »Das heißt,« entgegnete la Ramée. »ich wäre trostlos, wenn Ew. Hoheit von Vincennes weggingen.« »Ihr bezeigt mir auf seltsame Weise Eure Affliktion« (Bestürzung). – Der Prinz wollte sagen: Affektion (Neigung). »Was würden Sie auch außen tun, gnädigster Herr?« fragte la Ramée, »irgendeinen Streich, der Sie mit dem Hofe verfeinden, und anstatt zurück nach Vincennes, in die Bastille bringen würde. Ich gestehe wohl ein, Herr von Chavigny ist nicht liebenswürdig –« fuhr er fort und schlürfte ein Glas Madeira, »doch Herr von Tremblay ist noch schlimmer.« »Wirklich?« versetzte der Herzog, den die Wendung ergötzte, welche das Gespräch nahm, und der von Zeit zu Zeit nach der Uhr sah, auf der die Zeiger verzweifelt langsam vorrückten. »O, gnädigster Herr, glauben Sie mir, es ist ein großes Glück, dass Sie die Königin hierher gegeben hat, wo es einen Spaziergang, ein Ballspiel, guten Tisch und gesunde Luft gibt.« »Wahrhaftig,« sprach der Herzog, »war ich nach Eurer Meinung höchst undankbar, la Ramée, weil ich einen Augenblick lang den Gedanken nährte, von hier wegzugehen?« »O, gnädigster Herr, das ist der größte Undank – indes hat Ew. Hoheit niemals ernstlich daran gedacht.« »Ei doch,« entgegnete der Herzog, »ich leugne es nicht, es ist vielleicht töricht, allein ich gestehe, dass ich jetzt noch bisweilen daran denke.«

In diesem Augenblick schlug es sieben. Grimaud sprang auf la Ramée zu, drückte dem, keines Lautes fähig, den Knebel in den Mund, den er wie alle andern Utensilien mit einem raschen Griff aus der Pastete geholt hatte, fesselte ihn sodann mit den Streifen einer zerrissenen Serviette und machte sich sofort daran, dem Gefesselten alle Schlüssel aus den Taschen zu nehmen.

Nachdem der Herzog dem verzweifelt vor sich hinstarrenden la Ramée sein aufrichtigstes Bedauern ausgedrückt, dass er gezwungen sei, seinen freundschaftlichen Gefühlen für ihn scheinbar so sehr entgegenzuhandeln, begaben sich die beiden mithilfe der Schlüssel schleunigst aus dem Haus, erreichten unbemerkt den Wall und fanden, mit einiger Mühe, aber ohne Unfall auf die andere Seite gelangt, ihre Retter, die sie mit zwei Reservepferden erwarteten.

»Meine Herren,« sprach der Prinz, »ich werde ihnen später danken, doch jetzt ist keine Sekunde zu verlieren. Also auf und vorwärts, wer mir gerne folgt.« Er schwang sich auf sein Pferd und sprengte im schnellsten Galopp von hinnen, wobei er aus voller Brust Atem holte und mit unaussprechlichem Entzücken rief: »Frei! – Frei! – Frei!« –

### D'Artagnan trifft zur rechten Zeit ein

D´Artagnan behob in Blois die Geldsumme, die Mazarin bei dem Wunsche, ihn wieder zu sehen, ihm für künftige Dienste zu schicken sich endlich entschlossen hatte. »Ach,« entgegnete Planchet, »wirklich, Sie sind allein für das rührige Leben geschaffen. Sehen Sie Herrn Athos an, wer sollte glauben, das sei jener kühne Abenteurer, den wir gekannt haben? Jetzt lebt er wie ein wahrer adeliger Pächter, wie ein wahrer Landedelmann. Nun, gnädiger Herr, es geht wirklich nichts über eine ruhige Existenz.« »Heuchler,« entgegnete d´Artagnan, »man sieht wohl, dass du dich Paris näherst und dass es in Paris einen Strang und einen Galgen gibt, welche deiner harren.«

Als er sich um die Ecke der Straße Montmartre wandte, sah er an einem Fenster des Wirtshauses »la Chevrette« Porthos, der in ein prunkvolles, himmelblaues, silbergesticktes Wams gekleidet war und eben mit weit geöffneten Nacken gähnte, sodass die Vorübergehenden mit einer gewissen ehrfurchtsvollen Bewunderung diesen so schönen und reichen Edelmann betrachteten, der über seinen Reichtum und hohen Rang so viel Langweile zu haben schien. Übrigens waren d'Artagnan und Planchet auch von Porthos erkannt, als sie kaum um jene Straßenecke gekommen waren. »He, d'Artagnan!« rief er aus, »Gott sei gelobt, Ihr seid es.«

Porthos kam zur Schwelle des Gasthauses herab und sagte: »Ach, Freund, wie übel hier meine Pferde untergebracht sind!« »Wirklich«, rief d'Artagnan, »ich bin untröstlich wegen dieser edlen Tiere.« »Und auch mir ging es da ziemlich schlecht«, sagte Porthos, »und wäre die Wirtin nicht gewesen,« fuhr er mit selbstzufriedener Miene auf den Beinen schaukelnd fort, »die ziemlich zuvorkommend ist und einen Scherz versteht, so hätte ich mir anderweitig eine Herberge gesucht.«

Während dieser Worte hatte sich die schöne Magdalena genähert, wich aber sogleich einen Schritt zurück und wurde todesbleich.

»Ja, lieber Freund, ich begreife wohl, die Luft ist in der Straße Tiquetonne nicht so gut wie im Tale Pierrefonds, doch seid unbesorgt, Ihr sollt eine bessere einatmen.« »Wann denn?« »Meiner Treue, ich hoffe recht bald.« »Ah, desto besser.« Auf diesen Ausruf Porthos' ließ sich aus der Ecke der Türe ein schwaches und langes Ächzen vernehmen. D'Artagnan sah an der Wand den ungeheuren Wanst Mousquetons hervorkommen, während dessen Mund heimliche Klagetöne entschlüpften. »Und auch du, armer Mouston, du bist in diesem ärmlichen Wirtshause nicht am rechten Platze, nicht wahr?«, fragte d'Artagnan in jenem neckenden Tone, der ebenso gut Mitleid als Hohn sein konnte. »Er findet die Küche verwünschenswert,« entgegnete Porthos. »Doch wie«, sagte d'Artagnan, »warum bestellt er sich nicht selbst wie in Chantilly?« »Ach, gnädiger Herr, ich hatte hier nicht mehr wie dort die Teiche des Herrn Prinzen, um die herrlichen Karpfen zu fischen, und die Wälder Sr. Hoheit, um darin die köstlichen Rebhühner zu jagen. Was den Keller betrifft, so untersuchte ich ihn genau, fand aber wirklich nicht viel Gutes darin.« Er nahm Porthos beiseite und fuhr fort: »Lieber du Vallon, jetzt seid Ihr völlig angekleidet, und das fügt sich vortrefflich, denn ich führe Euch sogleich zum Kardinal.«, »Bah, wirklich?« entgegnete Porthos mit großen, verblüfften Augen. »Ja, mein Freund.« »Eine Vorstellung?« »Erschreckt Ihr davor?« »Nein, doch beunruhigt es mich.« »O, seid unbekümmert; Ihr habt es nicht mehr mit dem andern Kardinal zu tun, und bei dem gegenwärtigen werdet Ihr Euch von Seiner Hoheit nicht gedemütigt fühlen.« »Das ist gleichviel, d'Artagnan; Ihr begreift aber wohl, der Hof –« »Ei, mein Freund, es gibt keinen Hof mehr.« »Die Königin –« »Hm, die Königin? Beruhigt Euch, wir werden sie nicht sehen.« »Und Ihr sagt, wir werden sogleich nach dem Palais Royal gehen?« »Auf der Stelle, und damit wir nicht säumen, entlehne ich eines Eurer Pferde.« »Nach Gefallen, sie stehen alle vier zu Eurem Dienste.« »O, ich brauche für den Augenblick nur eines.« »Nehmen wir unsere Bedienten nicht mit?« »Ja, nehmt Mousqueton mit, das wird nicht schaden; Planchet aber hat seine Gründe, nicht an den Hof zu gehen.« »Warum?« »Er steht nicht gut mit Seiner Eminenz.« »Mouston,« rief Porthos, »sattle Vulcan und Bayard.« »Und ich, gnädiger Herr, soll ich den Rustaud nehmen?« »Nein, nimm ein Paradepferd, nimm Phöbus oder Superbe, wir machen eine Aufwartung.« »Ah«, rief Mousqueton, leichter atmend, »es handelt sich also nur um einen Besuch.« »Mein Gott! ja, Mouston, um nichts anderes; steck' aber jedenfalls die Pistolen in die Halfter; die Meinigen findest du geladen in meinem Sattel.«

Als Porthos mit Wohlgefallen seinen alten Diener fortgehen sah, sprach er: »D'Artagnan! Ihr habt wirklich recht, Mouston genügt. Mouston nimmt sich gut aus.« D'Artagnan lächelte. »Und Ihr«, fuhr Porthos fort, »wollt Ihr Euch nicht umkleiden?« »O nein, ich bleibe so, wie ich bin.« »Doch Ihr seid ganz bedeckt mit Schweiß und Staub und Eure Stiefel sind beschmutzt.« »Dieser Reiseanzug bezeugt den Eifer, womit ich den Befehlen des Kardinals nachkomme.«

In diesem Momente kehrte Mousqueton mit den drei wohlgesattelten Pferden zurück. D'Artagnan stieg wieder auf, als hätte er sich acht Tage lang ausgeruht.«

»O,« sprach er zu Planchet, »mein langes Schwert ...«

»Ich,« versetzte Porthos, indem er auf einen kleinen Paradedegen mit vergoldetem Griff deutete, »ich trage meinen Hofdegen.«

»Nehmt doch Euer Schwert, mein Freund!«

»Weshalb?«

»Das weiß ich nicht, doch nehmt es immerhin auf mein Wort.«

»Mouston, mein Schwert!«, rief Porthos. »Doch das ist ja eine völlige Kriegsausrüstung, gnädiger Herr,« sprach dieser. »Wir ziehen also ins Feld? Sagen Sie es gleich, damit ich mich danach richten könne.«

»Mouston, du weißt,« versetzte d'Artagnan, »dass bei uns Vorsichtsmaßregeln jederzeit gut sind. Du hast entweder kein gutes Gedächtnis, oder vergessen, dass wir nicht gewohnt sind, die Nächte mit Bällen und Serenaden zuzubringen.«

Als d'Artagnan in dem Vorzimmer ankam, befand er sich unter Bekannten. Es waren Musketiere der Kompagnie, welche eben die Wache versahen. Er berief den Anmelder und wies ihm den Brief des Kardinals vor, der ihm auftrug, dass er ohne eine Minute Zeitverlust zurückkommen möge. Der Anmelder verneigte sich und trat in das Gemach Seiner Eminenz. D'Artagnan wandte sich gegen Porthos um, und glaubte zu bemerken, dass ihn ein leichtes Zittern befallen habe. Er lächelte, trat näher und flüsterte ihm ins Ohr: »Guten Mutes, wackerer Freund, seid nicht eingeschüchtert; haltet Euch aufrecht wie am Tage der Bastion Saint-Gervais und verneigt Euch vor dem Kardinal nicht allzu tief; das würde ihm von Euch einen kleinlichen Begriff beibringen.«

»Gut, gut«, erwiderte Porthos.

Der Türhüter erschien wieder und sagte: »Treten sie ein, meine Herren, Seine Eminenz erwartet sie.« Mazarin befand sich in seinem Kabinett vor seinem Arbeitstische. Er sah mit einem Seitenblicke d'Artagnan und Porthos eintreten, und wiewohl sein Auge bei ihrer Anmeldung gefunkelt hatte, so schien es jetzt doch teilnahmslos. »Ah, Herr Leutnant, Ihr seid es?« sprach er. »Ihr habt Euch beeilt, das ist recht; seid mir willkommen.«

»Danke, gnädigster Herr. Jetzt stehe ich Ew. Eminenz zu Befehl, gleichwie Herr du Vallon hier, mein alter Freund, der seinen Adel unter dem Namen Porthos verborgen hat.« Porthos verneigte sich vor dem Kardinal.

»Ein trefflicher Edelmann!«, rief der Kardinal. Porthos bewegte den Kopf rechts und links, und die Schulter voll Würde.

»Die beste Klinge im Lande, gnädigster Herr,« versetzte d'Artagnan, »und sehr viele Menschen wissen das, die es nicht sagen, und die es nicht mehr sagen können.« Porthos verneigte sich vor d'Artagnan.

Mazarin hatte die schönen Soldaten fast ebenso gern, als sie nachmals Friedrich der Große von Preußen liebte. Er bewunderte Porthos' kraftvolle Hände, seine breiten Schultern und sein festes Auge. Es dünkte ihn, als habe er das Heil des Ministeriums und des Reiches in Fleisch und Bein vor sich. Dies erinnerte ihn daran, dass die einstige Verbindung der Musketiere aus vier Individuen bestand.

»Und Eure zwei anderen Freunde?«, fragte Mazarin.

Porthos öffnete den Mund in der Meinung, das wäre für ihn eine Veranlassung zu sprechen, doch d'Artagnan gab ihm einen geheimen Wink.

»Unsere anderen Freunde sind für diesen Moment verhindert und werden später eintreffen.«

Mazarin hustete ein wenig; dann fragte er: »Und da Herr du Vallon freier ist als sie, wird er gern wieder in Dienste treten?«

»Ja, gnädigster Herr, und das aus reiner Aufopferung, da Herr von Bracieux reich ist.«

»Reich?« entgegnete Mazarin; denn dieses Wort flößte ihm vorzugsweise große Achtung ein.

»Fünfzigtausend Livres Einkünfte,« sprach Porthos. Das waren seine ersten Worte.

»Aus reiner Aufopferung also,« versetzte Mazarin mit schlauem Lächeln, »aus reiner Aufopferung?«

»Setzt Ew. Gnaden vielleicht keinen großen Glauben in dieses Wort?«, fragte d'Artagnan.

»Und Ihr, Herr Gascogner?« entgegnete Mazarin und stützte seine Ellbogen auf den Schreibtisch und sein Kinn in die beiden Hände.

»Ich«, erwiderte d'Artagnan, »ich glaube an reine Hingebung, wie zum Exempel an einen Taufnamen, der natürlich von einem irdischen Namen begleitet sein muss. Man ist sicher von Natur aus mehr oder weniger ergeben; doch am Ende einer Hingebung muss jederzeit etwas vorhanden sein.«

»Und was wünscht zum Beispiel Euer Freund am Ende seiner Aufopferung?«

»Nun, gnädigster Herr, mein Freund besitzt drei prachtvolle Landgüter: du Vallon bei Corbeil, de Bracieux in der Nähe von Soissons und Pierrefonds im Valois. Nun wünscht er aber, es möchte eine dieser Herrschaften zur Baronie erhoben werden.«

»Nur das?« versetzte Mazarin, dem die Augen vor Wonne strahlten, als er sah, dass er Porthos' Aufopferung belohnen könnte, ohne Geld auszugeben. »Nur das? die Sache lässt sich anordnen.«

»Ich kann Baron werden?«, rief Porthos und trat einen Schritt vor. »Ich habe es Euch gesagt,« sprach d'Artagnan, ihn am Arme zurückhaltend, »und der gnädigste Herr hat es Euch wiederholt.«

»Und was, Herr d'Artagnan, ist Euer Wunsch?«

»Gnädigster Herr«, erwiderte d'Artagnan, »kommenden September werden es zwanzig Jahre, dass mich der Herr Kardinal von Richelieu zum Leutnant gemacht hat.«

»Ja, und Ihr wünscht, der Kardinal Mazarin möchte Euch zum Kapitän machen.« D'Artagnan verneigte sich.

»Nun, das alles ist nicht unmöglich. Man wird sehen, meine Herren, man wird sehen. Herr du Vallon,« fuhr Mazarin fort, »welchen Dienst ziehen Sie vor, den in der Stadt oder den im Felde?« Porthos öffnete den Mund, um zu antworten.

»Gnädigster Herr,« fiel d'Artagnan ein, »Herr du Vallon ist wie ich, er liebt den außergewöhnlichen Dienst, nämlich Unternehmungen, die man für töricht und unmöglich angesehen hätte.« Diese Gascognade missfiel Mazarin nicht, und er begann nachzusinnen, wonach er sagte: «Ich gestehe indes, dass ich Euch kommen ließ, um Euch einen Posten an einem bestimmten Orte zuzuteilen, da ich gewisse Befürchtungen hege – nun, was ist denn das?«

Es ließ sich ein großer Lärm im Vorgemache hören und fast zu gleicher Zeit ward die Türe des Kabinetts geöffnet und ein mit Staub bedeckter Mann stürzte mit dem Ausrufe herein: »Der Herr Kardinal! Wo ist der Herr Kardinal?« Mazarin dachte, man wolle ihn umbringen und wich auf seinem Rollsessel zurück; d'Artagnan und Porthos aber traten vor und stellten sich zwischen den Ankömmling und den Kardinal. »He, mein Herr!«, rief Mazarin, »was ist es denn, dass Ihr da wie in die Hallen eintretet?« »Gnädigster Herr,« sprach der Offizier, dem dieser Vorwurf galt – »zwei Worte – ich wünsche, Sie schnell insgeheim zu sprechen. Ich bin Herr de Poins. Gardeoffizier im Dienste auf dem Schlossturme von Vincennes.«

Der Offizier war so blass und erschöpft, dass Mazarin bei der Überzeugung, er würde ihm eine wichtige Botschaft überbringen, d'Artagnan und Porthos einen Wink gab, dem Boten Platz zu machen. D'Artagnan und Porthos zogen sich in einen Winkel des Kabinetts zurück.

»Redet, mein Herr, sprecht schnell, was gibt es?«, sagte Mazarin. »Was es gibt, gnädigster Herr?« versetzte der Bote, – »Herr von Beaufort ist aus dem Schlosse von Vincennes entflohen.« Mazarin stieß einen Schrei aus und wurde noch blässer als derjenige, der ihm diese Nachricht brachte; er sank wie vernichtet in seinen Lehnstuhl zurück und rief: »Entflohen – ha, Herr von Beaufort entflohen!«

»Ich sah ihn von der Höhe der Terrasse entrinnen.«

»Und Ihr ließet nicht auf ihn Feuer geben?«

»Er war außerhalb der Schussweite.«

»Aber was tat denn Herr von Chavigny?«

»Er war abwesend.«

»Jedoch la Ramée?«

»Man fand ihn, einen Knebel im Munde und einen Dolch neben sich, gefesselt im Zimmer des Gefangenen.«

»Doch jener Mann, welchen er als Gehilfen angenommen hatte?«

»Er war einverstanden mit dem Herzog und ist mit ihm entwischt.« Mazarin stieß ein Ächzen aus.

»Gnädigster Herr,« sprach d'Artagnan und trat einen Schritt näher.«

»Was?«, fragte Mazarin. »Mich dünkt, Ew. Eminenz verliert eine kostbare Zeit.«

»Wieso?«

»Wenn Ew. Eminenz den Gefangenen verfolgen ließe, könnte man ihn vielleicht noch einholen. Frankreich ist groß und die nächste Grenze sechzig Meilen entfernt.

»Wer würde ihm nachsetzen?«, rief Mazarin. »Ich, bei Gott!«

»Und würdet Ihr ihn ergreifen?«

»Weshalb denn nicht?«

»Ihr würdet den Herzog von Beaufort bewaffnet ergreifen?«

»Hieße mir Ew. Gnaden den Teufel einziehen, würde ich ihn bei den Hörnern packen und hierher schleppen.«

»Auch ich,« versetzte Porthos. »Auch Ihr?«, fragte Mazarin und blickte die beiden Männer erstaunt an. »Doch der Herzog wird sich nicht ergeben ohne einen blutigen Kampf.«

»Also Kampf,« entgegnete d'Artagnan mit flammenden Augen; »es ist schon lange, dass wir uns nicht mehr schlugen, nicht wahr. Porthos?«

»Kampf!«, rief Porthos. »Und Ihr hofft, ihn wieder einzuholen?«

»Ja, wenn wir bessere Pferde haben als er.«

»So nehmt, was Ihr da von Garden findet und setzet ihm nach.«

»Sie befehlen es, gnädigster Herr?«

»Ich unterzeichne es,« entgegnete Mazarin, nahm ein Papier und schrieb einige Zeilen.«

»Fügen Sie noch hinzu, gnädigster Herr, dass wir alle Pferde, die wir auf dem Wege antreffen, in Beschlag nehmen dürfen.«

»Ja, ja«, rief Mazarin, »im Dienste des Königs, nehmt und eilet.«

»Wohl, gnädigster Herr.«

»Herr du Vallon,« sprach Mazarin, »Eure Baronie sitzt mit dem Herzog von Beaufort zu Pferd«; es handelt sich nur darum, seiner habhaft zu werden. – Aber Euch, Herr d'Artagnan, verspreche ich nichts; bringt Ihr ihn jedoch lebend oder tot zurück, so mögt Ihr fordern, was Ihr wollet.«

»Auf, zu Pferde!«, rief d'Artagnan und fasste die Hand des Freundes. »Ich stehe bereit«, erwiderte Porthos mit seiner erhabenen Kaltblütigkeit.

Sie stiegen sonach die große Treppe hinab, nahmen die Garden mit sich, die sie auf dem Wege trafen, und riefen: »Zu Pferde! Zu Pferde!« D'Artagnan warf an der Ecke des Friedhofes einen Mann zu Boden, ohne zu bemerken, dass dieser der Ratsherr Broussel sei; auch war der Vorfall zu unbedeutend, als dass sich so eilfertige Männer dabei aufhalten ließen; die galoppierende Schar setzte ihren Ritt fort, als wären ihre Pferde beflügelt.

Die Verfolger schlugen sofort den Weg nach Vincennes ein, und erfuhren von einem Bauern, dass ein Trupp von Reitern vor kurzer Zeit in großer Eile in der Richtung nach Vendomois galoppiert sei. D'Artagnan und Porthos spornten ihre Pferde zu schärfstem Trabe an; nach längerer Zeit entdeckte man vor sich auf der Straße eine dunkle bewegte Masse, die sich nur undeutlich vom Horizont abhob, sich jedoch bald zerteilte und in zwei Punkte auflöste, die sich rasch näherten. Es waren zwei von des Herzogs Leuten, die die Nachhut bildeten und den verdächtigen Reitern entgegenkamen. Als sie sich d'Artagnan, der vorgeritten war, auf Schussweite genähert hatten, fragten sie in barschem Ton, was man da suche. D'Artagnans Antwort: »Den Herzog von Beaufort!«, war kaum verklungen, als sich auch schon ein kurzer, aber umso heftigerer Kampf entwickelte, der damit endete, dass die beiden Leute des Herzogs am Platze blieben, wahrend d'Artagnan und Porthos sich ihrer Pferde bemächtigten. Die bisher gerittenen Tiere waren dem Verenden nahe; der rasende Ritt hatte sie völlig erschöpft und eine» hatte überdies soeben eine Kugel in den Bauch bekommen. Die Verfolgung wurde nun sofort mit verdoppelter Energie wieder aufgenommen; bald hörte man das Stampfen vieler Hufe vor sich und bereitete sich auf einen heißen Kampf vor. Die Leute Beauforts erwarteten ihre Gegner mit schussbereiten Pistolen und gezogenen Degen. In dem heftigen Gefecht, das sich nun in tiefste Dunkelheit entwickelte, hatte d'Artagnan sein Pferd eingebüßt und stand mit blanker Klinge vor einem Gegner, der ebenfalls den Sattel verlassen hatte.

Wahrend des Duells, das sich nun entspann, machte d'Artagnan die Bemerkung, dass sein Gegner einen Arm hatte, der dem seinen wohl gewachsen schien; als er eben zu einem seiner gefürchteten Stöße ausholen wollte, erkannte er beim Feuerschein einer neben ihm abgeschossenen Pistole zu seinem unbeschreiblichen Schrecken, dass sein Gegner niemand anderer als Porthos sei. Dieser, der auch d'Artagnan erkannte, stieß einen Schrei der Überraschung aus und rief dann, während das Duell natürlich abgebrochen wurde, mit lauter Stimme: »Aramis, nicht schießen – das sind unsere Freunde!« Ein paar schnell erteilte Befehle beendeten den hitzigen Kampf, der nur unter des Herzogs Leuten Opfer gefordert hatte. Porthos verständigte den Herzog von dem wunderlichen Zusammentreffen und die vier Freunde traten, ein wenig beschämt und ratlos, zu einer Besprechung zusammen.

### Place-Royale

Athos nahm zuerst das Wort; er tat der alten, so oft erprobten Freundschaft Erwähnung, die die vier Edelleute bisher so fest miteinander verbunden hatte, und bedauerte es von ganzem Herzen, dass je zwei und zwei sich nun im Lager einander feindlicher Parteien fänden. Wie immer die Dinge sich auch gestalten sollten, so erwarte er doch, dass man seinem Vorschlag, das liebe, alte Einvernehmen durch diesen widrigen Vorfall nicht zerstören zu lassen, ungehindert von der Verschiedenheit der politischen Stellung der vier Kameraden, allgemein zustimmen werde. Dieser Rede folgte eine kurze Auseinandersetzung Athos' mit dem hitzigen Gascogner, der ein bisschen murrte, aber schließlich der Erneuerung des Freundschaftsbundes am lebhaftesten zustimmte. Die vier Männer reichten einander die Hände und schwuren sich feierlich, was immer auch kommen sollte, nie das Schwert gegeneinander zu führen und schieden nach herzlicher Umarmung, froh, diese peinliche Affäre so glücklich zu Ende geführt zu haben. Athos und Aramis gingen zum Herzog zurück, während d'Artagnan und Porthos, wenig erfreut, den Flüchtling wieder entweichen lassen zu müssen, den Rückweg nach Paris antraten. Als Mazarin von dem Misserfolg erfuhr, den d'Artagnan bei Verschweigung der Namen seiner feindlichen Freunde einer allzugroßen Übermacht des Gegners zuschrieb, hatte er eine schlaflose und sehr unruhige Nacht zuzubringen.

### Der gute Broussel

Indes war zum Unglück für den Kardinal Mazarin, dem in diesem Momente nichts nach Wunsch ausfiel, der Ratsherr Broussel nicht zermalmt worden. Er schritt in der Tat ruhig über die Straße Saint-Honoré, als ihn das dahinbrausende Pferd d'Artagnans an die Schulter stieß und zu Boden warf. Man lief herzu, man sah diesen ächzenden Mann, man befragte ihn um seinen Namen, seine Wohnung, seinen Stand, und als er geantwortet hatte, dass er Broussel heiße, und Parlamentsrat sei, und dass er in der Gasse Saint-Landry wohne, erhob sich in dieser Menge ein Schrei, ein furchtbar bedrohlicher Schrei, der den Verwundeten ebenso erschreckte als der Orkan, der eben über ihn brauste.

»Broussel«, ward gerufen. »Broussel, unser Pater, er, der unsere Rechte beschützt; Broussel, der Freund des Volkes, getötet, von diesen Bösewichtern mit Füßen getreten! Zu Hilfe! zu den Waffen! Gewalt!«–Die Menge wuchs in einem Augenblick unermesslich; man hielt einen Wagen an, um den armen Ratsherrn hineinzusetzen; doch als ein Mann aus dem Volke begreiflich machte, dass sich der Zustand des Verwundeten durch das Schütteln im Wagen noch verschlimmern könnte, so taten Fanatiker den Vorschlag, ihn auf den Armen zu tragen, was auch mit Begeisterung und einstimmig angenommen wurde. Gesagt, getan. Das Volk hob ihn zugleich drohend und sanft in die Höhe, und trug ihn fort gleich einem Riesen der Märchen, welcher grollt, und dabei einen Zwerg in seinen Armen liebkosend wiegt. Man erreichte nicht ohne Mühe Broussels Haus. Die Menge, welche schon lange vorher durch die Straßen wogte, ward nun an die Fenster und Türschwellen gelockt. An einem Fenster eines Hauses, zu dem eine enge Türe führte, bemerkte man eine alte Magd sich lebhaft gebärden und aus allen Kräften schreien, dann eine betagte Frau, die in Tränen schwamm. Diese zwei Personen befragten mit sichtlicher, nur auf verschiedene Weise ausgedrückter Kümmernis das Volk, doch dieses erteilte ihnen statt aller Antwort nur ein verworrenes, unverständliches Geschrei.

Als jedoch der von acht Männern getragene Ratsherr ganz blass und mit sterbenden Augen bei seiner Wohnung ankam, und seine Gattin und seine Magd anblickte, fiel die gute Frau Broussel in Ohnmacht, und die

Magd erhob die Hände zum Himmel, stürzte nach der Treppe ihrem Herrn entgegen und rief aus: »Ach, mein Gott! mein Gott!« Dann fasste sie den Ratsherrn in ihre Arme und wollte ihn bis in den ersten Stock tragen; jedoch unten an der Treppe stellte sich der Verwundete wieder auf die Beine und erklärte, er fühle sich kräftig genug, um allein hinaufzusteigen. Überdies bat er Gervaise, so hieß die Magd, sie möchte das Volk dahin bringen, dass es sich entferne; allein Gervaise hörte nicht auf ihn, sondern rief aus: »O mein armer Herr! mein Liebwertester Herr!«

»Ja, meine Gute, ja, Gervaise«, murmelte Broussel, um sie zu beschwichtigen. »Beruhige dich, es wird nicht von Bedeutung sein.«

»Ich soll ruhig sein, wenn Sie zerquetscht, zermalmt und wie gerädert sind?«

»Doch nein, nein!«, rief Broussel; »es ist nichts, fast nichts.«

»Nichts? und Sie sind mit Kot bedeckt! nichts? und an Ihren Haaren klebt Blut! Ach, mein Gott! mein Gott! armer Herr!«

»Sei doch stille,« sprach Broussel, »stille,«

»Blut, mein Gott, Blut!« ächzte Gervaise. »Einen Arzt, einen Chirurgen, einen Doktor!«, kreischte die Menge, »der Ratsherr Broussel stirbt!«

»Mein Gott!«, seufzte Broussel verzweiflungsvoll, »die Unglücklichen werden das Haus in Brand stecken!«

»Stellen Sie sich ans Fenster, lieber Herr, um sich zu zeigen,«

»Pest! das werde ich bleiben lassen,« versetzte Broussel. »Sich zu zeigen ist gut für den König. Sage ihnen, Gervaise, dass mir schon besser sei; sage ihnen, ich wolle mich nicht ans Fenster stellen, sondern zu Bette legen, und sie möchten sich entfernen.«

»Warum sollen, sie sich aber entfernen, es gereicht Ihnen ja zur Ehre, dass sie da sind.«

»Ach, siehst du denn nicht ein«, rief Broussel verzweiflungsvoll, »dass sie es dahinbringen werden, mich einziehen und henken zu lassen? Geschwind! meine Gemahlin dort fällt in eine Ohnmacht.«

»Broussel! Broussel!« heulte die Menge, »es lebe Broussel! einen Arzt für Broussel! –«

Sie erregten so viel Lärm, dass das geschah, was Broussel vorausgesehen: Eine Schar Garden trieb mit ihren Büchsenkolben die sonst ziemlich widerstandslose Volksmenge auseinander; jedoch bei dem ersten Ruf: »Die Wache! die Soldaten!« kroch Broussel ganz angekleidet in sein Bett und zitterte, man möchte ihn für den Urheber dieses Tumultes halten.

Inzwischen kam ein schnell herbeigeholter Arzt, der den, im Grunde genommen, mit seinem unerwarteten Märtyrertum sehr zufriedenen Patienten untersuchte und erstaunt war, nichts Schlimmeres als ein paar leichte Quetschungen und Hautschürfungen feststellen zu können. Nachdem er Einreibungen und Umschläge verordnet hatte, trat er auf den Balkon hinaus und teilte der enthusiasmierten Menge mit, dass die Verletzungen des guten Ratsherrn Broussel nicht so schwer wären, dass man Grund zu großer Besorgnis hätte. Die Menge brach in neue Heilrufe für Broussel aus und verlor sich dann allmählich, singend und johlend, in die angrenzenden Straßen.

### Die Fähre der Oise

Als Rudolf seinen Beschützer aus dem Auge verlor, den er vor der königlichen Gruft zurückgelassen und noch mit den Blicken verfolgt hatte, spornte er sein Pferd an. Fürs erste, um seinen schmerzlichen Gedanken zu entkommen, und dann, um seine Gemütserschütterung vor Olivain zu bergen, da sie sich in seinen Zügen ausprägte. In Verberie befahl Rudolf, dass sich Olivain nach dem jungen Edelmann erkundige, der ihnen voraus war; man sah ihn etwa vor drei Viertelstunden vorüberreiten, allein er war, wie der Wirt aussagte, gut zu Pferde und machte einen scharfen Ritt. »Suchen wir ihn einzuholen,« sprach Rudolf zu Olivain, »er zieht zum Heere, wie wir, und kann uns ein angenehmer Gesellschafter werden.«

Es war vier Uhr Nachmittag, als Rudolf in Compiègne ankam; er speiste mit gutem Appetit und erkundigte sich nach jenem jungen Edelmanne; er war, wie Rudolf, im Gasthause »zur Glocke« und »Flasche« eingekehrt, dem besten in Compiègne, und setzte seine Reise mit dem Bedeuten fort, er wolle in Royon übernachten. »Wir wollen gleichfalls in Noyon übernachten«, sagte Rudolf. »Gnädigster Herr,« entgegnete Olivain ehrerbietig, »erlauben Sie mir zu bemerken, dass wir diesen Morgen unsere Pferde schon sehr angestrengt haben. Ich denke, es wäre gut, hier zu übernachten und morgen wieder frühzeitig aufzubrechen.«

»Es ist der Wunsch des Herrn Grafen de la Fère, dass ich mich beeile«, erwiderte Rudolf, »und er will, dass ich den Prinzen am Morgen des vierten Tages eingeholt habe, reiten wir somit nach Noyon, das wird ein Tagesritt, denen ähnlich, sein, die wir von Blois nach Paris gemacht haben. Um acht Uhr können wir anlangen: Dann haben die Pferde die ganze Nacht, um auszuruhen, und morgen früh um fünf Uhr begeben wir uns wieder auf den Weg.« Olivain getraute sich nicht, diesem Beschlüsse zu widerstreben, doch folgte er murrend. »Nur fort! nur fort!« murmelte er zwischen seinen Zähnen, »vergeudet Euer Feuer schon am ersten Tage, morgen werdet Ihr statt zwanzig nur zehn Meilen weit kommen, übermorgen nur fünf und in drei Tagen liegt Ihr im Bette. Da müsst Ihr Euch wohl ausrasten. Alle diese jungen Leute sind nur Großsprecher.« Man sieht, Olivain war nicht in der Schule gebildet wie die Blanchets und Grimauds. So ritt er immer weiter, und da er Olivains Bemerkungen zum Trotze den Schritt seines Pferdes mehr und mehr beschleunigte, und einen reizenden Feldweg einschlug, der zu einer Fährte führte, und die Reise, wie man ihm versicherte, um eine Meile abkürzte, so gelangte er auf den Gipfel einer Anhöhe und erblickte vor sich den Fluss. Es hielt eben eine kleine Schar Männer am Ufer, und schickte sich an überzufahren. Rudolf zweifelte nicht, dass das der junge Edelmann mit seinem Gefolge sei; er erhob einen Ruf, doch war er noch zu weit entfernt, um vernommen zu werden; nun setzte Rudolf sein Pferd, ob es auch schon müde war, in Galopp, jedoch eine Versenkung des Weges raubte ihm alsbald den Anblick der Reisenden, und als er auf eine neue Anhöhe kam, hatte die Fährte bereits das Ufer verlassen und steuerte dem jenseitigen zu.

Als Rudolf sah, dass er nicht mehr früh genug ankommen könnte, um zugleich mit den Reisenden überzuschiffen, hielt er an und wartete auf Olivain. In diesem Momente hörte man ein Geschrei, das vom Flusse zu kommen schien. Rudolf wandte sich nach der Richtung hin, woher das Schreien kam, hielt die Hand vor seine von der Sonne geblendeten Augen und rief aus: »Was sehe ich denn dort. Olivain?« Da erschallte ein zweites, noch durchdringenderes Geschrei. »O, gnädigster Herr, das Seil der Fährte ist gerissen und das Schiff gleitet ab. Doch was sehe ich im Wasser – es plätschert!« »Ha, gewiss«, rief Rudolf aus, und heftete seine Blicke auf einen Punkt des Ufers, den die Sonnenstrahlen glänzend beschienen, »es ist ein Pferd – ein Reiter!« – »Sie versinken!« schrie Olivain.

Das geschah in Wahrheit, und auch Rudolf war überzeugt, dass da ein Unglück vorging und ein Mensch ertrinke. Er ließ seinem Pferde die Zügel, setzte die Sporen ein, und vom Schmerz angestachelt, sprang das Tier, dem Raum überlassen, über eine Art Geländer, welches den Überfahrtsplatz einschloss, und stürzte in den Fluss, wobei es weithin schäumende Wellen spritzte. »O, gnädigster Herr«, rief Olivain, »was tun Sie denn? Ach, mein Gott!« Rudolf lenkte sein Pferd nach dem Gefährdeten. Übrigens war das eine Übung, mit der er schon vertraut war. Erzogen an den Ufern der Loire, ward er gleichsam in ihren Wellen gewiegt, hundertmal hatte er zu Pferd, tausendmal schwimmend an das andere Ufer

108

gesetzt. Athos hatte ihn mit Hinblick auf die Zeit, wo er ihn zum Krieger bilden würde, an alle diese Wagnisse gewöhnt. »Ach, mein Gott!«, fuhr Olivain verzweiflungsvoll fort: »Was würde der Herr Graf sagen, wenn er Sie erblickte?« »Der Herr Graf machte es wie ich«, entgegnete Rudolf und trieb sein Pferd dringlich an. »Aber ich! aber ich!« stammelte Olivain, blass und verzweifelt am Ufer auf und ab reitend, wie komme denn ich über den Fluss?« »Spring' hinein. Feiger!« rief Rudolf, und schwamm immer weiter. Dann wandte er sich gegen den Reisenden,

der sich zwanzig Schritte weiter von ihm abrang und rief ihm zu: »Mut, mein Herr, Mut! man eilt Ihnen schon zu Hilfe.« Olivain ritt vor, wich zurück, ließ sein Pferd sich bäumen, ließ es sich wenden, und sprengte zuletzt von Scham gespornt in den Strom, wie es Rudolf getan, schrie aber wiederholt:»Ich bin tot, wir sind verloren!«

Inzwischen hatte sich die Fähre, von der Flut fortgerissen, schnell entfernt, und man hörte diejenigen schreien, welche sie mit sich trug. Ein Mann mit grauen Haaren warf sich aus der Fähre in den Fluss und schwamm behänd auf die gefährdete Person zu; da er aber gegen den Strom schwimmen musste, kam er nur langsam heran. Rudolf setzte seinen Weg fort, und zwar mit Erfolg, allein der Reiter und das Pferd, die er nicht aus den Augen ließ, sanken sichtlich unter. Das Pferd war nur noch mit den Nüstern über dem Wasser, und der Reiter, der im Todeskampfe die Zügel losgelassen, streckte die Hände aus und neigte den Kopf über. Eine Minute noch, und alles war verschwunden. »Mut!«, schrie Rudolf, »Mut!«»Zu spät«, lallte der junge Mann, »zu spät!« Das Wasser wallte über seinen Kopf und erstickte ihm die Stimme im Munde.

Rudolf sprang von seinem Pferde, überließ ihm die Sorge für seine eigene Rettung, und war in drei bis vier Stößen bei dem Edelmann. Er fasste das Pferd sogleich bei der Gebisskette an, und hob ihm den Kopf aus dem Wasser; nun atmete das Tier freier, und als hätte es verstanden, dass man ihm zu Hilfe komme, verdoppelte es seine Anstrengungen. Zu gleicher Zeit ergriff Rudolf eine Hand des jungen Mannes und näherte selbe der Mähne, an die er sich mit der krampfhaften Festigkeit eines untergehenden Menschen anklammerte. In der Überzeugung nun, dass der Reiter nicht mehr loslasse, kümmerte sich Rudolf nur um das Pferd, half ihm, das Wasser durchschneiden und belebte es durch Zuruf. Auf einmal stieß das Pferd auf seichten Grund und fasste Fuß im Sande.»Gerettet!« rief der Mann mit grauen Haaren, indem er gleichfalls Grund fand. »Gerettet!«, stammelte unwillkürlich der Edelmann, während er die Mähne losließ, und vom Sattel herab Rudolf in die Arme glitt. Rudolf befand sich nur noch zehn Schritte weit vom Gestade, er trug den ohnmächtigen Edelmann dahin, legte ihn auf den Rasen nieder, löste die Schleifen seines Kragens und öffnete die Schnallen des Wamses. Eine Minute darauf war der Mann mit den grauen Haaren bei ihm. Endlich erreichte auch Olivain nach vielen Bekreuzungen das Ufer, und die Schiffsleute steuerten mittels eines Fahrbaumes, der sich zufällig im Schiffe befand, so gut sie konnten, an das Gestade.

Auf die Bemühungen Rudolfs und des Mannes, der den jungen Edelmann begleitete, lehrte allgemach wieder Leben zurück auf die blassen Wangen des Sterbenden, die anfangs stieren Augen öffneten sich und richteten sich alsbald auf seinen Retter. »Ha, mein Herr«, rief er aus, »Euch suchte ich, ohne Euch wäre ich des Todes, dreimal des Todes!« »Wie Ihr aber seht, mein Herr, seid Ihr wieder auferstanden,« entgegnete Rudolf, »und wir werden das alles für ein Bad hinnehmen.« »O, mein Herr, wie verpflichtet sind wir Euch!«, rief der Mann mit den grauen Haaren. »Ah! Ihr seid hier, mein guter d'Arminges? nicht wahr, ich habe Euch große Angst gemacht? Allein das ist Eure Schuld; Ihr waret mein Hofmeister, warum ließet Ihr mich nicht besser im Schwimmen unterrichten.« »Ach, Herr Graf«, erwiderte der Greis, »wenn Ihnen ein Unglück begegnet wäre, so hätte ich mich nie wieder vor den Marschall gewagt.« »Wie ist denn aber die Sache zugegangen?«, fragte Rudolf. »O, mein Herr, auf die einfachste Art«, erwiderte derjenige, dem man den Titel eines Grafen beigelegt hatte. Wir befanden uns etwa auf dem dritten Teil des Flusses, als das Seil der Fähre riss. Bei dem Geschrei und Tumult der Schiffsleute wurde mein Pferd scheu und sprang ins Wasser. Ich schwimme nur schlecht und getraue mich nicht, mich in die Wellen zu werfen. Statt dass ich die Bewegungen meines Pferdes unterstützt hätte, habe ich sie gelähmt, und war nahe daran, auf die schönste Weise von der Welt unterzugehen, als Ihr eben zurecht ankamet, um mich aus dem Wasser zu ziehen. Ist es Euch daher gleichfalls gefällig, mein Herr, so sei es fortan unter uns auf Leben und Tod.« »Mein Herr,« entgegnete Rudolf sich verneigend, »ich versichere, dass ich ganz Euer Diener bin.« »Ich nenne mich Graf von Guiche,« sprach der Kavalier, »mein Vater ist der Marschall von Grammont; da Ihr jetzt wisst, wer ich bin, werdet Ihr mir auch die Ehre erzeigen und sagen, wer Ihr seid.« »Ich bin der Vicomte von Bragelonne«, antwortete Rudolf mit Erröten, dass er den Vater nicht nennen konnte, wie es der Graf von Guiche getan. »Vicomte, Euer Gesicht, Eure Güte und Euer Mut fesseln mich; Ihr besitzt schon meine ganze Dankbarkeit, umarmen wir uns, ich bitte um Eure Freundschaft.« Rudolf erwiderte die Umarmung des Grafen und sagte: »Ich liebe Euch bereits aus ganzem Herzen, und bitte Euch, verfügt über mich wie über einen treuen Freund.« »Nun, Vicomte, wohin reiset Ihr?«, fragte der Graf. »Zum Heere Seiner Hoheit des Prinzen.« »Auch ich«, rief der junge Mann im Tone der Freude. »O desto besser, wir werden mitsammen die erste Pistole abfeuern.« »Und nun,« sprach der Erzieher, »müssen Sie die Kleider wechseln; Ihre Diener, denen ich meine Aufträge in dem Momente gegeben, wo Sie die Fähre verlassen haben, müssen sich bereits im Gasthofe befinden. Die Wäsche und der Wein sind gewärmt. Kommen Sie.«

## Scharmützel

Der Aufenthalt in Noyon währte nur kurz, jeder machte da einen tiefen Schlaf. Rudolf gab Befehl, ihn zu wecken, wenn Grimaud käme, allein Grimaud kam nicht. Die Pferde stellten sich ohne Zweifel zufrieden mit den acht Stunden völliger Ruhe in der reichlichen Streu, die man ihnen gab. Der Graf von Guiche wurde um fünf Uhr früh von Rudolf geweckt, da er zu ihm kam, um ihm einen guten Morgen zu wünschen. Man frühstückte in aller Eile, und um sechs Uhr hatte man schon wieder zwei Meilen zurückgelegt.

Die Unterhaltung des jungen Grafen war für Rudolf höchst anziehend. Rudolf war daher ein eifriger Zuhörer, der junge Graf ein unermüdlicher Erzähler. Er war in Paris erzogen, wohin Rudolf nur einmal gekommen war, an dem Hofe, welchen Rudolf nie gesehen; seine Pagenstreiche und zwei Duelle, zu denen er ungeachtet der Edikte und zumal ungeachtet seines Hofmeisters Mittel gefunden hatte, waren für Rudolf höchst merkwürdige Dinge. Sodann kam die Reihe an die Galanterien und Liebschaften. Auch in dieser Hinsicht hatte Bragelonne viel mehr zu hören als zu erzählen. Sonach hörte er zu und glaubte, durch drei bis vier ziemlich durchsichtige Abenteuer des Grafen zu ersehen, dass derselbe gleich ihm ein Geheimnis auf dem Grunde seines Herzens trage.

Die Pferde, welche jetzt mehr als tags zuvor geschont wurden, hielten um vier Uhr abends in Arras an. Man kam dem Kriegsschauplatze näher, und beschloss, in dieser Stadt bis zum nächsten Morgen zu bleiben, weil manchmal spanische Scharen während der Nacht Streifzüge bis in die Umgebungen von Arras machten. Die französische Armee stand von Pont à Marc bis Valenciennes und breitete sich bis Douai aus. Der Prinz selbst, hieß es, befand sich in Bethune. Die feindliche Armee dehnte sich von Cassel nach Courtray aus, und da sie jede Art Plünderung und Gewalttätigkeit verübte, so verließen die armen Grenzbewohner ihre einsam gelegenen Güter und flüchteten in befestigte Städte, die ihnen Schutz zusagten. Arras war voll von Flüchtlingen.

Am Morgen ging die Sage, der Prinz von Condé habe Bethune geräumt, um sich nach Corvin zurückzuziehen, doch habe er in der ersten Stadt eine Besatzung zurückgelassen. Da jedoch dieses Gerücht nur unbestimmt lautete, so beschlossen die zwei jungen Männer, ihren Weg nach Bethune fortzusetzen, wo sie unterwegs rechts einbiegen und nach Corvin gehen konnten. Dem Hofmeister des Grafen von Guiche war diese Gegend vollkommen bekannt; er schlug demnach vor, einen Feldweg zu nehmen, der in der Mitte zwischen der Straße nach Lens und jener nach Bethune dahinlief. In Ablain wollte man Erkundigungen einziehen und für Grimaud einen Reisebescheid zurücklassen.

Gegen sieben Uhr machte man sich auf den Weg. Der junge und feurige Guiche sprach zu Rudolf: »Wir sind da unser drei Herren mit drei Bedienten; die Bedienten sind wohl bewaffnet, und der Eurige kommt mir ziemlich herzhaft vor.« »Ich sah ihn noch nie am Werke«, erwiderte Rudolf, »doch ist er aus der Bretagne, und das verspricht etwas.« »Ja, ja,« entgegnete de Guiche, »und ich bin überzeugt, er werde bei Gelegenheit seinen Mann stellen. Ich selbst habe zwei verlässliche Leute, die schon bei meinem Vater im Felde standen; sonach stellen wir sechs Reiter vor. Stießen wir nun auf eine Schar Parteigänger, an Zahl der unsrigen gleich oder sogar überlegen, Rudolf! wollten wir sie da nicht angreifen?« »Allerdings, mein Herr,« versetzte der Vicomte. »Holla! Ihr jungen Herren, holla!« rief der Hofmeister, indem er sich in die Unterredung mengte, »was ist das für ein Vornehmen? Potz Element! und meine Verhaltungsvorschriften? Herr Graf, vergessen Sie darauf, dass ich den Auftrag habe, Sie unversehrt zu dem Prinzen zu bringen? Sind Sie einmal dort, so mögen Sie sich töten lassen, wenn Sie Lust dazu empfinden; allein bis dahin, sage ich Ihnen im Voraus, will ich bei dem ersten Helmbusch, den ich sehe, als General des Heeres, den Rückzug gebieten, und selbst auch den Rücken wenden.« De Guiche und Rudolf sahen sich lächelnd von der Seite an.

Man kam ohne Unfall nach Ablain. Hier fragte man und erfuhr, der Prinz habe wirklich Bethune verlassen und stehe zwischen Cambrin und la Venthie. Während man nun für Grimaud stets Weisungen zurückließ, wählte man abermals einen Seitenpfad, der die kleine Truppe in einer halben Stunde an die Ufer eines Baches brachte, der in die Lys mündet.

Seit einiger Zeit bemerkte man vor sich am Horizont einen ziemlich dichten Wald; als man sich diesem Walde auf hundert Schritte genähert hatte, traf Herr d'Arminges seine gewöhnlichen Vorsichtsmaßregeln, und sandte die zwei Bedienten des Grafen voraus. Die Lakaien waren eben unter den Bäumen verschwunden, die zwei jungen Männer folgten ihnen mit dem Hofmeister in einer Entfernung von etwa hundert Schritten lachend und plaudernd. Olivain hielt sich rückwärts in gleicher Entfernung, als auf einmal fünf bis sechs Schüsse fielen. Der Hofmeister schrie: »Halt!« die jungen Männer gehorchten und hielten ihre Pferde an. In demselben Momente sah man die zwei Lakaien im Galopp zurücksprengen. Die zwei jungen Männer waren schon ungeduldig, die Ursache dieses Gewehrfeuers zu erfahren, und ritten den Bedienten entgegen, während der Hofmeister hinterdrein folgte. »Hat man Euch angehalten?«, fragten die jungen Männer lebhaft. »Nein.« entgegneten die Diener, »wir sind wahrscheinlich gar nicht bemerkt worden; die Schüsse sind hundert Schritte weit vor uns, etwa in der dichtesten Waldpartie gefallen, und wir eilten zurück, um Verhaltungsbefehle einzuholen, »Mein Rat,« sprach Herr d'Arminges, »und nötigenfalls selbst mein Wille ist, dass wir uns zurückziehen: Der Wald kann einen Hinterhalt bergen.«»Habt Ihr denn nichts gesehen?«, fragte der Graf die Lakaien. »Mir schien es Wohl,« entgegnete einer von ihnen, »als sähe ich gelbgekleidete Reiter, die im Bette des Baches dahinschlichen.«»Das ists auch«, rief der Hofmeister, »wir sind unter ein spanisches Streifkorps geraten. Zurück, meine Herren! zurück! –«

Die zwei jungen Männer beratschlagten sich mit einem Seitenblick, und in diesem Momente vernahm man einen Pistolenschuss, auf den ein Hilferuf folgte, der sich zwei bis dreimal wiederholte. Die zwei jungen Männer versicherten sich durch einen letzten Wink, es sei jeder von ihnen in der Stimmung, nicht zu weichen, und da der Hofmeister sein Pferd bereits herumgeworfen hatte, so ritten jene beiden rasch vorwärts und Rudolf rief: »Zu mir, Olivain!«, und der Graf de Guiche rief: »Zu mir, Urbain und Planchet!« Und ehe sich noch der Hofmeister von seinem Erstaunen erholt hatte, waren sie schon im Walde verschwunden. In dem Augenblicke, als die zwei jungen Männer ihre Pferde anspornten, fassten sie auch die Pistolen an.

Nach Verlauf von fünf Minuten befanden sie sich an der Stelle, von wo aus die Schüsse gekommen zu sein schienen. Sie zogen nun die Zügel straffer an und ritten bedachtsam vorwärts. »Stille, es sind Reiter,« sprach der Graf von Guiche. »Ja, drei zu Pferde sitzend, und drei, welche abgestiegen sind.« »Was tun sie? seht Ihr das?« »Ja, sie scheinen einen verwundeten oder toten Menschen zu berauben.« »Das ist irgendein feiger Mord,« sprach der Graf von Guiche. »Es sind jedoch Soldaten«, entgegnete Rudolf. »Ja, allein Parteigänger, Strolche.« »Packen wir sie!«, rief Rudolf. »Packen wir sie« wiederholte de Guiche. »Meine Herren«, wimmerte der Hofmeister, »meine Herren, in des Himmels Namen!« Jedoch die jungen Männer hörten nichts. Sie sprengten wetteifernd von hinnen, und der Zuruf des Hofmeisters hatte keine andere Wirkung, als dass er die Spanier aufmerksam machte.

Die drei Parteigänger zu Pferde sprengten auch auf der Stell den zwei jungen Männern entgegen, indes die drei anderen die zwei Reisenden vollends ausplünderten; denn als die jungen Männer näher kamen, bemerkten sie statt einen, zwei ausgestreckte Körper. Nun schoss de Guiche auf zehn Schritte weit zuerst, und verfehlte seinen Mann; auch der Spanier, welche auf Rudolf losritt, feuerte ab, und Rudolf empfand am linken Arm einen Schmerz, dem eines Geißelhiebes ähnlich. Er schoss auf vier Schritt weit seine Pistole ab, und der Spanier, mitten in die Brust getroffen, breitete seine Arme aus, und sank rücklings auf sein Pferd, das sich umwandte und mit ihm fortrannte. In diesem Momente sah Rudolf wie durch eine Wolke einen Gewehrlauf auf sich gerichtet. Da fiel ihm Athos' Rat ein, und er ließ das Pferd mit Blitzesschnelle sich bäumen; der Schuss knallte. Sein Pferd machte einen Seitensprung, brach auf allen vier Beinen zusammen und stürzte zu Boden, indem es Rudolfs Bein unter sich deckte und einklemmte. Der Spanier fasste sein Gewehr beim Laufe an, und wollte Rudolfs Kopf mit dem Kolben zerschmettern. Der konnte in seiner unglückseligen Lage weder sein Schwert aus der Scheide ziehen, noch die Pistole aus seiner Holster nehmen; er sah den Kolben über seinem Kopfe geschwungen und schloss schon unwillkürlich die Augen, als de Guiche mit einem Satze auf den Spanier losstürzte und ihm die Pistole an die Kehle hielt. »Ergib dich«, rief er ihm zu, »oder du bist des Todes!« Das Gewehr entfiel den Händen des Soldaten, der sich sogleich ergab. Guiche rief einen seiner Lakaien, übergab ihm den Gefangenen zur Bewachung und befahl, ihm das Gehirn zu zerschmettern, wenn er Miene mache zu entfliehen, sprang dann von seinem Pferde und eilte zu Rudolf hin. »Meiner Seele, Herr,« sprach Rudolf lächelnd, obschon sich in seiner Blässe die unvermeidliche Erschütterung eines ersten Kampfes kundgab, »Ihr bezahlt Eure Schulden schnell, und wollet mir nicht lange verbindlich bleiben. Ohne Euch,« fuhr er mit des Grafen eigenen Worten fort, »wäre ich des Todes, dreimal des Todes.« »Da mein Feind die Flucht ergriff,« versetzte de Guiche, »so ließ er mir alle Freiheit, Euch Beistand zu leisten; doch seid Ihr schwer verwundet? Ich sehe Euch in Blut gebadet.« »Mich dünkt«, antwortete Rudolf, »dass ich etwas wie eine Schramme am Arme habe. Helft mir doch, mich unter dem Pferde hervorzuziehen, und ich hoffe, es wird mich nichts von der Fortsetzung unserer Reise abhalten.«

Herr d'Arminges und Olivain waren bereits abgestiegen und hoben das Pferd auf, das mit dem Tode kämpfte. Es gelang Rudolf, seinen Fuß aus dem Steigbügel und unter dem Pferde hervorzuziehen, und im Augenblick war er wieder auf den Beinen. »Nichts gebrochen?«, fragte der Graf von Guiche. »Meiner Treue, nein, dem Himmel sei's gedankt«, sagte Rudolf. »Doch was ist aus den Unglücklichen geworden, welche von den Niederträchtigen gemeuchelt wurden?« »Wir kamen leider zu spät, sie haben sie umgebracht, und ergriffen mit ihrer Beute die Flucht; meine zwei Lakaien stehen dort bei den Leichen.« »Lasst uns untersuchen, ob sie wohl gänzlich tot sind, oder ob man ihnen noch helfen könnte«, sagte Rudolf. »Wir haben zwei Pferde gewonnen, allein ich habe das Meinige verloren; nehmt das Beste für Euch, und gebt mir das Eurige.« Sie näherten sich der Stelle, wo die Opfer lagen.

### Der Vermummte

Es lagen da zwei Männer ausgestreckt; der eine regungslos mit dem Antlitz gegen den Boden, von drei Kugeln durchbohrt und in seinem Blute schwimmend. Der andere, welchen die zwei Lakaien mit dem Rücken an einen Baum lehnten, verrichtete mit erhobenen Augen und gefalteten Händen ein inbrünstiges Gebet. Er war von einer Kugel getroffen worden, die ihm den oberen Schenkelknochen zerschmetterte. Die jungen Männer näherten sich zuerst dem Toten und sahen ihn erstaunt an.

»Das ist ein Priester«, sagte Bragelonne, »er hat die Tonsur. O, die Verfluchten, welche ihre Hand an Gottes Diener legen!« »Kommen Sie hierher, gnädiger Herr«, sagte Urbain, ein alter Soldat, der unter dem Kardinal-Herzog alle Feldzüge mitgemacht hatte. »Kommen Sie hierher - mit jenem andern ist es schon aus, indes dieser hier vielleicht noch zu retten wäre.« Der Verwundete lächelte traurig und sagte: »Mich kann man nicht mehr retten, doch kann man mir im Sterben beistehen.« »Seid Ihr Priester?«, fragte Rudolf »Nein, Herr.« »Ich frage nur«, sagte Rudolf, »weil es mir schien, als ob Euer unglücklicher Gefährte ein Mann der Kirche sei.« »Es ist der Pfarrer von Bethune, er brachte die geweihten Gefäße seiner Kirche und den Schatz des Kapitels in Sicherheit, denn der Prinz verließ gestern unsere Stadt, wo vielleicht morgen schon der Spanier einziehen wird. Bei dem Bewusstsein nun, dass feindliche Korps in der Gegend herumstreifen und das Unternehmen gefährden, wagte es niemand, ihn zu begleiten; und so habe ich mich angetragen.«»Und diese Nichtswürdigen haben Euch überfallen, diese Ruchlosen haben auf einen Priester geschossen!«»Ich bin sehr leidend,« sprach der Verwundete und blickte um sich,»und demnach wünschte ich, in irgendein Haus gebracht zu werden.«»Wo man Euch Beistand leisten könnte?«, fragte de Guiche.»Nein, wo ich beichten könnte.«»Vielleicht seid Ihr aber doch nicht so gefährlich verwundet, als Ihr es meint«, bemerkte Rudolf.»Glauben Sie mir, o Herr,« entgegnete der Verwundete,»es ist da keine Zeit zu verlieren, die Kugel zerschmetterte mir den Schenkelknochen und drang bis in die Eingeweide.«»Seid Ihr Arzt?«, fragte de Guiche.»Nein«, erwiderte der Sterbende,»allein ich verstehe mich ein bisschen auf Verwundungen, und die Meinige ist tödlich. Versuchen Sie also, mich irgendwo hinzubringen, wo ich einen Priester finde, oder bemühen Sie sich, mir einen hierher zu führen, und Gott lohne Sie für diese fromme Tat; meine Seele muss gerettet werden; mein Leib, ach! ist schon verloren!«»Man stirbt nicht bei der Übung eines guten Werkes, und Gott wird Euch beistehen.«»Meine Herren, in des Himmels Namen!« sprach der Verwundete, wobei er, als wollte er aufstehen, alle Kräfte zusammenraffte,»lassen Sie uns mit unnützen Worten keine Zeit verlieren; entweder helfen Sie mir nach dem nächsten Dorfe zu kommen, oder schwören Sie mir bei Ihrer Seligkeit, dass Sie mir den ersten Mönch, den ersten Pfarrer, den ersten Priester, auf den Sie treffen, hierher schicken wollen. Jedoch,« fuhr er mit dem Ausdruck von Verzweiflung fort,»vielleicht getraut sich niemand, hierher zu kommen, da man weiß, dass die Spanier diese Gegend durchstreifen, und so werde ich ohne Absolution sterben. Ach, mein Gott! mein Gott!« stammelte der Todeskranke mit dem Ausdrucke des Entsetzens, der die jungen Männer mit Schauder erfüllte,»du wirst das nicht zulassen, nicht wahr? das wäre zu schrecklich, o Gott!«»Beruhigt Euch, mein Herr,« tröstete de Guiche,»ich schwöre Euch, Ihr sollet den gewünschten Trost erlangen. Sagt uns nur, wo es hier ein Haus gibt, in welchem wir Hilfe ansprechen, und ein Dorf, wo wir einen Priester holen könnten?«»Ich danke und Gott wolle es belohnen. Eine halbe Meile von hier an der Straße liegt ein Wirtshaus, und etwa eine Meile über das Wirtshaus hinaus das Dorf Greney. Suchen sie dort den Pfarrer auf, und ist dieser nicht zu Hause, so gehen Sie nach dem Augustinerkloster, welches hinter dem letzten Hause des Dorfes rechts liegt, und holen Sie mir irgendeinen Priester unserer Kirche, der die Gewalt hat, in articulo mortis zu absolvieren.«»Herr d'Arminges!« rief de Guiche,»bleibt bei diesem Unglücklichen, und lasset ihn so vorsichtig als möglich fortschaffen. Baut eine Tragbahre aus Baumästen und breitet alle unsere Mäntel darüber; zwei von unseren Lakaien sollen ihn tragen, indes sich der dritte bereit halte, denjenigen abzulösen, welcher müde ist. Ich und der Vicomte wollen einen Priester holen.«»Gehen Sie, Herr Graf, begeben Sie sich aber in des Himmels Namen in keine Gefahr.«»Seid unbekümmert, überdies sind wir für heute gerettet und Ihr kennt das Axiom: Non bis in idem.«»Seid guten Mutes,« sprach Rudolf zu dem Verwundeten, »wir wollen Eurem Wunsche nachkommen.« »Gott segne Sie, meine Herren,« entgegnete der Todeskranke mit einem unbeschreiblichen Ausdruck von Dankgefühl.

Sonach sprengten die zwei jungen Männer in der angegebenen Richtung davon, indes der Hofmeister des Herzogs von Guiche die Anfertigung der Tragbahre leitete. Nach Verlauf von zehn Minuten bemerkten die zwei jungen Männer das angedeutete Wirtshaus. Ohne dass Rudolf vom Pferde stieg, zeigte er dem Wirte an, man werde einen Verwundeten zu ihm bringen, und bat ihn, er möge indes alles das zurechtrichten. was zu seiner Pflege und zum Verbande erforderlich wäre, nämlich ein Bett, Binden und Scharpie; überdies forderte er ihn auf, wenn er in der Umgebung irgendeinen Doktor oder Wundarzt kenne, so möge er ihn rufen lassen, die Auslagen für den Boten wolle er besorgen. Dann begaben sie sich wieder auf den Weg nach Greney. Sie waren bereits über eine Meile weit geritten und bemerkten schon die ersten Häuser des Dorfes, als sie einen Mann auf einem Maulesel heranreiten sahen, den sie seinem Anzuge gemäße für einen Mönch halten mussten, und wenigstens für den Augenblick nicht ahnten, dass es ein Bösewicht war, der unter dieser Vermummung umso ungestörter seine bösen Zwecke zu erreichen hoffte. Da ihnen nun der Zufall das zu senden schien, was sie eben suchten, näherten sie sich diesem Manne, den wir vorläufig Francis nennen wollen. Es war ein Mann von etwa zweiundzwanzig bis dreiundzwanzig Jahren. Doch hatten ihn die Kasteiungen dem Anscheine nach gealtert. Er war blass, doch nicht von jener Blässe, die häufig als Schönheit gilt, sondern von einem gallsüchtigem Gelb; seine kurzen Haare, die kaum aus dem Kreise hervortraten, den sein Hut um seine Stirn beschrieb, waren von mattem Blond und in seinen hellblauen Augen schien kein Blick zu leuchten.

»Seid Ihr Priester, mein Herr?«, fragte Rudolf mit seiner gewohnten Artigkeit. »Weshalb fragt Ihr?« entgegnete der Unbekannte mit einer fast unhöflichen Gleichgültigkeit. »Um es zu wissen«, erwiderte mit Stolz der Graf von Guiche. Der Fremde spornte sein Maultier an und ritt weiter. De Guiche sprengte ihm zuvor und versperrte ihm den Weg. »Gebt Antwort,« sprach er, »wir haben Euch höflich gefragt und jede Frage ist eine Antwort wert.« »Ich hoffe doch, dass es mir freisteht, den beiden ersten besten Leuten, denen es beikommt, mich zu fragen, zu sagen, oder nicht zu sagen, wer ich bin?« De Guiche unterdrückte mühevoll die flammende Lust, die er empfand, diesem Mönche die Rippen einzustoßen. Er beherrsche sich jedoch und sprach: »Wir sind zuvörderst keine zwei ersten, besten Leute, mein Freund! Hier ist der Vicomte von Bragelonne und ich bin der Graf von Guiche. Sodann richten wir diese Frage nicht in vorwitziger Laune an Euch, denn es ist da ein verwundeter und sterbender Mann, der den Beistand der Kirche verlangt. Wenn Ihr nun wirklich Priester seid, so fordere ich Euch auf, im Namen der Menschlichkeit mir zu folgen und jenem Manne beizustehen, und seid Ihr es nicht, nun, so ist es etwas anderes.«

Die Blässe des anscheinenden Mönches wurde totenfahl und er lächelte so seltsam, dass Rudolf, der ihn nicht aus den Augen ließ, auf dieses Lächeln sein Herz krampfhaft beklommen fühlte und sagte, indem er die Hand auf den Kolben seiner Pistole legte: »Das ist irgendein spanischer oder flamändischer Kundschafter.« Ein bedrohlicher Blick, der wie ein Blitz zuckte, antwortete Rudolf. »Nun, mein Herr«, rief Guiche, »werdet Ihr Antwort geben?« »Meine Herrn, ich bin Priester,« entgegnete der Vermummte. Und sein Antlitz nahm wieder seine gewöhnliche Gleichgültigkeit an. »Dann, mein Vater,« sprach Rudolf, während er seine Pistolen wieder in die Halftern steckte und seinen Worten einen ehrerbietigen Ton gab, »wenn Ihr wirklich Priester, seid, so werdet Ihr, wie Euch mein Freund bedeutet hat, Gelegenheit finden, ein standesgemäßes gutes Werk zu verrichten; ein unglücklicher Verwundeter kommt Euch entgegen und wird dort im nächsten Wirtshause anhalten; er verlangt den Beistand eines Dieners Gottes, und unsere Diener begleiten ihn.« »Ich will dahin gehen«, erwiderte Francis, und stieß sein Maultier mit den Fersen. »Wenn Ihr nicht dahin geht,« versetzte Guiche, »so glaubet uns, wir haben Pferde, die Euer Maultier bald einholen, und besitzen Ansehen genug, um Euch überall ergreifen zu lassen, wo Ihr sein möget; und dann schwöre ich Euch, wird Euer Prozess bald abgetan sein.« Francis' Auge funkelte aufs Neue, doch das war alles; er wiederholte seine Worte: »Ich gehe hin,« und trabte fort. »Reiten wir ihm nach,« sprach de Guiche, »das wird sicherer sein.« »Das wollte ich eben auch vorschlagen,« entgegnete Bragelonne.

Die zwei jungen Männer machten sich wieder auf den Weg und richteten ihren Ritt nach dem des vorgeblichen Mönches ein dem sie auf solche Art auf Pistolenschussweite folgten. Nach Verlauf von fünf Minuten wandte sich Francis, um zu sehen, ob man ihm nachfolge oder nicht.

»Seht Ihr,« sprach Rudolf, »dass wir wohl getan haben.« Nach einer Weile gelangte man in die Nähe des kleinen Wirtshauses und sah von der andern Seite den Zug mit dem Verwundeten, der unter Herrn d'Arminges' Leitung langsam herbeikam. Zwei Mann trugen den Sterbenden, der dritte führte die Pferde an der Hand. Als de Guiche an Francis vorüberritt, sagte er zu ihm: »Herr Mönch, da ist der Verwundete, habt die Güte, ein bisschen zu eilen.« Sonach waren es die jungen Männer, welche dem vorgeblichen Diener Gottes vorauseilten, statt ihm zu folgen. Sie eilten dem Verwundeten entgegen und brachten ihm diese angenehme Botschaft. Dieser richtete sich auf, um in der angezeigten Richtung hinzusehen, erblickte den Mönch, wie er eben den Gang seines Maultieres beschleunigte, und sank, das Antlitz von einem Strahle von Freude erheitert, wieder zurück auf die Bahre.

»Nun,« sprachen die jungen Männer, »haben wir für Euch alles das getan, was wir zu tun vermochten, und da wir Eile haben, um

bei dem Heere des Prinzen einzutreffen, so werdet Ihr uns entschuldigen, mein Herr, nicht wahr? umso mehr, da eine Schlacht stattfinden soll, und wir nicht etwa tags darauf ankommen möchten.« »Ziehen sie dahin, meine jungen Herren«, erwiderte der Verwundete, »und ihr Mitleid werde gesegnet; sie haben hier auch wirklich alles getan, was in ihren Kräften stand, und so kann ich ihnen nur noch eins sagen: Gott behüte Sie und alle, die Ihnen teuer sind.« »Wir ziehen voraus, mein Herr,« sprach de Guiche zu seinem Hofmeister, »und Ihr holet uns wieder ein auf der Straße von Cambrin.«

In diesem Momente wurde die Bahre von den zwei Lakaien in das Haus hineingetragen. Der Wirt und seine Gemahlin, welche gleichfalls herbeigekommen waren, standen auf den Stufen der Treppe. Der unglückliche Verwundete schien furchtbare Schmerzen zu leiden, und doch war er nur mit dem Gedanken beschäftigt, ob ihm der Mönch nachkomme. Bei dem Anblick dieses bleichen und blutbesprengten Mannes presste die Frau heftig den Arm ihres Gemahls. »Nun. was ist's?« fragte dieser. »Wird dir etwa unwohl?« »Nein«, sagte die Wirtin, und indem sie auf den Verwundeten zeigte, fuhr sie fort: »Sieh' nur!« »Hm,« entgegnete ihr Gemahl, »er scheint mir sehr krank.« »Das ist es aber nicht, was ich sagen will«, erwiderte die Frau bebend, »ich frage dich, ob du ihn kennst.« »Diesen Mann da? Ei, warte doch ...« »O, ich sehe, du kennst ihn,« fiel die Frau ein, »denn du wirst blass.« »In der Tat!«, rief der Wirt aus; »weh unserem Hause, das ist der vormalige Scharfrichter von Bethune!« »Der vormalige Scharfrichter, von Bethune«, murmelte der anscheinende Mönch, indem er mit einer Miene des Widerwillens stehen blieb. Herr d'Arminges, der an der Türe stand, gewahrte sein Zögern und sagte:»Herr Mönch, ob nun dieser Unglückliche Scharfrichter ist oder einstens war, so ist er nichtsdestoweniger ein Mensch. Erweiset ihm also den letzten Dienst, den er von Euch fordert, und Euer Werk wird deshalb nur umso verdienstlicher sein.« Der Mönch gab keine Antwort, setzte aber schweigend seinen Gang fort nach dem unteren Zimmer, worin der Sterbende von den zwei Trägern auf ein Bett gelegt worden war.

Als nun die zwei Diener sahen, dass sich Francis dem Bette des Verwundeten nähere, verließen sie das Zimmer und verschlossen die Türe hinter dem Mönche und dem Sterbenden.

D'Arminges und Olivain erwarteten die Diener; sie stiegen wieder zu Pferde und ritten im Trabe von hinnen. da sie den Weg einschlugen, auf dem sich Rudolf und sein Freund entfernt hatten.

Gleich darauf, als der Hofmeister und sein Gefolge verschwunden war, hielt ein neuer Reisender vor dem Wirtshause an. »Was verlangt der Herr?«, fragte der Wirt, noch bleich und zitternd ob der soeben gemachten Entdeckung. Der Reisende machte die Gebärde eines Mannes, welcher trinkt, stieg ab, zeigte auf sein Pferd und deutete durch einen Wink an. dass man es abstriegeln solle. »Ah. zum Teufel!« rief der Wirt, »dieser Mann scheint stumm zu sein. – Wo wollet Ihr denn trinken?« fragte er. »Hier!«, rief der Reisende und zeigte auf einen Tisch. »Ich habe mich doch geirrt,« sprach der Wirt, »er ist nicht gänzlich stumm.« Darauf verneigte er sich und holte eine Flasche Wein und Zwieback, die er seinem schweigsamen Gaste vorsetzte. »Verlangt der Herr weiter nichts?«, fragte er. »Doch,« entgegnete der Reisende. »Was verlangt denn der Herr?« »Zu wissen, ob Ihr einen jungen Edelmann von fünfzehn Jahren, der einen Fuchs ritt und von einem Diener begleitet war, vorüberkommen saht.« »Den Vicomte von Bragelonne?« versetzte der Wirt. «Ganz richtig.« »Nun, so seid Ihr Herr Grimaud?« Der Reisende nickte bejahend mit dem Kopfe. »Nun denn,« sprach der Wirt, »Euer junger Herr war vor etwa einer halben Viertelstunde noch hier; er wird in Mazingarde zu Mittag speisen und in Cambrin übernachten.« »Wie weit ist's nach Mazingarde?« »Zwei und eine halbe Meile.« »Dank!«

Er hatte eben erst sein Glas auf den Tisch gestellt und sich angeschickt, es zum zweiten Mal zu füllen, als ein entsetzlicher Schrei in jenem Zimmer erschallte, wo der Mönch und der Sterbende waren. Grimaud richtete sich hoch auf und fragte: »Was ist das? woher kommt dieser Schrei?« »Aus dem Zimmer des Verwundeten«, rief der Wirt. »Welches Verwundeten?«, fragte Grimaud. »Des vormaligen Scharfrichters von Bethune, der von spanischen Parteigängern umgebracht worden ist, den man hierhergeschafft hat und der in diesem Momente beichtet – er scheint sehr zu leiden.« »Der vormalige Scharfrichter von Bethune«, murmelte Grimaud und sann nach. – »Ist es nicht ein Mann von fünfundfünfzig bis sechzig Jahren, stark gebaut, dunkelbraun, mit schwarzen Haaren und Bart?« »Ganz richtig, nur ist sein Bart grau geworden und sein Haar gebleicht. Kennt Ihr ihn denn?« fragte der Wirt. »Ich habe ihn einmal gesehen.« entgegnete Grimaud, dessen Stirne sich bei dem Bilde, welches seiner Erinnerung vorschwebte, umdüsterte. Die Wirtin eilte zitternd herbei und sprach zu ihrem Manne: »Hast du gehört?« »Ja,« entgegnete der Wirt und blickte ängstlich nach der Türe hin. In diesem Momente vernahm man einen minder starken Schrei, doch folgte ihm ein langes und anhaltendes Stöhnen. Die drei Personen starrten sich schaudernd an.

»Man muss doch sehen, was das ist«, sagte Grimaud. »Es tönt wie der Schrei eines Mannes, den man ermordet«, murmelte der Wirt. »Jesus!«, rief die Frau und bekreuzigte sich. Man weiß, dass Grimaud, wenn er wenig sprach, viel handelte. Er eilte nach der Türe und rüttelte sie kräftig, allein sie war inwendig von einem Riegel versperrt. »Schließt auf«, rief der Wirt, «schließt auf. Herr Mönch, auf der Stelle!« Niemand antwortete. »Sperrt auf, oder ich schlage die Türe ein!«, rief Grimaud. Dasselbe Stillschweigen. Grimaud blickte herum und entdeckte ein Hebeeisen, das zufällig in einer Ecke lehnte; er fasste es schnell an, und ehe sich noch der Wirt seinem Vorhaben hatte widersetzen können, ward die Türe schon aufgesprengt.

Das Zimmer schwamm im Blut, das durch die Matratzen drang. Der Verwundete sprach nicht mehr, er röchelte; der Mönch war verschwunden. »Wo ist denn der Mönch?«, rief der Wirt. Grimaud sprang zu einem offenen Fenster, das in den Hofraum ging, und sagte: »Er wird wohl dahin entflohen sein.« »Glaubt Ihr?«, fragte der Wirt voll Schrecken. »Johann, sieh' nach, ob das Maultier des Mönches noch im Stalle ist.« »Es ist kein Maultier mehr da,« entgegnete der Knecht, an den die Frage gestellt war. Grimaud runzelte die Stirne, der Wirt rang die Hände und blickte voll Misstrauen umher; die Wirtin getraute sich nicht, in das Zimmer zu treten, sondern blieb entsetzt an der Türe stehen. Grimaud trat zu dem Verwundeten und betrachtete diese scharfen und hervorstechenden Züge, die in ihm eine schauerliche Erinnerung erweckten. Nach einem Weilchen düstern und stummen Schauens sprach er endlich: »Da bleibt kein Zweifel mehr, er ist es wirklich. »Lebt er noch?«, fragt der Wirt.

Grimaud antwortete nicht, sondern riss ihm das Wams auf, um ihm das Herz zu fühlen, während sich der Wirt gleichfalls näherte; doch plötzlich wichen beide zurück, der Wirt, indem er einen Schrei des Entsetzens ausstieß, und Grimaud, indem er erblasste. Die Klinge eines Dolches war bis an den Griff in die linke Brust des Scharfrichters gebohrt. »Holt Hilfe herbei«, rief Grimaud, »ich will bei ihm bleiben. Der Wirt ging ganz betäubt hinaus; die Frau aber war bei dem Schrei entflohen, den ihr Mann ausgestoßen hatte.

### Die Lossprechung

Man vernehme, was da geschah.

Wir haben gesehen, dass der vorgebliche Mönch ganz und gar nicht aus freiem Antriebe, sondern wider seinen Willen den Verwundeten begleitete, der ihm auf so seltsame Art empfohlen worden war. Der Scharfrichter prüfte mit jenem schnellen Blicke, der den Sterbenden eigen ist, welche keine Zeit mehr zu verlieren haben, das Gesicht desjenigen, der sein Tröster werden sollte, und mit einer Bewegung des Erstaunens sagte er: »Ihr seid noch recht jung, ehrwürdiger Vater.« »Diejenigen, welche mein Kleid tragen, haben kein Alter,« gab Francis zur Antwort. »O, redet doch sanfter mit mir,« sprach der Verwundete, »ich brauche in meinen letzten Augenblicken einen Freund.« ..Ihr seid sehr leidend?« versetzte der Mönch. »Ja, doch weit mehr in der Seele als am Leibe.« »Wir werden Eure Seele erretten,« sprach der junge Mann, »doch seid Ihr wirklich der Scharfrichter von Bethune, wie diese Leute sagen?« Der Verwundete, welcher zweifelsohne fürchtete, der Name Scharfrichter möchte ihm den letzten Beistand rauben, den er in Anspruch nahm, entgegnete rasch: »Das heißt, ich bin es gewesen, doch bin ich es jetzt nicht mehr; seit fünfzehn Jahren habe ich mein Amt abgetreten. Wohl bin ich noch bei den Exekutionen anwesend, doch vollstreckte ich sie nicht mehr selbst.« »Ihr habt sonach einen Abscheu vor Eurem Stande?« Der Scharfrichter stieß einen tiefen Seufzer aus, dann sagte er: »So lang ich nur im Namen des Gesetzes und der Gerechtigkeit gerichtet habe, ließ mich mein Stand unter dem Schirme des Gesetzes und der Gerechtigkeit in Ruhe schlafen; allein seit jener entsetzlichen Nacht, wo ich mich zum Werkzeuge einer persönlichen Rache hingab, und das Richtschwert mit Hass über ein Geschöpf Gottes zückte, seit jenem Tage --«

Der Scharfrichter hielt inne und schüttelte den Kopf mit verzweiflungsvoller Miene. »Redet,« sprach Francis, der sich an das Bett des Kranken gesetzt hatte und Teilnahme an einer Erzählung zu fassen begann, welche sich auf eine so sonderbare Weise ankündigte. »Ach«, seufzte der Sterbende mit dem ganzen Ausdrucke eines lang unterdrückten Schmerzes, der endlich ausbricht, »ach, ich habe mittlerweile diese Gewissensbisse zwanzig Jahre hindurch mit guten Werken zu besänftigen versucht; ich habe die Grausamkeit abgelegt, welche denen, die Blut vergießen, gleichsam zur Natur geworden ist, und setzte bei jeder Gelegenheit mein Leben ein, um das Leben derer zu erretten, welche in Gefahr schwebten, und so erhielt ich der Welt menschliche Geschöpfe gegen diejenigen, welche ich ihr geraubt habe. Das ist noch nicht alles: ich verteilte die Güter, welche ich in der Ausübung meines Amtes erworben, unter die Armen, ward ein eifriger Besucher der Kirchen, und gewöhnte die Leute; welche mich mieden, daran, mich zu sehen. Alle vergaben mir, einige liebten mich sogar. allein ich fürchte, Gott habe mir nicht vergeben, da mich die Erinnerung an jene Exekution unablässig verfolgt, und mir ist, als ob sich der Geist jenes Weibes allnächtlich vor mir aufrichte.«

Der Sterbende schloss die Augen und erhob ein Stöhnen. Francis fürchtete sicherlich, er möchte sterben, ohne weiter zu sprechen, denn er fuhr rasch fort: »Redet weiter, noch weiß ich nichts, und wenn Ihr Eure Erzählung beendet habt, will ich mit Gott richten.« »Ach, ehrwürdiger Vater«, fuhr der Scharfrichter fort, »zumal des Nachts, und wenn ich irgendeinen Fluss übersetze, verdoppelt sich dieser Schrecken, den ich nicht zu bewältigen vermochte; dann ist mir, als würde meine Hand schwer, und als laste in ihr noch das Richtschwert, als nähme das Wasser die Farbe des Blutes an, und als vereinigten sich alle Stimmen der Natur, das Rauschen der Bäume, das Tosen des Windes, das Plätschern der Wogen, um eine klagende, verzweifelnde, schreckenvolle Stimme zu bilden, welche mir zuruft: 'Lass Gottes Gerechtigkeit walten!'« »Das ist Delirium,« murmelte Francis kopfschüttelnd Der Scharfrichter fasste ihn am Arme, indem er sagte: »Delirium – Ihr sagt Delirium! Ach, nein, es war an einem Abend, ich habe ihre Leiche in den Fluss geworfen – das sind Worte, die mir meine Gewissensbisse wiederholen – ich habe sie in meinem Hochmut ausgesprochen; nachdem ich das Werkzeug der menschlichen Gerechtigkeit gewesen, dachte ich, das der Gerechtigkeit Gottes geworden zu sein. – Es war an einem Abend, wo mich ein Mann aufsuchte, und mir einen Befehl vorzeigte. Ich folgte ihm. Vier andere Herren erwarteten mich. Sie nahmen mich vermummt mit. Ich habe mir stets vorbehalten, mich zu widersetzen, falls mir der Dienst ungerecht schien, den man von mir fordern sollte. Endlich zeigten sie mir durch das Fenster eines kleinen Hauses ein Weib, das sich mit den Ellbogen auf ein Tischlein stemmte, und sagten zu mir: ,Das ist diejenige, welche Ihr hinrichten sollet!'« »Schaudervoll!« rief Francis, »und Ihr habt Folge geleistet?« »Ehrwürdiger Vater, dieses Weib war ein Ungetüm; wie es hieß, hatte sie ihren zweiten Gemahl vergiftet, ihren Schwager umzubringen versucht, der sich unter diesen Männern befand; tags zuvor hatte sie eine junge Frau vergiftet, die ihre Nebenbuhlerin war, und ehe sie England verließ, hatte sie, wie man sagt, den Günstling des Königs ermorden lassen.« »Buckingham?«, rief der vorgebliche Mönch. »Ja, ganz richtig, Buckingham.« »Sonach war diese Frau eine Engländerin?« »Nein, sie war Französin, doch hatte sie sich in England vermählt.«

Francis erblasste, trocknete sich die Stirn und schob an der Türe den Riegel vor. Der Scharfrichter dachte, er wolle ihn verlassen, und sank seufzend auf sein Bett zurück. »Nein, nein, hier bin ich,« erwiderte Francis, und kehrte rasch zurück; »erzählet weiter, wer waren diese Männer?« »Der eine war, wie ich glaube, ein Ausländer, die vier andern Franzosen, welche die Uniform der Musketiere trugen.« »Ihre Namen?« »Ich kannte sie nicht; nur haben die vier anderen Herren den Engländer Mylord genannt.« »War diese Frau schön?« »Jung und schön, ja, besonders schön!« Francis schien auf seltsame Weise tief erschüttert; alle seine Glieder erbebten, man sah es, er wollte eine Frage stellen, doch wagte er es nicht. Nachdem er sich endlich mit Gewalt beherrscht hatte, fragte er: »Wie hieß diese Frau?« »Ich kannte sie nicht; wie schon gesagt, hat sie sich zweimal verheiratet, und einmal, wie es scheint, in Frankreich, das andere Mal in England.« »Sie war jung, sagt Ihr?« »Etwa fünfundzwanzig Jahre alt.« »Schön?« »Bezaubernd.« »Blond?« »Ja.« »Lange Haare, nicht wahr? – die bis auf ihre Schultern niederwallten?« »Ja.« Der Scharfrichter stützte sich auf seine Kissen und heftete einen entsetzten Blick auf Francis, der totenfahl wurde. »Und Ihr habt sie getötet?«, fragte dieser. »Ihr habt jenen Elenden als Werkzeug gedient, die sie nicht selber zu töten wagten? Ihr hattet kein Erbarmen mit dieser Jugend, dieser Schönheit, dieser Schwäche? Ihr habt sie getötet – diese Frau?« »Ach«, seufzte der Scharfrichter, »wie ich Euch sagte, ehrwürdiger Vater, so verbarg diese Frau unter einer himmlischen Hülle einen höllischen Geist, und als ich sie sah, als ich mich all des Bösen erinnerte, das sie mir selber angetan hatte ...« »Euch? – was konnte sie Euch antun? redet.« »Sie hat meinen Bruder verführt und ins Verderben gestürzt; sie war mit ihm entflohen, da er ins Kloster gehen wollte.« »Mit deinem Bruder?« »Ja, mein Bruder war ihr erster Geliebter, und sie war die Ursache seines Todes. Ach, ehrwürdiger Vater, starret mich doch nicht so an; ich bin, ach! sehr straffällig, und habe keine Lossprechung zu hoffen.« »Nenne ihren Namen«, rief Francis. »Anna de Breuil,«, stammelte der Verwundete. »Anna de Breuil!«, rief Francis, indem er sich wieder emporrichtete und die beiden Hände zum Himmel erhob; »Anna de Breuil! nicht wahr, du hast gesagt Anna de Breuil?« »Ja, ja, das war ihr Name – o, sprecht mich los, denn' ich sterbe.« »Ich soll dich lossprechen?«, rief Francis mit, verzerrtem Gesichte aus, bei dessen Anblick sich die Haare auf dem Haupte des Sterbenden sträubten, »ich soll dich lossprechen? Ha, ich bin kein Priester.« »Ihr seid kein Priester?«, rief der Scharfrichter; »wer seid Ihr denn?« »Das will ich dir sagen. Elender!« »O Herr, mein Gott!« »Ich bin John Francis de Winter!« »Ich kenne Euch nicht«, rief der Scharfrichter. »Halt, halt! Du sollst mich kennenlernen; ich bin John Francis de Winter.« wiederholte er, »und jene Frau ...« »Nun, jene Frau?« »Sie war meine Mutter.«

Der Scharfrichter stieß den ersten Schrei aus, jenen furchtbaren Schrei, den man zuerst vernommen hatte, und stammelte: »O, verzeiht mir, ja, verzeiht mir, wenn nicht im Namen Gottes, doch mindestens in Eurem Namen; wenn nicht als Priester, doch mindestens als Sohn.« »Dir verzeihen?«, rief der falsche Mönch, »dir verzeihen? das mag Gott vielleicht tun, allein ich – niemals.« »Aus Barmherzigkeit!«, stammelte der Scharfrichter, und streckte beide Arme nach ihm aus. »Keine Barmherzigkeit für den, der kein Erbarmen gehabt hat; stirb unbußfertig, stirb in Verzweiflung, fahre zur Verdammnis.« Da zog er einen Dolch unter dem Gewande hervor und bohrte ihm denselben in die Brust. »Da hast du,« sprach er, »meine Lossprechung.«

### Grimaud spricht

Grimaud war allein bei dem Scharfrichter zurückgeblieben; der Wirt war fortgeeilt, um Hilfe zu holen, und die Wirtin betete. Nach einem Weilchen öffnete der Verwundete seine Augen wieder. »Hilfe!«, stammelte er, «Hilfe! ach, mein Gott! finde ich denn keinen Freund mehr hienieden, der mir im Leben oder im Tode beisteht?« Er legte mit Anstrengung die Hand auf seine Brust – wo er dem Griffe des Dolches begegnete. »O«, stöhnte er wie ein Mensch, der sich erinnert, dann ließ er seinen Arm zur Seite herabgleiten. »Mut gefasst«, rief ihm Grimaud zu, »man holt Hilfe herbei.« »Wer seid Ihr?«, fragte der Verwundete und starrte Grimaud mit weit geöffneten Augen an. »Ein alter Bekannter,« entgegnete Grimaud. »Ihr?« Der Verwundete suchte sich an die Züge desjenigen zu erinnern, der so mit ihm sprach, und fragte: »Bei welcher Gelegenheit trafen wir uns denn?« »Vor zwanzig Jahren in einer Nacht. Mein Herr holte Euch in Bethune ab und führte Euch nach Armentieres.«»Nun erkenne ich Euch,« versetzte der Scharfrichter, »Ihr wäret einer von den vier Dienern.«»Ganz richtig.«»Woher kommt Ihr?«»Ich reiste die Straße vorbei und lehrte in diesem Wirtshause ein, um mein Pferd sich erfrischen zu lassen. Man sagte mir, der Scharfrichter von Bethune liege hier verwundet, als Ihr zwei Schreie ausstießet. Bei dem erste« eilten wir herbei, bei dem zweiten sprengten wir die Türe.« «Und der Mönch?«, fragte der Scharfrichter, »sahet Ihr den Mönch?«»Nein, er war nicht mehr hier; er scheint durch das Fenster entflohen zu sein; hat denn er Euch verwundet?«»Ja,« entgegnete der Scharfrichter.

Grimaud machte Miene, als wollte er sich entfernen.»Was wollt Ihr tun?«, fragte der Verwundete.»Man muss ihm nachsetzen.«»Davor hütet Euch wohl.«»Weshalb?«»Er hat sich gerächt, und tat wohl daran. Jetzt erst, da ich abbüße, hoffe ich auf Gottes Vergebung.«»Erklärt Euch«, sagte Grimaud.»Jene Frau, die Eure Herren und Ihr mich töten ließet.«»Mylady?«»Ja, Mylady, richtig, Ihr habt sie so genannt ...«»In welcher Beziehung steht Mylady mit dem Mönch?«»Sie war seine Mutter.« Grimaud schauderte und starrte den Sterbenden mit trüben, fast lichtlosem Augen an.»Seine Mutter?« wiederholte er.»Ja, seine Mutter.«»Kennt er also jenes Geheimnis?«»Ich hielt ihn für einen Mönch und entdeckte es ihm.«»Unglückseliger!«, rief Grimaud, dem sich schon bei dem bloßen Gedanken an die Folgen, die eine solche Entdeckung haben könne, die Haare mit Schweiß befeuchteten;»Unglückseliger, Ihr nanntet doch niemanden, wie ich hoffe?«»Ich sprach keinen Namen aus, da ich keinen kannte, ausgenommen den Geschlechtsnamen seiner Mutter, woran er sie erkannt hat; allein er weiß, dass sein Oheim unter der Zahl der Richter war.«

Nach diesen Worten sank er erschöpft zurück. Grimaud wollte ihm Hilfe leisten und streckte die Hand aus nach dem Hefte des Dolches. Rührt mich nicht an,« sprach der Scharfrichter;»wie man diesen Dolch herauszieht, muss ich sterben.« Grimaud blieb mit ausgestreckter Hand stehen, dann schlug er sich plötzlich mit der Hand vor die Stirn und rief:»Ha, wenn dieser Mensch je erfährt, wer die anderen sind, so ist mein Herr verloren.«»Eilt«, rief der Scharfrichter, »eilt und warnt ihn, wenn er noch lebt; eilt, und warnet die Freunde. Seid überzeugt, mit meinem Tode entwickelt sich noch nicht jenes schreckliche Abenteuer.«»Wohin ist er gegangen?«, fragte Grimaud.»Nach Paris.«»Wer hat ihn angehalten?«»Zwei junge Edelleute, die sich zu dem Heere begaben, und von denen der eine, dessen Namen ich von seinem Begleiter aussprechen hörte, sich Vicomte von Bragelonne genannt hat.«»Und dieser junge

Mann führte Euch den Mönch zu?«»Ja.« Grimaud schlug die Augen zum Himmel auf und rief: »So war es denn Gottes Wille.« »Zweifelsohne,« entgegnete der Verwundete. »Dann ist es entsetzlich«, seufzte Grimaud, »und doch hat dieses Weib ihr Los verschuldet. Seid Ihr denn nicht auch dieser Ansicht?« »Im Augenblick des, Todes,« versetzte der Scharfrichter, erscheinen uns die Sünden anderer seht klein im Vergleiche zu den Unsrigen.« Darauf sank er abermals erschöpft zurück und schloss die Augen.

Der Arzt war gekommen und näherte sich dem Sterbenden, der ohnmächtig schien. Wie schon gesagt, war der Dolch bis an den Griff hineingebohrt. Der Wundarzt erfasste das Ende des Heftes; nach Maßgabe, als er an sich zog, öffnete der Verwundete mit entsetzlicher Starrheit die Augen. Als die Klinge völlig aus der Wunde gezogen, bedeckte ein rötlicher Schaum den Mund des Unglücklichen, dann spritzte in dem Momente, wo er Atem holte, ein Blutstrom aus der Mündung der Wunde empor; der Sterbende stierte mit einem eigenen Ausdruck Grimaud an, stieß ein dumpfes Röcheln aus und veratmete auf der Stelle.

Grimaud nahm nun den mit Blut übergossenen Dolch, der auf dem Boden lag. Er war anfangs gewillt, geradewegs nach Paris zurückzukehren, allein er dachte an die Besorgnisse, in die seine längere Abwesenheit Rudolf versetzen würde; er dachte, Rudolf wäre nur zwei Meilen voraus, und er könnte in einer halben Stunde bei ihm sein, wobei zum Hin- und Zurückreiten und Erklären nur eine Stunde erforderlich wäre; sonach sprengte er von hinnen und war in zwanzig Minuten bei dem *Mulet couronné*, dem einzigen Gasthofe in Mazingarde. Er war bei den ersten Worten, die er mit dem Wirte wechselte, versichert, dass er den eingeholt habe, welchen er suchte.

Rudolf saß eben mit dem Grafen von Guiche und seinem Hofmeister zu Tische. Auf einmal ging die Türe auf, und Grimaud trat ein, bleich, und bedeckt mit dem Blute jenes Unglücklichen. »Grimaud, mein guter Grimaud!«, rief Rudolf, »endlich bist du hier! Entschuldigt, meine Herren, er ist kein Diener, er ist ein Freund.« Er stand auf, eilte ihm entgegen und fuhr fort: »Doch was ist dir denn? Wie bleich du aussiehst – Blut! woher kommt dieses Blut?«

»Wirklich, das ist Blut,« sprach der Graf, indem er aufstand. »Bist du verwundet, mein Freund?«

»Nein, gnädiger Herr,« versetzte Grimaud, »dieses Blut ist nicht das Meinige.«

»Also wessen denn?«, fragte Rudolf.

»Es ist das Blut jenes Unglücklichen, den Sie im Wirtshaus zurückgelassen haben, und der in meinen Armen gestorben ist.«

»In deinen Armen – jener Mann? weißt du, wer es war?«

»Ja«, erwiderte Grimaud. »Es war der vormalige Scharfrichter von Bethune.«

»Das weiß ich.«

»Du kanntest ihn?«

»Ich kannte ihn.«

»Und er starb?«

»Ja.«

Die zwei jungen Männer blickten einander an. »Geh, Grimaud, und lass dich bedienen; schaffe an, bestelle, und wenn du dich erquickt hast, so lass uns plaudern.«

»Nein, gnädiger Herr, nein«, antwortete Grimaud, »ich kann hier keinen Augenblick verweilen, ich muss nach Paris zurückkehren.«

»Wie, du kehrest nach Paris zurück? Du irrst; Olivain geht dahin und du bleibst hier.«

»Im Gegenteil, Olivain wird bleiben, und ich reise, ich bin ausdrücklich gekommen, um es Ihnen zu melden.«

»Aus welcher Veranlassung ward das abgeändert?«

»Das kann ich Ihnen nicht sagen.«

»Erkläre dich.«

»Ich kann mich nicht erklären.«

»Geh doch, was soll dieser Scherz?«

»Der Herr Vicomte weiß, dass ich niemals scherze.«

»Ja. allein ich weiß auch, dass der Herr Graf de la Fère zu mir sagte, du würdest bei mir bleiben, und Olivain sollte nach Paris zurückgehen. Ich werde mich an die Befehle des Herrn Grafen halten.«

»Doch nicht unter diesen Umständen, gnädiger Herr!«

»Willst du mir etwa ungehorsam werden?«

»Ja, gnädigster Herr, da es sein muss.«

»Also bestehst du darauf?«

»Ich gehe, Herr Vicomte; seien Sie glücklich.«

Grimaud verneigte sich und wandte sich der Türe zu, um fortzugehen. Rudolf war entrüstet und zugleich besorgt, stürzte ihm nach und hielt ihn am Arm zurück, während er ausrief: »Grimaud, du bleibst hier, ich will es!«

»Dann«, erwiderte Grimaud, »dann wollen Sie, dass ich den Herrn Grafen ermorden lasse.« Grimaud verneigte sich abermals und machte Miene, sich zu entfernen. »Ha, Grimaud, mein Freund!«, rief der Vicomte, »du wirst nicht so fortgehen, und mich in solcher Angst lassen. Rede, Grimaud, im Namen des Himmels, rede!« Rudolf sank ganz wankend auf einen Stuhl nieder. »Ich kann Ihnen nur eins mitteilen, gnädiger Herr, denn das Geheimnis, das Sie von mir fordern, gehört nicht mir. Nicht wahr. Sie sind einem Mönche begegnet?« »Ja.« Die zwei Männer blickten sich voll Schauder an. »Sie haben ihn zu dem Verwundeten gebracht?« »Ja.« »So hatten Sie Zeit, ihn zu sehen?« »Ja.« »Und vielleicht werden Sie ihn wieder erkennen, wenn Sie ihm je noch einmal begegnen sollten?« »O ja, das schwöre ich!«, rief Rudolf. »Auch ich«, sagte de Guiche. »Nun, wenn Sie diesem Menschen, der nicht Mönch ist, je wieder begegnen, wo es auch wäre, auf der Heerstraße, in der Stadt, in irgendeinem Gebäude, so setzen Sie den Fuß auf ihn und zermalmen Sie ihn ohne Mitleid, ohne Erbarmen, wie Sie es mit einer Viper, einer Schlange, einer Schleiche tun würden; treten und lassen Sie ihn nicht früher los, bis er völlig tot ist, denn so lang er lebt, bleibt mir das Leben von fünf Menschen zweifelhaft.« Und ohne dass Grimaud noch ein Wort beifügte, benützte er das Erstaunen und den Schrecken, in welche er diejenigen versetzt hatte, die ihn anhörten, um aus dem Zimmer zu eilen.

### Am Tage vor der Schlacht

Rudolf ward aus seinen düsteren Betrachtungen durch den Wirt gezogen, der rasch in das Zimmer trat, worin der eben erzählte Auftritt stattgefunden hatte, und ausrief: »Die Spanier! die Spanier!« Indes nun Herr d'Arminges Befehl gab, dass die Pferde zum Aufbruch bereitgehalten werden, gingen die zwei jungen Männer zu den höchsten Fenstern im Hause, welche die Aussicht auf die Umgebung hatten, und sahen wirklich in der Richtung gegen Mersin und Sains ein starkes Infanterie- und Kavalleriekorps heranrücken. Diesmal war es kein herumstreifender Haufen von Parteigängern mehr, sondern ein ganzes Heer. Es ließ sich somit kein anderer Entschluss fassen, als die verständigen Vorschriften des Herrn d'Arminges zu befolgen, und sich zurückzuziehen. Die jungen Männer gingen in Eile hinab. Herr d'Arminges saß schon zu Pferde.

Olivain hielt die zwei Pferde der jungen Herren an der Hand, und die Lakaien des Grafen von Guiche bewachten sorgsam zwischen sich den spanischen Gefangenen, der auf einem Gaule ritt, den man für ihn kaufte. Man hatte ihm zur größeren Vorsicht die Hände gefesselt.

Die kleine Truppe ritt im Trab auf dem Wege nach Cambrin dahin, wo man den Prinzen zu treffen hoffte, allein er war seit gestern nicht mehr dort, sondern zog sich zurück nach la Basssée, da ihm eine falsche Botschaft meldete, der Feind setze über die Lys bei Estaire.

Da nun der Prinz durch diese Botschaft getäuscht war, so zog er seine Truppen in der Tat von Bethune zurück, vereinigte alle seine Streitkräfte zwischen Vieille-Chapelle und Benthie, und da er eben von einer Rekognoszierung auf der ganzen Linie mit dem Marschall von Grammont zurückgekehrt war, so setzte er sich zu Tische und befragte die Offiziere, welche an seiner Seite saßen, über die Erkundigungen, die seinem Auftrage gemäß, jeder von ihnen einzuziehen hatte, doch wusste niemand ihm bestimmte Nachrichten zu geben. Die feindliche Armee hatte sich seit achtundvierzig Stunden aus dem Gesichtsfelde verloren und schien verschwunden zu sein. Der Marschall von Grammont erbat sich mit einem Blick die Erlaubnis des Prinzen und ging hinaus. Der Prinz folgte ihm mit den Augen, und seine Blicke blieben auf die Türe geheftet, da niemand zu sprechen wagte, aus Furcht, ihn in seinen Gedanken zu stören.

Auf einmal ertönte ein dumpfer Donner; der Prinz stand schnell auf und streckte die Hand in der Richtung aus, woher der Donner kam. Er kannte recht gut diesen Donner – es war der von Kanonen. Jeder stand auf wie er. In diesem Momente ging die Türe auf. »Gnädigster Herr,« sprach der Marschall von Grammont strahlend, »wollen Ew. Hoheit zu erlauben geruhen, dass mein Sohn, der Graf von Guiche, und sein Reisegefährte, der Vicomte von Bragelonne« Ihnen Nachrichten über den Feind bringen, den wir suchen, und den sie gefunden haben?« »Wie doch, erlauben?« entgegnete der Prinz lebhaft; »ich erlaube es nicht bloß, sondern wünsche es; lass sie eintreten.«

Der Marschall führte die zwei jungen Männer heran, sie standen vor dem Prinzen. »Redet, meine Herren,« sprach der Prinz, sie begrüßend, »erst redet, und dann wollen wir uns die üblichen Komplimente machen. Das Dringlichste für uns alle ist jetzt, zu erfahren, wo der Feind steht, und was er tut. Dem Grafen von Guiche stand natürlicherweise das Wort zu; er war nicht bloß der ältere der zwei jungen Männer, sondern er wurde auch noch von seinem Vater dem Prinzen vorgestellt. Überdies kannte er den Prinzen schon seit Langem, während ihn Rudolf heute zum ersten Male sah. Somit berichtete er dem Prinzen das, was sie im Wirtshause zu Mazingarde gesehen hatten.

Mittlerweile betrachtete Rudolf diesen jungen General, der sich bereits durch die Schlachten von Rocroy, Freiberg und Nördlingen so berühmt gemacht hatte. Ludwig von Bourbon, Prinz von Condé, welchen man seit dem Tode Heinrichs von Bourbon, seines Vaters, der Kürze wegen und nach der damaligen Gewohnheit den »Prinzen« 113 nannte, war ein junger Mann von sechsundzwanzig bis siebenundzwanzig Jahren, mit einem Adlerblick, agl' occhi Grifagni, wie sich Dante ausdrückt, mit gebogener Nase, langen, geringelten Haaren, von mittlerer Größe und wohl gebaut; er besaß alle Eigenschaften eines großen Kriegers, nämlich scharfen Blick, raschen Entschluss und unglaublichen Mut, während er zugleich ein Mann voll Eleganz, Geist und Witz war.

Auf die ersten Worte des Grafen von Guiche und nach der Richtung, aus welcher der Kanonendonner dröhnte, hatte der Prinz alles verstanden. Der Feind musste bei Saint-Venaut über die Lys gesetzt haben und gegen Lens vorgerückt sein, da er zuverlässig diese Stadt einnehmen und das Heer von Frankreich abschneiden wollte. Diese Kanonen, welche mit ihrem Donner von Zeit zu Zeit die andern überhallten, waren grobes Geschütz, und antworteten auf die spanischen und lothringischen Kanonen. Allein wie stark war dieses Heer? war es ein Korps, das nur eine Diversion bezwecken wollte? war es die ganze Armee? Das war des Prinzen letzte Frage, auf welche de Guiche unmöglich antworten konnte. Da sie jedoch die wichtigste war, so war sie auch diejenige, welche der Prinz auf das Genaueste und Pünktlichste beantwortet wissen wollte.

Nun überwand Rudolf das ganz natürliche Gefühl von Schüchternheit, das sich dem Prinzen gegenüber unwillkürlich seiner bemächtigt hatte, trat näher hinzu und sprach: »Würde mir Ew. Hoheit erlauben, über diesen Punkt einige Worte zu wagen, die vielleicht Ihre Verlegenheit beheben könnten?«

Der Prinz wandte sich um, und schien den jungen Mann mit einem einzigen Blick zu mustern, und lächelte, als er einen Jüngling vor sich sah, der kaum fünfzehn Jahre zählte. »Allerdings, mein Herr, redet«, sagte er, indem er seine barsche und starke Stimme milderte, als hätte er ein Frauenzimmer vor sich. »Ew. Hoheit könnte den spanischen Gefangenen anhören«, erwiderte Rudolf mit Erröten. Ihr machtet einen Spanier zum Gefangenen? rief der Prinz.»Ja, gnädigster Herr.« »Ja, wirklich,« fiel de Guiche ein, »ich habe ihn vergessen.« »Das ist sehr natürlich, Graf,«

131

sprach Rudolf lächelnd, »weil Ihr ihn zum Gefangenen gemacht habt.« Der alte Marschall wandte sich dankbar für dieses, seinem Sohne erteilte, Lob zu dem Vicomte, indes der Prinz sagte: »Der junge Mann hat recht; man führe den Gefangenen vor.«

Man brachte den Parteigänger. Es war einer von jenen unter Tücke und Plünderung ergrauten Condottieri, wie es damals noch einige gab, die ihr Blut an jeden verkauften, er es bezahlen wollte. Seit seiner Gefangennehmung sprach er nicht ein Wort, sodass die, welche ihn festgenommen, selbst nicht wussten, welcher Nation er angehöre. Der Prinz sah ihn voll Misstrauen an und fragte: »Von welcher Nation bist du?« Der Gefangene antwortete einiges in einer fremden Sprache. »Ah, er scheint Spanier zu sein. Grammont, sprechen Sie spanisch?« »Meiner Treue, gnädigster Herr, sehr wenig.« »Und ich gar nichts,« sprach der Prinz lachend. »Meine Herren«, fuhr er fort, und wandte sich zu denen, die ihn umgaben, »ist jemand unter Euch, der spanisch versteht und mir als Dolmetsch dienen wollte?« »Ich, gnädigster Herr«, antwortete Rudolf. »Ah, Ihr sprecht spanisch?« »Wie ich glaube genugsam, um den Befehlen Ew. Hoheit bei dieser Gelegenheit nachzukommen.«

Der Gefangene verhielt sich während dieser ganzen Zeit gleichgültig, als hätte er ganz und gar nicht verstanden, um was es sich handelt. Da sprach zu ihm der junge Mann im reinsten Castilianisch: »Der gnädigste Herr ließ dich fragen, welcher Nation du angehörst?« »Ich bin ein Deutscher«, erwiderte der Gefangene. »Zum Teufel, was sagt er denn? fragte der Prinz, »was ist das für ein neues Kauderwelsch?« »Gnädigster Herr«, entgegnete Rudolf, »er sagt, dass er ein Deutscher sei; allein ich zweifle, denn sein Akzent ist schlecht und seine Aussprache fehlerhaft.« »Ihr sprecht somit auch deutsch?«, fragte der Prinz. »Ja, gnädigster Herr,« entgegnete Rudolf. »Hinlänglich um ihn in dieser Sprache zu verhören?« »Ja, gnädigster Herr.« »Verhöret ihn also.«

Rudolf fing das Verhör an, allein der Erfolg bewährte seine Voraussicht. Der Gefangene verstand das nicht oder tat, als verstände er nicht, was Rudolf zu ihm sprach, während Rudolf wieder seine halb flamändischen, halb elsässischen Antworten falsch verstand. Indes hatte Rudolf mitten unter all diesen Bemühungen des Gefangenen, ein Verhör zu vereiteln, den natürlichen Akzent dieses Mannes ausgemittelt und sprach zu ihm auf italienisch: »Du bist kein Spanier, bist kein Deutscher, sondern ein Italiener.« Der Gefangene grinste und biss sich in die Lippen. »Ah«, rief der Prinz von Condé, »das verstehe, ich vollkommen, und da er Italiener ist, will ich das Verhör fortsetzen. Vicomte, ich danke Euch und ernenne Euch hiermit zu meinem Dolmetsch.«

Allein der Gefangene war ebenso wenig geneigt, italienisch zu antworten als in den anderen Sprachen; er wollte den Fragen immer nur ausweichen. Sonach wusste er auch von nichts, weder von der Zahl der Feinde, noch von dem Namen dessen, der sie anführte, noch von dem Zuge der Armee und ihrer Absicht. »Nun gut,« sprach der Prinz, der die Ursachen dieser verstellten Unwissenheit einsah; »dieser Mann ist bei Mord und Plünderung betreten worden; er hätte sich dadurch, dass er Antwort gab, das Leben erkaufen können, da er aber nicht sprechen will, so führt ihn fort und schießt ihn tot.«

Der Gefangene wurde blass, die zwei Soldaten, welche ihn hierher geführt hatten, fassten ihn jeder bei einem Arme und zogen ihn gegen die Türe hin, indes sich der Prinz zu dem Marschall von Grammont wandte, und den erteilten Befehl vergessen zu haben schien. Als der Gefangene bei der Türschwelle ankam, blieb er stehen: Die Soldaten, welche nur ihren Befehl kannten, wollten ihn von hinnen zerren. »Einen Augenblick!«, rief der Gefangene auf französisch: »gnädigster Herr! ich bin bereit zu sprechen.«

»Ah!« sprach der Prinz lachend, »wusste ich doch, dass wir an dieses Ziel kommen würden. Ich habe ein wundersames Geheimnis, um die Zungen zu lösen.«

»Allein unter der Bedingung«, sagte der Gefangene, »dass mir Ew. Hoheit das Leben zusichert.«

»Auf Edelmannswort,« sprach der Prinz. »Nun so verhören Sie mich, gnädigster Herr.«

»Wo hat das Heer über die Lys gesetzt?«

»Zwischen Saint-Venaut und Aire.«

»Wer befehligt es?«

»Der Graf von Fuenfaldagna, der General Beck und der Erzherzog in Person.«

»Wie stark ist es?«

»Es zählt achtzehntausend Mann und sechsunddreißig Kanonen.«

»Und marschiert –?«

»Gegen Lens.«

»Seht Ihr nun, meine Herren!« sprach der Prinz und wandte sich mit triumphierender Miene zu dem Marschall von Grammont und den andern Offizieren. »Ja, gnädigster Herr,« entgegnete der Marschall, »Sie haben alles das erraten, was zu erraten dem menschlichen Geiste möglich ist.«

»Ruft mir Plessis-Bellièvre, Villequier und d'Erlac,« sprach der Prinz, »ruft alle Truppen zurück, die jenseits der Lys stehen; sie sollen sich bereit halten, heute Nacht aufzubrechen: Morgen wollen wir höchstwahrscheinlich den Feind angreifen.« Dann wandte er sich zu dem Gefangenen und fuhr fort: »Führet diesen Menschen hinweg, und habt auf ihn ein sorgsames Auge. Sein Leben hängt ab von den Auskünften, die er uns erteilt hat; sind sie wahr, so soll er frei sein, sind sie falsch, so werde er erschossen.« Man brachte den Gefangenen hinweg. »Graf von Guiche«, fuhr der Prinz fort, »Ihr bleibt bei Eurem Vater, da Ihr ihn seit langer Zeit nicht gesehen habt.« – Dann wandte er sich zu Rudolf und sagte: »Mein Herr, wenn Ihr nicht allzu sehr ermüdet seid, so begleitet mich.«

»Bis ans Ende der Welt, gnädigster Herr«, rief Rudolf, da er für diesen jungen Heerführer, der ihm seines Rufes so würdig schien, eine nie gekannte Begeisterung fühlte. »Gehen wir also, mein Herr,« sprach er; »Ihr seid ein guter Ratgeber, das haben wir eben erfahren; morgen werden wir sehen, wie Ihr bei der Ausführung seid.«

Inzwischen erdröhnten bei jedem Schritte, mit dem sich die kleine Truppe Lens näherte, die Kanonen immer lauter. Der Prinz bewaffnete sich mit dem Blicke eines Geiers. Man hätte geglaubt, er besitze die Kraft, durch den Vorhang von Bäumen zu dringen, der sich vor ihm ausbreitete und den Horizont begrenzte. Endlich vernahm man den Kanonendonner so nahe, als befände man sich wirklich nicht mehr weiter als etwa eine Meile vom Schlachtfelde entfernt. In der Tat bemerkte man bei der Biegung des Weges das kleine Dorf Annay. Die Bauern waren höchlich bestürzt; das Gerücht von den Grausamkeiten der Spanier erfüllte jeden mit Entsetzen; schon hatten 5 sich die Weiber geflüchtet und nach Vitry zurückgezogen, nur einige Männer blieben noch zurück. Als sie den Prinzen erblickten, eilten sie herbei, da ihn einer aus ihnen erkannt hatte. »Ach, gnädigster Herr, kommen Sie, um all diese Räuber von Spaniern und Lothringern zu vertreiben?«

»Ja«, erwiderte der Prinz, »wenn du mein Führer sein willst.«

»Recht gern, gnädigster Herr. Wohin soll ich Ew. Hoheit führen?«

»Auf irgendeinen hochgelegenen Punkt, von wo ich Lens und seine Umgebungen überblicken kann.«

»In dieser Beziehung habe ich, was Sie bedürfen.«

»Kann ich dir trauen? Bist du ein guter Franzose?«

»Ich bin ein alter Soldat von Rocroy, gnädigster Herr.«

»Da hast du,« sprach der Prinz, indem er ihm seine Börse reichte, »das nimm für Rocroy. Willst du ein Pferd oder gehst du lieber zu Fuß?«

»Zu Fuß, gnädigster Herr, zu Fuß; ich habe stets bei der Infanterie gedient. Überdies denke ich, Ew. Hoheit auf Wegen zu führen, wo Sie wohl selbst absteigen müssen.« »Komm' also,« sprach der Prinz, »und lass uns keine Zeit verlieren. Der Landmann machte sich auf und lief vor dem Pferde des Prinzen her.

Nach Verlauf von zehn Minuten kam man zu den Ruinen eines alten Schlosses, welche den Gipfel eines Hügels krönten, von wo aus man die ganze Gegend überblickte. Kaum eine Viertelstunde entfernt, gewahrte man das aufs äußerste gebrachte Lens und vor Lens die ganze feindliche Armee. Der Prinz übersah mit einem einzigen Blicke die ganze Strecke von Lens bis Vismy; und in einem Momente entwickelte sich in seinem Geiste der ganze Plan der Schlacht, welche am nächsten Tage Frankreich zum zweiten Male vor einer Invasion bewahren sollte. Er nahm einen Bleistift, riss ein Blatt aus seinem Notizbuch und schrieb:

»Lieber Marschall! In einer Stunde wird Lens in feindlichen Händen sein. Kommt mit dem ganzen Heere zu mir. Ich werde in Vendin sein, um es seine Stellung einnehmen zu lassen. Morgen wird Lens wieder gewonnen und der Feind geschlagen sein.«

Dann wandte er sich zu Rudolf und sagte: »Geht, mein Herr, reitet, so schnell Ihr es vermögt, und bringt Herrn von Grammont diesen Brief.« Rudolf verneigte sich, nahm den Brief, stieg schnell den Berg hinab, schwang sich auf sein Pferd und sprengte von hinnen. Eine Viertelstunde darauf war er bei dem Marschall.

Ein Teil der Truppen war bereits angekommen; die anderen erwartete man mit jedem Augenblicke. Der Marschall von Grammont stellte sich an die Spitze all der Infanterie und Kavallerie, die er zur Verfügung hatte, und begab sich auf die Straße von Vendin, während er den Herzog von Chatillon zurückließ, dass er die übrigen erwarte und nachführe. Die Artillerie war zum Aufbruch bereit und setzte sich in Bewegung. Es war sieben Uhr abends, als der Marschall an dem bezeichneten Orte ankam, wo ihn der Prinz bereits erwartete. Wie er es vorausgesehen, so war Lens gleich nach Rudolfs Aufbruch in die Macht der Feinde gefallen. Um neun Uhr war es finstere Nacht. Man setzte sich schweigend in Bewegung; der Prinz führte die Kolonne. Als das Heer über Annay hinausgekommen war, sah es vor sich Lens; zwei bis drei Häuser standen in Flammen, und ein dumpfes Getöse, womit sich der Todeskampf einer im Sturm eroberten Stadt kundgab, drang bis zu den Soldaten. Der Prinz wies jedem seinen Posten an; der Marschall von Grammont musste die äußerste Linke einnehmen und sich auf Mèricourt stützen; der Herzog von Chatillon bildete das Zentrum; der Prinz, der den rechten Flügel befehligte, wollte vor Annay bleiben. Die Bewegung wurde ganz im Stillen und mit der größten Pünktlichkeit ausgeführt. Um zehn Uhr hatte jeder seine Stellung eingenommen. Um halb elf Uhr besuchte der Prinz die Posten und erteilte für den nächsten Tag seine Befehle, Der Prinz teilte den Grafen von Guiche seinem Vater zu und behielt Bragelonne bei sich; allein die zwei jungen Männer wünschten, die Nacht miteinander zuzubringen, was ihnen auch zugestanden wurde. Man errichtete für sie ein Gezelt neben dem des Marschalls. Wiewohl der Tag ermüdend gewesen war, so fühlte doch weder der eine noch der andere ein Bedürfnis zum Schlafe.

Kehren wir nun für eine Weile zu unseren Freunden nach Paris zurück.

Die zweite Zusammenkunft der vormaligen Musketiere war nicht so pomphaft und bedrohlich wie die erste. Athos dachte bei seinem stets überlegenen Verstande, die Tafel sei das schnellste und sicherste Vereinigungsmittel; und in dem Momente, wo seine Freunde aus Furcht vor seiner Überlegenheit und Nüchternheit nicht von einer jener guten Mahlzeiten zu reden wagten, die sie einst im Pomme-du-Pin oder in Parpaillot eingenommen, machte er zuerst den Vorschlag, sich bei einem wohlbesetzten Tische einzufinden, wo sich jeder ohne Rückhalt seinem Charakter und Manieren überlassen sollte, um das gute Einvernehmen zu unterhalten, das ihnen einst den Namen der Unzertrennlichen gegeben habe.

Man tafelte vorzüglich und unterhielt sich mit dem Erzählen der Abenteuer jedes der vier alten Freunde, als plötzlich an die Türe geklopft wurde. »Herein!«, rief Athos. »Meine Herren!« sprach der Wirt, »es ist ein Mann hier, der große Eile hat, und einen von ihnen zu sprechen wünscht.«

»Wen?«, fragten die vier Freunde.

»Denjenigen, der sich Graf de la Fère nennt.«

»Das bin ich!«, rief Athos.

»Und wie heißt dieser Mann?«

»Grimaud.«

»Ha«, sagte Athos erbleichend, »er kommt schon zurück? Was ist Bragelonne zugestoßen?«

»Lasst ihn eintreten.« sprach d'Artagnan. Doch Grimaud war bereits über die Treppe gestiegen und harrte auf dem Vorplatze; er stürzte in das Zimmer und verabschiedete mit einem Winke den Wirt. Der Wirt versperrte die Türe wieder; die vier Freunde waren gespannt. Grimauds Aufregung, seine Blässe, der Schweiß auf seiner Stirn, der Staub auf seinem Gewande, alles zeigte an, dass er eine wichtige und schreckenvolle Botschaft überbringe. »Meine Herren,« sprach er. »jene Frau, über die wir einst in Armentières Gericht gehalten haben, hatte ein Kind, dieses Kind ist ein Mann geworden; die Tigerin hatte ein Junges, der Tiger ist groß gewachsen und kommt zu ihnen; seien Sie auf der Hut.« Athos blickte schwermütig lächelnd auf seine Freunde, Porthos suchte sein Schwert an seiner Seite, das jedoch an der Wand hing, Aramis fasste sein Messer an, d'Artagnan richtete sich empor und rief aus: »Was willst du damit sagen?«

»Dass Myladys Sohn England verlassen hat, in Frankreich ist und nach Paris kommt, wenn er nicht schon hier ist.«

»Zum Teufel!«, rief Porthos, »weißt du das gewiss?«

»Gewiss,« entgegnete Grimaud.

Ein langes Schweigen folgte. Grimaud war so atemlos und erschöpft, dass er auf einen Stuhl sank. Athos füllte ein Glas mit Champagner und reichte es ihm. »Nun denn,« sprach d'Artagnan, »wenn er auch wirklich lebt und nach Paris kommt; wir haben schon andere gesehen; er möge nur kommen.«

»Ja,« versetzte Porthos und liebkoste sein an der Wand hängendes Schwert; »er komme, wir erwarten ihn.«

»Überdies ist er nur ein Knabe«, bemerkte Aramis, Grimaud stand auf und sagte: »Ein Knabe? wissen sie, was dieser Knabe getan hat? Als Mönch vermummt, hat er die ganze Geschichte entdeckt, die ihm der Scharfrichter von Bethune reumütig bekannte; und als er von ihm alles erfahren hatte, stieß er ihm diesen Dolch ins Herz. Sehen Sie, er ist noch rot und feucht, da er erst vor dreißig Stunden aus der Wunde gezogen worden ist.« Da warf Grimaud den Dolch auf die Tafel, welchen Francis in der Wunde des Scharfrichters vergessen hatte. D'Artagnan, Porthos und Aramis standen auf und stürzten mit unwillkürlicher Bewegung auf ihre Schwerter hin. Nur Athos blieb ruhig und gedankenvoll sitzen. »Du sagst, Grimaud, er war als Mönch vermummt?«

»Ja, gnädiger Herr.«

»Was für ein Mensch ist er?«

»Wie der Wirt gesagt hat, ist er von meiner Größe, mager, blass, mit lichtblauen Augen und blonden Haaren.«

»Und – hat er Rudolf gesehen?«, fragte Athos. »Sie begegneten einander, und der Vicomte selber führte ihn an das Bett des Sterbenden.« Athos stand auf, ohne dass er ein Wort sprach, und holte gleichfalls sein Schwert von der Wand. »He doch, meine Herren«, rief d'Artagnan, indem er sich bemühte, zu lachen, »wisst Ihr, dass wir aussehen wie feige Weiber? Wie doch, wir, die wir mit offener Stirn Kriegsheeren entgegengezogen sind, wir beben jetzt vor einem Kinde?« »Ja«, entgegnete Athos, »allein dieses Kind kommt im Namen Gottes.« Und sie entfernten sich eilig aus dem Gasthause.

## Der Brief Karls des Ersten

Nun muss der Leser mit uns über die Seine setzen und uns bis zur Pforte des Karmeliterinnenklosters in der Straße Saint-Jacques folgen. Es war elf Uhr früh, die frommen Schwestern hörten eben eine Messe an, welche für das Glück der Waffen des Königs Karl I. gelesen wurde. Als sie aus der Kirche gingen, kehrten eine Frau und ein junges Mädchen in ihre Zelle zurück; jene war wie eine Witwe, diese wie eine Waise schwarz gekleidet. Die Frau kniete vor einem Betschemel von gemaltem Holze nieder, und einige Schritte vor ihr stand das junge Mädchen und weinte, auf einen Stuhl gestützt. Die Frau musste schön gewesen sein. Das junge Mädchen war reizend, und ihre Schönheit ward durch ihre Tränen noch erhöht. Die Frau schien vierzig Jahre alt zu sein, das Mädchen zählte erst vierzehn.

»Mein Gott!«, seufzte die Betende auf den Knien, »erhalte mir meinen Gemahl, beschütze mir meinen Sohn, und nimm mein Leben hin, das so traurig und elend ist.« »Mein Gott«, stammelte das junge Mädchen, »erhalte mir meine Mutter.« »Deine Mutter, Henriette, vermag hienieden nichts mehr für dich,« sprach die betrübte, betende Frau, indem sie sich umwandte. »Deine Mutter hat weder Thron, noch Gemahl, noch Sohn, noch Geld, noch auch Freunde mehr; deine Mutter, mein armes Kind, ist verlassen von aller Welt.« Hierauf warf sie sich in die Arme ihrer Tochter, die eilig hinzugetreten war, um sie zu unterstützen, und fing gleichfalls zu schluchzen an. »Fasse Mut, meine Mutter!« tröstete sie das junge Mädchen. »Ach, in diesem Jahre sind die Könige unglücklich«, seufzte die Mutter, und legte ihr Haupt auf die Schulter ihres Kindes – »und niemand hierzulande denkt an uns, da jeder nur an seine eigenen Angelegenheiten denkt.« »Warum wendest du dich aber nicht an die Königin, deine Schwester?«, fragte das junge Mädchen. »Ach,« entgegnete die Betrübte, »die Königin, meine Schwester, ist leider nicht mehr Königin, da in ihrem Namen ein anderer regiert, du wirst das wohl eines Tages begreifen.« »Nun denn, an den König, deinen Neffen – willst du, dass ich mit ihm rede? Du weißt, liebe Mutter, wie lieb er mich hat.« »Der König, mein Neffe, ist leider noch nicht König, und wie du es weißt, da es uns Laporte zwanzigmal gesagt hat, er leidet selbst Mangel an allem.« »So wollen wir uns an Gott wenden,« sprach das junge Mädchen. Und sie kniete neben ihrer Mutter nieder.

Diese zwei weiblichen Wesen, welche an demselben Betstühle beteten, waren die Tochter und Enkelin Heinrichs IV., die Gemahlin und Tochter Karls I. Als sie eben ihre Andacht beendeten, pochte eine Nonne leise an die Türe der Zelle. »Tretet ein, meine Schwester,« sprach die Frau, während sie ihre Tränen abtrocknete und aufstand. Die Nonne öffnete ehrerbietig die Türe. »Ew. Majestät geruhe mich gnädigst zu entschuldigen, wenn ich Ihre Andacht störe«, sagte sie, »allein es befindet sich im Sprechzimmer ein fremder Herr, der aus England kam, und um die Ehre bittet, Ew. Majestät einen Brief einhändigen zu dürfen.« »O, ein Brief, ein Brief! – vielleicht von dem Könige, Nachrichten von deinem Vater, ohne Zweifel – hörst du, Henriette?« »Ja, Mutter, ich höre und hoffe.« »Und sagt mir, wer ist dieser Herr?« »Ein Edelmann von fünfundvierzig bis fünfzig Jahren.« »Sein Name – nannte er seinen Namen?« »Mylord von Winter.« »Mylord von Winter«, rief die Königin aus, »der Freund meines Gemahls; o, lasst ihn eintreten, lasst ihn kommen!«

Die Königin eilte dem Boten entgegen und ergriff entzückt seine Hand. Als Lord von Winter in die Zelle trat, kniete er nieder und überreichte der Königin einen Brief, in eine goldene Kapsel gerollt. »Ach, Mylord,« sprach die Königin, »Ihr überbringt uns drei Dinge, welche uns seit Langem nicht vor Augen kamen. Gold, einen getreuen Freund und einen Brief von dem König, unserem Gatten und Herrn.« Winter verneigte sich abermals, doch war er so bewegt, dass er nicht antworten konnte. »Mylord«, fuhr die Königin fort, indem sie ihm den Brief zeigte, »Ihr begreift wohl, dass es mich drängt, den Inhalt dieses Schreibens zu erfahren.« »Madame, ich entferne mich,« versetzte Winter. »Nein, bleibt,« sprach die Königin, »wir wollen ihn in Eurem Beisein lesen. Begreift Ihr nicht, dass ich tausend Fragen an Euch zu richten habe?«

Winter zog sich einige Schritte zurück und blieb dann schweigend stehen. Mutter und Tochter begaben sich nun in die Nische des Fensters und lasen begierig den folgenden Brief, während sich die Tochter auf den Arm der Mutter stützte:

»Madame und teuere Gattin! Nun ist es mit uns aufs Äußerste gekommen. Ich habe alle Hilfskräfte, die mir Gott noch gelassen hat, im Lager von Naseby zusammengezogen, von wo ich Euch in Eile schreibe. Da erwarte ich das Heer meiner aufrührerischen Untertanen und will zum letzten Male wider sie streiten. Wenn ich siege, verlängere ich den Kampf, werde ich bestellt, bin ich ganz und gar verloren. Ich will in diesem letzteren Falle die Küsten Frankreichs zu erreichen versuchen. Allein wird man dort einen unglücklichen König aufnehmen können und wollen, der ein so gefährliches Beispiel in ein Land bringt, welches bereits durch bürgerlichen Zwiespalt in Gärung begriffen ist? Eure Weisheit und Liebe werden meine Leitsterne sein. Der Überbringer dieses Schreibens wird Euch das mitteilen, Madame, was ich der Gefahr eines Unfalls nicht anvertrauen kann. Er wird Euch bedeuten, welchen Schritt ich von Eurer Seite erwarte. Auch beauftrage ich ihn mit meinem Segen für meine Kinder und mit all den Empfindungen und Gesinnungen meines Herzens für Euch, Madame und teure Gattin.«

Der Brief war unterzeichnet anstatt Karl, König – Karl, noch König. »Sei er auch nicht mehr König«, rief sie, »werde er besiegt, gefangen, in die Acht erklärt, wenn er nur am Leben ist. Ach, heutzutage ist der Thron ein zu gefährlicher Sitz, als dass ich wünschte, er möchte auf demselben bleiben. Allein redet, Mylord, verhehlet mir nichts. Wie geht es mit dem Könige? Ist seine Lage so verzweifelt, wie er wähnt?« »Leider, Madame, sie ist noch viel verzweifelter, als er selber glaubt. Seine Majestät hat ein so gutes Herz, dass sie den Hass nicht begreift, ein so edles Herz, dass sie den Verrat nicht ahnt. ' England wirbelt in einem Schwindelgeiste, der, es bangt mir sehr davor, nur mit Blut erstickt wird.« »Doch sagt mir, Mylord, was Ihr mir im Namen meines königlichen Gemahls mitzuteilen habt.« »Wohlan, Madame,« entgegnete von Winter, »der König wünscht, Sie möchten die Gesinnung des Königs und der Königin rücksichtlich seiner Person erforschen.« »Wie Ihr wisst«, erwiderte die Königin, »ist der König leider noch ein Kind – und die Königin eine schwache Frau; Herr von Mazarin ist alles.« »Will er etwa in Frankreich die nämliche Rolle spielen, welche Cromwell in England spielt?« »O nein, er ist ein geschmeidiger und schlauer Italiener, und während Cromwell über die beiden Kammern waltet, hat er im Gegensatze bei seinem Kampfe mit dem Parlament keine andere Stütze als die Königin.« »Das ist dann ein Grund mehr, dass er einen König beschirmt, den die Parlamente verfolgen.« Die Königin schüttelte mit Bitterkeit den Kopf und sagte: »Nach meiner Ansicht, Mylord, wird der Kardinal für uns nichts tun, ja sogar gegen uns sein. Meine und meiner Tochter Anwesenheit in Frankreich ist ihm bereits lästig, um wie viel mehr dann die des Königs. Mylord,« fuhr Henriette schwermütig lächelnd fort, »es ist traurig, das zu sagen, und beinahe beschämend, allein wir haben diesen Winter im Louvre ohne Geld, ohne Wäsche und fast ohne Brot verlebt, und haben oft aus Mangel an Heizung das Bett nicht verlassen.«

»Das ist hässlich!«, rief von Winter aus, »die Tochter Heinrichs IV., die Gemahlin des Königs Karl! Warum, Madame, haben Sie sich nicht an den ersten besten von uns gewendet?« »Das ist die Gastlichkeit, welche der Minister einer Königin beweist, und die von ihm ein König ansprechen will.« »Mut gefasst, Madame!« sprach von Winter, »Mut! verzweifeln Sie nicht. Die Interessen der Krone Frankreichs, welche in diesem Augenblicke so sehr erschüttert ist, bestehen darin, den Aufruhr der nächsten Nachbarn zu unterdrücken. Mazarin ist Staatsmann und wird diese Notwendigkeit einsehen.« »Seid Ihr aber versichert,« entgegnete die Königin mit einer Miene des Zweifels, »dass man Euch nicht zuvorgekommen ist?« »Wer sollte mir denn zuvorgekommen sein?«, fragte von Winter. »Nun, Joyce, Priedge und Cromwell.« »Ein Schneider, ein Fuhrmann, ein Bierbrauer! Ach, Madame, ich hoffe, der Kardinal würde sich nicht mit solchen Leuten in Verbindung einlassen.« »Hm, warum das nicht?«, fragte die Königin. »Allein für die Ehre des Königs und der Königin...« »Gut, so lasst uns hoffen, er werde etwas für diese Ehre tun,« antwortete die Königin. »Ein Freund besitzt eine solche Beredsamkeit, Mylord, dass Ihr mich beschwichtiget; so reicht mir denn die Hand und lasset uns zum Minister gehen.« »Madame,« sprach von Winter, »diese Ehre beschämt mich. »Doch wie«, sagte Madame Henriette stehen bleibend, »wenn er sich am Ende weigerte, und wenn der König die Schlacht verlieren würde?« »So müsste sich Ihre Majestät nach Holland flüchten, wo sich, wie ich sagen hörte, Se. Hoheit der Prinz von Wallis befindet.« »Und könnte ich dann auf viele Diener rechnen, wie Ihr seid?« »Leider nicht,« entgegnete von Winter, »allein, ich habe den Fall vorausgesehen und kam, um in Frankreich Verbündete zu suchen.« »Verbündete?«, fragte die Königin, den Kopf schüttelnd, und stieg in ihren Wagen.

## Der Brief Cromwells

In dem Momente, als die Königin Henriette die Karmeliterinnen verließ, um sich nach dem Palais-Royal zu begeben, stieg am Tor dieser königlichen Residenz ein Reiter vom Pferd und bedeutete die Wachen, er habe dem Kardinal Mazarin etwas von Wichtigkeit mitzuteilen. »Haben Sie einen Audienzbrief?«, fragte der Türhüter, der dem Bewerber entgegenschritt. »Ich habe wohl einen, jedoch nicht von dem Kardinal von Mazarin.« »So treten Sie ein und fragen Sie nach Herrn Bernouin«, sagte der Türhüter.

War es zufällig oder hielt sich Bernouin auf seinem gewöhnlichen Posten und hörte alles, da er hinter der Türe stand. »Mein Herr«, sagte er, »ich bin es, den Sie suchen. Von wem ist der Brief, den Sie Sr. Eminenz überbringen?« »Von dem General Oliver Cromwell,« entgegnete der Ankömmling, »wollen Sie doch Sr. Eminenz diesen Namen nennen und mir dann Antwort bringen, ob sie mich empfangen will oder nicht.« Er nahm dabei die finstere und stolze Haltung an, welche den Puritanern eigen ist.

Nachdem Bernouin auf die ganze Persönlichkeit des jungen Mannes einen prüfenden Blick geworfen hatte, ging in das Kabinett des Kardinals und überbrachte ihm die Worte des Boten. »Ein Mann, der einen Brief von Oliver Cromwell bringt?«, fragte Mazarin; und was ist er für ein Mensch?«

»Ein wahrhafter Engländer, gnädigster Herr, rötlich-blonde Haare, mehr rötlich als blond, graublaue Augen, mehr grau als blau, übrigens hochmütig und starr.«

»Er soll seinen Brief abgeben.«

Als nun Bernouin aus dem Kabinett wieder in das Vorgemach kam, sagte er: »Der gnädige Herr verlangt den Brief.«

»Monseigneur wird den Brief nicht ohne den Überbringer sehen«, erwiderte der junge Mann; »um Euch aber zu überzeugen, dass ich wirklich ein Schreiben bringe, so seht, da ist es.« Bernouin betrachtete das Siegel, und als er sah, dass der Brief wirklich von dem General Oliver Cromwell komme, kehrte er zu Mazarin zurück. »Füget noch bei,« sprach der junge Mann, »ich sei kein gewöhnlicher Bote, sondern ein außerordentlicher Abgesandter.« Als Bernouin in das Kabinett zurückgekehrt und wenige Sekunden darauf wieder herausgekommen war, sagte er, die Türe offen haltend: »Treten Sie ein, mein Herr!«

Der junge Mann trat an die Schwelle des Kabinetts, indem er den Brief in der einen, den Hut in der andern Hand hielt. Mazarin stand auf und sagte: »Mein Herr, Ihr habt für mich ein Beglaubigungsschreiben?«

»Monseigneur, hier ist es,« sprach der junge Mann. Mazarin nahm, erbrach und las es:

»Herr Mordaunt, einer meiner Sekretäre, wird Sr. Eminenz, dem Kardinal Mazarin in Paris dieses Einführungsschreiben überreichen; überdies überbringt er noch ein zweites, vertrauliches Schreiben für Se. Eminenz. Oliver Cromwell.

Sehr wohl, Herr Mordaunt,« sprach Mazarin, »gebt mir diesen zweiten Brief und nehmt Platz.« Der junge Mann zog ein zweites Schreiben aus der Tasche, überreichte es dem Kardinal und setzte sich. Indes überließ sich der Kardinal ganz seinen Betrachtungen und drehte den Brief, ohne ihn zu erbrechen, in seiner Hand herum; um aber den Boten irrezuleiten, fing er seiner Gewohnheit gemäß an, ihn auszufragen und war aus seinen Erfahrungen überzeugt, dass es wenigen Menschen gelang, ihm etwas zu verhehlen, wenn er zugleich fragte und forschte. »Ihr seid noch sehr jung, Herr Mordaunt,« sprach er, »für das mühevolle Geschäft eines Botschafters, bei dem oft die ältesten Diplomaten scheitern.«

»Monseigneur, ich bin dreiundzwanzig Jahre alt, doch irrt Ew. Eminenz, indem sie mich jung nennt. Ich bin älter als Sie, obschon ich Ihre Weisheit nicht habe « »Wieso, mein Herr?« versetzte Mazarin; »ich verstehe Euch nicht.« »Ich sage, gnädigster Herr, dass die Jahre des Leidens doppelt zählen, und dass ich zwanzig Jahre lang gelitten habe.« »Ach ja, nun verstehe ich,« sprach Mazarin, »Mangel an Vermögen. Nicht wahr, Ihr seid arm?« Dann fügte er in Gedanken hinzu: »Diese englischen Revolutionsleute sind durchwegs Schufte und Gesindel.«»Monseigneur, eines Tages sollte mir ein Vermögen von sechs Millionen zufallen, doch hat man es mir entzogen.« »Ihr seid also kein Mann aus dem Volke?«, fragte Mazarin erstaunt. »Besäße ich meinen Rang, so wäre ich Lord; führte ich meinen Namen, so würden Sie einen der berühmtesten Englands hören.« »Wie nennt Ihr Euch also?«, fragte Mazarin. »Ich nenne mich Mordaunt«, erwiderte der junge Mann mit einer Verneigung. Mazarin sah, der Abgesandte Cromwells wünsche, sein Inkognito zu bewahren. »Ihr habt doch noch Verwandte?« »Ja, Monseigneur, ich habe noch einen.« »So unterstützt er Euch?« »Ich ging dreimal zu ihm und flehte ihn um seinen Beistand an, und dreimal ließ er mich durch seine Bedienten fortjagen.« »Ach mein Gott, lieber Herr Mordaunt«, rief Mazarin, in der Hoffnung, den jungen Mann durch erkünsteltes Mitleid in irgendeine Schlinge gehen zu lassen, »mein Gott, wie interessiert mich doch Eure Erzählung. Kennt Ihr also Eure Abkunft nicht?« »Ich weiß sie erst seit kurzer Zeit.« »Und bis zu dem Augenblicke, wo Ihr sie kennen gelernt ...?« »Habe ich mich wie ein verlassenes Kind betrachtet.« »So habt Ihr Eure Mutter nie gesehen?« »Allerdings, Monseigneur; sie kam, als ich noch Kind war, dreimal zu meiner Amme; an das letzte Mal, da sie kam, erinnere ich mich so lebhaft; als ob es heute gewesen wäre.« »Ihr habt ein gutes Gedächtnis,« bemerkte Mazarin. »Ach ja, Monseigneur,« entgegnete der junge Mann mit so seltsamer Betonung, dass dem Kardinal ein Schauder durch die Adern rollte. »Was ist aus Euch geworden?« »Als ich auf den Heerstraßen weinte und bettelte, nahm mich ein Priester von Kingston an, unterrichtete mich in der Religion und teilte mir all sein Wissen mit; auch half er mir in den Nachforschungen, die ich über meine Familie anstellte.« »Und diese Nachforschungen?« »Waren vergeblich; der Zufall hat alles getan.« »Habt Ihr ermittelt, was aus Eurer Mutter geworden ist?« »Ich habe erfahren, dass sie von diesem Verwandten unter Mitwirkung von vier Freunden ermordet worden sei; allein ich wusste bereits, dass mir König Karl I. den Adel und alle meine Güter weggenommen habe.« »Ah, nun begreife ich, warum Ihr Herrn Cromwell dienet. Ihr hasset den König.« «Ja, Monseigneur, ich hasse ihn,« entgegnete der junge Mann. Mazarin stutzte bei dem teuflischen Ausdruck, womit der junge Mann diese Worte aussprach; wie sich sonst die Gesichter mit Blut färben, so färbte sich das Seinige mit Galle und wurde totenfahl. «Eure Geschichte, Herr Mordaunt, ist furchtbar und rührt mich ungemein; allein zum Glücke für Euch dienet Ihr einem mächtigen Herrn. Er muss Euch in Euren Nachforschungen behilflich sein, da Männern von unserer Stellung so viele Auskünfte zufließen.« »Monseigneur, einem guten Spürhunde braucht man bloß das eine Ende einer Fährte zu zeigen, so kommt er sicher an das andere.« »Wollt Ihr aber, dass ich mit diesem Verwandten rede, von dem Ihr mir gesagt habt?«, fragte Mazarin, da ihm daran gelegen war, sich bei Cromwell einen Freund zu machen. »Ich danke, gnädigster Herr, ich will selbst mit ihm reden.« »Doch, sagtet Ihr nicht, dass er Euch misshandelt habe?« »Er wird mich das nächste Mal, wenn er mich wieder sieht, besser behandeln.« »Ihr habt sonach ein Mittel, ihn zu rühren?« »Ich habe ein Mittel, mich fürchten zu lassen.«

Mazarin starrte den jungen Mann an, doch senkte er bei dem Blitze, der aus dessen Auge zuckte, den Kopf wieder, und verlegen, wie er ein solches Gespräch fortsetze, erbrach er Cromwells Brief. Wir geben ihn buchstäblich wieder:

»An Seine Eminenz, Monseigneur Kardinal Mazarin! Gnädigster Herr, ich wollte Ihre Absichten in Rücksicht der gegenwärtigen Angelegenheiten Englands kennenlernen. Die zwei Königreiche sind zu sehr benachbart, als dass sich Frankreich nicht um unsere Lage bekümmern sollte, gleich wie wir uns um jene von Frankreich bekümmern. Fast alle Engländer sind darin einig, die Gewaltherrschaft des Königs Karl und seiner Parteigänger zu bekämpfen. Da mich das allgemeine Zutrauen an die Spitze dieses Aufstandes stellte, so würdige ich besser als irgendjemand das Wesen und die Folgen davon. Ich führe nun Krieg und stehe im Begriffe, dem Könige Karl eine entscheidende Schlacht zu liefern. Ich werde dieselbe auch gewinnen, da die Hoffnung der Nation und der Geist des Herrn mit mir ist. Wenn nun diese Schlacht gewonnen ist, so hat der König keine Hilfsquellen mehr, weder in England noch auch in Schottland, und wird er nicht gefangen genommen oder getötet, so versucht er es, nach Frankreich überzusetzen, um dort Soldaten anzuwerben und sich wieder Geld und Waffen zu besorgen. Frankreich hat bereits die Königin Henriette aufgenommen, und, sicherlich ohne seinen Willen, einen Herd unverlöschbaren Bürgerkrieges in meinem Lande unterhalten; allein Madame Henriette ist eine Tochter Frankreichs; und ihr gebührt Frankreich Gastfreundschaft. In Bezug auf den König Karl bekommt die Frage einen andern Gesichtspunkt; würde ihn Frankreich aufnehmen und unterstützen, so würde es auch die Handlungen des englischen Volkes missbilligen und somit England, und insbesondere der Regierung, die es zu nehmen vorhat, wesentlich schaden, sodass ein solcher Zustand geradezu schreienden Feindseligkeiten gleich wäre.

Es ist mir daher zu wissen dringend notwendig, Monseigneur, wie ich mich in Bezug auf die Gesinnungen Frankreichs zu halten habe. Wiewohl dieses Reich und England im umgekehrten Sinne beherrscht werden, so nähern sich dennoch die Interessen beider mehr, als man meinen sollte. England braucht innere Ruhe, um die Vertreibung des Königs ganz zu bewerkstelligen, und Frankreich braucht Ruhe, um den Thron seines jungen Monarchen festzustellen. Auch Sie bedürfen ebenso sehr, wie wir, dieses inneren Friedens, und wir sind ihm auch nahe, kraft der Energie unserer Regierung.

Ihr Hader mit dem Parlamente, Ihre auffallenden Zerwürfnisse mit den Prinzen, die heute für Sie kämpfen, morgen wider Sie streiten werden, der von dem Koadjutor, dem Präsidenten Blancmesnil und dem Rat Broussel geleitete Starrsinn des Volkes, kurz, all diese Zerrüttung, welche durch die verschiedenen Klassen des Reiches geht, muss Sie mit Kümmernis den möglichen Fall eines ausländischen Krieges ins Auge fassen lassen; denn sodann würde sich England in seiner Begeisterung über die neuen Ansichten mit Spanien vereinigen, das sich bereits um dieses Bündnis bewirbt. Da ich Ihre Vorsicht und persönliche Lage kenne, welche die gegenwärtigen Ereignisse um Sie gestalten, so dachte ich, Monseigneur, Sie würden es wohl vorziehen, Ihre Kräfte im Innern des Königreichs Frankreich zusammenzuziehen, und die neue Regierung Englands den Ihrigen überlassen. Diese Neutralität besteht nur darin, den König Karl von französischem Gebiete fernzuhalten und diesen Ihrem Lande gänzlich fremden König weder mit Waffen, noch mit Gold, noch mit Truppen zu unterstützen.

Sonach ist mein Brief ein durchaus vertraulicher, darum schicke ich ihn auch durch einen Mann, der mein größtes Zutrauen hat; er geht durch ein Gefühl, welches Ew. Eminenz würdigen wird, den Maßregeln voraus, welche ich nach Maßgabe der Ereignisse nehmen werde. Oliver Cromwell dachte, er würde einem so lichten Geiste, wie der Mazarins ist, leichter Aufschlüsse beibringen, als einer Königin, welche zweifelsohne bewunderungswürdig an Festigkeit, allein zu sehr den Vorurteilen der Geburt und der höheren Gewalt ergeben ist.

Gott befohlen, Monseigneur; bekomme ich binnen vierzehn Tagen keine Antwort, so will ich meinen Brief als ungeschrieben ansehen.

Oliver Cromwell.«

»Herr Mordaunt!«, rief der Kardinal mit erhobener Stimme, um gleichsam den Träumer aufzuwecken, »meine Antwort auf diesen Brief wird den General Cromwell umso mehr zufriedenstellen, als ich versichert bin, man werde nicht erfahren, dass ich sie ihm gegeben habe. Wartet somit darauf in Boulogne-sur-Mer, und versprecht mir, dass Ihr morgen abreisen werdet.« »Monseigneur, ich verspreche es,« erwiderte Mordaunt; »allein, wie viele Tage wird mich Ew. Eminenz auf diese Antwort warten lassen?« »Wenn Ihr sie in zehn Tagen noch nicht habt, so möget Ihr abreisen.« Mordaunt verneigte sich. »Das ist noch nicht alles, mein Herr«, fuhr Mazarin fort. »Eure persönlichen Schicksale rührten mich tief; überdies gibt Euch der Brief des Herrn Cromwell in meinen Augen Wichtigkeit. Sagt an, ich wiederhole es Euch, sagt mir, was ich für Euch tun kann.« Mordaunt dachte ein Weilchen nach, und nach einem augenfälligen Zögern wollte er den Mund öffnen, um zu sprechen, da trat aber Bernouin eilfertig ein, neigte sich an das Ohr des Kardinals und flüsterte ihm etwas ganz leise zu. Mazarin machte auf seinem Stuhle eine rasche Bewegung, welche dem jungen Manne nicht entging und die Mitteilung vereitelte, die er zweifelsohne zu machen gewillt war. »Nicht wahr, mein

Herr, Ihr habt mich verstanden?«, fragte der Kardinal. »Ich bestimme Euch Boulogne, in der Meinung, es sei Euch jede Stadt in Frankreich gleichgültig; zieht Ihr jedoch eine andere vor, so nennt sie mir; allein Ihr werdet wohl einsehen, dass, umgeben von Einflüssen, wie ich bin, denen ich nur durch Verschwiegenheit entgehe, mein Wunsch dieser sein muss, dass man Eure Anwesenheit in Paris nicht erfahre.« »Ich werde abreisen, Monseigneur,« versetzte Mordaunt und näherte sich einige Schritte der Türe, durch die er eingetreten war. »Nein, nicht durch diese Türe – mein Herr!«, rief der Kardinal lebhaft, »ich bitte Euch. Geht gefälligst durch diese Galerie, wo Ihr in den Vorhof gelanget. Ich will nicht, dass man Euch fortgehen sehe, unsere Unterredung muss geheim bleiben.«

Mordaunt folgte Bernouin, welcher ihn in einen anstoßenden Saal führte, und ihn einem Türhüter empfahl, während er ihm ein Ausgangstor zeigte. Hierauf empfing Mazarin einen seiner Vertrauten, der ihm über den Zweck des Aufenthaltes der Königin Henriette in Paris Mitteilungen machte, die den Kardinal sichtlich verstimmten.

Nachdem er den Überbringer dieser Nachrichten wieder entlassen hatte, rief er nach Bernouin. Bernouin trat ein. »Man sehe nach, ob sich der junge Mann im schwarzen Anzuge und mit den kurzen Haaren, den du zuvor bei mir eingeführt hast, noch im Palaste befinde.« Bernouin trat mit Comminges wieder ein, der die Wache versah. »Monseigneur,« sprach Comminges, »als ich den jungen Mann zurückführte, nach dem Ew. Eminenz gefragt hatte, näherte er sich der Glastüre und sah da etwas voll Verwunderung an, zweifelsohne das schöne Bild Rafaels, das jener Türe gegenüberhängt; dann blieb er einen Augenblick lang tiefsinnig und stieg die Treppe hinab. Mich dünkt, ich sah ihn einen Grauschimmel besteigen und aus dem Hofraum des Palastes reiten. Doch begeben sich Ew. Eminenz nicht zu der Königin?« »Weshalb?« «Herr von Guitaut, mein Oheim, hat mir eben erzählt, Ihre Majestät habe Nachrichten von dem Heere erhalten.« »Gut, ich will schnell dahingehen.« In diesem Momente erschien Herr von Villequier und holte wirklich den Kardinal im Auftrage der Königin.

Comminges hatte richtig gesehen; Mordaunt tat, wie er berichtet hatte. Als er die mit der großen Glasgalerie parallel laufende Galerie durchschritt, erblickte er de Winter, welcher dort wartete, bis die Königin ihre Unterredung beendigt habe. Bei diesem Anblick war nun der junge Mann, nicht in Verwunderung vor dem Bilde Rafaels, sondern wie verzaubert durch den Anblick eines schrecklichen Gegenstandes plötzlich stehen geblieben; seine Pupillen erweiterten sich; ein Schauder durchwallte seinen ganzen Körper, und man hätte glauben mögen, er wolle durch die gläserne Türe brechen, die ihn von seinem Feinde trennte; denn hätte es Comminges gesehen, mit welchem Hass der junge Mann die Augen auf de Winter heftete, so würde er keinen Augenblick daran gezweifelt haben, dass dieser britische Edelmann sein Todfeind sei. Doch hielt er an. Er tat das ohne Zweifel, um zu überlegen; denn statt dass er sich von seinem ersten Gedanken hinreißen ließ, der da war, geradezu auf Lord de Winter hinzustürzen, stieg er langsam über die Treppe, verließ gesenkten Hauptes den Palast, schwang sich auf sein Pferd, ritt an die Ecke der Straße Richelieu und wartete, die Augen auf das Gitter geheftet, bis die Kutsche der Königin aus dem Palaste komme. Er hatte nicht lange zu warten, da sich die Königin nicht über eine Viertelstunde bei Mazarin aufgehalten hatte; doch kam diese Viertelstunde dem Wartenden wie ein Jahrhundert vor; endlich rollte die Karosse rasselnd durch das Gitter, und Herr de Winter, der noch immer zu Pferde war, neigte sich abermals an den Kutschenschlag, um sich mit Ihrer Majestät zu unterreden.

Die Pferde setzten sich in Trab auf dem Wege nach dem Louvre, wo sie hineinsprengten. Ehe noch die Königin das Kloster der Karmeliterinnen verlassen, sprach sie zu ihrer Tochter, sie möge in dem Palaste warten, worin sie so lange gewohnt, und den sie nur deshalb verlassen hatten, weil ihr das Elend in diesen vergoldeten Zimmern noch viel drückender schien. Mordaunt folgte dem Wagen nach, und als er ihn unter die dunkle Halle fahren sah, drängte er sich mit seinem Pferd an eine Mauer, über die sich Dunkelheit breitete, und blieb mitten unter den Verzierungen von Jean Goujon wie ein Balsrelief, das eine Reiterbüste vorstellt, stehen. Er wartete, wie er es vorher bei dem Palais-Royal getan hatte.

**Wie die Unglücklichen manchmal den Zufall für die Vorsehung halten**

»Nun, Madame?« sprach de Winter, als die Königin ihre Diener weggeschickt hatte.»Was ich voraussah, das geschieht, Mylord.« »Er weigert sich?« »Sagte ich es denn nicht voraus?«»Der Kardinal weigert sich, den König zu empfangen, Frankreich verweigert einem unglücklichen Fürsten die Gastfreundschaft, Madame? Das geschieht hier zum ersten Mal.« »Mylord, ich sagte ja nicht: Frankreich, sondern ich sagte: Der Kardinal, und der Kardinal ist nicht einmal Franzose.« »Allein die Königin – sahen Sie die Königin?«»Das ist unnötig,« versetzte die Königin Henriette, traurig den Kopf schüttelnd; »wenn der Kardinal einmal Nein gesagt hat, wird die Königin niemals Ja sagen. Wisset Ihr denn nicht, dass dieser Italiener alles leitet, im Innern wie im Äußern? Überdies, ich komme hier auf das zurück, was ich Euch schon sagte, es sollte mich nicht wundernehmen, wenn uns Cromwell zuvorgekommen wäre; er war betroffen, als er mich sah, blieb aber doch fest in seinem Willen, sich zu weigern. Bemerktet Ihr dann nicht jene Aufregung im Palais-Royal, jenes Hin- und Herlaufen geschäftiger Leute? Mylord, haben Sie etwa Nachrichten erhalten?«»Nicht von England, Madame, ich beeilte mich so sehr, dass ich versichert bin, es sei mir niemand zuvorgekommen; ich brach vor drei Tagen auf, und schlüpfte wie durch ein Wunder mitten durch das puritanische Heer; dann nahm ich mit meinem Bedienten Tony die Post, und die Pferde, welche wir reiten, haben wir erst in Paris gekauft. Überdies bin ich überzeugt, ehe der König etwas wagt, wird er die Antwort Ihrer Majestät abwarten.«»Mylord,« entgegnete die Königin voll Verzweiflung, »meldet ihm, dass ich nichts vermag, dass ich ebenso viel ausgestanden habe wie er, noch mehr wie er, da ich genötigt bin das Brot der Verbannung zu essen, und Gastfreundschaft von falschen Freunden zu verlangen, die über meine Tränen lachen, und dass er, was seine königliche Person betrifft, sich großmütig opfern und als König sterben müsse; ich will an seiner Seite sterben!«»Madame!«, rief de Winter aus, »Ihre Majestät gibt sich der Mutlosigkeit hin; vielleicht haben wir doch noch eine Hoffnung übrig.«»Keine Freunde mehr, Mylord! keine Freunde mehr auf der ganzen Welt, außer Euch! O mein Gott! mein Gott!«»Ich hoffe noch, Madame,« versetzte de Winter tiefsinnig; »ich habe Ihnen von vier Männern erzählt.«»Was wollt Ihr denn mit vier Männern?«»Vier getreue Männer, vier Männer, die zu sterben bereit sind, vermögen viel, glauben Sie mir, Madame, und diejenigen, von denen ich spreche, haben einmal viel ausgerichtet.«»Und wo sind diese vier Männer?«»Ah, das weiß ich nicht. Ich habe sie seit etwa zwanzig Jahren aus den Augen verloren, und doch dachte ich bei jeder Gelegenheit an sie. wo ich den König in Gefahr schweben sah.»Und waren diese vier Männer Eure Freunde?«»Der eine von ihnen hatte mein Leben in seiner Gewalt und hat es mir bewahrt; ich weiß nicht, ob er mein Freund geblieben ist, allein ich blieb wenigstens immer der Seinige.« «Und befinden sich diese Männer in Frankreich, Mylord?«»Ich glaube.«»Nennt ihre Namen, vielleicht hörte ich sie einmal nennen und könnte Euch bei Euren Nachforschungen behilflich sein.« »Der eine von ihnen nannte sich Chevalier d'Artagnan.«»O, Mylord, wenn ich nicht irre, so ist dieser Chevalier d'Artagnan Leutnant bei den Garden; doch gebt acht, denn ich fürchte, dieser Mann ist ganz dem Kardinal ergeben.«»In diesem Falle wäre das ein letztes Unglück, und ich fange an zu glauben, dass wir wahrhaft verflucht seien.« »Allein die andern,« sprach die Königin, welche sich an diese letzte Hoffnung klammerte wie ein Schiffbrüchiger an die Trümmer seines Schiffes, »die andern, Mylord?« »Der zweite – ich hörte diesen Namen nur zufällig aussprechen, denn ehe sich diese Edelleute mit uns schlugen, nannten sie uns ihre Namen – der zweite nannte sich Graf de la Fère. Was die zwei anderen betrifft, so habe ich ihre wahren Namen vergessen, weil ich gewohnt war, sie nur bei ihren angenommenen Namen zu nennen.«

»Ach, mein Gott! es wäre doch ungemein vonnöten, sie wieder aufzufinden,« sprach die Königin, »da Ihr glaubt, diese würdigen Edelleute könnten dem Könige so nützlich sein.« »O ja,« entgegnete de Winter, »denn es sind dieselben, Madame, beachten Sie wohl und sammeln Sie alle Ihre Erinnerungen; hörten Sie nicht erzählen, dass die Königin Anna einmal aus der größten Gefahr gerettet wurde, in die je eine Königin geraten kann?« »Ja, zur Zeit ihres Abenteuers mit Buckingham und ich weiß nicht betreffs welcher diamantenen Nestelstifte.« »Wohl, ganz richtig, Madame; diese Männer sind dieselben, welche sie retteten, und ich lächle vor Mitleid bei dem Gedanken, dass, wenn Ihnen diese Namen nicht bekannt sind, dieses seinen Grund darin hat, weil sie die Königin vergaß, indes sie dieselben zu den ersten Würdenträgern des Reiches hätte erheben sollen.« »Gut, Mylord, man muss sie aufsuchen. Allein was vermögen vier – oder vielmehr nur drei Männer auszurichten, denn ich sage Euch, auf Herrn d'Artagnan dürfen wir nicht zählen.« »Da wäre dann ein wackerer Degen weniger, Madame, indes bleiben noch andere drei übrig, ohne den Meinigen zu rechnen; nun würden aber vier treue Männer rings um den König genügen, um ihn vor seinen Feinden zu behüten, in der Schlacht zu beschützen, im Rate zu unterstützen, bei seiner Flucht zu schirmen, nicht damit sie den König zum Sieger machten, wohl aber, dass sie ihn retten, wenn er besiegt würde, und ihm beistehen bei seiner Fahrt über das Meer. Und was auch Mazarin darüber sagen mag, wäre einmal Ihr königlicher Gemahl an Frankreichs Küsten, so fände er daselbst so viele Verstecke und Zufluchtsorte, als die Vögel des Meeres zur Zeit der Stürme finden.« »Sucht, Mylord, sucht diese Edelleute auf, und wenn Ihr sie wiederfindet und wenn sie mit Euch nach England zu gehen einwilligen, so will ich jedem von ihnen ein Herzogtum an dem Tage verleihen, da wir wieder unsern Thron einnehmen, und überdies so viel Geld, als man brauchte, um damit den Palast von Whitehall zu pflastern. Sucht also, Mylord, sucht, ich beschwöre Euch!« »Ich würde sie wohl aufsuchen, Madame,« entgegnete de Winter, »und sie zweifelsohne

auch finden, allein es gebricht m
dass der König Ihre Antwort erwar
»So sind wir denn verloren!«, rief die K
chenen Herzens.

In diesem Momente öffnete man die Türe, a
und die Königin drückte mit der erhabenen Kra
mut der Mutter ausdrückte, ihre Tränen auf den G
zurück, und gab de Winter einen Wink, dem Gespra
Wendung zu geben. Allein wie mächtig auch diese Gegenv
so entging sie doch den Augen der jungen Prinzessin nicht; si
der Schwelle stehen, stieß einen Seufzer aus, wandte sich an die K
und fragte: »Weshalb weinst du denn immer ohne mich, meine Mutte
Die Königin lächelte, und statt ihr eine Antwort zu geben, sprach sie
»Nun, de Winter, ich habe dabei wenigstens das gewonnen, dass ich nur
noch zur Hälfte Königin bin, dass nämlich meine Kinder noch Mutter zu
mir sagen, statt mich Madame zu nennen.« Und zu ihrer Tochter umgewendet fuhr sie fort: »Was willst du mir, Henriette?« »Es kam eben ein
Kavalier in den Louvre, meine Mutter«, erwiderte die junge Prinzessin,
»der Ihrer Majestät seine Ehrerbietung zu bezeugen wünscht; er kommt
von dem Heere, und wie er sagte, so hat er dir einen Brief, ich glaube
von dem Marschall von Grammont, einzuhändigen.« »Ach!«, rief die
Königin zu de Winter, »das ist einer meiner Getreuen; allein bemerkt Ihr
nicht, Mylord, wie armselig wir bedient sind, indem meine Tochter sogar
das Anmeldeamt versehen muss?« »Erbarmen Sie sich meiner, Madame«, sagte de Winter, »Sie brechen mir das Herz.« »Und wer ist dieser
Edelmann, Henriette?«, fragte die Königin. »Ich habe ihn durch das
Fenster gesehen, es ist ein junger Mann, der kaum sechzehn Jahre zu
zählen scheint, und den man Vicomte von Bragelonne nennt.«

Die Königin winkte lächelnd mit dem Kopfe, die junge Prinzessin öffnete wieder die Türe und Rudolf erschien auf der Schwelle. Er machte
drei Schritte gegen die Königin und kniete nieder. »Madame,« sprach er,
»ich überbringe Ihrer Majestät einen Brief meines Freundes, des Herrn
Grafen von Guiche, der, wie er mir sagte, die Ehre hat, Ihr Diener zu
sein; dieser Brief enthält eine wichtige Nachricht und den Ausdruck seiner Ergebenheit.« Bei dem Namen des Grafen von Guiche flog eine Röte
an die Wangen der jungen Prinzessin; die Königin blickte mit einem gewissen Ernste auf sie und sagte: »Du hast mir aber gemeldet, Henriette,
dass der Brief von dem Marschall von Grammont käme.« »Ich glaubte
das, Madame«, stammelte das junge Mädchen. »Daran bin ich schuld,
Madame«, versetzte Rudolf; »ich meldete mich in der Tat, als käme ich

...chten Arm verwun-
...raf von Guiche diente
...en?«, fragte die Königin,
.. »Ja, Madame«, antwortete
...nter überreichte, welcher sich
...und der ihn sodann der Königin

von dem Marschall von
det wurde, so konn... ...lacht stattgefunden, öffnete die Prin-
ihm als Sekret... ...e zu stellen, die sie ohne Zweifel interes-
und gab B... ...sich wieder, ohne ein Wort ausgesprochen
der j... ...te ihrer Wangen nach und nach wieder ver-
...rkte alle diese Erscheinungen, und sicher erklär-
...ches Herz, denn sie wandte sich abermals an Ru-
Und ist dem jungen Grafen von Guiche kein Unfall
...a nicht bloß unser Diener, sondern er gehört auch noch
...nden.« »Nein, Madame«, erwiderte Rudolf; »im Gegenteil
...iesem Tage einen glänzenden Ruhm erworben und die Ehre
ge... ...ass ihn der Prinz auf dem Schlachtfeld umarmte.« Die junge
Prinzessin klatschte mit den Händen; jedoch ganz beschämt, dass sie sich
zu einer solchen Äußerung ihres Entzückens hinreißen ließ, wandte sie
sich halb ab und neigte sich zu einer Vase voll Rosen, als ob sie ihren
Duft einatmen wollte. »Sehen wir nun, was der Graf uns schreibt,«
sprach die Königin. »Ich hatte bereits die Ehre, Ihrer Majestät zu sagen,
dass er in seines Vaters Namen geschrieben hat.« »Ja, mein Herr.« Die
Königin erbrach und las den Brief.

»Madame und Königin! Da ich einer Wunde wegen, die ich an der
rechten Hand erhalten, nicht die Ehre haben kann, selber zu schreiben,
so lasse ich Ihnen durch meinen Sohn, den Herrn Grafen von Guiche,
schreiben, welchen Sie, wie seinen Vater, als Ihren Diener kennen, um
Ihnen zu melden, dass wir die Schlacht bei Lens gewonnen, und dass
dieser Sieg notwendig dem Kardinal Mazarin und der Königin eine große Macht über die Angelegenheiten Europas verschaffen muss. Möge
somit Ihre Majestät, wenn Sie meinem Rate folgen will, diesen Moment
nützen, um bei der Regierung des Königs zugunsten Ihres erlauchten
Gemahls Schritte zu tun. Der Herr Vicomte von Bragelonne, der die Ehre
haben wird, Ihnen diesen Brief zu überbringen, ist der Freund meines
Sohnes, dem er nach aller Wahrscheinlichkeit das Leben gerettet hat; er
ist ein Kavalier, dem Ihre Majestät gänzlich vertrauen kann, falls Sie mir
irgendeinen mündlichen oder schriftlichen Auftrag wollen zukommen
lassen. Ich habe die Ehre mit Ergebenheit zu sein

Marschall von Grammont.«

In dem Momente, wo die Rede von dem Dienste war, welchen Rudolf dem Grafen leistete, konnte er nicht umhin, den Kopf nach der jungen Prinzessin zu wenden, und da sah er denn, dass sich ihre Augen mit einem Ausdrucke der innigsten Dankbarkeit gegen ihn erfüllten. Es war außer allem Zweifel, dass die Tochter des Königs Karl I. seinen Freund liebte.

»Die Schlacht von Lens gewonnen!«, rief die Königin. »O, hier sind sie glücklich, da sie Schlachten gewinnen. Ja, der Marschall von Grammont hat recht, das wird die Gestalt ihrer Angelegenheiten verändern; allein mir bangt sehr, dass es nichts für uns beiträgt, wenn es uns etwa nicht gar noch Nachteil bringt. Diese Nachricht ist neu, mein Herr,« fuhr die Königin fort: »Ich danke Euch, dass Ihr Euch so beeilt habt, sie mir zu überbringen; ohne Euch hätte ich sie erst morgen, vielleicht übermorgen als die letzte von ganz Paris erfahren.«

»Madame«, versetzte Rudolf, »der Louvre ist der zweite Palast, wohin diese Nachricht gelangt; es weiß sie noch niemand, und ich habe es dem Herrn Grafen von Guiche geschworen, Ihrer Majestät dieses Schreiben zu übergeben, selbst ehe ich noch meinen Vormund umarmt hätte.«

»Ist Ihr Vormund, so wie Sie, ein Bragelonne?«, fragte Lord Winter. »Ich kannte vor Zeiten einen Bragelonne – ist er noch am Leben?«

»Nein, mein Herr, er ist gestorben, und von ihm hat mein Vormund, mit dem er ziemlich nahe verwandt war, wie ich glaube, jenes Gut geerbt, von dem ich den Namen trage.«

»Mein Herr, wie nennt sich Euer Vormund?«, fragte die Königin, welche sich einer Teilnahme an diesem schönen jungen Manne nicht enthalten konnte. »Graf de la Fère, Madame,« entgegnete der junge Mann mit einer Verbeugung. Lord Winter machte eine Bewegung der Überraschung; die Königin blickte ihn freudestrahlend an, rief dann aus: »Der Graf de la Fère! Habt Ihr mir nicht diesen Namen angeführt?« Lord Winter konnte gar nicht glauben, was er da gehört hatte, und rief nun gleichfalls aus: »Graf de la Fère! O, mein Herr, sagen Sie mir, ich bitte, ist der Graf de la Fère nicht ein Edelmann, den ich als stolz und tapfer kannte, der Musketier Ludwigs XIII gewesen, und jetzt sieben- bis achtundvierzig Jahre zählen mag?«

»Ja, mein Herr, es ist durchaus so.«

»Und der unter einem angenommenen Namen gedient hat?«

»Unter dem Namen Athos. Ich hörte noch, unlängst, wie ihm sein Freund, Herr d'Artagnan, diesen Namen gab.«

»Ganz richtig, Madame, ganz richtig, Gott sei gelobt!«

»Und befindet er sich in Paris?«, fragte der Lord, gegen Rudolf gewendet. Dann kehrte er sich wieder zur Königin und sprach zu ihr: »Hoffen Sie noch, Madame, hoffen Sie noch, die Vorsehung erklärt sich für uns, denn sie fügte es, dass ich diesen tapferen Edelmann auf so wundersame Art wiederfinde. Und wo wohnt er, mein Herr, ich bitte Sie.«

»Der Graf de la Fère wohnt in Paris, und zwar in der Gasse Guénégaud, im Gasthofe ›Karl der Große‹.«

»Ich danke, mein Herr. Melden Sie doch diesem würdigen Freunde, er wolle zu Hause bleiben, denn ich werde kommen, um ihn zu umarmen.«

»Ich gehorche mit großem Vergnügen, mein Herr, wenn mich Ihre Majestät zu entlassen geruht.«

»Geht, Herr Vicomte von Bragelonne und seid unserer Huld versichert.« Rudolf verneigte sich voll Ehrerbietung vor den beiden Fürstinnen, beurlaubte sich von de Winter und ging hinweg.

Lord Winter und die Königin unterredeten sich noch eine Zeit lang, doch ganz leise, damit sie, die Prinzessin nicht höre. Als sich dann de Winter entfernen wollte, sprach die Königin: »Höret, Mylord, ich bewahrte mir dieses diamantene Kreuz, welches von meiner Mutter kommt, und dieser St.-Michaels-Orden, der von meinem Gemahl ist; sie sind etwa fünfzigtausend Livres im Werte. Ich habe geschworen, dass ich eher des Hungers sterbe, als diese kostbaren Pfänder verkaufen wolle, allein jetzt, wo diese zwei Kleinodien ihm oder seinen Beschützern nützlich sein können, muss ich alles dieser Hoffnung aufopfern. So nehmt sie denn und gebricht es Euch an Geld zu Euren Unternehmungen, Mylord, so verkauft sie ohne alles Bedenken. Findet Ihr jedoch ein Mittel, sie zu bewahren, so bedenkt, Mylord, dass ich es Euch als den größten mir erwiesenen Dienst anrechne, den nur ein Edelmann einer Königin zu leisten vermag, und dass derjenige, welcher mir am Tage meines Glückes diesen Orden und dieses Kreuz zurückbringt, von mir und meinen Kindern gesegnet sein soll.«

»Madame,« entgegnete de Winter, »Ihre Majestät wird von einem getreuen Mann bedient sein. Ich will mich beeilen, diese zwei Kleinodien an einem sicheren Orte niederzulegen, und würde sie nicht annehmen, wären uns die Mittel unseres früheren Wohlstandes übrig geblieben; allein unsere Guter sind eingezogen, unser bares Geld ist verausgabt, und auch mit uns ist es so weit gekommen, dass wir alles, was wir besitzen, zu Geld machen müssen. In einer Stunde begebe ich mich zu dem Grafen de la Fère, und bis morgen wird Ihre Majestät eine entscheidende Antwort erhalten.« Die Königin reichte Lord Winter die Hand, welcher sie ehrerbietig küsste, dann wandte sie sich zu ihrer Tochter und sagte: »Ihr hattet den Auftrag, Mylord, diesem Kinde etwas von ihrem Vater zu übergeben.« Lord Winter war betroffen, da er nicht wusste, was die Königin sagen wollte. Nun näherte sich die junge Henriette lächelnd und errötend und bot dem Edelmann ihre Stirne, indem sie sagte: »Meldet meinem Vater, dass er, ob er König oder Flüchtling, Sieger oder Besiegter, mächtig oder arm sei, an mir stets die gehorsamste und liebevollste Tochter haben werde.«

»Ich weiß es, Madame«, erwiderte Lord Winter, indem er Henriettens Stirn mit den Lippen berührte.

### Oheim und Neffe

Lord Winter ward an der Türe von seinem Pferde und einem Diener erwartet; er ritt nun ganz gedankenvoll seiner Wohnung zu und blickte von Zeit zu Zeit zurück, um die schweigende und dunkle Fassade des Louvre zu betrachten. Hier sah er einen Reiter gleichsam aus der Mauer hervortreten und ihm in einiger Entfernung nachfolgen; er erinnerte sich, dass er, als er das Palais-Royal verließ, einen ähnlichen Schatten bemerkt habe. Auch der Bediente des Lord Winter, der einige Schritte weit hinter ihm ritt, folgte jenem Reiter mit bekümmerten Blicken. »Tony!«, rief der Edelmann und gab dem Diener einen Wink, sich zu nähern. »Hier bin ich, gnädiger Herr,« Er ritt an der Seite seines Gebieters. »Hast du jenen Mann bemerkt, der uns nachfolgt?«

»Ja, Mylord.«

»Wer ist es?«

»Das weiß ich nicht, nur folgt er Ew. Gnaden seit dem Palais-Royal, hielt am Louvre an, um Ihr Fortgehen abzuwarten, und setzte sich hier mit Ihnen aufs Neue in Bewegung.«

»Das ist irgendein Kundschafter des Kardinals«, dachte de Winter bei sich; »stellen wir uns als sähen wir ihn gar nicht.

Lord Winter stieg vor seinem Gasthofe ab und begab sich in sein Zimmer, mit dem Vornehmen, den Kundschafter beobachten zu lassen, als er aber Hut und Handschuhe auf den Tisch legte, bemerkte er in einem Spiegel, der vor ihm hing, ein Gesicht, das an der Türschwelle erschien.

Er wandte sich – es war Mordaunt, der vor ihm stand. Lord Winter erblasste und blieb bewegungslos stehen; was Mordaunt betrifft, so blieb er kalt, drohend und gleich der Statue des Kommandeurs an der Türe stehen. Es trat zwischen diesen beiden Männern ein Moment eisigen Stillschweigens ein. Dann sprach de Winter: »Mein Herr, ich glaube, Euch begreiflich machen zu müssen, dass mir diese Verfolgung lästig fällt; entfernt Euch also, oder ich will rufen und Euch wie in London fortjagen lassen. Ich bin nicht Euer Oheim, ich kenne Euch gar nicht.«

»Ihr irret, mein Oheim,« entgegnete Mordaunt mit seiner rauen und höhnischen Stimme, »diesmal werdet Ihr mich nicht fortjagen lassen, wie Ihr es in London getan, Ihr werdet das nicht wagen. Was das Leugnen unserer Verwandtschaft betrifft, so werdet Ihr Euch wohl davor hüten, da ich so manches, was ich vor einem Jahre noch nicht wusste, in Erfahrung gebracht habe.«

»Hm, was geht das mich an, was Ihr erfahren habt?« versetzte de Winter. »O, es geht Euch sehr an, mein Oheim, davon bin ich überzeugt, und Ihr werdet sogleich meiner Meinung beitreten«, fügte er mit einem Lächeln hinzu, das einen Schauder durch die Adern desjenigen wallen ließ, an den es gerichtet war. »Als ich das erste Mal in London zu Euch kam, so geschah es, um zu fragen, was aus meinem Vermögen geworden sei; als ich das zweite Mal kam, so geschah es, um zu fragen, was denn meinen Namen befleckt habe. Diesmal komme ich zu Euch, um an Euch eine noch viel schrecklichere Frage zu richten, als jene waren, um Euch zuzurufen wie Gott dem ersten Mörder: 'Kain, was hast du aus deinem Bruder Abel gemacht?' – Mylord, was habt Ihr aus Eurer Schwester gemacht, aus Eurer Schwester, die meine Mutter war?« Lord Winter trat zurück unter dem Feuer dieser sprühenden Augen und stammelte: »Aus Eurer Mutter?«

»Ja, Mylord, aus meiner Mutter«, erwiderte der junge Mann und schüttelte den Kopf von oben nach unten. Lord Winter fasste sich mit Gewalt, und indem er sich in seine Erinnerungen vertiefte, um darin einen neuen Hass aufzusuchen, sprach er: »Forscht nach, was aus ihr geworden ist, und fragt darum die Hölle, vielleicht wird Euch die Hölle Antwort geben.«

Der junge Mann trat nun so weit ins Zimmer vor, dass er dem Lord Winter gegenüberstand, und indem Mordaunt seine Arme kreuzte, sprach er mit dumpfer Stimme und mit einem von Schmerz und Ingrimm totenfahlen Antlitz: »Ich habe den Henker von Bethune darum gefragt, und der Henker von Bethune hat mir geantwortet.« Lord Winter sank auf einen Stuhl, als hätte ihn ein Blitzstrahl getroffen, und versuchte umsonst zu antworten. »Ja, nicht wahr«, fuhr der junge Mann fort, »mit diesen Worten erklärt sich alles, mit diesem Schlüssel öffnet sich der Abgrund? Meine Mutter hatte ihren Gemahl beerbt, und Ihr habt meine Mutter umgebracht. Mein Name sicherte mir das väterliche Vermögen. Ihr habt mich meines Namens beraubt, und dann, nachdem Ihr mich meines Namens beraubt habt, habt Ihr mir mein Vermögen entzogen. Jetzt nimmt es mich nicht mehr wunder, wenn Ihr mich nicht mehr erkennt und Euch weigert, mich zu erkennen. Es ist ungereimt, denjenigen seinen Neffen zu nennen, den man auf räuberische Art arm und als Mörder zur Waise gemacht hat.«

Diese Worte brachten eine Wirkung hervor, die derjenigen, welche Mordaunt erwartete, entgegengesetzt war. Lord Winter, erinnerte sich, welch ein Ungetüm Mylady war; er richtete sich wieder ruhig und ernst empor und bewältigte durch seinen strengen Blick den verwegenen Blick des jungen Mannes, indem er zu ihm sprach: »Ihr wollt in dieses furchtbare Geheimnis dringen, mein Herr? So sei es denn, erfahrt also, wer dieses Weib gewesen, über welches Ihr heute Rechenschaft von mir fordert; dieses Weib hat aller Wahrscheinlichkeit nach meinen Bruder vergiftet, und um mich zu beerben, strebte sie auch mir nach dem Leben, wofür ich Beweise habe. Was sagt Ihr dazu?«

»Ich sage, dass sie meine Mutter gewesen.«

»Sie ließ durch einen Mann, der übrigens rechtschaffen, gut und unbescholten war, den unglücklichen Herzog von Buckingham erdolchen. Was sagt Ihr zu diesem Verbrechen, wovon ich den Beweis habe?«

»Sie war meine Mutter!«

»Als sie nach Frankreich zurückkehrte, vergiftete sie eine junge Frau in dem Kloster der Augustinerinnen zu Bethune, weil sie einen ihrer Feinde geliebt hatte. Wird Euch diese Ruchlosigkeit von der Gerechtigkeit der Strafe überzeugen? Auch von diesem Verbrechen habe ich den Beweis.«

»Sie war meine Mutter!«, rief der junge Mann, und gab diesen drei Ausrufungen eine jedes Mal gesteigerte Kraft. »Mit einem Worte, beladen mit Mordtaten und Lastern, allen verhasst und noch bedrohlich wie ein blutrünstiges Panthertier, erlag sie unter den Streichen von Männern, die sie zur Verzweiflung brachte, und die ihr doch nie das geringste Leid zugefügt; sie hatte Richter gefunden, welche ihre abscheulichen Frevel hervorgerufen haben, und jener Henker, den Ihr gesehen, jener Henker, der Euch alles erzählt hat, wie Ihr vorgebt, jener Henker hat, wenn er Euch alles gestanden, auch sagen müssen, dass er vor Freude zitterte, als er an ihr die Schande und den Selbstmord seines Bruders rächte. Als ein sittenloses Mädchen, als ehebrecherische Frau, als unnatürliche Schwester, als Mörderin und Giftmischerin war sie verabscheut von allen Nationen, die sie in ihrer Mitte aufgenommen, und starb, von dem Himmel und von der Erde mit Fluch bedeckt – so war dieses Weib.«

Ein unwillkürlich starkes Schluchzen zerriss Mordaunt den Schlund und trieb ihm das Blut in das leichenfahle Antlitz; er ballte die Hände, und das Gesicht von Schweiß triefend, die Haare auf der Stirne gesträubt wie jene Hamlets, rief er aus, von Wut verzehrt: »Schweigt, sie war meine Mutter! Ihre Fehltritte, ich kenne sie nicht; ihre Freveltaten, ich kenne sie nicht: Ich weiß nur so viel, dass ich eine Mutter hatte, dass fünf gegen ein Weib verbündete Männer sie auf eine nächtliche, verstohlene Art umgebracht haben. Das weiß ich, dass Ihr dabei gewesen, Herr, dass Ihr dabei gewesen, mein Oheim, und dass Ihr wie die anderen und noch lauter als die anderen gerufen habt: 'Sie muss sterben!' – Ich sage Euch also auch zur Warnung, höret wohl auf diese Worte, und prägt sie in Euer Gedächtnis auf eine Weise, dass Ihr sie niemals vergessen könnet: 'Ob dieses Mordes, der mir alles raubte, ob dieses Mordes, der mich namenlos machte, ob dieses Mordes, der mich arm, der mich verderbt, boshaft und unversöhnlich machte, will ich zuerst Rechenschaft von Euch fordern und dann von Euren Mitschuldigen, sobald ich sie werde kennengelernt haben.'«

Den Hass in den Augen, den Schaum vor dem Munde, die Faust gezückt, hatte hier Mordaunt einen Schritt, einen furchtbar drohenden Schritt gegen Lord Winter getan. Dieser fuhr mit der Hand an seinen Degen und sprach mit dem Lächeln eines Mannes, der seit dreißig Jahren mit dem Tode gespielt hat: »Wollet Ihr mich morden, Herr? dann will ich Euch als meinen Neffen erkennen, denn Ihr seid dann wahrhaft der Sohn Eurer Mutter.«

»Nein,« entgegnete Mordaunt, während er alle Fibern seines Gesichtes, alle Muskeln seines Leibes herabzuspannen bemüht war; »nein, ich will Euch nicht töten, wenigstens in diesem Augenblicke nicht, da ich ohne Euch die andern nicht auffinden könnte. Sobald ich sie aber kenne, so zittert; ich habe den Scharfrichter von Bethune durchbohrt, ich habe ihn ohne Erbarmen durchbohrt, und er war doch von Euch allen der mindest Schuldige.« Nach diesen Worten entfernte sich der junge Mann und stieg mit ziemlicher Ruhe die Treppe hinab, um kein Aufsehen zu erregen; dann schritt er unten an Tony vorbei, der auf das Geländer gestützt war, und nur auf einen Ruf seines Herrn harrte, um hinaufzueilen. Allein

Lord Winter rief nicht; er blieb zermalmt und kraftlos mit gespannten Ohren stehen, und dann erst, als er den Hufschlag des forttrabenden Pferdes vernahm, sank er mit den Worten auf einen Stuhl: »Mein Gott, ich danke dir, dass er keinen kennt, außer mir!«

### Die Vaterschaft

Während jener furchtbare Auftritt bei Lord Winter stattfand, saß Athos neben dem Fenster seines Zimmers, den Ellbogen auf einen Tisch, den Kopf auf die Hand gestützt, und lauschte Rudolf, der ihm die Abenteuer seiner Reise und die umständlichen Vorfälle der Schlacht erzählte. Das schöne und edle Gesicht des Kavaliers hatte den Ausdruck einer unsäglichen Wonne bei dem Berichte dieser ersten so frischen und reinen Gemütsbewegungen, er sog wie harmonische Musik die Töne dieser jugendlichen Stimme ein, in der sich bereits tiefere Empfindungen aussprachen. Das machte ihn das vergessen, was Trauriges in der Vergangenheit lag, und was ihm die Zukunft umwölkte. Man hätte sagen mögen, die Zurückkunft dieses teuren Kindes hatte ihm sogar die Besorgnisse in Hoffnungen umgewandelt.

»Und du warst bei dieser großen Schlacht, du hast teilgenommen, Bragelonne?«, fragte Athos, der alte Musketier, der in diesem Momente so glücklich war wie niemals.

»Ja, mein Herr.«

»Und sie ist heiß gewesen, sagst du?«

«Der Prinz hat elfmal in Person angegriffen.«

»Bragelonne, er ist ein großer Kriegsmann.«

»Er ist ein Held, mein Herr, ich verlor ihn keinen Augenblick aus dem Gesichte. O, mein Herr, wie schön ist es, sich Condé zu nennen und seinen Namen so zu tragen!«

»Ruhig und glänzend, nicht wahr?«

»Ruhig wie bei einer Parade, glänzend wie bei einer Festlichkeit. Wir näherten uns dem Feinde durch einen Engpass, man hatte uns verboten, zuerst zu schießen, und so gingen wir mit gesenktem Gewehr auf die Spanier los, die eine Anhöhe einnahmen. Als wir uns ihnen auf dreißig Schritte genähert hatten, wandte sich der Prinz gegen seine Soldaten und sprach: ›Kinder, Ihr werdet eine wütende Ladung zu überstehen haben, dann aber, seid unbesorgt, habt Ihr alle diese Leute wohlfeilen Kaufes.‹ – Es herrschte ein solches Stillschweigen, dass Freunde und Feinde diese

Worte vernahmen. Dann schwang er den Degen und rief: – ›Lasset die Trompeten erschallen!‹ Kurz darauf ein Krachen, als hätte sich die Hölle aufgeschlossen, und diejenigen, welche nicht getötet wurden, verspürten die Hitze der Flammen. Ich öffnete wieder die Augen und verwunderte mich, dass ich nicht getötet, oder aufs allerwenigste verwundet sei; ein Drittel der Eskadron lag auf den Boden gestreckt, verstümmelt und bluttriefend. In diesem Momente begegnete ich dem Blicke des Prinzen; ich dachte nur noch an eines, dass er mich nämlich angeblickt habe. Ich setzte beide Sporen ein und befand mich sogleich mitten unter den Reihen der Feinde.«

»Und war der Prinz mit dir zufrieden?«

»Wenigstens sagte er es, mein Herr, als er mich beauftragte, Herrn von Châtillon nach Paris zu begleiten, welcher der Königin diese Neuigkeit mit den erbeuteten Fahnen zu überbringen hatte. – Ha, mein Herr,« sprach Rudolf plötzlich, »ich erinnere mich an etwas, das ich vergessen habe, mitten unter dem Eifer, Ihnen meine Taten zu erzählen; dass ich nämlich bei Ihrer Majestät der Königin von England einen Edelmann traf, welcher, als ich Ihren Namen aussprach, ein Geschrei der Überraschung und Freude erhob; er nennt sich einen Ihrer Freunde, befragte mich um Ihre Wohnung und wird Sie besuchen.«

»Wie nennt er sich?«

»Ich getraute mich nicht, ihn zu befragen, mein Herr, allein wiewohl er sich sehr artig ausdrückt, ist er doch nach seinem Akzent zu schließen ein Engländer.«

»Ha!«, rief Athos.

Und er neigte seinen Kopf, als suche er eine Erinnerung auf. Als er dann die Stirne wieder erhob, waren seine Augen überrascht von der Gegenwart eines Mannes, der vor der halbgeöffneten Türe stand und ihn mit freundlicher Miene anblickte.

»Lord Winter!«, rief der Graf aus.

»Athos, mein Freund!« Und im Augenblicke hatten sich die zwei Männer umarmt; dann fasste ihn Athos an den beiden Händen, blickte ihn an und sprach: »Was ist Euch. Mylord? Ihr scheint ebenso trübselig zu sein, als ich erfreut bin?«

»Ja, lieber Freund, es ist wahr, und ich sage noch mehr, dass Euer Anblick meine Kümmernis verdoppelt.« Und de Winter blickte herum, als ob er die Einsamkeit suchte. Rudolf begriff, dass sich die zwei Freunde zu unterreden hatten und ging gelassen fort. »Solange wir allein sind«, sagte de Winter, »sprechen wir von uns. Er ist hier.«

»Wer?«

»Der Sohn der Mylady.« Athos ward abermals erschüttert durch diesen Namen, der ihn wie ein verhängnisvolles Echo verfolgt, und schwieg einen Augenblick, die Stirne gerunzelt, dann sprach er mit ruhigem Tone. »Ich weiß es.«

»Ihr wisst es?«

»Ja, Grimaud begegnete ihm zwischen Bethune und Arras und eilte spornstreichs hierher, um mir seine Anwesenheit zu melden.«

»Grimaud kannte ihn also?«

»Nein, sondern er war am Sterbebette eines Mannes, der ihn kannte, des Scharfrichters von Bethune!«, rief Lord Winter.

»Wisst Ihr das?«, fragte Athos verwundert.

»Er ging diesen Augenblick von mir weg«, antwortete de Winter; »er hat mir alles gesagt. O, mein Freund, was war das für ein schrecklicher Auftritt! Warum haben wir nicht das Kind mit der Mutter vertilgt!«

»Was fürchtet Ihr?«, sagte Athos, von seinem instinktartigen Schrecken, den er anfangs fühlte, sich fassend; »sind wir nicht hier, um uns zu verteidigen? Dieser junge Mann machte kaltblütig den Mord zu seinem Handwerke; er tötete den Scharfrichter von Bethune in einem Anfall von Wut, aber jetzt ist seine Rache gesättigt.« Herr de Winter lächelte traurig, schüttelte den Kopf und sagte: »Ihr kennt also dieses Blut nicht mehr?«

»Bah,« versetzte Athos, indem er gleichfalls zu lächeln versuchte, »es wird in der zweiten Generation an Grausamkeit verloren haben. Überdies, Freund, hat uns die Vorsehung gewarnt, dass wir auf unserer Hut seien. Wir vermögen da nichts weiter zu tun, als abzuwarten. So warten wir denn,; allein, wie ich anfangs sagte, reden wir von Euch. Was bringt Euch nach Paris?«

»Einige Angelegenheiten vom Wichtigkeit, welche Ihr später erfahren sollet. Allein, was hörte ich bei Ihrer Majestät der Königin von England sagen? Herr d'Artagnan ist ein Parteigänger Mazarins? Vergebt mir meine Offenheit, o Freund, ich hasse weder den Kardinal, noch tadle ich ihn, Und Eure Meinung bleibt mir jederzeit heilig. Seid Ihr etwa auch von der Partei dieses Mannes?«

»Herr d'Artagnan steht im Dienste,« entgegnete Athos, »er ist Soldat und gehorcht der eingesetzten Gewalt. Herr d'Artagnan ist nicht wohlhabend und braucht seine Stelle als Leutnant, um leben Zu können. Die Millionäre, wie Ihr, Mylord, sind gar selten in Frankreich.«

»Ach!« entgegnete de Winter, »ich bin jetzt ebenso arm und ärmer noch als er. Doch lasst uns auf Euch zurückkommen.«

»Nun, Ihr möchtet wissen, ob ich ein Mazariner bin. Nein, tausendmal nein! Vergebt mir meine Offenheit, Mylord!« Lord Winter stand auf und drückte Athos an seine Brust.

»Ich danke Euch, Graf,« sprach er, »ich danke Euch für diese erfreuliche Botschaft. Ihr seht, wie ich glücklich und entzückt bin. Ah, es freut mich, dass Ihr nicht Mazariner seid; überdies konntet Ihr auch das nicht sein. Doch vergebt mir nochmals, seid Ihr frei?«

»Was meint Ihr unter frei?«

»Ich frage Euch, ob Ihr nicht verheiratet seid?«

»Ah, was das anbelangt, nein,« entgegnete Athos lächelnd. »Weil dieser junge Mann, der so schön, so fein, so einnehmend ist...«

»Er ist ein Kind, das ich erziehe, und das nicht einmal seinen Vater kennt.«

»Recht schön, Athos, Ihr seid immer noch derselbe – großherzig und edel.«

»Sprecht, Mylord, was verlangt Ihr von mir?«

»Sind die Herren Porthos und Aramis noch immer Eure Freunde?«

»Setzt auch d'Artagnan hinzu, Mylord. Wir sind noch immer, wie einst, vier getreue Freunde; wie es sich aber darum Handelt, dem Kardinal zu dienen, oder wider ihn zu streiten, so sind wir noch zu zwei.«

»Ist Herr Aramis mit d'Artagnan?« fragte Lord Winter.

»Nein«, erwiderte Athos, »Herr Aramis tut mir die Ehre an und teilt meine Überzeugungen.«

»Könntet Ihr mich wohl mit diesem liebenswürdigen und geistvollen Freunde wieder in Verbindung bringen?«

»Allerdings, wenn es gefällig ist.«

»Hat er sich verändert?«

»Er hat sich dem geistlichen Stande gewidmet, weiter nichts.«

»Da musste er wohl auf große Unternehmungen Verzicht leisten.«

»Im Gegenteil«, versetzte Athos lächelnd, »er war noch nie so sehr Musketier wie jetzt und Ihr werdet einen wahren Galaor finden. Wollt Ihr, dass ich ihn durch Rudolf hierher berufe?«

»Ich danke, Herr Graf, man könnte ihn vielleicht zu dieser Stunde nicht zu Hause antreffen. Da Ihr aber für ihn bürgen zu können glaubt ...«

»Wie für mich selber.«

»Könntet Ihr mir auch zusagen, ihn mir morgen um zehn Uhr auf die Louvrebrücke zu führen?«

»Ah, ah!« entgegnete Athos lächelnd, »habt Ihr ein Duell?«

»Ja, Graf, ein schönes Duell, an dem Ihr hoffentlich teilnehmen werdet.«

»Wohin gehen wir, Mylord?«

»Zu Ihrer Majestät der Königin von England, die mir den Auftrag gegeben, Graf, Euch ihr vorzustellen.«

»Kennt mich also Ihre Majestät?« »Ich kenne Euch.«

»Das ist rätselhaft«, erwiderte Athos; »allein gleichviel, habt Ihr die Auflösung zu dem Rätsel, so frage ich nicht weiter danach. Wollet Ihr mir die Ehre schenken und bei mir zu Abend speisen?«

»Ich danke, Graf«, antwortete Lord Winter, »ich bekenne, der Besuch dieses jungen Mannes raubte mir den Appetit und wird mir sicher auch den Schlaf rauben. Welches Unternehmen will er in Paris ausführen? Er kam nicht her, um mich hier zu treffen, da er von meiner Reise nichts gewusst hat. Vor diesem jungen Manne schaudert mir, in ihm liegt eine blutige Zukunft!«

»Was tut er in England?«

»Er ist einer der eifrigsten Anhänger des Oliver Cromwell.«

»Nun errate ich alles; er kommt als Abgeordneter Cromwells.«

»An wen?«

»An Mazarin, und die Königin hat richtig geraten, man ist uns zuvorgekommen. Jetzt wird mir alles klar; lebt wohl, Graf, auf morgen.«

»Allein die Nacht ist finster«, bemerkte Athos, als er Lord Winter von einer viel lebhafteren Besorgnis erschüttert sah, als er zeigen wollte, »und Ihr habt vielleicht keine Diener?«

»Ich habe Tony, der wohl gut, aber unerfahren ist.«

»Holla! Olivain, Grimaud, Blaisois! nehmt das Gewehr und ruft den Vicomte.«

Blaisois war jener große Mensch, halb Diener, halb Landmann, den wir auf dem Schlosse Bragelonne sahen, als er meldete, dass das Mittagsmahl aufgetragen sei, und dem Athos den Namen seiner Provinz beigelegt hatte. Fünf Minuten nach Erteilung jenes Auftrages erschien Rudolf. »Vicomte,« sprach Athos zu ihm, »begleitet Mylord bis zu seinem Gasthause und lasset niemand sich ihm nähern.«

»Auf morgen, Graf«, rief Lord Winter. »Ja, Mylord.«

Der kleine Zug bewegte sich nach der Straße Saint-Louis, Olivain zitternd wie Sofia bei jedem Schimmer zweideutigen Lichtes; Blaisois ziemlich fest, weil er nicht wusste, dass man in irgendeiner Gefahr schwebe, Tony links und rechts spähend, ohne ein Wort zu sprechen, da er nicht Französisch verstand. Lord Winter und Rudolf schritten nebeneinander und unterredeten sich. Grimaud, der dem Befehle Athos' zufolge die Fackel in der einen, das Gewehr in der andern Hand dem Zuge vorangeschritten war, gelangte vor das Gasthaus Lord Winters, schlug mit der Faust an das Tor, und als es geöffnet war, verneigte er sich vor Lord Winter, ohne etwas zu sprechen.

**Abermals eine Königin, welche Hilfe anspricht**

Athos ließ sogleich am Morgen Aramis in Kenntnis setzen und übergab seinen Brief Blaisois, dem einzigen Diener, der ihm geblieben war. Blaisois traf Bazin, wie er eben sein Küsterkleid anzog, da er an diesem Tage den Dienst in Notre-Dame hatte. Athos trug Blaisois auf, er möchte Aramis selbst zu sprechen suchen, Blaisois fragte nach Herrn d'Herblay und bestand ungeachtet der Versicherungen Bazins, dass er nicht zu Hause sei, so fest darauf, dass er Bazin ungemein in Zorn brachte. In diesem Momente und bei dem ungewöhnlichen Geräusch kam Aramis herbei und öffnete behutsam und halb die Türe seines Schlafgemaches. Blaisois nahm seinen Brief aus der Tasche und reichte ihn Aramis. »Vom Grafen de la Fère?«, fragte Aramis, »es ist gut.« Somit kehrte er in sein Zimmer zurück, ohne dass er nach der Veranlassung dieses Lärmes gefragt hätte.

Um zehn Uhr hatte sich Athos bei gewohnter Pünktlichkeit auf der Louvrebrücke eingefunden. Hier traf er den Lord Winter, der in demselben Augenblicke ankam. Sie warteten beiläufig zehn Minuten lang. Lord Winter begann schon zu fürchten, Aramis möchte nicht kommen. »Geduld«, rief Athos, der seine Augen gegen die Straße du Bac gerichtet hielt; »Geduld, dort kommt einer, das muss Aramis sein.« Er war es in der Tat.

Wie sich wohl erraten lässt, so umarmten sich Aramis und Lord Winter aufs Zärtlichste. »Wohin gehen wir?«, fragte Aramis. »Schlägt man sich vielleicht? Potz Wetter, ich habe diesen Morgen kein Schwert und muss wieder nach Hause gehen, um eines zu holen.« »Nein,« versetzte Lord Winter, »wir wollen Ihrer Majestät der Königin von England einen Besuch abstatten.« »O recht schön!«, rief Aramis. »Und aus welcher Ursache machen wir diesen Besuch?«, fuhr er fort, und neigte sich zu Athos' Ohr.« »Meiner Treue, das weiß ich nicht; vielleicht fordert man von uns irgendein Zeugnis.« »Wäre es etwa jener verwünschten Geschichte wegen?«, fragte Aramis, »In diesem Falle läge mir wenig daran, hinzugehen, denn es geschähe, um, irgendeinen Verweis zu holen; aber seit ich deren andern gebe, mag ich selbst nicht gern welche einstecken.« »Wenn das so wäre, so würde uns Lord Winter nicht zu Ihrer Majestät führen, denn auch er hätte seinen Teil daran, da er einer der Unsrigen war.« »Ach ja, es ist wahr. So gehen wir also.«

Als sie im Louvre ankamen, schritt Lord Winter voraus; übrigens hütete nur ein Pförtner die Türe. Beim Tageslichte schienen Athos, Aramis und selbst der Engländer die auffallende Armseligkeit der Wohnung wahrzunehmen, die eine hartherzige Großmut der unglücklichen Königin einräumte. Große Säle, ganz von Möbeln entblößt, beschädigte Wände, an welchen hier und da noch beschädigte Gesimse glänzten, die der Fahrlässigkeit trotzten, Fenster, die sich nicht mehr schlossen, und worin die Scheiben fehlten; kein Teppich, keine Wachen, kein Diener, das fiel Athos schon anfangs auf und darauf machte er auch seine Begleiter aufmerksam, indem er sie mit dem Ellbogen anstieß und auf dieses Elend mit den Augen hinwies. »Mazarin wohnt besser,« bemerkte Aramis. »Mazarin ist beinahe König«, versetzte Athos, »und Madame Henriette ist beinahe nicht mehr Königin.«

Die Königin schien schon ungeduldig zu warten, denn auf die erste Bewegung, die sie in ihrem Vorgemach hörte, trat sie selber an die Schwelle, um da die Höflinge ihres Unglücks zu empfangen. »Tretet ein und seid mir willkommen, meine Herren,« sprach sie. Die Edelleute traten ein und blieben anfangs stehen, doch auf einen Wink der Königin, Platz zu nehmen, gab Athos das Beispiel des Gehorsams. Er war ernst und ruhig, Armins hingegen war entrüstet, da ihn diese königliche Not so sehr erbitterte; seine Augen forschten nach jeder bemerkbaren Spur von Dürftigkeit. »Ihr prüfet meinen Luxus,« sprach die Königin Henriette, indem sie ihren Blick trübselig herumwarf. »Madame,« versetzte Aramis, »ich bitte Ihre Majestät um Verzeihung, allein ich kann meine Entrüstung nicht verhehlen, dass die Tochter Heinrichs IV. dergestalt am Hofe Frankreichs behandelt werde.« »Ist dieser Herr kein Kavalier?«, fragte die Königin Lord Winter. »Es ist der Herr d'Herblay,« erwiderte dieser. Aramis errötete und sagte: »Ich widme mich wohl dem geistlichen Stande, Madame, nichtsdestoweniger bin ich stets bereit, wieder Musketier zu werden. Da ich nicht wusste, dass mir die Ehre zuteilwürde, Ihre Majestät zu sehen, so zog ich diesen Morgen das priesterliche Kleid an, darum bin ich aber nicht minder der Mann, den Ihre Majestät am getreuesten in Ihrem Dienste finden wird, was sie auch geruhen wolle, mir zu befehlen.« »Der Herr Chevalier d'Herblay,« sagte Lord Winter, »ist einer jener tapferen Musketiere Sr. Majestät des Königs Ludwigs XIII., von denen ich Ihrer Majestät erzählt habe.« Dann wandte er sich zu Athos und fuhr fort: »Dieser Herr hier ist der edle Graf de la Fère, dessen erhabener Ruf Ihrer Majestät Wohl bekannt ist.« »Meine Herren,« sprach die Königin, »ich hatte vor wenigen Jahren, Edelleute, Reichtümer und Herren um mich her versammelt, auf einen Wink meiner Hand stand mir alles das zu Diensten. Allein jetzt, blickt nur um mich; und es wird Euch wahrlich befremden, jetzt habe ich zur Ausführung eines Planes, der mir das Leben retten soll, nur Lord Winter, einen zwanzigjährigen Freund, und Euch, meine Herren, die ich zum ersten Male sehe, und die ich nur als meine Landsleute kenne.« »Es ist hinreichend.« versetzte Athos mit einer tiefen Verneigung, »wenn das Leben dreier Männer das Ihrige zu erhalten vermag.« »Dank, meine Herren, allein höret mich an«, fuhr sie fort, »ich bin nicht bloß die ärmste der Königinnen, sondern bin auch noch die unglücklichste der Mütter, die verzweiflungsvollste der Gattinnen, Meine Kinder, wenigstens zwei davon, der Herzog von York und die Prinzessin Charlotte, sind fern von mir und den Streichen von Ehrsüchtigen und Feinden ausgesetzt; der König, mein Gatte, führt in England ein so armseliges Leben, dass ich wenig sage, wenn ich Euch versichere, dass er den Tod als etwas Wünschenswertes sucht. Seht, meine Herren, hier ist der Brief, welchen er mir durch Mylord Winter geschickt hat; leset ihn.« Athos und Aramis weigerten sich. »Leset ihn,« sprach die Königin. Athos las nun mit lauter Stimme den Brief, welchen wir bereits kennen.

»Nun?«, fragte Athos, als er diesen Brief gelesen. »Nun,« entgegnete die Königin, »er hat es abgeschlagen.« Die zwei Freunde tauschten ein Lächeln der Verachtung aus. »Und was haben wir jetzt zu tun?«, fragte Athos. »Fühlt Ihr einiges Mitleid für so viel Unglück?« sprach die Königin bewegt. »Ich hatte die Ehre, Ihre Majestät zu fragen, was Sie wünsche, dass der Chevalier d'Herblay und ich für Ihren Dienst tun sollen, wir stehen bereit.« »Ha, mein Herr! Ihr seid wahrhaft ein edles Herz,« rief die Königin mit dankerfüllter Stimme aus, indes sie Lord Winter mit einer Miene anblickte, womit er zu sagen schien: »Habe ich nicht für sie Bürgschaft geleistet?« »Doch Ihr, mein Herr?«, fragte die Königin Aramis. »Madame,« entgegnete dieser, »ich folge dem Herrn Grafen überall, wohin er geht, ohne zu fragen, und ginge er in den Tod; wenn es sich aber um den Dienst Ihrer Majestät handelt,« fügte er bei, die Königin mit der ganzen Anmut der Jugend anblickend, »so will ich dem Herrn Grafen noch voranschreiten.« »Nun denn, meine Herren,« sprach die Königin, »so hört, um welchen Dienst es sich für mich handelt: Der König befindet sich allein mit wenig Edelleuten, welche er täglich zu verlieren fürchtet, unter Schottländern, welchen er nicht traut, wiewohl er selbst Schotte ist. Nun, ich fordere vielleicht zu viel, da ich zu fordern durchaus kein Recht habe: Reiset nach England zu dem Könige, seid seine Freunde, seid seine Hüter, zieht an seiner Seite in die Schlacht, bleibt im Innern seines Hauses um ihn, wo man täglich weit gefährlichere Schlingen für ihn legt, als alle Gefahren des Krieges sind, und gegen diese Opfer, meine Herren, die Ihr mir bringen werdet, verspreche ich Euch nicht eine Belohnung, aus Furcht, dieses Wort könnte Euch verletzen, sondern ich gelobe, Euch wie eine Schwester zu lieben und Euch allem vorzuziehen, was nicht mein Gatte, was nicht meine Kinder sind – das beschwöre ich vor Gott.« »Wann sollen wir aufbrechen, Madame?« fragte Athos. »Ihr willigt also ein?«, rief die Königin voll Entzücken. »Ja, Madame, nur glaube ich, Ihre Majestät tut zu viel, indem Sie uns eine Freundschaft zusichert, welche so weit über unsere Verdienste geht. Wir dienen Gott, Madame, indem wir einem so unglücklichen Fürsten und einer so tugendhaften Königin dienen. Madame, wir sind Ihrer Majestät mit Leib und Seele ergeben!« »O, meine Herren«, rief die Königin, bis zu Tränen bewegt, »das ist der erste Augenblick der Wonne und der Hoffnung, den ich seit fünf Jahren empfand. Ja, Ihr dienet Gott, und da meine Macht zu beschränkt ist, um einen solchen Dienst anzuerkennen, so wird er es Euch vergelten, er, der in meinem Heizen all dasjenige liebt, was ich an Erkenntlichkeit für ihn und für Euch empfinde. Rettet meinen Gatten, rettet den König, und obschon Euch der Lohn nicht anspornt, der Euch hienieden für diese schöne Tat zuteil werden kann, so lasst mir doch die Hoffnung des Wiedersehens, damit ich Euch selber danke. Mittlerweile bleibe ich hier. Habt Ihr an mich irgendein Anliegen? Ich bin von nun an Eure Freundin, und da Ihr meine Angelegenheiten besorgt, so muss ich mich um die Eurigen bekümmern.« »Madame,« sprach Athos, »ich habe Ihre Majestät nur um Ihre Gebete zu bitten.« »Und ich«, sagte Aramis, »ich stehe allein da auf Erden und habe Ihrer Majestät nur zu dienen.« Die Königin bot ihnen ihre Hand zum Kusse und sprach dann leise zu Lord Winter: »Gebricht es Euch am Geld, Mylord, so säumt keinen Augenblick und zerschlagt die Schmucksachen, die ich Euch gegeben, nehmt daraus die Diamanten und verkauft sie. Ihr werdet fünfzig- bis sechzigtausend Livres dafür bekommen; gebt sie aus, wenn es vonnöten ist, und sorgt dafür, dass diese Edelleute nach Gebühr, das heißt königlich, behandelt werden.«

Die Königin hatte zwei Briefe in Bereitschaft; der eine war von ihr selbst, der andere von der Prinzessin Henriette, ihrer Tochter, geschrieben. Den einen davon übergab sie Athos, den andern Aramis, damit sie sich, falls sie ein Unfall trennte, dem Könige zu erkennen geben könnten, dann gingen sie weg. Unten an der Treppe hielt Lord Winter an und sagte: »Meine Herren, Ihr ziehet Euren Weg und ich den Meinigen, um keinen Argwohn zu erregen, und heute Abend um neun Uhr kommen wir bei dem Tore Saint-Denis zusammen. Die drei Edelleute drückten sich die Hand; Lord Winter bog in die Straße Saint-Honoré ein, Athos und Aramis blieben beisammen.

Als sie allein waren, sagte Aramis: »Nun, lieber Graf, was haltet Ihr von der Sache?« »Sie steht schlimm«, erwiderte Athos, sehr schlimm.« »Doch habt Ihr sie mit Enthusiasmus angenommen!« »So wie ich stets die Verteidigung eines großen Prinzips annehmen werde, lieber d'Herblay. Die Könige können nur stark sein durch den Adel, allein der Adel kann nur groß sein durch die Könige. Lasst uns also die Monarchie aufrecht erhalten, das ist, uns selbst aufrecht erhalten.« »Wir werden uns dort töten lassen,« entgegnete Aramis. »Ich hasse die Engländer, da sie grobe Biertrinker sind.« »Wäre es etwa besser, hier zu bleiben«, versetzte Athos, »und uns ein bisschen mit der Bastille oder dem Schlossturme von Vincennes dafür vertraut zu machen, dass wir zur Flucht des Herrn von Beaufort beigetragen haben? Ha, meiner Seele, Aramis, glaubt mir, wir haben nicht Ursache, es zu bedauern. Wir weichen dem Gefängnisse aus und handeln als Helden. Das ist eine leichte Wahl.« »Das ist wohl wahr, mein Lieber; aber wir müssen in jeder Hinsicht auf den ersten Punkt zurückkommen, der, ich weiß es, sehr einfältig, aber sehr nötig ist – habt Ihr Geld?« »Ungefähr hundert Pistolen, die mir mein Pächter am Tage vor meiner Abreise von Bragelonne geschickt hat. Indes muss ich davon fünfzig für Rudolf zurücklassen; ein junger Edelmann soll stets auf würdige Weise leben. Somit habe ich etwa nur noch fünfzig Pistolen.

Und Ihr?« »Ich? – o ich bin überzeugt, wenn, ich alle meine Taschen um-
kehre und meine Schubladen öffne, dass ich nicht zehn Louisdors zu
Hause finde. Zum Glück ist Lord Winter reich.« »Lord Winter ist für den
Augenblick zugrunde gerichtet, da ihm Cromwell alle Einkünfte entzieht.« »Nun wäre der Baron Porthos gut,« bemerkte Aramis. »Jetzt beklage ich d'Artagnan«, versetzte Athos. »Welch eine vollgepfropfte Börse!« »Was für ein Degen!« »Lasst sie uns anwerben.« »Das ist nicht unser
Geheimnis, Aramis; glaubt mir also und lasset uns niemanden ins Vertrauen ziehen. Machten wir einen solchen Schritt, so würden wir an uns
selbst zu zweifeln scheinen. Beklagen wir im Stillen, doch reden wir
nichts.«

### Wo bewiesen ist, dass die erste Regung stets die beste sei

Die drei Kavaliere begaben sich auf die, Straße nach der Normandie,
diese Straße, die ihnen so wohlbekannt war, und die bei Athos und
Aramis einige der bilderreichsten Erinnerungen erneuerte. Nach einer
Reise von zwei Tagen und einer Nacht gelangten sie endlich bei herrli-
chem Wetter abends nach Boulogne, einer damals fast öden Stadt, die
ganz auf der Höhe erbaut war; die sogenannte untere Stadt bestand noch
nicht; Boulogne war ein furchtbar befestigter Ort. Als sie bei den Toren
der Stadt ankamen, sprach Lord Winter:»Meine Herren, machen wir es
hier wie in Paris; trennen wir uns, um Argwohn zu vermeiden. Ich habe
ein Gasthaus, welches wenig besucht und dessen Wirt mir ergeben ist.
Dort will ich einkehren, da auch dort Briefe für mich liegen müssen. Ihr
kehrt im ersten Gasthofe der Stadt ein, ›beim Schwert des großen Heinrich‹ – erquickt Euch dort, und nach zwei Stunden begebt Euch an den
Strand, wo unsere Barke schon warten muss.« So wurde nun die Sache
abgemacht, Lord Winter setzte seinen Weg längs des äußeren Bollwerkes
fort, um durch ein anderes Tor zu reiten, indes die zwei Freunde durch
jenes in die Stadt ritten, vor dem sie eben waren nachdem sie etwa zweihundert Schritte zurückgelegt, kamen sie zu dem Gasthause. Athos und
Aramis gingen hinab zu dem Hafen. Diese zwei Freunde erregten durch
ihre staubbedeckten Kleider und durch eine gewisse ungezwungene
Haltung, die stets den an das Reisen gewohnten Mann bekundet, die
Aufmerksamkeit einiger Spaziergänger. Insbesondere fiel ihnen einer
derselben auf, der schon bei ihrer Ankunft ihr Augenmerk auf sich gezogen hatte. Dieser Mann wandelte trübselig am Ufer auf und nieder,
und als er sie sah, hörte er nicht auf, sie gleichfalls anzublicken, und
schien große Lust zu haben, sie anzusprechen. Als nun Athos und Aramis auf dem Strande ankamen, blieben sie stehen, um ein kleines Schiff

zu betrachten, das an einem Pfahle befestigt und ganz ausgestattet war, als ob es schon warte. »Das ist zweifelsohne das Unsrige«, sagte Athos. »Ja, entgegnete Aramis, »und die Schaluppe, welche dort steuert, sieht ganz so aus, als wäre sie es, die uns nach unserem Ziele führen soll; wenn nur Lord Winter nicht auf sich warten lässt,« fuhr er fort. »Es ist hier nicht angenehm zu weilen, da keine einzige Dame vorbeigeht.« »Still.« sprach Athos, »man belauscht uns.«

Jener Spaziergänger, der die zwei Freunde musternd mehrmals hinter ihnen auf und ab geschritten war, war bei dem Namen Lord Winter stehen geblieben, da jedoch sein Antlitz durchaus keine Gemütsbewegung kundgab, als er diesen Namen hörte, so mochte es ebenso gut aus Zufall geschehen, dass er stehen blieb. »Meine Herren,« sprach der junge Mann, indem er sie mit vieler Ungezwungenheit und Artigkeit begrüßte, »verzeihen Sie mir meine Neugierde, allein ich sehe, dass Sie von Paris kommen oder wenigstens in Boulogne fremd sind.« »Ja, mein Herr, wir kommen von Paris«, antwortete Athos mit derselben Höflichkeit. »Was steht zu Ihren Diensten?« »Wollen Sie mir doch gütigst sagen, mein Herr.« sprach der junge Mann, »ob es wahr sei, dass der Herr Kardinal Mazarin wirklich nicht mehr Minister ist.« »Diese Frage ist seltsam,« bemerkte Aramis. »Er ist es, und ist es auch nicht«, erwiderte Athos; »während ihn die eine Hälfte von Frankreich abgesetzt haben will, behauptet er sich in seiner Stelle bei der andern Hälfte durch Schlauheit und Versprechungen, und das kann, wie Sie sehen, noch lange so fortdauern.« »Also kurz, mein Herr«, sagte der Fremde, »er ist weder auf der Flucht, noch sitzt er im Gefängnis?« »Nein, mein Herr, wenigstens nicht für den Augenblick.« »Nehmen Sie meinen Dank hin für Ihre Gefälligkeit, meine Herren«, erwiderte der junge Mann und ging hinweg. »Was sagt Ihr zu diesem Auskundschafter?«, fragte Aramis. »Ich sage: ›Er ist entweder ein Kleinstädter, der sich langweilt, oder ein Spion, der ausforscht.‹« »Und Ihr habt ihm so geantwortet?« »Wie hätte ich anders antworten sollen? Wie er artig war gegen mich, so war ich es gegen ihn.« »Wenn er aber ein Spion ist?« »Nun, was soll er als Spion machen? Wir leben nicht mehr in der Zeit des Kardinals Richelieu, der uns eines bloßen Verdachtes willen die Häfen sperren ließ.« »Wenn auch, so hattet Ihr Unrecht, so zu antworten, wie Ihr es tatet,« entgegnete Aramis, während er dem jungen Manne nachblickte, bis er in den Dünen verschwand. »Und Ihr«, erwiderte Athos, »Ihr vergesset, dass Ihr noch weit unbedachtsamer waret, da Ihr den Namen Lord Winter ausspracht. Wisst Ihr nicht mehr, dass der junge Mann bei diesem Namen stehen blieb?« »Da hättet Ihr ihn umso mehr auffordern sollen, dass er seine Wege gehe, als er Euch anredete.« »Einen Streit?«, fragte Athos. »Seit wann fürchten wir uns denn vor einem Streite?« »Ich furchte mich jedes Mal vor einem Streite, wenn man mich irgendwo erwartet, und dieser Streit mich abhalten kann, einzutreffen. Soll ich Euch noch überdies etwas eingestehen? Ich war auch neugierig, diesen jungen Mann in der Nähe zu sehen.« »Weshalb?« »Ihr werdet meiner spotten, Aramis. Ihr werdet sagen, Aramis, dass ich stets dasselbe wiederhole, und mich den furchtbarsten Geisterseher heißen.« »Weshalb?« »Wem, findet Ihr, dass dieser junge Mann ähnlich sähe?« »Im Hässlichen oder im Schönen?«, fragte Aramis. »Im Hässlichen, und soviel nur ein Mann einem Weibe ähnlich sehen kann.« »Ah, bei Gott!«, rief Aramis, »Ihr mahnt mich daran. Nein, beim Himmel, Ihr seid doch kein Geisterseher, Freund, ich entsinne mich jetzt, ja, Ihr habet, meine Treue, recht; dieser feine und eingezogene Mund, diese Augen, die immer auf die Befehle des Verstandes und nie auf jene des Herzens zu blicken scheinen – – das ist irgendein Bastard von Mylady.« »Ihr lacht, Aramis.« »Aus Gewohnheit, weiter nicht; denn ich versichere Euch, dass ich dieser Schlange ebenso ungern wie Ihr begegnen möchte.« »Ha, dort kommt Lord Winter!«, rief Athos. »Gut, jetzt fehlte nur noch eines,« sprach Aramis, »dass nämlich unsere Diener auf sich warten ließen.« »Nein«, erwiderte Athos, »ich sehe sie dort herankommen, zwanzig Schritte hinter Mylord. Ich erkenne Grimaud an seinem starren Kopfe und langen Beinen. Tony trägt unsere Karabiner.« »Wir werden uns also bei Nacht einschiffen?«, fragte Aramis. »Das ist möglich«, entgegnete Athos. »Zum Teufel!«, rief Aramis, »ich bin bei Tage kein großer Freund des Meeres, geschweige erst des Nachts; ich gestehe, dass ich den Schlägen der Wogen, dem Brausen des Windes und dem widerlichen Schaukeln des Schiffes die klösterliche Stille in Noisy vorziehe.« Athos lächelte auf seine traurige Weise, denn er hörte Wohl die Worte seines Freundes, dachte aber dabei an etwas anderes und schritt Lord Winter entgegen. Aramis ging ihm nach.

»Was habt Ihr denn, Mylord?«, fragte Athos, »und was setzt Euch so sehr außer Atem?« »Nichts,« entgegnete Lord Winter, »nichts. Indes, als ich bei den Dünen vorbeiging, dünkte es mich – – « er wandte sich abermals um. Athos blickte Aramis an. »Doch lasst uns aufbrechen,« begann Lord Winter wieder, »lasst uns aufbrechen, das Schiff muss uns erwarten, dort liegt unser Boot vor Anker – seht Ihr es? O, ich möchte schon auf ihm sein.« Er wandte sich von Neuem um. »Ah so,« sprach Aramis. «Ihr habt also etwas vergessen?« »Nein, es ist Beklommenheit.« »Er hat ihn gesehen«, flüsterte Athos leise Aramis zu. Man gelangte zu der Treppe, welche nach der Barke führte. Lord Winter ließ die Bedienten mit den Waffen und die Träger des Gepäckes zuerst hinabgehen und folgte ihnen dann nach.

In diesem Momente gewahrte Athos einen Mann, der längs des Standes hinging und seine Schritte beflügelte, als wolle er ihrer Einschiffung etwa zwanzig Schritte entfernt auf der andern Seite des Hafens beiwohnen. Er glaubte, ungeachtet der zunehmenden Dunkelheit, den jungen Mann zu erkennen, der sie angeredet hatte. »Ha!«, rief er, »ha, ist es wirklich ein Spion, der sich unserer Einschiffung widersetzen will?« Da es indes für den Fall, als der Fremde diesen Entschluss gehabt hätte, zur Ausführung schon ein bisschen zu spät war, so ging Athos die Treppe hinab, ohne dass er den jungen Mann aus den Augen verlor. Dieser war, um kurz abzuschneiden, auf eine Schleuse gestiegen. »Er will sicherlich an uns«, versetzte Athos, »indes schiffen wir uns nur ein, und sind wir einmal in der offenen See, so möge er kommen.« Athos sprang in die Barke, die auch sogleich vom Ufer stieß und sich unter der Anstrengung von vier kräftigen Ruderknechten allgemach entfernte. Der junge Mann aber folgte der Barke oder eilte ihr vielmehr voraus. Er musste zwischen der Spitze des Dammes, auf dem sich der eben angezündete Leuchtturm befand, und einem vorragenden Felsenblocke vorüber. Man sah von der Ferne, wie er diesen Fels erkletterte, um sich über dem Schiffe zu befinden, wenn es vorbeiruderte. »O seht,« sprach Aramis zu Athos, »dieser junge Mann ist in der Tat ein Spion.« »Welcher junge Mann?«, fragte Lord Winter, indem er sich umwandte. »Nun jener, der uns nachfolgte, der uns ansprach und der dort auf uns wartet – seht.« Lord Winter wandte sich und folgte der Richtung von Aramis' Finger. Der Leuchtturm übergoss mit seinem Lichte die schmale Meerenge, durch die man eben steuern wollte, und den Felsen, auf dem der junge Mann mit gekreuzten Armen harrend stand. »Das ist er!«, rief Lord Winter und fasste Athos am Arme. »Das ist er, ich glaube ihn wohl zu erkennen, und irrte nicht.« »Wer?«, fragte Aramis. »Myladys Sohn,« entgegnete Athos. »Der Mönch!«, rief Grimaud. Der junge Mann vernahm diese Worte; man hätte geglaubt, er wolle sich hinabstürzen, so sehr stand er an der äußersten Felsenspitze über das Meer geneigt. »Ja, ich bin es, mein Oheim, ich, Myladys Sohn, ich, jener vermummte Mönch, ich, der Sekretär und Freund Cromwells, und kenne sowohl Euch als Eure Begleiter.« In dieser Barke waren drei entschieden tapfere Männer, denen niemand den Mut abzusprechen gewagt hätte; dennoch fühlten sie bei dieser Stimme, bei diesem Ausdrucke und dieser Gebärde Schauder durch ihre Adern wallen. Bei Grimaud sträubten sich die Haare auf dem Haupte und der

Schweiß träufelte ihm von der Stirne. »Ha,« sprach Aramis, »das ist, wie er selber sagt: der Neffe, der Mönch, der Sohn von Mylady.«

»Ja. leider!« murmelte Lord Winter. »Nun, so wartet«, sagte Aramis. Da ergriff er mit der Kaltblütigkeit, die er bei wichtigen Veranlassungen hatte, eines der zwei Gewehre, die Tony hielt, spannte es und zielte nach dem Manne auf dem Felsen, gleich dem bösen Geiste die Hand und den Blick gespannt. »Feuer!«, rief Grimaud außer sich. Athos stürzte auf den Lauf der Büchse und hemmte den Schuss, der sich eben entladen sollte. »Hole Euch der Teufel!«, rief Aramis; »ich fasste ihn schon so gut und hätte ihn mitten durch die Brust geschossen.« »Es ist wohl schon genug«, murmelte Athos, »dass wir die Mutter getötet haben.« »Die Mutter war ein Scheusal und hat uns alle in uns und in denen verletzt, welche uns teuer waren.« »Ja, allein der Sohn hat uns nichts getan.«

Der junge Mann erhob ein Gelächter und rief: »Ha, ihr seid es wirklich; jetzt kenne ich euch!« Sein höhnisches Gelächter und seine drohenden Worte hallten dahin, über das vom frischen Winde fortgetragene Schiff, und verloren sich in der Unendlichkeit des Horizonts. Aramis schauderte. »Stille!«, rief Athos; »sind wir denn zum Teufel keine Männer mehr?« »Doch,« entgegnete Aramis, »allein jener dort ist ein Satan. Und nun fragt den Oheim, ob ich unrecht gehabt hätte, dass ich ihn von seinem Neffen befreien wollte.«

In diesem Momente rief sie eine Stimme aus dem Schiffe an, der Lotse am Steuerruder gab Antwort und die Barke legte bei dem Schiffe an.

### Ein Versuch des Herrn de Retz

D'Artagnan hatte wohl erwogen, was er tat, da er sich nicht unmittelbar nach dem Palais-Royal begab; er hatte Comminges Zeit gelassen, vor ihm dort einzutreffen, und somit dem Kardinal die wichtigen Dienste mitzuteilen, welche d'Artagnan und sein Freund diesen Morgen der Partei der Königin geleistet hatten. Beide wurden auf das Huldreichste von Mazarin empfangen, der ihnen pomphafte Komplimente machte, und sie versicherte, es befinde sich jeder von ihnen weiter als auf halbem Wege von dem, was er wünsche: d'Artagnan nämlich von einer Kapitänstelle und Porthos von seiner Baronie. D'Artagnan hätte eine Belohnung in Geld vorgezogen, indes er wusste, wie gerne Mazarin versprach und wie mühevoll er Wort hielt; ihm galten daher die Versprechungen des Kardinals wie ein hohler Braten; er zeigte sich aber doch in Gegenwart Porthos' ganz zufrieden, weil er ihn nicht mutlos machen wollte.

Während die zwei Freunde bei dem Kardinal waren, ließ ihn die Königin rufen. Der Kardinal dachte, würde er ihnen die Danksagung der Königin selbst verschaffen, so wäre das ein Mittel, ihren Eifer zu verdoppeln; er winkte ihnen somit, ihm zu folgen. D'Artagnan und Porthos zeigten auf ihre staubbedeckten und zerrissenen Kleider, aber der Kardinal schüttelte den Kopf und sagte: »Dieser Anzug ist mehr wert, als jener der meisten Hofleute, die Ihr bei der Königin antreffen werdet.« D'Artagnan und Porthos folgten. Der Hof der Königin Anna war zahlreich und geräuschvoll lustig; denn nachdem man bereits einen Sieg über die Spanier erfochten, hatte man am Ende auch über das Volk gesiegt. Broussel war verhaftet worden und wurde ohne Widerstand van Paris weggebracht; er musste in diesem Augenblicke in den Gefängnissen von Saint-Germain sein. Blancmesnil, der zu gleicher Zeit verhaftet wurde, was ohne Aufsehen und Schwierigkeit geschah – wurde im Schlosse von Vincennes eingesperrt.

Comminges war bei der Königin, die ihn um die Einzelheiten seines Unternehmens befragte, und jeder horchte auf seinen Bericht, als er an der Türe den Kardinal und hinter ihm d'Artagnan und Porthos eintreten sah. »O, Madame.« sprach er, indem er auf d'Artagnan zueilte, »hier ist einer, der das Ihrer Majestät besser sagen kann als ich, da er mein Retter war. Ohne ihn wäre ich wahrscheinlich in diesem Augenblicke in den Netzen von Saint-Cloud, da es sich um nichts Geringeres handelte, als mich in den Fluss zu stürzen. Redet, d'Artagnan, redet!« Seit d'Artagnan Leutnant der Musketiere war, befand er sich vielleicht schon hundertmal in demselben Zimmer mit der Königin, doch hatte ihn diese nie angeredet. Doch diesmal sprach sie: »Nun, Herr, Ihr schweigt, nachdem Ihr mir einen solchen Dienst erwiesen?« »Madame!«, erwiderte d'Artagnan, »ich habe nichts zu sagen, als dass mein Leben dem Dienste Ihrer Majestät geweiht ist, und ich erst an dem Tage glücklich sein werde, da ich es durch Sie verliere.« »Ich weiß das,« entgegnete die Königin, »ich weiß das schon seit langer Zeit. Ich bin somit auch erfreut, dass ich Euch diesen öffentlichen Beweis meiner Achtung und meines Dankes zu geben vermag.« »Madame«, antwortete d'Artagnan, »ich bitte um Erlaubnis, einen Teil davon auf meinen Freund, einen vormaligen Musketier der Kompagnie Tréville, wie ich, übertragen zu dürfen, da er,« fügte er bei, »Wunder verrichtet hat.« »Wie ist der Name dieses Herrn?«, fragte die Königin. »Bei den Musketieren,« entgegnete d'Artagnan, »nannte er sich Porthos (die Königin erbebte), doch sein wahrer Name ist: Chevalier du Ballon.« »De Bracieux de Pierrefonds«, fügte Porthos hinzu. »Das sind zu viele Namen, als dass ich sie alle behielte; ich will mich nur des ersteren erinnern,« sprach die Königin huldvoll. Porthos verneigte sich. D'Artagnan wich ein paar Schritte weit zurück. In diesem Moment wurde der Herr Koadjutor angemeldet. Da erhob sich in der königlichen Versammlung ein Ausruf der Überraschung. Man wusste es, dass sich der Herr Koadjutor sehr auf die Seite der Fronde neigte, darum hatte auch der Kardinal Mazarin augenscheinlich die Absicht, ihm einen Streich zu spielen und sich dabei zu belustigen.

Der Koadjutor hatte, als er von Notre-Dame wegging, das Ereignis erfahren. Wiewohl er den Hauptfrondeurs beinahe verpflichtet war, so war er es doch noch nicht in dem Grade, dass er nicht hätte zurücktreten können, falls ihm der Hof Vorteile anböte, nach denen er trachtete, und wozu die Koadjutorstelle nur die Einleitung war. Herr von Retz suchte also anstatt seines Oheims Erzbischof zu werden, und Kardinal wie Mazarin. Durch die Volkspartei konnte er aber schwerlich zu diesen durchaus königlichen Vergünstigungen gelangen. Er ging somit nach dem Palaste, um der Königin seine Glückwünsche wegen der Schlacht bei Lens darzubringen, im Voraus fest entschlossen, für oder wider den Hof zu handeln, je nachdem man seine, Glückwünsche gut oder übel aufnehmen würde.

Der Koadjutor wurde also angemeldet, und bei seinem Eintritte verdoppelte sich die Neugierde dieses triumphierenden Hofes in Bezug auf seine Worte. Der Koadjutor besaß für sich allein ungefähr ebenso viel Verstand wie alle, die hier versammelt waren, um sich über ihn lustig zu machen. Somit war auch seine Rede derart gewandt, dass die Anwesenden bei all ihrer Lust, darüber zu lachen, keinen Anhaltspunkt fanden. Er schloss mit der Versicherung, dass er seine schwachen Kräfte dem Dienste Ihrer Majestät widmen wolle.

Die Königin schien an der Rede des Koadjutors, solange sie dauerte, großes Wohlgefallen zu haben; als er aber mit der obigen Redensart schloss, der einzigen, welche Anlass zu schlechten Witzen bot, so wandte sich Anna, und ein ihren Günstlingen zugeworfener Blick sagte ihnen, dass ihnen der Koadjutor preisgegeben sei. Auf der Stelle setzten sich die sarkastischen Zungen in Bewegung. Alles brach in ein Gelächter aus. Nur Gondy verhielt sich ruhig und ernst bei diesem Ungewitter, welches er für die Spötter hätte verderblich machen können. Als die Königin den Koadjutor fragte, ob er zu der schönen Rede, die er eben gehalten, noch etwas beizufügen hätte, erwiderte dieser: »Ja, Madame, ich habe Ihre Majestät zu bitten, reiflich zu erwägen, bevor Sie den Bürgerkrieg im

Lande anfachen.« Die Königin wandte ihm den Rücken zu, und das Gespötte fing aufs Neue an.

Der Koadjutor verneigte sich und verließ den Palast, während er dem Kardinal einen jener Blicke zuwarf, die man unter Todfeinden versteht. Dieser Blick war so scharf, dass er Mazarin bis auf den Grund des Herzens drang, und dass dieser, wohl fühlend, es wäre eine Kriegserklärung, d'Artagnan am Arme fasste und sprach: »Mein Herr, werdet Ihr wohl gelegentlich diesen Mann, der eben wegging, wieder erkennen?« »Ja, gnädigster Herr.« Dann wandte sich Mazarin zu Porthos und sprach: »Potz Wetter! Das wird schlimm. Ich bin kein Freund von Streitigkeiten unter Männern der Kirche.« Gondy entfernte sich, und als er über die Schwelle des Palastes trat, murmelte er: »Undankbarer Hof, ich will dich morgen in einem anderen Tone lachen lehren!«

Allein während man im Palais-Royal übermäßig lustig war, um die Heiterkeit der Königin zu steigern, verlor Mazarin, als bedächtiger Mann, der übrigens auch alle Vorsicht der Furcht gebrauchte, die Zeit nicht mit eitlen und gefährlichen Scherzen; er war gleich nach dem Koadjutor fortgegangen und ordnete seine Rechnungen, versperrte sein Gold und ließ durch vertraute Handwerker in den Wänden Verstecke anbringen.

### Der Turm Saint-Jacques la Boucherie

Herr von Gondy hatte um drei Viertel auf sechs Uhr alle seine Gänge gemacht, und war in den erzbischöflichen Palast zurückgekehrt. Um sechs Uhr meldete man den Verweser von Saint-Méry. Der Koadjutor warf schnell die Blicke hinter ihn, da er bemerkte, dass ihm ein anderer Mann nachfolge. »Lasset ihn eintreten,« sprach er. Der Verweser trat ein und hinter ihm Planchet. »Gnädiger Herr,« sprach der Gemeindeverweser von Saint-Méry, »hier ist der Mann, von dem mit Ihnen zu sprechen ich die Ehre hatte.« Planchet verneigte sich mit einem Anstände, der zeigte, dass er an guten Umgang gewöhnt sei! »Ihr seid also geneigt, der Sache des Volkes zu dienen?«, fragte Gondy. »Ich glaube wohl«, erwiderte Planchet, »da ich vom Grunde der Seele Frondeur bin. Wie Sie mich da sehen, bin ich verurteilt, gehenkt zu werden.« »Weshalb das?«

»Ich befreite aus den Händen der Aufseher Mazarins einen Edelmann, als sie ihn nach der Bastille zurückführten, wo er schon fünf Jahre lang geschmachtet hatte.«

»Wie nennt er sich?«

»O, Euer Gnaden kennt ihn recht wohl, es ist der Graf von Rochefort.«

»Ah, wirklich!«, rief der Koadjutor, »ich hörte von diesem Vorfalle reden, und wie man mir sagte, brachtet Ihr das ganze Viertel in Aufruhr.«

»So ziemlich,« entgegnete Planchet mit selbstzufriedener Miene. »Was seid Ihr Eures Standes?«

»Zuckerbäcker, Straße des Lombards.«

»Sagt mir doch, wie Ihr kriegerische Neigungen habt, da Ihr ein so friedsames Geschäft betreibt?«

»Nun, gnädiger Herr, ehe ich Zuckerbäcker wurde, war ich drei Jahre Sergeant im Regiment Piemont, und ehe ich Sergeant geworden, war ich achtzehn Monde lang Bedienter des Herrn d'Artagnan.«

»Des Musketier-Leutnants?«, fragte Gondy. »Desselben, gnädiger Herr.«

»Man hielt ihn aber für einen wütenden Mazariner.«

»Hm!« machte Planchet. »Was wollt Ihr damit sagen?«

»Nichts, gnädiger Herr; Herr d'Artagnan steht im Dienste, Herr d'Artagnan erfüllt seine Pflicht, wenn er Mazarin verteidigt, da er ihn bezahlt.«

»Ihr seid ein vernünftiger Mann, Freund; kann man Rechnung auf Euch machen?«

»Ich dachte«, erwiderte Planchet, »der Herr Verweser habe sich schon für mich verbürgt?«

»Allerdings, allein ich wünsche diese Zusicherung aus Eurem Munde.«

»Gnädiger Herr, Sie können auf mich rechnen, wenn es sich anders um eine Umgestaltung der Dinge handelt.«

»Eben darum handelte es sich. Wie viel Mann glaubt Ihr wohl in der Nacht zusammenbringen zu können?« –Zweihundert Musketiere und fünfhundert Hellebarden.«

»Gäbe es nur in jedem Bezirke einen Mann, der ebenso viel täte, wir besäßen morgen schon ein ziemlich starkes Heer.«

»Das glaube ich.«

»Seid Ihr geneigt, dem Grafen von Rochefort zu gehorchen?«

»Ich würde ihm in die Hölle folgen, und das will nicht wenig sagen, denn ich halte ihn für fähig, da hinabzusteigen.«

»Bravo!«

»An welchem Zeichen wird man morgen früh die Freunde von den Feinden unterscheiden können?«

»Jeder Frondeur mag eine Strohschleife an seinem Hute befestigen.«

»Wohl, geben Sie Befehl.«

»Habt Ihr Geld nötig?« »Gnädiger Herr, das Geld schadet in allen Dingen nie. Hat man keines, wird man auch ohne dasselbe fertig; hat man welches, so macht sich die Sache umso schneller und umso besser.« Gondy ging zu seiner Kasse und nahm einen Beutel heraus. »Da sind fünfhundert Pistolen,« sprach er, »und geht die Sache gut vonstatten, so rechnet morgen auf einen gleichen Betrag.« Planchet nahm den Beutel unter den Arm und sagte: »Ich will Euer Gnaden gewissenhaft Rechnung über diese Summe legen.«

»Gut, ich empfehle Euch den Kardinal an.« »Seien Sie ruhig, er ist in guten Händen.« Planchet entfernte sich; der Verweser blieb noch ein Weilchen. »Gnädiger Herr«, fragte er, »sind Sie zufrieden?«

»Ja, dieser Mann scheint mir Entschlossenheit zu haben.«

»Nun, er wird noch mehr tun, als er versprochen hat. »Das ist vortrefflich.«

Der Verweser holte Planchet wieder ein, der an der Treppe auf ihn wartete. Zehn Minuten darauf ward der Verweser von Saint-Sulpice gemeldet. Als die Türe von Gondys Kabinett aufging, stürzte ein Mann herein; es war der Graf von Rochefort.

»Ah, Ihr seid es, lieber Graf!«, rief Gondy, und reichte ihm die Hand. »Ihr seid endlich also entschlossen, Monseigneur?«, fragte Rochefort. »Das war ich immer,« entgegnete Gondy. »Reden wir nicht mehr davon, Ihr sagt es, ich glaube Euch; wir wollen Mazarin einen Tanz veranstalten.«

»Nun, ich hoffe das.«

»Und wann wird der Tanz anfangen?«

»Für diese Nacht werden die Einladungen gemacht«, erwiderte der Koadjutor, »allein die Geiger fangen erst morgen früh zu spielen am.«

»Ihr könnt auf mich rechnen und auf fünfzig Soldaten, welche mir der Chevalier d'Humieres zugesagt hat, wenn ich sie brauche.«

»Auf fünfzig Soldaten?«

»Ja, er wirbt Rekruten an und leiht sie mir; was daran fehlt, wenn das Fest vorüber ist, will ich ersetzen.«

»Gut, lieber Rochefort, doch das ist nicht alles.«

»Was gibt es noch?«, fragte Rochefort lächelnd. »Was habt Ihr mit Herrn von Beaufort gemacht?«

»Er lebt in der Gegend von Vendôme und wartet, bis ich ihm schreibe, dass er nach Paris zurückkehren solle.«

»Schreibt ihm, es ist Zeit.«

»Ihr seid also Eurer Sache versichert?«

»Ja, doch kaum wird das Volk von Paris aufgestanden sein, so werden sich zehn Prinzen für einen melden, um sich an die Spitze zu stellen. Kommt er zu spät an, so wird er finden, dass die Stelle schon besetzt sei.«

»Darf ich ihm die Nachricht in Eurem Namen zukommen lassen?«

»Ja, ganz recht.«

»Darf ich ihm schreiben, dass er auf Euch rechnen könne?«

»Allerdings.«

»Und werdet Ihr ihm alle Gewalt einräumen?«

»Für den Krieg, ja, doch in Bezug auf Politik ...«

»Ihr wisst, das ist seine starke Seite eben nicht.«

»Er wird mich nach meinem Belieben über den Kardinalshut unterhandeln lassen; denn da ich schon genötigt bin, bei meinem Stande zu bleiben, so will ich wenigstens einen roten Hut tragen.«

»Man soll sich nicht über Geschmack und Farben streiten,« versetzte Rochefort; »ich stehe dafür, dass er einwilligen werde.«

»Und Ihr schreibt ihm noch diesen Abend?«

»Ich tue noch mehr als das, ich schicke ihm einen Boten.« In wie viel Tagen kann er eintreffen?«

»In fünf Tagen.«

»Er möge kommen, hier wird er eine Veränderung finden.«

»Das wünsche ich.«

»Und ich stehe dafür.«

»Nun?«

»Geht jetzt, versammelt Eure fünfzig Mann und haltet Euch bereit.«

»Wozu?«

»Zu allem.«

»Wird ein Losungszeichen gegeben?«

»Eine Strohschleife am Hute.«

»Gut, gnädiger Herr, Gott befohlen!«

»Gott befohlen, lieber Rochefort!«

»Ah, Herr Mazarin, Herr Mazarin!«, rief Rochefort, indem er den Verweser mit sich fortzog, der gar keine Gelegenheit gefunden hatte, auch nur ein Wort zu reden, »man wird sehen, ob ich wirklich schon zu alt bin, um ein tatkräftiger Mann zu sein.«

## Die Volksbewegung

Es war ungefähr elf Uhr nachts. Gondy war noch nicht hundert Schritte weit in den Straßen von Paris gegangen, als er die seltsame Veränderung bemerkte, die da geschehen war. Die ganze Stadt schien von fantastischen Wesen bewohnt; man sah schweigende Schatten, welche das Straßenpflaster aufrissen, andere, welche Karren herbeiführten und umleerten, andere, welche Gruben auswarfen, um ganze Reiter-Kompagnien zu verschlingen. Alle diese so tätigen Leute gingen und liefen wie Dämone umher, die irgendein unbekanntes Werk vollbringen.

Gondy betrachtete diese Männer der Finsternis, diese Nachtarbeiter mit einem gewissen Schauder; er fragte sich selbst, ob er wohl, nachdem er diese unreinen Wesen aus ihren Höhlen hervorgerufen, imstande sei, sie wieder dahin zurückkehren zu lassen. Er war versucht, das Zeichen des Kreuzes zu machen, wenn ihm irgendeines dieser Geschöpfe etwas näher kam.

Er kam zu der Straße Saint-Honoré und durchschritt dieselbe, um nach der Straße Ferronnerie zu gelangen. Dort änderte sich der Anblick; es waren da Kaufleute, die von Bude zu Bude eilten. Die Türen schienen geschlossen wie die Fensterbalken, doch waren sie bloß angelehnt, sodass sie auf- und sogleich wieder zugingen, um Männer einzulassen, die sich zu fürchten schienen, das, was sie trugen, sehen zu lassen; das waren die Budeninhaber, welche Waffen besaßen und denen, welche keine hatten, davon borgten. Ein Individuum ging von Türe zu Türe, erliegend unter der Wucht von Schwertern, Büchsen, Musketen und Waffen aller Art, die es verabreichte. Der Koadjutor erkannte Planchet beim Schimmer einer Laterne. Als der Koadjutor auf den Pont Neuf kam, fand er die Brücke bewacht; ein Mann trat zu ihm und fragte:

»Wer seid Ihr? Ich erkenne Euch nicht als einen der Unsrigen.«

»Das kommt daher, weil Ihr Eure Freunde nicht kennet, lieber Louvières!« entgegnete der Koadjutor, indem er seinen Hut aufhob. Louvières
erkannte ihn und verneigte sich. Gondy setzte seine Runde fort und ging
bis zum Turme de Résle. Da bemerkte er eine lange Reihe von Leuten,
die an den Mauern hinschlüpften. Man hätte meinen mögen, das sei eine
Prozession von Gespenstern, da sie alle in weiße Mäntel gehüllt waren.
Als nun alle diese Männer einen gewissen Ort erreichten, schien einer
nach dem andern zu verschwinden, als wäre der Boden unter ihren Füßen eingegangen. Der letzte erhob die Augen, zweifelsohne, um sich zu
überzeugen, dass er und seine Gefährten nicht belauscht worden, und
ungeachtet der Dunkelheit erblickte er Gondy. Er schritt geradeswegs
auf ihn los und hielt ihm die Pistole an die Kehle. »Holla, Herr von Rochefort!«, rief Gondy lächelnd, »scherzen wir mit Schießgewehren nicht.«
Rochefort erkannte die Stimme und sagte: »Ach, gnädiger Herr, Ihr seid
es!«

»Ich selbst. Was für Leute führt Ihr da ins Eingeweide der Erde hinab?«

»Meine fünfzig Rekruten des Chevalier d'Humières, welche zu Cheveauxlegers bestimmt sind, und zu ihrer ganzen Ausrüstung weiße Mäntel bekommen haben.«

»Und wohin geht Ihr?«

»Zu einem meiner Freunde, der Bildhauer ist; wir steigen aber durch
die Falltüre hinab, durch die er seinen Marmor bekommt.«

»Recht schön,« versetzte Gondy. Er drückte Rochefort die Hand, der
dann gleichfalls hinabstieg und die Falltüre hinter sich zuschloss. Der
Koadjutor kehrte nach Hause zurück. Es war ein Uhr morgens. Er öffnete ein Fenster und lehnte sich hinaus, um zu lauschen.

Am folgenden Morgen schien Paris bei seinem eigenen Anblick zu erschrecken. Man hätte glauben können, es sei eine belagerte Stadt. Bewaffnete Männer standen mit drohenden Blicken, die Gewehre geschul-
tert, auf den Barrikaden; Losungsworte, Runden, Verhaftungen und sogar Gewaltschritte – das fand der Vorübergehende jeden Augenblick.
Man hielt die Federhüte und die vergoldeten Degen an, um sie rufen zu
lassen: »Es lebe Broussel! Nieder mit Mazarin!« Und wer es nicht tat,
wurde verhöhnt, angespuckt und sogar geschlagen. Man tötete zwar
noch nicht, sah aber, es fehle nicht an Lust hierzu.

Die Königin Anna und Mazarin erstaunten ungemein, als sie erwachten und ihnen gemeldet wurde, dass die Altstadt, die sie am Abend zuvor noch ganz ruhig gesehen, fieberhaft und völlig im Aufstande begrif-

fen sei. Mazarin zuckte die Achseln und tat, als verachte er diesen Pöbel, doch wurde er sichtlich blass und ging ganz bebend in sein Kabinett, wo er sein Gold und seine Kostbarkeiten in die Kassen verschloss und seine schönsten Diamantringe an die Finger steckte. Die Königin, ihrem eigenen Willen überlassen, war entrüstet; sie ließ den Marschall de la Meilleraie rufen und befahl ihm, dass er so viel Mannschaft nehme, als er nötig erachte, und sehe, was denn an diesem »Scherz« wäre. Der Marschall, wie gewöhnlich sehr abenteuerlich, zweifelte an nichts, da er jene hochmütige Verachtung gegen das Volk hegte, welche damals die Krieger gegen dasselbe kundgaben. Er nahm nur einhundertfünfzig Mann und wollte über die Louvre-Brücke ausrücken, doch stieß er auf Rochefort und die fünfzig Cheveauxlegers, die von mehr als fünfzehnhundert Leuten begleitet waren. Es war unmöglich, eine solche Schranke zu durchbrechen. Der Marschall machte nicht einmal den Versuch und ritt über den Kai wieder zurück.

Am Pont Neuf jedoch traf er Louvières und seine Bürger. Diesmal versuchte der Marschall einen Angriff, allein er wurde mit Büchsenschüssen empfangen, während es aus allen Fenstern Steine wie Hagel regnete. Er verlor da drei Mann. Hierauf nahm er seinen Rückzug nach dem Viertel der Hallen, allein dort traf er auf Planchet und seine Hellebardiere. Diese kehrten ihre Waffen drohend nach ihm; er wollte über alle diese Graumäntel hinwegsehen, allein die Graumäntel hielten wacker stand, und der Marschall zog sich nach der Straße Saint-Honoré zurück, nachdem er vier seiner Gardisten, die ganz einfach von der Klinge fielen, auf dem Wahlplatz zurückgelassen hatte. Der Marschall meinte, dieser Punkt wäre schlechter bewacht als die anderen, und wollte ihn gewaltsam wegnehmen. Er ließ zwanzig Mann absteigen, damit sie diese Barrikaden erstürmen und öffnen sollten. Die zwanzig Mann rückten nach diesem Fort, wo nicht allein Männer, sondern auch Weiber und Kinder unter den Waffen standen. Jene zwanzig Mann des Marschalls rückten also geradezu auf das Hindernis los; doch da, hinter den Balken, zwischen den Rädern der Karren, von der Höhe der Steine herab, entlud sich ein entsetzliches Gewehrfeuer, unter dem die Hellebardiere Planchets an der Ecke des Friedhofes des Innocents und die Bürger Louvières' an der Ecke der Münzstraße vordrangen. Der Marschall de la Meilleraie ward von drei Feuern eingeschlossen.

Der Marschall de la Meilleraie war tapfer, und beschloss also auch, da zu sterben, wo er wäre. Er gab Streich um Streich zurück, wonach unter der Menge ein Wehgeheul entstand. Die besser geübten Gardisten schossen auch besser, allein die viel zahlreicheren Bürger vernichteten sie unter einem wahren Feuerorkan. Die Männer fielen rings um ihn, wie sie bei Rocroy oder Lerida hätten fallen können. Fontrailles, sein Adjutant, hatte einen zerschmetterten Arm; sein Pferd ward am Hals von einer Kugel getroffen, weshalb er, da es vor Schmerz wütend wurde, große Mühe hatte, es zu bändigen. Endlich kam es zu diesem entscheidenden Momente, wo der Tapferste den Schauder durch die Adern wallen und den Schweiß an der Stirne fühlt, als sich plötzlich die Volksmenge nach der Straße de l'Arbre Sec öffnete und ausrief: »Es lebe der Koadjutor!«, indem dort Gondy erschien und ganz unbekümmert durch das Gewehrfeuer schritt. Alle sanken auf die Knie. Der Marschall erkannte ihn, eilte ihm entgegen und rief: »In des Himmels Namen! entreißt mich dieser Bedrängnis, oder ich lasse hier meine Haut und die meiner ganzen Mannschaft.« Es erhob sich ein Getöse, bei dem man den Donner des Himmels nicht gehört hätte. Gondy streckte die Hand empor und gebot Stillschweigen. Alles schwieg. Dann sprach er:

»Meine Kinder! Hier ist der Herr Marschall de la Meilleraie, an dessen Gesinnungen Ihr Euch geirrt habt, und der sich verbindlich macht, dass er, wenn er nach dem Palais-Royal zurückkehrt, in Eurem Namen von der Königin die Freilassung unseres Broussel verlangt. Herr Marschall, macht Ihr Euch hierzu verbindlich?« fügte Gondy hinzu, und wandte sich zu dem Gefragten.

»Morbleu!«, rief dieser, »ich will es meinen, dass ich mich hierzu verbindlich mache; ich hoffte nicht, so wohlfeilen Preises davonzukommen.«

»Er gibt Euch sein Edelmannswort«, rief Gondy. Der Marschall hob die Hand empor zum Zeichen der Einwilligung.

»Es lebe der Koadjutor!«, schrie die Menge. Einige Stimmen fügten noch bei: »Es lebe der Marschall!« Doch alle begannen wieder im Chor: »Nieder mit Mazarin!«

Wie schon gesagt, befand sich Mazarin während dieser Zeit in seinem Kabinett und ordnete seine Angelegenheiten. Er hatte d'Artagnan berufen lassen, da aber d'Artagnan nicht den Dienst hatte, so hoffte er, ihn mitten unter diesem Getümmel nicht zu sehen. Indes erschien der Leutnant nach zehn Minuten doch an der Schwelle, und zwar in Begleitung Porthos', »Ah, kommt, Herr d`Artagnan, kommt!« rief der Kardinal, »und seid mir mit Eurem Freunde willkommen. Doch was geht denn vor in diesem verdammten Paris?«

»Was vorgeht, gnädigster Herr? Nichts Gutes,« erwiderte d'Artagnan kopfschüttelnd, »die Stadt ist in vollem Aufstande, und als ich eben mit

Herrn du Ballon, der ganz Ihr Diener ist, durch die Straße Montorgueil ging, zwang man uns trotz meiner Uniform, und vielleicht wegen meiner Uniform, zu rufen: »Es lebe Broussel!«, und soll ich es sagen, gnädigster Herr, was wir noch hätten rufen sollen?«

»Sagt, sagt es.«

»Nieder mit Mazarin! – Meiner Treu, so waren die Worte.« Mazarin lächelte, doch wurde er blass.

»Und habt Ihr auch gerufen?«, fragte er.

»Meiner Seele, nein«, erwiderte d'Artagnan, »ich war nicht bei Stimme; Herr du Ballon ist heiser und rief gleichfalls nicht. Hier, gnädigster Herr!«

»Hier, was?«, fragte Mazarin.

»Betrachten Sie meinen Hut und meinen Mantel.« D'Artagnan zeigte ihm vier Löcher von Kugeln in seinem Mantel und zwei in seinem Hute. Was Porthos' Anzug betrifft, so hatte ihn ein Hellebardenstoß an der Seite aufgeschlitzt und ein Pistolenschuss seine Feder fortgerissen.

»Pest!«, rief der Kardinal tiefsinnig und die zwei Freunde mit treuherziger Bewunderung anblickend, »ich hätte gerufen.«

In diesem Momente drang das Getümmel näher. Mazarin trocknete sich die Stirne und blickte um sich. Er wäre gern ans Fenster getreten, doch getraute er sich nicht. Er sagte: »Seht nach, d'Artagnan, was da unten vorgeht.« D'Artagnan trat mit seiner gewöhnlichen Ruhe an das Fenster. »Ho, ho!«, rief er, »was ist das? Der Marschall de la Meilleraie kehrt ohne Hut zurück, Fontrailles trägt einen Arm in der Schlinge, verwundete Garden, ganz mit Blut bedeckte Pferde. – Doch halt, was tun denn die Schildwachen, sie schlagen an, um zu feuern.«

»Man hat ihnen Befehl gegeben, auf das Volk zu feuern«, sagte Mazarin, »wenn es sich dem Palais-Royal nähern würde.«

»Wenn sie aber schießen«, rief d'Artagnan, »so ist alles verloren.«

»Wir haben die Gitter.«

»Die Gitter – ha, die Gitter sind nur für fünf Minuten. Man wird sie aus den Fugen schütteln, verdrehen, durchbrechen. Bei Gott! Feuert nicht!« rief d'Artagnan, das Fenster öffnend. Ungeachtet dieses Zurufes, der bei dem Getöse nicht gehört werden konnte, fielen drei bis vier Musketenschüsse; darauf erfolgte ein entsetzliches Gewehrfeuer; man hörte die Kugeln an der Fassade des Palais-Royal anprallen, und eine derselben fuhr unter d'Artagnans Arm hindurch und zerschmetterte einen Spiegel, worin sich eben Porthos selbstgefällig betrachtete. »Ho, ho!«, rief der Kardinal, »ein venetianischer Spiegel.«

»Ach, gnädiger Herr,« versetzte d'Artagnan, ruhig das Fenster schließend, »klagen Sie doch nicht, das verlohnt sich nicht der Mühe, denn in einer Stunde wird wahrscheinlich im Palais-Royal kein Spiegel mehr übrig sein, er sei nun von Venedig oder von Paris.«

»Was ist dann aber Euer Rat?«, fragte Mazarin.

»Nun, bei Gott, Broussel herausgeben, da sie ihn verlangen. Was tun Sie auch mit einem Parlamentsrate? Das nützt nichts.«

»Und. ist das auch Euere Ansicht, Herr du Ballon, was würdet Ihr tun?«

»Ich würde Broussel herausgeben,« entgegnete Porthos.

»Kommt, meine Herren, kommt, ich will darüber mit der Königin sprechen.« Am Ausgange des Korridors hielt er an und sagte: »Nicht wahr, meine Herren, ich kann auf Euch rechnen?«

»Wir verkaufen uns nicht zweimal«, erwiderte d'Artagnan, »wir haben uns Ihnen verkauft, befehlen Sie, wir werden Folge leisten.«

»Wohlan«, rief Mazarin, »tretet in dies Zimmer und wartet.«

### Der Aufstand wird zur Empörung

Das Kabinett, in welches man d'Artagnan und Porthos eintreten ließ, war von dem Salon, worin sich die Königin befand, nur durch Tapetentürvorhänge getrennt. Da nun die Scheidewand so dünn war, konnte man alles hören, was vorging, während man auch durch die Öffnung, die zwischen den zwei Vorhängen war, blicken konnte. Die Königin stand im Salon, ganz blass vor Zorn, doch wusste sie, sich so viel zu beherrschen, dass man glauben konnte, ihr Inneres wäre ganz und gar nicht aufgeregt. Hinter ihr standen Comminges, Villequier und Guitaut und hinter den Männern die Frauen. Vor ihr berichtete der Kanzler Séguier, dass man seine Kutsche erbrochen und ihm nachgesetzt habe, dass er nach dem Hotel d'O ... geflohen, und dass dieses Hotel allsogleich erstürmt, ausgeplündert und verwüstet worden sei; zum Glücke habe er noch Zeit gefunden, in ein hinter der Tapete verborgenes Kabinett zu schlüpfen, worin eine alte Frau mit seinem Bruder, dem Bischöfe von Meaux, sich befand. Dort sei die Gefahr so bedrohlich gewesen, die Wütenden haben sich diesem Gemache so ungestüm genähert, dass der Kanzler meinte, seine letzte Stunde wäre schon gekommen, und er habe seinem Bruder gebeichtet, um für den Fall der Entdeckung zum Sterben bereit zu sein. Zum Glücke habe man ihn nicht entdeckt; das Volk, welches wähnte, er habe sich durch eine Hintertüre geflüchtet, zerstreute sich und ließ ihm freien Rückzug. Nun steckte er sich in die Kleider des Marquis d'O ... und verließ das Hotel, indem er über die Leichen einer Stadtwache und zweier Gardisten schritt, die bei der Verteidigung des Straßentores gefallen waren.

Während dieser Erzählung war Mazarin eingetreten, stellte sich, ohne Aufsehen zu erregen, neben die Königin und hörte zu. »Nun«, fragte die Königin, als der Kanzlei geendet hatte, »was haltet Ihr von all dem?«

»Madame, ich halte die Sache für sehr ernst.«

»Und welchen Rat gebt Ihr mir?«

»Ich würde Ihrer Majestät wohl raten, allein ich wage es nicht.«

»Wagt es immerhin, Herr,« sprach die Königin mit bitterem Lächeln, »Ihr habt wohl anderes schon gewagt.« Der Kanzler wurde rot und stammelte ein paar Worte. »Es handelt sich nicht um die Vergangenheit, sondern um die Gegenwart. Ihr sagtet, dass Ihr mir einen Rat zu erteilen hättet; worin besteht also derselbe?«

»Madame«, erwiderte der Kanzler zaudernd, »er bestände darin, Broussel freizulassen.« Die Königin wurde noch blässer, als sie war, und ihr Gesicht zog sich krampfhaft zusammen.

In diesem Moment vernahm man Tritte im Vorgemach, und der Marschall de la Meilleraie trat, ohne angemeldet zu werden, an die Türschwelle.

»Ah, Marschall, Ihr seid hier!«, rief die Königin erfreut. »Ihr habt doch das Gesindel zur Vernunft gebracht, wie ich hoffe.«

»Madame,« entgegnete der Marschall, »ich verlor drei Mann am Pont Neuf, vier bei den Hallen, sechs an der Ecke der Straße de l'Arbre Ger und zwei am Tore Ihres Palastes, in allem fünfzehn. Verwundete bringe ich zehn bis zwölf zurück. Mein Hut ward von einer Kugel fortgerissen, ich weiß nicht wohin, und wahrscheinlich wäre ich bei meinem Hute geblieben, hätte mich nicht der Herr Koadjutor der Gefahr entrissen.«

»Ach, wirklich,« sprach die Königin, »es hätte mich gewundert, diesen krummbeinigen Dachs nicht bei allem beteiligt zu sehen.«

»Madame,« sprach la Meilleraie, »reden Ihre Majestät nicht zu viel Schlimmes in meiner Gegenwart über ihn, da der Dienst noch zu frisch ist, den er mir erwiesen hat.«

»Gut,« versetzte die Königin, »seid ihm so dankbar, als Ihr wollet, mich aber macht das nicht verbindlich. Ihr seid wohlbehalten, das ist alles, was ich wünsche; seid mir nicht bloß willkommen, sondern auch erwünscht.«

»Doch, Madame, bin ich nur unter einer Bedingung glücklich davongekommen, um Ihnen nämlich den Willen des Volkes mitzuteilen.«

»Den Willen –«, rief die Königin Anna mit gerunzelter Stirne. »O, Herr Marschall, Ihr müsst wohl in einer, sehr großen Gefahr geschwebt haben, dass Ihr eine so seltsame Sendung übernahmt.« Sie sprach diese Worte mit einem Ausdruck des Spottes, der dem Marschall nicht entging. »Um Vergebung, Madame,« sprach der Marschall, »ich bin kein Anwalt, darum verstehe ich auch den Wert der Worte nicht recht, ich hätte sagen sollen, den Wunsch und nicht Willen des Volkes. In Bezug auf die Antwort, womit Ihre Majestät mich beehrten, glaube ich, Sie wollten sagen, dass ich mich gefürchtet habe.« Die Königin lächelte.»Ja doch, Madame, ich habe mich gefürchtet; das begegnet mir heute zum dritten Mal in meinem Leben, und doch habe ich zwölf Hauptschlachten und ich weiß nicht wie vielen Gefechten und Scharmützeln beigewohnt; ja, ich habe mich gefürchtet, und ich stehe lieber Ihrer Majestät gegenüber, wie drohend Ihr Lachen auch sein möge, als jenen höllischen Dämonen, welche mich bisher begleitet haben, und welche, ich weiß nicht, woher gekommen sind.«

»Nun,« sprach die Königin, indem sie sich in die Lippen biss, während sich die Höflinge betroffen anblickten, »worin besteht dieser Wunsch meines Volkes?«

»Madame«, erwiderte der Marschall, »dass ihm Broussel herausgegeben werde.«

»Nimmermehr«, rief die Königin, »nimmermehr!«

»Ihre Majestät ist Gebieterin«, versetzte la Meilleraie, verneigte sich und trat einen Schritt zurück.

»Wohin geht Ihr, Marschall?«, fragte die Königin.

»Ich gehe, die Antwort Ihrer Majestät zu überbringen, da man darauf wartet.«

»Bleibt, Marschall, ich will mir nicht den Anschein geben, als ob ich mit Rebellen unterhandelte.«

»Madame,« entgegnete der Marschall, »ich habe mein Wort gegeben.«

»Was sagen will? ...«

»Dass, wenn Sie mich nicht verhaften lassen, ich hinabzugehen gezwungen bin.«

Die Augen der Königin Anna schleuderten zwei Blitze. »O, das hätte nichts auf sich, mein Herr,« sprach sie, »ich ließ schon Größere verhaften, als Ihr seid – Guitaut! –« Mazarin trat schnell vor und sagte: »Madame, dürfte ich es wagen, einen Rat zu geben? ...«

»Etwa auch denselben, Broussel herauszugeben, mein Herr? Wenn das ist, so mögen Sie sich dessen überheben.«

»Nein«, erwiderte Mazarin, »obschon dieser vielleicht ebenso viel wert ist als ein anderer.«

»Worin bestände er nun?«

»Den Herrn Koadjutor berufen zu lassen.«

»Den Herrn Koadjutor!« – rief die Königin, »diesen verwünschten Ruhestörer; er veranlasste diesen ganzen Tumult.«

»Um so mehr,« versetzte Mazarin; »hat er ihn veranlasst, so kann er ihn auch wieder stillen.«

»O, Madame,« sprach Comminges, der an einem Fenster stand, durch das er hinausblickte, »sehen Ihre Majestät, die Gelegenheit ist gut, denn dort ist er eben auf dem Platze des Palais-Royal.« Die Königin eilte ans Fenster und rief: »In der Tat, seht den heuchlerischen Mann!«

»Ich sehe,« sprach Mazarin, »dass alle vor ihm knien, wiewohl er nur Koadjutor ist, indes man mich, wäre ich an seiner Stelle, in Stücke hauen würde, wiewohl ich Kardinal bin. Somit beharre ich auf meinem Wunsche, Madame, dass Ihre Majestät den Koadjutor empfangen möge.«

»Warum sagt Ihr nicht auch: auf Eurem Willen?« fragte die Königin mit leiser Stimme. Mazarin verneigte sich.

Die Königin versank in Nachdenken; ein Weilchen darauf erhob sie den Kopf wieder und sagte: »Herr Marschall, holet mir den Koadjutor und bringt ihn zu mir.«

»Und was soll ich dem Volke sagen?«, fragte der Marschall.

»Dass es sich gedulde,« versetzte die Königin, »da ich es gleichfalls tue.« Die Türe ging wieder auf, der Marschall erschien mit dem Koadjutor.

»Madame,« sprach er, »hier ist Herr von Gondy, der sich beeilt; den Befehlen Ihrer Majestät nachzukommen.« Die Königin trat ihm vier Schritte entgegen, dann blieb sie stehen, kalt, ernst, regungslos und mit verächtlicher Miene. Gondy verneigte sich mit Ehrerbietung. »Nun, mein Herr«, fragte die Königin, »was sagt Ihr zu diesem Tumult?«

»Es ist schon kein Tumult mehr, Madame,« entgegnete der Koadjutor, »sondern eine Empörung.«

»Die Empörung bei denjenigen, welche glauben, dass sich mein Volk empören könnte!«, rief die Königin, unfähig, sich vor dem Koadjutor zu verstellen, welchen sie ganz richtig als den Urheber dieses ganzen Aufstandes ansah. »Empörung, so nennen sie jene, welche wie sie wünschten, den Aufruhr, angezettelt haben. Doch wartet nur, die Autorität des Königs wird sie zur Ordnung bringen.«

»Geschah es vielleicht, um mir das zu sagen, Madame,« entgegnete Gondy kalt, »dass mich Ihre Majestät beehrten, rufen zu lassen?«

»Nein, lieber Koadjutor,« verfetzte Mazarin, »es geschah, um Eure Meinung über den traurigen Zustand zu vernehmen, in dem wir uns befinden.«

»Ist das wahr«, fragte Gondy mit geheuchelter Miene des Erstaunens, »dass mich Ihre Majestät berief, um meinen Rat von mir zu hören?«

»Ja«, antwortete die Königin, man hat es gewollt.« Der Koadjutor verneigte sich und sagte: »Ihre Majestät wünscht nun? ...«

»Zu sagen, was Ihr an ihrer Stelle tun würdet«, bemerkte Mazarin schnell. Der Koadjutor blickte die Königin an, welche es mit einem Wink bejahte. »An der Stelle Ihrer Majestät würde ich nicht schwanken,« versetzte Gondy kalt, »ich würde Broussel freilassen.«

»Und wenn ich ihn nicht freiließe,« sprach die Königin, »was glaubt Ihr dann, dass geschehen könnte?«

»Dann glaube ich,« entgegnete der Marschall, »dass morgen in Paris kein Stein mehr auf dem andern wäre.«

»Ich fragte nicht Euch,« sprach die Königin in strengem Tone und ohne sich umzuwenden, »ich fragte Herrn von Gondy.«

»Wenn Ihre Majestät mich befragte«, erwiderte der Koadjutor mit derselben Ruhe, »so muss ich erklären, dass ich durchaus die Meinung des Herrn Marschalls teile.« Die Röte stieg der Königin ins Gesicht; ihre schönen, blauen Augen schienen aus ihrem Kopfe hervortreten zu wollen: Ihre Karminlippen, welche alle damaligen Dichter mit blühenden Granaten verglichen, wurden blass und bebten vor Ärger, sodass selbst Magarin darüber erschrak, der doch an so manche Zornesausbrüche einer unglücklichen Ehe gewöhnt war.

»Broussel freilassen!«, rief sie endlich mit einem entsetzlichen Lächeln. »Meiner Treue, ein hübscher Rat! Man sieht, dass er von einem Priester kommt.« Gondy blieb standhaft. Die heutigen Beleidigungen schienen an ihm abzugleiten, wie die gestrigen Spöttereien; allein der Hass und das Rachegefühl wuchsen schweigend und tropfenweise an auf dem Grunde seines Herzens. Er starrte die Königin kalt an, welche Mazarin aufforderte, dass er nun gleichfalls etwas sage. Wie gewöhnlich sprach Mazarin wenig und dachte viel. »Ah, ah!«, sagte Mazarin, »ein guter Rat; ich würde den guten Herr Broussel freigeben, tot oder lebendig, und die ganze Sache wäre abgetan.«

»Würde man ihn tot herausgeben, so wäre wohl alles abgetan, wie Sie sagen, Monseigneur, jedoch auf andere Weise, als Sie meinen.«

»Sagte ich: tot oder lebendig?« versetzte Mazarin. »Eine Redensart; Ihr wisst wohl, dass ich schlecht französisch verstehe, welches Ihr, Herr Koadjutor, so gut sprecht und schreibt.«

Der Koadjutor lieh den Sturm vorüberziehen und begann mit demselben Phlegma: »Madame, wenn der Vorschlag, den ich Ihrer Majestät unterbreite, nicht entspricht, so hat dass sicher seinen Grund darin, dass Sie deren bessere haben. Ich kenne zu sehr die Weisheit der Königin und ihrer Räte, um zu glauben, man werde die Hauptstadt lange in der Zerrüttung lassen, weiche einen Aufruhr erzeugen kann.«

»Nach Eurer Ansicht also,« entgegnete hohnlachend die Spanierin, die sich vor Ingrimm in die Lippen biss, »kann dieser Tumult von gestern, der heute schon eine Empörung ist, morgen zur Revolution werden?«

»Ja, Madame«, erwiderte der Koadjutor ernst. »Doch, wenn man Euch anhört, wäre das Volk schon zügellos.«

»Dieses Jahr ist schlimm für die Könige,« versetzte Gondy kopfschüttelnd. »Blicken Ihre Majestät auf England hin.« »Ja«, antwortete die Königin, »aber zum Glücke haben wir in Frankreich keinen Oliver Cromwell.«

»Wer weiß«, erwiderte Gondy, »solche Männer gleichen dem Blitze; man kennt sie nicht, ehe sie treffen.«

Alle schauderten und es trat ein kurzes Stillschweigen ein. Mittlerweile hatte die Königin ihre beiden Hände auf die Brust gedrückt; man sah, dass sie das heftige Pochen ihres Herzens zurückpresste. »Ihre Majestät wird sonach die geeigneten Maßregeln ergreifen«, fuhr der Koadjutor unbarmherzig fort; »allein ich sehe voraus, dass sie schreckvoll und der Art sein werden, dass sie die Anstifter noch mehr aufreizen. »Nun«, erwiderte die Königin spöttisch, »so werdet Ihr, Herr Koadjutor, der Ihr so viel Macht über sie habt und unser Freund seid, sie besänftigen.«

»Das dürfte vielleicht schon zu spät sein«, antwortete Gondy stets frostig, »und vielleicht habe ich selbst schon allen Einfluss verloren, indes Ihre Majestät, wenn Sie Broussel freilässt, dem Aufruhr jede Wurzel abschneidet und das Recht erlangt, jeden neuen Versuch zum Aufstand grausam zu bestrafen.«

»Besitze ich denn nicht dieses Recht?«, fragte die Königin. »Wenn Sie es besitzen, so üben Sie es aus,« entgegnete Gondy.

Die Königin entließ mit einem Wink den Hof mit Ausnahme Mazarins. Gondy verneigte sich und wollte gleich den Übrigen fortgehen. »Bleibt, mein Herr,« sprach die Königin. »Wohl«, sagte Gondy bei sich, »sie wird nachgeben.«

»Sie wird ihn töten lassen,« sprach d'Artagnan zu Porthos, »doch geschieht das jedenfalls nicht durch mich. Ich schwöre es bei Gott, dass ich mich, wenn man über ihn herfällt, auf die Angreifenden stürzen werde.«

»Ich gleichfalls,« versetzte Porthos.

»Schön«, murmelte Mazarin, indem er einen Stuhl nahm, »wir werden etwas Neues sehen.«

»Sagt an,« sprach die Königin, indem sie endlich stehen blieb, »da wir nun allein sind, Herr Koadjutor, sagt und wiederholt Euren Rat.«

»Nun, Madame tun, als ob Ihre Majestät nachgedacht hätte, öffentlich einen Irrtum anerkennen, was die Stärke kräftiger Regierungen ist, Broussel aus der Haft entlassen und dem Volke wieder zurückgeben!«

»O,«rief die Königin Anna,»mich derart zu demütigen! Bin ich Königin, oder bin ich es nicht? Ist all das Gesindel, welches da kreischt, die Mehrzahl meiner Untertanen? Habe ich Freunde, Garden? O, bei unserer Frau, wie die Königin Katharina sprach,« fuhr sie fort, durch ihre eigenen Worte sich anstachelnd, »eher würde ich Broussel mit eigenen Händen erwürgen, als den Schändlichen herausgeben!« Und sie schritt mit geballten Händen auf Gondy zu, den sie in diesem Moment gewiss ebenso hasste wie Broussel. Gondy blieb unbeweglich, und es zuckte nicht eine Sehne seines Gesichtes. »Madame«, rief der Kardinal, indem er die Königin am Arme fasste und zurückzog, «Madame, was tun Sie denn?« Dann fügte er noch auf spanisch hinzu: »Madame, sind Sie außer sich? Anna! Sie, eine Königin, zanken hier wie eine bürgerliche Frau, und sehen Sie nicht, dass Sie in der Person dieses Mannes die ganze Bevölkerung von Paris vor sich haben, den zu beleidigen in diesem Momente gefährlich ist, und dass Sie, wenn er es will, in einer Stunde keine Krone mehr tragen? O, lassen Sie ab, später, bei einer anderen Gelegenheit werden Sie sich fest und kräftig widersetzen, heute aber schmeicheln und liebkosen Sie, oder sie sind nichts mehr, als eine gewöhnliche Frau.«

D'Artagnan hatte schon bei den ersten Worten dieser Anrede Porthos am Arme gefasst und stets mehr und mehr gedrückt; als dann Mazarin schwieg, sprach er leise: »Porthos, sagt ja nie in Mazarins Gegenwart, dass ich spanisch verstehe, oder ich bin ein verlorener Mann und Ihr mit mir.« »Wohl,« entgegnete Porthos. Die hart angegangene Königin ward auf einmal besänftigt, sie ließ sozusagen die Glut aus ihren Augen, das Blut von den Wangen, den wortreichen Zorn von den Lippen verschwinden. Sie setzte sich, ließ ihre ermatteten Arme zur Seite niedergleiten und sprach mit einer von Tränen begleiteten Stimme: »Vergebt, Herr Koadjutor, und schreibt diese Heftigkeit nur dem zu, was ich leide. Frau, und somit den Schwachheiten meines Geschlechtes verfallen, schaudere ich vor den Folgen eines Bürgerkrieges; Königin, und gewohnt, dass man mir gehorche, werde ich heftig bei der ersten Widersetzlichkeit.«

»Madame,« entgegnete Gondy mit einer Verneigung, »Ihre Majestät ist im Irrtum, wenn Sie meine aufrichtige Meinung für Widersetzlichkeit hält. Ihre Majestät hat nur gehorsame und ehrerbietige Untertanen. Das Volk will nicht an die Königin, es ruft nur Broussel, weiter nichts, und ist unter den Gesetzen Ihrer Majestät glücklich, wenn ihm Broussel zurückgegeben wird,« fügte Gondy lächelnd hinzu.

Mazarin hatte bei den Worten: »Das Volk will nicht an die Königin« – schon die Ohren gespannt, da er besorgte, der Koadjutor möchte des Rufes erwähnen: »Nieder mit Mazarin!«, und da wusste er Gondy Dank für diese Auslassung und sprach mit seiner schmeichelhaftesten Stimme und seinem freundlichsten Gesichte:

»Madame, glauben Sie dem Koadjutor, er ist einer unserer gewandtesten Staatsmänner; der erste Kardinalshut, der frei wird, scheint wie geschaffen für sein edles Haupt.

»Und was wird er uns an dem Tage versprechen«, flüsterte d'Artagnan, »wo man ihm nach dem Leben strebt? Wetter, wenn er die Hüte so vergibt, Porthos, so bereiten wir uns vor und lasst uns morgen schon jeder ein Regiment von ihm fordern. Sapperlot! Der Bürgerkrieg dauere nur ein Jahr lang und ich lasse für mich das Schwert als Konnetabel neu vergolden.«

»Und ich?«, fragte Porthos.

»Du? – dir will ich den Marschallsstab des Herrn de la Meilleraie geben lassen, denn mich dünkt, er steht jetzt nicht gar sehr in Gunst.«

»Sonach fürchtet Ihr im Ernst die Volksaufregung, mein Herr?«, fragte die Königin. »Im Ernste, Madame,« entgegnete Gondy, betroffen, dass er noch nicht weiter sei; »ich fürchte, wenn der Strom einmal, den Damm durchbrochen hat, so wird er große Verwüstungen anrichten.«

»Ich denke aber,« versetzte die Königin, »man sollte ihm für diesen Fall nun Dämme entgegensehen. Geht, ich will darüber nachdenken. Gondy blickte Mazarin mit erstaunter Miene an. Mazarin näherte sich wieder der Königin, um mit ihr zu sprechen; in diesem Moment vernahm man vom Platze des Palais-Royal ein schreckliches Getöse. Gondy lächelte, der Blick der Königin entflammte sich, Mazarin erblasste.

In diesem Augenblicke stürzte Comminges in den Saal und sprach bei seinem Eintritt zu der Königin:

»Um Vergebung, Madame, allein das Volk hat die Schildwachen am Gitter niedergemacht und schlägt eben die Tore ein. Was ist Ihr Befehl?«

»Hören Sie, Madame?«, sagte Gondy. Das Brausen der Wogen, das Rollen des Donners, das Geräusch eines tosenden Vulkans lassen sich nicht vergleichen mit dem Sturmgeheul, das in diesem Augenblicke zum Himmel erschallte.

»Was ich befehle?«, fragte die Königin.

»Ja, die Zeit drängt.«

»Wie viel Mann liegen ungefähr im Palais-Royal?«

»Sechshundert Mann.«

»Stellet hundert Mann um den König und verjagt mit dem Reste den Pöbel.«

»Madame«, rief Mazarin, »was tun Sie?«

»Geht!« sprach die Königin, Comminges entfernte sich mit dem leidenden Gehorsam eines Soldaten. In diesem Moment vernahm man ein furchtbares Krachen; eines der Tore fing an, nachzugeben.

»Madame«, stammelte Mazarin, »Sie stürzen uns alle ins Verderben, den König, Sie und mich!« Auf diesen Schrei, welcher dem Kardinal aus der Seele drang, bekam auch die Königin Furcht; sie rief Comminges zurück. «Es ist zu spät,« ächzte Mazarin, sich die Haare ausraufend, »es ist zu spät!« Die Türe gab nach und man Hörte das Freudengeschrei des Pöbels. D'Artagnan griff nach dem Schwerte und winkte Porthos, das gleiche zu tun. »Rettet die Königin!«, rief Mazarin, zum Koadjutor ge-

193

wendet. Gondy eilte ans Fenster, machte es auf und bemerkte Louvieres an der Spitze von zwei- bis dreitausend Menschen. »Keinen Schritt mehr weiter!«, rief er, »die Königin unterschreibt.«

»Was sagt Ihr?« sprach die Königin. »Die Wahrheit, Madame,« entgegnete Mazarin, und reichte ihr Feder und Papier – »es muss geschehen! Unterzeichnen Sie, ich bitte – ich will es.«

Die Königin sank auf einen Stuhl, nahm eine Feder und unterschrieb. – Das Volk hatte, von Louvieres zurückgehalten, wohl keinen Schritt weiter getan, doch wollte das furchtbare Murren nicht enden, womit die Menge ihren Grimm ausdrückt. Die Königin schrieb: »Der Gefängniswächter von Saint-Germain hat den Ratsherrn Broussel in Freiheit zu setzen.« – Und sie unterzeichnete. Der Koadjutor, der die geringste Bewegung mit den Augen verschlang, ergriff das Papier, sobald es unterfertigt war, kehrte damit zum Fenster zurück, schwenkte es in der Hand und rief: »Da ist der Befehl!« Ganz Paris schien ein Jubelgeschrei zu erheben; dann ertönten die Ausrufungen: »Es lebe Broussel! – Es lebe der Koadjutor!«

»Es lebe die Königin!«, rief der Koadjutor. Man antwortete zwar seinem Rufe, allein schwach und nur einzeln. Vielleicht machte er ihn auch nur, um die Königin ihre Schwäche fühlen zu lassen. »Und nun Ihr das habt, was Ihr wollet,« sprach sie, »so geht, Herr Gondy.«

»Wenn die Königin mich brauchen wird,« versetzte der Koadjutor, »so weiß es Ihre Majestät, dass ich zu Befehl stehe.« Die Königin nickte mit dem Kopfe und Gondy ging hinweg. »Ha, verwünschter Mann!«, rief die Königin und streckte ihre Hand nach der kaum zugeschlossenen Türe aus, »ich will dir eines Tages den Rest der Galle, die du mir heute eingeschenkt hast, zu trinken geben.« Mazarin wollte sich ihr nähern. »Lasst mich,« sprach sie, »Ihr seid kein Mann –« und sie entfernte sich. »Und Sie – kein Weib«, murmelte Mazarin.

Nachdem er dann ein Weilchen nachgedacht hatte, erinnerte er sich, dass d'Artagnan und Porthos hier seien, und folglich alles gesehen und gehört haben müssen. Er faltete die Stirn und ging geradeswegs auf den Türvorhang zu und hob ihn auf, allein das Kabinett war leer. Bei den letzten Worten der Königin hatte d'Artagnan Porthos an der Hand gefasst und ihn nach der Galerie gezogen. Mazarin ging nun gleichfalls nach der Galerie und traf dort die zwei Freunde, wie sie eben auf und nieder schritten. »Weshalb seid Ihr vom Kabinett weggegangen, d'Artagnan?« fragte Mazarin. »Weil die Königin befohlen hat, dass sich jedermann zu entfernen habe,« entgegnete d'Artagnan, »weil ich dachte, dass dieser Befehl uns ebenso gut angehe als andere.«

»Ihr seid also hier seit– –?«

»Etwa seit einer Viertelstunde«, erwiderte d'Artagnan und gab Porthos mit den Augen einen Wink, dass er ihn nicht Lügen strafe. Mazarin sah aber diesen Wink und war überzeugt, dass d'Artagnan alles gesehen und gehört habe, doch wusste er ihm Dank für die Lüge.

### Das Unglück gibt Gedächtnis

Wie nun Broussel am nächsten Morgen in einer großen Kutsche seinen Einzug in Paris hielt, wo ihm sein Sohn Louvieres zur Seite saß, eilte das ganze Volk bewaffnet nach der Straße, durch welche er fuhr. Die Zurufungen: »Es lebe Broussel! Es lebe unser Vater!« ertönten von allen Seiten, und trugen den Ton an Mazarins Ohren. Von allen Seiten überbrachten die Kundschafter des Kardinals und der Königin unangenehme Botschaften, die der Minister sehr aufgeregt, die Königin aber sehr ruhig aufnahm. Die Königin schien in ihrem Geiste einen großartigen Entschluss zu nähren, und das vermehrte Mazarins Besorgnisse. Er kannte die stolze Frau und fürchtete ihre Entschlüsse. Der Koadjutor, mächtiger als der König, die Königin und der Kardinal, war in das Parlament zurückgekehrt. Auf seinen Ratschlag hatte ein Parlamentsedikt die Bürger aufgefordert, die Waffen wegzulegen und die Barrikaden niederzureißen: Sie wussten nun, dass es nur einer Stunde bedürfe, um die Waffen wieder zu ergreifen, und nur einer Nacht, um die Barrikaden wieder aufzurichten. Planchet war in seine Kaufbude zurückgekehrt. Der Sieg veranlasste eine Amnestie, sonach fürchtete sich Planchet nicht, gehenkt zu werden, und war überzeugt, dass, wenn man nur Miene machte, ihn gefangen zu nehmen, das Volk sich für ihn erheben würde, wie es für Broussel geschehen war. Rochefort hatte seine Chevauxlegers dem Chevalier d'Humieres zurückgegeben; beim Verlesen fehlten wohl zwei davon, allein der Chevalier, der von Herzen Frondeur war, wollte nichts wissen von Schadloshaltung.

Louvieres war stolz und zufrieden, er hatte sich gerächt an Mazarin, welchen er hasste, und viel zur Befreiung seines Vaters beigetragen; sein Name wurde mit Schrecken im Palais-Royal wiederholt, und er sprach lächelnd zu dem Ratsherrn, als er zu seiner Familie zurückkam: »Glaubst du wohl, Vater, wenn ich jetzt von der Königin eine Kompagnie fordern würde, sie würde mir dieselbe geben?« D'Artagnan nützte den Moment der Ruhe, um Rudolf wieder zu entlassen, welchen er während des Aufruhrs mühevoll eingeschlossen hielt, da er durchaus entweder für die eine oder die andere Partei das Schwert ziehen wollte. Rudolf machte wohl anfänglich einige Schwierigkeiten, allein d´Artagnan sprach im Namen des Grafen de la Fère. – Rudolf machte der Frau van Chevreuse einen Besuch und brach dann auf, um sich wieder zum Heere zu begeben. Nur Rochefort fand, dass die Sache ziemlich schlecht beendigt wurde; er hatte dem Herzog von Beaufort geschrieben, zu kommen, der Herzog würde, wenn er käme, Paris ruhig antreffen. Er besuchte den Koadjutor, um ihn zu fragen, ob er nicht dem Prinzen melden sollte, dass er unterwegs anhalte, doch Gondy dachte ein Weilchen nach und sagte dann: »Lasset ihn seine Reise fortsetzen.«

»Ist also die Sache noch nicht zu Ende?«, fragte Rochefort. »Wie doch, lieber Graf, wir sind ja erst beim Anfang.« »Woher glaubt Ihr das?« »Weil ich das Herz der Königin kenne; sie wird nicht geschlagen bleiben wollen.« »Hat sie irgendetwas in Bereitschaft?« »Ich hoffe das.« »Was wisst Ihr? Lasst hören.« »Ich weiß, dass sie an den Prinzen geschrieben hat, er möge in Eile vom Heere zurückkehren.« »Ah, ah!«, rief Rochefort. »Ihr habt recht, man muss Herrn von Beaufort kommen lassen.«

An demselben Abend dieser Unterredung ging auch das Gerücht, der Prinz sei angekommen. Diese Neuigkeit war sehr einfach und natürlich, erregte aber dennoch ein ungeheures Aufsehen. Wie es hieß, so hatte Frau von Longueville, seine zärtliche Schwester, geplaudert, und ihm Nachrichten gegeben, wodurch unheilvolle Pläne von Seite der Königin enthüllt wurden. Noch am Abend der Ankunft des Prinzen gingen Bürger, Schöppen und Quartiervorsteher, die besser als die anderen unterrichtet waren, zu ihren Bekannten und sagten: »Warum versetzten wir den König nicht in das Stadthaus? Wir tun unrecht, dass wir ihn von unseren Feinden erziehen lassen, die ihm üble Ratschläge geben, indes er Volksgrundsätze in sich aufnehmen und das Volk lieben würde, wäre er zum Beispiel von dem Herrn Koadjutor geleitet.« Die Nacht war düster und unruhig; am nächsten Tage sah man abermals die schwarzen und die grauen Mäntel, die Patrouillen der Kaufleute und die Rotten der Bettler. Die Königin brachte die Nacht in Beratung mit dem Prinzen zu; er ward um Mitternacht in ihr Betzimmer geführt, und verließ es erst um fünf Uhr früh. Um fünf Uhr ging die Königin in das Kabinett des Kardinals, der schon aufgestanden war. Er setzte eine Antwort an Cromwell auf; es waren von den zehn Tagen, die er von Mordaunt verlangt hatte, bereits sechs verflossen.

»Bah,« sprach er,»ich ließ Cromwell wohl ein bisschen warten, allein er weiß recht gut, was Revolutionen sind, und wird mich entschuldigen.« Somit überlas er selbstgefällig den ersten Paragraf seiner Schrift; da wurde leise an die Türe gescharrt, die in Verbindung mit den Gemächern der Königin stand, daher konnte nur sie allein durch diese Tür kommen. Der Kardinal erhob sich und schloss auf. Die Königin war im Nachtanzuge, und aus ihrem Antlitze strahlte eine innere Freude. »Was ist es, Madame«, fragte Mazarin bekümmert, »Ihre Majestät hat eine ganz stolze Miene?« »Ja«, erwiderte sie stolz und frohmütig, »denn ich habe das Mittel gefunden, diese Hydra zu erwürgen.« »Ihre Majestät ist so erhaben in der Politik,« versetzte Mazarin, »ich bitte, mir dieses Mittel zu nennen.« Er versteckte das, was er schrieb, indem er den angefangenen Brief unter ein weißes Papier schob. »Sie wollen mir den König nehmen, wie Ihr wisst,« sprach die Königin. »Ja, leider, und mich henken.« »Sie werden aber den König nicht bekommen.« »Und mich nicht henken. Bennone!« »Höret. Ich will Ihnen meinen Sohn entziehen, mich selbst und Euch mit mir. Ich will dieses Ereignis, welches die Lage der Dinge von heute auf morgen ändern wird, ausgeführt wissen, ohne dass es außer Euch, mir und einer dritten Person ein anderer erfahre.« »Wer ist diese dritte Person?« »Der Prinz.« »Er ist also, wie man mir sagte, angekommen?« «Gestern abends.« »Und Ihre Majestät hat ihn gesehen?« »Ich komme von ihm.« »Und bietet er die Hände zu diesem Projekte?« »Der Rat kommt von ihm.« »Und Paris?« »Er zwingt es durch Hunger, sich auf Gnade oder Ungnade zu ergeben.« »Es fehlt dem Projekte nicht an Großartigkeit, allein ich sehe dabei nur ein Hindernis.« »Welches?« »Die Unmöglichkeit.« »Ein sinnloses Wort – nichts ist unmöglich.« »In Entwürfen.« «In der Ausführung. Besitzen wir Geld?« »Nur wenig,« entgegnete Mazarin zitternd, da er fürchtete, die Königin möchte seine Kasse in Anspruch nehmen. »Haben wir Soldaten?« »Fünf- bis sechstausend Mann.« »Haben wir Mut?« »Viel.« »So ist die Sache abgetan. O, begreift Ihr wohl, Guilio, Paris, dieses verhasste Paris, wie es eines Morgens aufwacht ohne König und ohne Königin, wie es umzingelt, belagert und ausgehungert ist und keine andere Zuflucht mehr hat, als sein verwirrtes Parlament und seinen hagern Koadjutor mit den Sichelbeinen.« »Schön, schön,« versetzte Mazarin; »ich begreife Wohl die Wirkung, allein ich sehe nicht das Mittel, welches dahin führt.« »Ich werde es schon finden.« »Wissen Sie wohl, dass das der Krieg ist, der glühende, blutige, unversöhnliche Bürgerkrieg?« »Ja, ja, ja, der Krieg«, erwiderte die Königin Anna. »Ich will diese aufrührerische Stadt in Asche verwandeln; ich will das Feuer im Blute auslöschen; ich will, dass ein furchtbares Schauspiel das Verbrechen und die Strafe verewige. Ich hasse, ich verabscheue Paris.« »Sachte, sachte. Sie sind da zu blutdürstig. Haben Sie wohl acht, wir sind nicht in den Zeiten der Malatesta und der Castruccio Castracani. Man würde Ihre Majestät enthaupten lassen.« »Ihr scherzet.« »Ich scherze sehr wenig, der Krieg mit einem ganzen Volke ist gefahrvoll. Blicken Sie hin auf Ihren Bruder Karl I., es steht schlimm mit ihm, sehr schlimm.« »Wir leben in Frankreich und ich bin Spanierin.« »Desto schlimmer, per Bacco, desto schlimmer. Ich wünschte, Ihre Majestät wäre Französin und ich wäre Franzose, man würde uns beide weniger hassen.« »Billigt Ihr aber meinen Vorschlag?« »Ja, wenn ich sehe, dass die Sache möglich sei.« »Sie ist es, ich versichere Euch; trefft Eure Anstalten zur Abreise.« »O, ich bin stets bereit zum Abreisen, nur reise ich bekanntlich nie – und diesmal ebenso wenig als sonst.« »Kurz, wenn ich gehe, wollt Ihr gleichfalls gehen?« »Ich will es versuchen.« »Ihr tötet mich vor Ungeduld mit Euren Besorgnissen. Und wovor seid Ihr denn in Furcht?« »Vor gar vielen Dingen.« »Vor welchen denn?« Die früher heiteren Züge Mazarins verdüsterten sich und er sprach: »Anna, Sie sind nur eine Frau, und als solche können Sie, der Straflosigkeit sicher, nach Belieben die Männer beleidigen. Sie beschuldigen mich, dass ich mich fürchte; ich habe nicht so viel Furcht wie Sie, weil ich nicht entfliehe. Gegen wen schreit man denn, gegen Sie oder gegen mich? Wem will man ans Leben, mir oder Ihnen? Nun, ich, den Sie beschuldigen, furchtsam zu sein, ich biete doch dem Ungewitter Trotz, nicht mit Prahlereien, das ist meine Sache nicht, sondern ich halte stand. Machen Sie gleich mir nicht so viel Aufsehen, sondern mehr Wirkung. Sie schreien sehr laut, und erreichen doch nichts Sie reden vom Entfliehen ... .«Mazarin zuckte die Achseln, fasste die Königin an der Hand, führte sie an das Fenster und sagte: »Da sehen Sie!« »Nun?« entgegnete die Königin, durch ihren Starrsinn verblendet. »Nun, was erblicken Sie von diesem Fenster aus? Wenn ich nicht irre, sind es geharnischte Bürger mit Pickelhauben und wie zur Zeit der Ligue mit guten Musketen bewaffnet, die so scharf nach dem Fenster starren, von dem aus wir sie sehen, dass man Sie erblicken wird, wenn Sie den Vorhang zu weit öffnen. Nun gehen wir dorthin an das andere; was sehen Sie da? Mit Hellebarden bewaffnete Leute aus dem Volke, welche Ihre Türen bewachen. Aus jeder Öffnung des Palastes, wohin ich Sie immer führte, würden Sie dasselbe, erblicken; Ihre Türen sind besetzt, die Luftlöcher Ihrer Keller sind bewacht, und ich möchte dasselbe sagen, was mir jener einfältige La Ramée von Herrn von Beaufort gesagt hat: »Es wäre denn, dass Sie ein Vogel oder eine Maus sind, sonst entkommen Sie nicht.« »Er ist aber doch entschlüpft.« »Denken Sie auf dieselbe Weise davonzukommen?« »So bin ich eine Gefange-ne?« »Bei Gott«, erwiderte Mazarin, »ich beweise Ihnen das schon eine Stunde lang.« Mazarin nahm wieder ruhig seine Depesche vor, die er angefangen, und schrieb da weiter, wo er unterbrochen worden war. Die Königin Anna erbebte vor Zorn, erglühte ob der erlittenen Demütigung, ging rasch fort und schlug die Türe heftig hinter sich zu. Mazarin wand-te nicht einmal den Kopf um.

Als die Königin in ihre Gemächer zurückkam, sank sie in einen Lehn-stuhl und fing zu weinen an. Dann sprang sie, von einem plötzlichen Gedanken durchzuckt, auf und sagte: »Ich bin gerettet! Ja, ich kenne ei-nen Mann, der mich aus Paris wegzuführen wissen wird, einen Mann, den ich zu lange schon vergessen habe.« Sie ging rasch zu einem Tische, auf dem Tinte und Papier waren, und schickte sich an, zu schreiben.

### Die Zusammenkunft

An demselben Morgen befand sich d'Artagnan in Porthos' Zimmer und lag zu Bette. Diese Gewohnheit hatten die zwei Freunde seit den Unru-hen angenommen. Ihre Schwerter lagen unter den Kopfkissen, die Pisto-len lagen im Bereiche ihrer Hand auf dem Tische. Um sieben Uhr weckte sie ein Bedienter ohne Livree und überbrachte d'Artagnan einen Brief.

»Von wem?«, fragte der Gascogner.

»Von der Königin,« entgegnete der Bediente.

»Ei,« versetzte Porthos und richtete sich im Bette auf, »was steht denn darin?«

»Freund Porthos«, rief d'Artagnan, ihm den Brief reichend, »hier ist für diesmal dein Barontitel und meine Bestallung als Kapitän. Lies nur und urteile.« Porthos streckte die Hand aus, nahm den Brief und las mit zit-ternder Stimme die folgenden Worte: »Die Königin will mit Herrn d'Artagnan sprechen; er möge dem Überbringer folgen.«

»Nun,« sprach Porthos, »darin sehe ich nur etwas Gewöhnliches.«

»Ich aber sehe darin recht viel Ungewöhnliches,« erwiderte d'Artagn-an.

»Wenn man mich beruft, so beweist das, dass die Sachen sehr verwi-ckelt sind. Denkt nur ein bisschen nach, welche Umwälzung muhte nicht im Geiste der Königin stattfinden, dass nach zwanzig Jahren mein An-denken wieder auf die Oberfläche kam.«

»Das ist wahr,« entgegnete Porthos.

»Schärfe dein Schwert, Baron, lade deine Pistolen, gib den Pferden Hafer, ich bürge dir, dass es vor morgen noch etwas Neues gibt und *motus*!«

»He doch, ist das nicht eine Schlinge, die man uns legt?«, fragte Porthos, stets beschäftigt mit der Störung, welche seine künftige Größe anderen verursachen würde.

»Wenn es eine Schlinge ist«, erwiderte d'Artagnan, »so werde ich sie schon auswittern, sei unbesorgt. Ist Mazarin Italiener, so bin ich Gascogner.« D'Artagnan kleidete sich schnell an. Als ihm Porthos, noch immer liegend, den Mantel zuschnallte, wurde abermals an die Türe gepocht. »Herein!«, rief d`Artagnan. Es trat ein Diener ein und sagte: »Ich komme von Seiner Eminenz dem Herrn Kardinal von Mazarin.« D'Artagnan blickte Porthos an.

»Ha, wie sich das verwickelt!« sprach Porthos. »Wo anfangen?«

»Das trifft sonderbar zusammen: Seine Eminenz gibt mir ein Rendezvous in einer halben Stunde.«

»Gut.«

»Mein Freund«, sagte d'Artagnan zu dem Diener gewendet, »meldet Sr. Eminenz, dass ich in einer halben Stunde dem Befehl nachkommen werde.« Der Bediente verneigte und entfernte sich. »Zum Glücke hat er den anderen nicht gesehen«, sagte d'Artagnan. »Glaubst du, sie lassen dich aus einer und derselben Ursache holen?«

»Ich glaube es nicht, ich bin dessen gewiss.«

»Also auf, d'Artagnan, schnell! Bedenke, dass dich die Königin erwartet, nach der Königin der Kardinal und nach dem Kardinal ich.« D`Artagnan rief den Diener der Königin Anna und sagte: »Hier bin ich, mein Freund, führet mich.« Der Bediente führte ihn ins Palais-Royal. Ein leichtes Geräusch störte die Stille des Betzimmers, in dem d'Artagnan wartete. Er fuhr zusammen und sah, wie eine weiße Hand die Tapete aufhob, und an ihrer Form, Weiße und Schönheit erkannte er die königliche Hand, die ihm einst zum Kusse dargereicht wurde. Die Königin trat ein. »Ihr seid es, Herr d'Artagnan,« sprach sie und richtete auf den Offizier einen Blick huldreicher Schwermut; »Ihr seid es, ich kenne Euch wohl. Seht mich an, ich bin die Königin; erkennt Ihr mich?«

»Nein, Madame«, erwiderte d'Artagnan.

»Wisst Ihr denn nicht mehr«, fuhr die Königin Anna fort, und zwar in jenem entzückenden Tone, den sie, wenn sie wollte, ihrer Stimme zu geben wusste, – »dass einstmals die Königin eines wackern und treu ergebenen Kavaliers bedurfte, dass sie diesen Kavalier auch fand, und dass sie ihm, wiewohl er glauben konnte, sie habe ihn vergessen, einen Platz in ihres Herzens Grunde aufbewahrt hat?«

»Nein, Ihre Majestät, ich wusste das nicht,« versetzte der Musketier.

»Desto schlimmer, mein Herr, desto schlimmer,« sprach Anna, »wenigstens für die Königin, denn die Königin bedarf heute wieder desselben Mutes und derselben Ergebenheit.«

»Wie doch,« entgegnete d'Artagnan, »die Königin, welche von so getreuen Dienern, von so weisen Räten, kurz, von Männern umgeben ist, die durch Rang und Verdienst so hoch stehen, würdigt einen geringen Soldaten ihres Augenmerkes?«

»Was Ihr mir da von denjenigen sagt, die mich umgeben, d'Artagnan, ist vielleicht wahr,« sprach die Königin, »allein ich habe nur zu Euch allein Vertrauen. Ich weiß es wohl, Ihr gehört dem Kardinal an, jedoch gehört Ihr auch mir an, und ich nehme es auf mich, Euer Glück zu gründen. Sagt an, werdet Ihr heute dasselbe tun, was einst für die Königin jener Edelmann getan hat, den Ihr nicht kennet?«

»Ich werde alles das tun, was Ihre Majestät befiehlt«, erwiderte d'Artagnan. Die Königin dachte ein Weilchen nach, und da sie die gespannte Haltung des Musketiers sah, so sagte sie: »Ihr habt vielleicht die Ruhe gern?«

»Das weiß ich nicht, Madame, da ich mich niemals ausgeruht habe.«

»Habt Ihr Freunde?«

»Ich halte deren drei. Zwei haben Paris verlassen, und ich weiß nicht, wohin sie gereist sind. Ein einziger ist mir geblieben, wie ich aber glaube, ist er einer von denen, die den Kavalier kennen, dessen Ihre Majestät zu erwähnen geruht hat.«

»Gut,« versetzte die Königin. »Ihr und Euer Freund gelten zusammen ein Heer.«

»Was habe ich zu tun, Madame?«

»Kommt um fünf Uhr wieder, und ich will es Euch sagen. Jedoch, mein Herr, sprecht mit keiner lebenden Seele von diesem Stelldichein.«

»Nein, Madame.«

»Schwört es bei Gott!«

»Madame, ich habe noch nie mein Wort gebrochen; wenn ich sage: Nein, so ist es Nein!«

»Hat Ihre Majestät für diesen Moment für mich keinen anderen Befehl?«

»Nein, mein Herr,« entgegnete Anna, »und Ihr könnet Euch bis zu dem angegebenen Augenblicke zurückziehen.« D'Artagnan verneigte und entfernte sich. Da inzwischen die halbe Stunde verstrichen war, so ging er über die Galerie und pochte an die Türe des Kardinals; Vernouin führte ihn ein. »Gnädigster Herr,« sprach er, »ich stelle mich zu Ihren Befehlen.« D'Artagnan warf, seiner Gewohnheit gemäß, einen raschen Blick um sich und sah, dass Mazarin einen versiegelten Brief vor sich habe; nur lag derselbe mit der Aufschrift nach unten gekehrt auf dem Schreibpulte, wonach er unmöglich sehen konnte, an wen er adressiert war. »Ihr kommt von der Königin?«, sagte Mazarin und fasste d'Artagnan fest ins Auge. »Ich, gnädigster Herr? Wer hat das gesagt?«

»Niemand, allein ich weiß es.«

»Ich bin in Verzweiflung, Euer Gnaden zu sagen, dass Sie im Irrtum sind«, erwiderte der Gascogner kühn, indem er an das Versprechen dachte, das er eben der Königin Anna gemacht hatte.

»Ich habe doch selbst das Vorgemach geöffnet und sah Euch von dem Ende der Galerie herankommen.«

»Das geschah, weil man mich durch die verborgene Treppe einführte.«

»Wie das?«

»Ich weiß es nicht; vielleicht hat da ein Missverständnis stattgefunden.« Mazarin wusste, dass man d'Artagnan nicht leicht zum Geständnis dessen bringen konnte, was er verhehlen wollte; er verzichtete somit für jetzt darauf, das Geheimnis zu entdecken, das ihm der Gascogner vorenthielt. »So wollen wir denn von meinen Angelegenheiten reden«, sagte der Kardinal, »weil Ihr mir von den Eurigen nichts sagen wollt.« D'Artagnan verneigte sich. »Macht Ihr gerne Reisen?«, fragte der Kardinal.

»Ich habe mein Leben auf den Heerstraßen zugebracht.«

»Hält Euch etwas in Paris zurück?«

»Mich hält nichts zurück als ein höherer Befehl.«

»Gut; hier ist ein Brief, der an seine Adresse zu gelangen hat.«

»An seine Adresse, gnädigster Herr? Es ist aber keine ersichtlich.« Die Rückseite vom Siegel war in der Tat ohne Aufschrift.

»Ich verstehe; ich habe den ersten dann wegzunehmen, wenn ich an einem bestimmten Orte angekommen bin.«

»Allerdings; nehmt also und reiset ab. Ihr habt einen Freund, du Ballon, den ich sehr liebe, nehmt ihn mit.«

»Teufel«, dachte D'Artagnan, »er weiß, dass wir gestern seine Unterredung belauschten und will uns von Paris fern haben.«

»Ihr säumt?«, fragte Mazarin.

»Nein, gnädigster Herr, ich reise sogleich ab; nur wünschte ich noch ...«

»Was? sagt an.«

»Dass Ew. Eminenz zu der Königin ginge.«

»Wann?«

»Im Augenblicke.«

»Weshalb?«

»Um nur diese Worte zu sagen: »Ich schicke Herrn d'Artagnan irgendwohin und lasse ihn ungesäumt abreisen.«

»Da seht Ihr nun,« erwiderte Mazarin, »dass Ihr die Königin sahet.«

»Ich hatte bereits die Ehre, Ew. Eminenz zu sagen, es könnte da ein Missverständnis statt- gefunden haben.«

»Was bedeutet das?«, fragte Mazarin.

»Darf ich mir erlauben, Ew. Eminenz meine Bitte zu wiederholen?«

»Gut, ich will hingehen. Wartet hier auf mich.« Mazarin blickte sorgsam herum, ob er an den Schränken keinen Schlüssel vergesse, und ging dann fort. D'Artagnan gab sich zehn Minuten hindurch alle mögliche Mühe, um durch den ersten Briefumschlag das zu lesen, was aus dem zweiten geschrieben war, es gelang ihm aber nicht. Mazarin kam blass und tiefsinnig zurück und setzte sich an seinen Schreibtisch. D'Artagnan erforschte ihn, wie er es eben mit dem Briefe getan hatte; allein die Hülle seines Gesichtes war fast ebenso undurchdringlich wie der Briefumschlag. »Ho, ho«, murmelte der Gascogner, »er macht eine grämliche Miene. Ist es etwa meinet- wegen? Er sinnt nach. Ist es etwa, um mich nach der Bastille zu schicken? Sachte, gnädiger Herr. Bei dem ersten Worte, das Ihr davon redet, erwürge ich Euch und werde Frondeur. Man wird mich im Triumphe tragen, wie Herrn Broussel, und Athos wird mich für Frankreichs Brutus erklären. Das wäre hübsch.« So hatte der Gascogner mit seiner stets galoppierenden Fantasie schon alle die Vorteile gesehen, die er aus seiner Lage ziehen könnte. Allein Mazarin gab keinen solchen Befehl; im Gegenteil fing er an, d'Artagnan zu schmeicheln und sprach zu ihm: »Ihr hattet wohl recht, lieber d'Artagnan, Ihr könnt noch nicht abreisen.«

»Ha!«, rief d'Artagnan.

»Gebt mir also gefälligst diese Depesche zurück.« D'Artagnan gehorchte, Mazarin überzeugte sich, dass das Siegel noch unverletzt sei, dann sagte er: »Ich brauche Euch diesen Abend; kommt in zwei Stunden wieder. »Gnädigster Herr,« entgegnete d'Artagnan, »in zwei Stunden habe ich ein Rendezvous, wobei ich nicht fehlen darf.«»Seid deshalb unbekümmert«, sagte Mazarin, »es ist das nämliche.«»Wohl«, dachte d'Artagnan, »ich ahnte das.«»Kommt somit um fünf Uhr wieder, und bringt den lieben Herrn du Vallon mit, lasst ihn aber im Vorgemach, da ich mit Euch allein sprechen will.« D'Artagnan verneigte sich. Währenddessen dachte er bei sich selber: »Alle beide den nämlichen Befehl – zu derselben Stunde – im Palais-Royal – o, ich errate. O, dieses Geheimnis hätte Herr von Gondy mit hunderttausend Livres bezahlt.«»Ihr besinnt Euch?«, fragte Mazarin bekümmert. »Ja, ich fragte mich, ob wir bewaffnet sein sollen oder nicht?«»Vollkommen bewaffnet,« versetzte Mazarin. »Wohl, gnädigster Herr, es wird geschehen.« D'Artagnan verneigte sich, ging fort, und eilte, um seinem Freunde die schmeichelhaften Verheißungen Mazarins zu wiederholen, die Porthos in unbeschreibliches Entzücken versetzten.

### Die Flucht

Ungeachtet sich in der Stadt Zeichen von Aufregung bemerkbar machten, so bot doch das Palais-Royal, als sich d'Artagnan um fünf Uhr dahin begab, ein sehr fröhliches Schauspiel dar. Das war nicht zu verwundern, da die Königin Broussel und Blancmesnil dem Volke zurückgegeben hatte. Die Königin hatte sonach in der Tat nichts mehr zu fürchten, weil das Voll nichts mehr zu fordern hatte. Sein Tumult war ein Überrest von Aufregung, der man Zeit gönnen musste, um sich zu legen, gleich wie nach einem Sturme oft mehrere Tage nötig sind, um die hohen Meeresfluten wieder zu glätten. Es gab im Palais-Royal eine große Festlichkeit, wozu die Siege von Lens zum Vorwand genommen wurden. Die Prinzen und Prinzessinnen waren geladen, und ihre Staatskarossen erfüllten schon seit Mittag die Hofräume. Nach dem Festmahl sollte Spiel bei der Königin sein. Die Königin Anna war an diesem Tage voll Anmut, Huld und Witz, man hatte sie noch nie so frohmütig gesehen. Lachlust strahlte aus ihren Augen, machte die Lippen beben. Als man vom Tische aufstand, schlüpfte Mazarin hinweg. D'Artagnan stand bereits auf seinem

Posten, und wartete auf ihn im Vorgemach. Der Kardinal kam mit lachender Miene dahin, fasste ihn bei der Hand und führte ihn in sein Kabinett, wo er sich niederließ und zu ihm sprach: »Lieber Herr d'Artagnan, ich will Euch den sprechendsten Beweis meines Zutrauens geben, den nur ein Minister einem Offizier geben kann.« D'Artagnan verneigte sich und sagte: »Ich hoffe, Ew. Eminenz wird ihn mir ohne Rückhalt und mit der Überzeugung geben, dass ich seiner würdig bin.«

»Ihr seid der Würdigste von allen, an die ich mich wende, lieber Freund.« »Jawohl, gnädigster Herr,« versetzte d'Artagnan, »ich bekenne, dass ich schon seit Langem auf eine solche Gelegenheit wartete. Sagen Sie mir somit schnell, was Sie mir mitzuteilen haben.« »Lieber Herr d'Artagnan,« erwiderte Mazarin, »Ihr werdet diesen Abend das Wohl des Staates in Euren Händen haben.« Er hielt inne. »Gnädigster Herr, erklären Sie sich, ich erwarte ...« »Die Königin hat beschlossen, mit dem König eine kleine Reise nach Saint-Germain zu machen.« »Ah, ah!«, rief d'Artagnan, »die Königin will nämlich Paris verlassen.« »Ihr seht, es ist Frauenlaune.« »Ja, das sehe ich,« erwiderte d'Artagnan. »Deshalb berief sie Euch diesen Morgen und sagte, dass Ihr um fünf Uhr wiederkommen sollet.« »Seid Ihr etwa mit dieser kleinen Reise nicht einverstanden, lieber d'Artagnan?« fragte Mazarin bekümmert. »Ich, gnädiger Herr?«, antwortete d'Artagnan, »und warum?« »Weil Ihr die Achseln zuckt.« »Das pflege ich so in Gedanken zu tun, gnädigster Herr.« »Ihr seid also mit dieser Reise einverstanden?« »Ich billige ebenso viel, als ich missbillige, gnädigster Herr; ich erwarte Ihre Befehle.« »Wohl, Ihr seid es nun, auf den ich mein Augenmerk richtete, dass er den König und die Königin nach Saint-Germain bringe.« »Doppelt schlauer Fuchs«, dachte d'Artagnan. »Ihr seht sonach,« versetzte Mazarin, als er d'Artagnans Gleichgültigkeit sah, »dass das Wohl des Staates in Euren Händen liegt.« »Ja, gnädigster Herr, ich fühle die ganze Verantwortlichkeit eines solchen Befehles.« »Doch nehmt Ihr ihn an?« »Ich nehme ihn an.« »Ihr haltet die Sache für möglich?« »Alles ist möglich.« »Wird man Euch wohl unterwegs angreifen?« »Wahrscheinlich.« »Was wollt Ihr aber in diesem Falle tun?« »Ich will durch die, welche mich angreifen, hindurchschreiten.« »Wenn Ihr aber nicht hindurchkommt?« »Dann desto schlimmer für sie, da ich über sie wegschreiten werde.« »Und werdet Ihr die Königin und den König wohlerhalten nach Saint-Germain bringen?« »Ja.« »Bei Eurem Leben?« »Bei meinem Leben.« »Ihr seid ein Held, mein Lieber«, rief Mazarin und blickte voll Verwunderung auf den Musketier. D'Artagnan lächelte. »Und ich? –« fragte Mazarin nach kurzem Stillschweigen und d'Artagnan fest anblickend. »Wie doch, Sie, gnädigster

Herr?«, »Ja, ich, wenn ich abreisen will?«»Das wird viel schwieriger sein.«»Wieso?«»Man kann Ew. Eminenz erkennen.«»Auch unter dieser Verkleidung?«, fragte Mazarin. Er hob einen Mantel auf, der einen Lehnstuhl überdeckte, auf dem ein vollständiger, perlgrauer und granatfarbiger, ganz mit Silberborten verbrämter Kavalieranzug lag.«»Wenn sich Ew. Eminenz verkleidet, so wird es leichter sein.«»Ha«, rief Mazarin, Atem holend. »Doch muss Ew. Eminenz tun, was Sie neulich gesagt haben, das Sie an unserer Stelle getan hätten.«»Was soll ich denn tun?« »Rufen: »Nieder mit Mazarin!«»Ich will es rufen.«»Französisch und gut französisch, gnädigster Herr, achten Sie wohl auf den Akzent; man hat uns in Sizilien sechstausend Anjouer ermordet, weil sie das Italienische schlecht ausgesprochen haben. Haben Sie acht, dass die Franzosen wegen der sizilianischen Vesper nicht Wiedervergeltung nehmen.«»Ich will mein möglichstes tun.«»Es gibt auf den Straßen gar viele bewaffnete Leute«, begann d'Artagnan wieder. »Sind Sie versichert, dass niemand um den Plan der Königin weiß?« Mazarin sann nach. »Das wäre für einen Verräter ein schönes Geschäft, gnädigster Herr, das Sie mir da antragen; ein zufälliger Angriff würde alles entschuldigen.« Mazarin schauderte, dachte aber, dass ein Mann, der ihn warne, nicht auch die Absicht habe, ihn zu verraten. Er sprach: »Ich vertraue mich somit auch nicht jedem an, und der Beweis ist, dass ich Euch zu meiner Bedeckung auserwählte.«»Reisen Sie nicht zugleich mit der Königin?«»Nein«, erwiderte Mazarin. So reisen Sie erst nach der Königin ab?«»Nein,« sprach Mazarin abermals. »Ha«, rief d'Artagnan, der nun zu begreifen anfing. »Ja, ich habe meine Pläne«, fuhr der Kardinal fort. »Mit der Königin verdopple ich die möglichen Gefahren, die ihr drohen; nach der Königin verdoppelt ihre Abreise die Gefahr der Meinigen; denn ist der Hof einmal gerettet, so kann man mich vergessen; die Großen sind undankbar.« »Das ist wahr,« entgegnete d'Artagnan und richtete unwillkürlich die Blicke auf den Diamant der Königin, welchen Mazarin am Finger trug. Mazarin folgte der Richtung seiner Blicke und drehte den Stein des Ringes langsam nach innen. »Ich will sie also verhindern, gegen mich undankbar zu sein,« sprach Mazarin mit seinem feinen Lächeln. »Die christliche Liebe will, dass man seinen Nächsten nicht in Versuchung führe«, bemerkte d'Artagnan. »Eben deshalb will ich vor ihnen abreisen,« sprach Mazarin. D'Artagnan lächelte, da er schlau genug war, um diese Hinterlist zu verstehen. Mazarin bemerkte das Lächeln, nützte den Augenblick und sagt«: »Nicht wahr, lieber d'Artagnan, Ihr werdet nun damit anfangen, dass Ihr mich zuerst von Paris wegbringet?«»Gnädigster Herr, dieser Auftrag ist schwierig,« entgegnete d'Artagnan und nahm wieder seine ernste Miene an. »Aber,« sprach Mazarin und fasste ihn fest ins Auge, damit ihm kein Ausdruck seiner Züge entging, »aber Ihr habt nicht dasselbe in Bezug auf den König und die Königin bemerkt.« »Der König und die Königin sind mein König und meine Königin«, erwiderte der Musketier; »mein Leben gehört ihnen, ich bin es ihnen schuldig. Sie sollen es von mir fordern, ich habe nichts dagegen zu fordern.« »Das ist wohl wahr«, murmelte Mazarin, »allein, da dein Leben nicht mir gehört, so muss ich's von dir erkaufen, nicht so?« Er stieß dabei einen tiefen Seufzer aus, und drehte den Diamant seines Ringes wieder langsam nach außen. D'Artagnan lächelte. Diese zwei Männer verstanden sich in einem Punkte, in der Arglist. Hätten sie sich ebenso gut im Mute verstanden, so würde einer den andern große Dinge haben verrichten lassen. »Wenn ich Euch also um diesen Dienst ersuche,« begann Mazarin wieder, »so werdet Ihr wohl einsehen, dass ich dafür auch erkenntlich sein wolle.« »Hat Eure Eminenz diesen Gedanken?«, fragte d'Artagnan. »Da seht und nehmt, lieber Herr d'Artagnan,« sprach Mazarin, indem er den Ring vom Finger zog, »das ist der Diamant, der Euch einst angehört hat, es ist gerecht, dass er Euch wieder zukomme, ich bitte Euch also, nehmt ihn.« D'Artagnan ließ nicht lange in sich dringen, er nahm den Stein, und als er sich von der Reinheit seines Wassers überzeugt, steckte er ihn mit einem unsäglichen Vergnügen an den Finger. »Ich habe sehr viel auf ihn gehalten,« sprach Mazarin, indem er ihm einen letzten Blick nachschickte, »aber gleichviel, ich gebe ihn Euch mit großem Vergnügen.« »Und ich, gnädigster Herr, ich nehme ihn an, wie er mir gegeben wird. – Lassen Sie uns nun von Ihren Angelegenheiten reden, Sie wollen vor allen andern abreisen?« »Ja, ich bin gesonnen, so zu tun.« »Um wie viel Uhr?« »Um zehn Uhr.« »Und wann will die Königin abreisen?« »Um Mitternacht.« »Sonach ist es möglich, ich bringe Sie aus Paris, lasse Sie vor der Barriere, und kehre zurück, um die Königin abzuholen.« »Recht schön, allein wie bringt Ihr mich aus Paris?« »O, in dem müssen Sie mich gewähren lassen.« »Ich gebe Euch alle Vollmacht, und nehmt eine Bedeckung, so stark Ihr sie haben wollet.« D'Artagnan schüttelte den Kopf. »Ich denke aber«, sagte Mazarin, »dass dies das sicherste Mittel wäre.« »Ja, gnädigster Herr, für Sie, allein nicht für die Königin.« Mazarin biss sich in die Lippen und sagte: »Was sollen wir also tun?« »Sie müssen mich gewähren lassen, gnädigster Herr.« ,Hm,« murmelte Mazarin. »Und Sie müssen mir die gänzliche Leitung dieses Unternehmens überlassen.« »Jedoch ...« »Oder dafür einen anderen suchen,« versetzte d'Artagnan und wandte ihm den Rücken zu. »Ha«, murmelte Mazarin. »ich glaube gar, er geht fort samt dem Diamant.« Er rief ihn zurück und sagte mit schmeichelnder Stimme: »Herr d'Artagnan, lieber Herr d'Artagnan!« »Gnädigster Herr?« »Bürgt Ihr mir für alles?« »Ich bürge für nichts, sondern will nur mein möglichstes tun.« »Euer möglichstes?« «Ja.« »Wohlan, so geht, ich will mich auf Euch verlassen.« »Das ist ein großes Glück«, dachte d'Artagnan bei sich. «Ihr werdet also um halb zehn Uhr hier sein?« Werde ich auch Ew. Eminenz bereit finden?« »Allerdings, ganz bereit.« »Somit ist die Sache abgemacht. Wollen mich nun Ew. Eminenz die Königin sehen lassen?« »Wozu?« »Ich wünsche, die Befehle Ihrer Majestät aus ihrem eigenen Munde zu vernehmen.« »Sie beauftragte mich, sie Euch zu geben.« »Sie könnte aber irgendeinen Umstand vergessen haben.« »Besteht Ihr darauf, sie zu sehen?« »Gnädigster Herr, das ist unerlässlich.« Mazarin zögerte ein Weilchen; d'Artagnan blieb in seinem Willen unerschütterlich. »So wollen wir denn gehen,« sprach Mazarin, ich will Euch führen; doch sprecht kein Wort von unserer Unterredung.« »Was wir unter uns gesprochen haben, gnädigster Herr, das betrifft nur uns,« entgegnete d'Artagnan. »Ihr schwöret mir, zu schweigen?« »Gnädigster Herr, ich schwöre nie; ich sage Ja oder ich sage Nein und halte mein Wort, da ich Edelmann bin.« »Wohlan, ich sehe, dass ich mich Euch ohne Vorbehalt anvertrauen muss.« »Glauben Sie mir, gnädigster Herr, das wird am besten sein.« »Kommt!«, rief Mazarin.

Mazarin ließ d'Artagnan in das Betzimmer der Königin treten; fünf Minuten darauf kam die Königin in großem Staate. In diesem Putze schien sie kaum 35 Jahre alt und war noch immer schön. »Ha,« sprach sie huldreich lächelnd, »Ihr seid es, Herr d'Artagnan? Ich danke Euch, dass Ihr darauf bestanden habt, mich zu sehen.« »Ich bitte deshalb Ihre Majestät um Vergebung, allein, ich wollte Ihre Befehle aus Ihrem eigenen Munde empfangen.« »Wisst Ihr, um was es sich handelt?« »Ja, Madame.« »Übernehmt Ihr das Geschäft, welches ich Euch anvertraue?« »Mit Dank.« »Wohl, so seid um Mitternacht hier.« «Ich werde mich einfinden.« »Herr d'Artagnan,« fuhr die Königin fort, »ich kenne Eure Uneigennützigkeit zu sehr, als dass ich in diesem Momente von meiner Erkenntlichkeit sprechen wollte; allein ich schwöre Euch, dass ich diesen zweiten Dienst nicht wie jenen ersten vergessen werde.« »Ihrer Majestät steht es frei, sich zu erinnern oder zu vergessen, ich verstehe also diese Worte nicht.« D'Artagnan verneigte sich. »Geht, mein Herr,« sprach die Königin mit ihrem huldreichsten Lächeln, »geht und kommt um Mitternacht wieder.« Sie entließ ihn mit einem Winke der Hand und d'Artagnan entfernte sich, warf aber im Fortgehen die Augen auf den Türvorhang, durch den die Königin eingetreten war und bemerkte unter der Tapete die Spitze eines Samtschuhes. »Wohl«, dachte er, »Mazarin lauschte, ob ich ihn nicht verriet.« D'Artagnan war aber darum nicht weniger pünktlich bei dem Stelldichein; er trat um halb zehn Uhr in das Vorgemach. Bernouin, der seiner schon harrte, führte ihn ein. Er traf den Kardinal im Kavalieranzuge, der ihm sehr gut stand, da er ihn mit Würde trug, nur sah er blass aus und bebte.

»Ganz allein?«, fragte Mazarin.

»Ja, gnädigster Herr.«

»Wo ist der gute Herr du Ballon?« »Werden wir uns seiner Gesellschaft nicht erfreuen?«

»Doch, gnädigster Herr, er wartet in seiner Staatskarosse.«

»Wo?«

»An der Gartentüre des Palais-Royal.«

»Fahren wir denn in seinem Wagen?«

»Ja, gnädigster Herr.«

»Ohne andere Bedeckung außer Euch beiden?«

»Ist das nicht hinreichend? Einer von uns beiden genügte schon.«

»In der Tat, lieber Herr d'Artagnan,« sprach Mazarin, »Eure Kaltblütigkeit erfüllt mich mit Schauder.«

»Ich dachte im Gegenteil, dass ich Ihnen Vertrauen einflößen müsste.«

»Nehme ich etwa Bernouin nicht mit?«

»Wir haben für ihn nicht Platz. Er wird Ew. Eminenz nachkommen.«

»So sei es denn, da ich schon durchaus tun muss, was Ihr wollt.«

»Gnädigster Herr, es wäre noch Zeit zurückzutreten, Ew. Eminenz ist vollkommen frei«, sagte d'Artagnan.

»Nein«, rief Mazarin, »nein, lasst uns von hinnen.« Beide stiegen nun über die geheime Treppe hinab, wobei Mazarin seinen zitternden Arm in d'Artagnans Arm stützte. Sie gingen durch die Höfe des Palais-Royal, wo noch einige Kutschen verspäteter Gäste standen, traten in den Garten und erreichten die kleine Ausgangstüre. Mazarin versuchte, sie mit einem Schlüssel zu öffnen, den er aus der Tasche zog, doch zitterte seine Hand dergestalt, dass er das Schlüsselloch nicht treffen konnte. »Geben Sie,« sprach d'Artagnan. Mazarin reichte ihm den Schlüssel, d'Artagnan öffnete und steckte den Schlüssel in seine Tasche, da er durch diese Türe zurückzukehren gedachte. Der Kutschentritt war schon niedergelassen, der Schlag offen, Mousqueton stand am Schlage und Porthos saß im Wagen. »Steigen Sie ein, gnädigster Herr«, sagte d'Artagnan. Mazarin ließ sich nicht zweimal auffordern und sprang in die Kutsche. D'Artagnan stieg hinter ihm ein; Mousqueton machte den Schlag wieder zu und schwang sich unter heftigem Stöhnen hinten auf den Wagen; er hatte unter dem Vorwande, dass ihn die Wunde noch schmerze, einige Schwierigkeiten gemacht, mitzufahren; allein d'Artagnan sprach zu ihm:»Bleib, wenn du willst, lieber Mouston, ich sage dir aber im Voraus, Paris wird diese Nacht in Flammen aufgehen.« Mousqueton verlangte sonach nichts weiter mehr, sondern erklärte sich bereit, seinem Herrn und Herrn d'Artagnan bis ans Ende der Welt folgen zu wollen. Der Wagen rollte in einem mäßigen Trab von hinnen und verriet nicht im geringsten, dass darin Leute sitzen, welche Eile haben. Der Kardinal wischte sich mit dem Sacktuche den Schweiß von der Stirne und blickte rings herum. Zur Linken sah ihm Porthos und zur Rechten d'Artagnan, während jeder einen Schlag bewachte und ihm als Wall diente. Auf einem Vordersitze gegenüber lagen zwei Paar Pistolen, das eine Paar für Porthos, das andere für d'Artagnan: Überdies trugen die zwei Freunde jeder sein Schwert an der Seite.

Der Kutscher hieb gewaltig auf die Pferde ein, und die edlen Tiere flogen von hinnen. Man hörte Geschrei wie das von Menschen, welche niedergerannt werden. Dann empfand man einen zweimaligen Stoß; zwei Räder waren über einen weichen und runden Körper gerollt. Es trat auf einen Augenblick Stillschweigen ein. Der Wagen fuhr durch das Tor. »Nach dem Cours-la-Reine«, lief d'Artagnan dem Kutscher zu. Darauf wandte er sich zu Mazarin und sagte:»Nun, gnädigster Herr, können Sie Gott für Ihre Befreiung danken; nun sind Sie gerettet, nun sind Sie frei.« Mazarin antwortete, unter Seufzen, er konnte an ein solches Wunder nicht glauben. Fünf Minuten darauf hielt der Wagen an; er war in Cours-la-Reine angekommen. »Ist Ew. Gnaden zufrieden mit der Bedeckung?«, fragte der Musketier.»Ich bin entzückt, mein Herr,« entgegnete Mazarin, und wagte es, seinen Kopf durch den Kutschenschlag hinauszustecken; »nun tut dasselbe auch für die Königin.« »Ich habe es beschworen.« D'Artagnan ergriff ohne weitere Erklärung die Pistolen, welche auf dem Vorsitze lagen, steckte sie in seinen Gürtel, wickelte sich in seinen Mantel, und da er nicht durch dasselbe Tor zurückkehren wollte, durch das er gekommen war, so nahm er den Weg nach dem Tore Richelieu.

### Die Karosse des Koadjutors

Anstatt dass d'Artagnan durch das Tor Saint-Honoré zurückkehrte, ging er, da er Zeit hatte, um die Stadt, und kehrte durch das Tor Richelieu zurück. Man hielt mit ihm Musterung, und als man an seinem Federhute und seinem Bortenmantel erkannte, dass er Musketieroffizier sei, so schloss man ihn ein, in der Absicht, ihn zu zwingen, dass er rufe: »Nieder mit Mazarin!« Er ward wohl ob dieser ersten Demonstration etwas beunruhigt, da er jedoch erfuhr, worum es sich handle, so rief er sein »Nieder mit Mazarin!« so vortrefflich, dass selbst die schwierigsten unter seinen Gegnern zufriedengestellt wurden. Er schritt durch die Straße Richelieu und dachte über die Art und Weise nach, wie er jetzt auch die Königin fortbringen wolle; denn sie in einem Wagen mit dem Wappen von Frankreich wegzuführen, daran durfte er gar nicht denken; sieh, da bemerkte er vor dem Hotel der Frau von Guémenée eine Equipage. Plötzlich stieg ihm ein Gedanke auf, und er rief aus: »Ha, beim Himmel, das wäre eine treffliche Kriegslist!« Er näherte sich der Kutsche, betrachtete das Wappen auf dem Schlage und die Livree des Kutschers, der auf dem Bocke saß. Diese Musterung war ihm umso leichter, als der Kutscher fest schlief. »Das ist in der Tat die Kutsche des Koadjutors,« sprach er bei sich; meiner Seele, ich fange an, zu glauben, die Vorsehung ist selber für uns..« Er stieg vorsichtig in die Kutsche, ein, zog dann an der seidenen Schnur; die mit dem kleinen Finger des Kutschers in Verbindung stand, und rief ihm zu: »Nach dem Palais-Royal!« Der Kutscher, plötzlich vom Schlafe aufgeweckt, fuhr nach dem angedeuteten Palaste, ohne zu ahnen, dass der Befehl von einem andern kam als von seinem Herrn. Der Schweizer wollte schon die Gittertore zuschließen; als er jedoch die prachtvolle Equipage sah, zweifelte er nicht daran, der Besuch sei von Wichtigkeit und ließ den Wagen hinein, der unter der Einfahrt anhielt. Hier bemerkte der Kutscher erst, dass die Lakaien nicht hinten auf dem Wagen standen. In der Meinung, der Koadjutor habe über dieselben verfügt, sprang er von dem Bocke und öffnete den Kutschenschlag, ohne die Zügel aus der Hand zu lassen. Nun sprang d'Artagnan gleichfalls aus der Kutsche, und in dem Momente, wo der Kutscher darüber erschrak, dass er seinen Herrn nicht erkannte und einen Schritt zurückprallte, packte er ihn mit der linken Hand am Kragen und setzte ihm mit der rechten eine Pistole an die Kehle. »Versuch' nur ein Wort zu reden«, rief d'Artagnan, »so bist du des Todes.« Der Kutscher erkannte an dem Ausdrucke« desjenigen, der ihm zurief, dass er in eine Schlinge geraten sei, und blieb stehen mit offenem Munde und starrenden Augen. Zwei Musketiere schritten im Hofe auf und nieder; d'Artagnan rief sie bei ihren Namen herbei. »Herr von Bellsére,« sprach er zu dem einen, «tut mir den Gefallen, nehmt die Zügel aus den Händen dieses wackeren Mannes, steigt auf den Bock, führt den Wagen an die Türe der geheimen

Treppe und wartet dort auf mich; die Sache ist wichtig und geschieht im Dienste des Königs.« Der Musketier, welcher wohl wusste, dass sein Leutnant in Bezug auf den Dienst keinen schlechten Witz zu machen gewohnt war, gehorchte ohne Widerrede, wiewohl ihm der Befehl sonderbar vorkam. Er wandte sich nun zu dem zweiten Musketier und sagte: »Herr du Berges, helft mir, diesen Mann an einen sicheren Ort zu bringen.« Der Musketier war der Meinung, sein Leutnant habe irgendeinen verkleideten Prinzen verhaftet, verneigte sich, entblößte sein Schwert und machte ein Zeichen, dass er bereit sei. D'Artagnan, von seinem Gefangenen gefolgt, hinter dem der Musketier schritt, stieg die Treppe hinauf, ging über den Vorplatz und trat in Mazarins Vorgemach. Bernouin wartete schon mit Ungeduld auf Nachrichten von seinem Gebieter. »Nun, Herr d'Artagnan?« fragte er. »Lieber Bernouin, alles geht vortrefflich; doch hört, hier ist ein Mann, den Ihr an einen sicheren Ort bringen müsst.« »Wohin, Herr d'Artagnan?« »Wohin Ihr immer wollt; nur muss der Ort, den Ihr wählt, Balken mit Schlössern und eine abgesperrte Türe haben.« »Das haben wir, mein Herr,« entgegnete Bernouin. Man führte somit den armen Kutscher in ein Kabinett, das vergitterte Fenster hatte und einem Gefängnisse sehr ähnlich war. »Nun, lieber Freund«, sagte d'Artagnan, »fordere ich Euch auf, Hut und Mantel abzulegen.« Wie sich wohl erachten lässt, so leistete der Kutscher keinen Widerstand; überdies war er so verblüfft über das, was ihm begegnete, dass er wankte und wie ein Betrunkener lallte. D'Artagnan gab alles, was jener ablegte, dem Kammerdiener unter den Arm. »Nun, Herr du Berges,« versetzte d'Artagnan, »schließt Euch mit diesem Manne so lange ein, bis Euch Herr Bernouin die Türe wieder öffnet. Dieses Wachehalten wird wohl lange dauern und wenig ergötzlich sein, das weiß ich; allein Ihr begreift wohl,« fügte er ernsthaft bei, »es ist im Dienste des Königs.« »Ich stehe zu Befehl, mein Leutnant«, erwiderte der Musketier, der wohl einsah, dass es sich um etwas Ernstes handle. »Hört,« sprach d'Artagnan, »sollte dieser Mann zu entflichen oder zu schreien versuchen, so stoßt ihm das Schwert durch den Leib.« Der Musketier nickte mit dem Kopfe, um anzudeuten, er würde dem Befehle pünktlich nachkommen. D'Artagnan ging nun fort und nahm Bernouin mit sich.

Es schlug Mitternacht. »Führt mich in das Betzimmer der Königin,« sprach er, »meldet ihr, dass ich hier sei, und legt dieses Paket mit einem gut geladenen Gewehr auf den Kutschbock des Wagens, der unten an der geheimen Treppe wartet.« Bernouin führte d'Artagnan in das Betzimmer, und hier nahm dieser ganz gedankenvoll Platz. Im Palais-Royal war alles wie sonst. Wie schon erwähnt, hatten sich um zehn Uhr alle

Gäste entfernt; jene, welche mit dem Hofe entfliehen sollten, hatten das Losungswort, und jeder von ihnen ward aufgefordert, dass er sich zwischen Mitternacht und ein Uhr im Cours-la-Reine einfinde. Um zehn Uhr begab sich die Königin Anna zum König; man hatte soeben den Bruder des Königs (Monsieur) zu Bette gebracht, und der junge Ludwig, der zuletzt aufgeblieben war, unterhielt sich damit, dass er bleierne Soldaten in Schlachtordnung aufstellte, was ihm ein großes Vergnügen machte. Zwei Ehrenknaben spielten mit ihm. »Laporte,« sprach die Königin, »es dürfte Zeit sein, Seine Majestät zur Ruhe zu bringen.« Der König wollte noch aufbleiben, da er, wie er sagte, noch nicht Lust hatte, zu schlafen; allein die Königin bestand darauf. »Musst du denn nicht morgen früh um sechs Uhr in das Bad nach Constans gehen? Ich glaube, dass du es selber gewünscht hast.«

»Sie haben recht, Madame.« entgegnete der König, »und wenn Sie so gütig sind, mich zu umarmen, will ich mich in mein Zimmer zurückziehen, Laporte, gebt Herrn Chevalier de Coislin den Leuchter.« Die Königin drückte ihre Lippen auf die weiße und glatte Stirn, die das erlauchte Kind mit einem Ernste darbot, welcher schon der Hofetikette glich. »Schlafe bald ein, Ludwig,« sprach die Königin, »denn man wird dich frühzeitig aufwecken.«

»Ich will mein möglichstes tun, Ihnen zu gehorchen, Madame,« versetzte der junge Ludwig, »doch habe ich ganz und gar keine Lust, zu schlafen.«

»Laporte,« sprach die Königin leise, «holt Seiner Majestät ein Buch, das recht langweilig ist, aber zieht Euch nicht aus.« Ludwig verlies nun das Zimmer, begleitet von dem Chevalier de Coislin, der den Leuchter trug. Den andern Ehrenknaben brachte man nach seiner Wohnung zurück. Die Königin erteilte nunmehr ihre Befehle, sie sprach von einem Schmause, welchen ihr für übermorgen der Marquis von Villequier angeboten habe, nannte die Personen, denen sie die Ehre gönnte, daran teilzunehmen, kündigte für den folgenden Morgen noch einen Besuch in Val-de-Grace an, wo sie ihre Andacht verrichten wollte, und gab ihrem ersten Kammerdiener Beringhen Befehl, sie dahin zu begleiten. Als das Nachtmahl der Damen beendet war, gab die Königin vor, das sie sehr ermüdet sei, und ging in ihr Schlafgemach. Frau von Motteville, welche an diesem Abend persönlich den Dienst hatte, folgte ihr. Die Königin begab sich zu Bette, sprach noch ein Weilchen huldreich mit ihr und entließ sie dann: In diesem Momente war es, wo d'Artagnan in der Kutsche des Koadjutors in das Palais-Royal fuhr. Einen Augenblick darauf fuhren die Ehrendamen in ihren Kutschen fort, und das Gittertor ward hinter ihnen geschlossen. Es schlug Mitternacht. Fünf Minuten darauf pochte Vernouin an das Schlafgemach der Königin, wohin er durch den geheimen Gang gegangen war. Die Königin Anna öffnete selber. Sie war schon angekleidet, sie hatte nämlich ihre Strümpfe wieder angezogen und sich in einen langen Mantel gehüllt. »Seid Ihr es, Bernouin«, fragte sie; »ist Herr d'Artagnan hier?«

»Ja, Madame, in Ihrem Betzimmer; er wartet, dass Ihre Majestät bereit sei.

»Ich bin's. Sagt nun Laporte, dass er den König wecke und ankleide; von dort geht dann zu dem Marschall von Villeroy und meldet ihm meine Abreise.« Vernouin verneigte und entfernte sich. Die Königin ging in ihr Betzimmer, das von einer Lampe aus venezianischem Glase erleuchtet wurde. Sie sah d'Artagnan, der ihrer harrte. »Ihr seid es,« sprach sie zu ihm.

»Ja, Madame.« «Seid Ihr bereit?«

»Ich bin es.«

»Und der Herr

Kardinal?«

»Er hat Paris ohne einen Unfall verlassen, und erwartet Ihre Majestät am Cours-la-Reine«

»In welchem Wagen reisen wir?«

»Ich trug schon Sorge für alles; Ihre Majestät erwartet unten eine Kutsche.«

»Wir wollen zu dem König gehen.« Der junge Ludwig war mit Ausnahme der Schuhe und des Oberrocks bereits angekleidet; er ließ ganz verwundert mit sich machen, was man wollte, und überschüttete Laporte mit Fragen, der ihm blass zur Antwort gab: »Sire, es geschieht auf Befehl der Königin.« Die Königin trat ein, und d'Artagnan blieb an der Schwelle stehen. Als der Knabe seine Mutter sah, entwand er sich den Händen Laportes und sprang ihr entgegen. Die Königin winkte d'Artagnan, sich zu nähern. D'Artagnan gehorchte. »Mein Sohn,« sprach die Königin Anna, indem sie ihm den ruhig und mit entblößtem Kopfe dastehenden Musketier zeigte, »das ist Herr d'Artagnan, der so tapfer ist wie einer von jenen alten Rittern, deren Geschichte du dir so gern von meinen Kammerfrauen erzählen lässt. Erinnere dich genau seines Namens, und sieh ihn gut an, damit du sein Gesicht nicht vergisst, denn er wird uns heute einen wichtigen Dienst leisten.« Der junge König sah den Offizier mit seinen großen stolzen Augen an und wiederholte: »Herr d'Artagnan.«

»Ganz richtig, mein Sohn.« Der junge König erhob langsam seine kleine Hand und reichte sie dem Musketier; dieser ließ sich auf ein Knie nieder, um sie zu küssen.»Herr d'Artagnan,« wiederholte Ludwig: »gut, Madame.«

D'Artagnan ging hinab; die Kutsche stand auf ihrem Platze, der Musketier saß auf dem Bocke. D'Artagnan nahm das Paket, das er durch Bernouin auf den Bock hatte legen lassen. Wie man noch wissen wird, war das der Hut und Mantel des Kutschers von Herrn von Gondy. Er hing sich den Mantel um die Schultern und setzte den Hut auf den Kopf. Der Musketier stieg vom Bocke herab. »Mein Herr«, sagte d'Artagnan zu ihm, »sehet Euren Kameraden, der den Kutscher bewacht hat, wieder in Freiheit. Dann steigt zu Pferde, reitet in die Straße Tiquetonne zum Wirtshause de la Chevrette, holet dort mein Pferd und das des Herrn du Ballon, und sattelt und zäumt sie auf kriegsmäßige Weise; sodann verlasset Paris, die Pferde am Zügel mitführend, und verfügt Euch nach dem Cours-la-Reine. Findet Ihr daselbst niemanden mehr, so reitet weiter bis Saint-Germain – im Dienste des Königs.« Der Musketier erhob die Hand bis an den Hut und ging fort, um den erhaltenen Befehlen nachzukommen. D'Artagnan stieg auf den Bock. Er hatte eine Pistole in seinem Gürtel, ein Gewehr zu den Füßen und sein entblößtes Schwert hinter sich. Die Königin kam, und hinter ihr der König und sein Bruder, der Herzog Anjou. »Das ist ja die Kutsche des Herrn Koadjutors!«, rief sie und wich einen Schritt zurück.

»Ja, Madame, doch steigen Sie frisch hinein, ich will Sie fahren.« Die Königin stieg mit einem Ausruf der Überraschung in den Wagen. Nach ihr stiegen der König und ein Bruder ein und setzten sich an ihre Seite, links und rechts.

»Kommt, Laporte!«, rief die Königin.

»Wie doch, Madame, mit Ihrer Majestät in die nämliche Kutsche?«

»Heute handelt es sich nicht um königliche Hofsitte, sondern um das Heil des Königs. Steigt also ein, Laporte!« Laporte leistete Folge.

»Lasset die Vorhänge nieder«, rief d'Artagnan.

»Wird aber das nicht Misstrauen erwecken, mein Herr?«, fragte die Königin.

»Geruhe Ihre Majestät unbekümmert zu sein,« versetzte d'Artagnan, »ich habe meine Antwort schon in Bereitschaft.« Man ließ die Vorhänge herab und sprengte im Galopp durch die Straße Richelieu. Als man bei dem Tore ankam, schritt der Kommandant mit einem Dutzend Mann und einer Laterne in der Hand herbei. D'Artagnan bedeutete ihm, näher zu kommen, und sagte zum Unteroffizier: »Erkennet Ihr diese Kutsche?«

»Nein.« entgegnete dieser.

»So beseht Euch das Wappen.« Der Unteroffizier näherte seine Lampe dem Kutschenschlage und sagte:

»Es ist das des Herrn Koadjutors.«

»Still', er steht in näherer Verbindung mit Frau von Guémenée.« Der Unteroffizier fing zu lachen an und sagte:

»Öffnet das Tor, ich weiß, was das sagen will.« Der Schlagbaum knarrte in seinen Angeln, und als d'Artagnan den Weg geöffnet sah, trieb er die Pferde hurtig an, die auch rasch hinwegtrabten. Fünf Minuten darauf erreichte man die Kutsche des Kardinals.

»Mousqueton!«, rief d'Artagnan, »öffnet die Vorhänge der Kutsche Ihrer Majestät.«

»Das ist er.« sprach Porthos.

»Als Kutscher!«, rief Mazarin.

»Und mit des Koadjutors Wagen,« sprach die Königin.

» *Corpo di Dio!* Herr d'Artagnan,« rief Mazarin aus. »Ihr seid nicht mit Gold aufzuwägen.«

### Der Auftrag

Mazarin wollte auf der Stelle nach Saint-Germain weiterreisen, allein die Königin erklärte, sie erwarte diejenigen Personen, welche sie bestellt hatte. Nur trug sie dem Kardinal den Platz Laportes an, den auch der Kardinal annahm und aus einer Kutsche in die andere stieg. Jenes Gerücht, dass der König in der Nacht Paris verlassen habe, war nicht grundlos; es waren zehn bis zwölf Personen seit sechs Uhr abends in das Geheimnis dieser Flucht eingeweiht, und obgleich sie noch so verschwiegen waren, so konnten sie doch ihre Voranstalten zur Abreise nicht treffen, ohne dass nicht einiges von der Sache ruchbar wurde. Überdies hatte jede dieser Personen ein paar andere, für die sie sich interessierten, und da man nicht daran zweifelte, die Königin würde Paris nur mit furchtbarem Rachegefühl verlassen, so warnte jeder seine

Freunde oder Verwandten, wonach das Gerücht von dieser Abreise wie ein Lauffeuer durch die Stadt lief. Die nächste Kutsche, welche nach jener der Königin ankam, war die Kutsche des Prinzen. Darin sahen der Herr Van Conde, die Frau Prinzessin und die Frau Prinzessin-Witwe. Beide wurden mitten in der Nacht aufgeweckt und wussten nicht, um was es sich handle. In der zweiten saßen der Herzog von Orleans, die Frau Herzogin, die große Mademoiselle und der Abbé de la Riviere, der unzertrennliche Günstling und geheime Rat des Prinzen. In der dritten saßen der Herr von Longueville und der Prinz von Conti, Bruder und Schwager des Prinzen. Sie stiegen aus, gingen zu der Kutsche des Königs und der Königin und brachten Ihren Majestäten ihre Huldigung dar. Die Königin blickte bis in den Hintergrund der Kutsche, deren Schlag offen stand, und sah, dass sie leer sei. »Wo ist denn Frau von Longueville?«, fragte sie. »Ja, wirklich, wo ist denn meine Schwester?«, fragte der Prinz. »Madame«, erwiderte der Herzog, »Frau von Longueville befindet sich unwohl und gab mir den Auftrag, sie bei Ihrer Majestät zu entschuldigen.« Anna warf Mazarin einen raschen Blick zu und dieser antwortete ihr durch ein leichtes Nicken mit dem Kopfe. »Was sagt denn Ihr dazu?«, fragte die Königin. »Ich sage: sie ist eine Geisel für die Pariser,« entgegnete der Kardinal. »Warum ist sie denn nicht gekommen?«, fragte der Prinz seinen Bruder. »Still,« versetzte dieser,« sie hat sicher ihre Gründe dazu. »Sie bringt uns ins Verderben«, murmelte der Prinz. »Sie rettet uns,« sprach Conti. Obwohl die Königin mit taufend Kleinigkeiten beschäftigt war, so suchte sie doch d'Artagnan mit den Augen; allein der Gascogner hatte sich schon wieder mit seiner gewohnten Vorsicht unter die Menge gemischt. »Wir wollen die Vorhut bilden,« sprach er zu Porthos, »und in Saint-Germain gute Quartiere bestellen, denn niemand wird uns vermissen. Ich fühle mich sehr erschöpft.« ,Ich,« verfehle Porthos, »sinke wirklich um vor Schlaf. Sollte man wohl glauben, dass wir nicht den geringsten Kampf zu bestehen hatten? In der Tat, die Pariser sind sehr blöde.« »Läge der Grund nicht vielmehr in unserer Gewandtheit?«, fragte d'Artagnan. »Vielleicht.« »Und wie steht es mit Eurer Faust?« »Besser. Allein glaubt Ihr, dass wir sie diesmal bekommen werden?« »Was?« »Ihr Eure Stelle und ich meinen Titel.« »Meiner Treue, ja, ich möchte fast wetten; und überdies, wenn sie nicht daran denken, will ich schon machen, dass sie daran denken.« »Ich höre die Stimme der Königin,« versetzte Porthos, »und glaube, sie wünscht, zu Pferde zu steigen.« »O, sie möchte wohl, jedoch – –«

»Was?«

»Der Kardinal will es nicht. – Meine Herren,« fuhr d'Artagnan zu den beiden Musketieren gewendet fort, »begleitet die Kutsche der Königin und weicht nicht von ihrer Seite. Wir wollen Quartiere besorgen.« Und d´Artagnan sprengte mit Porthos fort gegen Saint-Germain.

»Brechen wir auf, meine Herren,« sprach die Königin. Die königliche Kutsche setzte sich in Bewegung und ihr folgten die übrigen Kutschen nebst mehr als fünfzig Reitern. Man kam ohne Ungemach in Saint-Germain an; als die Königin aus dem Wagen stieg, sah sie vor sich den Prinzen mit entblößtem Haupte stehen und warten, um ihr die Hand zu bieten. »Was ein Erwachen für die Pariser!«, rief die Königin Anna, vor Freude strahlend.

»Das ist der Krieg,« sprach der Prinz.

»Wohlan, so sei es der Krieg, haben wir nicht den Sieger von Rocroy, von Nördlingen und von Lens bei uns?« Der Prinz verneigte sich zum Zeichen des Dankes.

Es war drei Uhr früh. Die Königin begab sich zuerst in das Schloss; alle folgten ihr nach, etwa zweihundert Personen hatten sie auf ihrer Flucht begleitet. »Meine Herren!« sprach die Königin freundlich, »quartiert Euch im Schlosse ein, es ist groß, und so wird es an Raum nicht fehlen.« D'Artagnan hatte sich, müde und erschöpft, eben zur Ruhe begeben, als er auch schon wieder aufgestört wurde. »Herr d'Artagnan!« ertönte es, »Herr d'Artagnan!«

»Sind Sie Herr d'Artagnan?« fragte ein Hofbeamter.

»Ja, mein Herr, was wollt Ihr von mir?«

»Ich komme, um Sie zu holen.«

»In wessen Auftrag?«

»Im Auftrage Seiner Eminenz.«

»Meldet dem gnädigen Herrn: Ich will jetzt schlafen, und rate es Seiner Eminenz als Freund, dasselbe zu tun.«

»Seine Eminenz legte sich nicht und wird sich auch nicht zu Bette legen, und verlangt alsogleich nach Ihnen.«

»Zum Kuckuck!«, brummte d'Artagnan, »was will er mir denn? Will er mich zum Kapitän machen? In diesem Falle vergebe ich ihm.« Der Musketier stand nun murrend auf, nahm Schwert, Hut, Pistolen und Mantel, und folgte dem Hofbedienten. »Herr d'Artagnan,« sprach der Kardinal, als er denjenigen vor sich sah, den er zu so ungelegener Zeit holen ließ,

»ich habe den Eifer nicht vergessen, mit dem Ihr mir gedient habt, und will Euch einen Beweis davon geben.«

»Gut«, dachte d'Artagnan, »das fängt hübsch an.« Mazarin fasste den Musketier fest ins Auge und sah, wie sich sein Gesicht erheiterte.

»Herr d'Artagnan,« sprach er, »Ihr habt große Lust, Kapitän zu werden?«

»Ja, gnädigster Herr.«

»Und möchte Euer Freund noch immer gern Baron werden?«

»Gnädigster Herr, in diesem Moment träumt er, dass er es sei.«

»Nun,« versetzte Mazarin, indem er jenen Brief hervorholte, den er d'Artagnan schon einmal gezeigt hatte, »nehmt diese Depesche hier und bringt sie nach England.« D'Artagnan besah den Umschlag, es stand keine Adresse darauf.

«Darf ich es nicht wissen, an wen ich sie zu übergeben habe?«

»Wenn Ihr in London ankommt, so werdet Ihr es erfahren: erst in London zerreißet Ihr den doppelten Umschlag.«

»Und was habe ich für Verhaltungsbefehle?«

»Dass Ihr durchaus demjenigen gehorchet, an den der Brief gerichtet ist.« D'Artagnan war willens, neue Fragen zu stellen, allein Mazarin fuhr fort: »Ihr reiset von da nach Boulogne; im `Wappen von England´ – werdet Ihr einen jungen Edelmann, namens Mordaunt, treffen.«

»Ja, gnädigster Herr! und was soll ich tun mit diesem Edelmanne?«

»Ihm folgen, wohin er Euch führen wird.« D'Artagnan sah den Kardinal mit erstaunter Miene an.

»Nun wisst Ihr, was Ihr zu tun habt,« sprach Mazarin, »geht!«

»Geht – das sagt sich sehr leicht,« entgegnete d'Artagnan, »allein um zu gehen, braucht man Geld und ich habe keines.«

»Ah!«, rief Mazarin, indem er sich hinter den Ohren kratzte, »Ihr sagt, dass Ihr kein Geld habt?«

»Nein, gnädigster Herr.«

»Allein der Diamant, den ich Euch gestern abends gegeben?«

»Ich möchte ihn gern als Andenken an Ew. Eminenz bewahren.« Mazarin seufzte. »Man lebt teuer in England, gnädigster Herr, und zumal als außerordentlicher Botschafter.«

»Hm,« entgegnete Mazarin, »das Land ist sehr nüchtern, man lebt dort ganz einfach seit der Revolution, doch gleichviel.« Er öffnete eine Lade und nahm eine Börse hervor. »Was sagt Ihr zu diesen tausend Talern?« D'Artagnans Unterlippe verlängerte sich auf übermäßige Weise. »Ich sage, gnädigster Herr, dass das wenig ist, da ich sicher nicht allein abreisen werde.«

»Ich rechnete darauf«, erwiderte Mazarin, »Herr du Ballon werde Euch begleiten, der würdige Edelmann; denn nach Euch, lieber Herr d'Artagnan, ist er zuverlässig derjenige in Frankreich, den ich vorzugsweise acht und liebe.«

»Nun, gnädigster Herr,« versetzte d'Artagnan, indem er auf die Börse zeigte, welche Mazarin nicht loslassen wollte, »wenn Sie ihn so sehr lieben und achten, so werden Sie einsehen –«

»Wohlan, seinetwegen will ich zweihundert Taler beifügen.«

»Geiziger!«, murmelte d'Artagnan, dann sprach er laut: »Doch, nicht wahr, bei unsrer Rückkehr können wir, wenigstens Herr Porthos auf seine Baronie und ich auf meine Beförderung rechnen?«

«So wahr ich Mazarin heiße.«

»Kann ich mich nicht Ihrer Majestät der Königin empfehlen?«, fragte d'Artagnan.

»Ihre Majestät schläft,« entgegnete Mazarin schnell, »und Ihr müsst ohne Säumnis abreisen; also geht, mein Herr.«

»Noch ein Wort, gnädigster Herr; wenn man dort kämpft, wohin ich reise, soll ich mitkämpfen?«

»Ihr sollet alles das tun, was Euch die Person befiehlt, an die ich Euch schicke,«

»Wohl, gnädigster Herr,« versetzte d'Artagnan und streckte die Hand aus, um einen Beutel in Empfang zu nehmen, »und ich empfehle mich ganz ergebenst.«

### Man bekommt Nachrichten über Athos und Aramis

D'Artagnan war geradeswegs nach den Stallungen gegangen. Der Tag brach eben an; er erkannte sein und Porthos' Pferd, die an einer Raufe angebunden waren, doch war die Raufe leer. Da er Mitleid mit diesen armen Tieren hatte, so ging er nach einem Winkel des Stalles, wo er ein bisschen Stroh leuchten sah. Während er dieses mit dem Fuße zusammenschob, stieß er mit dem Stiefel an einen runden Körper, der, sicherlich an einem empfindlichen Teile berührt, einen Schrei ausstieß und sich auf ein Knie, erhob, indem er sich die Augen rieb. Es war Mousqueton, der sich aus Mangel an Stroh das der Pferde zurechtgemacht hatte. »Vorwärts, Mousqueton!«, rief d'Artagnan, »vorwärts! auf die Reise! auf die Reise!« Inzwischen kam Porthos mit einer sehr verdrießlichen Miene herbei, und erstaunte höchlich, als er d'Artagnan so ergeben in sein Schicksal und Mousqueton beinahe lustig fand. »Ah,« sprach er, »wir haben also: Ihr Eure Stelle und ich meine Baronie!«

»Wir gehen jetzt und holen uns die Dekrete,« versetzte d'Artagnan,

»und wenn wir zurückkommen, wird sie Herr Mazarin unterschreiben.«

»Wohin gehen wir?«, fragte Porthos. »Fürs erste nach Paris«, erwiderte d'Artagnan, »da ich dort einige Angelegenheiten in Ordnung bringen will.«

»Wohlan, nach Paris!«, sagte Porthos. Und beide machten sich auf den Weg nach Paris. Als sie bei den Toren ankamen, erstaunten sie, in welch bedrohlicher Lage die Hauptstadt sich befand. Das Volk scharte sich um eine in Stücke gebrochene Kutsche und stieß Verwünschungen aus, indes die Personen, welche entfliehen wollten, nämlich ein Greis und zwei Frauen, Gefangene waren. Als aber d'Artagnan und Porthos Einlass verlangten, erzeigte man ihnen jede Art von Schmeichelei. Man hielt sie für Abtrünnige der königlichen Partei und wollte sie an sich fesseln. »Was macht der König?«, fragte man sie. »Er schläft.«

»Und die Spanierin?«

»Sie träumt.«

»Und der Italiener?«

»Er wacht. Haltet Euch somit fest; wenn sie fortgegangen sind, so taten sie es gewiss aus Gründen. Und da Ihr zuletzt doch die Stärkeren seid,« fuhr d'Artagnan fort, »so vergreift Euch nicht an Weibern und Greisen; lasset die Frauen gehen und haltet Euch an die wirklichen Ursachen.« Das Volk nahm diese Worte freudig auf und ließ die Damen los, welche d'Artagnan mit einem sprechenden Blicke dankten. »Nun vorwärts!«, rief d'Artagnan. Sie setzten ihren Weg fort, ritten durch die Barrikaden, sprengten über die Ketten, stets drängend und gedrängt, fragend und befragt. Auf dem Platze vor dem Palais-Royal sah d'Artagnan, wie eben ein Sergeant fünf- bis sechshundert Bürger in den Waffen übte. Das war Planchet, der zu Frommen der Stadtmiliz seine Erinnerungen aus dem Regimente von Piemont nützte. Als er vor d'Artagnan vorbeischritt, erkannte er seinen vormaligen Herrn. »Guten Tag, Herr d'Artagnan!« rief Planchet mit stolzer Miene.

»Guten Tag, Herr Dulaurier!«, erwiderte d'Artagnan. Planchet hielt plötzlich an und heftet große, erstaunte Augen auf d'Artagnan; das erste Glied blieb gleichfalls stehen, als es seinen Führer anhalten sah, und so machten es dann alle bis zum letzten. »Das sind doch höchst lächerliche Leute,« sprach d'Artagnan zu Porthos und ritt weiter. Fünf Minuten darauf stiegen sie ab bei dem Gasthause de la Chevrette. Die schöne Magdalena eilte d'Artagnan entgegen. »Liebe Madame Turquaine,« sprach d'Artagnan, »wenn Ihr Geld habt, so vergrabt es schnell; wenn Ihr Kostbarkeiten habt, so versteckt sie geschwind; wenn Ihr Schuldner habt, so drängt sie zur Zahlung, und wenn Ihr Gläubiger habt, so befriedigt sie nicht.«

»Weshalb?«, fragte Magdalena.

»Weil Paris nicht mehr und nicht weniger als Babylon, von dem Ihr gewiss schon reden hörtet, in Asche wird verwandelt werden.«

»Und Ihr verlasset mich in einem solchen Augenblicke?«

»In diesem Augenblicke selbst,« entgegnete d´Artagnan.

»Wohin reiset Ihr?«

»O, wenn Ihr mir das zu sagen wüsstet, würdet Ihr mir einen wahrhaften Dienst erweisen.«

»O mein Gott, mein Gott!«

»Habt Ihr wohl Briefe für mich?«, fragte d'Artagnan und gab seiner Wirtin ein Zeichen mit der Hand, sie könnte sich das unnütze Wehklagen ersparen.

»Es liegt einer hier, der eben angekommen ist.« Und sie reichte d'Artagnan den Brief.

»Von Athos«, rief d'Artagnan, als er die feste und große Handschrift seines Freundes erkannte.

»Ha,« sprach Porthos, »lasst ein bisschen sehen, was er schreibt.« D'Artagnan erbrach den Brief und las: »Lieber d'Artagnan! lieber du Ballon! meine Freunde! Ihr erhaltet vielleicht zum letzten Mal Nachrichten von mir. Aramis und ich sind sehr unglücklich; allein Gott, unser Mut und das Andenken an unsere Freundschaft erhält uns noch aufrecht. Seid ja auf Rudolf bedacht. Ich empfehle Euch die Papiere, welche sich in Blois befinden, und habt Ihr innerhalb zwei und einem halben Monat keine Nachricht von uns, so untersucht dieselben. Umarmt den Vicomte aus ganzem Herzen im Namen Eures getreuen Freundes Athos.«

»Bei Gott, das will ich glauben, dass ich ihn umarmen werde!«, rief d'Artagnan, »zumal da er sich auf unserm Wege befindet, und hat er das Unglück, unsern armen Athos zu verlieren, so wird er von diesem Tage an mein Sohn!«

»Und ich,« entgegnete Porthos, »ich setze ihn zu meinem Universalerben ein.«

»Lasst sehen,« was Athos noch weiter schreibt.«

»Solltet Ihr auf Euren Wegen einem Herrn Mordaunt begegnen, so hütet Euch vor ihm. Ich kann Euch mit meinem Briefe nicht mehr sagen.«

»Herr Mordaunt«, rief d'Artagnan betroffen.

»Herr Mordaunt – wohl, man wird sich daran erinnern«, sagte Porthos. »Allein seht, ob wir keine Nachricht von Aramis haben.«

»In der Tat,« versetzte d'Artagnan und las: »Werte Freunde, wir verhehlen Euch den Ort unseres Aufenthalts, weil wir Eure brüderliche Aufopferung kennen, und wohl wissen, dass Ihr kommen würdet, um mit uns zu sterben.«

»Donner und Wetter!«, unterbrach ihn Porthos mit einem Zornesausbruch, der Mousqueton bis ans andere Ende des Zimmers taumeln ließ, »schweben sie denn in Todesgefahr?« D'Artagnan fuhr fort zu lesen: »Athos vermacht Euch Rudolf, und ich vermache Euch eine Rache. Solltet Ihr das Glück haben, Hand an einen gewissen Mordaunt zu legen, so sagt Porthos, dass er ihn in einen Winkel zerre und ihm den Hals umdrehe. Ich getraue mich nicht, in einem Briefe mehr zu sagen. Aramis.«

»Wenn es nur das ist«, sagte Porthos, »so lässt es sich leicht machen.«

»Im Gegenteil,« versetzte d'Artagnan mit düsterer Miene, »das ist unmöglich.«

»Warum denn?«

»Eben dieser Mordaunt ist es, den wir in Boulogne treffen und mit dem wir nach England übersetzen sollen.«

»Nun, wenn wir uns, statt dass wir uns diesem Herrn Mordaunt anschließen, unsern Freunden anschlössen?«, fragte Porthos mit einer Miene und Bewegung, worüber sich ein Heer hätte entsetzen können.

»Ich dachte wohl schon daran«, erwiderte d'Artagnan, »allein der Brief hat weder Datum noch Postzeichen.«

»Das ist wahr,« entgegnete Porthos. Und er schritt wie ein verwirrter Mensch im Zimmer herum, gebärdete sich heftig und zog jeden Augenblick sein Schwert aus der Scheide. Was d'Artagnan betrifft, so blieb er bestürzt stehen, und die tiefste Betrübnis malte sich auf seinem Antlitze. »O, das ist unrecht«, murmelte er, »Athos beleidigt uns, er will allein sterben, das ist unrecht.« Als Mousqueton diese große Verzweiflung von seinem Winkel aus sah, fing er zu weinen an.

»Ha doch!«, rief d'Artagnan, »das alles führt zu nichts. Brechen wir auf, reisen wir ab, um Rudolf zu umarmen, wie schon gesagt, vielleicht hat er Nachricht von Athos bekommen.«

»He, der Gedanke ist gut,« sprach Porthos: »Wirklich, lieber d'Artagnan, ich weiß nicht, wie Ihr das macht, aber Ihr seid voll von Einfällen. Also auf, um Rudolf zu umarmen.«

»Wehe dem, der jetzt meinen Herrn schief anblicken wollte«, sagte Mousqueton; »ich gebe keinen Pfennig für seine Haut.« Man stieg zu Pferde und ritt von hinnen. Als die Freunde in die Straße Saint-Denis kamen, bemerkten sie einen großen Volksauflauf. Den Anlass gab Herr von Beaufort, der eben aus Vendome ankam, und den der Koadjutor den entzückten Parisern vorstellte. Mit Herrn von Beaufort glaubten sie sich jetzt unüberwindlich. Die zwei Freunde bogen in eine enge Gasse ein, um dem Prinzen nicht zu begegnen, und gelangten zur Barriere Saint-Denis.

»Ist es wahr, dass Herr von Beaufort in Paris angekommen ist?«, sagten die Wachen zu den zwei Reitern.

»Nichts ist so wahr wie das,« entgegnete ihnen d'Artagnan, »und der Beweis ist, dass er uns seinen Vater, Herrn Vendome, entgegenschickte, der gleichfalls ankommen wird.«

»Es lebe Herr von Beaufort!«, riefen die Wachen und traten ehrfurchtsvoll zur Seite, um den Abgeordneten des großen Prinzen Raum zu lassen. Als die Reisenden einmal die Barriere im Rücken hatten, ging es viel rascher, da sie weder Müdigkeit noch Entmutigung kannten; ihre Pferde flogen und sie konnten nicht enden, von Athos und Aramis zu reden. Mousqueton ertrug alle erdenklichen Martern; doch tröstete sich der treffliche Diener mit dem Gedanken, dass seine Gebieter noch ganz andere Leiden hatten. Er betrachtete ja von nun an d'Artagnan als seinen zweiten Herrn, und gehorchte ihm sogar noch viel schneller und pünktlicher als Porthos.

Das Lager befand sich zwischen Saint-Omer und Lambe; die zwei Freunde ritten durch eine Krümmung dem Lager zu, berichteten dem Heere umständlich die Flucht des Königs und der Königin, die bis jetzt nur oberflächlich erzählt worden war. Sie fanden Rudolf in seinem Gezelte auf einem Bunde Heu liegen, aus dem sein Pferd verstohlen einige Halme aufschnappte. Der junge Mann hatte rote Augen und schien sehr bestürzt. Der Marschall von Grammont und der Graf von Guiche waren nach Paris zurückgekommen, und so stand das arme Kind ganz allein für sich da. Gleich darauf erhob Rudolf die Augen und sah die Reiter, welche ihn anstarrten, er erkannte sie und sprang ihnen mit offenen Armen entgegen.

»Ha, Ihr seid es, teure Freunde«, rief er aus. »Wollet Ihr mich etwa abholen? nehmt Ihr mich mit? Bringt Ihr mir Nachricht von meinem Vormunde?

»Habt Ihr denn eine von ihm erhalten?«, fragte d'Artagnan.

»Ach nein, mein Herr«, antwortete der junge Mann, »und ich weiß wirklich nicht, was aus ihm geworden ist. O, das schmerzt mich so, dass ich darüber weinen muss.« Es rollten auch wirklich zwei große Tränen über die gebräunten Wangen des jungen Mannes. Porthos wandte sich um, damit man in seinem gutmütigen Gesichte nicht das lesen sollte, was in seinem Herzen vorging.

»Ei was!«, rief d'Artagnan, der weit mehr ergriffen war, als je, »verzweifelt nicht, mein Freund, wenn Ihr keine Briefe vol dem Grafen erhalten habt, so erhielten wir ... einen ...«

»Ha, in Wahrheit?«, rief Rudolf. »Ja, sogar einen beruhigenden«, versetzte d'Artagnan, als er sah, wie erfreut der junge Mann über diese Nachricht war.

»Habt Ihr ihn hier?«, fragte Rudolf.

»Ja, ich hatte ihn,« entgegnete d'Artagnan und tat, als ob er ihn suchte; »halt, da muss er sein, in meiner Tasche - nicht wahr, Porthos, er spricht darin von seiner Zurückkunft?«

»Ja«, erwiderte Porthos hustend.

»O, gebt ihn –«, rief der junge Mann.

»Hm, ich habe ihn noch kurz zuvor gelesen, soll ich ihn denn verloren haben? Ha, zum Teufel, meine Tasche hat ein Loch! -«

»O ja, Herr Rudolf«, versicherte Mousqueton, »der Brief war wirklich recht trostvoll! diese Herren lasen ihn mir vor, und ich weinte darüber vor Freude.«

»Ihr wisst doch wenigstens, wo er sich befindet, Herr d'Artagnan?« fragte Rudolf halb erheitert.

»O ja, gewiss, ich weiß«, stammelte d'Artagnan, »allein das ist ein Geheimnis.«

»Doch hoffe ich, nicht für mich?«

»Nein, nicht für Euch, und ich will Euch somit auch sagen, wo er ist.« Porthos stierte d'Artagnan mit seinen großen erstaunten Augen an.

»Wo ist er also, mein Herr?«, fragte Rudolf mit seiner sanften, einschmeichelnden Stimme.

»Er ist in Konstantinopel!«

»Bei den Türken?«, rief Rudolf, »großer Gott, was sagt Ihr da?«

»Hm, was entsetzt Ihr Euch?« entgegnete d'Artagnan; »was sind die Türken für Männer gegen den Grafen de la Fere und Herrn d'Herblah?«

»Ah, ist sein Freund bei ihm?«, fragte Rudolf; »das beruhigt mich ein wenig.«

»Ob er Verstand hat dieser Teufel von d'Artagnan!« murmelte Porthos ganz entzückt über die List seines Freundes. D'Artagnan, den es schon drängte, dem Gespräche eine andere Wendung zu geben sagte:

»Nun, hier sind fünfzig Pistolen, welche Euch der Herr Graf durch denselben Boten geschickt hat. Da ich vermute, dass Ihr kein Geld mehr habt, werden sie Euch erwünscht sein.«

»Ich besitze noch zwanzig Pistolen, mein Herr!«

»Nun, so nehmt sie immerhin, dann sind es siebenzig.«

»Wollet Ihr aber noch mehr ...?«, sprach Porthos und fuhr mit der Hand in die Tasche.

»Dank,« entgegnete Rudolf errötend, »tausendmal Dank, mein Herr!« In diesem Moment erschien Olivain in der Ferne.

»Ha doch«, fragte d'Artagnan so laut, dass es der Bediente hörte, »seid Ihr mit Olivain zufrieden?«

»Ja, ziemlich.« Olivain stellte sich, als habe er nichts gehört und ging in das Gezelt.

»Was habt Ihr gegen diesen Schlingel?«

»Er ist gefräßig«, sagte Rudolf.

»O Herr«, seufzte Olivain, der auf diese Anklage hervortrat.

»Er stiehlt ein bisschen.«

»O, Herr, o ...«

»Und insbesondere ist er ungemein feige.«

»O, o, o, mein Herr, Sie entehren mich«, stammelte Olivain.

»Pest«, rief d'Artagnan, »wisst, Meister Olivain, dass sich Männer, wie wir sind, nicht von Feigherzigen bedienen lassen. Bestehlt Euren Herrn, nascht seine Leckerbissen und trinkt seinen Wein, seid aber, bei Gott, keine Memme oder ich stutze Euch die Ohren. Seht Herrn Mouston an und lasst Euch die ehrenvolle Wunde zeigen, die er erhalten hat, und seht, ob nicht seine ungewöhnliche Tapferkeit seinen Zügen eine Würde aufgedrückt hat.« Mousqueton war bis zum dritten Himmel entzückt, und hätte d'Artagnan umarmt, wenn er sich getraut hätte; indes nahm er sich vor, er wolle sich, wenn sich je eine Gelegenheit füge, für ihn töten lassen.

»Schickt diesen Nichtswürdigen fort, Rudolf,« versetzte d'Artagnan, »denn als Memme wird er früher oder später sich ehrlos machen.«

»Der gnädigste Herr nennt mich einen Feigherzigen«, klagte Olivain, »weil, er sich neulich mit einem Standartenträger des Regiments Grammont schlagen wollte und ich mich ihn zu begleiten weigerte.«

»Meister Olibain«, rief d'Artagnan mit Strenge, »ein Bedienter soll nie den Gehorsam verweigern.« Dann zog er ihn beiseite und sagte:

»Du hast recht getan, wenn dein Herr unrecht hatte; hier hast du einen Taler; wenn er aber je beleidigt wird, und du lässt dich nicht für ihn in Stücke hauen, so schneide ich dir die Zunge aus dem Halse und wasche dir damit das Gesicht ab. Merke dir das gut.« Olivain verneigte sich und steckte den Taler ein.

»Freund Rudolf,« sprach d'Artagnan, »nun reisen wir, ich und Herr du Ballon, als Gesandte ab. Ich kann Euch nicht sagen, zu welchem Endzweck; habt Ihr aber irgendetwas vonnöten, so schreibt an Magdalena Tiquetonne und behebt Geld auf diese Kasse wie auf die eines Wechslers, nur mit Schonung, denn ich sage Euch im Voraus, dass sie nicht so sehr gefüllt ist wie die des Herrn d'Emerie.« Er umarmte sein einstweiliges Mündel und ließ ihn sodann in Porthos' Arme übergehen, die ihn vom Boden aufhoben und ein Weilchen an dem edlen Herzen des furchtbaren Riesen schwebend hielten.

»Auf!«, rief nun d'Artagnan, »auf den Weg!« Sie reisten weiter nach Boulogne, wo sie gegen Abend ihre von Schweiß und Schaum bedeckten Pferde anhielten. Zehn Schritte weit von der Stelle, wo sie stille hielten, ehe sie in die Stadt hineinritten, stand ein schwarzgekleideter junger Mann, der auf jemanden zu warten schien, und der von dem Momente an, wo er sie kommen sah, die Augen nicht mehr von ihnen abwandte. D'Artagnan näherte sich ihm, und da er sah, dass ihn sein Blick nicht verließ, sprach er:

»Holla, Freund, ich lasse mich nicht gerne messen.«

»Mein Herr,« sprach der junge Mann, ohne auf d'Artagnans Anrede zu antworten, »kommt Ihr nicht von Paris?« D'Artagnan dachte, es wäre ein Neugieriger, der Nachrichten aus der Hauptstadt zu haben wünschte.

»Ja, Herr,« entgegnete er in etwas freundlicherem Tone.

»Sollt Ihr nicht im ›Wappen von England‹ logieren?«

»Ja, mein Herr.«

»Wenn das ist, so bin ich es, mit dem Ihr zu tun habt; ich bin Herr Mordaunt.«

»Mein Herr«, erwiderte d'Artagnan. »wir stellen uns zu Eurer Verfügung.«

»Nun gut, meine Herren«, sagte Mordaunt, »so reisen wir unverzüglich ab, denn heute ist der letzte Tag der Frist, welche der Kardinal von mir gefordert hat. Mein Schiff steht bereit, und wäret Ihr nicht gekommen, so war ich entschlossen, ohne Euch abzusegeln; denn der General Oliver Cromwell muss auf meine Zurückkunft schon ungeduldig warten.«

»Ah, ah!«, rief d'Artagnan, »also an den General Oliver Cromwell werden wir abgeschickt.«

»Habt Ihr keinen Brief für ihn?«, fragte der junge Mann. »Wohl habe ich einen Brief, von dem ich den doppelten Umschlag erst in London wegbrechen soll; da Ihr mir aber sagt, an wen er adressiert ist, so brauche ich nicht bis dahin zu warten.« D'Artagnan riss nun den Umschlag des Briefes auf. Er trug wirklich die Aufschrift: «An Herrn Oliver Cromwell, General der Truppen der englischen Nation.«

»Ha,« sprach d'Artagnan, »der Auftrag ist sonderbar.«

»Wer ist dieser Herr Oliver Cromwell?«, fragte Porthos leise. »Ein vormaliger Bierbrauer«, antwortete d'Artagnan.

»Schnell, schnell«, rief Mordaunt, «lasst uns abreisen, meine Herren.«

»He doch,« entgegnete Porthos, «ohne zu Abend zu speisen? Kann denn Herr Cromwell nicht ein bisschen warten?«

»Ja, allein ich,« versetzte Mordaunt.

»Nun Ihr, was?«, fragte Porthos.

»Ich habe es eilig.«

»O, wenn das Euretwegen geschieht«, sagte Porthos, »so geht mich die Sache nichts an, und ich will essen mit und ohne Eure Erlaubnis.« Der unsichere Blick des jungen Mannes entzündete sich und er schien einen Blitz schleudern zu wollen, doch fasste et sich.

»Mein Herr,« versetzte d'Artagnan, »Ihr müsset ausgehungerte Reisende entschuldigen. Überdies wird Euch unser Abendmahl nicht sehr aufhalten, wir wollen nach dem Gasthause reiten. Geht zu Fuß nach dem Hafen, wir essen ein bisschen und werden zur selben Zeit wie Ihr dort eintreffen.«

»Was Euch beliebt, meine Herren, wenn wir nur abreisen«, erwiderte Mordaunt.

»Das ist recht schön«, murmelte Porthos.

»Der Name des Schiffes?«, fragte d'Artagnan.

»Standard.«

»Wohl, in einer halben Stunde werden wir uns an Bord befinden.« Beide gaben ihren Pferden die Sporen und ritten nach dem bezeichneten Gasthause.

»Was sagt Ihr zu diesem jungen Manne?«, fragte d'Artagnan während des Reitens.

»Ich sage,« erwiderte Porthos, »dass er mir ganz und gar nicht behagt, und dass es mich gewaltig kitzelte, den Rat von Aramis zu befolgen.«

»Seid auf Eurer Hut, Porthos, dieser Mann ist ein Abgeordneter des Generals Cromwell, und wenn wir anzeigten, dass wir seinem Vertrauten den Hals umgedreht haben, so wäre das, glaube ich, zu unserem Empfange eine armselige Weise.«

»Gleichviel,« entgegnete Porthos, »ich habe stets bemerkt, dass Aramis ein guter Ratgeber war.«

»Hört,« sprach d'Artagnan, »wenn unsere Gesandtschaft zu Ende ist ...«

»Nun, dann?«

»Wenn er uns nach Frankreich zurückführt ...«

»Nun, so werden wir sehen.« Mittlerweile erreichten die zwei Freunde das Wirtshaus zu dem »Wappen von England«, wo sie mit großem Appetit zu Abend speisten, und sich dann ungesäumt nach dem Hafen begaben. Eine Brigg war schon segelfertig, und auf dem Verdecke derselben erkannten sie Mordaunt, der ungeduldig auf und nieder schritt. »Es ist unglaublich,« sprach d'Artagnan, während ihn das Boot an Bord des »Standard« führte, »es ist erstaunenswert, wie ähnlich dieser junge Mann jemandem ist, doch kann ich nicht angeben wem.« Sie kamen zur Treppe, und bald darauf waren sie eingeschifft.

**Der Schotte hält auf seinen Eidschwur wenig, verkauft für einen Heller seinen König**

Nun müssen wir unsere Leser den »Standard« – nicht nach London, wohin d'Artagnan und Porthos zu steuern glaubten, sondern nach Durham ruhig segeln lassen, wohin Mordaunt zufolge der Briefe gehen musste, welche er während seines Aufenthaltes in Boulogne erhalten, und müssen uns in das royalistische Lager begeben, welches sich diesseits der Tyne nahe der Stadt Newcastle befand. Dort standen zwischen zwei Flüssen, an Schottlands Grenze, jedoch auf Englands Boden, die Gezelte eines kleinen Heeres. Es war bereits Mitternacht. Männer, welche man an ihren nackten Beinen, kurzen Röcken, buntgewürfelten Plaids und an der Feder auf ihrer Mühe als Hochländer erkennen konnte, versahen sorglos die Wache. Der Mond, welcher zwischen dichtem Gewölke dahinglitt, erleuchtete auf jedem Zwischenraume seiner Bahn die Gewehrläufe der Schildwachen, und ließ kräftig die Mauern, Dächer und Türme der Stadt hervortreten, welche Karl I. den Truppen des Parlamentes übergeben hatte, während ihm Oxford und Newcastle, in der Hoffnung eines Vergleiches, noch anhingen. An dem einen Ende dieses Lagers, neben einem ungeheuren Gezelte, das voll schottischer Offiziere war, die unter dem Vorsitze ihres Anführers des Grafen von Lewen, eine Art Rat hielten, schlief ein Mann, im Kavalieranzuge, auf dem Rasen und hatte die rechte Hand auf seinem Schwerte ausgestreckt. Fünfzig Schritte weit entfernt besprach sich ein anderer Mann, gleichfalls im Kavalieranzug, mit einer schottischen Schildwache, und vermöge der Übung, die er in der englischen Sprache zu haben schien, konnte er, obwohl ein Fremder, die Antworten verstehen, die ihm der Angeredete in der Mundart von Perth erteilte. Als es in der Stadt Newcastle ein Uhr morgens schlug, wurde der Schläfer wach, und als er alle Bewegungen eines Menschen gemacht hatte, der nach einem tiefen Schlafe die Augen öffnet, sah er forschend um sich, und als er bemerkte, dass er sich allein befand, stand er auf und ging, einen Umweg machend, bei dem Kavalier vorbei, der sich mit der Schildwache unterredete. Dieser hatte ohne Zweifel seine Fragen beendigt, denn gleich darauf trennte er sich von diesem Manne, und begab sich, ohne dass es auffiel, auf denselben Weg wie der erste Kavalier, den wir vorbeikommen sahen. Der andere erwartete ihn am Wege im Schatten eines Gezeltes.

»Nun, lieber Freund,« sprach er zu ihm in reinstem Französisch, das je zwischen Rouen und Tours gesprochen worden ist, »nun, Freund, wir dürfen keine Zeit verlieren, sondern müssen dem Könige Nachricht geben.«

«Was geht denn vor?«

»Es währte zu lang, um Euch das zu sagen. Überdies werdet Ihr es sogleich erfahren. Dann kann das leiseste Wort alles verderben. Lasset uns Mylord Winter aufsuchen.« Die beiden gingen nun nach dem entgegengesetzten Ende des Lagers, da aber dieses höchstens einen Raum von fünfhundert Schlitten im Quadrate enthielt, so gelangten sie alsbald zu dem Gezelte desjenigen, den sie suchten.

»Schläft Euer Herr noch, Tomby?«, fragte auf englisch einer der beiden Kavaliere einen Diener, der in einer ersten Abteilung schlief, die als Vorgemach diente.

»Nein, Herr Graf,« entgegnete der Bediente, »ich glaube nicht, es wäre denn seit kurzer Zeit, als er vom Könige weggegangen war, schritt er über zwei Stunden lang auf und nieder und das Geräusch seiner Schritte hat kaum erst seit zehn Minuten aufgehört. Überdies können Sie sehen« – fügte er hinzu und hob den Vorhang des Gezeltes auf. Lord Winter saß wirklich vor einer Öffnung, die als Fenster diente und die Nachtluft eindringen ließ. Die zwei Freunde traten zu Lord Winter, der, den Kopf auf die Hand gestützt, zum Himmel emporblickte; er hörte sie nicht nahen, und blieb in derselben Haltung, bis er fühlte, dass man ihm eine Hand auf die Schulter legte. Jetzt wandte er sich, erkannte Athos und Aramis, und bot ihnen die Hand.

»Habt Ihr nicht bemerkt,« sprach er zu ihnen, »welche blutrote Farbe heute der Mond hat?«

»Nein,« entgegnete Athos, »er schien mir wie gewöhnlich zu sein.«

»Seht, Chevalier«, sagte Lord Winter.

»Ich bekenne,« versetzte Aramis, »es geht mir wie dem Grafen de la Fere, ich sehe daran nichts Besonderes.«

»Lord,« sprach Athos, »wir sollen bei einer so ungewissen Lage, wie die unserige ist, die Erde untersuchen, und nicht den Himmel. Habt Ihr unsere Schotten erforscht, und seid Ihr derselben versichert?«

»Die Schotten«, fragte Lord Winter, »welche Schotten?«

»Nun, bei Gott! die Unsrigen,« antwortete Athos, »jene, welchen sich der König anvertraut hat, die Schotten des Grafen von Lewen.«

»Nein,« sprach Winter, dann fuhr er fort: »Sagt mir also, seht Ihr denn nicht, wie ich, den Himmel von rötlicher Farbe umzogen?«

»Nicht im geringsten,« versicherten Athos und Aramis.

»Sagt an«, fuhr Lord Winter fort, der sich stets mit demselben Gedanken beschäftigte, »geht denn nicht in Frankreich die Sage, dass Heinrich IV., als er am Vorabende des Tages, da er ermordet wurde, mit Bassompierre Schach spielte, auf dem Schachbrette Blutflecken sah?«

»Ja«, erwiderte Athos, »das hat mir der Marschall selbst öfter erzählt.«

»So ist es«, murmelte Lord Winter, »und tags darauf wurde Heinrich IV. umgebracht.«

»In welcher Beziehung steht aber diese Vision Heinrichs IV. zu Euch, Lord?«, fragte Aramis.

»In keiner, meine Herren, und ich bin wirklich töricht, dass ich von solchen Dingen mit Euch rede, wo mir Euer Eintritt in mein Gezelt zu dieser Stunde anzeigt, dass Ihr die Überbringer irgendeiner wichtigen Botschaft seid.«

»Ja, Mylord,« versetzte Athos, »ich möchte den König sprechen.«

»Den König? allein er schläft noch.«

»Ich habe ihm wichtige Dinge mitzuteilen.«

»Lässt sich das nicht bis morgen aufschieben?«

»Er muss es sogleich erfahren, und vielleicht ist es jetzt schon zu spät.«

»Lasst uns eintreten, meine Herren,« sprach Lord Winter. Das Gezelt des Lord Winter befand sich neben dem königlichen Gezelte und eine Art Korridor setzte beide in Verbindung. Dieser Korridor war nicht von einer Schildwache, sondern von einem vertrauten Diener Karls I. bewacht, damit sich der König in dringenden Fällen sogleich mit seinem getreuen Diener beraten könne.

»Diese Herren sind mit mir,« sprach Lord Winter. Der Diener verneigte sich und ließ sie vorübergehen. Wirklich war der König in seinem schwarzen Wams, die langen Stiefel an den Füßen, den Gürtel offen und den Hut neben sich, dem unwiderstehlichen Bedürfnisse nach Schlaf nachgebend, auf einem Feldbette eingeschlummert. Die drei Männer näherten sich, und Athos, welcher vorausging, betrachtete ein Weilchen dieses edle, blasse, von langen Haaren umwallte Antlitz, das der Schweiß eines bösen Traumes befeuchtete, und welches die dicken, blauen Adern marmorierten, welche unter seinen müden Augen von Tränen angeschwollen schienen. Athos stieß einen tiefen Seufzer aus, dieser Seufzer erweckte den König, da sein Schlummer so leise war. Er öffnete die Augen, und indem er sich auf seinen Ellbogen erhob, sprach er: »Ha, seid Ihr es, Graf de la Fere?«

»Ja, Sire«, antwortete Athos.

»Ihr wacht, indes ich schlafe, und bringt mir gewiss irgendeine Nachricht.«

»Leider, Sire,« versetzte Athos, »Eure Majestät hat richtig geraten.«

»So ist die Nachricht schlimm?« sprach der König, melancholisch lächelnd.

»Ja, Sire.«

»Gleichviel, der Bote ist mir willkommen, und Ihr, dessen Ergebenheit kein Vaterland und kein Unglück kennt, Ihr, den mir Henriette zusendet, könnet bei mir nicht eintreten, ohne mir Freude zu machen; redet also mit Zuversicht, wie die Nachricht auch sei, die Ihr mir zu überbringen habt.«

»Sire, Herr Cromwell kam diese Nacht in Newcastle an.«

»Ha«, rief der König, »um mich zu schlagen?«

»Nein, Sire, um Sie zu verkaufen.«

»Was sprecht Ihr da?«

»Ich sage, Sire, das schottische Heer hat 400 000 Livres Sterling zu fordern.«

»An rückständigem Solde, ja, das weiß ich. Meine tapferen und treuen Schotten kämpfen schon fast ein Jahr lang für die Ehre.« Athos lächelte und sprach: »Nun, Sire, wenn es auch um die Ehre eine schöne Sache ist, so sind sie doch müde, für dieselbe zu kämpfen, und diese Nacht verkaufen sie Ew. Majestät für 200 000 Livres, nämlich für die Hälfte von dem, was sie zu fordern hätten.«

»Unmöglich«, rief der König, »dass die Schotten ihren König für 200 000 Livres verkaufen!«

»Die Juden haben wohl Jesum für 30 Silberlinge verkauft.«

»Wer ist denn der Judas, der diesen schimpflichen Handel geschlossen hat?«

»Der Graf von Lewen.«

»Seid Ihr des versichert, mein Herr?«

»Ich hörte es mit meinen eigenen Ohren.« Der König stieß, als bräche ihm das Herz, einen tiefen Seufzer aus, und senkte den Kopf in seine Hände. Dann rief er aus: »O, die Schotten, die Schotten, welche ich meine Getreuen nannte; die Schotten, denen ich mich anvertraut, da ich doch nach Oxford hätte entfliehen können; die Schotten, meine Landsleute; die Schotten, meine Brüder! Doch, mein Herr, seid Ihr dessen ganz versichert?«

»Ich lag hinter dem Gezelte des Grafen von Lewen, lüftete die Leinwand, und konnte so alles hören, alles.«

»Und wann kommt dieser schändliche Handel zum Abschlusse?«

»Heute in der Morgenstunde. Es ist somit, wie Ew. Majestät sieht, keine Zeit zu verlieren.«

»Warum das, wo Ihr sagt, dass ich verkauft bin?«

»Um über die Tyne zu setzen, Schottland zu erreichen, und sich an Montrose anzuschließen, der Ew. Majestät nicht verkaufen wird.«

»Was aber tun in Schottland? Einen Parteikrieg führen? Ein solcher Krieg ist unwürdig eines Königs.«

»Robert Bruce ist als Beispiel da, um Sie freizusprechen, Sire.«

»Nein, nein, ich kämpfe schon allzu lang; haben sie mich verkauft, so mögen sie mich überliefern, und die ewige Schmach ihres Verrats falle auf sie zurück.«

»Sire,« entgegnete Athos, »vielleicht muss ein König auf solche Art handeln, jedoch ein Gatte und Vater darf nicht so handeln. Ich kam hierher im Namen Ihrer Gemahlin und Ihrer Tochter und sage Ihnen im Namen Ihrer Gemahlin und Ihrer Tochter sowie der beiden anderen Kinder, die Sie noch in London haben: Bleiben Sie am Leben, Sire, Gott will es.« Der König erhob sich, schnallte seinen Gürtel wieder, nach ihm das Schwert, trocknete seine schweißbedeckte Stirne und sprach: »Nun, was habe ich zu tun?«

»Sire, haben Sie im ganzen Heere ein Regiment, auf welches Sie rechnen können?«

»Winter«, sagte der König, »glaubt Ihr an die Treue des Eurigen?«

»Sire, es sind nur Menschen, und die Menschen sind sehr schwach und schlecht geworden. Ich glaube an seine Treue, doch bürge ich nicht für sie; ich würde ihm mein Leben anvertrauen, doch nehme ich Anstand, ihm das Leben Ew. Majestät anzuvertrauen.«

»Nun,« sprach Athos, »wir drei sind, in Ermangelung eines Regimentes, treu ergebene Männer und werden genügen. Wollen Ew. Majestät zu Pferde sich in unsere Mitte begeben, so werden wir über die Tyne setzen, Schottland erreichen und gerettet sein.«

»Ist das auch Eure Ansicht, Winter?«, fragte der König.

»Ja, Sire.«

»Und die Eure gleichfalls; Herr d'Herblay?«

»Ja, Sire.«

»So geschehe denn, was Ihr wollt. Winter, erteilt die Befehle.« Winter entfernte sich, mittlerweile kleidete sich der König völlig an. Als Winter wieder zurückkehrte, drangen bereits die ersten Strahlen des Tages durch die Öffnungen des Gezeltes. »Alles ist bereit, Sire,« sprach Winter.

»Und wir?«, fragte Athos.

»Grimaud und Blaifois halten Euch Eure vollständig gesattelten Pferde.«

»So wollen wir denn keinen Augenblick verlieren und aufbrechen.«

»Ja, lasst uns aufbrechen.« sprach der König.

»Sire,« versetzte Aramis, »will Ew. Majestät nicht den Freunden Nachricht geben?«

»Meinen Freunden,« entgegnete Karl I., traurig den Kopf schüttelnd, »ich habe keine andern mehr, als Euch drei, einen Freund von zwanzig Jahren, der mich nie vergessen hat, zwei Freunde von acht Tagen, die ich nie vergessen werde. Kommt, meine Herren, kommt.« Der König ging aus seinem Gezelt und fand wirklich sein Pferd bereit. Er schwang sich mit jener Leichtigkeit, die ihn zum besten Reiter Europas machte, auf den Sattel, wandte sich dann zu Aramis, Athos und Lord Winter und sagte: »Nun, meine Herren, ich erwarte Euch.« Doch Athos blieb unbeweglich stehen, die Augen auf eine schwarze Linie geheftet, und die Hand ausgestreckt nach derselben, die sich am Tyne- Ufer entlang hinzog und die doppelte Länge des Lagers hatte. »Was ist das für eine Linie? Ich habe sie gestern nicht bemerkt.«

»Es ist zweifelsohne der Nebel, der sich vom Fluss erhebt,« sprach der König.

»Sire, Dünste sind nie so dicht.«

»Wahrhaft, ich sehe etwas wie rötliche Schranken,« versicherte Winter.

»Das ist der Feind, der von Newcastle kommt und uns umzingelt«, rief Athos.

»Der Feind?« wiederholte der König.

»Ja, der Feind; es ist zu spät. Sehen Sie nur, Sire, dort unter dem Sonnenstrahl gegen die Stadt hin sieht man die Eisenrippen funkeln.« So nannte man die von Cromwell gebildeten Kürassiere, die seine Garden waren. »Ha,« sprach der König, »wir werden sehen, ob mich die Schotten wirklich verraten.«

»Was wollen Sie tun, Sire?«, fragte Athos.

»Ihnen Befehl geben zum Angriff, und mit ihnen hinstürzen auf die schändlichen Rebellen.« Der König spornte sein Pferd und sprengte nach dem Gezelte des Grafen von Lewen. »Lasst uns nachreiten,« sprach A-thos. »Auf!« sprach Aramis. »Ist etwa der König verwundet?«, fragte Lord Winter, »ich bemerke Blutmale auf dem Boden.« – Er ritt den zwei Freunden nach; Athos hielt ihn zurück und sagte: »Versammelt Euer Regiment, ich sehe im Voraus, dass wir es allsogleich nötig haben.« Lord Winter wandte sich, und die zwei Freunde ritten weiter. In zwei Sekunden war der König bei dem Gezelte des kommandierenden Generals des schottischen Heeres, wo er abstieg und hineinging. Der General stand mitten unter seinen angesehensten Kriegsführern. «Der König!«, riefen sie, sprangen auf und blickten sich bestürzt an.

Karl stand wirklich vor ihnen, den Hut auf dem Kopfe, die Stirne gerunzelt und die Stiefel mit der Reitgerte peitschend. »Ja, meine Herren!«, rief er, »der König in Person, der König, welcher von Euch Rechenschaft von dem verlangt, was da vorgeht.«

»Was ist's denn, Sire?«, fragte der Graf von Lewen. »Das ist es, mein Herr,« sprach der König, der sich von seinem Zorne hinreißen ließ, »dass der General Cromwell heute nachts in Newcastle ankam, dass Ihr es wusstet und es mir nicht gemeldet habt, dass der Feind die Stadt verlässt, um uns am Übergang über die Tyne zu verhindern; dass Eure Schildwachen diese Bewegung sehen mussten und mich nicht in Kenntnis gesetzt haben; dass Ihr mich durch einen schimpflichen Vertrag für zweimalhunderttausend Pfund Sterling an das Parlament verkauft habt, und dass ich wenigstens von diesem Vertrage Nachricht erhalten habe.

Das ist es, meine Herren. Antwortet und rechtfertigt Euch, denn ich klage Euch an.«

»Sire«, stammelte der Graf von Lewen. »Sire, man wird Ew. Majestät durch einen falschen Bericht getäuscht haben.«

»Ich sah es doch mit eigenen Augen, wie sich das feindliche Heer zwischen mir und Schottland ausbreitete«, versetzte Karl, »und kann fast sagen, ich hörte mit eigenen Ohren die Bedingnisse des Handels beraten.« Die schottischen Häuptlinge blickten sich an und runzelten die Stirne. »Sire«, murmelte der Graf von Lewen, gebeugt von der Last der Scham, »wir sind bereit, jeden Beweis zu liefern, Sire.«

»Ich begehre nur einen,« versetzte der König. »Stellt das Heer in Schlachtordnung, und lasst uns gegen den Feind ziehen.«

»Das ist nicht möglich, Sire,« entgegnete der Graf. »Wie, das ist nicht möglich? was steht denn der Möglichkeit im Wege?« sprach Karl I. »Eure Majestät weiß ja, es besteht zwischen uns und dem englischen Heere ein Waffenstillstand,« erwiderte der Graf. »Wenn ein Waffenstillstand besteht, so hat ihn das englische Heer dadurch gebrochen, dass es die Stadt wider die Bedingnisse verließ, die es dort eingeschlossen hielten. Nun sage ich aber, Ihr müsst Euch mit mir durch dieses Heer schlagen, um nach Schottland zurückzukehren, und wenn Ihr es nicht tut, nun, so wählt zwischen den beiden Namen, welche Männer in den Augen anderer Männer verächtlich und hässlich machen. Ihr seid entweder Feige, oder Ihr seid Verräter.« Die Augen der Schotten flammten, und, wie das bei solchen Gelegenheiten öfter geschieht, sie gingen von der tiefsten Scham zur größten Unverschämtheit über, und zwei Häuptlinge von Clans traten zu jeder Seite des Königs und sagten: »Ja doch, wir haben gelobt, Schottland und England von demjenigen zu befreien, der seit fünfundzwanzig Jahren das Blut und das Gold von England und Schottland trinkt. Wir haben es angelobt, und halten unser Versprechen. König Karl Stuart, Ihr seid unser Gefangener.« Beide streckten zugleich die Hand aus, um den König zu ergreifen; allein, ehe noch die Spitzen ihrer Finger den König berührten, lagen beide auf dem Boden, der eine ohnmächtig, der andere tot. Athos hatte den einen mit einem Pistolenschuss niedergeschmettert, und Aramis dem andern das Schwert durch den Leib gestoßen.

Während nun der Graf von Lewen und die andern Häuptlinge, entsetzt über diesen unvermuteten Beistand, zurückwichen, der demjenigen vom Himmel zu kommen schien, den sie schon als ihren Gefangenen betrachteten, zogen Athos und Aramis den König aus dem Gezelte des Meineides, in das er so unklug getreten war; dann sprangen alle drei auf die Pferde, welche die Diener bereit hielten, und sprengten wieder im Galopp dahin auf dem Wege nach dem königlichen Gezelte. Im Vorüberreiten sahen sie Lord Winter an der Spitze seines Regiments herbeieilen. Der König gab ihm ein Zeichen, sie zu begleiten.

## Der Rächer

Alle vier traten in das Gezelt; es war noch kein Plan gefasst, das musste erst geschehen. Der König sank in einen Lehnstuhl und seufzte: »Ich bin verloren!«

»Nein, Sire,« entgegnete Athos, »Sie sind nur verraten!«

»Verraten, und durch die Schotten verraten, in deren Mitte ich geboren bin, die ich immer den Engländern vorgezogen habe. O, die Nichtswürdigen!«

»Sire«, versetzte Athos, »jetzt ist nicht Zeit zu Vorwürfen, sondern der Moment, zu zeigen, dass Sie König und Edelmann sind; Mut, Sire, Mut! Sie haben hier wenigstens drei Männer, die Sie nicht verraten werden, da können Sie ruhig sein. Ha, wären wir doch unser fünf!« murmelte Athos und dachte an d'Artagnan und an Porthos. »Was sagt Ihr?«, fragte Karl und stand auf. »Sire, ich sage, dass es nur noch ein Mittel gibt; Mylord Winter steht so ziemlich für sein Regiment, streiten wir uns nicht über Worte; er stellt sich an die Spitze desselben, wir stellen uns Ew. Majestät zur Seite, brechen uns eine Bahn durch Cromwells Heer und erreichen Schottland.«

»Es gibt noch ein anderes Mittel«, bemerkte Aramis, »dass nämlich einer von uns den Anzug des Königs und sein Pferd nimmt. Indes man nun diesen angriffe, könnte der König vielleicht entkommen.«

»Der Rat ist gut.« sprach Athos, »und will Ew. Majestät einem von uns diese Ehre erweisen, so wollen wir dafür sehr dankbar sein.«

»Was sagt Ihr zu diesem Rate, Winter?«, fragte der König, indem er voll Bewunderung auf die zwei Männer blickte, die einzig dafür besorgt waren, die Gefahren, welche ihm drohten, auf ihrem Haupte zu sammeln. »Ich denke, Sire, wenn es ein Mittel gibt, Ew. Majestät zu retten, so ist es das, welches Herr d'Herblay in Vorschlag brachte. Sonach bitte ich Ew. Majestät untertänigst, schnell die Wahl zu treffen, da keine Zeit zu verlieren ist.«

»Wenn ich es annehme, so ist es der Tod, so ist es wenigstens Gefangenschaft für denjenigen, der meine Stelle einnimmt.«

»Es ist die Ehre, seinen König gerettet zu haben!«, rief Lord Winter. Der König sah seinen alten Freund mit Tränen in den Augen an, nahm das Band des heiligen Geistordens ab, welches er umhängen hatte, um den beiden Franzosen, die ihn begleiteten, Ehre zu erzeigen, und hing es Lord Winter um den Hals, der diesen schauerlichen Beweis von dem Vertrauen und der Freundschaft seines Fürsten auf den Knien empfing.«

»Das ist billig,« sprach Athos, »er dient ihm länger als wir.« Der König vernahm diese Worte und wandte sich mit tränenfeuchten Augen um; dann sprach er: »Meine Herren, wartet einen Augenblick, ich habe jedem von Euch einen Orden zu geben.« Er ging hierauf zu einem Schrank, worin seine eigenen Orden lagen, und nahm zwei Hosenband-Orden hervor. »Diese Orden können nicht für uns sein,« sprach Athos. »Weshalb nicht?«, fragte Karl. »Diese Orden sind beinahe königlich, und wir sind nur schlichte Edelleute.«

»Durchgeht mit mir alle Throne des Erdballes,« versetze der König, »und zeigt mir edlere Herzen, als die Eurigen sind. Nein, meine Herren, Ihr seid nicht gerecht gegen Euch selber, allein ich bin hier, um es zu sein. Kniet nieder, Graf.« Athos kniete nieder; der König hing ihm, der Sitte gemäß, das Band von der Rechten zur Linken um, und sein Schwert erhebend, sprach er statt der gewöhnlichen Formel: »Ich schlage Euch zum Ritter, seid tapfer, getreu und bieder.« Dann wandte er sich zu Aramis und sprach: »Nun auch Ihr, Chevalier.« Dieselbe Zeremonie begann mit denselben Worten wieder, indes Lord Winter mit Beihilfe der Stallmeister seinen kupfernen Harnisch abschnallte, damit er desto mehr für den König gelten könnte. »Sire,« sprach Lord Winter, der im Angesichte einer großen Aufopferung seine ganze Kraft und seinen ganzen Mut wieder gewonnen hatte, »wir stehen bereit.« Der König blickte die drei Kavaliere an und sagte: »Ist es also vonnöten, zu entfliehen?«

»Durch ein Kriegsheer entfliehen, Sire,« sprach Athos, »heißt in allen Ländern der Welt kämpfen.«

»Somit werde ich mit dem Schwerte in der Hand sterben«, sagte Karl. »Herr Graf, Herr Chevalier, bin ich jemals wieder König –«

»Sire, Sie haben uns schon über alle Gebühr geehrt, sonach kommt die Dankbarkeit von unserer Seite. Doch lassen Sie uns keine Zeit mehr verlieren, nachdem wir bereits zu viel verloren haben.« Der König bot allen dreien zum letzten Male die Hand, vertauschte seinen Hut mit dem des Lord Winter und schritt aus dem Gezelte. Das Regiment des Lord Winter stand auf einem Hügel, der das Lager überragte; der König ritt dahin, gefolgt von seinen drei Freunden. Endlich schien das schottische Lager aufgewacht zu sein; die Mannschaft verließ ihre Gezelte und stellte sich in Reih und Glied auf. »Seht,« sprach der König, »sie bereuen vielleicht und sind bereit, auszuziehen.«

»Wenn Sie bereuen, Sire«, entgegnete Athos, »so werden sie uns folgen.«

»Gut!« sprach der König, »was sollen wir tun?«

»Lassen Sie uns das feindliche Heer mustern«, erwiderte Athos.

Sogleich wandte die kleine Gruppe ihre Augen nach der Linie, die man im Dämmerlichte für Nebel gehalten hatte, und die sich jetzt in den Sonnenstrahlen als ein in Schlachtordnung aufgestelltes Heer darstellte. Die Luft war rein und klar, wie sie es zu dieser Morgenstunde gewöhnlich ist. Man konnte die Regimenter, die Feldzeichen, die Farbe der Uniformen und der Pferde vollkommen unterscheiden. Jetzt bemerkte man auf einer kleinen Anhöhe, ein wenig vor der feindlichen Front, einen kleinen, untersetzten und schwerfälligen Mann, der von einigen Offizieren umgeben war. Er richtete ein Fernrohr nach der Gruppe, in der sich bei König befand. »Kennt dieser Mann Ew. Majestät persönlich?«, fragte Aramis. Karl lächelte und sprach: »Dieser Mann ist Cromwell.«

»Nun, ziehen Sie den Hut herab, Sire, damit er die Unterschiebung nicht bemerkt.«

»Ha«, rief Athos, »wir haben viel Zeit verloren.«

»Jetzt die Losung,« sprach der König, »dann brechen wir auf.«

»Will Sie Ew. Majestät geben?«, fragte Athos. »Nein,« versetzte der König, »ich ernenne Euch zu meinem Generalleutnant.«

»Sonach hört, Mylord von Winter,« sprach Athos; »entfernen Sie sich, Sire, ich bitte; was wir da zu sprechen haben, berührt Ew. Majestät nicht.« Der König trat lächelnd drei Schritte weit zurück. »Vernehmt meinen Vorschlag,« begann Athos wieder: »Wir teilen Euer Regiment in zwei Eskadronen; Ihr stellet Euch an die Spitze der ersteren; Seine Majestät und ich an die Spitze der zweiten. Versperrt uns nichts den Durchgang, so greifen wir alle an, um die feindliche Linie zu durchbrechen, und werfen uns in die Tyne, die wir entweder bei einer Furt oder schwimmend übersetzen; stellt man uns aber irgendein Hindernis entgegen, so lasst Euch mit Eurer Mannschaft bis auf den letzten töten, und wir setzen mit dem König unsern Weg fort; haben wir einmal das Ufer erreicht, so betrifft uns das übrige, wenn Eure Eskadron das Ihrige tut, wären sie auch drei Reihen dicht.«

»Zu Pferde!«, rief Lord Winter. »Zu Pferde!« wiederholte Athos, »alles ist vorgesehen und ausgemacht!«

»Also auf, meine Herren,« sprach der König, »wir vereinigen uns wieder bei dem alten Feldgeschrei Frankreichs:»Montjoie et Saint-Denis!«, jetzt wird Englands Feldgeschrei von zu vielen Verrätern nachgesprochen.« Man stieg zu Pferde; der König auf das Pferd Lord Winters, Lord Winter auf das Pferd des Königs; hierauf stellte sich Lord Winter in das erste Glied der ersten Eskadron und der König, der Athos zur Rechten und Aramis zur Linken hatte, in das erste Glied der zweiten. Das gesammelte schottische Heer sah diese Vorbereitungen mit regungsloser und schweigender Scham an. Man sah, wie einige Häuptlinge aus den Reihen traten und ihre Schwerter zerbrachen. »Ha!«, rief der König, »das tröstet mich, sie sind nicht alle Verräter.« In diesem Momente ertönte Lord Winters Stimme: »Vorwärts!« Die erste Eskadron brach auf, die zweite folgte und ritt den Hügel hinab. Ein Kürassierregiment von etwa gleicher Stärke entfaltete sich hinter dem Hügel und sprengte ihr im Galopp entgegen. Der König zeigte Athos und Aramis, was vorging. »Sire,« entgegnete Athos, »dieser Fall ist vorausgesehen, und tut Lord Winters Mannschaft ihre Schuldigkeit, so rettet uns diese Bewegung, statt dass sie uns Verderben bringt.« In diesem Augenblicke übertönte all das Getöse der galoppierenden und wiehernden Pferde die Stimme Lord Winters, der da rief: »Den Säbel zur Hand!« Auf diesen Befehl rauschten alle Klingen aus der Scheide und funkelten wie Blitze. »Vorwärts, meine Herren«, rief nun gleichfalls der König, berauscht von dem Lärm und dem Anblick, »vorwärts, meine Herren, und den Säbel zur Hand!« Jedoch diesem Befehl, zu dem der König das Beispiel gab, gehorchten bloß Athos und Aramis. »Wir sind verraten,« sprach der König leise. »Warten wir noch«, entgegnete Athos, »vielleicht erkannten sie nicht die Stimme Ew. Majestät, und harren auf die Befehle ihres Kommandanten.«

»Hören sie das Kommando ihres Obersten? Doch seht, seht!« rief der König, indem er sein Pferd mit einem Ruck zügelte, sodass es die Kniekehlen einbog, und den Zügel von Athos' Pferd ergriff. «Ha, ihr Feigen, ihr Elenden, ihr Verräter!«, rief Lord Winter, dessen Stimme man hörte, während sich seine Mannschaft auflöste und in der Ebene zerstreute. Kaum fünfzehn Mann waren noch um ihn her gruppiert und erwarteten den Angriff der Kürassiere Cromwells. »Lasst uns sterben mit ihnen!«, rief der König. »Lasst uns sterben!« wiederholten Athos und Aramis. »Zu mir die getreuen Herzen!«, schrie Lord Winter. Dieser Ruf hallte bis zu den zwei Freunden, die im Galopp fortsprengten. »Keinen Pardon!«, rief auf französisch eine Stimme, Lord Winters Ruf antwortend, und erschütterte alle. Was Lord Winter betrifft, so blieb er bei dem Tone dieser Stimme blass und wie versteinert. Das war die Stimme eines Reiters, der einen herrlichen Rappen ritt und an der Spitze des englischen Regiments angriff, dem er in seiner Glut um zehn Schritt voransprengte. »Er ist es«, murmelte Lord Winter mit stieren Augen, während er sein Schwert zur Seite niederhängen ließ. »Der König, der König!«, riefen mehrere Stimmen, berückt durch das blaue Band und das isabellfarbige Pferd Lord Winters – «nehmt ihn lebendig gefangen!«

»Nein, es ist der König nicht!«, rief der Reiter, »lasst Euch nicht täuschen; nicht wahr, Lord Winter, Ihr seid nicht der König, nicht wahr, Ihr seid mein Oheim?« Zu gleicher Zeit richtete Mordaunt – denn er war es – seine Pistole auf Lord Winter. Der Schuss ging los, und die Kugel durchbohrte die Brust des alten Edelmannes, der im Sattel emporsprang und in Athos' Arme zurücksank, stammelnd: »Der Rächer!«

»Gedenke meiner Mutter!«, heulte Mordaunt, während er, von dem wilden Galopp seines Pferdes fortgerissen, hinwegsprengte. »Schändlicher!«, rief Aramis, indem er, als er dicht bei ihm vorüberkam, eine Pistole auf ihn abdrückte; doch brannte nur das Pulver auf der Pfanne ab, der Schuss ging nicht los. In diesem Momente stürzte sich das ganze Regiment auf die wenigen Männer, welche standgehalten hatten, und die beiden Franzosen wurden umzingelt und ins Gedränge gebracht. Als sich Athos überzeugt hatte, dass Lord Winter tot sei, ließ er den Leichnam los, zog sein Schwert und rief: »Vorwärts, Aramis, für Frankreichs Ehre!« Die zwei Engländer, welche den beiden Edelleuten zunächst waren, stürzten beide tödlich verwundet nieder. In diesem Momente erschallte ein furchtbares Hurra, und dreißig Klingen blitzten über ihren Köpfen. Auf einmal stürzte ein Mann mitten aus den englischen Reihen, die er niederwarf, ritt auf Athos zu, umschlang ihn mit seinen kräftigen Armen, entwand ihm das Schwert und flüsterte ihm zu: »Still, ergebt Euch, Euch mir ergeben, heißt nicht sich ergeben.« Ein Riese hatte ebenfalls Aramis an den Händen erfasst, der sich vergeblich dem furchtbaren Druck zu entziehen bemühte, und indem er ihn fest anstarrte, rief er: »Ergebt Euch!« Aramis erhob den Kopf, Athos wandte sich um. D'Art ...« rief Athos, allein der Gascogner versperrte ihm mit der Hand den Mund. »Ich ergebe mich,« sprach Aramis und reichte Porthos sein Schwert. »Feuer, Feuer!«, schrie Mordaunt, zu der Gruppe zurückkehrend, worin sich die zwei Freunde befanden. »Warum Feuer?«, fragte der Oberst, »da sie sich alle ergeben haben?«

»Das ist Myladys Sohn«, sagte Athos zu d'Artagnan. »Ich habe ihn schon erkannt.«

»Das ist jener Mönch,« sprach Porthos zu Aramis. »Ich weiß das.« Zugleich fingen die Reihen an, sich zu öffnen. D'Artagnan hielt den Zügel von Athos' Pferd, Porthos den von Armins' Pferd. Jeder von ihnen war bemüht, seinen Gefangenen weit von dem Wahlplatz zu entfernen. Durch diese Bewegung wurde die Stelle frei, wo Lord Winters Leiche gefallen war. Mordaunt fand sie mit dem Instinkte des Hasses wieder, und betrachtete sie, über sein Pferd geneigt, mit einem hässlichen Lächeln. Wie ruhig auch Athos war, so griff er doch an seine Halftern, worin seine Pistolen noch waren. »Was tut Ihr?«, fragte d'Artagnan. »Lasst mich ihn totschießen.«

»Keine Miene, welche verraten könnte, dass Ihr mich kennt, oder wir sind alle vier verloren.« Dann wandte er sich gegen den jungen Mann und rief: «Eine gute Beute, Freund Mordaunt, eine gute Beute; ich und Herr du Ballon haben jeder unsern Mann! Ritter des Hosenbandordens, nichts weiter! –«

»Jedoch«, rief Mordaunt, blutgierige Blicke auf Athos und Aramis schleudernd, »mich dünkt, dass es Franzosen sind?«

»Meiner Treue! das weiß ich nicht!« – »Seid Ihr Franzose, mein Herr?« fragte er Athos. »Ich bin das,« entgegnete dieser ernst. »Nun, lieber Herr, so seid Ihr der Gefangene eines Landsmannes.«

»Doch der König?«, fragte Athos kummervoll, »der König?« D'Artagnan drückte seinem Gefangenen kräftig die Hand und sagte: »He, wir haben den König!«

»Ja,« versetzte Aramis, »durch schimpflichen Verrat.« Porthos presste die Faust seines Freundes und sprach lächelnd: »O, mein Herr, man führt den Krieg ebenso gut mit List wie mit Gewalt; da seht nur!« In diesem Momente sah man wirklich die Eskadron, welche Karls Rückzug decken sollte, dem englischen Regiment entgegenrücken, wo sie den König umzingelten, der allein und zu Fuße einen weiten leeren Raum durchschritt. Dem Anscheine nach war der Fürst ruhig, doch sah man, was er leiden musste, um ruhig zu erscheinen; es rann ihm der Schweiß von der Stirn, er trocknete sich diese und die Lippen mit einem Taschentuche ab, und so oft er dasselbe vom Munde wegnahm, war es mit Blut befleckt. »Da ist der Rabuchodonosor,« lief ein Kürassier Cromwells aus, ein alter Puritaner, dem die Augen bei dem Anblicke desjenigen flammten, den man einen Tyrannen nannte. »Was sagt Ihr da, Rabuchodonosor?«, fragte Mordaunt mit entsetzlichem Grinsen. »Nein, es ist König

Karl I.« Karl erhob die Augen nach dem Unverschämten, der da eben höhnend sprach, doch kannte er ihn nicht. Indes zwang die ruhige und erhabene Majestät seines Gesichtes Mordaunt, die Augen zu senken. »Guten Tag, meine Herren,« sprach der König zu den zwei Kavalieren, welche er, den einen in d'Artagnans, den andern in Porthos' Händen erblickte. – »Der Tag war unglücklich, allein das war, Gott sei Dank, nicht Eure Schuld. Wo ist mein alter Winter?« Die beiden Kavaliere wandten den Kopf ab und schwiegen. »Suche, wo Straffort ist,« sprach Mordaunt mit schneidender Stimme. Karl war erschüttert, der Teufel hatte ihn richtig getroffen; Straffort war sein ewiger Gewissensbiss, der Schemen seiner Tage, das Gespenst seiner Nächte. Der König starrte um sich und erblickte einen Leichnam zu seinen Füßen. Es war der Lord Winters. Karl erhob keinen Schrei und vergoss keine Träne, doch verbreitete sich eine noch stärkere Todesblässe über sein Antlitz; er setze ein Knie auf die Erde, hob den Kopf von Lord Winter empor, küsste ihn auf die Stirne, nahm ihm das Band des heiligen Geistordens wieder ab, das er ihm um den Nacken gehängt hatte, und befestigte es auf seiner Brust mit andächtiger Gebärde. »Lord Winter ist also gefallen?«, fragte d'Artagnan und starrte auf den Leichnam nieder. »Ja,« entgegnete Athos, »sein Neffe hat ihn getötet.«

»Ha, so ist er der erste von uns, der aus dieser Welt schied; er war ein Tapferer, möge er ruhen in Frieden.«

»Karl Stuart«, rief nun der Oberst des englischen Regiments, auf den König zuschreitend, der seine königlichen Insignien wieder angelegt hatte,« ergebt Euch als Gefangener!«

»Oberst Thomlison«, erwiderte Karl, »der König ergibt sich nicht, nur der Mensch weicht der Gewalt.«

»Euer Schwert!« Der König zog sein Schwert und zerbrach es über seinem Knie. In diesem Momente rannte ein Pferd ohne Reiter herbei, triefend von Schaum, mit weiten Nüstern; es erkannte seinen Herrn und hielt freudig wiehernd an – das war des Königs Pferd. Der König lächelte, streichelte es mit der Hand und schwang sich gewandt in den Sattel. »Nun, meine Herren,« sprach er, »führt mich, wohin Ihr wollt.« Dann wandte er sich schnell um und fuhr fort: «Halt, mir kam vor, als ob sich Lord Winter bewegte: Wenn er noch lebt, so beschwöre ich Euch bei allem, was Euch heilig ist, weicht nicht von diesem Manne!«

»O, seid unbekümmert, König Karl,« versetzte Mordaunt, »die Kugel durch, bohrte ihm das Herz.«

»Redet kein Wort, macht keine Miene, wagt keinen Blick weder für mich, noch für Porthos,« sprach d'Artagnan zu Athos und Aramis, »denn Mylady ist nicht tot, ihre Seele lebt im Leibe dieses Teufels.« Das Regiment begab sich nun auf den Weg nach der Stadt und führte seine königliche Beute mit sich; auf dem halben Wege aber überbrachte ein Adjutant des Generals Cromwell dem Obersten Thomlison den Befehl, den König nach Holdenby-House zu bringen. Zugleich brachen Eilboten nach allen Richtungen auf, um durch England und ganz Europa zu verkünden, dass König Karl Stuart Gefangener des Generals Oliver Cromwell sei. Das alles sahen die Schotten mit an, das Gewehr bei Fuß und das Schwert in der Scheide.

### Oliver Cromwell

»Geht Ihr zu dem General?« sprach Mordaunt zu d'Artagnan und Porthos, »Ihr wisst wohl, dass er nach der Schlacht mit Euch zu sprechen verlangt hat.«

»Zuvörderst wollen wir unsere Gefangenen an einen sichern Ort schaffen«, sagte d'Artagnan zu Mordaunt. »Wisst Ihr wohl, mein Herr, dass von diesen Kavalieren jeder seine fünfzehnhundert Pistolen wert ist?«

»O, seid deshalb ruhig,« versetze Mordaunt, sie mit einem Auge anblickend, dessen Grausamkeit er vergebens zu unterdrücken bemüht war, »meine Reiter werden sie bewachen, werden sie, dafür stehe ich, recht gut bewachen.«

»Noch besser aber werde ich sie selbst bewachen,« entgegnete d'Artagnan; »überdies, was ist dazu erforderlich? Ein gutes Gemach mit Schildwachen, oder nur ihr Wort, dass sie keinen Versuch zur Flucht machen werden. Ich bringe das jetzt in Ordnung, dann werden wir die Ehre haben, zu dem General zu kommen und ihn um seine Aufträge für Se. Eminenz ersuchen.«

»Seid Ihr also bald abzureisen gesonnen?«, fragte Mordaunt. »Unsere Sendung ist zu Ende und nichts hält uns mehr in England zurück, als der Wunsch des großen Mannes, an den wir geschickt worden sind.« Der junge Mann biss sich in die Lippen, neigte sich an das Ohr des Sergeanten und sprach zu ihm: »Geht diesen Männern nach und lasset sie nicht aus den Augen, und wenn Ihr wisset, wo sie wohnen, so kehret zurück und erwartet mich am Stadttore.« Der Sergeant machte ein Zeichen, dass er gehorchen werde. Nun schlug Mordaunt, statt dass er dem Haufen der Gefangenen folgte, welche man nach der Stadt führte, den Weg nach jenem Hügel ein, von wo aus Cromwell der Schlacht zugesehen und sein

Gezelt hatte aufrichten lassen. Cromwell untersagte es, irgendjemand bis zu ihm dringen zu lassen; allein die Schildwache, welche Mordaunt als einen innigen Vertrauten des Generals kannte, war der Meinung, dass sich das Verbot auf den jungen Mann nicht beziehe. Somit schlug Mordaunt die Leinwand des Gezeltes zurück und sah Cromwell, wie er eben an einem Tische saß, den Kopf in seine Hände verborgen; überdies wandte er ihm den Rücken zu. Auch kehrte sich Cromwell nicht um, ob er nun das Geräusch, welches der Eintretende machte, gehört oder nicht gehört haben mochte. Mordaunt blieb an der Türe stehen. Nach einem kurzen Weilchen endlich erhob Cromwell seine sorgenbelastete Stirne wieder, und wandte den Kopf langsam um, als hätte er instinktartig gefühlt, dass jemand anwesend sei. »Ich habe gesagt, dass ich allein sein wolle!«, rief er bei dem Anblick des jungen Mannes. »Mein Herr,« entgegnete Mordaunt, »man hat nicht gedacht, dass das Verbot auch mich anginge; wenn Ihr es aber befehlet, so bin ich bereit, mich wieder zurückzuziehen.«

»Ha, Ihr seid es, Mordaunt?«, rief Cromwell, indem sich, wie durch die Kraft seines Willens, der Schleier erheiterte, der seine Augen umhüllte; »nun Ihr da seid, so ist es recht, bleibt.«

»Ich bringe Euch meine Glückwünsche.«

»Eure Glückwünsche – wozu?«

»Wegen der Gefangennehmung Karl Stuarts. Nun seid Ihr Herr über England.«

»Vor zehn Stunden war ich das viel mehr«, entgegnete Cromwell. »Wie das, General?«

»England brauchte mich, um den Tyrannen festzunehmen; nun ist der Tyrann gefangen. Habt Ihr ihn gesehen?«

»Ja, mein Herr«, antwortete Mordaunt. »Wie benimmt er sich?« Mordaunt zauderte, allein die Wahrheit schien gewaltsam über seine Lippen zu treten, und er sagte: »Ruhig und würdevoll.«

»Was hat er gesprochen?«

»Einige Abschiedsworte an seine Freunde.«

»An seine Freunde?«, murmelte Cromwell.. »Somit hat er Freunde . .?« Dann fügte er laut hinzu: »Hat er sich verteidigt?«

»Nein, mein Herr; bis auf drei oder vier Männer haben ihn alle verlassen; sonach war es ihm unmöglich, »sich zu verteidigen.«

»Wem übergab er sein Schwert?«

»Er hat es nicht übergeben, sondern zerbrochen.«

»Daran hat er wohl getan; doch statt es zu zerbrechen, hätte er noch besser getan, sich seiner mit mehr Vorteil zu bedienen.« Es trat einen Augenblick Stillschweigen ein. »Der Oberst des Regiments, welches die Eskorte des Königs bildete, wurde getötet, wie mir scheint?«, fragte Cromwell, und fasste Mordaunt fest ins Auge. »Ja, mein Herr.«

»Durch wen?«, fragte Cromwell. »Durch mich.«

»Wie nannte er sich?«

»Lord Winter.«

»Euer Oheim!«, rief Cromwell. »Mein Oheim!« versetzte Mordaunt: »Englands Verräter sind nicht aus meiner Familie.« Cromwell blickte diesen jungen Mann ein Weilchen tiefsinnig an, dann sprach er mit jener tiefen Melancholie, welche Shakespeare so schön malt: »Mordaunt, Ihr seid ein furchtbarer Diener.«

»Wenn der Herr gebietet,« versetzte Mordaunt, »so darf man über seine Befehle nicht grübeln. Abraham hat das Messer auf Isaak gezückt, und Isaak war sein Sohn.«

»Ja,« entgegnete Cromwell, »allein der Herr ließ ihn das Opfer nicht vollbringen.«

»Ich sah um mich her«, antwortete Mordaunt, »und bemerkte weder Bock noch Böcklein gefangen im Gebüsch der Ebene.« Cromwell verneigte sich und sprach: »Ihr seid stark unter den Starken, Mordaunt. – Wie haben sich denn die Franzosen gehalten?«

»Als mutvolle Männer, mein Herr,« entgegnete Mordaunt.

»Ja, ja«, murmelte Cromwell, »die Franzosen sind Kämpfer, und wirklich, wenn mein Fernrohr gut ist, so glaube ich, sie in der vordersten Reihe bemerkt zu haben.«

»Dort waren sie auch«, sagte Mordaunt.

»Indes hinter Euch,« versetzte Cromwell.

»Das war die Schuld ihrer Pferde und nicht die Ihrige.« Es trat abermals ein kurzes Stillschweigen ein, dann fragte Cromwell:

»Und die Schotten?«

»Sie haben ihr Wort gehalten und sich nicht gerührt«, erwiderte Mordaunt.

»Die Nichtswürdigen!«, murmelte Cromwell.

»Ihre Offiziere wünschen Euch zu sehen, mein Herr.«

»»Ich habe keine Zeit. Sind sie bezahlt worden?«

»Heute Nacht.«

»So mögen sie denn zurückkehren in ihre Berge und dort ihre Schande verbergen, wenn sie hoch genug sind; ich habe mit ihnen nichts mehr zu tun und sie nichts mehr mit mir. – Geht nun, Mordaunt.«

»Ehe ich gehe,« versetzte Mordaunt, »habe ich einige Fragen und vier Bitten an Euch zu richten, mein Herr.«

»An mich?« Mordaunt verneigte sich.

»Ich komme zu Euch, mein Held, mein Protektor, mein Vater, und ich frage Euch, o Herr, seid Ihr mit mir zufrieden?« Cromwell blickte ihn erstaunt an. Der junge Mann blieb gelassen. »Ja,« sprach Cromwell, »seit ich Euch kenne, habt Ihr nicht bloß Eure Pflicht erfüllt, sondern mehr als Eure Pflicht getan; Ihr seid ein getreuer Freund, ein geschickter Unterhändler, ein tapferer Soldat gewesen.« »Gedenkt Ihr noch, dass ich zuerst die Idee gehabt habe, mit den Schotten über den Abfall von ihrem König zu unterhandeln?«

»Ja, es ist wahr, dieser Gedanke kommt von Euch; ich habe die Verachtung der Menschen noch nicht so weit getrieben.«

»War ich nicht ein guter Botschafter in Frankreich?«

»Ja, Ihr habt von Mazarin erlangt, was ich begehrte.«

»Habe ich stets eifrig gekämpft für Euren Ruhm und Eure Interessen?«

»Vielleicht nur zu eifrig, das ist's, was ich Euch eben zum Vorwurf machte. Wohin zielt Ihr aber mit all diesen Fragen?«

»Ich will Euch sagen, Mylord, dass der Augenblick gekommen ist, wo Ihr mich mit einem Worte für alle Dienste lohnen könnt.«

»Ah,« entgegnete Oliver mit einer leichten Bewegung von Geringschätzung. »Ich vergaß, dass Eure Dienste ihren Lohn verdienen; dass Ihr mir gedient habt, und dass Euch noch nicht vergolten worden ist.«

»Das kann im Augenblicke geschehen, mein Herr, und über meine Wünsche.«

»Wieso?«

»Ich habe den Preis bei der Hand, halte ihn beinahe schon fest.«

»Was ist das für ein Preis?«, fragte Cromwell. »Hat man Euch Gold geboten? Verlangt Ihr eine Ehrenstelle? Wünscht Ihr eine Statthalterschaft?«

»Werdet Ihr meine Bitte erfüllen, mein Herr?«

»Sagt erst, worin sie besteht.«

»Wenn Ihr zu mir sagtet: Mein Herr, geht und vollziehet einen Auftrag, habe ich da je gefragt, worin dieser Auftrag bestehe?«

»Wenn aber Euer Verlangen unausführbar wäre?«

»Wenn Ihr einen Wunsch hattet, und mir, ihn zu erfüllen, den Auftrag gabet, habe ich da je geantwortet: Es ist unmöglich?«

»Jedoch ein Verlangen, das Ihr mit so viel Vorbereitungen aussprechet ...«

»O, seid ruhig, mein Herr,« versetzte Mordaunt mit einem düstern Ausdrucke, »es wird Euch nicht Schaden bringen.«

»So sei es denn,« sprach Cromwell, »ich verspreche es, Euer Verlangen zu erfüllen, wofern die Sache in meiner Gewalt steht, verlangt also.«

»Mein Herr, sagte Mordaunt, »man hat diesen Morgen zwei Gefangene gemacht; ich verlange sie von Euch.«

»Haben sie also ein ansehnliches Lösegeld geboten?«, fragte Cromwell.

»Im Gegenteil, mein Herr, ich halte sie für arm.«

»So sind es Freunde von Euch?«

»Ja, mein Herr, es sind Freunde von mir, teure Freunde, und ich würde mein Leben für das Ihrige lassen.«

»Gut, Mordaunt«, erwiderte Cromwell, da er mit einer gewissen Regung von Freude wieder eine bessere Meinung von dem jungen Manne fasste; gut, ich gebe sie dir und will nicht einmal wissen, wer sie sind; tue mit ihnen, was du willst.«

»Dank, mein Herr«, rief Mordaunt; »Dank! Von nun an gehört mein Leben Euch an, und wenn ich es verliere, bin ich doch noch Euer Schuldner: Dank! Ihr belohnt meine Dienste auf eine glänzende Weise.« Er ließ sich vor Cromwell auf die Knie nieder, und ungeachtet sich der puritanische General dagegen wehrte, da er sich diese fast königliche Huldigung nicht darbringen lassen wollte, oder doch tat, als ob er es nicht wollte, so ergriff er dennoch seine Hand und küsste sie.

»Was?«, fragte Cromwell, ihn in dem Augenblicke zurückhaltend, wo er aufstand, »keine andere Belohnung? keine Ehrenstelle?«

»Ihr habt mir alles gegeben, was Ihr zu geben vermochtet, Mylord, und von diesem Tage an seid Ihr mir für alles Übrige nichts mehr schuldig.« Mordaunt verließ das Gezelt des Generals mit einer Freude, die ihm aus dem Herzen und den Augen strömte.

## Die Edelleute

Während Mordaunt auf dem Wege nach Cromwells Gezelte war, führten d'Artagnan und Porthos ihre Gefangenen in das Haus, das ihnen in Newcastle zur Wohnung angewiesen worden war. Der Auftrag, welchen Mordaunt dem Sergeanten erteilt, war dem Gascogner keineswegs entgangen, er hatte somit auch Athos, und Aramis zugewinkt, die strengste Vorsicht zu gebrauchen. Athos und Aramis ritten sonach schweigend neben ihren Besiegern, und das fiel ihnen nicht schwer, da jeder hinlänglich mit seinen eigenen Gedanken beschäftigt war. Wenn je ein Mensch erstaunt war, so war es Mousqueton, als er von der Türschwelle aus die vier Freunde und hinter ihnen den Sergeanten mit zehn Mann herankommen sah. Er rieb sich die Augen, da er sich nicht entschließen konnte, Athos und Aramis zu erkennen, doch endlich musste er sich der klaren Überzeugung ergeben. Sonach wollte er sich auch in Ausrufungen ergießen, aber Porthos legte ihm Stillschweigen auf, mit einem jener Winke, die keine Erörterung erlauben. Mousqueton blieb gleichsam an der Türe kleben und wartete auf die Erklärung eines so seltsamen Vorfalls; vor allem aber machte es ihn verwirrt, dass die Freunde taten, als kenne einer den andern nicht mehr. Das Haus, in welches d'Artagnan und Porthos ihre zwei Freunde führten, war dasselbe, welches sie seit gestern bewohnten, und das ihnen von dem General Cromwell eingeräumt worden war; es bildete die Ecke einer Straße, hatte eine Art Garten und Stallungen, welche rückwärts an eine Straße stießen. Die Fenster im Erdgeschosse waren, wie es in kleinen Provinzstädten oft der Fall ist, mit Gittern versehen, und glichen so ziemlich denen eines Gefängnisses. Die zwei Freunde ließen die Gefangenen vor sich eintreten und blieben an der Schwelle stehen, nachdem sie durch Mousqueton die vier Pferde in den Stall hatten führen lassen. »Weshalb treten wir nicht mit ihnen ein?«, fragte Porthos. »Weil wir vorher sehen müssen,« entgegnete d'Artagnan, »was dieser Sergeant und die acht bis zehn Mann, welche mit ihm kommen, von uns wollen.« Der Sergeant und die acht bis zehn Mann begaben sich in den kleinen Garten. D'Artagnan fragte sie, was sie wollten und weshalb sie hier seien. »Wir haben den Auftrag«, erwiderte der Sergeant, »Euch in der Bewachung Eurer Gefangenen zu unterstützen.« Es ließ sich dagegen nichts sagen, ja, es war sogar eine zarte Aufmerksamkeit, wobei man sich gegen denjenigen, der sie hatte, noch dankbar zeigen musste. D'Artagnan dankte also dem Wachtmeister, und gab ihm eine Krone, dass er auf die Gesundheit des Generals Cromwell trinke. Der Sergeant bemerkte, dass die Puritaner nicht trinken und schob die

Krone in seine Tasche. »Ha«, rief Porthos, »welch ein garstiger Tag, lieber d'Artagnan!« »Was sagt Ihr da. Porthos? Ihr nennt den Tag garstig, an dem wir unsere Freunde wiederfanden?« »Ja, bei welcher Gelegenheit aber.« «Der Umstand ist wohl misslich«, erwiderte d'Artagnan, »jedoch wenn auch, treten wir bei ihnen ein, und suchen wir in unserer Stellung ein bisschen nach Licht.«

»Sie ist stark umdüstert,« versetzte Porthos, »und nun begreife ich, weshalb mich Aramis so dringend aufforderte, diesen hässlichen Mordaunt zu erwürgen.«

»Still!«, rief d'Artagnan, »sprechet diesen Namen nicht aus.«

»Ich spreche ja doch französisch«, sagte Porthos, »und sie sind Engländer.« D'Artagnan sah Porthos mit einer Miene der Bewunderung an, die ein vernünftiger Mann den Ungeheuern jeder Art nicht versagen kann. Da ihn Porthos gleichfalls anstarrte, ohne sein Erstaunen zu begreifen, schob ihn d'Artagnan vor sich und sprach:

»Lasset uns eintreten.« Porthos trat zuerst ein, d'Artagnan folgte ihm. Dieser verschloss wieder sorgsam die Türe und drückte die zwei Freunde, einen nach dem andern, an sein Herz. Athos war höchst niedergeschlagen, Aramis blickte Porthos, hierauf d'Artagnan an, ohne etwas zu sprechen, doch war sein Blick so ausdrucksvoll, dass ihn d'Artagnan verstand.

»Ihr wollet wissen, wie es geschah, dass wir hier sind? Ach, mein Gott, das ist leicht zu erraten. Mazarin hat uns beauftragt, dem General Cromwell einen Brief zu überbringen.«

»Wie geht es Euch an der Seite Mordaunts?«, fragte Athos, »dieses Mordaunt, vor dem ich Euch gewarnt habe, d'Artagnan?«

»Und den zu erwürgen ich Euch aufgefordert habe, Porthos?«, fügte Aramis hinzu.

»Immer Mazarin. Cromwell schickte ihn an Mazarin; Mazarin schickte uns an Cromwell. Das ist alles verhängnisvoll.«

»Jawohl, d'Artagnan, Ihr habt recht, es ist ein Verhängnis, das uns entzweit und uns zugrunde richtet. Reden wir also nicht mehr davon, lieber Aramis, und bereiten wir uns vor, unser Los zu ertragen.«

»Bei Gott! reden wir allerdings davon, wir sind ja ein für alle Mal übereingekommen, stets vereint zu bleiben, wiewohl wir uns gegenüberstehen.«

»O, ja, gegenüber,« sprach Athos lächelnd, »denn ich fragte Euch, welchem Interesse dient Ihr da? Ach, d'Artagnan, seht, wozu Euch dieser Mazarin gebraucht! Wisst Ihr, welches Verbrechen Ihr heute begangen habt? Ihr seid mitschuldig an der Gefangennehmung, an der Beschimpfung, an dem Tod des Königs.«

»O, o!«, rief Porthos, »glaubt Ihr?«

»Ihr übertreibt, Athos,« versetzte d'Artagnan, »so weit sind wir nicht.«

»Ach, mein Gott! wir sind nahe daran. Weshalb verhaftet man einen König? Will man ihn wie einen Herrn verehren, so kauft man ihn nicht wie einen Sklaven. Glaubt Ihr denn, Cromwell habe ihn für zweimalhunderttausend Pfund Sterling gekauft, um ihn wieder auf den Thron zu setzen? Freund, sie werden ihn töten, seid überzeugt, und das ist noch das geringste Verbrechen, welches sie begehen können.«

»Ich will nicht sagen, nein! und am Ende ist es möglich,« versetzte d'Artagnan.

»Ich bin hier, weil ich Soldat bin, weil ich meinen Herren diene, nämlich denen, welche mir meinen Sold geben. Ich habe Gehorsam geschworen, und ich gehorche. Doch Ihr, die Ihr keinen Eid geleistet habt, weshalb seid Ihr da, und welcher Partei dient Ihr?« »Wir dienen der heiligsten Sache von der Welt«, erwiderte Athos, »der des Unglücks, des Königtums und der Religion. Ein Freund, eine Gattin, eine Tochter erzeigten uns die Ehre und sprachen unsere Hilfe an. Wir dienten ihnen auch nach unseren schwachen Kräften, und Gott wird uns den Willen in Ermangelung der Macht anrechnen. Ihr könnt auf eine andere Weise urteilen, d'Artagnan, die Sache aus einem anderen Gesichtspunkt betrachten, mein Freund! ich will Euch nicht abhalten, doch muss, ich Euch tadeln.« »O, o!«, rief d'Artagnan. »Und was liegt mir zuletzt daran, ob sich Herr Cromwell, der ein Engländer ist, wider seinen König auflehnt, der ein Schotte ist? Ich bin Franzose, und das alles geht mich nichts an; weshalb wollt Ihr mich also verantwortlich machen?« »Wirklich?« sprach Porthos. »Weil alle Kavaliere Brüder sind, weil Ihr Edelmann seid, weil die Könige aller Länder die ersten unter den Adeligen sind, weil das blinde, undankbare und alberne Volk stets eine Lust daran hat, das zu erniedrigen, was über ihm steht; und Ihr, d'Artagnan, Ihr, ein Mann von altem Adel, ein Mann mit schönem Namen, ein Mann mit tapferem Schwerte, Ihr habt mitgeholfen, einen König den Bierhändlern, Schneidern und Kärrnern zu überliefern. Ach, d'Artagnan, als Soldat habt Ihr vielleicht Eure Schuldigkeit getan, doch sage ich Euch, als Edelmann seid Ihr strafbar.« »Und Ihr, Porthos,« begann der Graf wieder, als fühlte er Mitleid mit d'Artagnan, »Ihr, das beste Herz, der beste Freund, der wackerste Soldat, den ich kenne, Ihr, den seine Seele würdig gemacht hätte, an den Stufen eines Thrones geboren zu werden, und der früher oder später von einem weisen König belohnt werden wird; Ihr, mein lieber Porthos, Ihr, Edelmann durch Sitten, Denkungsart und Mut, Ihr seid ebenso schuldig, wie d'Artagnan.« Porthos errötete, doch mehr vor Vergnügen als vor Betroffenheit, indes senkte er den Kopf, als wäre er sehr gedemütigt. »Ja, ja,« versetzte er, »lieber Graf, ich glaube, Ihr habt recht.« Athos stand auf, schritt auf d'Artagnan zu und sagte: »Nicht doch, mein lieber Sohn, schmollet nicht, denn alles, was ich Euch sagte, habe ich Euch, wenn auch nicht mit der Stimme, doch wenigstens mit dem Herzen eines Vaters gesagt. Glaubt mir, es wäre mir viel leichter gefallen, Euch für die Errettung meines Lebens zu danken, und kein einzig Wort von meinen Empfindungen zu erwähnen.« »Allerdings, Athos, allerdings«, erwiderte d'Artagnan, ihm gleichfalls die Hand drückend, »doch zum Teufel, Ihr habt auch Empfindungen, die nicht jeder haben kann. Wer konnte denn denken, ein bedächtiger Mann werde sein Haus, werde Frankreich, werde sein Mündel, einen jungen, liebenswürdigen Mann – denn wir sahen ihn im Lager – deshalb verlassen, um einem morschen, durchnagten Königtume zu Hilfe zu kommen, das eines Tages gleich einer alten Baracke zusammenstürzen wird? Das Gefühl, von dem Ihr redet, ist schön, wahrlich, jedoch so schön, dass es übermenschlich ist.«

»Wie dem auch sei, d'Artagnan«, versetzte Athos, ohne in die Schlinge zu gehen, die sein Freund mit gascognischer Schlauheit seiner Liebe zu Rudolf legte, »wie dem auch sei, Ihr wisset ganz wohl im Grunde Eures Herzens, was gerecht ist; allein ich habe unrecht, mit meinem Gebieter zu streiten. D'Artagnan, ich bin Euer Gefangener, behandelt mich als solchen.«

»Ha, bei Gott!« sprach d'Artagnan, »Ihr wisset recht wohl, dass Ihr nicht lange mein Gefangener sein werdet.« »Nein,« versetzte Aramis, »denn man wird uns sicher gleich denen behandeln, welche in Philipphous gemacht wurden.«

»Wie hat man sie denn behandelt?«, fragte d'Artagnan.

»Ei,« entgegnete Aramis, »die eine Hälfte ist gehenkt, die andere erschossen worden.«

»Nun,« sprach d'Artagnan, »ich bürge Euch dafür, solange noch ein Tropfen Blutes in meinen Adern rollt, sollt Ihr weder gehenkt, noch erschossen werden. Ha, sie sollen nur kommen, und überdies, Athos, seht Ihr jene Türe?«

»Nun?«

»Nun, geht durch diese Türe, wann es Tuch gefällig ist, denn von dieser Minute an seid Ihr und Aramis frei wie die Luft.«

»Daran erkenne ich Euch ganz, wackerer d'Artagnan, doch habt Ihr keine Macht mehr über uns, denn diese Türe wird bewacht, wie Ihr selber wisst,« erwiderte Athos.

»Nun, so brecht gewaltsam durch,« versetzte Porthos; »was gibt es denn – aufs Höchste nur zehn Mann! –«

»Das wäre nichts für uns vier, aber zu viel für uns zwei.«

»Nein, seht, getrennt, wie wir sind, müssen wir zugrunde gehen. Blickt auf das verhängnisvolle Beispiel hin: d'Artagnan, der Ihr so mutvoll seid, Ihr wurdet auf der Straße von Vendemois geschlagen; heute ist an uns die Reihe, an mir und Aramis. Das ist uns aber nie geschehen, solange wir alle vier verbunden waren; lasset uns somit sterben, wie Lord Winter gestorben ist. Was mich betrifft, so erkläre ich, dass ich nur dann in eine Flucht einwillige, wenn wir alle vier entfliehen.«

»Das ist unmöglich«, antwortete d'Artagnan, »da wir unter Mazarins Befehl stehen.«

»Das weiß ich, ich will auch nicht länger in Euch dringen; meine Gründe waren wirkungslos: Sie waren zweifelsohne falsch, da sie über so verständige Männer, wie Ihr seid, kein Gewicht hatten.«

»Und hätten sie übrigens auch Eindruck gemacht«, bemerkte Aramis, »so ist es doch am besten, zwei so vortreffliche Freunde, wie d'Artagnan und Porthos sind, nicht bloßzustellen. Was mich betrifft, so bin ich stolz darauf, mit Euch, Athos, den Kugeln und sogar dem Stricke entgegen zu gehen, denn Ihr erschienet mir noch nie so groß wie heute.« »Meinet Ihr etwa«, sagte d'Artagnan, »dass man Euch töten werde? und weshalb? wem liegt denn an Euerm Tode? überdies seid Ihr unser Gefangener« »Narr! dreifacher Narr!« versetzte Aramis. »Kennst du nicht Mordaunt? Nun, ich wechselte nur einen Blick mit ihm und sah es schon, dass wir verurteilt sind.« »Die Wahrheit ist, dass es mich kränkt, ihn nicht erwürgt zu haben, wie Ihr mir sagtet, Aramis,« entgegnete Porthos. »Ha! was,« rief d'Artagnan, »was kümmert mich denn Mordaunt? Bei Gott, kommt mir dieses Ungeziefer zu nahe, so will ich es zertreten. Entfliehet also nicht, es ist unnötig, denn ich schwöre Euch, hier seid Ihr sicher.« »Hört,« sprach Athos, während er die Hand nach einem der zwei Gitterfenster ausstreckte, die das Zimmer erhellten, »Ihr werdet sogleich wissen, woran Ihr Euch zu halten habt, denn seht, er eilt herbei.« »Wer?«

»Mordaunt.« Er folgte der Richtung von Athos' Hand und sah wirklich einen Reiter im Galopp herankommen. Das war in der Tat Mordaunt. D'Artagnan verließ hastig das Zimmer. Porthos wollte ihm folgen. »Bleibt«, rief d'Artagnan, »und kommt dann erst heraus, wenn Ihr hört, dass ich mit dem Finger an die Türe poche.«

### Das Losungswort

Als Mordaunt vor dem Hause ankam, sah er d'Artagnan an der Schwelle und die Soldaten hie und da auf dem Rasen des Gartens liegen. »Holla!«, rief er mit einer von der Eile seines Rittes verdumpften Stimme, »sind die Gefangenen doch hier?« »Ja, mein Herr,« entgegnete der Sergeant, während er rasch aufstand, wie seine Mannschaft, welche gleich ihm die Hand an den Hut legte. »Gut, vier Mann, um sie festzunehmen, und allsogleich nach meiner Wohnung zu führen.« Vier Mann schickten sich dazu an. »Was? –« fragte d'Artagnan mit jener schelmischen Miene, welche unsere Leser schon öfter an ihm bemerken mussten, seit sie ihn kennen; »was ist's, wann es beliebt?« »Mein Herr,« versetzte Mordaunt, »ich habe vier Mann den Befehl gegeben, die Gefangenen festzunehmen, die wir heute früh gemacht haben, um sie in meine Wohnung zu bringen.« »Weshalb denn?«, fragte d'Artagnan. »Vergebt meine Neugierde; doch Ihr begreift wohl, dass ich hierüber zufriedengestellt sein will.« »Weil jetzt die Gefangenen mir gehören«, erwiderte Mordaunt hochtrabend, »und ich nach meinem Belieben über sie verfügen kann.« »Erlaubt, mein junger Herr, erlaubt,« versetzte d'Artagnan, »mich dünkt, Ihr seid im Irrtume; die Gefangenen gehören gewöhnlich denjenigen, die sie gefangen haben, und nicht denen, die bei unserer Gefangennehmung bloß Zuschauer waren; Ihr konntet wohl Lord Winter gefangen nehmen, der Euer Oheim war, wie man mir gesagt hat; Ihr habt es vorgezogen, ihn zu töten, ganz wohl; wir, ich und Herr du Vallon, konnten diese zwei Edelleute töten, wir zogen es aber vor, sie gefangen zu nehmen; jeder nach seinem Geschmack.« Mordaunts Lippen wurden weiß. D'Artagnan fühlte, die Sache würde sich bald verschlimmern, und fing an, den Marsch der Garden an der Türe zu trommeln. Bei dem ersten Takt trat Porthos hervor, und stellte sich an die andere Seite der Türe, deren Schwelle er mit den Füßen und deren First er mit der Stirne berührte. Diese Bewegung entging Mordaunt nicht, und er sprach mit einem Ingrimme, der sichtlich zu werden anfing: »Mein Herr, Ihr werdet einen fruchtlosen Widerstand leisten; diese Gefangenen sind mir soeben von dem kommandierenden General, meinem hohen Gönner, von Herrn Oliver Cromwell, zuerkannt worden.« Von diesen Worten wurde d'Artagnan wie von einem Donner gerührt. Das Blut stieg ihm in den Kopf, eine Wolke umhüllte seine Augen, er begriff die entsetzliche Hoffnung des jungen Mannes; und so senkte er die Hand mit einer instinktartigen Bewegung auf den Griff seines Schwertes nieder. Was Porthos betrifft, so blickte er auf d'Artagnan, um zu erfahren, was er zu tun habe, und um seine Bewegungen nach den Seinigen einzurichten. D'Artagnan war von diesem Blicke Porthos' mehr beunruhigt als beruhigt, und er machte sich Vorwürfe darüber, dass er Porthos' wilde Kraft bei einer Angelegenheit zu Hilfe rief, von der ihm schien, dass er sie mehr mit List durchführen müsse. »Ha!«, rief d'Artagnan nun mit einer tiefen Verbeugung, warum sagtet Ihr das nicht gleich anfangs, Herr Mordaunt? Wie, Ihr kommt im Namen des Herrn Oliver Cromwell, des berühmtesten Feldherrn der Gegenwart?« »Ich komme von ihm, mein Herr«, antwortete Mordaunt, während er abstieg und sein Pferd einem Soldaten zu halten gab, »ich bin im Augenblick bei ihm gewesen.« »Warum habt Ihr es nicht allsogleich gesagt?«, fragte d'Artagnan. »Ganz England gehört Herrn Cromwell an, und indem Ihr in seinem Namen die Gefangenen begehrt, so füge ich mich; nehmt sie also, mein Herr, sie sind Euer.« Mordaunt setzte den Fuß auf die erste Stufe der Türe, nahm den Hut zur Hand, und schickte sich an, zwischen den beiden Freunden durchzugehen, während er seinen vier Mann zuwinkte, ihm zu folgen. »Doch vergebt,« sprach d'Artagnan mit dem freundlichsten Lächeln, während er die Hand auf die Schulter des jungen Mannes legte, »wenn der berühmte General Cromwell über unsere Gefangenen verfügt hat, so gab er Euch über diese Schenkung etwas Schriftliches.« Mordaunt hielt auf einmal an. »Er gab Euch für mich ein Briefchen oder irgendeinen Zettel, worin bestätigt wird, dass Ihr in seinem Namen kommt. Vertraut mir also gefälligst diesen Zettel an, damit ich wenigstens durch einen Vorwand die Überlieferung meiner Landsleute rechtfertigen könne. Wiewohl ich außerdem überzeugt bin, der General Oliver Cromwell wolle ihnen nichts Böses zufügen, so werdet Ihr doch einsehen, dass das einen üblen Eindruck hervorbrächte.« Mordaunt fühlte den Stich, trat zurück und schleuderte einen grimmigen Blick auf d'Artagnan; allein dieser antwortete mit der gefälligsten und freundlichsten Miene, die je ein Antlitz erheitert hat. »Ihr tut mir die Beleidigung an, mein Herr«, sagte Mordaunt, »an meinen Worten zu zweifeln?« »Ich?« entgegnete d'Artagnan, »ich an dem zweifeln, was Ihr da sagt? Gott soll mich bewahren, lieber Herr Mordaunt; im Gegenteil, ich halte Euch für einen würdigen und ausgemachten Edelmann. Und dann, wollt Ihr, dass ich offen mit Euch spreche?« fuhr d'Artagnan mit seiner offenherzigen Miene fort. »Redet, mein

Herr,« versetzte Mordaunt. »Herr du Vallon hier ist reich, er hat vierzig-tausend Livres Einkünfte, darum hält er nicht auf Geld, ich spreche so-mit nicht für ihn, sondern für mich.« »Weiter, mein Herr.« »Nun, ich bin nicht reich, das ist in der Gascogne keine Schande, mein Herr, da es dort niemand ist, und Heinrich IV., welcher glorwürdigen Andenkens König der Gascogner war, wie Se. Majestät Philipp IV. König von ganz Spanien ist, hatte nie einen Pfennig in seiner Tasche.« »Kommt zu Ende, mein Herr,« sprach Mordaunt, »ich sehe schon, wo Ihr hinaus wollet, und ist es das, was ich glaube, das Euch zurückhält, so kann man diese Schwie-rigkeit wohl beseitigen.« »Ach, ich wusste ja,« versetzte d'Artagnan, »dass Ihr ein Mann von Verstand seid. Nun wohlan! da wetzt mich der Sattel, wie wir Franzosen sagen. Ich bin nichts weiter, als Offizier, der sich durch seine Verdienste emporgearbeitet hat. Ich besitze nichts, als das, was mir mein gutes Schwert einträgt, nämlich mehr Hiebe, als Banknoten; da ich aber heute früh zwei Franzosen gefangen nahm, die mir von guter Abkunft scheinen, kurz, zwei Ritter des Hosenband-Ordens, so dachte ich, mein Glück ist gemacht. Ich sage zwei Ritter, denn Herr du Vallon, der reich ist, überlässt mir bei einer solchen Gelegenheit stets seine Gefangenen.« Mordaunt, der durch die beredte Gutmütigkeit d'Artagnans ganz verblendet ward, lächelte wie einer, der vollkommen die ihm angegebenen Gründe begriff, und antwortete freundlich: »Ihr werdet den unterfertigten Befehl allsogleich bekommen, und damit noch zweitausend Pistolen, jedoch, mein Herr, lasst mich diese Herren inzwi-schen fortführen.« »Nein«, erwiderte d'Artaynan, »was ist Euch an einer Verzögerung von einer halben Stunde gelegen? Ich bin ein Mann, der Ordnung liebt, lieber Herr; lasst uns die Sache in Ordnung abtun.« »Je-doch, mein Herr, ich könnte Euch zwingen, da ich hier zu befehlen ha-be,« versetzte Mordaunt. »Ja, mein Herr,« entgegnete d'Artagnan, auf gefällige Weise lächelnd, »obwohl wir, ich und Herr du Vallon, die Ehre hatten, in Eurer Gesellschaft zu reisen, so sieht man doch, dass Ihr uns noch nicht kennet. Wir sind Edelleute, wir sind Franzosen, wir beide sind imstande, Euch und Eure acht Mann in die Pfanne zu hauen; also bei Gott, Herr Mordaunt, seid nicht eigensinnig, denn wenn man eigen-sinnig ist, so bin ich's gleichfalls, und werde dann furchtbar wildmutig. Sodann Herr du Vallon hier,« fuhr d'Artagnan fort, »der in diesem Falle noch viel hartnäckiger und trotziger ist, als ich, ohne in Anschlag zu bringen, dass wir Abgeordnete des Herrn Kardinals Mazarin sind, der den König von Frankreich vertritt; es geht nun daraus hervor, dass wir den König und den Kardinal vertreten, und somit in unserer Eigenschaft als Botschafter unverletzbar sind, ein Umstand, welchen Herr Oliver

Cromwell, der gewiss ebenso sehr ein großer Staatsmann wie ein großer General ist, vollkommen begreifen wird. Verlangt also von ihm den schriftlichen Befehl, denn was soll Euch das kosten, lieber Herr Mordaunt?«

»Ja, den schriftlichen Befehl,« versetzte Porthos, der in d'Artagnans Absichten einzugehen anfing;»man fordert von Euch nichts weiter.« Mordaunt beschloss, nicht bloß den Befehl, sondern auch noch die zweitausend Pistolen zu holen, den Preis nämlich, zu dem er selbst die zwei Gefangenen geschätzt hatte. Mordaunt schwang sich nun wieder auf das Pferd, empfahl dem Sergeanten, gute Wache zu halten, wandte sich um und sprengte von hinnen. »Gut,« sprach d'Artagnan,»eine Viertelstunde, um nach dem Gezelte zu kommen, eine Viertelstunde, um zurückzukehren, das ist mehr, als wir bedürfen.« Dann wandte er sich wieder zu Porthos, ohne dass sein Gesicht die geringste Gemütsbewegung kundgab, sodass die, welche ihn belauschten, glauben konnten, er setze dieselbe Unterredung fort, und indem er ihm fest in das Gesicht blickte, sprach er zu ihm: »Freund Porthos, höret wohl auf mich. Redet fürs erste nicht eine Silbe mit unseren Freunden von dem, was Ihr eben gehört habt, sie brauchen den Dienst, welchen wir ihnen erweisen, nicht zu kennen.«

»Wohl,« versetzte Porthos, »ich verstehe.«

»Geht von hier weg in den Stall, dort findet Ihr Mousqueton, sattelt die Pferde, steckt die Pistolen in die Halftern, führt sie heraus auf die Straße, dort, dass man nur aufzusitzen braucht; das übrige betrifft dann mich.« Porthos tat nicht den geringsten Einspruch und folgte mit der großen Zuversicht, die er zu seinem Freunde hegte. »Ich gehe,« sprach er; »soll ich aber in das Zimmer treten, worin sich diese Herren befinden?«

»Nein, es ist nicht nötig.«

»Nun, so seid so gefällig und steckt die Börse ein, welche ich auf dem Kamine liegen ließ.«

»Seid ruhig.« Porthos schritt nun in seiner ruhigen und gelassenen Haltung nach dem Stalle, und ging mitten durch die Soldaten, welche, ob er auch Franzose war, nicht umhin konnten, seine hohe Gestalt und seine kräftigen Glieder zu bewundern. An der Straßenecke begegnete er Mousqueton und nahm ihn mit. D'Artagnan pfiff nun eine kleine Arie, die er bei Porthos' Fortgehen angefangen hatte, und kehrte in das Zimmer zurück. »Lieber Athos,« sprach er,»ich habe über Eure Gründe nachgedacht, und sie haben mich überzeugt: Ich bedaure wahrlich, dass ich an dieser Angelegenheit teilhabe. Wie Ihr gesagt habt, so ist Mazarin geizig: Ich bin somit entschlossen, mit Euch zu fliehen, haltet Euch ohne alle Bedenklichkeit bereit, Eure Schwerter stehen dort im Winkel, vergesset sie nicht, das ist ein Werkzeug, das uns unter den gegenwärtigen Umständen sehr ersprießlich sein wird; das gemahnt mich an Porthos' Börse: Wohl, da liegt sie.« Und d'Artagnan steckte die Börse in seine Tasche, die beiden Freunde sahen ihm verwunderungsvoll zu. »Nun«, fragte d'Artagnan, »was gibt es denn da zu verwundern? Ich war blind, Athos ließ mich sehen, das ist alles. Kommt hierher.« Die zwei Freunde traten zu ihm. »Seht Ihr dort die Straße«, sagte d'Artagnan, »dort werden die Pferde sein; Ihr geht da durch die Türe hinaus, wendet Euch links, schwingt Euch in den Sattel, und alles wird unbekümmert sein. Besorget Such um nichts, sondern horcht genau auf das Losungswort, und dieses wird sein 'Jesus, mein Herr!'«

»Doch werdet Ihr auf Euer Wort kommen, d'Artagnan?« fragte Athos. »Ich schwöre es bei Gott.«

»So ist es abgemacht,« versetzte Aramis. »Bei dem Rufe: Jesus, mein Herr! verlassen wir das Zimmer, werfen alles nieder, was sich uns widersetzt, eilen zu unseren Pferden, sitzen auf und sprengen fort. Nicht so?«

»Vollkommen.«

»Hört, Aramis,« sprach Athos, »ich sagte es immer, dass d'Artagnan der Beste von uns allen ist.«

»Gut!«, rief d'Artagnan, »das sind Komplimente, ich gehe. Gott befohlen.«

»Und Ihr entflieht mit uns, nicht wahr?«

»Das will ich meinen; vergesset nicht das Losungswort: Jesus, mein Herr!« D'Artagnan berief den Sergeanten. »Lieber Herr,« sprach er zu ihm, »der General Cromwell ließ mich durch Herrn Mordaunt rufen; ich bitte, wachet gut über die Gefangenen.« Der Sergeant machte ein Zeichen, dass er nicht französisch verstehe. D'Artagnan versuchte, ihm nun das durch Gebärden begreiflich zu machen, was er durch Worte nicht begriffen hatte. Der Sergeant winkte, dass es gut sei. Sonach ging d'Artagnan in die Ställe und fand die fünf Pferde gesattelt, das Seinige so gut wie die anderen. »Nehmt nun jeder ein Pferd zur Hand,« sprach er zu Porthos und Mousqueton, »und wendet Euch links hin, damit Euch Athos und Aramis vom Fenster aus gut sehen.«

»Sie werden also kommen?«, fragte Porthos. »Im Augenblicke.«

»Habt Ihr auch meine Börse nicht vergessen?«

»Nein, seid unbekümmert.«

»Wohl!« Porthos und Mousqueton verfügten sich an ihren Posten, während jeder ein Pferd an der Hand nachzog. Als nun d'Artagnan allein war, schlug er Feuer, zündete ein etwa zwei Linsen großes Stück Schwamm an, stieg zu Pferde und hielt der Türe gegenüber mitten unter den Soldaten an. Hier steckte er dem Tiere, indem er es mit der Hand streichelte, jenes kleine Stück glühenden Schwammes in das Ohr. Man musste ein vortrefflicher Reiter sein wie d'Artagnan, um ein solches Mittel zu wagen, denn das Tier empfand noch kaum den glimmenden Brand, so erhob es ein schmerzvolles Wiehern, bäumte sich und sprang, als wäre es toll geworden. Die Soldaten, die es zu zermalmen drohte, liefen schnell davon. »Zu Hilfe! zu Hilfe!« schrie d'Artagnan, »haltet mein Pferd, es hat den Koller, haltet mein Pferd!« Und wirklich schien ihm augenblicklich das Blut aus den Augen zu dringen, und es wurde weiß von Schaum. »Zu Hilfe!«, schrie d'Artagnan ununterbrochen; die Soldaten wagten aber nicht, ihm beizustehen. »Zu Hilfe! wollt Ihr mich denn umkommen lassen? – Jesus, mein Herr!« D'Artagnan hatte diesen Ruf kaum ausgesprochen, so ging die Türe auf, und Athos und Aramis, das Schwert in der Hand, stürzten hervor. Dank der List d'Artagnans war frei der Weg. »Die Gefangenen entfliehen! die Gefangenen entfliehen!« schrie der Sergeant. »Halt! halt!« rief d'Artagnan und ließ seinem Pferde die Zügel schießen, wonach es ein paar Mann niederrannte und fortsprengte. »Stop! Stop!« liefen die Soldaten und eilten zu ihren Waffen. Allein, die Gefangenen saßen schon im Sattel, und so verloren sie keine Zeit mehr, sondern sprengten dem nächsten Tore zu. Mitten in der Straße erblickten sie Grimaud und Blaifois, welche zurückkehrten und ihre Herren aufsuchten. Athos verständigte sich durch einen Wink mit Grimaud, der sich sogleich der kleinen Schar anschloss, die einem Wirbelwinde glich, und durch den Zuruf d'Artagnans, der hinterher kam, noch mehr angestachelt wurde. Sie sprengten wie Gespenster durch die Tore, ohne dass es den Wachen nur einfiel, sie aufzuhalten, und waren alsbald im Freien. Mittlerweile riefen die Soldaten noch immer: »Stop! Stop!« und der Sergeant, der nun zu merken anfing, dass er überlistet worden sei, riss sich die Haare aus. Inzwischen sah man einen Reiter herankommen mit einem Papiere in der Hand. Das war Mordaunt, der mit dem Befehle zurückkam. »Die Gefangenen!«, rief er, indem er vom Pferde sprang. Der Sergeant vermochte nicht zu antworten, er zeigte nach der offenen Türe und dem leeren Zimmer hin. Mordaunt stürzte nach den Stufen, erriet alles, und mit einem Schrei, als hätte man ihm die Eingeweide zerrissen, sank er ohnmächtig auf den Stein nieder.

## Wo bewiesen wird, dass große Herzen in den schwierigsten Lagen nie den Mut, und gute Mägen nie den Appetit verlieren

Die kleine Schar sprengte, ohne dass man ein Wort wechselte oder sich umblickte, im schnellsten Galopp von hinnen, ritt durch einen kleinen Fluss, den niemand zu nennen wusste, und ließ eine Stadt zur Linken, welche, wie Athos sagte, Durham war. Endlich sah man vor sich einen kleinen Wald, gab den Pferden zum letzten Male die Sporen und schlug die Richtung dahin ein. Als sie hinter einem Vorhange von Gezweigen verschwanden, welche dicht genug waren, um sie den Blicken derjenigen zu entziehen, die ihnen nachsehen konnten, hielten sie an, um Rat zu halten. Sie übergaben ihre Pferde zwei Dienern zum Halten und stellten Grimaud als Wache aus; Nun sprach Athos zu d'Artagnan: »O, Freund, kommt fürs erste, dass ich Euch umarme. Ihr seid unser Retter, Ihr seid unser Held.«

»Athos hat recht, und ich bewundere Euch!«, rief Aramis und schloss ihn gleichfalls in seine Arme. »Welche Ansprüche könntet Ihr nicht machen bei einem verständigen Herrn, bei einem scharfsichtigen Auge, bei einem Arm von Stahl, bei einer alles überwindenden Geisteskraft!«

»Jetzt,« versetzte der Gascogner, »jetzt geht das wohl, ich nehme für mich und für Porthos alles an, Umarmungen und Danksagungen; wir haben Zeit zu verlieren, fahrt fort, fahrt immerhin fort.« Die zwei Freunde wurden durch d'Artagnan an das erinnert, was sie Porthos schuldig waren, und drückten nun diesem gleichfalls die Hand. »Nun handelt es sich darum,« sprach Athos, »dass wir nicht auf gut Glück herumstreifen, sondern einen festen Plan entwerfen. Was wollen wir tun?«

»Was wir tun wollen? Bei Gott, das ist nicht schwer zu sagen.«

»Redet also, d'Artagnan.«

»Wir suchen den nächsten Seehafen zu erreichen, legen unsere Barschaft zusammen, mieten ein Schiff und steuern nach Frankreich. Was mich betrifft, so trage ich meinen letzten Sous bei. Der erste Schatz ist das Leben und das unserige, ich muss es sagen, hängt nur an einem Faden.«

»Was sagt denn Ihr dazu, du Vallon?«, fragte Athos. »Ich,« entgegnete Porthos, »ich bin ganz d'Artagnans Ansicht; dieses England ist mir widerwärtig.« »So seid Ihr fest entschlossen, es zu verlassen?«, fragte Athos d'Artagnan. »Bei Gott!«, rief d'Artagnan, »ich sehe nicht, was mich hier fesseln sollte.« Athos tauschte mit Aramis einen Blick aus, dann sprach er seufzend: »So geht denn, meine Freunde!«

»Wie, geht,« sprach d'Artagnan, »gehen wir, glaube ich.«

»Nein, o Freund«, sagte Athos, »wir müssen uns trennen.«

»Was trennen!«, rief d'Artagnan, ganz bestürzt ob dieser unvermuteten Entgegnung. »Bah!« versetzte Porthos, »was sollen wir uns trennen, da wir wieder beisammen sind?«

»Weil Eure Sendung vollbracht ist und Ihr wieder nach Frankreich zurückkehren könnet und sogar müsset; doch die unserige ist es noch nicht.«

»Wie, Eure Sendung ist noch nicht vollbracht?«, fragte d'Artagnan und blickte Athos verwunderungsvoll an. »Nein«, erwiderte Athos mit seiner sanften und zugleich so festen Stimme. »Wir kamen hierher, um den König Karl zu schützen; wir haben ihn schlecht beschützt, es bleibt uns ja noch übrig, ihn zu retten.«

»Den König zu retten!« wiederholte d'Artagnan und blickte Aramis so an, wie er Athos angeblickt hatte. Aramis nickte bloß mit dem Kopfe. D'Artagnans Züge nahmen den Ausdruck unendlichen Mitleids an; er fing an zu glauben, er habe es mit Sinnerückten zu tun. Er sagte: »Athos, Ihr habt unmöglich im Ernste gesprochen; der König befindet sich in der Mitte eines Heeres, welches ihn nach London bringt. Dieses Heer befehligt ein Fleischhauer oder der Sohn eines Fleischhauers, gleichviel, der Oberst Harrison. Wenn Se. Majestät in London ankommt, wird ihr sogleich der Prozess gemacht werden, dafür stehe ich, denn ich hörte darüber genug aus dem Munde des Generals Oliver Cromwell, um zu wissen, woran ich bin.« Athos und Aramis tauschten einen zweiten Blick aus. »Und ist sein Prozess gemacht«, sagte d'Artagnan, »so wird man mit der Vollziehung des Urteils nicht zögern. O, die Puritaner Pflegen rasch zu Werke zu gehen.«

»Zu welcher Strafe denkt Ihr wohl, wird man den König verurteilen?«, fragte Athos. »Ich fürchte sehr, es werde die Todesstrafe sein; sie haben ihm zu viel angetan, als dass er ihnen vergeben könnte, sie haben nur ein Mittel noch, ihm nämlich das Leben zu rauben.«

»Das ist aber ein Grund mehr, um das bedrohte, erlauchte Haupt nicht zu verlassen.«

»Athos, werdet Ihr blöde?«

»Nein, mein Freund,« entgegnete der Edelmann mit Sanftmut, »allein Lord Winter hat uns in Frankreich aufgesucht und uns zur Königin Henriette geführt. Ihre Majestät erwies uns, mir und Herrn d'Herblay, die Ehre, uns um unsern Beistand für ihren Gemahl anzusprechen; wir gaben unser Wort, und unser Wort enthielt alles. Es war unsere Kraft, es war unser Verstand, es war endlich unser Leben, das wir verpfändeten, es bleibt uns noch übrig, unser Wort zu halten. Ist das auch Eure Ansicht, d'Herblay?« »Ja«, erwiderte Aramis, »wir haben es angelobt.«

»Gelingt es uns, den König zu retten,« begann Athos wieder, »so ist das schön, und sterben wir für ihn, so ist dies erhaben.«

»Ihr wisset also im Voraus, dass Ihr dabei zugrunde gehen werdet?«, fragte d'Artagnan.

»Wir fürchten das, und unser einziges Leid ist's, fern von Euch zu sterben.«

»Was wollt Ihr tun in einem fremden feindlichen Lande?«

»Da ich noch jung war, bereiste ich England; ich spreche englisch wie ein Engländer und auch Aramis versteht ein wenig die Sprache. Ha! wenn wir Euch hätten. Ihr Freunde, mit Euch, d'Artagnan, und mit Euch, Porthos, würden wir vier, seit zwanzig Jahren zum ersten Male wieder vereinigt, nicht bloß England, sondern den drei Königreichen Trotz bieten.«

»Und habt Ihr jener Königin versprochen,« entgegnete d'Artagnan mit Unmut, »den Tower in London zu erbrechen, hunderttausend Soldaten niederzumachen, siegreich gegen die Wünsche einer Nation und die Ehrsucht eines Mannes zu kämpfen, wenn dieser Mann Cromwell heißt? Ihr, Athos und Aramis, Ihr habt diesen Mann nicht gesehen! Nun, er ist ein Mann von Geist, der mich sehr an unsern Kardinal erinnert hat, an den andern, den großen – Ihr wisset wohl, an Richelieu. Also übertreibt Eure Verpflichtungen nicht; im Namen des Himmels, lieber Athos, opfert Euch nicht auf. Nun denn, Porthos, vereinigt Euch mit mir. Was haltet Ihr von der Sache, sagt an, redet offen!«

»Nichts Gutes«, erwiderte Porthos.

»Sprecht,« fuhr d'Artagnan fort, empfindlich darüber, dass Athos, statt auf ihn zu achten, auf eine Stimme in seinem Innern zu hören schien.

»Ihr seid bei meinem Rate niemals schlecht gefahren. Nun, so glaubt mir, Athos, Eure Sendung ist vollbracht, auf edle Weise vollbracht; kehrt also mit uns zurück nach Frankreich.«

»Freund,« versetzte Athos, «unser Entschluss ist unerschütterlich.«

»Somit habt Ihr noch irgendeinen andern Beweggrund, welchen wir nicht kennen.« Athos lächelte. »Wohlan«, rief endlich d'Artagnan entrüstet aus, »da Ihr es nicht anders wollt, so lassen wir unsere Knochen in diesem armseligen Lande, wo es immer kalt, wo das schöne Wetter Nebel, der Nebel Regen und der Regen eine Sündflut ist, wo die Sonne dem Monde gleich und der Mond einem Milchkäse. Wahrlich, da man doch einmal sterben muss, so liegt wenig daran, ob wir hier sterben, oder anderswo.«

»Doch, lieber Freund,« sprach Athos, »bedenkt, da heißt es früher sterben.«

»Bah, ein bisschen früher oder später, darüber zu streiten verlohnt sich nicht der Mühe.«

»Wenn ich mich über etwas verwundere«, bemerkte Porthos pathetisch, »so ist es, dass es nicht schon geschehen ist.«

»O, seid unbekümmert, Porthos, das wird geschehen«, sagte d'Artagnan. »Somit ist es abgemacht«, fuhr er fort, »und wenn Porthos nichts einzuwenden hat ...«

»Ich,« versetzte Porthos, »ich tue, was Ihr wollt. Überdies finde ich das sehr hübsch, was der Graf de la Fère gesagt hat.«

»Doch Eure Zukunft, d'Artagnan? Eure Wünsche, Porthos?«

»Nun, es ist abgemacht,« entgegnete d'Artagnan; »ich finde England reizend und bleibe hier, doch nur unter einer Bedingung.«

»Unter welcher?«

»Dass man mich nicht zwingt, englisch zu lernen.«

»Wohlan«, erwiderte Athos triumphierend, »jetzt, o Freund, schwöre ich Euch bei diesem Gott, der uns hört, bei meinem Namen, den ich für makellos halte, ich glaube, es walte über uns eine höhere Macht, und hoffe, wir werden alle vier Frankreich wiedersehen.«

»Es sei,« sprach d'Artagnan, »allein ich bekenne, dass ich ganz entgegengesetzter Meinung bin.«

»Der liebe d'Artagnan,« sagte Aramis, »er vertritt unter uns die Opposition der Parlamente, die stets nein sagen und bejahend handeln.«

»Wohl, die aber doch das Vaterland retten,« entgegnete Athos.

»Nun,« sprach Porthos, sich die Hände reibend, »wenn wir jetzt, wo alles abgemacht ist, auch an ein Mittagmahl denken möchten. Mich dünkt, dass wir in den verwickeltsten Lagen unseres Lebens stets zu Mittag gespeist haben.« Man beschloss, ein nahegelegenes Haus aufzusuchen, in der Hoffnung, den allgemeinen Hunger auf diese oder jene Art stillen zu können.

## Parrys Bruder

Nach Maßgabe, als sich unsere Flüchtlinge dem Hause näherten, sahen sie den Boden zerstampft, als wäre ihnen eine beträchtliche Reiterschar zuvorgekommen; vor der Türe zeigten sich die Spuren noch viel deutlicher; diese Schar, was sie auch sein mochte, hatte dort eingesprochen.

»Bei Gott«, rief d'Artagnan, »die Sache ist klar, hier ist der König mit seiner Bedeckung durchgekommen.«

»Zum Teufel«, fluchte Porthos, »wenn das ist, so haben sie alles aufgezehrt.«

»Bah,« versetzte d'Artagnan, »sie haben gewiss noch ein Huhn übrig gelassen.« Er sprang vom Pferde und pochte an die Türe, doch antwortete niemand. Er stieß die Türe auf, die nicht versperrt war. und sah das erste Zimmer öde und leer.

»Nun?«, fragte Porthos.

»Ich sehe niemand,« entgegnete d'Artagnan.

»Ach, ach!«

»Was ist?«

»Blut.« Bei diesem Ausrufe sprangen die drei Freunde vom Pferde und traten in das erste Zimmer, allein d'Artagnan hatte bereits die Türe des zweiten aufgestoßen, und an dem Ausdrucke seiner Miene gab es sich kund, dass er etwas Ungewöhnliches erblicke. Die drei Freunde traten näher, und sahen auf dem Boden einen Mann hingestreckt und in Blut gebadet. Man sah, er wollte noch sein Bett erreichen, doch hatte er nicht mehr die Kraft und sank zu Boden. Athos war der erste, der zu diesem Unglücklichen trat und glaubte, er bemerke an ihm noch eine Bewegung. »Nun?«, fragte d'Artagnan.

»Wenn er tot ist«, versetzte Athos. »so ist das noch nicht lange her, da er noch warm ist. Doch nein, sein Herz schlägt. He, Freund! –« Der Verwundete stieß einen Seufzer aus; d'Artagnan nahm Wasser in die hohle Hand und sprengte es ihm in das Antlitz. Der Mann schlug die Augen wieder auf, machte eine Bewegung, den Kopf empor zu richten, und sank wieder zurück. Jetzt versuchte es Athos, ihn vom Boden auf seinen Schoß zu erheben, allein er bemerkte, dass die Wunde ein wenig oberhalb der Stirne war und ihm den Schädel gespalten hatte; das Blut floss in Menge. Aramis tauchte eine Serviette in Wasser und legte sie auf die Wunde; die Frische brachte den Verwundeten wieder zu sich: Er öffnete zum zweiten Male die Augen. Er starrte diese Männer erstaunt an, die ihn zu beklagen schienen und die, ihm beizustehen, bemüht waren. »Ihr seid unter Freunden,« redete ihn Athos auf Englisch an, »seid also unbekümmert, und wenn Ihr Kraft genug habt, so erzählet uns, was da geschehen ist.«

»Der König«, stammelte der Verwundete, »der König ist gefangen.«

»Habt Ihr ihn gesehen?«, fragte Aramis in derselben Sprache. Der Mann antwortete nicht. »Seid ruhig,« begann Athos wieder, »wir sind getreue Diener Seiner Majestät.«

»Ist das wahr, was Ihr da sagt?«, fragte der Verwundete. »Bei unserer Edelmannsehre.«

»Somit kann ich Euch alles sagen?«

»Redet.«

»Ich bin der Bruder Parrys, des Kammerdieners Seiner Majestät.« Athos und Aramis erinnerten sich, dass Lord Winter dem Bedienten diesen Namen gegeben, den sie im Korridor des königlichen Gezeltes angetroffen hatten. »Wir kennen ihn,« versetzte Athos, »er verlässt den König nie.«

»Ja, ganz richtig,« entgegnete der Verwundete. »Nun, als er den König gefangen sah, so dachte er an mich; man zog bei dem Hause vorüber, er forderte in des Königs Namen, dass man daselbst anhalte. Sein Begehren wurde erfüllt. Der König, hieß es, habe Hunger; man ließ ihn in das Zimmer treten, worin ich mich befinde, damit er da seine Mahlzeit halte, während man Wachen vor die Türen und Fenster stellte. Parry kannte dieses Zimmer, denn während Seine Majestät in Newcastle war, besuchte er mich öfter. Auch wusste er, dass in diesem Zimmer eine Falltüre sei, dass sie in den Obstgarten führe und dass man von diesem Keller aus zum Obstgarten gelangen könne. Er machte mir ein Zeichen, das ich verstand; doch ohne Zweifel erlauschten die Wächter dieses Zeichen und es machte sie argwöhnisch. Da ich nicht wusste, dass man etwas argwöhne, so hatte ich nur diesen Wunsch noch, den König zu retten. Ich ging sonach, als wollte ich Holz holen, und dachte, dass keine Zeit zu verlieren sei. Ich trat in den unterirdischen Gang, der nach dem Keller führte und womit diese Falltüre in Verbindung stand. Ich hob den Fußboden mit dem Kopfe auf, und indes Parry den Riegel vorschob, winkte ich dem Könige, mir zu folgen. Ach, er wollte nicht; es schien, als hätte er Abscheu vor der Flucht. Doch Parry bat ihn mit gefalteten Händen; auch ich flehte inständigst, er wolle eine solche Gelegenheit nicht verlieren. Endlich entschloss er sich, mir zu folgen. Zum Glücke ging ich voraus, der

König kam einige Schritte hinter mir, als ich auf einmal im unterirdischen Gange sah, dass sich etwas wie ein Schatten emporrichtete. Ich wollte schreien, um den König zu warnen, hatte aber nicht mehr die Zeit. Ich fühlte einen Streich, als stürzte das Haus über mir ein, und sank in Ohnmacht nieder.« »Guter, wackerer Engländer, treuer Diener!«, rief Athos. »Als ich wieder zur Besinnung kam, lag ich auf derselben Stelle. Ich schleppte mich bis in den Hof; der König und seine Bedeckung waren verschwunden. Es verging vielleicht eine Stunde, bis ich vom Hofe hierher gelangte; doch hier schwanden meine Kräfte und ich sank abermals in Ohnmacht.«

»Und wie fühlt Ihr Euch jetzt?«

»Sehr schlecht,« entgegnete der Verwundete.

»Können wir etwas für Euch tun?«, fragte Athos.

»Helft mir auf das Bett dorthin, ich denke, das wird mich erleichtern.«

»Werdet Ihr jemand haben, der Euch pflegt?«

»Meine Gemahlin ist in Durham und wird alsbald zurückkehren. Doch Ihr selbst, wünscht Ihr nichts, bedürft Ihr nichts?«

»Wir kamen in der Absicht hierher, Euch um etwas Essen zu ersuchen.«

»Ach, sie haben alles genommen und es ist kein Stück Brot mehr im Hause übrig.«

»Hört Ihr, d'Artagnan?« versetzte Athos, »wir müssen unser Mittagmahl anderweitig suchen.«

»Mir gilt das jetzt gleich,« erwiderte d'Artagnan, »denn ich habe keinen Hunger mehr.«

»Meiner Treu', auch ich nicht,« sagte Porthos. Sie brachten den Mann auf ein Bett. Mittlerweile kehrten die Flüchtlinge in das erste Zimmer zurück und hielten hier Rat. »Nun wissen wir, woran wir uns zu halten haben«, sagte Aramis; »es war wirklich der König und seine Bedeckung, die hier durchkamen; und so müssen wir den entgegengesetzten Weg wählen. Ist das auch Eure Ansicht, Athos?« Athos gab keine Antwort, er dachte nach.

»Ja,« versetzte Porthos, »begeben wir uns auf den entgegengesetzten Weg. Folgen wir der Eskorte, so finden wir alles schon aufgezehrt und sterben vor Hunger. Wie verwünscht ist doch dieses England! Das ist das erste Mal, dass ich fast nicht zu Mittag essen würde. Das Mittagmahl ist mein liebster Schmaus.«

»Was denkt Ihr, d'Artagnan?« fragte Athos: »Teilt Ihr Aramis' Meinung?«

»Ganz und gar nicht,« entgegnete d'Artagnan, »meine Meinung ist gerade die entgegengesetzte.«

»Wie?«, fragte Porthos erschreckt, »Ihr wollt der Eskorte folgen?«

»Nein, sondern mit ihr ziehen!« Athos' Augen strahlten vor Freude. »Mit der Eskorte reisen!«, rief Aramis. »Lasst d'Artagnan reden,« sagte Athos, »Ihr wisst ja, er ist ein Mann von gutem Rate.«

»Allerdings,« versetzte d'Artagnan, »müssen wir dahin gehen, wo man uns nicht suchen wird. Nun wird man uns aber ganz und gar nicht unter den Puritanern suchen, und folglich müssen wir unter die Puritaner gehen.«

»Gut, Freund, gut,« sprach Athos, »der Rat ist vortrefflich, ich wollte ihn schon bei unserer Ankunft geben.« »Somit ist das auch Eure Meinung?«, fragte Aramis. »Ja, man wird meinen, wir wollen England verlassen, und uns in den Häfen aufsuchen, inzwischen gelangen wir mit dem Könige nach London, wo wir gar nicht aufzufinden sind; mitten unter einer Million Menschen ist es leicht, sich zu verstecken, ohne die Wechselfälle der Reise zu rechnen«, fuhr Athos fort und warf einen Blick auf Aramis. »Ja,« sprach Aramis, »ich verstehe.«

»Ich«, sagte Porthos, »ich verstehe nichts, doch meinetwegen, da es d'Artagnans und Athos' Meinung ist, so muss es wohl am besten sein.«

»Aber«, rief Aramis, »werden Wir nicht dem Oberst Harrison verdächtig erscheinen?«

»Ha, bei Gott!«, rief d'Artagnan, »auf ihn rechne ich eben; der Oberst Harrison ist einer von unseren Freunden; wir haben ihn zweimal bei dem General Cromwell gesehen; er weiß es, dass uns Mazarin an ihn geschickt hat, und wird uns als Brüder betrachten. Ist er überdies nicht ein Fleischerssohn? Ja, nicht so? Also Porthos wird ihm zeigen, wie man einen Ochsen mit einem Faustschlag zu Boden schmettert, und ich, wie man einen Stier niederwirft, indem man ihn bei den Hörnern packt; damit wird man sein Vertrauen gewinnen.« Athos lächelte und sagte: »D'Artagnan, Ihr seid der beste Geselle, den ich kenne; da nehmt meine Hand, mein Sohn, ich schätze mich glücklich, dass ich Euch wiederfand.« In diesem Momente trat Grimaud aus dem Zimmer. Der Verwundete war verbunden, und fühlte sich besser. Die vier Freunde beurlaubten sich von ihm und fragten, ob er ihnen nicht irgendeinen Auftrag an seinen Bruder geben wolle. »Meldet ihm,« sprach der wackere Mann,

»er möge dem König sagen, dass sie mich nicht gänzlich umgebracht haben. Wie gering ich auch sei, so bin ich doch überzeugt, dass mich Seine Majestät bedauert, und sich meinen Tod zum Vorwurfe macht.«

»Seid ruhig«, sagte d'Artagnan, »er soll es noch vor heute Abend wissen.« Die kleine Schar begab sich wieder auf den Weg, wo man sich nicht irren konnte, denn der, welchen sie über die ebene einschlagen wollten, trug sichtliche Spuren. Nachdem sie zwei Stunden lang schweigend dahingeritten waren, hielt d'Artagnan, der voraus war, bei einer Wegeskrümmung an. »Ach«, rief er, »da sind unsere Leute!« Wirklich zeigte sich etwa eine halbe Stunde entfernt eine beträchtliche Reiterschar seinen Blicken. »Liebe Freunde,« sprach d'Artagnan, »übergebt Eure Schwerter Herrn Mouston, der sie Euch zu gelegener Zeit zurückstellen wird, und vergesst nicht, dass Ihr unsere Gefangenen seid.« Dann setzte man die Pferde, die schon etwas müde waren, in Trab, und erreichte alsbald die Bedeckung. Der König an der Spitze und umgeben von einer Abteilung des Regimentes des Obersten Harrison ritt ruhig und stets würdig mit einer Art Gutmütigkeit dahin. Als er Athos und Aramis sah, von denen er, weil man ihm keine Zeit ließ, nicht einmal Abschied genommen, und es in den Blicken der zwei Kavaliere las, dass er einige Schritte weit von sich noch Freunde habe, so flog eine Röte der Freude an die blassen Wangen des Königs, wiewohl er seine Freunde für Gefangene hielt. D'Artagnan erreichte die Spitze des Zuges, und während er seine Freunde unter Porthos' Obhut ließ, ritt er geradeswegs auf Harrison zu, der ihn wirklich als denjenigen erkannte, welchen er bei Cromwell gesehen, und der ihn ebenso artig empfing, wie ein Mann von diesem Stande und diesem Charakter jemanden empfangen konnte. Was d'Artagnan voraussah, das traf ein: Der Oberst hatte keinen Verdacht. Man hielt an; hier sollte der König zu Mittag speisen. Doch traf man diesmal Vorsichtsmaßregeln, damit er nicht zu entfliehen versuche. In dem großen Zimmer wurde für ihn ein kleiner Tisch und für die Offiziere ein großer Tisch gedeckt. »Speiset Ihr mit mir?«, fragte Harrison d'Artagnan. »Teufel, das wäre mir ein großes Vergnügen,« entgegnete d'Artagnan, »allein ich habe meinen Freund, Herrn du Vallon, und meine zwei Gefangenen, die ich nicht verlassen kann, und die Eure Tafel überfüllen würden. Doch machen wir es besser, lasst mir einen Tisch in einem Winkel decken, und schickt mir nach Belieben von Eurer Tafel, denn wir sind widrigenfalls vom Hungertod gefährdet. Solcher Art werden wir, da wir in demselben Zimmer sind, immerhin mitsammen speisen.«

»Es sei«, antwortete Harrison. Die Sache wurde angeordnet, wie es d'Artagnan wünschte, und als er wieder zu dem Obersten zurückkehrte, traf er den König schon an seinem kleinen Tische und von Parry bedient, Harrison und seine Offiziere gemeinschaftlich um einen Tisch sitzend, und in einem Winkel die Plätze, die für ihn und seine Freunde bestimmt waren. Der Tisch, an dem die puritanischen Offiziere saßen, war rund, und geschah es aus Zufall oder aus grober Berechnung, Harrison wandte dem König den Rücken zu. Der König sah die vier Kavaliere eintreten, schien jedoch nicht auf sie zu achten. Sie setzten sich an ihren bestimmten Tisch, so zwar, dass sie niemandem den Rücken zulehrten. Sie hatten den Tisch des Königs und den der Offiziere vor Augen. »Meiner Treue, Oberst,« sprach d'Artagnan, »wir sind Euch sehr dankbar für Eure gefällige Einladung, denn ohne Euch liefen wir Gefahr, nichts zu Mittag zu bekommen, gleichwie wir kein Frühmahl hatten, und mein Freund du Vallon hier teilt meine Dankbarkeit, da er ungemein hungrig war.«

»Ich bin noch hungrig«, sagte Porthos und verneigte sich. »Und wie kam es denn«, fragte der Oberst Harrison lachend, »dass Ihr ohne Frühmahl geblieben seid?«

»Ganz einfach, Oberst,« versetzte d'Artagnan. »Ich beeilte mich, Euch einzuholen, zu diesem Ende hatte ich denselben Weg zu nehmen wie Ihr, was ein alter Quartiermeister, wie ich, nicht hätte tun dürfen, indem ich hätte wissen sollen, dass dort, wo ein gutes und tapferes Regiment, wie das Eure, durchzieht, nichts mehr zu nagen übrig bleibt. Sonach werdet Ihr auch unsere getäuschte Hoffnung begreifen, als wir bei einem kleinen, hübschen Hause ankamen, das dort am Rande des Waldes liegt, und mit dem roten Dache und grünen Balkon von fern recht einladend aussieht. Aber statt der Hühner und Schinken, die wir uns zu braten und zu rösten vorhatten, fanden wir einen armen, in seinem Blute schwimmenden Teufel ... Ach Gott, Oberst, macht demjenigen Eurer Offiziere mein Kompliment, der diesen Streich geführt hat, er war gut angebracht, so gut, dass darüber mein Freund hier, Herr du Vallon, der auch gar artige Schläge zu versehen weiß, in Verwunderung geriet.«

»Ja,« sprach Harrison lachend und die Augen auf einen Offizier an seinem Tische gerichtet, »wenn Groslow dieses Geschäft auf sich nimmt, so braucht man ihm nicht nachzusehen.«

»Ha, dieser Herr war es?«, sagte d'Artagnan, sich vor dem Offizier verneigend; »ich bedaure, dass der Herr nicht französisch spricht, um ihm mein Kompliment zu machen.«

»Ich bin bereit, es zu empfangen, und es Euch zu erwidern,« entgegnete der Offizier ziemlich gut französisch, »ich lebte drei Jahre in Paris.«

»Nun, mein Herr«, sagte d'Artagnan, »ich sage Euch, dass der Schlag so gut versetzt war, dass er den Mann beinahe getötet hat.«

»Ich glaubte, ihn doch ganz getötet zu haben,« versetzte der Offizier. »Nein, es fehlte daran freilich nicht viel, doch tot ist er nicht.« D'Artagnan warf unter diesen Worten einen Blick auf Parry, der leichenfahl vor dem Könige stand, um ihm anzudeuten, dass diese Nachricht für ihn sei. Der König hörte dieser ganzen Unterredung mit einer unbeschreiblichen Beklommenheit des Herzens zu, denn er wusste nicht, was der französische Offizier beabsichtigte, und diese grausamen Umstände unter dem Scheine von Gleichgültigkeit empörten ihn. Erst bei den letzten Worten atmete er wieder freier. »Ha, zum Teufel«, fluchte Groslow, »ich dachte, es wäre mir besser gelungen, und wäre es nach dem Hause dieses Elenden nicht so weit, würde ich umkehren und ihn ganz niedermachen.«

»Ihr würdet auch Wohl daran tun«, sagte d'Artagnan, »wenn Ihr fürchtet, dass er wieder davonkommt; Ihr wisst ja, wenn die Kopfwunden nicht auf der Stelle töten, so sind sie binnen acht Tagen geheilt.« Hier warf d'Artagnan Parry einen zweiten Blick zu, auf dessen Antlitz sich ein solcher Ausdruck von Freude zeigte, dass ihm Karl lächelnd die Hand reichte. Parry verneigte sich und küsste ehrerbietig die Hand seines Gebieters. »D'Artagnan,« sprach Athos, »Ihr seid wahrlich zu gleicher Zeit ebenso gemütlich, als Ihr Eure Worte richtig zu wählen versteht. Was sagt Ihr aber zu dem Könige?«

»Seine Züge gefallen mir vollkommen,« entgegnete d'Artagnan, »sie sind zugleich edel und gutmütig.«

»Ja, doch lässt er sich fangen, und das ist nicht recht.«

»Ich habe große Lust, auf des Königs Gesundheit zu trinken«, sagte Athos.

»Dann lasst mich die Gesundheit ausbringen,« versetzte d'Artagnan.

»Tut das,« bemerkte Aramis. Porthos blickte d'Artagnan an, ganz verblüfft über die Mittel, die sein gascognischer Scharfsinn unablässig seinem Freunde darbot. D'Artagnan füllte seinen Becher an, erhob ihn und sprach zu seinen Gefährten: »Meine Herren, wenn es beliebt, so trinken wir auf die Gesundheit desjenigen, der bei der Mahlzeit den Vorsitz hat, die unseres Obersten, und er möge wissen, dass wir bis London und noch weiter ganz zu seinen Diensten sind.« Und weil d'Artagnan unter diesen Worten Harrison anblickte, so glaubte dieser, der Toast gelte ihm, stand auf und begrüßte die vier Freunde, welche, die Augen auf König Karl gerichtet, mitsammen tranken, indes auch Harrison sein Glas leerte, ohne ein Misstrauen zu haben. Auch Karl reichte sein Glas Parry hin, der in dasselbe einige Tropfen Bier goss, denn der König war der Diät der andern unterworfen; dann setzte er das Glas an seine Lippen, und indem er die vier Freunde anblickte, trank er es voll Anstand und Erkenntlichkeit aus. »Auf, meine Herren!«, rief Harrison, indem er sein Glas auf den Tisch stellte und ohne alle Rücksicht für den erlauchten Gefangenen, »auf!«

»Wo werden wir übernachten, Oberst?«

»In Tirsk,« entgegnete Harrison. »Parry«, rief der König aufstehend und zu seinem Diener gewendet, »mein Pferd, ich will nach Tirsk reiten.«

»Meiner Treue,« sprach d'Artagnan zu Athos, »Euer König hat mich wirklich für sich eingenommen und ich stehe ganz zu seinen Diensten.«

»Meint Ihr das aufrichtig, was Ihr da sagt«, versetzte Athos, »so wird er nicht bis London gelangen.«

»Wie das?«

»Ja, wir werden ihn noch zuvor entführt haben.«

»Ha, auf Ehre, Athos,« entgegnete d'Artagnan, »diesmal seid Ihr wahrlich verrückt.«

»Habt Ihr denn irgendeinen Plan in Bereitschaft? «, fragte Aramis. »Hm«, erwiderte Porthos, »die Sache wäre nicht unmöglich, hätte man nur einen Plan.«

»Ich habe keinen«, antwortete Athos, »doch d'Artagnan wird einen ersinnen.« D'Artagnan zuckte die Achseln, und man brach auf.

### D'Artagnan ersinnt einen Plan

Mit einbrechender Nacht kam man in Tirsk an. Die vier Freunde schienen sich ganz und gar nicht um die Vorsichtsmaßregeln zu kümmern, welche man traf, um sich der Person des Königs zu versichern. Sie begaben sich in ein Privathaus, und da sie mit jedem Augenblicke für sich selbst zu fürchten hatten, so zogen sie sich in ein Zimmer zusammen, und hielten sich für den Fall eines Angriffes einen Ausweg in Bereitschaft. Die Bedienten wurden auf verschiedene Posten verteilt, Grimaud schlief quer vor der Türe auf einem Bund Stroh. Der Tag war ermüdend gewesen, nichtsdestoweniger schliefen die Freunde schlecht, Porthos ausgenommen, bei dem der Schlaf so unbeugsam war wie sein Appetit. Am folgenden Morgen war d'Artagnan zuerst aufgestanden. Er war schon in die Stallungen hinabgegangen, hatte schon die Pferde unter-sucht und alle Anordnungen für den Tag getroffen, als Athos und Ara-mis noch im Bette lagen und Porthos noch schnarchte. Um acht Uhr früh machte man sich in derselben Ordnung auf den Weg, wie tags vorher. Nur ließ d'Artagnan seine Freunde allein ziehen und knüpfte die Be-kanntschaft wieder an, die er gestern mit Herrn Groslow begonnen hatte. Da diesem das erteilte Lob so wohl getan hatte, so empfing er ihn mit freundlichem Lächeln.

»Mein Herr,« sprach d'Artagnan zu ihm, »ich bin wirklich erfreut, je-manden zu finden, mit dem ich meine arme Sprache reden kann. Herr du Vallon, mein Freund, ist stets so melancholisch, dass man den ganzen Tag über kaum vier Worte aus ihm herausbringen kann, und was unsere beiden Gefangenen betrifft, so werdet Ihr wohl begreifen, dass sie zum Plaudern wenig Lust haben.«

»Sie sind wütende Royalisten,« versetzte Groslow. »Um so mehr grol-len sie uns, den Stuart gefangen zu haben, dem Ihr hoffentlich einen schönen und gewaltigen Prozess machen werdet.«

»Bei Gott«, antwortete Groslow, »deshalb führen wir ihn nach Lon-don.«

»Und Ihr lasst ihn, wie ich voraussetze, nicht aus den Augen.«

»Pest, das will ich meinen«, rief der Offizier lachend, »Ihr seht ja, dass er eine wahrhaft königliche Bedeckung hat.«

»O, am Tage ist keine Gefahr des Entwischens, doch bei Nacht ...«

»Bei Nacht werden die Vorsichtsmaßregeln verdoppelt.«

»In welcher Art wendet Ihr die Beaufsichtigung an?«

»Acht Mann bleiben unaufhörlich in seinem Zimmer.«

»Zum Teufel!«, rief d'Artagnan: »Er ist gut bewacht. Doch neben diesen acht Mann stellt Ihr gewiss auch außerhalb eine Wache auf? Man kann ja gegen einen solchen Gefangenen nicht genug Vorsichtsmaßregeln ge-brauchen.«

»O nein. Was denkt Ihr denn, was zwei wehrlose Männer gegen acht bewaffnete Männer auszurichten vermögen?«

»Wie, zwei Männer?«

»Ja, der König und sein Kammerdiener.«

»Man erlaubte also dem Kammerdiener, ihn nicht zu verlassen?«

»Ja, Stuart bat um diese Gunst, und der Oberst Harrison hat sie ihm zugestanden. Unter dem Vorwande, dass er König ist, kann er sich, wie es scheint, nicht allein ankleiden und ausziehen.« Nachdem man eine Weile über Gleichgültiges gesprochen, kam die Rede auf Mordaunt. »Kennt Ihr ihn?«, fragte der Offizier. »Vollkommen, ich kann sogar sagen, dass wir befreundet sind. Herr du Vallon und ich sind mit ihm aus Frankreich gekommen.«

»Es scheint, dass Ihr ihn recht lange in Boulogne warten ließet.«

»Je nun,« entgegnete d'Artagnan, »mir ging es so wie Euch, ich hatte einen König zu bewachen.«

»Ah, ah!«, rief Groslow, »welchen König?«

»Bei Gott, den unsrigen, den jungen König Ludwig XIV.« D'Artagnan nahm seinen Hut ab und der Engländer tat aus Artigkeit dasselbe. »Wie lange habt Ihr ihn bewacht?«

»Drei Nächte lang und, bei meiner Seele! an diese drei Nächte werde ich stets mit Vergnügen denken.«

»Ist also der junge König sehr liebenswürdig?«

»Der König – er schlief fest.«

»Nun, was wollt Ihr denn sagen?«

»Ich will sagen, dass mir meine Freunde, die Offiziere der Garden und der Musketiere, Gesellschaft leisteten, und so brachten wir unsere Nächte mit Trinken und Spielen zu.«

»Ah, ah,« versetzte der Engländer seufzend, »Ihr Franzosen seid lustige Gesellen.«

»Spielt Ihr denn nicht auch, wenn Ihr auf der Wache seid?«

»Nie,« entgegnete der Engländer. »O, so müsst Ihr Euch ungemein langweilen, und ich bedaure Euch.«

»In Wahrheit,« sprach der Offizier, »ich sehe meine Reihe mit Schrecken herannahen. Eine ganze Nacht wachen dauert so lange!«

»Ja, wenn man allein wacht, oder mit albernen Soldaten; wenn man hingegen mit fröhlichen Spielgenossen wacht, und Gold und Würfel auf dem Tische rollen lässt, so vergeht die Nacht wie ein Traum.«

»Spielt Ihr denn nicht gern?«

»Im Gegenteil.«

»Zum Beispiel Landsknecht.«

»Das ist mir noch das Liebste, und ich habe es jeden Abend in Frankreich gespielt.«

»Doch seitdem Ihr in England seid?«

»Habe ich weder einen Becher berührt noch eine Karte.«

»Ich bedaure Euch,« sprach d'Artagnan mit einer Miene tiefen Mitleids. »Höret«, rief der Engländer, »tut eines.«

»Was?«

»Morgen bin ich auf der Wache.«

»Bei dem Stuart?«

»Ja, bringt die Nacht mit mir zu.«

»Unmöglich!«

»Unmöglich?«

»Ganz unmöglich. «

»Wieso?«

»Ich spiele jede Nacht meine Partie mit Herrn du Vallon. Bisweilen gehen wir gar nicht zu Bette ... so spielten wir heute noch bei Tagesanbruch.«

»Nun?«

»Nun, er hätte Langweile, wenn ich nicht mit ihm spielte.«

»Ist er ein wackerer Spieler?«

»Ich sah ihn sogar zweitausend Pistolen lachend verlieren.«

»O, so bringt ihn mit.«

»Wie ist das möglich – unsere Gefangenen?«

»Zum Teufel, das ist wahr!«, rief der Offizier; »doch lasst sie von Euren Dienern bewachen.«

»Ha, dass sie entfliehen könnten!« entgegnete d'Artagnan. »Da werde ich wohl auf meiner Hut sein.«

»Sie sind also Männer von Stand, dass Ihr so viel darauf haltet?«

»Pest! Der eine ist ein reicher Edelmann aus Touraine, der andere Malteserritter von hoher Abkunft. Wir haben über ihr Lösegeld mit zweitausend Pfund Sterling für jeden abgeschlossen, zahlbar in Frankreich sogleich bei unserer Ankunft. Wir wollen uns folglich keinen Augenblick von Männern entfernen, welche, wie auch unsere Diener wissen, Millionäre sind. Wir durchsuchten sie ein bisschen bei ihrer Gefangennehmung, und ich will Euch sogar gestehen, dass es ihre Börse ist, um welche ich und Herr du Vallon jede Nacht streiten; allein sie können uns irgendeinen Edelstein, einen wertvollen Diamant verheimlicht haben, wonach wir die Geizigen sind, die von ihrem Schatze nicht weichen; wir machten uns zu beständigen Hütern unserer Männer, und wenn ich schlafe, so hält Herr du Vallon die Wache.«

»Ah, ah!«, rief Groslow. »Somit werdet Ihr jetzt einsehen, was mich nötigt, Eure schmeichelhafte Einladung auszuschlagen, die mich übrigens umso mehr anlockt, als nichts langweiliger ist, als wenn man stets mit derselben Person spielt; die Glücksfälle gleichen sich beständig aus, und nach Monatsfrist sieht man, dass man sich weder weh noch wohl getan hat. »Ach«, seufzte Groslow, »es gibt noch etwas viel Langweiligeres, nämlich, gar nicht zu spielen.«

»Ich begreife das,« entgegnete d'Artagnan.

»Allein sagt,« versetze der Engländer, »sind Eure Leute gefährlich?«

»In welcher Hinsicht?«

»Sind sie imstande, einen Handstreich zu unternehmen?« D'Artagnan fing zu lachen an und sprach: »Ach, mein Gott! der eine von ihnen hat das Fieber, weil er sich nicht an Euer reizendes Land gewöhnen kann; der andere, ein Malteserritter, ist schüchtern wie ein junges Mädchen, und wir nahmen ihnen zu größerer Sicherheit sogar das Sackmesser und die Taschenscheren weg.«

»Nun denn,« sprach Groslow, »bringt sie mit.« »Wie, Ihr wollt?«, fragte d'Artagnan.

»Ja, ich habe acht Mann.«

»Nun?«

»Vier sollen sie und vier den König bewachen.«

»Wirklich«, rief d'Artagnan, »auf diese Art lässt sich die Sache veranstalten, wiewohl ich Euch damit eine große Störung verursache.«

»Bah; kommt nur, Ihr werdet sehen, wie ich die Sache anordne.«

»O, da bin ich unbekümmert«, erwiderte d'Artagnan, »einem Manne, wie Euch, will ich mich mit verbundenen Augen anvertrauen. Doch,« sprach d'Artagnan, »da fällt mir ein: Was hindert uns denn, heute Abend zu spielen?«

»Was?«

»Unsere Partie.«

»Ganz und gar nichts,« entgegnete Groslow.

»In der Tat, heute Abend kommt Ihr zu uns, und morgen wollen wir Euch den Besuch erwidern. Hat Euch irgendetwas an unseren Männern Besorgnis gemacht, welche wütende Royalisten sind, wie Ihr wisst, je nun, so scherzten wir nur, und werden jedenfalls eine recht gute Nacht zubringen.«

»Vortrefflich, heute Abend bei Euch, morgen bei Stuart und übermorgen bei mir.«

»Die andern Tage dann in London; ha, bei Gott!« versetzte d'Artagnan, »Ihr seht, man kann überall ein fröhliches Leben führen.«

»Ja«, sagte Groslow, »wenn man Franzosen trifft, Franzosen, wie Ihr seid.« »Und wie Herr du Vallon; Ihr werdet sehen, was das für ein Mann ist! ein wütender Frondeur, der Mazarin fast niedergemacht hat, und den man nur fortsandte, weil man sich vor ihm fürchtet.«

»Ja,« versetzte Groslow, »sein Aussehen ist gut, und er gefällt mir, ohne dass ich ihn näher kenne.«

»Das wird ebenso sein, wenn Ihr seine Bekanntschaft gemacht habt; ah! hört, er ruft mich; vergebt, wir sind derart befreundet, dass er ohne mich nicht sein kann. Ihr entschuldigt.«

»Wie also?«

»Heute Abend.«

»Bei Euch?«

»Bei mir.« Die zwei Männer begrüßten sich, und d'Artagnan kehrte zurück zu seinen Freunden, denen er das Gespräch mit Groslow wiedergab.

Wie man es verabredet hatte, so ließ man gegen fünf Uhr abends Mousqueton vorausreiten. Mousqueton sprach zwar nicht englisch, doch hatte er, seit er in England war, etwas bemerkt, dass nämlich Grimaud durch das Gebärdenspiel die Sprache vollkommen ersetzt habe. Sonach hatte er denn mit Grimaud die Zeichensprache studiert und es kraft der Geschicklichkeit seines Meisters darin zu einer gewissen Vollkommenheit gebracht. Blaifois begleitete ihn. Als nun die vier Freunde durch die Hauptstraße von Derby ritten, sahen sie Blaifois an der Schwelle eines ansehnlichen Hauses stehen, wo ihre Wohnung zubereitet wurde. Sie hatten sich den ganzen Tag über, aus Besorgnis, Verdacht zu erwecken, dem Könige nicht genähert, und statt dass sie an der Tafel des Obersten Harrison speisten, wie sie es tags vorher getan, hatten sie unter sich das

Mittagmahl eingenommen. Groslow erschien zur verabredeten Stunde. D'Artagnan empfing ihn so, wie er einen zwanzigjährigen Freund empfangen hätte. Porthos maß ihn von den Füßen bis zum Kopfe, denn er erkannte, dass er ungeachtet jenes merkwürdigen Streiches, welchen er Harrys Bruder versetzte, ihm doch an Stärke nicht gleichkäme. Athos und Aramis taten, was sie konnten, um den Widerwillen zu verbergen, den ihnen dieser rohe und plumpe Kriegsgeselle einflößte. Kurz, Groslow schien zufrieden mit dem Empfange. Athos und Aramis hielten sich an ihre Rollen; sie zogen sich um Mitternacht in ihr Zimmer zurück, dessen Türe man offen ließ unter dem Vorwande guter Bewachung. Überdies begleitete sie d'Artagnan dahin und ließ indes Porthos mit Groslow spielen. Porthos gewann Groslow fünfzig Pistolen ab und fand, dass er ein viel angenehmerer Gesellschafter sei, als er anfangs dachte. Was Groslow betrifft, so nahm er sich vor, am nächsten Tage bei d'Artagnan den Schaden, welchen er durch Porthos erlitten, wieder zu ersetzen, und schied von dem Gascogner, indem er ihn an die Zusammenkunft des Abends gemahnte. Wir sagen: des Abends, da die Spieler um vier Uhr früh auseinandergingen.

Als sie abends in Ryston ankamen, rief d'Artagnan seine Freunde zusammen. Sein Gesicht hatte den Charakter sorgloser Fröhlichkeit verloren, welche er den ganzen Tag über wie eine Maske getragen. Athos drückte Aramis die Hand und sprach zu ihm: »Der Augenblick naht.«

»Ja,« versetzte d`Artagnan, retten wir den König.« Porthos starrte d'Artagnan mit dem Gefühle tiefer Bewunderung an. Aramis lächelte wie einer, welcher hofft. Athos war blass wie der Tod und zitterte an allen Gliedern. »Redet,« sprach Athos. Porthos machte große Augen; Aramis hing sich sozusagen an d'Artagnans Lippen. »Wir sind eingeladen, diese Nacht bei Groslow zuzubringen, das wisst Ihr.«

»Ja,« entgegnete Porthos, »er ließ uns versprechen, ihm seine Revanche zu geben.«

»Gut; allein wisst Ihr, wo wir ihm seine Revanche geben?«

»Nein.«

»Bei dem Könige.«

»Bei dem Könige!«, rief Athos.

»Ja, meine Herren, bei dem Könige. Herr Groslow versieht diesen Abend bei dem Könige die Wache, und um sich dabei zu zerstreuen, ladet er uns ein, ihm Gesellschaft zu leisten.«

»Alle vier?«, fragte Athos.

»Bei Gott, allerdings alle vier; verlassen wir etwa unsere Gefangenen?«

»Ah, ah!«, rief Aramis.

»Sagt an,« sprach Athos beklommen.

»Nun, wir gehen zu Groslow, wir mit unsern Schwertern, Ihr mit Dolchen; wir vier bewältigen die acht Albernen und ihren einfältigen Kommandanten. Was sagt Ihr dazu, Herr Porthos?«

»Ich sage, das ist ganz leicht,« erwiderte Porthos. »Wir verkleiden den König als Groslow; Mousqueton, Grimaud und Blaifois halten uns an der Ecke der nächsten Straße die Pferde bereit, wir setzen uns auf, und vor Tagesanbruch sind wir zwanzig Meilen weit. Hm, Athos, ist das ungesponnen?« Athos legte seine beiden Hände auf die Schultern d'Artagnans, blickte ihn mit seinem ruhigen und freundlichen Lächeln an und sprach: »Freund, ich erkläre, es gibt unter der Sonne kein Geschöpf, welches Euch an Adel und an Mut gliche; während wir Euch für gleichgültig übel unsere Leiden hielten, die Ihr ohne Schuld nicht teilen konntet, findet Ihr allein unter uns das, was wir fruchtlos gesucht haben. – Ich wiederhole Dir somit, d'Artagnan, du bist der Beste von uns, und ich segne und liebe dich, mein Sohn.« Porthos schlug sich vor die Stirn und rief: »Zu sagen, dass ich das nicht gefunden habe! es ist so einfach!«

»Doch,« versetzte Aramis, »wenn ich recht verstanden habe, so töten wir alle – ist es nicht so?« Athos erbebte und erblasste.

»Potz Element!«, rief d'Artagnan, »das muss wohl geschehen. Ich grübelte lange darüber nach, ob es nicht ein Mittel gäbe, der Sache auszuweichen, allein ich gestehe, dass ich keine zu ersinnen vermochte.«

»Hört,« sprach Aramis, »es handelt sich hier nicht darum, mit der Lage der Dinge zu feilschen; wie gehen wir zu Werke?«

»Ich entwarf dafür einen zwiefachen Plan,« erwiderte d'Artagnan.

»Saget uns den Ersten,« sprach Aramis.

»Wenn wir alle vier beisammen sind, so habt Ihr auf mein Signal, und dieses Signal wird das Wort *endlich* sein, dem Euch zunächst stehenden Soldaten einen Dolch ins Herz zu stoßen, und wir tun unsererseits desgleichen: So sind für den Anfang schon vier Mann tot; die Partie wird somit gleich, da wir zu vier gegen fünf stehen; ergeben sich nun diese fünf, so werden sie geknebelt; widersetzen sie sich, so werden sie niedergemacht. Sollte zufällig unser Wirt anderen Sinnes werden, und zu seiner Spielpartie nur Porthos und mich empfangen, nun, so werden wir unsere Zuflucht zu großen Mitteln nehmen und doppelt zuschlagen; das wird ein bisschen länger währen, und ein bisschen lärmender ausfallen, allein Ihr haltet Euch außen mit Euren Schwertern bereit und stürzt auf den Lärm herbei.«

»Doch wenn man Euch selber träfe?«, bemerkte Athos.

»Unmöglich,« entgegnete d'Artagnan, »diese Biertrinker sind zu schwerfällig und ungeschickt; überdies werdet Ihr an der Kehle treffen. Porthos, das tötet schnell und hindert den, welchen man tötet, am Schreien.«

»Recht hübsch,« versetzte Porthos, »das wird eine schöne Halsabschneiderei sein.«

In diesem Momente ging die Türe auf und ein Soldat trat ein, der in schlechtem Französisch sagte: »Der Herr Kapitän Groslow lässt Herrn d'Artagnan und Herrn du Vallon melden, dass er sie erwarte.«

»Wo?«, fragte d'Artagnan.

»In dem Zimmer des englischen Rabuchodonosor«, antwortete der Soldat, ein eingefleischter Puritaner.

»Gut«, erwiderte Athos ganz gut englisch, während ihm bei dieser Beschimpfung das Blut zu Kopfe stieg. »Gut, meldet dem Herrn Kapitän Groslow, dass wir kommen.« Als nun der Puritaner fortgegangen war, wurde den Bedienten der Befehl erteilt, dass sie acht Pferde satteln und, ohne sich von einander zu trennen, noch abzusteigen, an der Ecke einer Straße warten sollen, die etwa zwanzig Schritte weit von dem Hause war, worin der König wohnte.

## Die Partie Landsknecht

D'Artagnan und Porthos mit ihren Schwertern, und Athos und Aramis mit den im Wams verborgenen Dolchen, begaben sich nach dem Hause, welches für diesen Abend das Gefängnis von Karl Stuart war. Die zwei letzteren folgten ihren Besiegern wie Gefangene ganz gehorsam und dem Anscheine nach entwaffnet. Als sie Groslow erblickte, sprach er: »Meiner Treue, fast hätte ich nicht mehr auf Euch gerechnet.« D'Artagnan trat zu ihm und sprach ganz leise: »Mein Herr, ich und Herr du Vallon zögerten wirklich ein Weilchen lang, hierher zu kommen.«

»Warum denn?«, fragte Groslow. D'Artagnan zeigte mit den Augen auf Athos und Aramis. »Ah,« versetzte Groslow, »was liegt daran? Im Gegenteil,« fügte er lachend hinzu, »wenn sie ihren Stuart sehen wollen, so mögen sie ihn anschauen.«

»Bringen wir die Nacht in dem Zimmer des Königs zu?«, fragte d'Artagnan.

»Nein, jedoch im anstoßenden Zimmer, und da die Türe offen bleibt, so ist es fast so viel, als wären wir in seinem Zimmer. Seid Ihr mit Geld ausgestattet? Ich sage Euch, heute Abend bin ich gewillt, ein höllisches Spiel zu spielen.«

»Hört Ihr?« entgegnete d'Artagnan und ließ das Gold in seinen Taschen klingen. » *Very good!*« sprach Groslow und machte die Zimmertüre auf. »Um Euch den Weg zu zeigen, meine Herren«, sagte er und ging voraus. Die acht Wächter standen auf ihren Posten; vier befanden sich im Zimmer des Königs, zwei an der Verbindungstüre und zwei an der Türe, durch welche unsere Freunde eintraten. Bei dem Anblicke der entblößten Schwerter lächelte Athos; es war also keine bloße Schlächterei mehr, sondern ein Kampf. In dem ersten Zimmer war ein Tisch zurechtgestellt und mit einem Teppich überdeckt, worauf sich zwei brennende Kerzen, Spielkarten, zwei Becher und Würfel befanden. »Ich bitte, Platz zu nehmen, meine Herren,« sprach Groslow, »ich Stuart gegenüber, den ich so gern sehe, zumal wo er ist; Ihr, Herr d'Artagnan, mir gegenüber.« Athos wurde rot vor Zorn; d'Artagnan blickte ihn mit gerunzelter Stirne an. »So ist es recht,« sprach d'Artagnan; »Ihr, Herr Graf de la Fère, rechts von Herrn Groslow; Ihr, Herr Chevalier d'Herblay, links; Ihr, du Vallon, neben mir. Ihr wettet auf mich, und jene Herren wetten auf Herrn Groslow.« Auf diese Art hatte d'Artagnan Porthos zu seiner Linken, und sprach zu ihm mit dem Knie, Athos und Aramis sich gegenüber, und fesselte sie an seinen Blick. Bei dem Namen des Grafen de la Fère und des Chevalier d'Herblay öffnete Karl die Augen wieder, richtete unwillkürlich sein edles Haupt empor und übersah mit einem Blicke die ganze Gruppe der Spieler.

»Ihr habt mich erst gefragt, ob ich bei Mitteln wäre,« sprach d'Artagnan, und legte zwanzig Pistolen auf den Tisch. »Ja,« entgegnete Groslow. »Nun denn,« fuhr d'Artagnan fort, »jetzt sage ich Euch: bewahrt Euren Schatz wohl, lieber Herr Groslow, denn ich bürge Euch dafür, wir werden dieses Zimmer nur verlassen, indem wir Euch denselben entführen.« »O,« versetzte Groslow, »das geht nicht an, ohne dass ich ihn verteidige.« »Desto besser,« entgegnete d'Artagnan. »Eine Schlacht, lieber Kapitän, eine Schlacht! Ihr wisst, oder wisst nicht, dass es das sei, was wir wollen.«»Ach ja, das weiß ich,« erwiderte Groslow und brach in sein plumpes Lachen aus. »Ihr Franzosen sucht nur Wunden und Beulen.« Karl hatte alles gehört und alles verstanden. Eine leichte Röte überzog sein Angesicht, die Soldaten, welche ihn bewachten, sahen ihn dann seine ermüdeten Glieder ein wenig ausstrecken, und unter dem Vorwande einer allzu starken Wärme, die von einem glühenden Ofen ausging, die schottische Decke zurückwerfen, unter welcher er ganz angekleidet lag. Athos und Aramis zitterten vor Freude, als sie bemerkten, dass der König angekleidet war.

Die Spielpartie begann. An diesem Abend wandte sich das Glück auf Groslows Seite; er hielt alles und gewann jedes Mal. So wanderten schon hundert Pistolen von der einen Seite des Tisches zu der andern, und Groslow war närrisch vor Freude. Porthos, der die fünfzig Pistolen, die er tags vorher gewonnen, wieder verloren hatte, und dazu auch noch dreißig eigene, war sehr übler Laune, und stieß mit dem Knie an d'Artagnan, als wollte er fragen, ob es noch nicht Zeit wäre, ein anderes Spiel anzufangen; auch Athos und Aramis blickten ihn von Zeit zu Zeit mit forschenden Augen an, allein d'Artagnan verhielt sich leidenschaftslos. Es schlug zehn Uhr: Man hörte die Runde vorüberziehen.»Wie viele solche Runden macht Ihr?«, fragte d'Artagnan, während er neue Pistolen aus seiner Tasche hervorholte. »Fünf«, antwortete Groslow, «alle zwei Stunden eine.« »Gut,« entgegnete d'Artagnan, »das ist vorsichtig.« Jetzt warf er auch Athos und Aramis einen Blick zu. Man hörte die Tritte der Runde sich entfernen. D'Artagnan gab auf Porthos Kniestöße zum ersten Mal Antwort durch einen gleichen Stoß. Angezogen von dem Reize des Spieles und durch den Anblick des Goldes, der bei allen Menschen so mächtig wirkt, hatten sich inzwischen die Soldaten, die den Befehl hatten, im Zimmer des Königs zu bleiben, nach und nach der Tür genähert, sich auf die Zehen gestellt, um über d'Artagnans und Porthos' Schultern wegzusehen, auch die von der Türe näherten sich, und unterstützten solcherart die geheimen Wünsche der vier Freunde, die sie lieber alle bei der Hand sahen, als genötigt zu werden, sie in allen vier Winkeln des Zimmers aufsuchen. Die zwei Schildwachen an der Türe hatten ihre Schwerter noch immer entblößt, nur stützten sie dieselben auf die Spitze und sahen den Spielern zu. Athos schien stets ruhiger zu werden, je näher der Moment rückte; seine weißen aristokratischen Hände spielten mit Louisdors, und bogen sie mit ebenso viel Leichtigkeit hin und her, als ob das Gold Zinn wäre; Aramis war weniger Herr über sich selbst und griff beständig in seinen Busen. Porthos war unmutig, dass er stets verlor, und stieß ungestüm mit dem Knie. D'Artagnan wandte sich um, blickte maschinenartig hinter sich und bemerkte, wie Parry zwischen zwei Soldaten und Karl stand, der, auf seinen Ellbogen gestützt, mit gefalteten Händen ein inbrünstiges Gebet an Gott zu richten schien.

D'Artagnan erkannte, der Moment sei gekommen, jeder befinde sich auf seinem Posten und erwarte nur noch das verabredete Signal, nämlich das Wort: Endlich. Er warf Athos und Aramis einen vorbereitenden Blick zu, und beide rückten leise ihren Stuhl zurück, um die Hand frei bewegen zu können. Er versetzte Porthos mit dem Knie einen zweiten Stoß, und dieser stand auf, als wollte er seine Beine ausstrecken, nur versicherte er sich während dieser Bewegung, dass sein Schwert leicht aus der Scheide gehe.

»Potz Element«, rief d'Artagnan, »abermals zwanzig Pistolen verloren! In Wahrheit, Kapitän Groslow; Euer Glück ist zu groß, es kann nicht so anhalten.« Damit holte er zwanzig andere Pistolen aus der Tasche. »Einen letzten Versuch, Kapitän, diese zwanzig Pistolen auf einen Wurf, auf einen einzigen, auf den letzten.« »Es gilt, zwanzig Pistolen!«, rief Groslow. Und wie es üblich war, schlug er zwei Karten um, für d'Artagnan einen König und für sich ein As. »Ein König«, rief d'Artagnan; »die Vorbedeutung ist gut. Meister Groslow,« fuhr er fort, »habt acht auf den König.« In d'Artagnans Stimme lag, ungeachtet seiner Selbstbeherrschung, ein so seltsamer Ton, dass sein Mitspieler darob erbebte. Groslow schlug die Karten weiter um; kam zuerst ein As, so hatte er gewonnen, kam ein König, so hatte er verloren. Er schlug einen König um. »Endlich!«, rief d'Artagnan. Bei diesem Worte erhoben sich Athos und Aramis. Porthos trat nur einen Schritt zurück. Dolche und Schwerter standen im Begriffe zu blitzen – da ging plötzlich die Türe auf und Harvison trat mit einem Manne ein, der in einen Mantel gehüllt war. Hinten diesem Manne sah man die Gewehre von fünf bis sechs Soldaten funkeln; Groslow war beschämt, dass man ihn unter Wein, Karten und Würfeln überraschte, und stand hastig auf. Doch Harvison achtete nicht auf ihn, er trat, von seinem Begleiter gefolgt, in das Zimmer des Königs und sprach: »Karl Stuart, eben erhalte ich Befehl, Euch nach London zu führen, ohne bei Tag oder bei Nacht anzuhalten. Macht Euch also auf der Stelle zum Aufbruche bereit »Von wem geht dieser Befehl aus?« »Von dem General Oliver Cromwell.« »Ja,« sprach Harvison, »und hier ist Herr Mordaunt, der ihn eben selbst überbringt und beauftragt ist, ihn vollziehen zu lassen.« »Mordaunt«, murmelten die vier Freunde und blickten sich an.

D'Artagnan raffte alles Gold auf, welches er und Porthos verloren hatten, und steckte es in seine weite Tasche; hinter ihn stellten sich Athos und Aramis. Bei dieser Bewegung wandte sich Mordaunt, erkannte sie und erhob einen Schrei grimmiger Lust. »Ich fürchte, dass wir gefangen sind«, flüsterte d'Artagnan seinen Freunden zu. »Noch nicht«, erwiderte

Porthos. »Oberst, Oberst!«, rief Mordaunt, »lasset dieses Zimmer einschließen, Ihr seid verraten. Diese vier Franzosen sind aus Newcastle entwischt, und wollten Zweifelsohne den König entführen. Man nehme sie fest.« »O, junger Mann,« versetzte d´Artagnan, »dieser Befehl ist leichter zu geben, als zu vollziehen.« Dann zog er sein Schwert, schlug damit ein entsetzliches Rad und fuhr fort: »Zurück, Freunde, zieht Euch zurück!« Er sprang zugleich nach der Türe, warf dort zwei Soldaten nieder, die sie bewachten, ehe sie noch Zeit hatten, ihre Gewehre zu spannen, Athos und Aramis stürzten ihm nach; Porthos bildete die Nachhut, und alle waren bereits auf der Straße, ehe die Soldaten, die Offiziere und der Oberst nur Zeit hatten, sich zu besinnen. »Feuer auf sie!«, schrie Mordaunt, »Feuer!« Wirklich knallten ein paar Schüsse, hatten jedoch keine andere Wirkung, als dass sie die Flüchtlinge erhellten, die schnell um die Straßenecke bogen. Die Pferde standen an der bestimmten Stelle; die Bedienten brauchten ihren Herren nur die Zügel zuzuwerfen, und diese schwangen sich als gewandte Reiter auf die Sättel.

»Vorwärts«, rief d'Artagnan, »setzt tüchtig die Sporen ein!« So sprengten sie hinter d'Artagnan dahin, und schlugen wieder die Straße ein, welche sie bereits am Tage zurückgelegt hatten, das heißt, sie wandten sich nach Schottland. Fünfzig Schritte weit von dem letzten Haufe hielt d'Artagnan an. »Halt!«, rief d'Artagnan. »Wie – halt?« versetzte Porthos, »Ihr wollt wohl sagen: in Galopp?« »Ganz und gar nicht«, erwiderte d'Artagnan, »man wird uns diesmal nachsetzen; lassen wir nur den Flecken in den Rücken kommen und sie uns nacheilen auf dem Wege nach Schottland, und sahen wir sie im Galopp vorübersprengen, so begeben wir uns auf die entgegengesetzte Straße.« Einige Schritte weit entfernt floss ein Bach, über welchen eine Brücke geschlagen war; d'Artagnan lenkte sein Pferd unter den Bogen dieser Brücke, und seine Freunde ritten ihm nach. Sie waren daselbst noch kaum zehn Minuten lang, als sie die raschen Schritte einer heransprengenden Reiterschar vernahmen. Fünf Minuten darauf brauste diese Schar über ihren Köpfen dahin, und ahnte im entferntesten nicht, dass diejenigen, welche sie suchten, nur durch die Dicke der Brückenwölbung von ihnen getrennt seien.

## London

Als das Gestampfe der Pferde in der Ferne verhallt war, ging d'Artagnan wieder zum Ufer des kleinen Baches und durchmaß die Ebene, um sich womöglich über London zu orientieren. Seine drei Freunde folgten ihm schweigend nach, bis sie mithilfe eines großen Halbkreises die Stadt weit hinter sich gelassen hatten. Als sich d'Artagnan fern genug von dem Aufbruchsorte glaubte, um aus dem Galopp in den Trab überzugehen, sprach er: »Für diesmal halte ich alles für verloren, und das Beste, was wir tun können, ist, dass wir nach Frankreich übersetzen. Athos, was sagt denn Ihr zu dem Vorschlag? findet Ihr nicht, dass er vernünftig ist? »Ja, teurer Freund«, entgegnete Athos, »doch habt Ihr unlängst ein mehr als vernünftiges, Ihr habt ein edles, hochherziges Wort ausgesprochen, als Ihr gesagt habt, dass wir hier sterben werden. Ich will Euch an Euer Wort mahnen.« »O,« versetzte Porthos, »der Tod ist nichts, und er soll uns auch nicht beängstigen, weil wir nicht wissen, was das ist; allein, der Gedanke einer Niederlage ist es, der mich martert. Nach der Wendung, welche die Dinge nehmen, ersehe ich, dass wir London, den Provinzen und ganz England eine Schlacht liefern müssten, und wahrlich, es kann zuletzt nicht ausbleiben, dass wir geschlagen werden.« »Wir müssen dieser großen Tragödie bis zum Schlusse beiwohnen,« sprach Athos, »und wie es auch sein möge, so werden wir England erst nach der Entwicklung verlassen. Aramis, seid Ihr meiner Ansicht?« »Vollkommen, lieber Graf! dann bekenne ich auch, es wäre mir nicht unlieb, Mordaunt wiederzutreffen; ich denke, wir hätten eine Rechnung mit ihm abzuschließen, und sind es nicht gewohnt, Länder zu verlassen, ohne Schulden dieser Art zu tilgen.« »Ah, das ist etwas anderes,« erwiderte d'Artagnan, »und dieser Grund scheint mir auch annehmbar. Was mich betrifft, so gestehe ich, dass ich nötigenfalls ein Jahr lang in London verweilen wollte, um den fraglichen Mordaunt wieder aufzufinden. Wir müssen uns nur bei einem vertrauenswürdigen Manne einquartieren, und so, dass wir keinen Verdacht erwecken, denn in diesem Augenblicke lässt uns Herr Cromwell zuverlässig aufsuchen, und so viel ich schließen konnte, treibt Herr Cromwell keinen Scherz. Athos, ist Euch in der ganzen Stadt ein Gasthaus bekannt, wo man ein reinliches Bett, anständiges Rostbeef und Wein findet, dem nicht Hopfen und Wachholder zugesetzt sind?« »Ich denke, Euch dienen zu können«, antwortete Athos. »Lord Winter hat uns zu einem Mann geführt, von dem er sagte, er war einst Spanier und nun ein durch die Guineen seiner Landsleute neutralisierter Engländer. Was sagt Ihr, Aramis? »Nun, mir kommt der Plan, bei Signor Perez einzukehren, ganz vernünftig vor; ich trete ihm also meinerseits bei. Wir wollen das Andenken des armen Lord Winter beschwören, den er so hoch zu verehren schien; wir wollen ihm sagen, dass wir Zeugen dessen zu sein wünschen, was da vorgeht; wir wollen jeder täglich eine Guinee bei ihm verzehren, und so glaube ich, dass wir mittels all dieser Vorsichtsmaßregeln ganz ruhig bei ihm sein können» »Aramis, Ihr ver-

gesst jedoch eine Vorsichtsmaßregel, welche sogar ziemlich wichtig ist.«
»Welche denn?« «Auf die, die Kleider zu wechseln.« »Bah«, rief Porthos,
»was sollen wir die Kleider wechseln, da es uns in diesen hier so behag-
lich ist?« »Damit wir nicht erkannt werden«, antwortete d'Artagnan.
»Unsere Kleider haben einen Schnitt und eine fast uniformartige Farbe,
die den Frenchman auf den ersten Blick erraten lässt. Da ich aber für den
Schnitt meines Rockes und die Farbe meiner Beinkleider nicht derart
eingenommen bin, dass ich mich ihnen zuliebe der Gefahr aussetzen
wollte, in Tyburn gehenkt zu werden, oder eine Fahrt nach Indien zu
machen, so will ich mir einen kastanienbraunen Anzug kaufen. Ich habe
ja bemerkt, wie versessen die albernen Puritaner auf derlei Farben sind.«
»Werdet Ihr aber Euren Mann wieder auffinden?«, fragte Aramis. »O
gewiss, er wohnte in der Straße Green-Hall, Betfords Tavern; überdies
wollte ich mit verbundenen Augen durch die City wandern.« »Ich
wünschte schon dort zu sein,« versetzte d'Artagnan, »und ich glaube,
um vor Tagesanbruch nach London zu kommen, müssten wir unsere
Pferde halb zu Tode reiten.« »So lasst uns denn vorwärts eilen,« sprach
Athos, »denn, wenn meine Berechnung nicht fehlgeht» so sind wir kaum
acht bis zehn Meilen weit davon entfernt.« Die Freunde spornten ihre
Renner und kamen auch wirklich gegen fünf Uhr früh an. Ein Wachtposten hielt sie bei dem Tore an, durch das sie einritten, und Athos antwortete ganz gut englisch: Sie seien vom Obersten Harrison ausgeschickt um
seinem Kollegen, Herrn Bridge, die nahe Ankunft des Königs zu melden.
Diese Antwort verursachte einige Fragen über die Gefangennehmung
des Königs, und Athos gab so bestimmte und genaue Einzelheiten an,
dass, wenn die Torwachen irgendeinen Verdacht gehabt hätten, derselbe
gänzlich verschwunden wäre. Sonach wurde den vier Freunden der Eintritt mit allen möglichen puritanischen Glückwünschen geöffnet.

Athos hatte wahr gesprochen; er ritt unmittelbar nach Betfords Tavern,
und der Wirt, welcher ihn sogleich wiedererkannte, war höchlich erfreut,
als er ihn mit einer so zahlreichen und hübschen Gesellschaft zurückkehren sah, sodass er auf der Stelle die schönsten Zimmer zurechtrichten
ließ. Wiewohl der Tag noch nicht angebrochen war, so hatten doch unsere vier Freunde die Stadt ganz in Aufruhr angetroffen. Wie man sich erinnern wird, so war der Vorschlag vonseiten Porthos', einstimmig angenommen worden. Man beschäftigte sich sofort mit seiner Ausführung.
Der Wirt ließ alle Arten von Kleidern herbeischaffen, als wollte er selbst
seine ganze Garderobe neu instand setzen. Athos wählte für sich einen
schwarzen Anzug, der ihm das Aussehen eines ehrsamen Bürgers gab;
Aramis, der sein Schwert nicht ablegen wollte, nahm eine dunkelgrüne

Kleidung von militärischem Zuschnitt; Porthos fand sein Gefallen an einem roten Wams und grünen Beinkleidern; d'Artagnan, der sich die Farbe im Voraus bestimmt hatte, brauchte sich nur noch mit der Schattierung zu befassen, und unter dem kastanienbraunen Anzug, der ihn angelockt hatte, sah er so ziemlich aus wie ein Zuckerhändler, der sich in Ruhestand versetzt hat. »Nun lasset uns zur Hauptsache schreiten,« sprach d'Artagnan, »und uns die Haare abschneiden, damit uns der Pöbel nicht verspotte. Weil wir keine Edelleute mehr sind durch das Schwert, so lasset uns Puritaner sein durch die Frisur. Das ist der wichtigste Punkt, wie Ihr wisst, der den Covenanter vom Edelmann unterscheidet.« Bei diesem hochwichtigen Punkte fand d'Artagnan, dass Aramis sehr widerspenstig war; er wollte durchaus sein Haar behalten, welches sehr schön war und worauf er alle Sorgfalt verwendete, sodass ihn Athos, dem alles gleichgültig war, hierzu das Beispiel geben musste. Porthos überantwortete ohne Widerrede seinen Kopf Mousqueton, der ihm sein dickes starkes Haar mit voller Schere stutzte; d'Artagnan schnitt sich selbst einen Fantasiekopf, bei einer Denkmünze aus der Zeit Franz' I. oder Karls IX. so ziemlich ähnlich war.

Die vier Freunde hatten sich noch nicht seit zwei Stunden unter die Volksmenge gemischt, als ein großes Geschrei und eine ungestüme Bewegung die Ankunft des Königs verkündeten. Man hatte ihm eine Kutsche entgegengeschickt, und der riesige Porthos, der mit seinem Kopfe die Köpfe aller anderen überragte, meldete von ferne schon, er sehe die königliche Kutsche herankommen; d'Artagnan stellte sich auf die Fußspitzen, indes Athos und Aramis lauschten, da sie die allgemeine Stimmung zu erforschen suchten; sie erkannten Harrison an dem einen und Mordaunt an dem andern Schlage des Wagens. Das Volk aber, dessen Stimmung Athos und Aramis prüften, drückte sich mit großem Unwillen aus. Athos kehrte verzweiflungsvoll zurück. Als er am folgenden Morgen durch sein Fenster sah, welches auf einen sehr bevölkerten Teil der City ging, so hörte er eben die Parlamentsbill ausrufen, welche den Exkönig Karl I. des Verrats und Missbrauchs der Gewalt beschuldigte und vor den Richterstuhl berief. D'Artagnan befand sich bei ihm, Aramis war in eine Landkarte und Porthos in die letzten Genüsse eines kräftigen Frühstückes vertieft.

»Das Parlament?«, rief Athos; »unmöglich konnte das Parlament eine solche Bill erlassen.« »Hört,« sprach d'Artagnan, »ich verstehe wenig englisch, da aber das Englische nur ein schlecht ausgesprochenes Französisch ist, so hört, was ich verstehe: *Parliaments bill*, und das will sagen: Parlamentsbill, oder Gott soll mich verdammen, wie man hier spricht.«

In diesem Momente trat der Wirt ein. Athos winkte, zu ihm zu kommen. »Hat wirklich das Parlament diese Bill erlassen?«, fragte Athos auf englisch. »Ja, Mylord, das reine Parlament.« »Wie, das reine Parlament? gibt es also zwei Parlamente?« »Mein Freund,« fiel d'Artagnan ein, »da ich nicht englisch kann, während wir aber alle spanisch sprechen, so erweiset mit den Gefallen und teilt Euch in dieser Sprache mit, welche die Eurige ist, und die Ihr folglich mit Vergnügen reden müsst, wenn sich Gelegenheit trifft.« »Ah, schön!«, rief Aramis. Porthos hatte, wie schon bemerkt, seine ganze Aufmerksamkeit auf eine Rippe gerichtet, und sich damit beschäftigt, sie von ihrer fleischigen Hülle loszumachen. »Sie fragten also?« sprach der Wirt auf spanisch. »Ich habe gefragt«, entgegnete Athos in derselben Sprache, »ob es denn zwei Parlamente gebe, ein reines und ein unreines?« »O, wie seltsam das ist!«, rief Porthos, während er langsam den Kopf erhob und seine Freunde erstaunt anblickte, »jetzt verstehe ich also englisch, da ich verstehe, was Ihr redet.« »Nun, weil wir spanisch reden, Freund«, erwiderte Athos mit seiner gewöhnlichen Kaltblütigkeit. »Ha, zum Teufel!«, rief Porthos, »das ist mir leid das hätte für mich eine Sprache mehr ausgemacht.« »Sennor,« fing der Wirt wieder an, »wenn ich sage, das reine Parlament, so nenne ich dasjenige, welches der Oberst Bridge gereinigt hat.« »Ach, wirklich!« versetzte d'Artagnan, »Die Leute sind hier ungemein erfinderisch, und bei meiner Zurückkunft nach Frankreich muss ich dieses Mittel dem Herrn von Mazarin und dem Herrn Koadjutor mitteilen. Der eine wird im Namen des Hofes, der andere im Namen des Volkes reinigen, sodass es gar kein Parlament geben wird.« »Wer ist denn der Oberst Bridge?«, fragte Aramis, »und wie hat er es angefangen, dass er das Parlament reinigte?« »Der Oberst Bridge,« entgegnete der Spanier, »war einst Kärrner, ein Mann von Kopf, der, während er seinen Karren führte, die Bemerkung gemacht hat, dass es, wenn ein Stein auf seinem Wege lag, viel kürzer sei, den Stein wegzunehmen, als zu versuchen, das Rad darüberrollen zu lassen. Da haben ihn aber aus den zweihundertundeinundfünfzig Mitgliedern, die das Parlament ausmachten, hunderteinundneunzig gehindert, indem sie seinen politischen Karren hätten umstürzen können. Er nahm sie so wie ehemals die Steine und warf sie aus dem Parlamentssaale.« »Das ist hübsch«, rief d'Artagnan, welcher, wie er selbst ein Mann von Geist war, überall den Geist schätzte, wo er ihn antraf. »Und waren alle diese Vertriebenen Stuarts Anhänger?«, fragte Athos. »Zweifelsohne, Sennor, und Sie werden begreifen, dass sie den König würden gerettet haben.« »Bei Gott!« sprach Porthos majestätisch, »da sie die Majorität bildeten.«

»Und glaubt Ihr«, fragte Aramis, »er wird vor einem solchen Gerichts-höfe erscheinen wollen?« »Das wird er wohl müssen«, erwiderte der Spanier: »Versuchte er es, sich zu weigern, so würde ihn das Volk dazu nötigen.« »Dank, Meister Perez«, sagte Athos; »nun bin ich hinlänglich unterrichtet.« »Fangt Ihr doch endlich an zu glauben, Athos, dass die Sa-che verloren ist?« sprach d'Artagnan, »und dass wir mit den Harrisons, Joyces, Bridges und Cromwells nie auf gleicher Höhe stehen werden?« »Der König wird frei werden vor dem Gerichtshof«, sagte Athos, »eben das Stillschweigen seiner Parteigänger zeigt ein Komplott an.« D'Artag-nan zuckte die Achseln. »Wenn sie aber ihren König zu verurteilen wa-gen,« sprach Aramis, »so werden sie ihn zur Verbannung oder zum Ker-ker verurteilen, das ist alles.« D'Artagnan pfiff ungläubig seine kleine Arie. »Das werden wir schon sehen«, sagte Athos, »denn, wie ich vo-raussetze, werden wir den Sitzungen beiwohnen.« »Da werden Sie nicht lange warten dürfen«, bemerkte der Wirt, »denn sie nehmen morgen schon den Anfang.« »Ah!«, rief Athos; »sonach war der Prozess schon eingeleitet, ehe man noch den König gefangen hatte?« »Man hat ihn oh-ne Zweifel an dem Tage begonnen, wo er erkauft worden ist«, sagte d'Artagnan. »Ihr wisst wohl,« versetzte Aramis, »es war unser Freund Modaunt, welcher den Handel, wo nicht abgeschlossen, doch wenigstens eingeleitet hat.« »Ihr wisst,« sprach d'Artagnan, »dass ich diesen Herrn Mordaunt umbringe, wo er mir immer in die Hände fallen mag.« »Ei pfui, solch einen Nichtswürdigen!«, rief Athos. »O, eben deshalb bringe ich ihn um, weil er ein Nichtswürdiger ist,« entgegnete d'Artagnan. »O, lieber Freund, ich befolge Euren Willen stets derart, dass Ihr auch gegen den Meinigen nachsichtig sein könnt; übrigens mag Euch das für dies-mal gefallen oder nicht gefallen, ich erkläre Euch, dass dieser Mordaunt nur durch mich sterben werde.«

### Der Prozess

Am folgenden Tage führte eine zahlreiche Wache Karl I. vor den Ge-richtshof, der ihn aburteilen sollte. Die Volksmenge drängte sich in den Straßen und benachbarten Häusern des Palastes; sonach wurden die vier Freunde auch schon bei ihren ersten Schritten von dem unübersteigli-chen Hindernis dieser lebendigen Mauer aufgehalten; einige kräftige und streitsüchtige Männer aus dem Volke stießen Aramis so ungestüm zurück, dass Porthos seine furchtbare Faust erhob und sie auf das mehl-bestäubte Gesicht eines Bäckers niederfallen ließ, welches, wie eine reife zerquetschte Traube, sogleich die Farbe änderte und sich mit Blut be-deckte. Der Vorfall erregte großes Aufsehen; drei Männer wollten auf

Porthos losstürzen, allein Athos schaffte einen davon zur Seite, d'Artagnan den zweiten, und Porthos schleuderte den dritten über seinen Kopf weg. Einige Engländer, welche den Faustkampf liebten, würdigten die schnelle und leichte Art, mit der er diesen Streich ausgeführt hatte, und klatschten ihm Beifall zu. Es fehlte somit nicht wenig, so wären Porthos und seine Freunde, statt totgeschlagen zu werden, wie sie fürchteten, im Triumphe weggetragen worden, doch gelang es unseren vier Freunden, die sich vor allem scheuten, was sie zur Schau stellen konnte, sich diesem Triumphe zu entziehen. Durch diese herkulische Tat gewannen sie aber das, dass sich das Gedränge vor ihnen öffnete und dass sie zu dem Resultate gelangten, welches ihnen kurz zuvor unmöglich geschienen hatte, dass sie nämlich zu dem Palaste vordrangen. Ganz London drängte sich zu den Türen der Tribünen; als es nun den vier Freunden gelungen war, eine derselben zu erreichen, sahen sie die drei ersten Bänke schon besetzt. Das war nur ein halbes Unglück für Männer, welche nicht gerne erkannt sein wollten, ausgenommen Porthos, der so gerne sein rotes Wams und seine grünen Beinkleider gezeigt hätte, und dem es leid war, nicht auf dem ersten Range zu sitzen, und so nahmen sie denn ihre Plätze ein, ganz zufrieden darüber, dass sie es noch so weit gebracht hatten. Die Bänke waren amphitheatralisch eingerichtet, und so konnten die vier Freunde von ihrem Platze aus die ganze Versammlung überschauen. Auch wollte es der Zufall, dass sie gerade in die mittlere Tribüne gelangt waren und gegenüber dem Stuhle saßen, der für Karl I. hingestellt worden war.

Gegen elf Uhr morgens erschien der König an der Schwelle des Saales. Er war umgeben von Wachen, trat aber mit bedecktem Haupte und ruhiger Miene ein und warf nach allen Seiten einen zuversichtlichen Blick, als führte er den Vorsitz bei einer Versammlung ergebener Untertanen, und müsste nicht auf die Beschuldigungen eines Gerichtshofes von Rebellen Antwort geben. Die Richter waren voll Stolz, dass sie einen König zu demütigen hatten, und schickten sich augenfällig an, von diesem angemaßten Rechte Gebrauch zu machen. Es kam somit ein Gerichtsdiener, Karl I. zu melden, es wäre der Gebrauch, dass der Angeklagte sein Haupt vor seinen Richtern zu entblößen habe. Karl sprach nicht ein Wort, sondern wandte seinen Hut nach einer andern Seite, und drückte ihn noch tiefer auf den Kopf; als dann der Gerichtsdiener weggegangen war, setzte sich der König auf den Stuhl, der gegenüber für den Präsidenten bereit stand, und klopfte seinen Stiefel mit dem dünnen Rohre, das er in der Hand hielt. Parry, der ihn begleitete, stellte sich hinter ihn. Anstatt, dass d'Artagnan diesem Zeremoniell zugesehen hätte, blickte er

Athos an, in dessen Antlitz sich alle Gemütsbewegungen abspiegelten, die der König von dem Seinigen fernzuhalten, Stärke genug besaß. Er erschrak über diese Aufregung Athos', dieses kalten und ruhigen Mannes, und sprach an sein Ohr geneigt:»Ich hoffe, Ihr werdet das Beispiel des Königs annehmen, und uns nicht auf blöde Weise in diesem Käfige umkommen lassen.« »Seid unbekümmert«, entgegnete Athos. »Ah, ah,« fuhr d'Artagnan fort, «man scheint etwas zu besorgen, denn dort verdoppelt man die Posten; wir hatten nur Partisanen, nun gibt es Gewehre. Nun gibt es für jedermann etwas, die Partisanen gehören für die Zuschauer im Parterre, die Gewehre für uns.« »Dreißig, vierzig, fünfzig, sechzig Mann«, sagte Porthos, während er die neuen Ankömmlinge zählte. »O!«, rief Aramis, »Ihr vergeht ja den Offizier, Porthos, es scheint mir, dass er wohl auch gezählt zu werden verdient.« »In Wahrheit,« versetzte d'Artagnan und erblasste vor Zorn, denn er erkannte Mordaunt, der mit entblößtem Schwerte die Musketiere hinter dem Könige führte, nämlich der Tribüne gegenüber. «Hat er uns etwa erkannt,« fuhr d'Artagnan fort; »wenn das wäre, so würde ich schnell zum Rückzuge blasen. Ich will mir durchaus keine Todesart aufdringen lassen, und möchte gern sterben, wie ich selber will. Nun will ich aber nicht, dass man mich in einer Schachtel erschieße.« »Nein,« versetzte Aramis, »er hat uns nicht erblickt, er sieht nur den König an. Bei Gott, mit welchen Augen starrt ihn nicht der Unverschämte an! Hasst er etwa Se. Majestät ebenso wie uns?« »Beim Himmel!«, rief Athos, »wir haben ihm nur seine Mutter genommen, doch der König beraubte ihn seines Namens und seiner Güter.« »Das ist wahr«, bemerkte Aramis; »doch still, der Präsident spricht zum König.«

Der Präsident Bradshaw redete wirklich den erlauchten Angeklagten an. »Stuart,« sprach er, »vernehmt den Vortrag Eures Richters, und habt Ihr Bemerkungen zu machen, so richtet sie an den Gerichtshof.« Der König wandte den Kopf nach einer andern Seite hin, als ob diese Worte nicht an ihn gerichtet worden wären. Der Präsident wartete, und da keine Antwort erfolgte, so trat ein kurzes Stillschweigen ein. Von den 163 Mitgliedern konnten bloß 73 antworten, denn die übrigen waren darüber entsetzt, sich an einer solchen Handlung mitschuldig zu machen, und begaben sich ihrer Stimme. »Ich gehe nun zum Vortrag«, rief Bradshaw, ohne dass er die Abwesenheit von drei Fünfteln der Versammlung zu bemerken schien. Sofort nannte er der Reihe nach sowohl die gegenwärtigen, als auch die abwesenden Mitglieder. Die gegenwärtigen antworteten mit starker oder schwacher Stimme, nach Maßgabe, als sie den Mut für ihre Ansicht besessen oder nicht besessen hatten. Auf das zweimalige

Namenverlesen der Anwesenden erfolgte ein kurzes Stillschweigen. Nun kam der Name des Oberst Fairfax an die Reihe und darauf trat jenes kurze, aber feierliche Schweigen ein, welches die Abwesenheit der Mitglieder verriet, welche an diesem Gerichte nicht persönlich teilnehmen wollten. »Der Oberst Fairfax,« wiederholte eine Stimme, die man an ihrem Silberklang als eine weibliche erkannte, »er ist zu klug, um hier zu erscheinen.« Ein lautschallendes Gelächter erfolgte auf diese Worte, die mit jener Kühnheit ausgesprochen wurden, welche die Frauen aus ihrer eigenen Schwachheit schöpfen, eine Schwachheit, die sie jeder Rache entzieht. »Das war eine Frauenstimme!«, rief Aramis. »Meiner Treue, ich möchte viel darum geben, wenn sie jung und schön wäre.« Er stieg sonach auf die Bank und bemühte sich, in der Tribüne zu erlauschen, woher diese Stimme gekommen ist. Dann sprach er: »Meiner Seele, sie ist liebenswürdig; seht nur, d'Artagnan, wie jedermann auf sie blickt und wie sie trotz der Blicke Bradshaws doch nicht blass geworden ist.« »Das ist Lady Fairfax selber,« entgegnete d'Artagnan. »Gedenkt Ihr noch ihrer, Porthos? Wir sahen sie mit ihrem Gemahle bei dem General Cromwell.« Eine kurze Weile darauf wurde die durch diesen seltsamen Zwischenfall gestörte Ruhe wieder hergestellt und der Vortrag fortgesetzt. »Diese Schlingel werden die Sitzung aufheben, wenn sie bemerken, dass sie nicht in hinreichender Anzahl versammelt sind,« sprach der Graf de la Fère. »Ihr kennt sie nicht, Athos, betrachtet doch nur Mordaunts Lächeln, seht, wie er den König angrinst. Ist das der Blick eines Mannes, welcher fürchtet, dass ihm sein Opfer entschlüpfen werde? Nein, so lächelt der befriedigte Hass, so lächelt die Rachelust, die der Sättigung versichert ist. Ha, fluchwürdiger Basilisk, das wird für mich ein glücklicher Tag sein, wo ich etwas anderes mit dir kreuzen werde, als den Blick.« »Der König ist wirklich schön«, sagte Porthos, »und dann seht, wiewohl Gefangener, ist er doch sorgfältig gekleidet. Seht nur, Aramis, die Feder auf seinem Hute ist wenigstens fünfzig Pistolen wert.«

Als der Vortrag beendigt war, befahl der Präsident, dass man zum Verlesen des Anklageaktes schreite. Athos wurde blass; er betrog sich abermals in seiner Erwartung. Obschon die Richter nicht vollzählig waren, leitete man doch den Prozess ein, also war der König im Voraus schon verurteilt. »Ich sagte es ja, Athos,« sprach d'Artagnan, die Achseln zuckend; »doch Ihr zweifelt immer. Jetzt nehmt Euren Mut zusammen, und hört, ich bitte Euch, ohne zu große Entrüstung die kleinen Absurditäten, welche jener schwarzgekleidete Herr mit Erlaubnis und Vorrecht seinem Könige sagen wird.« Wirklich hatten noch nie so rohe Beschuldigungen, so gemeine Schmähungen und so blutige Anklagen eine königliche Majestät beschimpft. Karl I. hörte die Rede des Anklägers mit besonderer Aufmerksamkeit an, ging über die Schmähungen hinweg, beachtete die Anschuldigungen und antwortete, wenn der Hass zu grob auftrat, und der Kläger sich im Voraus zum Henker machte, mit einem verächtlichen Lächeln. Im Ganzen war diese Anklage, wobei der König jede Unvorsichtigkeit in Tücke, jeden Fehltritt in ein Verbrechen umgewandelt sah, ein Werk der Gewalttat und des Schauders, umso mehr, als das erste Gesetz der englischen Konstitution sagt: »Der König kann nicht fehlen.« Der Ankläger schloss mit den Worten: »Die gegenwärtige Anklage ist im Namen des englischen Volkes gestellt.« Bei diesen Worten erhob sich ein Murren auf den Tribünen und eine andere Stimme, keine weibliche, sondern eine männliche, tobende Stimme donnerte hinter d'Artagnan und rief: »Du lügst, und neun Zehnteile des englischen Volkes haben vor dem, was du sagst, einen Abscheu!«

Das war Athos' Stimme, der sich emporgerichtet, mit vorgestreckten Armen den öffentlichen Ankläger anredete. Bei dieser Anrede wandten der König, die Richter, die Zuschauer, kurz alle ihre Augen nach der Tribüne, wo die vier Freunde waren. Mordaunt machte es wie die anderen und erkannte den Edelmann, um welchen die drei anderen Franzosen blass und drohend umherstanden.

Seine Augen flammten vor Entzücken, er hatte nun diejenigen gefunden, an deren Aufsuchung und Tod er sein Leben gesetzt hatte. Eine wütende Gebärde rief zwanzig Musketiere herbei; er zeigte mit dem Finger nach der Tribüne, wo seine Feinde standen, und sprach: »Feuer auf diese Tribüne!« Da sprangen aber mit Gedankenschnelle d'Artagnan, der Athos mitten um den Leib fasste, und Porthos, welcher Aramis forttrug, von den Stufen herab, stürzten in die Vorhallen, eilten die Treppen hinab und verloren sich unter dem Gewühle, indes im Innern des Saales die angeschlagenen Feuerrohre 3000 Zuschauer bedrohten, deren Geschrei um Barmherzigkeit und dessen schreckvoller Lärm den Befehl aufhielt, der bereits erteilt worden war. Karl hatte gleichfalls die vier Franzosen erkannt; er drückte seine Hand an das Herz, um das Pochen zurückzudrängen, und hielt die andere Hand vor die Augen, um seine getreuen Freunde nicht erwürgen zu sehen. Mordaunt stürzte, blass und zitternd vor Wut, das entblößte Schwert in der Rechten, mit den Hellebardieren aus dem Saale, durchspürte atemlos die Menge, und kehrte, da er nichts fand, wieder zurück. Die Verwirrung war ungeheuer. Es verging über eine halbe Stunde, ohne dass jemand sich verständlich machen konnte. Die Richter meinten, jede Tribüne wäre bereit, loszubrechen; die Tribünen sahen die Gewehre gegen sich gerichtet, und so blieben sie lärmend und aufgeregt zwischen Angst und Neugierde. Endlich ward die Ruhe wiederhergestellt. »Was könnt Ihr zu Eurer Verteidigung sagen?«, fragte Bradshaw den König.

Karl sprach nun im Tone eines Richters und nicht eines Angeklagten, indem er das Haupt stets bedeckt hielt und nicht aus Demut, sondern als Herrscher aufstand: »Ehe Ihr mich fragt, gebt mir zur Antwort. Ich war frei in Newcastle und schloss dort mit beiden Häusern eine Übereinkunft ab. Statt dass Ihr diese Übereinkunft erfüllt hättet, wie ich es tat, habt Ihr mich von den Schotten erkauft, wohl nicht teuer, das weiß ich, und das gereicht der Sparsamkeit Eurer Regierung zur Ehre. Doch glaubt Ihr denn, dass ich aufgehört habe, Euer König zu sein, weil Ihr mich mit dem Preise eines Sklaven bezahlt habt? Keineswegs! Euch zu antworten, hieße das vergessen. Ich werde Euch somit nur dann antworten, wenn Ihr mir Euer Recht dargelegt habt, mich befragen zu dürfen. Euch antworten, hieße, Euch als meine Richter anerkennen, während ich Euch nur als meine Henker anerkenne.« Hier setzte sich Karl, mitten in der Todesstille ruhig, stolz und stets mit bedecktem Haupte, wieder auf seinen Stuhl. »Ach, warum sind meine Franzosen nicht hier!«, murmelte Karl und wandte seine Augen nach der Tribüne, wo sie sich auf einen Augenblick gezeigt hatten; »sie würden sehen, dass Ihr Freund würdig ist, im Leben verteidigt und im Tode beweint zu werden.« Er mochte aber seinen Blick noch so tief in das Menschengewühl versenken und zu Gott gewissermaßen um diese süße und tröstende Gegenwart flehen, er sah nichts als stumpfsinnige und scheue Gesichter, und so fühlte er sich mit dem Hasse und der Grausamkeit in Kampf versetzt. »Wohlan«, rief der Präsident, als er Karl entschlossen sah, völlig zu schweigen, »wohlan, wir werden Euch ungeachtet Eures Schweigens aburteilen. Ihr seid des Verrates, der missbrauchten Gewalt und des Mordes angeklagt. Die Zeugen werden es bekräftigen. Geht, und die nächste Sitzung wird das zustande bringen, was Ihr Euch heute zu tun weigert.«

Karl erhob sich, und zu Parry gewendet, welchen er blass und die Schläfe von Schweiß triefend sah, sprach er: «Nun, guter Parry, was ist es denn? was ergreift dich so sehr?« »O, Sire,« entgegnete Parry mit Tränen im Auge und kläglicher Stimme, «wenn Sie den Saal verlassen, so blicken Sie zur Linken.« »Weshalb, Parry?« »Sehen Sie nicht hin, ich bitte, mein König.« »Aber, was ist es denn? rede nur,« sprach Karl und versuchte, durch die Reihe der Wachen zu blicken, die hinter ihm standen. »Was ist es? Doch, Sire, nicht wahr, Sie werden nicht hinblicken? »Man ließ das Beil, womit man Verbrecher richtet, auf einen Tisch legen. Dieser Anblick ist entsetzlich, Sire, ich bitte, nicht hinzusehen.« »Die Einfältigen!« sprach Karl; »halten sie mich denn für so feige, wie sie sind?« »Du hast wohlgetan, Parry, es mir zu sagen, ich danke dir.« Da nun der Augenblick des Fortgehens gekommen war, so verließ Karl den Saal und folgte seinen Wachen. In der Tat funkelte links von der Türe mit Unheil verkündendem Widerscheine des roten Teppichs das weiße Beil mit dem langen Stiele, der von der Hand des Scharfrichters schon geglättet war. Als nun Karl demselben gegenüber ankam, blieb er stehen, wandte sich um und sprach lächelnd: »Ah, ah, das Beil! Ein sinnreiches Schreckbild und würdig derjenigen, welche nicht wissen, was ein Edelmann ist. Du, Beil des Henkers, flößest mir keine Furcht ein,« fuhr er fort und schlug mit dem dünnen, biegsamen Rohr darauf, welches er in der Hand trug, »und ich schlage dich, geduldig und christlich erwartend, dass du es mir erwiderst.« Indem sich nun der König entfernte, sprach er zu Parry: »Gott vergebe mir, diese Leute halten mich wirklich für einen Krämer indischer Wollenstoffe und nicht für einen Edelmann, der an das Funkeln des Schwertes gewohnt ist. Denken sie denn, ich sei nicht so viel wert, wie ein Fleischer?« Unter diesen Worten gelangte er zur Türe; eine lange Reihe des Volkes hatte sich herangedrängt, welches keinen Platz mehr auf den Tribünen finden konnte, und da es den interessantesten Teil des Schauspieles nicht sah, wenigstens das Ende desselben genießen wollte. Diese zahllose Menge voll drohender Gesichter erpresste dem König einen leisen Seufzer. »Welche Leute«, dachte er, »und nicht einen ergebenen Freund!« Als er diese Worte des Zweifels und der Mutlosigkeit in seinem Innern sprach, sagte eine Stimme neben ihm als Antwort: »Heil der gefallenen Majestät!« Der König wandte sich schnell um, mit Tränen im Auge wie im Herzen. Es war ein alter Soldat seiner Garde, der den gefangenen König nicht wollte vorüberschreiten sehen, ohne ihm diese letzte Huldigung darzubringen. Indes in demselben Momente wurde der Unglückliche durch einen Schwertknopf fast zu Boden gestoßen. Unter diesen Mördern erkannte der König den Kapitän Groslow. »Ah«, rief Karl, »diese Strafe ist sehr hart für einen so geringen Fehler!« Dann setzte er beklommenen Herzens seinen Weg fort; doch hatte er noch kaum hundert Schritte zurückgelegt, als ihm ein Wütender, der sich zwischen zwei Soldaten vorneigte, ins Antlitz spie. Zu gleicher Zeit erhob sich lautes Lachen und dumpfes Murren, die Menge trat zurück, näherte sich wieder, wogte wie ein sturmbewegtes Meer, und dem Könige war, als sähe er mitten unter den lebendigen Wellen Athos' Auge funkeln. Karl wischte sich das Gesicht ab und sprach traurig lächelnd: »Der Unglückselige! Das hätte er sogar seinem Vater für eine halbe Krone angetan.« Der König irrte nicht; er sah wirklich Athos und seine

Freunde, die sich abermals unter die Gruppen gemengt hatten, um den Märtyrerkönig mit einem letzten Blicke zu begleiten. Als jener Soldat Karl grüßte, zerschmolz Athos' Herz vor Freude, und als der Unglückliche nach jenem Schlage wieder zu sich kam, so konnte er in seiner Tasche zehn Guineen finden, die ihm der französische Edelmann hineingesteckt hatte; als jedoch jener ruchlose Mensch dem Könige ins Gesicht gespien, da griff Athos nach seinem Dolche. Allein d'Artagnan fesselte die Hand und sprach mit heiserer Stimme: »Halt!« Sonst hatte d'Artagnan nie weder Athos, noch den Grafen de la Fère geduzt. Athos hielt an sich. D'Artagnan stemmte sich auf Athos' Arm, winkte Porthos und Aramis, sich zu entfernen, und stellte sich hinter den Mann mit entblößten Armen, der über seinen ruchlosen Scherz noch lachte und den einige andere Wütende darüber belobten. Dieser Mann ging nach der City. D'Artagnan, stets auf Athos' Arm gestemmt, ging ihm nach und winkte Porthos und Aramis, dass sie ihnen folgen möchten. Der Mann mit entblößten Armen, der ein Fleischerknecht zu sein schien, ging mit zwei Kameraden durch eine stille und einsame Gasse, welche zum Flusse hinabführte. D'Artagnan ließ Athos' Arm los und schritt hinter diesem Manne her. Als die drei Männer bei dem Flusse ankamen, gewahrten sie, dass man ihnen nachsehe, hielten an, blickten sich auf unverschämte Art nach den Franzosen um und wechselten unter sich einige Worte. »Athos«, sagte d'Artagnan, »ich spreche nicht englisch Wie Ihr, und so werdet Ihr mir als Dolmetsch dienen.« Bei diesen Worten verdoppelten sie ihre Schritte und überholten jene drei Männer. Auf einmal wandte sich d'Artagnan, schritt gerade auf den Fleischerknecht zu, welcher stehen blieb, berührte ihn mit der Spitze seines Zeigefingers auf der Brust und sprach zu seinem Freunde: »Athos, wiederhole ihm das: Du bist ein Ruchloser, du hast einen wehrlosen Mann beschimpft, du hast das Angesicht deines Königs besudelt, du musst sterben! ...« Athos wurde blass wie ein Gespenst, fasste d'Artagnan bei der Hand und übersetzte jene seltsamen Worte jenem Manne, der sich, als er die unglückverkündenden Vorbereitungen und das furchtbare Auge d'Artagnans sah, zur Wehr setzen wollte. Bei dieser Bewegung griff Aramis nach seinem Schwerte. »Nein, kein Schwert!«, rief d'Artagnan, »das Schwert ist nur für Edelleute.« – Darauf fasste er den Fleischer an der Kehle und fuhr fort: »Porthos, schlagt mir diesen Niederträchtigen mit einem Fauststreiche tot!« Porthos schwang seinen furchtbaren Arm, ließ ihn wie die Schnur einer Schleuder durch die Luft pfeifen, worauf die gewaltige Keule mit einem dumpfen Krachen auf den Schädel des Elenden niederfiel und ihn zermalmte. Der Mann stürzte nieder wie ein Stier unter dem

Beile. Seine Kameraden wollten schreien, sie wollten entfliehen, allein die Stimme versagte ihrem Munde und die bebenden Knie brachen unter ihnen ein. »Athos,« fuhr d'Artagnan fort, »sagt ihnen noch das: So werden alle jene sterben, die vergessen, dass ein gefesselter Mensch ein geheiligtes Haupt ist, und dass ein gefangener König zweifach den Herrn vorstellt.«

## White-Hall

Das Parlament verurteilte Karl Stuart zum Tode, wie es sich leicht voraussehen ließ. Ein Gerichtsverfahren dieser Art ist beinahe immer eine eitle Formalität, denn dieselben Leidenschaften, welche die Beschuldigung machen; veranlassen auch die Aburteilung. Das ist die furchtbare Logik der Revolutionen. Der zum Tode verurteilte Monarch betrachtete einsam in seinem von zwei Kerzen beleuchteten Zimmer traurig den Luxus seiner vergangenen Größe, wie man in der letzten Stunde das Bild des Lebens viel schöner und lieblicher erblickt, als jemals. Parry war von seinem Herrn nicht gewichen und hatte seit seiner Verurteilung nicht zu weinen aufgehört. Karl Stuart besah, mit dem Ellbogen auf einen Tisch gestützt, ein Medaillon, auf dem nebeneinander die Bildnisse seiner Gemahlin und Tochter sich befanden. Fürs erste erwartete er den Bischof Juxon, dem Cromwell erlaubt hatte, den König aufzusuchen, und nach Juxon das Martyrium. »Ach,« sprach er bei sich, »wenn ich wenigstens einen Freund von Geist und Salbung hätte, der alle Geheimnisse des Daseins, alle Nichtigkeit irdischer Größe erforscht hat, vielleicht würde seine Stimme die Stimme ersticken, die in meiner Seele jammert; der da zu mir kommen wird, wird mir wohl von Gott und von dem Tode das voraussagen, was er zu andern Sterbenden spricht, ohne zu begreifen, dass dieser königliche Sterbende dem Usurpator einen Thron hinterlässt, indes seine Kinder kein Brot mehr haben.« Hierauf drückte er das Porträt an seine Lippen und stammelte der Reihe nach die Namen seiner Kinder. Wie schon erwähnt, war die Nacht nebelig und finster. Von der benachbarten Kirche schlug langsam die Uhr. Der blasse Schein der zwei Kerzen beleuchtete in diesem großen, hohen Zimmer Phantome mit seltsamen Spiegelungen. Diese Phantome waren die Ahnen des Königs Karl und schienen aus ihren Rahmen hervorzutreten; diese Spiegelungen waren die letzten bläulichen und schillernden Reflexe eines ersterbenden Kohlenfeuers. Auf einmal vernahm man Tritte, die Tür ging auf, das Zimmer erfüllte sich mit dampfendem Fackellicht, und ein Mann, wie ein anglikanischer Priester gekleidet, trat ein, gefolgt von zwei Wachen, denen Karl gebieterisch mit der Hand zuwinkte. Diese zwei Wachen entfernten sich und das Zimmer wurde wieder so dunkel wie zuvor.

»Juxon!«, rief Karl. »Juxon! Dank, mein letzter Freund! Ihr kommt zu rechter Zeit.« Der vermeintliche Bischof warf einen schiefen und bekümmerten Blick auf den Mann, der im Winkel des Kamins seufzte und weinte. »Ruhig, Party«, rief der König, »weine nicht mehr, Gott sendet uns Trost.«

»Wenn es Parry ist,« sprach der Eintretende, »so habe ich nichts mehr zu fürchten; Sire, ich bitte also um Erlaubnis, Ew. Majestät begrüßen zu dürfen, und zu sagen, wer ich bin und aus welcher Ursache ich komme.« Karl hätte bei diesem Anblick, bei dieser Stimme zweifelsohne einen Ausruf erhoben, allein Aramis legte einen Finger auf die Lippe, und verneigte sich tief vor dem König von England. »Der Chevalier!«, murmelte Karl. »Ja, Sire,« entgegnete Aramis mit erhobener Stimme, »ja, der Bischof Juxon. ein getreuer Diener des Herrn und ergeben den Wünschen Eurer Majestät.« Karl faltete die Hände, er erkannte d'Herblay, er war erstaunt und fühlte sich vernichtet vor diesen Männern, vor diesen Fremdlingen, welche ohne einen andern Beweggrund als den einer Pflicht, die ihnen die eigene Überzeugung auferlegte, gegen den Willen eines Volkes und gegen die Bestimmung eines Königs ankämpften.

»Ihr seid es?« sprach er, »Ihr? Wie gelang es Euch doch, hierher zu kommen? O Gott, wenn sie Euch erkennen, so seid Ihr verloren.« Parry richtete sich empor, sein ganzes Wesen drückte das Gefühl einer treuherzigen und innigen Bewunderung aus.

»Denken Sie nicht an mich, Sire,« sprach Aramis, während er dem Könige stets durch Winke Schweigen empfahl, »denken Sie nur an sich selber, Sie sehen, Ihre Freunde wachen; ich weiß es noch nicht, was wir tun werden, allein vier entschlossene Männer vermögen viel. Mittlerweile schließen Sie des Nachts kein Auge, erstaunen Sie über nichts, und seien Sie gefasst auf alles.« Karl schüttelte den Kopf und sagte:

»Freund, wisset Ihr, dass keine Zeit zu verlieren ist, und dass Ihr Euch eilen müsset, wenn Ihr handeln wollet? Wisset Ihr, dass ich morgen früh um zehn Uhr sterben soll?«

»Sire, bis dahin wird etwas vorfallen, was die Vollziehung des Urteils vorläufig unmöglich macht.« Der König blickte Aramis mit Verwunderung an. In diesem Momente ließ sich unter dem Fenster des Königs ein seltsames Getöse vernehmen, dem ähnlich, welches ein Wagen Holz, der abgeladen wird, verursachen würde.

»Hört Ihr?« sprach der König. Auf dieses Getöse folgte ein Ausruf des Schmerzes.

»Ich höre wohl,« entgegnete Aramis, »doch begreife ich nicht, was das für ein Getöse, und zumal, was das für ein Geschrei ist.«

»Ich weiß zwar nicht, wer diesen Schrei ausstoßen konnte,« sprach der König, »in Betreff des Getöses aber will ich Euch Aufschluss geben. Wisst Ihr, dass ich außerhalb dieses Fensters hingerichtet werden soll?« fuhr Karl fort, während er die Hand nach dem dunklen, öden Orte ausstreckte, der nur von Soldaten und Wachen besetzt war.

»Ja, Sire,« versetzte Aramis, »ich weiß das.«

»Dieses Holzwerk also, welches hergebracht wird, sind die Balken und das Zimmerwerk zu einem Schafott. Irgendein Arbeiter wird sich bei dem Abladen beschädigt haben.« Aramis erbebte unwillkürlich.

»Ihr seht wohl,« sprach Karl, »wie es vergeblich ist, noch länger auf Eurem Vorhaben zu bestehen. Ich bin verurteilt, lasst mich meinem Schicksale verfallen sein.«

»Sire«, erwiderte Aramis, der sich nach einer augenblicklichen Störung wieder sammelte, »man mag wohl ein Schafott errichten, doch wird sich kein Scharfrichter finden lassen.«

»Was wollt Ihr damit sagen?«, fragte der König.

»Ich will sagen, dass zu dieser Stunde der Scharfrichter entführt oder bestochen worden sei; morgen wird das Blutgerüst bereitet sein, doch der Scharfrichter wird fehlen, somit wird man genötigt sein, die Hinrichtung auf übermorgen zu vertagen.«

»Nun, dann?«, fragte der König.

»Nun,« entgegnete Aramis, »morgen in der Nacht entführen wir Sie.«

»Wie das?«, rief der König, dessen Antlitz sich unwillkürlich durch einen Strahl von Freude erhellte. »Ach, mein Gott!«, stammelte Parry mit gefalteten Händen, »seid Ihr und die Eurigen gesegnet.«

»Wie das?« wiederholte der König, »ich muss es wissen, um Euch nötigenfalls beizustehen.«

»Das weiß ich nicht«, erwiderte Aramis, »allein derjenige von uns, der am schlauesten, tapfersten und aufopferndsten ist, sagte mir beim Scheiden: Chevalier! melдet dem König, dass wir ihn morgen Abend um zehn Uhr entführen; und da er es gesagt hat, so wird er es auch zustande bringen.«

»Nennt mir den Namen dieses hochherzigen Freundes«, sagte der König, »damit ich ihm eine ewige Dankbarkeit bewahre, ob es ihm nun gelingen werde oder nicht.«

»D'Artagnan, Sire, derselbe, der Sie beinahe schon gerettet hätte, als der Oberst Harrison zu ungelegener Zeit eintrat.«

»Ihr seid in der Tat wunderbare Männer!«, rief der König, »und wenn man mir solche Dinge erzählt hätte, würde ich sie nicht geglaubt haben.«

»Nun, Sire,« sprach Aramis, »vergessen Sie keinen Augenblick, dass wir für Sie wachen, belauschen Sie die geringste Bewegung, den leisesten Gesang, die geheimsten Winke derjenigen, die Ihnen nahen werden, belauschen Sie alles und deuten Sie sich alles.«

»O, Chevalier!«, rief der König, »was kann ich Euch sagen? Es würde kein Wort, ob es auch aus dem Grunde meines Herzens käme, meine Dankbarkeit ausdrücken. Sollte es Euch gelingen, so werde ich nicht sagen, Ihr rettet Euren König, nein, von dem Schafott aus betrachtet ist das Königtum wahrlich etwas Geringes, allein Ihr erhaltet einer Gemahlin den Gemahl und Kindern ihren Vater. Chevalier, nehmt meine Hand, es ist die eines Freundes, der Euch bis zum letzten Hauche liebt!«

Aramis wollte dem König die Hand küssen, allein dieser ergriff die Seinige und presste sie an sein Herz. In diesem Momente trat ein Mann ein, ohne früher angepocht zu haben; Aramis wollte seine Hand zurückziehen, jedoch der König hielt sie fest. Der Eintretende war einer von jenen Puritanern, halb Priester, halb Soldat, wie sie um Cromwell herum wimmelten.

»Was wollt Ihr?«, fragte ihn der König.

»Ich möchte wissen,« entgegnete der Ankömmling, »ob Karl Stuart seine Andacht beschlossen habe.« »Was kümmert Euch das«, erwiderte der König, »wir sind nicht eines Glaubens.«

»Alle Menschen sind Brüder,« versetzte der Puritaner; «einer meiner Brüder wird sterben, und ich will ihn zum Tode ermutigen.«

»Genug!«, rief Parry, «der König verlangt nach Eurer Ermutigung nicht.«

»Sire«, flüsterte Aramis, »schont seiner, er ist sicher ein Kundschafter.«

»Nach dem ehrwürdigen Doktor-Bischof,« sprach der König zu ihm, »will ich Euch, mein Herr, mit Vergnügen anhören.« Der Mann mit schielendem Blicke ging fort, nachdem er Juxon mit einer Bedächtigkeit beobachtet hatte, die dem Könige nicht entging.

»Chevalier,« sprach er, als die Türe wieder geschlossen war, »ich denke, Ihr hattet recht, dieser Mann kam in schlimmer Absicht hierher; habt acht, dass Euch beim Fortgehen kein Unglück begegne.«

»Sire!« entgegnete Aramis, »ich danke Eurer Majestät, doch beruhigen Sie sich, ich trage einen Panzer und Dolch unter diesem Gewande.«

»So geht denn, unser Herr und Gott nehme Euch in seinen heiligen Schutz, wie ich zu sagen pflegte, als ich noch König war.«

Aramis entfernte sich: Karl begleitete ihn bis an die Schwelle. Dann schritt Aramis majestätisch durch die mit Wachen und Soldaten angefüllten Vorzimmer, stieg wieder in seinen Wagen, wohin ihm seine zwei Wachen folgten, und ließ sich nach dem bischöflichen Palaste führen, wo sie von ihm weggingen. Juxon erwartete ihn schon voll Angst.

»Nun,« sprach er, als er Aramis kommen sah.

»Nun«, antwortete dieser, »es fiel mir alles nach Wunsch aus; Kundschafter, Wachen und Trabanten hielten mich für Euch, und der König segnet Euch, erwartend, dass Ihr ihn wieder segnet.«

»Gott beschütze Euch, mein Sohn, denn Euer Beispiel hat mir zugleich Hoffnung und Mut eingeflößt.« Aramis zog seine Kleider und seinen Mantel wieder an und ging fort, indem er Juxon bedeutete, er würde seine Zuflucht noch einmal zu ihm nehmen. Er war in der Straße noch kaum zehn Schritte weit gegangen, als er bemerkte, dass ihm ein Mann folge, der in einen weiten Mantel gehüllt war; er legte die Hand an seinen Dolch und blieb stehen. Der Mann ging gerade auf ihn zu – es war Porthos.

»Lieber Freund!«, rief Aramis und reichte ihm die Hand.

»Ihr seht, mein Lieber,« entgegnete Porthos, »jeder von uns hatte seine Sendung; die Meinige war, über Euch zu wachen, was ich denn auch getan habe. Habt Ihr den König gesehen?«

»Ja, und alles geht gut.«

»Nun, wo sind unsere Freunde?«

»Unsere Verabredung war, dass wir um elf Uhr im Gasthause zusammenkommen.«

»Dann haben wir keine Zeit mehr zu verlieren«, sagte Aramis. Da schlug es wirklich elf Uhr auf der St.-Pauls-Kirche. Da sich aber die zwei Freunde beeilten, so trafen sie zuerst ein. Nach ihnen kam Athos und sprach, ehe ihn noch seine Freunde zu befragen Zeit hatten:

»Es geht alles gut.«

»Was habt Ihr getan?«, fragte Aramis.

»Ich habe eine kleine Feluke gemietet, schmal wie ein Kahn und leicht wie eine Schwalbe. Sie erwartet uns in Greenwich, der Hundeinsel gegenüber; sie ist mit einem Lotsen und vier Matrosen bemannt, welche sich gegen 50 Pfund Sterling drei Nächte hindurch ganz zu unserer Verfügung stellen werden. Sollte ich umkommen, so wisset, der Kapitän heißt Roger und die Feluke ›Blitz‹. Damit werdet Ihr den einen wie die andere finden. Das Erkennungszeichen ist ein Taschentuch, an den vier Ecken mit Knoten versehen.«

Einen Augenblick darauf kam d'Artagnan. »Wendet Eure Taschen«, rief er, »und leert sie bis auf hundert Pfund Sterling; was die Meinigen betrifft, so sind sie bereits ausgeleert.« Die Summe war in einer Sekunde beisammen; d'Artagnan ging hinaus, kehrte aber sogleich zurück und sagte: »So, das ist abgetan; o, es war nicht ohne Mühseligkeit.«

»Hat der Scharfrichter London verlassen?«, fragte Athos.

»Jawohl, allein das war noch nicht sicher genug, er konnte ja durch das eine Tor hinausgehen und durch das andere wieder zurückkommen.«

»Wo ist er nun?«, fragte Athos.

»Im Keller.«

»In welchem Keller?«

»Im Keller unseres Wirtes. Mousqueton sitzt an der Schwelle und hier ist unser Schlüssel.«

»Bravo!«, rief Aramis; »wie habt Ihr aber diesen Mann bewogen, zu verschwinden?«

»Wie man hienieden alles durchsetzt, mit Geld; das kostete mich viel, doch hat er sich herbeigelassen.«

»Freund,« sprach Athos, »wie viel hat es Euch gekostet? Ihr seht wohl ein, da wir jetzt nicht mehr ganz arme Musketiere ohne Dach und Fach sind, so müssen die Ausgaben gemeinschaftlich sein.«

»Das hat mich zwölftausend Livres gekostet,« versetzte d'Artagnan.

»Wo habt Ihr sie denn gefunden?«, fragte Athos; »besaßet Ihr denn diese Summe?«

»Nun, der berühmte Diamant der Königin,« entgegnete d'Artagnan.

»Nichtig«, sagte Aramis, »ich habe ihn an Eurem Finger erkannt.«

»Somit habt Ihr ihn von Herrn des Effarts zurückerkauft?«, fragte Porthos.

»O mein Gott, ja«, erwiderte d'Artagnan, »doch steht es da oben geschrieben, dass ich ihn nicht behalten konnte. Je nun, man muss annehmen, dass die Diamanten ihre Sympathien und ihre Antipathien haben, wie die Menschen, und dieser hier scheint mich zu hassen.«

»Doch,« sprach Athos, »in Hinsicht des Scharfrichters geht es gut; aber zum Unglück hat jeder Scharfrichter seinen Gehilfen, seinen Knecht.«

»Auch dieser hatte den Seinigen, allein wir haben Glück.«

»Wieso?«

»In dem Momente, wo ich dachte, ich würde einen zweiten Handel abzuschließen haben, brachte man meinen Schlingel mit einem gebrochenen Bein nach Hause. Er hatte aus einem übertriebenen Eifer die Balken und das Zimmerwerk bis unter das Fenster des Königs geführt, da fiel ein Balken herab und zerschmetterte ihm den Schenkel.«

»Ha!«, rief Aramis, »er war es also, der den Schrei ausstieß, den ich im Zimmer des Königs gehört habe?«

»Das ist wahrscheinlich,« versetzte d'Artagnan, »doch, wie er ein denkender Mensch ist, so versprach er im Fortgehen, vier erfahrene und kundige Gesellen an seiner Statt zu schicken, um denen zu helfen, welche bereits am Werte sind, und als er zu seinem Herrn zurückkam, so hat er ungeachtet seiner Verwundung sogleich einem seiner Freunde, dem Zimmermeister Tom Lowe, geschrieben, er solle sich nach White-Hall begeben, um sein Versprechen zu erfüllen. Hier ist der Brief, welchen er mit einem eigenen Boten überschickte und den er für zehn Pence überbringen sollte, den ich ihm jedoch für einen Louisdor abgekauft habe.«

»Was Teufel wollt Ihr denn tun mit diesem Briefe?«, fragte Athos. »Erratet Ihr das nicht?«, sagte d'Artagnan. »Nein, bei meiner Seele!«

»Nun, lieber Athos, Ihr, der Ihr englisch sprecht, wie John Bull selbst, Ihr seid Meister Tom Lowe und wir, wir sind Eure drei Gesellen. Versteht Ihr jetzt?« Athos erhob ein Geschrei des Entzückens und der Bewunderung, stürzte in ein Kabinett, holte Handwerkerkleider hervor, welche die vier Freunde allsogleich anzogen, wonach sie, Athos eine Säge, Porthos ein Brecheisen, Aramis ein Beil, d'Artagnan einen Hammer mit Nägeln nahmen und sich entfernten. Der Brief des Scharfrichtergehilfen bekräftigte dem Zimmermeister, dass sie in der Tat diejenigen seien, welche man erwartete.

## Die Handwerker

Gegen Mitternacht vernahm Karl ein starkes Geräusch unter seinem Fenster, das waren die Hammerschläge und Beilhiebe, das Scharren des Brecheisens und das Knarren der Säge. Da er ganz angekleidet auf seinem Bette lag, und eben anfing einzuschlummern, so erweckte ihn dieses Getöse plötzlich, und da dieser Lärm nebst seinem materiellen Widerhalle auch ein moralisches und furchtbares Echo hatte, so bemächtigten sich seiner abermals die schrecklichen Gedanken vom gestrigen Abend. Er befand sich einsam in der Finsternis und Absonderung und hatte nicht die Kraft, die neue Qual zu ertragen, welche nicht in dem Programm seiner Hinrichtung stand, und so schickte er Parry ab, der Schildwache zu sagen, sie möchte die Arbeiter angehen, dass sie weniger stark klopfen und Mitleid mit dem letzten Schlummer desjenigen haben sollten, der vordem ihr König war. Die Schildwache wollte von ihrem Platze nicht weichen, ließ aber Parry hinaus. Nachdem nun Parry um den Palast herumgegangen war, und zu dem Fenster kam, sah er ein großes, noch unvollendetes Schafott, das mit dem Balkon, von dem man das Geländer wegbrach, gleichstand, und worüber man eben einen Behang von schwarzem Zeuge nagelte. Dieses Blutgerüst, das bis zur Fensterhöhe, das ist etwa zwanzig Fuß hoch, aufgerichtet ward, hatte zwei untere Stockwerke. Wie verhasst auch Parry dieser Anblick war, so suchte er doch unter den acht bis zehn Arbeitern, welche diese traurige Maschine aufführten, diejenigen aus, deren Geräusch dem König am widerlichsten fallen musste, und so bemerkte er im zweiten Stockwerke zwei Männer, welche mittels eines Brecheisens die letzten Zapfen des eisernen Ballons ausbrachen; der eine von ihnen, ein wahrhafter Koloss, versah den Dienst des antiken Widders, der darin bestand, die Mauern einzustoßen. Bei jedem Stoße seines Instrumentes zerstob der Stein in Stücke. Der andere lag auf den Knien und zog die gesprengten Steine heraus. Die waren es augenscheinlich, welche den Lärm verursachten, über den der König Klage führte. Parry stieg über die Leiter und kam zu ihnen.

»Meine Freunde,« sprach er zu ihnen, »ich bitte Euch, arbeitet doch ein bisschen leiser. Der König schläft und ist des Schlafes bedürftig.« Der Mann mit dem Brecheisen hielt in der Arbeit inne und wandte sich halb um; doch da er stand, so konnte Parry sein Gesicht in der Finsternis, welche nach der Decke hin schwärzer wurde, nicht wahrnehmen. Der Mann auf den Knien wandte sich gleichfalls um, und da sein Gesicht, welches niedriger war als das seines Kameraden, von der Laterne beschienen wurde, so konnte es Parry unterscheiden. Dieser Mann starrte ihn fest an und legte einen Finger an den Mund. Parry wich betroffen zurück.

»Es ist gut, es ist gut,« sprach der Handwerker vortrefflich englisch; »kehre zu dem Könige zurück und melde, er würde, ob er auch in dieser Nacht schlecht schlafe, doch in der nächsten desto besser schlafen.«

Diese rauen Worte, welche buchstäblich genommen so grausam klangen, wurden von den Arbeitern an den Seiten und im unteren Stockwerke mit einem grässlichen Jubelgeschrei aufgenommen. Parry ging fort und glaubte, nur zu träumen. Karl erwartete ihn schon voll Ungeduld. In dem Momente, da er zurückkehrte, streckte die Schildwache vorwitzig ihren Kopf durch die Türe, um zu sehen, was der König tue. Der König hatte sich im Bette auf einen Ellbogen gestützt. Parry sperrte die Türe zu, ging mit freudestrahlendem Antlitz zu dem Könige und sprach mit leiser Stimme zu ihm:

»Sire, wissen Sie, wer die Arbeiter sind, welche so viel Lärm erregen?«

»Nein,« entgegnete Karl, schwermütig den Kopf schüttelnd, »wie kann ich das wissen? Kenne ich denn diese Leute?«

»Sire,« sprach Parry noch leiser und über das Bett seines Gebieters hingeneigt, »Sire, es ist der Graf de la Fere und sein Begleiter.«

»Die mein Schafott errichten?«, fragte der König erstaunt.

»Ja, und während sie es errichten, in die Mauer ein Loch brechen.«

»Still,« versetzte der König, voll Schrecken um sich blickend, »hast du sie gesehen?«

»Ich habe mit ihnen gesprochen.« Der König faltete die Hände und schlug die Augen zum Himmel auf; nach einem kurzen, innigen Gebete sprang er von seinem Bette und ging an das Fenster, wo er die Vorhänge zurückschlug. Die Schildwachen des Balkons befanden sich noch immer daselbst, und jenseits desselben war eine dunkle Fläche, auf welcher Menschen wie Gespenster vorüberwandelten. Karl konnte nichts wahrnehmen, doch fühlte er unter seinen Füßen die Erschütterung der Stöße, die seine Freunde führten, und jeder dieser Stöße widerhallte jetzt in seinem Herzen. Parry hatte sich nicht getäuscht, er hatte Athos erkannt; er war es wirklich, der mit Porthos' Hilfe ein Loch aushöhlte, worin einer der Querbalken angebracht werden sollte.

Dieses Loch setzte sich mit einer Art Windfang in Verbindung, der sich gerade unter dem Fußboden des königlichen Zimmers befand. War man einmal in dieser Höhlung, die einem Entresol sehr ähnlich war, so konnte man mit einem Brecheisen und starken Schultern, wie sie Porthos hatte, eine Decke des Fußbodens heben: Der König würde sonach durch die Öffnung schlüpfen, mit seinen Rettern ein Fach des Schafotts erreichen, das ganz mit schwarzem Tuche überhangen war, gleichfalls einen Handwerkeranzug nehmen, der schon für ihn bereit lag, und ohne Aufsehen, ohne Furcht mit den vier Arbeitern hinabsteigen. Würden die Schildwachen Arbeiter sehen, die am Schafott beschäftigt waren, so würden sie dieselben ohne Verdacht vorüberlassen. Wie schon bemerkt, stand die Feluke in Bereitschaft. Dieser Plan war gut angelegt, leicht und einfach wie alle Dinge, die aus einem kühnen Entschlusse hervorgehen. Athos verwundete sich somit seine so schönen weißen und zarten Hände mit dem Herausziehen der Steine, welche Porthos aus den Fugen sprengte, und schon konnte man mit dem Kopfe unter den Verzierungen hindurch, welche die Platte des Balkons schmückten. Noch zwei Stunden, und der ganze Körper konnte hindurch. Das Loch würde vor Anbruch des Tages fertig sein und hinter einem Vorhange, welchen d'Artagnan anbringen würde, verdeckt werden. D'Artagnan gab sich für einen französischen Handwerker aus und schlug die Nägel so regelmäßig ein, als wäre er der geschickteste Tapezierer. Aramis schnitt das Überflüssige vom Zeuge ab, das bis zur Erde herabhing und hinter dem sich das Blutgerüste erhob. Die Morgenstrahlen erschienen an den Giebeln der Häuser; ein großes Feuer von Torf und Holz diente den Arbeitern, jene so kalte Nacht vom 29. zum 30. Januar zuzubringen, und alle Augenblicke unterbrachen sich die Eifrigsten in der Arbeit, um sich wieder zu wärmen. Athos und Porthos allein waren nie von ihrer Arbeit gewichen, und so war denn auch das Loch bei dem ersten Grauen des Morgens fertig. Athos kroch hindurch mit den Kleidern, welche für den König bestimmt und in schwarzes Zeug gewickelt waren; Porthos reichte ihm sein Brecheisen und d'Artagnan nagelte zum großen, aber sehr nützlichen Luxus ein Stück Zeug im Innern vor, hinter dem das Loch und derjenige, der darin war, verdeckt wurden. Athos brauchte nur noch zwei Stunden zu arbeiten, um sich dem Könige mitteilen zu können, und nach der Berechnung hatten die vier Freunde den ganzen Tag vor sich, weil man, da der Scharfrichter von London fehlte, jenen von Bristol holen musste. D'Artagnan entfernte sich, um seinen kastanienbraunen Anzug, und Porthos, um sein rotes Wams wieder anzulegen; Aramis aber ging zu Juxon, um mit ihm, wenn es anging, zum Könige zu gelangen. Alle drei verabredeten sich mittags auf dem Platze White-Hall zu sein, um zu sehen, was da vorgehe. Ehe sich Aramis vom Schafott entfernt hatte, näherte er sich der Öffnung, worin Athos versteckt war, um ihm zu melden, er wolle Karl wiederzusehen versuchen. »Lebt also wohl und guten Mut!«, rief Athos; »meldet dem König, wie die Sachen stehen, und sagt ihm, er möchte, wenn er allein ist, auf den Fußboden klopfen, damit ich in meiner Arbeit sicherer fortfahren könne. Wenn mir Parry behilflich sein könnte, im Voraus die untere Platte des Kamins loszumachen, die zweifelsohne eine Marmorplatte ist, so wäre umso mehr geschehen. Ihr, Aramis, seid darauf bedacht, den König nicht zu verlassen. Redet laut, sehr laut, da man Euch von der Türe aus behorchen wird. Wenn eine Schildwache in das Innere des Zimmers kommt, so stoßt sie nieder ohne alles Bedenken; sind deren zwei, so töte Parry die eine und Ihr die andere; sind deren drei, so lasst Euch töten, doch rettet den König.«

»Seid unbekümmert,« entgegnete Aramis, »ich will zwei Dolche mitnehmen und einen davon Parry geben. Ist das alles?«

»Ja, geht nun; allein empfehlet dem König wohl an, dass er keinen falschen Edelmut übe. Indes Ihr Euch schlaget, wenn es zum Kampfe kommt, so soll er entfliehen; ist einmal die Platte über seinem Kopfe wieder zugelegt, so wird man, ob Ihr nun tot oder lebendig auf dieser Platte seid, wenigstens zehn Minuten brauchen, um das Loch aufzufinden, durch das er entschlüpft ist. Mittlerweile werden wir ferne und der König gerettet sein.«

»Es soll geschehen, wie Ihr sagt, Athos. Gebt mir Eure Hand, denn vielleicht sehen wir uns niemals wieder.« Athos schlang seinen Arm um Aramis' Nacken und küsste ihn. »Das für Euch,« sprach er; »nun, wenn ich sterbe, so meldet d'Artagnan, dass ich ihn wie meinen Sohn liebe, und umarmt ihn an, meiner Statt. Umarmt auch unseren guten, wackeren Porthos. Lebt wohl!«

»Lebt wohl!« wiederholte Aramis. »Nun bin ich ebenso überzeugt, dass der König entkommen wird, wie ich überzeugt bin, dass ich die biederste Hand, die es auf der Welt gibt, halte und drücke.« Aramis verließ Athos, stieg dann gleichfalls von dem Schafott hinab, und indem er die Arie eines Liedes zum Lobe Cromwells pfiff, gelangte er zum Gasthause. Er traf seine zwei Freunde neben einem wohltätigen Feuer am Tische sitzend, wo sie eben eine Flasche Wein tranken und ein kaltes Huhn speisten. Porthos aß, indem er sich gegen jene Parlamentsmitglieder gewaltig ereiferte, d'Artagnan aß schweigend, brütete aber dabei über den verwegensten Plänen.

Aramis berichtete ihnen alles, was abgemacht wurde: d'Artagnan billigte es durch Kopfnicken, Porthos mit der Stimme. Aramis verzehrte schnell einen Bissen, trank ein Glas Wein und wechselte den Anzug. Dann sprach er: »Nun begebe ich mich zu Seiner Ehrwürden. Ihr tragt Sorge, die Waffen instand zu setzen, Porthos, und Ihr, d'Artagnan, bewacht Euren Scharfrichter gut.«

»Seid unbekümmert, Grimaud hat Mousqueton abgelöst und er hat über ihm den Fuß.«

»Gleichviel, verdoppelt Eure Wachsamkeit und bleibt keinen Augenblick lang untätig.«

»Untätig, mein Lieber?«, rief Porthos. »Ich lebe nicht, ich bin unablässig auf den Füßen und gleiche einem Tänzer. Bei Gott! wie sehr liebe ich in diesem Augenblicke Frankreich, und wie gut ist es, ein Vaterland zu haben, wenn man sich so schlecht in einem anderen Lande befindet.« Aramis schied von ihnen, wie er von Athos geschieden war, indem er sie nämlich umarmte; sodann ging er zu dem Bischof Juxon, dem er seine Bitte vortrug. Juxon willigte umso leichter ein, Aramis mitzunehmen, als er schon vorausgesehen hatte, dass er für den gewissen Fall, wo der König das Abendmahl empfangen wollte, und vorzüglich für den wahrscheinlichen Fall, wo der König eine Messe zu hören wünschte, eines Gehilfen bedürfen würde.

Der Bischof stieg in derselben Kleidung, welche Aramis tags zuvor hatte, in den Wagen, und nach ihm stieg Aramis ein, der mehr noch durch seine Blässe und Traurigkeit, als durch seinen Anzug entstellt war. Der Wagen hielt ungefähr um neun Uhr morgens am Tore von White-Hall. Es schien sich da nichts verändert zu haben; die Vorgemächer und Plätze waren voll Wachen, wie tags vorher. Zwei Schildwachen standen an der Türe des Königs, zwei andere schritten auf dem Ballon hin und her, wo auf das Schafott bereits der Block gestellt war. Der König war der Hoffnung voll, und als er Aramis wiedersah, ging diese Hoffnung in Freude über. Er umarmte Juxon und drückte Aramis die Hand. Der Bischof sprach absichtlich laut und vor jedermann mit dem Könige über ihr Gespräch vom gestrigen Abend. Der König erwiderte: »Die Worte dieser Unterredung hätten bereits ihre Früchte getragen und er wünschte sich abermals solch eine Unterredung.« Juxon wandte sich zu den Anwesenden mit der Bitte, sie möchten ihn mit dem König allein lassen. Alle gingen hinaus. Als die Türe wieder geschlossen war, sprach Aramis schnell: »Sire, Sie sind gerettet, der Scharfrichter von London ist verschwunden; sein Gehilfe hat gestern unter den Fenstern Ew. Majestät das Bein gebrochen; jener Schrei, den wir vernahmen war der Seinige. Man ist das Verschwinden des Scharfrichters sicher schon gewahr geworden, doch gibt es keinen nähern Scharfrichter als in Bristol, es braucht Zeit, um ihn zu holen, und somit haben wir wenigstens Zeit bis morgen.«

»Allein der Graf de la Fère?«, fragte der König. »Er ist zwei Fuß weit von Ihnen, Sire; nehmen Sie die Feuerzange und machen Sie drei Schläge, so werden Sie ihn antworten hören.« Der König nahm mit bebender Hand die Feuerzange und klopfte damit dreimal in gleichen Zwischenräumen. Allsogleich erschallten dumpfe und vorsichtige Stöße unter dem Fußboden und gaben Antwort auf das gegebene Zeichen. »Der mir da antwortet, ist also...?« »Es ist der Graf de la Fère, Sire,« entgegnete Aramis. »Er bereitet den Weg vor, durch den Ew. Majestät wird entschlüpfen können. Parry wird seinerseits die Marmorplatte emporheben und damit einen Durchgang öffnen.«

»Ich habe aber keine Werkzeuge«, bemerkte Parry. »Nehmt diesen Dolch hier,« versetzte Aramis; »nur gebt acht, dass Ihr ihn nicht allzu sehr abstumpft, denn er könnte Euch wohl noch zu etwas anderem dienen, als den Stein hohl zu machen.«

»O Juxon!« sprach Karl zu dem Bischof gewendet, dessen beide Hände er ergriff, »o Juxon! achtet auf die Bitte desjenigen, der Euer König war.«

»Der es noch ist und der es immer sein wird«, erwiderte Juxon und küsste die Hand seines Fürsten. »Betet Euer Leben lang für diesen Edelmann hier, betet für den andern, welchen Ihr unter unseren Füßen hört und betet noch für zwei andere, von denen ich überzeugt bin, dass sie, wo sie auch sein mögen, für meine Rettung Sorge tragen.«

»Sire,« entgegnete Juxon, »Ihr Befehl wird vollzogen werden. Ich werde täglich, solange ich lebe, für diese ergebenen Freunde Ew. Majestät zu Gott beten.« Athos fuhr noch eine Weile in seiner Arbeit fort, die man stets sich nähern fühlte. Auf einmal aber erschallte in der Galerie ein unvermutetes Getöse. Aramis ergriff die Feuerzange und gab das Zeichen zur Unterbrechung. Dieser Lärm drang näher; es war der von einer gewissen Anzahl gleicher und regelmäßiger Schritte. Die vier Männer verhielten sich unbeweglich und hefteten ihre Augen auf die Türe, welche langsam und auf eine feierliche Weise geöffnet wurde. Die Wachen hatten sich im Vorgemache des Königs zu beiden Seiten aufgestellt. Ein Kommissar des Parlaments, in schwarzem Anzuge und mit ernster Miene, die von böser Vorbedeutung war, trat ein, verneigte sich vor dem Könige, entrollte ein Pergament und las ihm das Urteil vor, wie man es Verurteilten zu tun pflegt, die das Schafott besteigen. »Was hat das zu bedeuten?«, fragte Aramis den Bischof. Juxon machte ein Zeichen, womit er sagen wollte, er wisse in jeder Hinsicht ebenso wenig wie er. »Gilt es also für heute?«, fragte der König mit einer Gemütsbewegung, die nur für Juxon und Aramis bemerkbar war. »Sire«, antwortete der schwarzgekleidete Mann, »hat man Euch denn nicht benachrichtigt, dass es diesen Morgen vollzogen würde?«

»Und,« sprach der König, »ich soll wie ein gemeiner Missetäter durch die Hand des Scharfrichters von London fallen?«

»Sire«, erwiderte der Kommissar des Parlaments, »der Scharfrichter von London ist verschwunden; doch hat sich an seiner Statt ein Mann angeboten. Die Vollziehung des Urteils wird somit nur um die Zeit verzögert werden, die Ihr verlangt, um Eure geistlichen und zeitlichen Angelegenheiten in Ordnung zu bringen.« Ein leichter Schweiß, der an Karls Haarwurzeln perlte, war die einzige Spur der Gemütsbewegung, die sich auf die Ankündigung dieser Nachricht ergab. Doch Aramis wurde leichenblass. Sein Herz pochte nicht mehr, er schloss die Augen und stützte seine Hand auf einen Tisch. Als Karl diesen tiefen Schmerz bemerkte, schien er den eigenen zu vergessen. Er trat zu ihm, fasste ihn an der Hand und umarmte ihn, indem er mit einem freundlichen und traurigen Lächeln sagte: »Seid gefasst, o Freund, Mut!« Doch wandte er sich zu dem Kommissar und sprach: »Mein Herr, ich bin bereit. Ihr seht, ich verlange nur zwei Dinge, welche Euch, wie ich glaube, nicht sehr verspäten werden. Das erste ist, das Abendmahl zu nehmen; das zweite, meine Kinder zu umarmen und ihnen mein letztes Lebewohl zu sagen. Wird mir das verstattet sein?«

»Ja, Sire«, antwortete der Kommissar des Parlaments. Sodann entfernte er sich. Als Aramis wieder zu sich kam, presste er sich die Nägel in das Fleisch und erhob ein tiefes Stöhnen. »O, gnädiger Herr«, rief er, indem er Juxons Hände erfasste, »wo ist Gott? ach, wo ist Gott?«

»Mein Sohn«, antwortete ihm der Bischof mit Festigkeit, »Ihr seht ihn nicht, weil ihn die irdischen Leidenschaften verbergen.«

»Mein Sohn,« sprach der König zu Aramis. »sei nicht trostlos. Du fragst, was Gott tut? Gott sieht auf deine treue Hingebung und auf mein Märtyrertum, und glaube mir, beiden wird ihr Lohn zuteil; somit halte dich über das, was geschieht, an die Menschen und nicht an Gott. Die Menschen sind es, welche mich zum Tode führen, die Menschen sind es, welche dir die Tränen erpressen.«

»Ja, Sire«, antwortete Aramis, ‹ja, Sie haben recht, ich muss die Schuld den Menschen zuschreiben und mich deshalb an sie halten.«

»Seht Euch, Juxon,« sprach der König, indem er niederkniete, »Ihr müsst mich noch anhören und ich muss doch beichten. Bleibt, o Herr,« sagte er zu Aramis, der sich zurückziehen wollte; »bleib, Parry; ich habe nichts zu sagen, was ich nicht in Gegenwart aller Welt sagen könnte, ich beklage nur, dass mich nicht alle hören können wie Ihr.« Juxon setzte sich, der König kniete vor ihm wie der demutvollste Gläubige und fing an sein Bekenntnis abzulegen.

## Remember

Als der König sein Beichtbekenntnis abgelegt und das Abendmahl empfangen hatte, verlangte er seine Kinder zu sehen. Es schlug zehn Uhr; somit war es keine große Verspätung, wie er es gesagt hatte. Inzwischen war das Volk schon bereit; es wusste, dass um zehn Uhr die Hinrichtung festgesetzt sei, und drängte sich in die an den Palast anstoßenden Straßen, und der König begann, dieses ferne Getöse zu unterscheiden, welches die Volksmenge und das Meer verursachen, wenn die eine durch ihre Leidenschaften, das andere durch Stürme in Bewegung gesetzt wird. Die Kinder des Königs kamen an; fürs erste die Prinzessin Charlotte, sodann der Herzog von Glocester; jene ein kleines, schönes, blondes Mädchen mit Tränen in den Augen; dieser ein junger Knabe von acht bis neun Jahren, dessen trockenes Auge und verächtlich aufgeworfene Lippe den ankeimenden Stolz verrieten. Der Knabe hatte die ganze Nacht hindurch geweint, vor all diesen Menschen aber weinte er nicht mehr. Karl fühlte bei dem Anblick dieser zwei Kinder, die er schon zwei Jahre lang nicht gesehen, und jetzt nur im Augenblicke des Sterbens wiedersah, sein Herz weich werden. Eine Träne trat ihm ins Auge, er wandte sich ab, um sie zu trocknen, da er stark vor denen sein wollte, welchen er ein so drückendes Erbteil des Schmerzes und des Unglückes hinterließ.

Er sprach zuvörderst mit dem jungen Mädchen, zog es an sich, und empfahl ihm Frömmigkeit, Ergebenheit und kindliche Liebe; sodann nahm er den jungen Herzog von Glocester und setzte ihn auf seinen Schoß, damit er ihn zugleich an sein Herz drücken und im Gesichte liebkosen konnte. »Mein Sohn,« sprach er zu ihm, »du hast in den Straßen und Vorzimmern viele Menschen gesehen, als du hierherkamst, diese Menschen stehen im Begriff, deinem Vater den Kopf abzuschlagen, das vergiss du nie. Sie werden dich vielleicht eines Tages, wenn sie dich bei sich sehen und in ihrer Gewalt haben, mit Ausschließung des Prinzen von Wallis oder des Herzogs von York, deiner älteren Brüder, wovon der eine in Frankreich, der andere ich weiß nicht wo ist, zum Könige erheben wollen; allein du bist nicht der König, mein Sohn, und kannst es nur nach ihrem Tode werden. Schwöre mir also, dir die Krone nicht früher auf das Haupt setzen zu lassen, als bis du rechtmäßige Ansprüche darauf hast; denn, höre mich wohl, mein Sohn, wenn du das tätest, so würden sie dir eines Tages Kopf und Krone mitsammen abschlagen, und an diesem Tage könntest du nicht so ruhig und ohne Gewissensbisse sterben, wie ich sterbe. Schwöre, mein Sohn.« Der Knabe legte seine kleine Hand in die Rechte seines Vaters und sprach: »Sire, ich schwöre Ew. Majestät – – « Karl unterbrach ihn und sagte: »Heinrich, nenne mich deinen Vater.«

»Mein Vater,« begann der Knabe wieder, »ich schwöre Euch, dass sie mich eher töten, als zum König machen sollen.«

»Gut, mein Sohn,« versetzte Karl. »Jetzt umarme mich, und auch du, Charlotte, und vergeht meiner nicht.«

»O, nein, nie, nie!«, riefen die zwei Kinder und schlangen ihre Arme um den Hals des Königs. »Lebt wohl,« sprach Karl, »lebt wohl, meine Kinder! Führet sie fort, Juxon, ihre Tränen würden mir den Mut zum Sterben benehmen.« Juxon nahm die armen Kinder von den Armen ihres Vaters und übergab sie denen wieder, welche sie hergebracht hatten. Hinter ihnen öffneten sich die Türen, wo jedermann eintreten konnte. Als sich der König mitten unter Wachen und Neugierigen, die in das Zimmer drangen, allein sah, erinnerte er sich, dass der Graf de la Fère nahe bei ihm unter dem Fußboden des Zimmers sei, und, indem er ihn nicht sehen konnte, vielleicht immer noch hoffte. Er bebte, das leiseste Geräusch möchte Athos ein Signal scheinen, und so könnte er sich dadurch, dass er seine Arbeit fortsetzte, selber verraten. Er verhielt sich also mit Anstrengung ganz unbeweglich und forderte durch sein Beispiel alle Anwesenden zur Ruhe auf. Der König täuschte sich nicht, A-thos befand sich wirklich unter seinen Füßen, er horchte und verzweifelte, das Signal zu vernehmen; bisweilen begann er in seiner Ungeduld aufs Neue Steine auszubrechen, doch in der Furcht, gehört zu werden, unterließ er es bald wieder. Diese schauervolle Untätigkeit währte zwei Stunden lang. Im königlichen Zimmer herrschte Todesstille. Jetzt entschloss sich Athos, nach der Ursache dieser düstern, lautlosen Ruhe zu forschen, die nur das endlose Geräusch der Menge störte. Er lüftete den Vorhang, der die Öffnung der Kluft verhüllte, und stieg auf das erste Stockwerk des Schafotts hinab, über seinem Scheitel, kaum vier Zoll entfernt, war der Fußboden, der mit dem Balkon in gleicher Höhe stand und das Schafott bildete. Dieses Geräusch, welches er bis jetzt nur dumpf gehört hatte, und das jetzt laut und bedrohlich bis zu ihm drang, ließ ihn voll Schrecken aufspringen. Er schritt bis an den Rand des Schafotts, schlug das schwarze Tuch in der Höhe seiner Augen zurück und sah Reiter um das entsetzliche Blutgerüst aufgestellt, jenseits der Reiter eine Abteilung Hellebardiere, hinter diesen Musketiere und hinter den Musketieren die ersten Reihen des Volkes, welches gleich dem ungestümen Meere brauste und brüllte. »Was ist denn vorgegangen?«, fragte sich Athos, noch mehr zitternd als das Tuch, dessen Falten er zerkrümmte. »Das Volk drängt heran, die Soldaten stehen unter den Waffen, und unter den Zuschauern, die alle ihre Augen auf das Fenster heften, bemerke ich d'Artagnan. Was erwartet er? Wohin blickt er? Großer Gott, haben sie etwa den Scharfrichter entwischen lassen?«

Auf einmal wirbelten die Trommeln dumpf und traurig auf dem Platze; ein Geräusch von schweren, anhaltenden Tritten ertönte über seinem Scheitel. Es kam ihm vor, als zöge etwas gleich einer endlosen Prozession über die Fußböden von White-Hall; bald danach hörte er den Fußboden des Schafotts selber knarren. Er warf einen letzten Blick nach dem Platze hin, und die Haltung der Zuschauer sagte ihm das, was ihn eine letzte Hoffnung zu erraten abhielt, die noch in seines Herzens Grunde geblieben war. Das Gemurmel auf dem Platze war gänzlich verstummt. Die Augen aller waren nach dem Fenster von White-Hall gerichtet; die offenen Lippen und der zurückgehaltene Odem zeigten die Erwartung irgendeines schauderhaften Schauspiels an. Jenes Geräusch von Tritten, das Athos von der Stelle aus, die er vordem unter dem Zimmerboden des Königs eingenommen hatte, über seinem Scheitel gehört, erneuerte sich auf dem Schafott, das sich unter der Last dergestalt bog, dass die Bretter beinahe den Kopf des unglücklichen Edelmanns berührten. Es waren da augenfällig zwei Reihen von Soldaten, die ihren Platz einnahmen. In demselben Momente sprach eine edle Stimme, die dem Edelmann wohlbekannt war, über seinem Haupte die folgenden Worte: »Herr Oberst, ich wünsche, zu dem Volke zu sprechen.« Athos schauderte vom Kopfe bis zu den Füßen, es war in der Tat der König, der zu dem Volke sprach. Nachdem Karl einige Tropfen Wein getrunken und Brot genossen hatte, und müde war, den Tod zu erwarten, hatte er sich auf einmal wirklich entschlossen, demselben entgegenzugehen, und das Zeichen zum Aufbruch gegeben. Man hatte nun die zwei Flügel des auf den Platz gehenden Fensters geöffnet, und aus dem Hintergrunde des großen Zimmers hatte das Volk fürs erste einen maskierten Mann herankommen sehen, welchen es an dem Beile, das er in der Hand trug, für den Scharfrichter erkannte. Dieser Mann trat zu dem Blocke hin und legte sein Beil auf denselben. Das war das erste Geräusch, welches Athos gehört hatte. Hinter diesem Manne kam sodann zweifelsohne blass, aber ruhig und festen Schrittes Karl Stuart zwischen zwei Priestern, gefolgt von höheren Offizieren, welche die Hinrichtung zu leiten hatten, und von zwei Reihen Hellebardieren begleitet, die sich an beiden Seiten des Schafotts aufstellten.

Der Anblick des maskierten Mannes verursachte ein Gemurmel, das lang anhielt. Jeder brannte, zu wissen, wer dieser unbekannte Scharfrichter sei, der sich so zu rechter Zeit gemeldet hatte, damit das dem Volke versprochene entsetzliche Schauspiel stattfinden könnte, während das Volk der Meinung war, dieses Schauspiel wäre für den nächsten Tag verschoben. Darum verschlang ihn auch jedermann mit den Augen; doch alles, was man sehen konnte, war, dass er ein Mann von mittlerer Größe und schwarz gekleidet wäre, der bereits ein gewisses Alter zu haben schien, denn es hing ein grauer Bart unter der Maske herab, die ihm das Antlitz bedeckte. Jedoch bei dem Anblick des so ruhigen, so edlen und würdigen Königs war die Stille sogleich wieder eingetreten, sodass jeder den Wunsch hören konnte, den er geäußert, zu dem Volke zu sprechen. Zweifelsohne hatte derjenige, an welchen er diesen Wunsch gerichtet, mit einem bejahenden Zeichen geantwortet, denn der König fing an mit so fester und klangvoller Stimme zu sprechen, dass es Athos bis auf den Grund des Herzens widerhallte. Er erklärte dem Volke seine Handlungsweise und gab ihm Ratschläge für die Wohlfahrt Englands. »O,« sprach Athos bei sich, »ist es denn möglich, dass ich höre, und dass ich sehe, was ich da sehe? Ist es möglich, dass Gott seinen Stellvertreter hienieden derart aufgegeben hat, dass er ihn auf so bejammernswerte Weise sterben lasse? – Und ich, der ich ihn nicht gesehen, der ich ihm kein Lebewohl gesagt habe ...!«Da ließ sich ein Geräusch vernehmen, welches dem ähnlich war, welches das auf dem Block bewegte Todeswerkzeug hatte machen können. Der König hielt inne, dann sprach er wieder: »Rühret das Beil nicht an.« Hierauf fuhr er in der Rede da fort, wo er innegehalten hatte.

Als die Rede zu Ende war, entstand eine schauerliche Stille über dem Haupte des Grafen. Er hielt die Hand an seine Stirn, und zwischen seiner Hand und der Stirn peilten Schweißtropfen nieder, wiewohl die Luft eiskalt war. Tiefes Schweigen zeigte die letzten Vorbereitungen an. Nach beendigter Rede warf der König einen mitleidsvollen Blick auf die Menge, nahm den Orden ab, welchen er trug, denselben diamantenen Stern, welchen ihm die Königin geschenkt hatte, und übergab ihn dem Priester, welcher Juxon begleitete. Hierauf zog er aus seinem Busen ein diamantenes Kreuz, welches gleichfalls, wie der Stern, von der Königin Henriette gekommen war. Er wandte sich zu dem Priester, welcher Juxon begleitete, und sprach zu ihm: »Mein Herr, ich werde dieses Kreuz bis zu meinem letzten Atemzuge in der Hand behalten und dann, wenn ich tot bin, nehmt es mit.«

»Ja, Sire,« entgegnete eine Stimme, welche Athos für die von Aramis erkannte. Karl, der bis jetzt mit bedecktem Haupte geblieben war, nahm nun seinen Hut ab und legte ihn neben sich, sodann öffnete er die Knöpfe seines Wamses, zog es aus und warf es neben den Hut. Da es kalt war, so verlangte er seinen Schlafrock, der ihm auch gebracht wurde. Alle diese Vorkehrungen fanden mit einer schauerlichen Ruhe statt. Man hätte sagen können, der König wolle sich in sein Bett und nicht in seinen Sarg legen. Endlich erhob er seine Haare mit der Hand und sprach zum Scharfrichter: »Sind sie Euch im Wege, Herr? Wenn das ist, so kann man sie mit einer Schnur aufbinden.« Karl begleitete diese Worte mit einem Blicke, der unter die Larve des Unbekannten dringen zu wollen schien. Dieser so edle, ruhige und sichere Blick bewog diesen Mann, den Kopf wegzuwenden; doch hinter dem forschenden Blicke des Königs traf er Aramis' stechenden Blick. Als der König sah, dass er nicht antworte, wiederholte er die Frage. »Es ist hinreichend,« versetze der Mann mit dumpfer Stimme, »dass Ihr sie zu beiden Seiten des Halses zurückschlaget.« Der König teilte die Haare mit beiden Händen, betrachtete den Block und sagte: »Dieser Block ist sehr niedrig; ist kein höherer vorhanden?«

»Es ist der gewöhnliche Block«, erwiderte der maskierte Mann. »Glaubt Ihr, mir den Kopf mit einem einzigen Streiche abzuhauen?«, fragte der König. »Ich hoffe das,« entgegnete der Scharfrichter. In den Worten: »Ich hoffe das!« lag eine so seltsame Betonung, dass jedermann schauderte, der König ausgenommen. »Gut,« sprach der König, »und nun höre mich, Scharfrichter.« Der vermummte Mann trat einen Schritt näher zum König und stützte sich auf sein Beil. »Ich will nicht, dass du mich überraschest,« sprach Karl, »ich werde niederknien, um zu beten, aber dann schlage noch nicht.«

»Wann soll ich denn schlagen?«, fragte der maskierte Mann. »Wenn ich den Hals auf den Bock lege, die Arme ausstrecke und sage: Remember!, so schlage kühn zu.« Der vermummte Mann verneigte sich leicht.

»Nun ist der Augenblick gekommen, aus dieser Welt zu scheiden,« sprach der König zu denen, welche ihn umgaben. »Meine Herren, ich verlasse Euch inmitten des Sturmes und gehe Euch voran in jenes Heimatland, dass nichts von Stürmen weiß. Lebet wohl!« Er blickte Aramis an, machte ihm ein eigentümliches Zeichen mit dem Kopfe und fuhr dann fort: »Jetzt entfernt Euch, ich bitte, und lasset mich im Stillen mein

Gebet verrichten. Zieh auch du dich zurück,« sprach er zu dem maskierten Manne, »es ist nur für einen Augenblick, und ich weiß, dass ich dir angehöre; doch erinnere dich, dass du nur auf mein Signal schlagest.« Karl kniete nunmehr nieder, machte das Zeichen des Kreuzes, näherte seinen Mund dem Boden, als wollte er das Schafott küssen, stützte sich dann mit der einen Hand auf den Fußboden, mit der andern auf den Block und sagte französisch: »Graf de la Fère, seid Ihr da und kann ich reden?« Diese Worte trafen Athos mitten ins Herz und durchbohrten es wie kaltes Eisen. »Ja, Majestät,« sprach er zitternd. »Getreuer Freund, edles Herz«, sagte der König, »ich konnte durch dich nicht gerettet werden und sollte es nicht sein, ob ich nun auch eine Sünde begehe, so sage ich dir doch: ja, ich habe zu den Menschen geredet, ich habe zu Gott geredet und spreche mit dir zuletzt. Um eine Sache zu behaupten, die ich für geheiligt hielt, verlor ich den Thron meiner Väter und entzog meinen Kindern das Erbe. Eine Million in Gold bleibt mir, die ich in den Kellern von Newcastle in dem Momente vergrub, wo ich diese Stadt verließ. Du allein weißt von dem Vorhandensein dieses Geldes; mach' davon Gebrauch, wenn du glaubst, dass es für die Wohlfahrt meines ältesten Sohnes Zeit sein wird; und jetzt, Graf de la Fère, nehmt von mir Abschied.«

»Gott befohlen, heilige, dem Märtyrertum geweihte Majestät«, stammelte Athos, von Entsetzen erstarrt.

Es trat nun ein kurzes Stillschweigen ein, während dessen es Athos schien, als richte sich der König empor und nehme eine andere Haltung an. Sonach rief der König mit starker, klangvoller Stimme, dass man ihn nicht bloß auf dem Schafott, sondern auch auf dem Platze vernahm: »Remember!« Er hatte dieses Wort kaum ausgesprochen, als ein furchtbarer Schlag den Fußboden des Schafotts erschütterte; Staub wirbelte vom Tuche empor und blendete den unglücklichen Edelmann. Dann erhob er auf einmal, gleichsam maschinenartig, die Augen und den Kopf und ein warmer Tropfen fiel ihm auf die Stirne. Athos wich mit schaudervollem Entsetzen zurück, und in diesem Momente verwandelte sich der Tropfen in eine dunkle Kaskade, die auf dem Boden zurückprallte. Athos war von selbst auf die Knie gesunken und blieb da einige Augenblicke wie von Wahnsinn und Ohnmacht übermannt. Bald nachher bemerkte er an dem abnehmenden Getöse, dass sich die Menge entferne; er blieb noch ein Weilchen bewegungslos, stumm und niedergeschlagen. Hierauf wandte er sich um und tauchte den Zipfel seines Sacktuches in das Blut des Märtyrerkönigs, und als sich die Volksmenge mehr und mehr verlor, stieg er hinab, teilte das Tuch, schlüpfte zwischen zwei Pferden hindurch, mengte sich unter das Volk, dessen Anzug er hatte, und kam zuerst im Gasthause an. Da ging er in sein Zimmer, betrachtete sich in einem Spiegel, sah seine Stirne mit einem breiten Blutmal bezeichnet, bewegte die Hand danach, zog sie, voll vom Blute des Königs, zurück und wurde ohnmächtig.

### Der maskierte Mann

Wiewohl es erst vier Uhr abends war, so war es doch schon finster und der Schnee fiel dicht und eisig. Aramis kam gleichfalls nach Hause und traf Athos, wenn auch nicht ohnmächtig, doch wenigstens vernichtet. Der Graf erwachte bei den eisten Worten seines Freundes aus der Art Erstarrung, in die er versunken war.

»Nun denn,« sprach Aramis, »durch das Verhängnis überwunden.«

»Überwunden«, rief Athos. »Edler, unglücklicher König!«

»Seid Ihr denn verwundet?«, fragte Aramis.

»Nein, dieses Blut ist das Seinige.« Der Graf wischte sich die Stirne ab.

»Wo seid Ihr denn gewesen?«

»Wo Ihr mich verlassen habt, unter dem Schafott.« »Und habt Ihr alles gesehen?«

»Nein, doch alles gehört; Gott bewahre mich vor jeder Stunde, wie diese war. Sind nicht meine Haare weiß geworden?«

»So wisst Ihr auch, dass ich ihn nicht verlassen habe.«

»Ich hörte Eure Stimme bis zum letzten Augenblicke.«

»Hier ist der Stern, den er mir gegeben«, sagte Aramis, »und hier ist das Kreuz, welches ich aus seiner Hand empfangen; er wünschte, dass sie der Königin zugestellt werden möchten.«

»Und hier ist ein Tuch, um sie einzuwickeln«, versetzte Athos. Er nahm das Tuch aus der Tasche, welches er in das Blut des Königs getaucht hatte.

»Was hat nun mit dem armen Leichnam zu geschehen?«, fragte Athos.

»Es werden ihm auf Cromwells Befehl die königlichen Ehren erwiesen werden. Wir legten die Leiche in einen bleiernen Sarg, die Ärzte beschäftigen sich damit, diese unglücklichen Überreste einzubalsamieren, und wenn das geschehen ist, wird man den König auf einem Schaugerüste aussetzen.«

»Hohn!«, murmelte Athos düster.

»Königliche Ehrenbezeigungen demjenigen, welchen sie umgebracht haben!«

»Das ist ein Beweis,« versetzte Aramis, »dass der König, aber nicht das Königtum stirbt.«

»O,« entgegnete Athos, »das war leider vielleicht der letzte ritterliche König, den die Welt besessen hat.«

»Nun, Graf, verzweifelt nur nicht,« sprach eine kräftige Stimme auf der Treppe, auf welcher Porthos' schwere Tritte knarrten, »wir sind alle sterblich, meine Freunde!«

»Ihr kommt spät, lieber Porthos«, sagte der Graf de la Fere. »Was ist's aber mit d'Artagnan?« fragte Aramis; »habt Ihr ihn nicht gesehen, und ist ihm vielleicht etwas zugestoßen?«

»Wir wurden durch das Gedränge getrennt,« versetzte Porthos, »und wie viele Mühe ich mir auch gab, so konnte ich ihn doch nicht wiedersehen.« »O«, rief Athos voll Bitterkeit, »ich habe ihn gesehen, er stand in der vordersten Reihe des Volkes und hatte einen trefflichen Platz, um nichts zu verlieren, und da das Schauspiel doch sehenswürdig war, so wollte er es gewiss bis zum Schlusse sehen.«

»O, Graf de la Fere,« sprach eine ruhige, wiewohl durch die Eilfertigkeit atemlos gewordene Stimme, »seid Ihr es wirklich, der die Abwesenden verleumdet?« Dieser Vorwurf erschütterte Athos' Herz; da aber der Eindruck, welchen d'Artagnan in den vorderen Reihen des blöden grausamen Volkes auf ihn hervorgebracht hatte, ein tiefer war, so entgegnete er nur:

»Mein Freund, ich verleumde nicht. Man war hier um Euch bekümmert, und ich sagte, wo Ihr gewesen seid, Ihr habt den König Karl nicht gekannt, er war für Euch nur ein Ausländer und Ihr waret nicht gehalten, ihn zu lieben.« Er reichte seinem Freunde unter diesen Worten die Hand, doch d'Artagnan tat, als bemerkte er Athos' Bewegung nicht, und hielt seine Hand unter dem Mantel. Athos ließ die Seinige langsam niedersinken.

»O, ich bin müde«, seufzte d'Artagnan und setzte sich.

»Trinkt ein Glas Porter,« sprach Aramis, indem er vom Tische eine Bouteille nahm und ein Glas füllte, »trinkt, das wird Euch wieder stärken.« –

»Ja, lasst uns trinken«, erwiderte Athos, der, empfindlich ob der Unzufriedenheit des Gascogners, Glas an Glas mit ihm anstoßen wollte.

»Lasst uns trinken und dieses leidige Land verlassen. Ihr wisset, die Feluke erwartet uns! segeln wir noch diesen Abend ab; da wir hier nichts mehr zu tun haben.«

»Ihr habt es sehr eilig, Herr Graf«, sagte d'Artagnan.

»Dieser blutige Boden glüht unter meinen Füßen«, versetzte Athos.

»Der Schnee tut bei mir diese Wirkung nicht,« sprach der Gascogner gelassen.

»Doch, was haben wir denn da noch zu tun«, fragte Athos, »da der König tot ist?«

»Herr Graf«, erwiderte d'Artagnan nachlässig, »nun, seht Ihr denn nicht, dass Ihr in England noch etwas zu tun übrig habt?«

»Nichts, nichts«, sagte Athos, »als an höherer Güte zu zweifeln, und meine eigenen Kräfte zu verachten.«

»Nun denn,« sprach d'Artagnan, »ich, der Armselige, ich, der blutdürstige Maulaffe, der ich mich dreißig Schritt vor das Schafott hingestellt habe, um das Haupt dieses Königs, den ich nicht kenne, besser fallen zu sehen, und der mir auch gleichgültig war, ich bin einer anderen Meinung als der Herr Graf... ich bleibe.« Athos erblasste ungemein; jeder Vorwurf seines Freundes widerhallte im Grunde seines Herzens.

»Ha, Ihr bleibt in London?« sprach Porthos zu d'Artagnan.

»Ja,« entgegnete dieser... »und Ihr?«

»Ei«, rief Porthos, vor Athos und Aramis ein bisschen verlegen, »ei, wenn Ihr bleibt, so will ich nur mit Euch gehen, da ich mit Euch gekommen bin; ich lasse Euch nicht gern allein in diesem abscheulichen Lande.«

»Dank, mein vortrefflicher Freund! Somit habe ich Euch einen kleinen Vorschlag zu tun, um gemeinsam ein Unternehmen auszuführen, wenn der Herr Graf abgereist sein wird, und wozu mir der Gedanke gekommen ist. während ich jenem Schauspiele, das Ihr kennt, zugesehen habe.«

»Welches?«, fragte Porthos.

»Ich will erfahren, wer denn jener maskierte Mann ist, der sich so gefällig angeboten hatte, dem Könige den Hals abzuschneiden.«

»Ein maskierter Mann?«, rief Athos.

»Ihr ließet also den Scharfrichter nicht entwischen?«

»Der Scharfrichter befindet sich noch immer im Keller«, erwiderte d'Artagnan, »wo er, wie ich glaube, einige Worte mit den Flaschen unseres Wirtes spricht. Allein Ihr erinnert mich daran.« Er ging zu der Tür und rief: »Mousqueton!«

»Gnädiger Herr«, antwortete eine Stimme, welche aus den Tiefen der Erde zu hallen schien.

»Lasst den Gefangenen frei,« sprach d'Artagnan, »es ist alles vorüber.«

»Jedoch«, sagte Athos, »wer ist denn der Ruchlose, der die Hand an seinen König gelegt hat?«

»Ein Scharfrichter aus Liebhaberei, der übrigens geschickt das Beil führt, denn wie er hoffte«, sagte Aramis, »brauchte er nur einen Streich.«

»Habt Ihr sein Antlitz nicht gesehen?«, fragte Athos.

»Er trug eine Maske«, antwortete d'Artagnan.

»Doch Ihr, Aramis, die Ihr neben ihm standet?«

»Ich sah nur einen grauen Bart, der unter der Larve hervortrat.«

»Er ist somit ein Mann von einem gewissen Alter?«, fragte Athos.

»O, sprach d'Artagnan, »das hat nichts zu bedeuten. Nimmt man eine Larve vor, so kann man auch einen Bart anbringen.«

»Es tut mir leid«, bemerkte Porthos, »dass ich ihm nicht nachging.«

»Nun denn, lieber Porthos,« versetzte d'Artagnan, »eben dieser Gedanke war mir aufgestiegen.« Athos erriet alles und stand auf, indem er sagte:

»Vergib mir, d'Artagnan, ich habe an Gott gezweifelt und konnte wohl auch an dir zweifeln Vergib mir, o Freund!«

»Wir wollen das nachher sehen«, erwiderte d'Artagnan mit einem halben Lächeln.

»Nun?«, fragte Aramis.

»Nun denn«, antwortete d'Artagnan, »während ich den vermummten Scharfrichter ansah, ist mir, wie gesagt, der Gedanke gekommen, zu erfahren, wer er denn sei. Da wir aber daran gewöhnt sind, uns einer durch den andern zu ergänzen und zu Hilfe zu rufen, wie man seine zweite Hand der ersten zu Hilfe ruft, so blickte ich unwillkürlich umher, um zu sehen, ob Porthos nicht da sei, denn ich habe Euch neben dem König erkannt, Aramis, und von Euch, Graf, gewusst, dass Ihr unter dem Schafott sein müsst. Darum vergebe ich Euch auch,« fügte er hinzu, Athos die Hand reichend, »denn Ihr müsst dort sehr viel ausgestanden haben. Ich blickte also um mich her, und bemerkte da zu meiner Rechten einen Kopf, der gespalten gewesen, und so gut es anging, mit schwarzem Taffet zusammengeflickt war. Bei Gott, dachte ich, das ist so eine Naht nach meiner Art, und ich glaube, diesen Schädel irgendwo zusammengeflickt zu haben. Es war wirklich jener unglückliche Schotte, Parrys Bruder, an dem sich, wie Ihr wisst, Herr Groslom erlustigt hat, seine Kräfte zu versuchen, und der nur noch einen halben Kopf hatte, als wir ihn antrafen; er gab einem andern Manne zu meiner Linken Zeichen; ich wandte mich und erkannte den ehrlichen Grimaud, der gleich mir ganz beschäftigt war, den maskierten Scharfrichter mit den Augen zu verschlingen.

»O!«, rief ich ihm zu; und da diese Silbe die Abkürzung ist, deren sich der Herr Graf an den Tagen bedient, wo er mit ihm spricht, so verstand Grimaud, dass er es sei, den man rufe, und wandte sich, wie von einer Feder bewegt; er erkannte mich gleichfalls. Da streckte er den Finger nach dem verwundeten Mann aus und sagte: »He!«, womit er sagen wollte: »Haben Sie gesehen?«

»Bei Gott!«, erwiderte ich. Wir hatten uns vollkommen verstanden. Ich wandte mich wieder zu unserm Schotten; dieser tat gleichfalls sprechende Blicke. Kurz, alles das, wie Ihr wisst, auf sehr traurige Weise geendet. Das Volk verlor sich, der Abend brach herein; ich zog mich mit Grimaud und mit dem Schotten, dem ich gewinkt hatte, zu bleiben, in eine Ecke des Platzes zurück, und betrachtete von dort aus den Scharfrichter, der in das königliche Zimmer zurückkehrte und die Kleider wechselte, da die Seinigen sicher mit Blut bespritzt waren. Sodann setzte er seinen schwarzen Hut auf den Kopf, hüllte sich in den Mantel und verschwand. Ich erriet, er würde den Palast verlassen, und eilte, mich dem Tore gegenüber aufzustellen. Fünf Minuten danach sahen wir ihn wirklich die Treppe herabkommen.«

»Ihr seid ihm nachgegangen?«, rief Athos.

»Beim Himmel!«, rief d'Artagnan, »doch geschah es nicht ohne Mühe. Er wandte sich jeden Augenblick um, dann waren wir genötigt, uns zu verstecken oder gleichgültige Mienen zu machen. Ich hätte ihn wohl packen und töten können, allein ich bin nicht selbstsüchtig; ich sparte Euch diesen Leckerbissen auf, Aramis und Athos, um Euch ein bisschen zu trösten. Nachdem wir eine halbe Stunde lang durch die krummsten Straßen der City gegangen waren, kamen wir endlich zu einem kleinen, einsamen Hause, worin kein Geräusch und kein Licht die Anwesenheit eines Menschen kundgab.« Grimaud holte aus seinen weiten Hosen eine Pistole hervor. »He?«, rief er, indem er sie mir zeigte.

»Nein,« sprach ich und hielt ihm den Arm zurück. Wie gesagt, hatte ich meine Absichten. Der vermummte Mann hielt vor einer niedrigen Hütte an, und nahm aus seiner Tasche einen Schlüssel hervor, doch ehe er ihn in das Schlüsselloch steckte, wandte er sich, um zu sehen, ob ihm niemand folge. Ich drängte mich hinter einen Baum und Grimaud hinter einen Eckstein. Der Schotte, der sich hinter keinem Gegenstande verstecken konnte, warf sich mit dem Bauche flach auf den Boden. Zweifelsohne wähnte der Mann, den wir verfolgten, er sei in der Tat allein, denn ich hörte den Schlüssel knarren, die Türe ging auf und er verschwand.«

»Der Ruchlose!«, rief Aramis. »Indes Ihr nach Hause ginget, wird er entflohen sein, und wir können ihn nicht wieder treffen.«

»Geht doch, Aramis,« sprach d'Artagnan, »Ihr haltet mich für einen andern.«

»Jedoch in Eurer Abwesenheit ...«, bemerkte Athos.

»Nun,« hatte ich denn nicht Grimaud und den Schotten, dass sie während meiner Abwesenheit meine Stelle vertraten? Ehe er noch im Hause zehn Schritte weit getan hatte, war ich schon rings um das Haus herumgegangen. An jene Türe, durch welche er eingetreten war, stellte ich meinen Schotten, und gab ihm zu verstehen, falls der Mann mit der schwarzen Maske zurückkehrte, so müsste er ihm nachfolgen, wohin er immer ginge, indes Grimaud ihm selbst folgen und zurückkehren würde, um uns dort, wo wir waren, zu erwarten: Hierauf stellte ich Grimaud an den zweiten Ausgang und empfahl ihm dasselbe; und nun bin ich hier. So ist das Wild umstellt, und wer mag nun das Halali sehen?« Athos stürzte sich in die Arme d'Artagnans, der sich die Stirn abtrocknete, und sprach zu ihm: »Freund, Ihr waret wirklich zu gut, dass Ihr mir verziehen; ich hatte unrecht, hundertmal unrecht, da ich Euch kennen sollte; allein es liegt in unserm Innern etwas Böses, das beständig zweifelt.«

»Hm«, bemerkte Porthos, »war der Scharfrichter nicht vielleicht gar Herr Cromwell, der das Werk selbst vollzog, um nur sicher zu sein, dass es gut vollzogen würde?«

»Ha doch. Her Cromwell ist groß und untersetzt, und jener war mager, schlank und mehr groß als klein.«

»So war es irgendein verurteilter Soldat, dem man für diesen Preis seine Begnadigung angetragen hat, wie man es für den unglücklichen Chalais getan hat«, versetzte Athos.

»Nein, nein«, rief d'Artagnan, »es war nicht der taktmäßige Gang eines Infanteristen und auch nicht der steife Schritt eines Kavalleristen. Unser

Mann hat einen schmucken Fuß, einen vortrefflichen Gang. Entweder irre ich sehr, oder wir haben es mit einem Kavalier zu tun.«

»Eine hübsche Jagd,« sprach Porthos mit einem Gelächter, dass die Fensterscheiben sich schüttelten, »bei Gott, eine hübsche Jagd!«

»Wollet Ihr immer nach abreisen, Athos?«, fragte d'Artagnan. »Nein, ich bleibe«, erwiderte der Graf mit einer bedrohlichen Gebärde, welche dem, an den sie gerichtet war, nichts Gutes versprach. »Nun, die Schwerter«, rief Aramis, »die Schwerter, lasst uns keinen Augenblick versäumen.«

Die vier Freunde kleideten sich schnell wieder als Kavaliere, gürteten sich die Schwerter um, riefen Mousqueton und Blaisois herauf, und befahlen ihnen, die Zeche mit dem Wirte zu berichtigen, und zur Abreise alles bereitzuhalten, da man London wahrscheinlich noch in dieser Nacht verlassen würde. Sofort gingen die vier Freunde, in ihre Mäntel gehüllt, über alle Plätze und durch alle Straßen der bei Tag so volkreichen und in dieser Nacht so veröden City. D'Artagnan führte sie, und suchte von Zeit zu Zeit die Kreuze wiederzuerkennen, welche er mit seinem Dolche an den Mauern gemacht hatte, allein die Nacht war so finster, dass es große Mühe erforderte, diese Spuren wieder aufzufinden. D'Artagnan hatte aber seinem Gedächtnisse jeden Eckstein, jeden Brunnen, jedes Schild so gut eingeprägt, dass er nach Verlauf einer halben Stunde mit seinen drei Begleitern vor dem einsamen Hause ankam. D'Artagnan dachte einen Augenblick lang, Parrys Bruder wäre verschwunden, doch irrte er sich; der kräftige Schotte, an seine Eisberge gewöhnt, hatte sich gegen einen Eckstein hingestreckt, und wie eine von ihrem Fußgestelle herabgeworfene Statue hatte er sich, fühllos gegen die Rauheit der Jahreszeit, mit Schnee überdecken lassen; doch stand er auf, als die vier Männer sich näherten.

»Seht,« sprach Athos, »da ist noch ein braver Diener. Bei Gott! die wackeren Leute sind nicht gar so selten, wie man glaubt. Das ermutigt.«

»Eilen wir nicht allzu sehr, unserm Schottländer Kränze zu winden,« versetzte d'Artagnan; »mich dünkt, der Schelm ist für seine eigene Rechnung hier. Ich hörte sagen, dass die Herren, welche jenseits des Tweed zur Welt kommen, gern Groll hegen. Meister Groslow mag auf seiner Hut sein, er könnte bei seiner Begegnung wohl eine schlimme Viertelstunde haben.«

Er trennte sich dann von seinen Freunden, näherte sich dem Schotten und gab sich zu erkennen. Darauf winkte er den andern, zu kommen.

»Nun?«, fragte Athos auf englisch. »Es hat niemand das Haus verlassen«, antwortete Parrys Bruder. »Gut, bleibt bei diesem Manne, Porthos, und Ihr gleichfalls, Aramis. D'Artagnan wird mich zu Grimaud führen.« Grimaud hatte sich ebenso bewegungslos wie der Schotte an eine hohle Mauer gelehnt, und sich daraus ein Schilderhaus gemacht. So wie d'Artagnan für den andern Wächter in Furcht geriet, so glaubte er einen Augenblick lang, der maskierte Mann habe das Haus verlassen, und Grimaud habe ihm nachgesetzt. Auf einmal erschien ein Kopf und ließ ein leises Pfeifen vernehmen.

»Oh,« sprach Athos. »Ja«, antwortete Grimaud.

Sie näherten sich dem Weidenbaume.

»Nun, hat jemand das Haus verlassen?«, fragte d'Artagnan. »Nein,« entgegnete Grimaud, »doch ist jemand hineingegangen.«

»Ein Mann oder eine Frau?« »Ein Mann.«

»Ah«, rief d'Artagnan, »so sind ihrer zwei.«

»Ich wollte, es wären ihrer vier,« sprach Athos, »dann würde sich wenigstens die Partie gleichstellen.«

»Vielleicht sind sie zu vier«, erwiderte d'Artagnan. »Wieso?«

»Konnten denn vor ihnen nicht andere Männer im Hause gewesen sein und auf sie gewartet haben?«

»Man kann hineinblicken«, sagte Grimaud und deutete auf ein Fenster hin, durch dessen Balken einige Lichtstrahlen flimmerten.

»Das ist richtig«, rief d'Artagnan; »lasst uns die andern berufen.«

Sie gingen um das Haus herum und gaben Porthos und Aramis einen Wink, zu kommen. Diese eilten sogleich herbei und fragten: «Habt Ihr etwas gesehen?«

»Nein, doch werden wir sehen,« entgegnete d'Artagnan, während er auf Grimaud zeigte, der, sich an die Mauergesimse anklammernd, bereits bis zu einer Höhe von fünf bis sechs Fuß über den Boden geklettert war. Alle vier näherten sich. Grimaud kletterte immer höher hinauf, mit der Gewandtheit einer Katze, endlich erreichte er einen Haken, der bestimmt schien, die offenstehenden Balken festzuhalten, zugleich fand sein Fuß ein Gesims, das ihm eine hinlängliche Stütze zu bieten schien; denn er deutete durch ein Zeichen an, dass er sein Ziel erreicht habe. Nun legte er sein Auge an die Ritze des Ballens.

»Nun?«, fragte d'Artagnan.

Grimaud zeigte seine geschlossene Hand mit nur zwei offenen Fingern.

»Rede,« sprach Athos, »man sieht deine Zeichen nicht.« »Wie viel sind ihrer?« Grimaud tat sich Gewalt an und sagte: »Zwei; der eine steht mir gegenüber, der andere kehrt mir den Rücken.«

»Gut, und wer ist der, welcher dir gegenüber steht?«

»Jener Mann, den ich eintreten sah.«

»Kennst du ihn?«

»Ich glaube, ihn zu erkennen, und irre mich nicht; dick und untersetzt.«

»Wer ist das?«, fragten zugleich alle vier Freunde mit leiser Stimme.

»Der General Oliver Cromwell.« Die vier Freunde blickten einander an. »Und der andere?«, fragte Athos. »Mager und schlank.«

»Das ist der Scharfrichter«, riefen zugleich Aramis und d'Artagnan.

»Ich sehe nichts als seinen Rücken,« versetzte Grimaud; »doch halt, er macht eine Bewegung, er wendet sich; wenn er seine Larve weggelegt hat, so kann ich ihn sehen – ah! ...« Und als wäre Grimaud ins Herz getroffen worden, ließ er den eisernen Haken los, warf sich zurück und brach in dumpfes Stöhnen aus. Porthos hielt ihn in seinen Armen zurück. »Hast du ihn gesehen?«, fragten die vier Freunde.

»Ja«, antwortete Grimaud mit gesträubten Haaren und schweißbedeckter Stirn.«

»Den magern und schlanken Mann?«, fragte d'Artagnan.

»Ja!«

»Kurz, den Scharfrichter?«, fragte Aramis.

»Ja.«

»Und wer ist er?«, fragte Porthos.

»Er – er!«, stammelte Grimaud, leichenfahl und mit seinen bebenden Händen die Hände seines Herrn ergreifend.

»Wer denn, er?«, fragte Athos.

»Mordaunt!« – rief Grimaud.

D'Artagnan, Porthos und Aramis erhoben einen Ausruf der Freude. Athos wich einen Schritt zurück, fuhr mit der Hand über seine Stirn und murmelte: »Verhängnis!«

### Das Haus Cromwells

Es war wirklich Mordaunt, dem d'Artagnan nachgegangen war, ohne dass er ihn erkannt hatte. Als er in das Haus trat, legte er seine Larve und den grauen Bart ab, deren er sich bedient hatte, um sich unkenntlich zu machen. Als er über eine Treppe hinaufgestiegen war, schloss er eine Türe auf und befand sich in einem von einer Lampe erhellten und mit einer dunkelfarbigen Tapete behangenen Zimmer einem Mann gegenüber, der von einem Schreibtische saß und schrieb. Dieser Mann war Cromwell. Wie man weiß, hatte Cromwell in London zwei bis drei jener Schlupfwinkel, die selbst seine gewöhnlichen Freunde nicht wussten, und deren Geheimnis er bloß seinen Vertrautesten mitteilte. Nun ließ sich aber Mordaunt, wie man sich erinnern wird, unter die Zahl dieser letzteren rechnen. Als er eintrat, richtete Cromwell den Kopf empor und sagte:»Ihr seid es, Mordaunt? Ihr kommt spät.«

»General,« entgegnete Mordaunt, »ich wollte die Zeremonie bis ans Ende sehen, und das hat mich verzögert.«

»Ah,« versetzte Cromwell, »ich habe Euch nie für so neugierig gehalten.«

»Ich bin stets neugierig, den Sturz eines der Feinde Eurer Herrlichkeit zu sehen, und der zuletzt Gestürzte war keineswegs unter die Zahl der Kleinsten zu rechnen. Doch Ihr, General, seid Ihr nicht in White-Hall gewesen?«

»Nein,« entgegnete Cromwell. Es trat ein kurzes Stillschweigen ein.

»Wisset Ihr hiervon die einzelnen Umstände?«, fragte Mordaunt.

»Nein, ich bin seit diesem Morgen hier und weiß nur, dass es ein Komplott gab, um den König zu retten.«

»Ha, das wusstet Ihr?«, fragte Mordaunt. »Da liegt nichts daran; vier Männer, als Handwerker gekleidet, wollten den König aus dem Gefängnis befreien und nach Greenwich führen, wo ihn ein Schiff erwartete.«

»Und obwohl Eure Herrlichkeit das alles wusste, so blieb sie doch fern von der City, ruhig und untätig?«

»Wenn jedoch das Komplott gelungen wäre?«

»Das hätte ich gewünscht.«

»Ich dachte mir. Eure Herrlichkeit betrachte den Tod Karls I. als ein Unglück, das für Englands Wohlfahrt erforderlich wäre.«

»Nun, dieser Ansicht bin ich noch immer,« versetzte Cromwell, »doch hätte er nur sterben sollen; es wäre vielleicht besser gewesen, wenn das nicht auf dem Schafott geschehen wäre.«

»Weshalb, Eure Herrlichkeit?« Cromwell lächelte. »Vergebt«, sagte Mordaunt, »allein Ihr wisset, ich bin noch ein Schüler in der Politik und möchte unter allen Umständen die Lehren nützen, die mir mein Lehrer gefällig erteilen wird.«

»Weil es geheißen hätte: Ich habe ihn aus Gerechtigkeit verurteilt und aus Erbarmen entfliehen lassen.«

»Wenn er aber wirklich entflohen wäre?«

»Unmöglich.«

»Unmöglich?«

»Ja, meine Vorsichtsmaßregeln waren getroffen.«

»Und kennt Eure Herrlichkeit die vier Männer, die es unternommen, den König zu retten?«

»Es sind jene vier Franzosen, wovon zwei die Königin Henriette an ihren Gemahl und zwei Mazarin an mich abgeschickt hat.«

»Und glaubt Ihr auch, General, Mazarin habe sie beauftragt, das zu tun, was sie getan haben?«

»Das ist möglich, doch er wird leugnen.«

»Ihr glaubt?«

»Ich bin davon überzeugt.«

»Warum das?«

»Weil es ihnen nicht gelungen ist.« »Schon hat mir Eure Herrlichkeit zwei von diesen Franzosen gegeben, wo sie nur schuldig waren, die Waffen zugunsten Karls I. geführt zu haben, will mir Eure Herrlichkeit jetzt, wo sie schuldig sind, sich gegen England verschworen zu haben, alle vier geben?«

»Nehmt sie,« erwiderte Cromwell.

Mordaunt verneigte sich mit dem Lächeln triumphierender Grausamkeit.

»Jedoch,« begann Cromwell wieder, als er sah, Mordaunt wolle ihm Dank sagen, »kommen wir wieder auf den unglücklichen Karl zurück. Hat man aus dem Volke gerufen?«

»Sehr wenig, außer: »Es lebe Cromwell!«

»Wo habt Ihr gestanden?«

Mordaunt starrte den General ein Weilchen lang an, um in seinen Augen zu lesen, ob das bloß eine leere Frage sei, oder ob er alles wisse.

Doch Mordaunts glühender Blick drang nicht in die Tiefe von Cromwells dunklem Blicke. »Ich stand so, dass ich alles sah und hörte,« entgegnete Mordaunt.

Nun war die Reihe an Cromwell, Mordaunt fest ins Auge zu fassen, und an Mordaunt die Reihe, sich unerforschlich zu machen. Nach einem Weilchen der Prüfung wandte er die Augen gleichgültig weg.

»Der improvisierte Scharfrichter scheint sein Amt recht gut versehen zu haben«, sagte Cromwell. »Wie man mir sagte, war der Schlag wie von Meisterhand geführt.«

Da Mordaunt sich erinnerte, dass ihm Cromwell sagte, er wisse durchaus keine näheren Umstände, so war er von nun an überzeugt, der General habe hinter einem Vorhange oder Balkon versteckt der Hinrichtung beigewohnt. Er antwortete ihm mit ruhiger Stimme und gleichgültiger Miene: »In der Tat, ein einziger Streich war genügend.«

»Vielleicht war es ein Mann vom Fach,« bemerkte Cromwell.

»Meint Ihr, General?«

»Warum denn nicht?«

»Jener Mann sah doch nicht aus wie ein Scharfrichter.«

»Und welcher andere Mann als ein Scharfrichter hätte dieses furchtbare Geschäft vollziehen mögen?«, fragte Cromwell.

»Nun,« entgegnete Mordaunt, »etwa irgendein persönlicher Feind König Karls, der ein Gelöbnis getan, und dasselbe ausgeführt hat, oder irgendein Edelmann, der den König aus wichtigen Ursachen hasste, und der, wohl wissend, er stehe im Begriffe, zu entfliehen und zu entwischen, sich so mit vermummter Stirne und dem Beile in der Hand nicht als Stellvertreter des Scharfrichters, sondern als Vollstrecker des Verhängnisses in den Weg geworfen hat.«

»Das ist möglich,« versetzte Cromwell.

»Und wäre das der Fall«, fragte Mordaunt, »würde Eure Herrlichkeit seine Handlung verdammen?«

»Es steht mir nicht zu, ihn zu richten, das ist eine Angelegenheit zwischen Gott und ihm.«

»Wenn aber Eure Herrlichkeit diesen Mann kennen möchte?«

»Mein Herr«, antwortete Cromwell, »ich kenne ihn nicht und will ihn auch nicht kennen. Was kümmert es mich, ob es dieser oder jener sei? Es ist kein Mensch mehr, sondern ein Beil, dass ihm den Kopf abgeschlagen hat.«

»Und doch wäre ohne diesen Mann der König gerettet,« sprach Mordaunt.

Cromwell lächelte. »Zweifelsohne; Ihr habt es selbst gesagt, man entführte ihn.« «Man entführte ihn bis Greenwich. Dort schiffte er sich mit seinen vier Rettern in einer Feluke ein. In dieser Feluke waren aber vier mir ergebene Männer und vier der Nation gehörige Pulverfässer. Auf dem Meere stiegen die vier Männer in die Schaluppe, und Ihr, Mordaunt, seid schon ein zu bewanderter Politiker, als dass ich Euch das übrige zu erklären nötig hätte.«

»Ja, auf dem Meere wären sie alle in die Luft geflogen.« »Ganz richtig; diese Explosion vollzog, was das Beil nicht hatte tun wollen. König Karl I. wäre vernichtet, verschwunden. Es hätte geheißen, er sei der menschlichen Gerechtigkeit entronnen, aber von der Rache des Himmels verfolgt und erreicht worden; wir wären nur seine Richter und Gott der Vollstrecker des Urteils gewesen. Das, Mordaunt, ließ Euer vermummter Edelmann mich verlieren. Somit seht Ihr, dass ich recht habe, ihn nicht kennen zu wollen, denn ungeachtet seiner trefflichen Absicht könnte ich ihm doch für das, was er getan hat, nicht dankbar sein.«

»General«, rief Mordaunt, »ich verneige und demütige mich vor Euch wie immer; Ihr seid ein tiefer Denker, und Eure Idee mit der minierten Feluke ist erhaben.«

»Richtig,« versetzte Cromwell, «da sie nutzlos geworden ist. In der Politik gibt es keine erhabenere Idee, als jene, welche ihre Früchte bringt; jede Idee, welche scheitert, ist töricht und taub. Ihr werdet somit heute nach Greenwich gehen, Mordaunt,« sprach Cromwell aufstehend, »werdet dort nach dem Lotsen der Feluke 'Blitz' fragen, werdet ihm ein weißes Sacktuch mit vier Knoten an den Ecken zeigen, das ver- abredete Zeichen, und werdet den Leuten sagen, sie sollen wieder an das Land gehen, und das Pulver in das Zeughaus zurückbringen, es wäre denn ...«

»Es wäre denn ...« wiederholte Mordaunt, dessen Antlitz sich unter Cromwells Worten mit grimmvoller Freude erleuchtete. »Es wäre denn, dass diese Feluke, wie sie eben ist, Euren persönlichen Plänen dienen könnte.«

»Ah, Mylord, Mylord!«, rief Mordaunt. «Ich glaube, Ihr nennt mich Mylord,« versetzte Cromwell lachend. »Das ist gut, da wir unter uns sind, doch müsst Ihr auf der Hut sein, dass Euch solch ein Wort nicht vor den albernen Puritanern entschlüpfe.«

»Wird Eure Herrlichkeit nicht alsbald so genannt werden?«

»Wenigsten« hoffe ich es,« erwiderte Cromwell, »allein ist es noch nicht Zeit.«

Cromwell stand auf und nahm seinen Mantel. »Gnädigster Herr, Ihr entfernt Euch?«, fragte Mordaunt. »Ja«, erwiderte Cromwell, »ich habe gestern und vorgestern hier geschlafen, und Ihr wisst, ich pflege nicht dreimal in demselben Bette zu ruhen.«

»Eure Herrlichkeit lässt mir also volle Freiheit für diese Nacht?«, fragte Mordaunt. »Und auch für den morgigen Tag, wenn es nötig ist,« entgegnete Cromwell. Dann fuhr er lächelnd fort: »Seit gestern Abend habt Ihr genug für meinen Dienst getan, und habt Ihr einige persönliche Angelegenheiten abzutun, so ist es auch billig, dass ich Euch Zeit einräume.«

»Dank, gnädiger Herr, und ich hoffe auch, sie zu nützen.« Cromwell machte Mordaunt ein Zeichen mit dem Kopfe, dann wandte er sich wieder um und fragte: »Seid Ihr bewaffnet?«

»Ich trage mein Schwert«, antwortete Mordaunt. »Und erwartet Euch niemand an der Türe?«

»Niemand.«

»Dann sollet Ihr mit mir gehen, Mordaunt.«

»Ich danke, gnädiger Herr; die Umwege, die Ihr zu machen habt, da Ihr durch den unterirdischen Gang geht, würden mir Zeit rauben, und nach dem, was Ihr mir da gesagt, habe ich vielleicht schon zu viel verloren. Ich will mich durch die andere Türe entfernen.«

»So geht«, sagte Cromwell. Er legte die Hand auf einen verborgenen Knopf und öffnete damit eine so genau in der Tapete versteckte Tür, dass sie von dem geübtesten Auge nicht wahrgenommen werden konnte. Diese Tür, welche sich mittels einer Stahlfeder in Bewegung setzte, ging hinter ihm wieder zu. Das war einer von jenen geheimen Ausgängen, welche sich, wie die Geschichte angibt, bei all den geheimnisvollen Häusern befanden, welche Cromwell bewohnt hat.

Der besagte Ausgang ging unter der öden Straße hindurch, und mündete in dem Hintergrunde einer Grotte in dem Garten eines andern Hauses, etwa hundert Schritte weit von dem entfernt, das der zukünftige Protektor eben verlassen hatte. Somit erklärt es sich, wie Grimaud niemand kommen sah, und wie nichtsdestoweniger Cromwell gekommen war. Gerade während des letzten Teiles dieser Szene hatte Grimaud durch die Öffnung eines nicht ganz zugezogenen Vorhanges die zwei Männer erblickt, und nach und nach Cromwell und Mordaunt erkannt. D'Artagnan hatte sich am ersten wieder gefasst und dann gesagt: »Mordaunt, ha, beim Himmel! Gott selbst ist es, der ihn uns sendet.«

»Ja,« versetzte Porthos, »lasst uns die Tür sprengen.«

»O nein,« versetzte d'Artagnan, »wir sprengen nichts und erheben keinen Lärm. Der Lärm zieht Menschen herbei, und ist er, wie Grimaud sagt, mit seinem würdigen Herrn beisammen, so muss auch etwa fünfzig Schritte entfernt ein Posten von geharnischten Reitern versteckt sein. Holla, Grimaud, komm hierher, und such', dich auf den Beinen zu halten.«

Grimaud näherte sich. Mit der Besinnung kehrte ihm die Wut zurück, doch hielt er sich fest. »Gut«, begann d'Artagnan wieder, »nun steige abermals hinauf und sage uns, ob Mordaunt noch in Gesellschaft ist, ob er sich anschickt fortzugehen, oder sich zur Ruhe zu legen; ist er in Gesellschaft, so warten wir, bis er allein ist; entfernt er sich, so packen wir ihn beim Ausgange, und wenn er bleibt, so schlagen wir das Fenster ein. das ist doch weniger geräuschvoll und weniger schwierig als die Tür.« Grimaud kletterte wieder schweigend nach dem Fenster empor. »Athos und Aramis, bewacht den andern Ausgang; wir bleiben mit Porthos hier.« Die zwei Freunde gehorchten, «Nun, Grimaud?« fragte d'Artagnan. »Er ist allein,« entgegnete Grimaud.

»Bist du dessen gewiss?«

»Ja.«

»Wir sahen seinen Begleiter nicht herauskommen.«

»Vielleicht entfernte er sich durch die andere Tür.«

»Was tut er?«

»Er hüllt sich in seinen Mantel und zieht die Handschuhe an.«

»Er ist unser!«, murmelte d'Artagnan.

Porthos griff nach seinem Dolch und zog ihn unwillkürlich aus der Scheide. »Freund Porthos, steck ihn wieder ein,« sprach d'Artagnan: »Es handelt sich hier nicht darum, gleich zuzustoßen. Wir haben ihn, wir verfahren der Ordnung gemäß. Wir müssen uns wechselseitig einige Erklärungen machen, und das ist ein Gegenstück zu dem Vorfall in Armentières; nur lasst uns hoffen, das werde keine Nachkommenschaft haben, und es werde, wenn wir ihn vernichten, mit ihm wirklich alles vernichtet sein.«

»Still«, flüsterte Grimaud, »er macht sich bereit fortzugehen. Er nähert sich der Lampe, bläst sie aus – und jetzt sehe ich nichts mehr.«

»Herab also, herab!« Grimaud sprang rückwärts und fiel auf seine Füße, der Schnee dämpfte das Geräusch, sodass man nichts hörte. »Geh, benachrichtige Athos und Aramis, sie sollen sich zu beiden Seiten der Tür stellen, wie wir es tun, ich und Porthos, und sollen in die Hände klatschen, wenn sie ihn haben; wir wollen dasselbe tun, wenn wir ihn haben.« Grimaud verschwand. Nun vernahm man die knarrenden Tritte Mordaunts auf der Treppe. Ein unbemerkbares Schubfensterchen glitt knarrend in den Angeln. Mordaunt blickte hindurch, sah aber nichts, da so gute Vorsichtsmaßregeln von den Freunden getroffen worden waren. Nun steckte er den Schlüssel ein, die Türe ging auf und er erschien an der Schwelle. In diesem Momente stand er d'Artagnan gegenüber. Er wollte die Türe zuschlagen, doch Porthos stürzte sich auf den Knopf und öffnete sie gänzlich wieder. Porthos klatschte dreimal in die Hände, Athos und Aramis eilten herbei. Mordaunt wurde totenfahl, doch stieß er keinen Schrei aus und rief nicht um Hilfe. D'Artagnan ging gerade auf Mordaunt zu, und während er ihn gleichsam mit seiner Brust zurückdrängte, ließ er ihn die ganze Treppe wieder rückwärts hinaufsteigen, welche durch eine Lampe erhellt war, mittels welcher der Gascogner die Hände Mordaunts nicht aus dem Gesichte verlor; allein Mordaunt sah ein, dass, wenn er auch d'Artagnan töten würde, er es noch mit den drei andern Freunden zu tun hätte. Er machte somit keine einzige Bewegung zur Verteidigung, keine einzige bedrohliche Miene. Als nun Mordaunt bei der Türe anlangte, fühlte er sich gegen sie gedrängt, und dachte zweifelsohne, hier würde sich für ihn alles entscheiden; allein er irrte sich; d'Artagnan streckte die Hand aus und öffnete die Türe. Sonach befanden sich er und Mordaunt in dem Zimmer, worin sich zehn Minuten vorher der junge Mann mit Cromwell besprochen hatte. Hinter ihm trat Porthos ein; er hatte den Arm ausgestreckt und die Lampe von der Decke genommen, sodann mit ihr die zweite Lampe angezündet. Athos und Aramis erschienen an der Türe, die sie mit dem Schlüssel absperrten. »Wollet Platz nehmen,« sprach d'Artagnan, und bot dem jungen Manne einen Stuhl. Dieser nahm den Stuhl aus d'Artagnans Hand und setzte sich, wohl blass, aber ruhig. Drei Schritte weit entfernt stellte Aramis drei Stühle, für sich, für d'Artagnan und Porthos. Athos setzte sich ganz entfernt in eine Ecke des Zimmers und schien regungsloser Zuschauer dessen bleiben zu wollen, was vorgehen würde. Porthos setzte sich links, Aramis rechts von d'Artagnan. Athos schien niedergeschlagen. Porthos rieb sich die flachen Hände mit fieberhafter Ungeduld. Aramis biss sich, obwohl lächelnd, die Lippen blutig. D'Artagnan allein blieb, wenigstens dem Scheine nach, gemäßigt, und sprach zu dem jungen Manne: »Herr Mordaunt, da uns endlich nach so viel verlorenen Tagen der Zufall zusammenführt, so lasst uns ein bisschen plaudern, wenn es beliebt.«

### Konversation

Einige Minuten herrschte reglose Stille. Dann begann d'Artagnan von Neuem: »Mein Herr, mich dünkt, dass Ihr den Anzug fast ebenso schnell wechselt, wie ich es die italienischen Schauspieler tun sah, welche der Herr Kardinal Mazarin von Bergamo kommen ließ, und zu welchen er Euch bei Eurem Aufenthalt in Frankreich sicher geführt hat, um sie anzusehen.« Mordaunt gab keine Antwort. »Ihr wäret soeben vermummt,« fuhr d'Artagnan fort, »ich will sagen, Ihr wäret als Mörder verkleidet und um – –«, »Und nun habe ich ganz das Aussehen wie ein Mann gekleidet zu sein, den man ermorden will, nicht wahr?« versetzte Mordaunt mit seiner ruhigen und abgestoßenen Stimme. »Ha, mein Herr, wie könnt Ihr das sagen, wenn Ihr Euch in Gesellschaft von Edelleuten befindet, und Ihr ein so gutes Schwert an der Seite tragt?«

»Es gibt kein so gutes Schwert, mein Herr, das vier Schwertern und vier Dolchen gleichkommen könnte, ungerechnet die Schwerter und Dolche Eurer Akolythen, die Euch an der Türe erwarten.«

»Vergebung, mein Herr, Ihr irrt; die an der Türe auf uns warten, sind keineswegs unsere Akolythen, sondern unsere Bedienten. Ich halte darauf, die Sache in ihrer strengsten Wahrheit herzustellen.« Mordaunt antwortete nur mit einem Lächeln, das sich höhnisch um seine Lippen zog. »Es handelt sich aber ganz und gar nicht um das«, begann d'Artagnan wieder, »und ich komme auf meine erste Frage wieder zurück. Ich gab mir also die Ehre, Euch zu befragen, mein Herr, warum Ihr das Äußere umgewechselt habt. Wie mir scheint, war Euch die Maske so ziemlich bequem; der graue Bart stand Euch vortrefflich, und was das Beil betrifft, mit dem Ihr einen so berühmten Streich geführt habt, so glaube ich, es stände Euch auch in diesem Augenblicke nicht übel an. Weshalb habt Ihr es denn aus der Hand gelegt?«

»Weil ich mich an den Vorfall von Armentières erinnerte, und dachte, dass ich vier Beile für eines fände, und mich zwischen vier Henkern befinden würde.«

»Mein Herr,« entgegnete d'Artagnan mit der größten Ruhe, ,obschon außerordentlich lasterhaft und verdorben, seid Ihr ungemein jung, weshalb ich mich bei Euren eitlen Reden nicht aufhalten will. Ja, eitel, denn was Ihr da in Rücksicht auf Armentières saget, hat mit der gegenwärtigen Sachlage nicht die entfernteste Ähnlichkeit. Wir konnten in der Tat Eurer Frau Mutter kein Schwert anbieten und sie ersuchen, gegen uns zu kämpfen. Es gibt aber niemanden, mein Herr, dem nicht das Recht zuständе, von Euch, von einem jungen Kavalier, der den Dolch und die Pistole führt, wie wir sie Euch führen sahen, und der ein Schwert von der Größe dieses hier an der Seite trägt, die Gunst eines Zweikampfes zu fordern.«

»Ah, ah!«, rief Mordaunt, »Ihr wollt also ein Duell?« Er erhob sich mit funkelnden Augen, als wäre er geneigt, der Herausforderung sogleich nachzukommen. Auch Porthos stand auf, wie er denn zu derlei Abenteuern immer bereit war.

»Vergebt, vergebt,« sprach d'Artagnan mit derselben Kaltblütigkeit; »übereilen wir uns nicht, denn jeder von uns muss wünschen, dass die Sache nach allen Regeln abgetan werde. Setzt Euch also wieder, lieber Porthos, und Ihr, Herr Mordaunt, bleibt gefälligst ruhig. Wir wollen diese Angelegenheit aufs Beste schlichten, und ich will mit Euch offen sein. Bekennt, Herr Mordaunt, dass Ihr große Lust hättet, die einen oder die anderen von uns zu töten.«

»Die einen und die anderen«, erwiderte Mordaunt. »Lieber Herr Mordaunt, ich muss Euch sagen, diese Herren erwidern Eure Gesinnungen und wären gleichfalls entzückt, Euch zu töten. Ich möchte noch mehr sagen, dass sie Euch nämlich wahrscheinlich töten werden; auf jeden Fall wird aber das nach Art ehrbarer Edelleute geschehen, und hier ist der beste Beweis, den ich Euch geben kann.« Bei diesen Worten warf d'Artagnan seinen Hut auf den Teppich, rückte seinen Stuhl zurück gegen die Mauer und winkte seinen Freunden, dasselbe zu tun, und sich vor Mordaunt mit einer ganz französischen Höflichkeit verneigend, begann er wieder: «Zu Euren Diensten, mein Herr, denn wenn Ihr nichts gegen die Ehre einzuwenden habt, die ich in Anspruch nehme, so will ich, wenn es gefällig ist, den Anfang machen. Mein Schwert ist zwar viel kürzer als das Eurige, doch wenn auch, ich hoffe, der Arm wird das Schwert ersetzen.«

»Halt!«, rief Porthos hervortretend, »ich fange an, ich, ohne Wortmacherei.«

»Erlaubt, Porthos,« sprach Aramis. Athos blieb unbeweglich, man hätte ihn für eine Statue halten können, sogar sein Odem schien innezuhalten.

»Meine Herren, meine Herren!«, rief d'Artagnan, »seid unbesorgt, Ihr werdet an die Reihe kommen. Blickt doch diesem Herrn in die Augen, und leset darin den seligen Hass, den wir ihm einflößen; seht, wie gewandt er die Klinge zog; bewundert, mit welcher Umsicht er rings herum sucht, ob ihm nicht etwas im Wege stände, das ihn verhindern würde, zurückzuweichen. Nun, beweiset Euch das alles nicht, dass Herr Mordaunt eine gute Klinge ist, und dass Ihr alsbald meine Stelle einnehmen werdet, wenn ich ihn anders gewähren lasse? Bleibt somit auf Eurem Platze, Athos, dessen Ruhe ich Euch nicht genug empfehlen kann, und überlasst es mir, den Anfang zu machen, überdies,« fuhr er fort und schwang mit entsetzlicher Bewegung sein Schwert, »habe ich es mit dem Herrn persönlich zu tun und werde also beginnen. Ich fordere, ich will es!«

D'Artagnan hatte zum ersten Male dieses Wort ausgesprochen und seine Freunde angeredet. Bis dahin hatte er das bloß gedacht. Porthos trat zurück; Aramis nahm sein Schwert unter den Arm; Athos blieb unbeweglich im dunklen Winkel, worin er aber nicht ruhig saß, wie d'Artagnan sagte, sondern beklommen und schwer atmend. »Chevalier,« sprach d'Artagnan zu Aramis, »steckt Euer Schwert wieder in die Scheide, der Herr könnte Euch Absichten zumuten, die Ihr nicht habt.« Dann wandte er sich wieder zu Mordaunt und sagte: »Herr, ich erwarte Euch.«

»Und ich bewundere Euch, meine Herren. Ihr streitet Euch, wer anfangen soll, mit mir zu kämpfen, und Ihr fragt mich gar nicht über diese Sache, die mich doch ein bisschen angeht, wie ich glaube. Es ist wahr, ich hasse Euch alle, aber in verschiedenen Graden. Ich hoffe, Euch alle zu töten, doch habe ich mehr Aussicht, den Ersten zu töten, als den Zweiten, den Zweiten als den Dritten, und den Dritten als den Letzten. Somit nehme ich das Recht in Anspruch, mir den Gegner zu wählen. Verweigert Ihr mir dieses Recht, so tötet mich, ich will nicht kämpfen.« Die vier Freunde blickten sich an.

»Das ist richtig,« sprachen Porthos und Aramis, in der Hoffnung, die Wahl würde auf sie fallen. Dagegen sagten weder Athos noch d'Artagnan etwas, allein ihr Schweigen selbst war eine Einwilligung.

»Nun denn,« sprach Mordaunt, mitten unter diesem tiefen, feierlichen Stillschweigen, das in diesem geheimnisvollen Hause herrschte, «nun denn, ich erwähle zu meinem ersten Gegner denjenigen von Euch, welcher, da er sich nicht mehr für würdig hielt, den Namen Graf de la Fère zu führen, sich Athos nennen ließ.« Athos erhob sich von seinem Stuhle, als hätte ihn eine Feder emporgeschnellt; jedoch zur großen Verwunderung seiner Freunde sprach er nach einem Augenblick der Unbeweglichkeit und des Schweigens kopfschüttelnd:

»Herr Mordaunt! unter uns ist jeder Zweikampf unmöglich, erweiset einem andern die mir zugedachte Ehre.« Darauf setzte er sich wieder.

»Ha«, rief Mordaunt, »da ist schon einer, der Furcht hat.«

»Donner und Wetter!«, rief d'Artagnan und sprang auf den jungen Mann zu, »wer sagte da, dass sich Athos fürchte?«

»O, lasst ihn reden, d'Artagnan,« versetzte Athos mit einem Lächeln voll Traurigkeit und Verachtung.

»Athos, ist das Euer Entschluss?«, fragte der Gascogner.

»Unwiderruflich.«

»Gut, reden wir nicht mehr davon.« Dann wandte sich d'Artagnan und sprach: »Mein Herr, Ihr habt es gehört, der Graf de la Fère will Euch nicht die Ehre erweisen und sich mit Euch schlagen. Wählt einen von uns aus, der seine Stelle vertritt.«

»Wenn ich mich nicht mit ihm schlagen kann, so liegt mir wenig daran, mit wem ich mich schlage. Legt Eure Namen in den Hut und ich will mir einen durch das Los ziehen.«

»Die Idee ist gut,« versetzte d'Artagnan.

»Dieses Mittel gleicht wirklich alles aus«, bemerkte Aramis.

»Ich hätte nicht daran gedacht,« sprach Porthos, »und doch ist es ganz einfach.«

»Nun, Aramis«, rief d'Artagnan, »schreibt uns das mit jener hübschen, feinen Schrift, mit der Ihr an Marie Michon geschrieben, um ihr zu melden, die Mutter dieses Herrn wolle Mylord Buckingham umbringen lassen.«

Mordaunt ertrug diesen neuen Angriff mit Ruhe; er stand mit gekreuzten Armen und schien so gelassen, wie es ein Mensch unter solchen Umständen nur sein kann. War es nicht Mut, so war es wenigstens Stolz, der ihm sehr ähnlich ist. Aramis trat zu Cromwells Schreibtisch, riss Stücke Papier von gleicher Größe, schrieb auf das erste seinen eigenen Namen, und auf die andern die Namen seiner zwei Freunde, zeigte sie Mordaunt offen hin, welcher, ohne sie zu lesen, mit dem Kopfe nickte, und damit sagen wollte, er verlasse sich ganz auf ihn; dann rollte er sie zusammen, warf sie in einen Hut und hielt sie dem jungen Manne hin. Dieser griff mit der Hand hinein, nahm eines der drei Papiere hervor, und ließ es, ohne es zu lesen, verächtlich auf den Tisch fallen. »Ah, Schlangenbrut!« knirschte d'Artagnan, »ich würde alle meine Aussichten auf den Rang eines Kapitäns dafür hingeben, wenn auf diesem Zettel mein Name stände.« Aramis rollte das Papier auf; doch welche Ruhe und welche Kälte er auch heuchelte, man fühlte, dass ihm die Stimme vor Hass und vor Verlangen bebte. »D'Artagnan!« las er mit lauter Stimme. D'Artagnan erhob ein Freudengeschrei und sagte:

»Ha doch, es gibt also eine Gerechtigkeit im Himmel!« Dann wandte er sich zu Mordaunt und sprach: »Mein Herr, ich hoffe, Ihr habt keinen Einspruch zu tun.«

»Ganz und gar nicht, mein Herr,« entgegnete Mordaunt, zog nun gleichfalls sein Schwert und stützte dessen Spitze auf seinen Stiefel.

Von dem Momente an, wo d'Artagnan versichert war, dass sein Wunsch erhört sei und dass ihm sein Mann nicht mehr entgehen würde, nahm er seine ganze Bedächtigkeit, seine ganze Ruhe und sogar die Langsamkeit wieder an, mit der er die Vorbereitungen zu einer ernsten Sache, Zweikampf genannt, zu machen gewohnt war. Er schlug vorsichtig seine Manschetten zurück, rieb die Sohle seines rechten Fußes auf dem Boden, und bemerkte dabei, dass Mordaunt zum zweiten Mal den seltsamen Blick um sich warf, den er schon einmal im Vorbeigleiten aufgehascht hatte.

»Mein Herr,« sprach er endlich, »seid Ihr bereit?«

»Ich warte auf Euch, mein Herr,« entgegnete Mordaunt, indem er d'Artagnan mit einem Blicke anstarrte, dessen Ausdruck sich unmöglich wiedergeben ließ.

«Nun, so gebt acht, mein Herr,« sprach der Gascogner, »denn ich führe das Schwert so ziemlich gut.«

»Ich gleichfalls,« versetzte Mordaunt.

»Desto besser, das beschwichtigt mein Gewissen. Legt aus!«

»Einen Augenblick,« sprach der junge Mann; »gibt mir Euer Wort, meine Herren, dass Ihr mich nur einer nach dem andern angreifen werdet.«

»Damit du das Vergnügen hast, uns zu beleidigen, fragst du, uns deshalb, kleine Schlange?«, rief Porthos.

»Rein, um ein ruhiges Gewissen zu haben, wie dieser Herr eben gesagt hat.«

»Das muss einen andern Grund haben«, murmelte d'Artagnan kopfschüttelnd und mit großer Besorgnis herumblickend.

«Auf unser Edelmannswort!«, sagten zugleich Aramis und Porthos.

»In diesem Falle, meine Herren, stellt Euch in eine Ecke, wie es der Herr Graf de la Fère getan hat, welcher, wenn er auch nicht kämpfen will, wenigstens die Regeln des Kampfes zu kennen scheint, und lasset uns Raum, den wir benötigen.«

»Nun denn«, sagte Aramis.

»Das sind vielfache Umstände,« versetzte Porthos.

»Ziehet Euch zurück, meine Herren«, sagte d'Artagnan, »wir dürfen Herrn Mordaunt nicht den geringsten Vorwand lassen, sich schlecht zu benehmen, wozu er mir große Lust zu haben scheint, wenn ich so sagen darf.« Dieser Hohn prallte ab von dem gleichgültigen Gesichte Mordaunts. Porthos und Aramis stellten sich in die andere Ecke der Wand, in der Athos saß, wonach die zwei Kämpfenden die Mitte des Zimmers einnahmen, das heißt im vollen Lichte der beiden Lampen waren, welche auf Cromwells Schreibtisch standen und den Schauplatz erhellten. Es versteht sich von selbst, dass das Licht in dem Maße abnahm, als man sich von dem Mittelpunkte seiner Strahlen entfernte. »Nun, mein Herr, seid Ihr endlich bereit?«, rief d'Artagnan.

»Ich bin es,« versetzte Mordaunt.

Beide traten zugleich einen Schritt vor, und durch diese einzige Bewegung waren die Schwerter gebunden.

D'Artagnan war ein zu ausgezeichneter Fechter, um sich damit zu unterhalten, dass er seinen Gegner versuchte, wie man in der Fechtkunst sagt. Er machte eine glänzende und rasche Finte; die Finte wurde von Mordaunt ausgeschlagen. »Ah, ah!«, rief er mit einem zufriedenen Lächeln. Und da er eine Blöße zu bemerken glaubte, so stieß er ohne Zeitverlust eine schnelle, wie der Blitz flammende Prime. Mordaunt wich mit einer so geschlossenen Konterquart aus, dass sie den Umfang von dem Ring eines jungen Mädchens nicht überschritten hätte.

»Ich fange an zu glauben«, sagte d'Artagnan, »dass wir uns unterhalten werden.«

»Ja,« versetzte Aramis, »doch nehmt Euch während der Unterhaltung zusammen.«

»Bei Gott, mein Freund, habt acht!«, sagte Porthos.

Mordaunt lächelte gleichfalls. »Ach, mein Herr,« sprach d'Artagnan, was habt Ihr doch für ein hässliches Lächeln; nicht wahr, der Teufel hat Euch so lächeln gelehrt?« Mordaunt antwortete damit, dass er d'Artagnans Schwert mit einer Kraft zu binden versuchte, welche der Gascogner in diesem Körper, der dem Anschein nach so schwächlich war, nicht zu finden vermutete; doch mittels einer ebenso gewandten Parade, als die eben ausgeführte seines Gegners war, traf er zu rechter Zeit Mordaunts Klinge, die an der Seinigen niederglitt, ohne seine Brust zu berühren. Mordaunt wich schnell einen Schritt zurück.

»Ha, Ihr brecht ab«, rief d'Artagnan, »Ihr wendet Euch? Wie es beliebt, ich kann dabei noch etwas gewinnen, da ich Euer boshaftes Lachen nicht mehr sehe. Nun bin ich ganz im Schatten; umso besser. Ihr könnt Euch gar nicht denken, mein Herr, welch einen falschen Blick Ihr habt, zumal wenn Ihr Euch fürchtet. Blickt mir einmal in die Augen, und Ihr werdet etwas sehen, was Euch Euer Spiegel niemals zeigen wird, nämlich einen biederen und freien Blick.« Er drang nun wieder auf Mordaunt ein, der immer zurückwich, doch augenscheinlich aus Taktik, ohne einen Fehler zu begehen, welchen d'Artagnan nutzen konnte, ohne dass sich sein Schwert auch nur einen Augenblick lang von der Linie entfernte. Da jedoch der Kampf in einem Zimmer stattfand, und der Raum den Kämpfern fehlte, so berührte Mordaunts Fuß alsbald die Wand, gegen die er sich mit der linken Hand stützte.

»Ha«, rief d'Artagnan, »nun werdet Ihr nicht weiter zurückweichen, mein schöner Freund!« – Und indem er die Lippen zusammenpresste und die Stirne faltete, fuhr er fort: »Meine Herren, saht Ihr je einen an die Wand gehefteten Skorpion? Nein, nun, Ihr sollet ihn sehen! –« Und in einer Sekunde führte d'Artagnan drei furchtbare Stöße gegen Mordaunt. Alle drei trafen, indem sie ihn streiften. D'Artagnan begriff nichts von dieser Gewalt. Die drei Freunde blickten sich schweratmend und mit schweißbedeckter Stirne an. Endlich trat auch d'Artagnan, da er zu nahe war, einen Schritt zurück, um einen vierten Stoß vorzubereiten oder vielmehr auszuführen; denn für d'Artagnan waren die Waffen wie die Stöße eine genaue Kombination, wobei sich alle Einzelheiten aneinander ketteten. Jedoch in dem Augenblicke, wo er ungestümer als zuvor auf seinen Gegner eindrang, in dem Augenblicke, wo er nach einer schnellen und geschlossenen Finte rasch wie der Blitz angriff, schien sich die Mauer zu spalten; Mordaunt verschwand durch die klaffende Öffnung, und d'Artagnans Schwert, gefangen zwischen den zwei Fächern, zerbrach, als wäre es von Glas gewesen. D'Artagnan wich einen Schritt zurück, die Wand schloss sich wieder.

Mordaunt hatte, während er sich verteidigte, so manövriert, dass er sich gegen die geheime Tür hindrängte, durch welche wir Cromwell fortgehen sahen. Als er da ankam, suchte er mit der linken Hand den Knopf, drückte darauf, und war dann verschwunden, wie auf der Bühne die bösen Geister verschwinden, welche die Gabe haben, durch die Wände zu dringen. Der Gascogner stieß einen tobenden Fluch aus, auf den von der anderen Seite der eisernen Wand ein wildes, ein schauervolles Lachen antwortete, sodass selbst durch die Adern des Zweiflers Aramis ein Schauder wallte.

»Zu Hilfe, meine Herren!«, rief d'Artagnan, «lasst uns die Türe erbrechen!«

»Das ist der Satan in Person,« sprach Aramis, und eilte auf den Ruf seines Freundes herbei.

»Er entwischt uns, Tod und Teufel, er entwischt uns«, heulte Porthos, und stemmte seine gewaltige Schulter gegen den Verschlag, der aber, von einer geheimen Feder gehalten, nicht wankte.

»Desto besser«, murmelte Athos dumpf.

»Bei Gott, ich ahnte es,« versetzte d'Artagnan, nachdem er sich in fruchtlosen Anstrengungen erschöpft hatte, »ich ahnte es, als der Niederträchtige im Kreise herumging: Ich sah einen schändlichen Kniff voraus und erriet, dass er irgendetwas im Schilde führte, allein wer konnte das vermuten?«

»Das ist ein schreckliches Unglück, das da der Satan schickt«, sagte Aramis.

»Das ist ein offenbares Glück, welches uns Gott schickt«, entgegnete Athos mit augenscheinlicher Freude.

»In der Tat«, erwiderte d'Artagnan, indem er achselzuckend die Türe verließ, welche durchaus nicht weichen wollte.

»Athos. Ihr werdet schwach. Wie könnt Ihr denn zu Leuten, wie wir sind, solche Dinge sprechen? Bei Gott, Ihr begreift also unsere Lage nicht?«

»Nun, welche Lage denn?«, fragte Porthos.

»Jeder, der bei diesem Spiele da nicht tötet, der wird getötet,« entgegnete d'Artagnan.

»Sagt nun an, mein Lieber, gehört es zu Eurer Bußjeremiade, dass uns Herr Mordaunt seiner kindlichen Liebe opfert? Sagt es offen, ob das Eure Meinung ist?«

»O, d'Artagnan, mein Freund!«

»Es ist wirklich zum Erbarmen, die Dinge aus diesem Gesichtspunkte zu betrachten. Der Ruchlose wird uns Hunderte gepanzerte Reiter über den Hals schicken, die uns in diesem Mörser des Herrn von Cromwell wie Körner zermalmen. Vorwärts, auf den Weg! Wenn wir noch fünf Minuten verweilen, ist es um uns geschehen.«

»Ja, Ihr habt recht; hinweg!«, riefen Athos und Aramis.

»Wohin gehen wir aber?«, fragte Porthos.

»Nach dem Gasthause, lieber Freund, um unsere Gepäcke und Pferde zu holen, sodann von dort, wenn es Gott will, nach Frankreich, wo ich wenigstens die Bauart der Häuser kenne. Unser Schiff erwartet uns, und das ist, meiner Treue, noch ein Glück.«

### Die Feluke »Der Blitz«

D'Artagnan hatte richtig geraten, Mordaunt, der keine Zeit zu verlieren hatte, hatte auch keine verloren. Ihm war die Schnelligkeit des Entschlusses und des Handelns seiner Feinde bewusst. Demzufolge beschloss er auch, zu handeln. Diesmal hatten die Musketiere einen Gegner getroffen; der ihrer würdig war. Nachdem Mordaunt die Türe sorgsam hinter sich verschlossen hatte, schlich er sich in den unterirdischen Gang, steckte sein nutzloses Schwert in die Scheide, und hielt an, als er das benachbarte Haus erreichte, um sich zu befühlen. Er ging nun mit raschen, doch gleichmäßigen Schritten nach der nächsten Kavalleriekaserne, die etwa eine Viertelstunde entlegen war. Er legte diese Viertelstunde in vier bis fünf Minuten zurück. Als er in der Kaserne ankam, gab er sich zu erkennen, nahm das beste Pferd im Stalle, setzte sich auf und sprengte nach der Straße. Eine Viertelstunde später war er in Greenwich. «Hier ist der Hafen«, murmelte er, »jener schwarze Punkt dort die Hundeinsel. Gut, ich bin ihnen eine halbe, vielleicht eine ganze Stunde voraus. Wie töricht war ich, dass ich mich durch meine sinnlose Eile fast erstickt habe.« Er richtete sich auf seinen Steigbügeln empor und fuhr fort: »Wie kann ich jetzt unter all diesen Segelwerken, unter all diesen Masten den ›Blitz‹ herausfinden? wo ist ›Der Blitz‹?«In dem Moment, als er diese Worte dachte, richtete sich, um gleichsam auf seine Gedanken zu antworten, ein Mann, der auf einer Rolle Taue lag, empor und schritt auf Mordaunt zu. Mordaunt zog sein Sacktuch hervor, und ließ es ein Weilchen in der Luft flattern. Der Mann schien aufmerksam, blieb jedoch an derselben Stelle und tat weder einen Schritt vorwärts, noch rückwärts. Mordaunt machte in jede Ecke seines Sacktuches einen Knoten; da schritt der Mann bis zu ihm vor. Das war das verabredete Zeichen, wie man sich noch erinnern wird. Der Seemann war in einen weiten wollenen Mantel gehüllt, bei ihm seine Gestalt und, wenn er wollte, auch das Gesicht verdeckte. »Kommt vielleicht der Herr von London«, fragte der Seemann, »um eine Spazierfahrt auf dem Meere zu machen?«

»Ganz eigens«, erwiderte Mordaunt, »nach der Hundeinsel hin.«

»Ganz wohl, und gewiss hat der Herr eine Vorliebe? Er würde ein Schiff dem andern vorziehen? Er wünschte einen Schnellsegler, ein rasches Fahrzeug?«

»Wie der ›Blitz‹,« entgegnete Mordaunt. »Gut, so ist es mein Schiff, welches der Herr sucht. Ich bin der Patron, dessen er bedarf.«

»Ich fange an, das zu glauben,« versetzte Mordaunt, »zumal, wenn Ihr ein gewisses Erkennungszeichen nicht vergessen habt.«

»Hier ist es, mein Herr,« sprach der Seemann und zog aus der Tasche seines Regenmantels ein Sacktuch hervor, das an den vier Ecken geknüpft war.

»Gut, gut«, rief Mordaunt und sprang von seinem Pferde. »Jetzt ist keine Zeit zu verlieren. lasst mein Pferd ins nächste beste Wirtshaus bringen und führt mich nach Eurem Schiffe.«

»Doch Eure Begleiter?«, fragte der Seemann; »ich dachte, Ihr wäret Euer vier, die Diener ungerechnet.«

»Hört,« sprach Mordaunt, während er sich dem Seemann näherte; »ich bin nicht derjenige, welchen Ihr erwartet, sowie Ihr nicht derjenige seid, den sie zu finden hoffen. Nicht wahr, Ihr vertretet die Stelle des Kapitäns Rogger? Ihr seid hier auf Befehl des Generals Cromwell, und ich komme in seinem Namen.«

»In der Tat, ich erkenne Euch,« sprach der Patron; »Ihr seid Kapitän Mordaunt.«

Mordaunt erbebte.

»O, fürchtet nichts,« versetzte der Patron, indem er seinen Regenmantel niederließ und den Kopf entblößte; »ich bin ein Freund.«

»Der Kapitän Groslow!«, rief Mordaunt.

»Er selbst; der General hat sich erinnert, dass ich früher Marineoffizier war, und so übertrug er mir dieses Unternehmen. Hat sich denn irgendetwas verändert?«

»Nein, nichts, es bleibt alles im alten Stande.«

»Es ist nur, weil ich mir einen Augenblick dachte, der Tod des Königs ...«

»Der Tod des Königs hat bloß ihre Flucht beschleunigt; sie sind vielleicht in einer Viertelstunde, in zehn Minuten schon hier.«

»Nun, weshalb seid Ihr denn gekommen?«

»Um mich mit Euch einzuschiffen.«

»Ah, ah! zweifelt etwa der General an meinem Eifer?«

»Nein; doch will ich Zeuge meiner Rache sein. Habt Ihr nicht jemand, der nur mein Pferd abnehmen könnte?« Groslow pfiff und ein Matrose kam herbei.

»Patrik,« sprach Groslow zu ihm, »führt dieses Pferd in den Stall des nächsten Wirtshauses. Fragt man dich, wem es gehört, so antworte: einem irländischen Edelmann.« Der Matrose ging fort, ohne eine Bemerkung zu machen.

»Nun, fürchtet Ihr nicht, dass sie Euch erkennen?«, fragte Mordaunt.

»In diesem Anzug, in diesen Regenmantel gewickelt, bei finsterer Nacht hat es keine Gefahr; zudem habt Ihr mich selbst nicht erkannt, somit werden sie mich noch weniger erkennen.«

»Das ist richtig,« entgegnete Mordaunt: »Überdies werden sie gar nicht an Euch denken. Alles ist bereit, nicht wahr?«

»Ja.«

»Ist die Ladung eingebracht?«

»Ja.«

»Fünf volle Fässer?«

»Und fünfzig leere.«

»Ganz richtig.«

»Wir führten Porter nach Antwerpen.«

»Ganz wohl; nun führt mich an Bord und kehret zurück, um Euren Posten wieder einzunehmen, da sie bald kommen werden.«

»Ich bin bereit.«

»Es ist von Wichtigkeit, dass mich von Euren Leuten niemand eintreten sieht.«

»Ich habe bloß einen Mann an Bord und bin dessen so versichert, wie meiner selbst. Überdies kennt Euch dieser Mann nicht und ist bereit, wie seine Kameraden, unseren Befehlen Folge zu leisten, doch ist er von nichts unterrichtet.«

»Das ist gut; also auf!«

Sie stiegen zu der Themse hinab. Eine kleine Barke lag an einer eisernen Kette, die an einem Pflocke hing. Groslow zog das Schiff heran und löste es ich ab, während Mordaunt einstieg; hierauf sprang er selbst hinein, griff schnell nach zwei Rudern und fing auf eine Weise zu rudern an, welche Mordaunt die Wahrheit dessen bewies, was er vordem gesagt, dass er nämlich sein Seemannshandwerk noch nicht vergessen habe. Fünf Minuten darauf hatte man diese Welt von Schiffen durchsteuert, welche schon damals die Häfen von London versperrten, und Mordaunt konnte gleich einem dunklen Punkte die kleine Feluke bemerken, die in einiger Entfernung von der Hundeinsel vor Anker lag. Als sich Groslow dem »Blitz« näherte, pfiff er auf eine eigene Weise, worauf man den Kopf eines Mannes über der Brüstung erscheinen sah.

»Sind Sie es, Kapitän?«, fragte dieser Mann.

»Ja; wirf die Leiter aus.« Sonach fuhr Groslow leicht und behänd unter das Bugspriet und stellte sich mit dem »Blitz« Bord an Bord.

»Steigt hinauf!«, rief er seinem Begleiter zu. Mordaunt erfasste, ohne zu antworten, den Strick und kletterte längs der Schiffswand mit einer Hurtigkeit und Sicherheit hinauf, welche Leute vom Festlande wenig gewohnt sind; allein seine Rachelust vertrat bei ihm die Stelle der Gewohnheit und machte ihn zu allem gewandt. Wie es Groslow vorausgesehen hatte, so schien es der wachhabende Matrose am Bord des »Blitz« gar nicht zu bemerken, dass sein Herr in Begleitung zurückkam. Mordaunt und Groslow gingen nach dem Kapitänzimmer. Es war eine Art kleiner Kajüte, die auf dem Verdeck provisorisch aus Brettern erbaut war. Das Ehrengemach hatte Groslow seinen Passagieren eingeräumt.

»Und wo sind sie?«, fragte Mordaunt.

»Am anderen Ende des Schiffes,« entgegnete Groslow.

»Und haben sie auf dieser Seite hier nichts zu tun?«

»Gar nichts.«

»Ganz wohl, ich bleibe bei Euch verborgen. Nun kehrt nach Greenwich zurück und führet sie hierher. Ihr habt eine Schaluppe?«

»Jene, mit welcher wir gekommen sind.«

»Sie schien mir leicht und gut gebaut.«

»Eine wahrhafte Piroge.«

»Befestigt sie mit einem Tau an das Hinterteil des Schiffes, legt Ruder hinein, damit sie im Striche nachfolgt, sodass man nur das Tau abzuschneiden braucht. Versehet sie mit Rum und Zwieback. Sollte zufällig das Meer schlimm werden, so dürfte es Euren Leuten nicht unlieb sein, wenn sie etwas zur Stärkung fänden.«

»Es geschehe, wie Ihr sagt. Wollt Ihr die Pulverkammer sehen?«

»Nein, bei Eurer Zurückkunft. Ich will selbst die Lunte anlegen, um versichert zu sein, dass sie nicht umsonst abbrennt. Vor allem verhüllt Euer Gesicht gut, damit sie Euch nicht erkennen.«

»Seid unbesorgt.«

»Hört, es schlägt eben zehn Uhr in Greenwich.«

Wirklich drangen die zehnmal wiederholten Schwingungen einer Glocke traurig durch den mit schweren Wolken angefüllten Luftkreis, die wie schweigende Wogen am Himmel dahinwallten. Groslow stieß die Türe wieder zu, welche Mordaunt inwendig absperrte, und nachdem er dem wachhabenden Matrosen aufgetragen hatte, auf das sorgsamste zu wachen, stieg er in seine Barke hinab, die rasch von hinnen glitt, die Wellen mit den doppelten Rudern schlagend. Der Wind pfiff kalt und der Damm war schon öde, als Groslow in Greenwich landete; mehrere Barken waren mit der vollen Flut abgefahren. In dem Momente, wo Groslow ans Land stieg, vernahm er etwas wie den Galopp von Pferden auf dem Pflaster des Strandes.

»O«, rief er, »Mordaunt hatte recht, dass er mich antrieb. Es war keine Zeit zu verlieren; hier sind sie schon.«

Es waren wirklich unsere Freunde, oder vielmehr ihre Vorhut, die aus d'Artagnan und Athos bestand. Als sie der Stelle gegenüber ankamen, wo Groslow eben landete, hielten sie an, als hätten sie es erraten, dass derjenige da sei, mit dem sie zu tun hatten. Athos stieg vom Pferde und entfaltete ruhig ein Sacktuch, dessen vier Ecken Knoten hatte, und ließ es im Winde flattern, indes d'Artagnan stets vorsichtig halb über sein Pferd gebeugt blieb, und die eine Hand nach der Pistolenhalfter ausstreckte. Groslow, der sich in seinem Zweifel, ob das wohl die erwarteten Reiter seien, hinter einen jener Pflöcke gekauert hatte, die da aufgepflanzt und dazu dienlich waren, die Taue darum zu winden, stand jetzt auf, als er das verabredete Zeichen bemerkte, und ging geradesweges auf den Kavalier zu. Er war, dergestalt in seinen Regenmantel gewickelt, dass man sein Gesicht unmöglich unterscheiden konnte. Überdies war die Nacht so finster, dass diese Vorsichtsmaßregel überflüssig war. Das scharfe

Auge von Athos erriet aber ungeachtet der Dunkelheit, dass es nicht Roggers war, der vor ihm stand.

»Was wollt Ihr von mir?« sprach er zu Groslow, einen Schritt zurückweichend.

»Mylord«, erwiderte Groslow, den irländischen Akzent nachahmend, »ich will Euch sagen, dass Ihr den Kapitän Roggers sucht – aber vergebens.«

»Wieso?«, fragte Athos.

»Weil er diesen Morgen von einem Maste gestürzt ist und das Bein gebrochen hat. Allein, ich bin sein Vetter, er hat mir den ganzen Handel mitgeteilt und mich beauftragt, für ihn die Kavaliere zu erkennen, welche mir ein Sacktuch mit vier Knoten an den Ecken gleich dem, das Ihr in der Hand haltet und gleich dem, das ich in der Tasche habe, vorzeigen würden, und sie an seiner Statt überall, wo sie es verlangen, hinzuführen.« Unter diesen Worten nahm Groslow das Sacktuch aus seiner Tasche, welches er bereits Mordaunt vorgewiesen hatte.

»Ist das alles?«, fragte Athos.

»Nicht doch, Mylord, es sind ja noch fünfzig Pfund Sterling zugesagt, wenn ich Euch wohlbehalten in Boulogne oder auf jedem anderen Punkte in Frankreich, den Ihr mir bestimmen würdet, ans Land setze.«

»D'Artagnan, was sagt denn Ihr dazu?« fragte Athos französisch.

»Fürs erste sagt mir, was er sprach,« entgegnete dieser.

»O, richtig!«, sagte Athos, »ich vergaß, dass Ihr nicht englisch versteht.« Sonach übersetzte er d'Artagnan die Unterredung, die er eben mit dem Schiffsführer hatte.

»Mir scheint das ziemlich wahrscheinlich«, bemerkte der Gascogner.

»Auch mir«, erwiderte Athos.

»Und wenn uns auch dieser Mensch betrügt«, sagte d'Artagnan, »so können wir ihm noch immer eine Kugel durch den Kopf jagen.«

»Wer wird uns denn führen?«

»Ihr, Athos; da Ihr so vieles versteht, so zweifle ich nicht daran, Ihr werdet auch ein Schiff zu lenken verstehen.«

»Meiner Treue, Freund,« sprach Athos lächelnd und mit Scherz: »Ihr habt beinahe die Wahrheit gesprochen; ich ward von meinem Vater für die Marine bestimmt, und so habe ich einige schwache Begriffe von der Nautik.«

»Seht Ihr also!«, rief d'Artagnan.

»Geht nun, d'Artagnan; holt unsere Freunde, und kehrt wieder zurück; es ist elf Uhr, wir haben keine Zeit zu verlieren.«

D'Artagnan näherte sich zwei Reitern, welche mit der Pistole in der Hand an den ersten Häusern der Stadt den Vorpostendienst versahen; drei andere Reiter, die am Graben der Straße vorsichtshalber gegen eine Art Schuppen aufgestellt waren, bildeten die Nachhut, und schienen ebenfalls zu warten. Die zwei Personen in der Mitte der Straße waren Porthos und Aramis; die drei Reiter am Schuppen waren Mousqueton, Blaifois und Grimaud; nur war dieser letztere, genau besehen, doppelt, denn er hatte Parry hinter sich aufsitzen, welcher die zur Bezahlung der Zeche an den Wirt verkauften Pferde der Edelleute und ihrer Diener nach London zurückführen sollte. Durch diesen Handel konnten die vier Freunde eine, wenn auch nicht ansehnliche, doch hinreichende Summe mit sich nehmen, um für Hindernisse oder Zufälle gedeckt zu sein. D'Artagnan forderte Porthos auf, ihm zu folgen, und diese winkten ihren Leuten zu, dass sie absteigen und ihr Gepäck abschnallen sollten.

Parry schied nicht ohne Schmerz von seinen Freunden, man stellte ihm den Antrag, ihn nach Frankreich mitzunehmen, doch weigerte er sich hartnäckig dagegen. »Das ist ganz natürlich«, bemerkte Mousqueton, »er hat seine Absicht in Bezug auf Groslow.« Man wird sich erinnern, dass es der Kapitän Groslow war, der ihm den Kopf verwundet hatte. Die kleine Truppe kam zu Athos. Doch hatte d'Artagnan sein angeborenes Misstrauen bereits wieder gefasst; er fand den Kai zu verödet, die Nacht zu finster, den Kapitän zu freundlich. Er teilte Aramis den eben erwähnten Vorfall mit, und Aramis, nicht minder argwöhnisch als er, trug nicht wenig dazu bei, seinen Verdacht zu erhöhen. Der Gascogner gab Athos durch ein leises Schnalzen der Zunge gegen die Zähne seine Besorgnis kund.

»Wir haben zum Misstrauen keine Zeit«, versetzte Athos, »das Schiff erwartet uns, lasset uns einsteigen.«

»Und zudem«, bemerkte Aramis, »was hält uns denn ab, misstrauisch zu sein und dennoch einzusteigen? Man wird den Patron überwachen. Und wenn er nicht gerade Wege wandelt, so schlage ich ihn tot; das ist alles!«

»Gut gesprochen, Porthos«, rief d'Artagnan. »Lasst uns somit einsteigen. Du, Mousqueton, geh voraus.« D'Artagnan hielt seine Freunde zurück und ließ die Diener zuerst einsteigen, damit sie die Planke untersuchten, die sich vom Damme nach dem Schiffe hinzog. Die drei Diener stiegen ohne Unfall ein. Athos folgte ihnen, dann Porthos, dann Aramis. D'Artagnan stieg zuletzt ein und schüttelte fortwährend den Kopf.

»Was Teufel habt Ihr denn; Freund?«, rief Porthos.

»Auf Ehre, Ihr könntet Cäsar einschüchtern.«

»Ich habe Euch zu bemerken,« versetzte d'Artagnan, »dass ich in diesem Hafen weder Aufseher noch Schildwache, noch Zöllner sehe.«

»Nun, so klagt,« erwiderte Porthos, »aber es geht alles vortrefflich.«

»Es geht alles nur zu gut, Porthos, und am Ende wie Gott will.«

Als das Brett zurückgezogen war, setzte sich der Patron an das Steuer und winkte einem seiner Matrosen, der mit einer Rudergabel zu manövrieren anfing, um aus dem Labyrinthe zu kommen, in dessen Mitte die Barke lag. Der andere Matrose stand bereits am Backbord mit dem Ruder in den Händen. Als man die Ruder in Anwendung bringen konnte, gesellte sich sein Kamerad zu ihm, und die Barke glitt rascher von hinnen. »Endlich werden wir flott!«, rief Porthos.

»Leider reisen wir allein ab,« versetzte der Graf de la Fère.

»Ja, doch reisen wir alle vier und ohne Wunde; das ist ein Trost.«

»Wir sind noch nicht angekommen,« versetzte d'Artagnan; »man habe acht vor den Begegnungen.«

»O, mein Lieber,« sprach Porthos, »Ihr seid wie die Raben, da Ihr immer Unglück kreischet. Was kann uns denn begegnen in dieser finstern Nacht, wo man nicht zwanzig Schritte weit sieht?«

»Ja, doch morgen früh?« entgegnete d'Artagnan.

»Morgen früh sind wir in Boulogne.«

»Ich wünsche das von ganzem Herzen und bekenne meine Schwäche,« sprach der Gascogner. »Hört, Athos, Ihr werdet lachen, allein solange wir auf Schussweite vom Damme oder von den davorliegenden Schiffen entfernt waren, war ich auf ein entsetzliches Gewehrfeuer gefasst, das uns alle zerschmettern sollte.«

»Das war unmöglich« erwiderte Porthos mit seinem derben, gesunden Verstande, »da man zugleich auch den Patron und die Matrosen totgeschossen hätte.«

»Bah, das wäre etwas Hübsches für Herrn Mordaunt; glaubt Ihr denn, er würde sich darum kümmern?«

»Mich freut es am Ende recht sehr«, sagte Porthos, »wenn d'Artagnan eingesteht, dass er Furcht hatte.«

»Ich gestehe es nicht bloß ein, sondern rühme mich dessen. Ich bin kein Rhinozeros, wie Ihr. – Oh, was ist denn das?«

»Der ›Blitz‹,« entgegnete der Patron.

»Sind wir also angelangt?«, fragte Athos auf englisch.

»Wir kommen eben an«, erwiderte der Kapitän. Man befand sich in der Tat nach drei Ruderschlägen Bord an Bord mit dem kleinen Schiffe. Der Matrose harrte, die Leiter war in Bereitschaft, er hatte die Barke erkannt. Athos stieg zuerst hinauf mit seiner ganzen seemännischen Gewandtheit; Aramis mit der Gewohnheit, die er sich seit Langem eigen gemacht, mittels Strickleiter und anderer mehr oder weniger sinnreicher Mittel verbotene Räume zu überschreiten; d'Artagnan wie ein Gämsjäger; Porthos mit jener Kraftanwendung, die bei ihm alles ersetzte. Die Diener folgten. Der Kapitän führte seine Passagiere nach der für sie eingerichteten Kajüte, welche sie, da sie nur ein einziges Zimmer war, gemeinschaftlich bewohnen mussten, dann versuchte er es, sich unter dem Vorwande zu entfernen, dass er einige Aufträge zu erteilen habe.

»Einen Augenblick,« sprach d'Artagnan, »wie viel Mann habt Ihr an Bord, Patron?«

»Ich verstehe nicht«, sagte dieser auf englisch. »Athos, frage ihn das in seiner Sprache.«

Athos stellte die von d'Artagnan gewünschte Frage. »Drei,« erwiderte Groslow; »ohne mich zu rechnen, wohlverstanden.« D'Artagnan verstand, da der Patron bei seiner Antwort drei Finger erhoben hatte.

»O,« versetzte d'Artagnan, »ich werde schon wieder ruhiger. Gleichviel, ich will, während Ihr Euch einrichtet, einen Gang durch das Schiff tun.«

»Und ich,« entgegnete Porthos, »ich will mich mit dem Abendessen befassen.«

»Dieses Projekt ist schön und großartig, Porthos, führet es aus. Ihr, Athos, leihet mir Grimaud, der in Gesellschaft seines Freundes Parry ein bisschen englisch gelernt hat; er soll mir als Dolmetsch dienen.«

»Geh, Grimaud«, sagte Athos. Eine Laterne brannte auf dem Verdecke. D'Artagnan hob sie mit der einen Hand auf, nahm mit der anderen eine Pistole und sprach zu dem Patron: »Come!« Das war nebst Goddam alles, was er von der englischen Sprache wusste. D'Artagnan kam zu der Luke und stieg hinab in das Zwischendeck. –

»O«, rief d'Artagnan, während er mit seiner Laterne über die Lukentreppe hinabging und weit vor sich hin leuchtete, »was gibt es da für Fässer? man könnte das für die Höhle Ali-Babas halten!«

»Was sagt Ihr da?«, fragte der Kapitän auf englisch, D'Artagnan verstand ihn am Ton der Stimme, und entgegnete, indem er die Laterne auf ein Gebinde hinstellte:

»Ich möchte wissen, was in diesen Fässern ist.« Der Patron war schon im Begriff, wieder über die Treppe hinauf zu steigen, doch beherrschte er sich und antwortete:

»Portwein.«

»Ah, Portwein«, rief d'Artagnan; »das ist jedenfalls eine Beruhigung, dass wir nicht vor Durst umkommen werden.« Dann wandte er sich zu Groslow, der sich dicke Schweißtropfen von der Stirne wischte und fragte:

»Sind sie voll?« Grimaud übersetzte die Frage.

»Die einen sind voll, die anderen leer«, erwiderte Groslow mit einer Stimme, worin sich trotz aller Anstrengung seine Besorgnis kundgab. D'Artagnan pochte mit dem Finger an die Fässer, und erkannte, dass fünf voll, die anderen aber leer waren; dann hielt er, stets zum großen Schrecken des Engländers, die Laterne zwischen die Gebinde, und da er die Zwischenräume frei sah, so sagte er:

»Auf, gehen wir weiter!« – Und er ging nach der Tür, welche zu der zweiten Abteilung führte.

»Wartet,« sprach der Engländer, immer noch befangen von der angedeuteten Gemütsangst, »wartet, ich habe zu dieser Türe den Schlüssel.« Er trat schnell vor d'Artagnan und Grimaud und steckte mit bebender Hand den Schlüssel an, wonach man sich in der zweiten Abteilung befand, wo sich Mousqueton und Blaifois zum Nachtmahl anschickten. Hier gab es weder etwas zu suchen noch zu erhaschen: Man konnte bei dem Schimmer der Lampe, welche diesen würdigen Kameraden leuchtete, in alle Winkel und Ecken sehen. Sonach ging man schnell weiter und besuchte die dritte Abteilung. Hier war die Wohnung der Matrosen. Drei bis vier Hängematten an der Decke, ein Tisch an einem doppelten Strick, der an den vier Ecken hindurchging, zwei morsche und wackelnde Bänke bildeten darin dass ganze Geräte. D'Artagnan hob ein paar alte Segeltücher auf, die an der Wand hingen, und da er abermals nichts Verdächtiges fand, so stieg er wieder durch die Luke auf das Verdeck des Schiffes. »Und dieses Zimmer?«, fragte d'Artagnan. Grimaud übertrug die Worte des Musketiers ins Englische.

»Das hier ist mein Zimmer,« entgegnete bei Patron; »wollt Ihr vielleicht eintreten?«

»Öffnet die Türe«, sagte d'Artagnan. Der Engländer gehorchte; d'Artagnan verlängerte seinen mit der Laterne versehenen Arm und steckte den Kopf durch die klaffende Türe, und als er sah, dass dieses Gemach ein wahrer Schlupfwinkel sei, so sagte er: »Gut, befände sich ein Kriegsheer an Bord, so wäre es hier recht gut versteckt. Sehen wir, was Porthos zum Nachtmahle gefunden.« Er dankte dem Patron durch Kopfnicken und begab sich wieder nach der Ehrenkajüte, wo seine Freunde waren.

Wie es schien, so hatte Porthos nichts gefunden, und wenn er auch etwas fand, so trug die Ermüdung den Sieg über den Hunger davon, und so schlief er fest in seinen Mantel gehüllt, als d'Artagnan. zurückkehrte. Von den sanften Bewegungen der ersten Wellen eingewiegt, fingen auch Athos und Aramis an, ihre Augen zu schließen, doch öffneten sie dieselben wieder bei dem Geräusch, das ihr Freund verursachte.

»Nun?«, fragte Aramis.

»Es geht alles gut,« versetzte d'Artagnan, »wir können ruhig schlafen.« Nach Verlauf von zehn Minuten waren die Herren eingeschlummert, doch war das nicht der Fall bei den hungrigen und durstigen Bedienten. Mousqueton und Blaifois schickten sich an, ihr Lager zurechtzumachen, das aus einem Brett und Mantelsack bestand, während sich auf einem Hängetische, gleich jenem im anstoßenden Zimmer, nach dem Wanken des Meeres, ein Brot, ein Bierkrug und drei Gläser schaukelten.

»Das verfluchte Wanken«, rief Blaifois; »ich fühle, es wird mich wieder so packen wie anfangs.«

»Und wir haben nichts, um die Seekrankheit zu bekämpfen,« versetzte Mousqueton, »als Gerstenbrot und Hopfenwein; puh! –«

»Doch Eure Weidenflasche, Herr Mouston?«, fragte Blaifois, der eben mit seinem Lagermachen fertig war und sich strauchelnd dem Tische näherte, wo er sich ebenfalls setzen wollte; »doch Eure Weidenflasche, habt Ihr sie verloren?«

»Nicht doch,« entgegnete Mousqueton, »sondern Parry hat sie behalten. Diese Teufels-Schotten haben immer Durst. Und Ihr, Grimaud,« fragte Mousqueton seinen Kameraden, der eben von seiner Begleitung d'Artagnans zurückkehrte, »seid Ihr nicht durstig?«

»Wie ein Schotte«, antwortete Grimaud lakonisch. Er setzte sich neben Blaifois und Musqueton, zog aus seiner Tasche eine Schreibtafel hervor, und fing an, die Zeche der Gesellschaft aufzusetzen, deren Verwalter er war. »Oh, oh!«, stammelte Blaisois, »mir fängt an, übel zu werden.«

»Wenn das ist,« sprach Mousqueton mit einer gelehrten Miene, »so nehmt ein bisschen Nahrung.«

»Ihr nennt das Nahrung?«, entgegnete Blaisois, während er mit kläglicher Miene und verächtlich auf das Gerstenbrot und den Bierkrug hinzeigte. Grimaud fand es der Mühe wert, sich ins Mittel zu legen; er deutete mit dem Finger nach dem Laderaum und sagte:

»Portwein!« Das war ein Schlagwort. Die Bedienten waren sich bald darüber einig, was zu machen sei, damit man unauffällig an die Fässer herankäme. Grimaud rüstete sich mit einem Bohrer und einem Kruge aus und verschwand im Laderaum, während Mousqueton Wache hielt, um ihn, falls jemand kommen sollte, zu warnen. Grimaud war kaum gegangen, als Mousqueton leise Schritte vernahm. Er pfiff auf eine Weise, die den Bedienten in den Tagen ihrer Jugend vertraut war, begab sich wieder auf seinen Platz am Tische und winkte Blaisois, desgleichen zu tun. Blaisois gehorchte.

Die Türe ging auf. Zwei Männer in Mäntel gehüllt traten ein. »O, o!«, rief der eine von ihnen, »um ein Viertel nach elf Uhr noch nicht im Bette? Das ist gegen die Vorschrift. In einer Viertelstunde soll alles ausgelöscht sein und jedermann schnarchen.« Die zwei Männer gingen zu der Türe jener Abteilung, in welche Grimaud geschlüpft war, schlossen die Türe auf, traten ein und sperrten hinter sich wieder ab.

»Ha«, rief Blaisois schaudernd, »er ist verloren!«

»Grimaud ist ein feiner Fuchs«, murmelte Mousqueton. Sie erwarteten mit lauschendem Ohre und gesperrtem Odem, was da kommen mag. Es vergingen zehn Minuten, ohne dass man ein Geräusch vernahm, welches hätte vermuten lassen, dass Grimaud entdeckt sei. Nachdem diese Zeit verflossen war, sahen Mousqueton und Blaisois die Türe wieder aufgehen, die Männer in den Mänteln traten hervor, versperrten die Türe wieder mit derselben Vorsicht wie bei ihrem Eintreten, und entfernten sich mit der Wiederholung des Befehls, das Licht auszulöschen und sich schlafen zu legen.

»Werden wir Folge leisten?«, fragte Blaisois, »mir kommt das alles verdächtig vor.«

»Sie sagten: Eine Viertelstunde, wir haben noch fünf Minuten,« bemerkte Mousqueton.

»Wenn wir es den Herren meldeten?«

»Warten wir noch auf Grimaud.«

»Wenn sie ihn aber getötet haben?«

»Grimaud hätte gerufen.«

»Ihr wisst ja, er ist fast stumm.«

»So hätten wir die Stöße gehört.«

»Doch, wenn er nicht zurückkommt?«

»Hier ist er!«

Grimaud öffnete die Tür und steckte durch dieselbe seinen totenfahlen Kopf, dessen Augen, vor Entsetzen gerundet, kleine Pupillen in weiten weißen Kreisen sehen ließen. Er trug den mit einer gewissen Substanz angefüllten Krug in der Hand, näherte ihn dem Scheine des Lichtes, den die dampfende Lampe verbreitete, und murmelte die einfache Silbe: »O!« mit einem so schreckenvollen Ausdrucke, dass Mousqueton entsetzt zurückprallte und Blaisois ohnmächtig zu werden schien. Nichtsdestoweniger warfen beide einen neugierigen Blick in den Bierkrug – er war voll Pulver! Als nun Grimaud überzeugt war, dass das Schiff anstatt mit Wein, mit Pulver beladen sei, eilte er nach der Luke und machte nur einen Satz bis zur Kajüte, worin die vier Freunde schliefen. Als er da ankam, drückte er vorsichtig die Türe, welche im Aufgehen sogleich d'Artagnan weckte, da er hinter ihr lag.

Er hatte noch kaum Grimauds entstelltes Antlitz gesehen, so verstand er schon, dass etwas Ungewöhnliches vorgehe, und wollte rufen, allein Grimaud legte mit einer noch schnelleren Bewegung als das Wort selbst einen Finger an seine Lippen und blies mit einem Hauche, den man in einem so schwachen Körper nicht vermutet hätte, die kleine Nachtlampe aus, die drei Schritte entfernt stand. D'Artagnan erhob sich auf dem Ellbogen, Grimaud ließ sich auf ein Knie nieder, und so den Hals gestreckt und die Sinne gespannt, flüsterte er ihm eine Erzählung in das Ohr, welche dramatisch genug war, um Gebärden- und Mienenspiel zu entbehren. Während dieser Mitteilung schliefen Athos, Porthos und Aramis so fest, als hätten sie acht Tage lang nicht geschlafen, und im Zwischendecke knüpfte Mousqueton aus Vorsicht seine Nesteln, indes Blaisois voll Entsetzen und mit gesträubten Haaren dasselbe zu tun versuchte. Nun sehen wir, was vorgefallen ist. Grimaud war kaum durch die Öffnung verschwunden und in die erste Abteilung gelangt, als er um sich forschte und ein Fass antraf. Er pochte, dieses Fass war leer; allein das dritte, an dem er den Versuch wiederholte, gab einen so dumpfen Ton von sich, dass man sich daran nicht irren konnte. Grimaud erkannte, dass es voll sei. Hier hielt er an, suchte nach einer passenden Stelle, um es anzubohren, und stieß während des Suchens an einen Hahn.

»Gut«, murmelte Grimaud, »damit ist mir eine Arbeit erspart.« Er hielt den Bierkrug unter, drehte den Hahn und merkte, wie der Inhalt ganz sanft aus dem einen in das andere Gefäß überging. Nachdem er erst die Vorsichtsmaßregel getroffen, den Hahn wieder zu schließen, und zu gewissenhaft war, seinen Kameraden ein Getränk zu bringen, wofür er sich bei ihnen nicht hätte verantwortlich machen können, so setzte er den Krug an seine Lippen, hörte aber in diesem Augenblicke das Warnungszeichen, das ihm Mousqueton gab; er wähnte, dass eine Nachtrunde komme, schlüpfte zwischen zwei Fässer hinein, und verbarg sich hinter leeren Gebinden. Einen Augenblick nachher ging wirklich die Tür auf und wieder zu, da jene zwei Männer in Mänteln eintraten, welche wir vor Blaisois und Mousqueton hin und her kommen sahen, wo sie ihnen das Licht auszulöschen befahlen. Der eine von ihnen trug eine sorgfältig verschlossene Laterne von solcher Höhe, dass die Flamme ihren Gipfel nicht erreichen konnte. Außerdem waren die Scheiben wieder mit weißem Papier überzogen, welches das Licht und die Wärme milderte und einsog. Dieser Mann war Groslow. Der andere hielt etwas in der Hand, das lang, biegsam und wie ein Strick gerollt war. Sein Gesicht ward von einem breiträndrigen Hute überschattet. Grimaud dachte, es führe sie dieselbe Leidenschaft, die er empfand, in den Keller, um dem Portwein einen Besuch abzustatten, und zog sich immer tiefer hinter die Fässer zurück, wobei er sich übrigens damit tröstete, dass das Verbrechen eben nicht groß wäre, wenn man ihn auch entdeckte. Als die beiden Männer bei dem Fasse ankamen, hinter dem Grimaud versteckt lag, blieben sie stehen.

»Habt Ihr die Lunte?«, fragte derjenige auf englisch, der die Blendlaterne trug.

»Hier ist sie,« entgegnete der andere. Bei der Stimme des letzteren schauderte Grimaud und fühlte diesen Schauder durch das Mark seiner Knochen dringen, er erhob sich langsam bis über den Rand des Gebindes und erkannte unter dem breiten Hute das blasse Gesicht Mordaunts.

»Wie lange mag wohl diese Lunte glimmen?«, fragte er.

»Nun, etwa fünf Minuten«, erwiderte der Patron. Auch diese Stimme war Grimaud nicht fremd; sein Blick glitt von dem einen zum andern über, und nach Mordaunt erkannte er Groslow.

»Sonach,« sprach Mordaunt, »meldet Eurer Mannschaft, sich bereit zu halten, ohne ihr die Ursache anzugeben. Folgt die Schaluppe dem Schiffe nach?«

»Wie ein Hund am Hanfstricke seinem Herrn folgt.«

»Wenn dann die Uhr auf ein Viertel nach Mitternacht zeigt, so versammelt Eure Mannschaft, und steigt geräuschlos in die Schaluppe.«

»Nachdem ich die Lunte angebrannt habe?«

»Diese Sorge betrifft mich. Ich will meiner Rache gewiss sein. Sind die Ruder in der Schaluppe?«

»Es ist alles vorbereitet.«

»Gut.«

»Sonach sind wir einverstanden.«

Mordaunt kniete nieder und band das eine Ende der Lunte an den Hahn, damit er nur noch das andere Ende anzubrennen brauchte. Als das geschehen war, stand er wieder auf und sagte: »Habt Ihr gehört? Ein Viertel nach Mitternacht, das heißt ... Er zog seine Uhr hervor. »In zwanzig Minuten.«

»Vollkommen, mein Herr,« entgegnete Groslow. »Ich muss Euch nur zum letzten Mal bemerken, dass dieses Unternehmen mit einiger Gefahr verbunden ist, und dass es besser wäre, das Anzünden dieses Feuerwerkes einem unserer Leute aufzutragen.«

»Lieber Groslow,« versetzte Mordaunt, »Ihr kennt das französische Sprichwort: Man bedient sich nur selber gut, – ich will das in Anwendung bringen.« Grimaud hatte alles gehört, wenn auch nicht alles verstanden, allein bei ihm ersetzte das Gesicht den Mangel des vollen Verstehens der Sprache; er hatte die zwei Todfeinde der Musketiere gesehen und erkannt; er sah, wie Mordaunt die Lunte befestigte, er hörte jenes Sprichwort, welches Mordaunt französisch sagte, und es ihm dadurch noch leichter machte; endlich fühlte er wiederholt den Inhalt des Kruges an, den er in der Hand hielt, und anstatt der Flüssigkeit, welche Mousqueton und Blaisois erwarteten, knitterten und zerbröckelten sich die Körner eines groben Pulvers unter seinen Fingern. Mordaunt ging mit dem Patron weg; doch an der Türe der Kajüte hielt er an und horchte.

»Hört Ihr sie schlafen?« sprach er. Man hörte auch wirklich Porthos durch den Fußboden schnarchen.

»Sie sind Euch durch guten Zufall überliefert,« versetzte Groslow.

»Und diesmal soll sie der Teufel selbst nicht retten«, sagte Mordaunt. Beide gingen hinaus.

Grimaud wartete solange, bis er den Riegel der Tür im Schlosse knarren hörte, und als er sich versichert hatte, dass er allein sei, richtete er sich längs der Wand langsam empor.

»Ah«, seufzte er, während er sich mit dem Ärmel die dicken Schweißtropfen abwischte, die auf seiner Stirne perlten, »welch ein Glück ist es, dass Mousqueton durstig war!« Wie es sich wohl erraten lässt, so hörte d'Artagnan diese Umstände mit wachsender Spannung an, und ohne dass er wartete, bis Grimaud zu Ende war, stand er geräuschlos auf, legte seinen Mund an Aramis' Ohr, der ihm zur Linken schlief, fasste ihn zugleich an der Schulter, um jeder ungestümen Bewegung zuvorzukommen, und sprach zu ihm:

»Chevalier, steht auf, und macht nicht den mindesten Lärm.« Aramis erwachte. D'Artagnan wiederholte seine Aufforderung und drückte ihm die Hand. Aramis gehorchte. »Euch ist Athos zur Linken«, sagte er, »setzt ihn in Kenntnis, wie ich Euch in Kenntnis gesetzt habe.« Athos erwachte bald, da sein Schlaf leicht war, wie es der von feinen und nervösen Naturen zu sein pflegt, doch hielt es schwieriger, Porthos zu wecken. Er wollte nach den Ursachen und Gründen dieser Störung seines Schlafes fragen, die ihm sehr unliebsam zu sein schien, als d'Artagnan statt aller Antwort ihm die Hand auf den Mund drückte. Unser Gascogner streckte nun die Hand aus, und zog die Köpfe seiner drei Freunde in einen so engen Kreis zusammen, dass sie sich beinahe berührten, und sagte zu ihnen:

»Freunde, wir werden dieses Schiff den Augenblick verlassen, oder wir sind alle des Todes.«

»Bah,« machte Athos, »schon wieder?« »Wisst Ihr, wer der Kapitän des Schiffes ist?«

»Nein.«

»Der Kapitän Groslow.« Ein Schauder der drei Musketiere verriet es d'Artagnan, dass seine Worte einigen Eindruck auf seine Freunde machten.

»Ha, Groslow, zum Teufel!«, rief Aramis.

»Wer ist das, Groslow?«, fragte Porthos; »ich erinnere mich nicht mehr.«

»Jener, der Parry den Kopf zerschlagen hat, und der sich eben bereit macht, auch die unserigen zu zermalmen.«

»O, o?«

»Und wisst Ihr, wer sein Leutnant ist?«

»Sein Leutnant? es ist keiner hier«, versetzte Athos. »In einer Feluke, die nur vier Mann hat, gibt es keinen Leutnant.«

»Ja, allein Herr Groslow ist kein Kapitän wie ein anderer. Er hat einen Leutnant, und dieser Leutnant ist Herr Mordaunt.«

Diesmal gab es nicht bloß mehr ein Schaudern unter den Musketieren, sondern beinahe einen Aufschrei. Diese unbezwingbaren Männer unterlagen dem mysteriösen und verhängnisvollen Einflusse, den dieser Name auf sie ausübte, und waren schon entsetzt, wenn sie ihn nur aussprechen hörten.

»Was ist zu tun?«, fragte Athos.

»Wir bemächtigen uns der Feluke,« entgegnete Aramis.

»Wir töten sie«, rief Porthos.

»Die Feluke ist miniert,« sprach d'Artagnan. »Jene Fässer, die ich für Gebinde von Portwein hielt, sind Pulverfässer. Wenn sich Mordaunt entdeckt sieht, so wird er alles, Freunde und Feinde, in die Luft sprengen, und er ist, meiner Treue, ein zu schlechter Gesellschafter, als dass ich Lust hätte, mich in seiner Begleitung im Himmel oder in der Hölle zu präsentieren.«

»Habt Ihr also einen Plan?«, fragte Athos.

»Ja.«

»Welchen?«

»Setzt Ihr Vertrauen in mich?«

»Sagt an,« sprachen die drei Musketiere zugleich. D'Artagnan ging zu einem Fenster, das zwar niedrig, aber doch geräumig genug war, um einen Mann hindurchzulassen, und schob es leise in seinen Leisten zurück.

»Das ist der Weg«, rief er.

»Zum Teufel, lieber Freund, es ist sehr kalt«, sagte Aramis.

»Bleibt, wenn Ihr wollt, allein ich sage Euch im Voraus, es wird hier alsbald zu heiß sein.«

»Wir können aber das Land nicht mit Schwimmen erreichen.«

»Die Schaluppe folgt am Taue nach, wir werden die Schaluppe erreichen, und das Tau abschneiden. Das ist alles. Auf, meine Herren!«

»Einen Augenblick,« sprach Athos, – »die Bedienten.«

»Da sind wir schon«, riefen Mousqueton und Blaisois, welche Grimaud geholt hatte, um alle Kräfte in der Kajüte zu versammeln, und die durch die Luke, welche fast an die Türe stieß, ungesehen eingetreten waren. Indes blieben die drei Freunde regungslos vor dem schrecklichen Schauspiele, welches d'Artagnan ihren Blicken enthüllte, indem er den Ballen zurückschob, sodass sie durch diese enge Öffnung sahen. In der Tat weiß es jedermann, der dieses Schauspiel einmal sah, dass es gar nichts Ergreifenderes gibt, als ein hochgehendes Meer, welches bei dem blassen Schein eines Wintermondes seine dunklen Wogen unter dumpfem Gebrause dahinwälzt.

»Potz Element, wir schwanken, wie mich dünkt«, rief d'Artagnan; »und wenn wir schwanken, was werden dann die Bedienten tun?«

»Ich schwanke nicht,« versetzte Grimaud.

»Gnädiger Herr,« sprach Blaisois, »ich sage es im Voraus, dass ich nur in Flüssen schwimmen kann.«

»Und ich kann gar nicht schwimmen«, sagte Mousqueton. Mittlerweile ließ sich d'Artagnan durch die Öffnung gleiten.

»Freund«, rief Athos, »Ihr seid also entschlossen?«

»Ja«, erwiderte der Gascogner; »vorwärts, Athos, Ihr, vollkommener Mann, sagt dem Geiste, dass er dem Fleische gebiete. Ihr, Aramis, gebt den Bedienten ein Beispiel; Ihr, Porthos, tötet alles, was uns hindern will.«

D'Artagnan drückte Athos noch die Hand, und ersah den Augenblick, wo die Feluke durch eine schwankende Bewegung mit dem Hinterteile tauchte, wonach er nur in das Wasser zu gleiten brauchte, das ihm 'schon bis zum Gürtel reichte. Athos folgte ihm, ehe sich noch die Feluke zurückbewegt hatte; nach Athos erhob sie sich abermals, und man bemerkte das Tau, an dem die Schaluppe befestigt war, sich strecken und aus dem Wasser emporschnellen. D'Artagnan schwamm nach diesem Tau und erreichte dasselbe. Er hing sich mit der Hand daran, behielt nur den Kopf über dem Wasser und wartete. Eine Sekunde darauf kam Athos zu ihm. Hierauf sah man bei der Wendung der Feluke zwei andere Köpfe emportauchen. Das waren die von Aramis und Grimaud.

»Blaisois macht mir Angst,« sprach Athos. »Hörtet Ihr nicht, d'Artagnan, wie er sagte, dass er nur in Flüssen schwimmen könne?«

»Wenn man einmal schwimmen kann, so kann man es überall,« erwiderte d'Artagnan. »In die Barke! in die Barke!«

»Allein Porthos, ich sehe ihn nicht.«

»Porthos wird kommen, seid unbekümmert, er schwimmt wie Leviathan selber.« Aber Porthos zeigte sich wirklich nicht, da zwischen ihm, Mousqueton und Blaisois ein halb komischer, halb dramatischer Auftritt stattfand. Da diese entsetzt waren vor dem Wogengebrause, vor dem Pfeifen des Windes und vor dem Anblick des schwarzen, im Abgrund schäumenden Wassers, so wichen sie zurück, anstatt vorwärts zu gehen.

»Vorwärts, ins Wasser!«, rief Porthos.

»Allein, gnädiger Herr,« ächzte Mousqueton, »lasst mich hier, ich kann ja nicht schwimmen.«

«Ich auch nicht«, wimmerte Blaisois.

»Ich versichere«, sagte Mousqueton, »ich würde Euch nur hinderlich sein in dieser kleinen Barke.«

»Und ich würde gewiss ertrinken, bevor ich dahin käme,« versetzte Blaisois.

»Heda, ich erwürge Euch beide, wenn Ihr nicht hinabspringt«, rief Porthos, und fasste sie an der Kehle. »Vorwärts, Blaifois!« Ein Ächzen, von Porthos' eiserner Faust gedämpft, war die ganze Antwort Blaisois', denn der Riese, der ihn beim Kopf und bei den Füßen anfasste, ließ ihn wie einen Balken durch das Fenster gleiten und schob ihn mit dem Kopf nach unten ins Meer. »Jetzt, Mouston, hoffe ich,« sprach Porthos, »dass du deinen Herrn nicht verlassen wirst.«

»O, gnädiger Herr,« entgegnete Mousqueton mit Tränen im Auge, »warum haben Sie wieder Dienst genommen? Es ging uns doch so gut auf dem Schlosse Pierrefonds.« Und ohne andere Widerrede, entweder aus wahrer Treue, oder durch das rücksichtlich Blaisois gegebene Beispiel leidend und folgsam, sprang Mousqueton mit dem Kopfe voraus ins Meer, was immerhin eine erhabene Tat war, da sich Mousqueton für tot hielt. Allein Porthos war nicht der Mann, dass er seinen getreuen Gefährten so verließ. Der Herr folgte dem Diener so nahe, dass der Fall der zwei Körper nur ein Geräusch machte, wonach sich Mousqueton von Porthos' kräftiger Hand unterstützt sah, als er, wieder ganz verblüfft auf die Oberfläche des Wassers kam; sofort konnte er sich auch, ohne dass er irgendeine Bewegung zu machen brauchte, dem Taue majestätisch wie ein Meergott nähern. In demselben Momente sah Porthos einen Gegenstand im Bereiche seines Armes wirbeln. Er fasste denselben bei den Haaren an; es war Blaisois, dem auch Athos schon entgegenkam.

»Geht, Graf, geht, ich bedarf Eurer nicht«, sagte Porthos. Porthos richtete sich auch in der Tat durch einen kräftigen Fußstoß über die Wellen empor, gleich dem Riesen Adamastor, und erreichte in drei Stößen seinen Freund. D'Artagnan, Aramis und Grimaud halfen Blaisois und Mousqueton beim Einsteigen, dann kam die Reihe an Porthos, der das kleine Schiff beinahe zum Sinken brachte, als er über Bord stieg.

»Und Athos?«, fragte d'Artagnan.

»Hier bin ich«, rief Athos, der erst zuletzt einsteigen wollte wie ein General, der den Rückzug deckt.

»Seid Ihr alle beisammen?«

»Alle,« erwiderte d'Artagnan, »und habt Ihr Euren Dolch, Athos?«

»Ja.«

»So schneidet das Tau ab und kommt.«

Athos nahm seinen scharfen Dolch vom Gürtel und schnitt das Tau ab; die Feluke fuhr weiter; die Barke blieb auf ihrem Platze, ohne dass sie auf eine andere Weise als durch die Wellen bewegt wurde.

»Kommt, Athos!«, rief d'Artagnan. Er reichte dem Grafen de la Fère die Hand, der nun auch in das kleine Fahrzeug stieg.

»Es war an der Zeit,« sprach der Gascogner, »und Ihr werdet alsbald etwas Seltsames sehen.«

### Verhängnis

D'Artagnan hatte jene Worte kaum ausgesprochen, so ließ sich auch wirklich ein Pfeifen auf der Feluke hören, die sich schon allmählich in Nebel und Dunkelheit verlor.

»Das will etwas bedeuten, wie Ihr wohl begreifen werdet«, sagte der Gascogner. In diesem Momente sah man auf dem Verdecke eine Laterne schimmern, und im Hinterdecke dunkle Gestalten erscheinen. Auf einmal hallte ein entsetzlicher Schrei, ein Schrei der Verzweiflung, durch den Luftraum, und als hätte dieser Schrei die Wolken verscheucht, so öffnete sich der Schleier, der den Mond umhüllte, und man bemerkte auf dem von einem blassen Lichte versilberten Himmel die grauen Segel und das dunkle Tauwerk der Feluke. Schatten liefen verwirrt auf dem

Schiffe hin und her, und Jammergeschrei begleitete dieses sinnlose Herumwandeln. Diese verwirrten Schatten auf dem Schiffe waren Groslow, der zu der von Mordaunt festgesetzten Stunde seine Mannschaft versammelt hatte, indes dieser, als er an der Türe der Kajüte gelauscht, ob die Musketiere noch immer schliefen, durch ihr Schweigen beruhigt, in den Schiffsraum hinabgestiegen war. Wer hätte auch in der Tat vermuten können, was sich eben zugetragen hatte? Mordaunt schloss somit die Türe auf und eilte nach der Lunte, begierig wie ein racheschnaubender Mensch, und seiner Sache gewiss, wie diejenigen, welche Gott verblendet, zündete er den Schwefel an. Mittlerweile versammelte sich Groslow mit seinen Matrosen auf dem Hinterdecke.

»Fasst das Tau an«, rief Groslow, »und zieht die Barke heran.« Ein Matrose setzte sich rittlings auf die Schiffswand, ergriff das Tau und zog es an sich; das Tau kam ohne Widerstand zu ihm.

»Das Tau ist abgeschnitten«, rief der Matrose, »es ist keine Barke mehr da.«

»Wie, keine Barke mehr?«, stammelte Groslow, und eilte gleichfalls nach der Brüstung; »das ist nicht möglich!«

»Es ist aber doch so,« entgegnete der Matrose, »sehet nur; es ist nichts im Fahrwasser und hier ist das Ende vom Tau.« Hier war es, wo Groslow jenes Gebrüll ausstieß, welches die Musketiere vernommen hatten.

»Was ist es?«, rief Mordaunt, der eben aus der Luke hervorkam, und mit der Fackel in der Hand nach dem Hinterdecke eilte.

»Unsere Feinde sind uns entwischt, sie schnitten das Tau ab, und entfliehen mit der Barke.« Mordaunt machte nun einen Satz bis zur Kajüte und stieß deren Türe mit einem Fußtritt ein.

»Leer«, rief er, »leer, o die Teufel!«

»Lasst sie uns verfolgen«, sagte Groslow, »sie können noch nicht weit sein, wir segeln über sie weg und bohren sie in den Grund.«

»Ja, allein das Feuer?«, rief Mordaunt, »ich legte das Feuer.«

»Woran?«

»An die Lunte.«

»Tausend Donner!«, schrie Groslow und stürzte nach der Luke; »vielleicht ist es noch Zeit?« Mordaunt antwortete nur mit entsetzlichem Lachen, und während er mit Zügen, die mehr durch Hass als durch Schreck entstellt waren, zum Himmel emporstarrte, und ihm mit großen

Augen eine letzte Verwünschung zuschleuderte, warf er zuerst seine Fackel ins Meer und stürzte sich dann selber hinab. In dem Momente, wo Groslow den Fuß auf die Treppe der Luke setzte, öffnete sich das Schiff wie der Krater eines Vulkans; ein Flammenstrom brauste mit einem Knall gegen den Himmel, wie der von hundert Kanonen, die zugleich donnern, die Luft entzündete sich, von glühenden Trümmern durchfurcht, darauf erlosch der furchtbare Blitz, die Trümmer stürzten prasselnd in den Abgrund nieder, wo sie erloschen, und ein Beben in der Luft abgerechnet, hätte man ein Weilchen darauf glauben können, es wäre nichts vorgegangen. Nun war die Feluke von der Oberfläche des Wassers verschwunden und Groslow mit seinen drei Matrosen war vernichtet.

Die vier Freunde hatten alles gesehen; es entging ihnen kein Umstand dieses furchtbaren Dramas. In diesem glänzenden Lichte, welches das Meer auf eine Meile weit beleuchtete, hätte man einen Augenblick lang jeden von ihnen in einer verschiedenen Haltung sehen können, wie sich an ihnen das Entsetzen abmalte, welches sie trotz ihrer ehernen Herzen zu empfinden nicht umhin konnten. Bald darauf fiel der Flammenregen rings um sie herum nieder, dann erlosch endlich, wie schon erwähnt, der Vulkan, und alles, die schaukelnde Barke und das hochgehende Meer, kehrten in ihre vorherige Dunkelheit zurück. Sie blieben ein Weilchen lang schweigend und bestürzt. Porthos und Aramis hielten die Ruder, welche sie ergriffen hatten, maschinenartig über dem Wasser, stemmten sich mit dem ganzen Körper darauf und umklammerten sie mit krampfhaften Händen. Aramis unterbrach zuerst die Totenstille und rief:

»Meiner Treue, ich glaube, diesmal wird alles abgetan sein.«

»Zu Hilfe, Mylords, steht mir bei, o, zu Hilfe!«, rief eine klägliche Stimme, deren Töne zu den vier Freunden wie die Stimme eines Seegeistes hallte. Sie blickten alle einander an, und Athos erbebte.

»Da ist er,« sprach er, »das ist seine Stimme.« Alle schwiegen, denn alle erkannten die Stimme; sie wandten bloß ihre Augen mit erweiterten Pupillen nach der Richtung hin, wo das Schiff verschwunden war, und gaben sich alle mögliche Mühe, die Dunkelheit zu durchdringen. Eine kurze Weile darauf gewahrte man einen Menschen, der kräftig herbeischwamm.

Athos streckte nach ihm den Arm aus, während er ihn seinen Begleitern mit den Fingern zeigte.

»Ja, ja!«, rief d'Artagnan, »ich sehe ihn.«

»Abermals er,« sprach Porthos, und holte dabei Atem wie ein Schmiedeblasebalg, »ha, er ist wie von Eisen.«

»O Gott!«, seufzte Athos. Aramis und d'Artagnan flüsterten sich ins Ohr. Mordaunt machte noch einige Stöße, streckte dann eine Hand als Notzeichen aus dem Wasser und rief:

»Erbarmen, im Namen des Himmels, Erbarmen, meine Herren! Ich fühle, dass mich meine Kräfte verlassen, dass ich untergehe.« Die hilferufende Stimme wurde so bebend, dass sie auf dem Grunde von Athos' Heizen Mitleid erregte.

»Der Unglückliche!«, murmelte er.

»Gut,« sprach d'Artagnan, »nun geht Euch nur noch ab, dass Ihr ihn bedauert. Fürwahr, ich glaube, er schwimmt zu uns heran. Denkt er etwa, wir werden ihn aufnehmen? Rudert, Porthos, rudert!« Zugleich gab d'Artagnan das Beispiel, senkte das Ruder ins Meer, und nach zwei Ruderschlägen entfernte sich die Barke um zwanzig Klafter.

»O, Ihr werdet mich nicht verlassen, dass ich umkomme! Ihr werdet nicht ohne Barmherzigkeit sein!« klagte Mordaunt.

»O«, rief Porthos Mordaunt zu, »ich denke, dass wir Euch endlich haben. Wackerer, und dass Ihr da zur Flucht keine andere Pforte mehr habt als die Hölle.«

»O Porthos«, murmelte der Graf de la Fère.

»Gebt Ruhe. Athos! in der Tat, Ihr macht Euch lächerlich mit Eurer ewigen Großmut. Ich erkläre Euch vor allem, wenn er sich auf zehn Fuß weit der Barke nähert, so zerschmettere ich ihm den Kopf mit einem Ruderschlage.«

»O Barmherzigkeit! flieht mich nicht, meine Herren, Barmherzigkeit! ... fühlt doch Mitleid mit mir,« wehklagte der junge Mann, dessen keuchender Odem bisweilen das Wasser wirbeln ließ, wenn sein Kopf unter den Wellen verschwand. D'Artagnan, der jeder Bewegung Mordaunts mit den Augen folgte, unterbrach seine Unterredung mit Aramis, stand auf und sagte, zu dem Schwimmer gewendet:

»Entfernt Euch gefällig, mein Herr, Eure Reue ist zu neu, als dass wir in sie ein großes Vertrauen setzten: bedenkt, dass das Schiff, worin Ihr uns habt braten wollen, noch einige Fuß unter dem Wasser dampft, und dass die Lage, in welcher Ihr seid, ein Bett von Rosen ist im Vergleich mit dem, in welches Ihr uns betten wolltet, und in das Ihr Herrn Groslow und seine Matrosen gebettet habt.« Mordaunt machte neuerliche Anstrengungen, sich zu nähern, und streckte die Hand nach dem Bootsrand aus. Als d'Artagnan das sah, befahl er, zum Erstaunen der übrigen Bootsinsassen, den Schwimmer nicht zu hindern; und als dieser dem Boot bis auf Armeslänge nahe gekommen war, zog d'Artagnan mit einer blitzschnellen Bewegung seinen Dolch und stieß ihn dem Verräter in die Brust. Zwei Sekunden später war der Gerichtete von den Wellen verschlungen. Zwischen den Insassen des Bootes herrschte ein lastendes Schweigen, das d'Artagnan erst nach geraumer Zeit unterbrach, indem er mit fester Stimme sprach:

»Endlich hat Gott gesprochen! Nicht ich habe, ihn getötet, sondern die Vorsehung!«

## Wie Mousqueton, nachdem er der Gefahr entronnen war, gebraten zu werden, beinahe aufgegessen worden wäre

Auf den soeben mitgeteilten schrecklichen Vorfall trat in der Barke ein langes, tiefes Stillschweigen ein; der Mond, der auf ein Weilchen hervorgetreten war, als habe es Gott gewollt, das kein Umstand dieses Ereignisses vor den Augen der Zuschauer verborgen bliebe, verschwand wieder hinter den Wollen; alles kehrte in die Dunkelheit zurück. Porthos brach das Schweigen zuerst und sagte: »Ich habe schon so mancherlei gesehen, doch erschütterte mich noch nichts so sehr wie das, was ich soeben sah. Allein, wie ich auch ergriffen bin, so erkläre ich Euch doch, dass ich mich überaus glücklich fühle. Ich trage einen Zentner weniger auf der Brust und kann endlich wieder frei atmen.« Porthos atmete auch wirklich mit einem Geräusche, das dem mächtigen Spiele seiner Lunge Ehre machte. »Was mich betrifft,« versetzte Aramis, »so sage ich nicht so viel wie Ihr, Porthos; ich bin noch voll Schrecken, ja, ich bin es in dem Maße, dass ich meinen Augen nicht traue, dass ich an dem zweifle, was ich sah, dass ich rings um die Barke spähe und jeden Augenblick diesen Ruchlosen mit dem Dolche, den er im Herzen hatte, nun in der Hand wieder erscheinen zu sehen glaube.« »O, darüber bin ich beruhigt,« entgegnete Porthos, »der Stoß war gegen die sechste Rippe geführt und der Dolch drang bis an den Griff hinein. Ich mache Euch deshalb keinen Vorwurf, Athos. So muss man treffen, wenn man trifft. Auch ich lebe jetzt, ich atme und bin wohlgemut.« »Porthos«, sagte d'Artagnan, »übereilt Euch nicht in Eurem Siegesjubel; wir haben noch nie eine größere Gefahr bestanden, als in diesem Augenblicke, denn ein Mensch wird mit einem Menschen fertig, allein nicht mit einem Elemente. Jetzt sind wir aber des Nachts ohne Führer in einem zerbrechlichen Fahrzeuge auf der

See; schlägt ein Windstoß das Schiff um, so sind wir alle verloren.«
Mousqueton stieß einen tiefen Seufzer aus. »D'Artagnan,« sprach Athos,
»Ihr seid undankbar, ja undankbar, da Ihr an der Vorsehung in dem Augenblicke zweifelt, wo sie uns so wunderbar errettet hat. Meint Ihr denn,
dass sie uns, wo sie uns an der Hand leitend, so große Gefahren überstehen ließ, nachher aufgeben werde? O nein! wir fuhren mit dem West-
winde ab, der noch immer fortweht.« Athos orientierte sich über den Po-
larstern. »Dorthin ist das Siebengestirn, folglich ist dorthin Frankreich.
Überlassen wir uns dem Winde, und solange er nicht umschlägt, wird er
uns nach den Küsten von Calais oder Boulogne treiben. Wenn die Barke
umschlägt, so sind wir fünf jedenfalls stark genug und hinlänglich gute
Schwimmer, um sie wieder aufzurichten, oder um uns daran zu klam-
mern, wenn die Anstrengung fruchtlos wäre. Jetzt steuern wir aber in
dem Fahrwasser aller Schiffe, welche von Dover nach Calais und von
Portsmouth noch Boulogne segeln; wenn das Wasser die Spuren derselben behielte, so würden sie an der Stelle, wo wir eben sind, ein Tal aus-
gehöhlt haben. Sonach ist es unmöglich, dass wir mit dem Tage nicht irgendeinem Fischerkahne begegnen, der uns aufnehmen wird.« »Wenn
wir aber doch keinem begegnen und der Wind nach Norden umschlägt?« »Dann ist es etwas anderes«, antwortete Athos; »wir fänden
erst wieder Land an der anderen Küste des Atlantischen Ozeans.« »Das
will so viel sagen, als, wir werden dann verhungern«, bemerkte Aramis.
»Das ist mehr als wahrscheinlich,« versetzte der Graf de la Fère.

Auf einmal erhob Mousqueton einen Freudenschrei, während er seine
mit einer Flasche ausgerüstete Hand in die Höhe schwang. »O,« sprach
er, indem er Porthos die Flasche bot, »o, gnädiger Herr, wir sind gerettet;
die Barke ist mit Lebensmitteln ausgestattet.« Er suchte nun lebhaft unter
der Ruderbank, wo er bereits die kostbare Probe hervorgeholt hatte, und
brachte allgemach ein Dutzend ähnlicher Flaschen, ein Brot und ein
Stück Pökelfleisch zum Vorschein. Wir brauchen nicht anzuführen, dass
auf diesen Fund wieder alle frohen Mutes wurden, Athos ausgenommen. »Beim Himmel!«, rief Porthos, der schon hungrig war, wie man
sich erinnern wird, als er in die Feluke stieg. »Es ist zum Erstaunen, wie
hohl der Magen bei Gemütserschütterungen wird.« Er leerte mit einem
Zuge eine Bouteille und aß allein ein gutes Drittel von dem Brote und
dem Pökelfleische. »Nun schlaft, meine Herren,« sprach Athos, »oder
versucht es; zu schlafen; ich will wachen.«

Sonach hatte sich auch alsbald jeder voll Zuversicht zu dem Steuer-
mann nach seiner Bequemlichkeit angelehnt und den von Athos erteilten
Rat zu benützen versucht, indes er am Steuer sitzen blieb und bloß die

Augen zum Himmel aufschlug, wo er zweifelsohne nicht allein den Weg nach Frankreich, sondern auch noch das Antlitz Gottes suchte, wobei er nachsann und wachte, wie er es versprochen, und das Schiff in der Richtung lenkte, die es zu nehmen hatte. Nach einigen Stunden des Schlafes wurden die Reisenden von Athos aufgeweckt. Der erste Schimmer des Tages begann, das bläuliche Meer zu bleichen, und etwa zehn Schussweiten vor sich bemerkte man eine schwarze Masse, über der sich ein dreieckiges, schmales und langes Segel, ähnlich dem Flügel einer Schwalbe, ausbreitete. »Ein Schiff!«, riefen die drei Freunde mit einer Stimme, indes die Bedienten gleichfalls ihre Freude auf verschiedene Weise äußerten. Es war wirklich ein Transportschiff von Dünkirchen, das nach Boulogne steuerte. Die vier Herren nebst Blaisois und Mousqueton vereinigten ihre Stimmen zu einem Schrei, der auf der elastischen Wasserfläche erschallte, indes Grimaud, ohne zu rufen, seinen Hut auf das Ende seines Ruders steckte, um die Blicke derjenigen anzuziehen, die den Schall der Stimmen vernehmen würden. Eine Viertelstunde darauf nahm sie das Boot dieses Transportschiffes ins Schlepptau; sie setzten den Fuß auf das Verdeck des kleinen Fahrzeuges. Grimaud bot dem Patron im Namen seines Herrn zwanzig Guineen, und bei günstigem Winde betraten unsere Franzosen um neun Uhr früh den heimatlichen Boden. »Potz Element, wie fest man hier steht!«, rief Porthos, während er seine breiten Füße in den Sand drückte. »Nun komme man, suche Streit mit mir, blicke mich scheel an oder reize mich, und man wird es sehen, mit wem man es zu tun hat. Morbleu, ich könnte jetzt ein ganzes Königreich herausfordern.« »Und ich,« versetzte d'Artagnan, »ich bitte Euch. Porthos, lasset, diese Herausforderung nicht so laut werden, denn mich dünkt, dass man uns hier zu scharf ins Auge fasst.« »Bei Gott«, erwiderte Porthos, »man bewundert uns.« »Nun,« entgegnete d'Artagnan, »ich versichere Euch, Porthos, dass ich darin gar keine Gegenliebe setze. Nur sehe ich Männer in dunklen Röcken, und ich bekenne, dass mich diese Röcke in unserer Lage erschrecken.« »Das sind die Zollbeamten des Hafens,« versetzte Aramis. Unter dem vorigen Kardinal, unter dem großen, hätte man auf uns mehr als auf die Waren geachtet; unter diesem aber, meine Freunde, seid ruhig, wird man mehr auf die Waren als auf uns achten.« »Ich baue nicht darauf,« sprach d'Artagnan, »und eile in die Dünen.« »Weshalb nicht in die Stadt?« versetzte Porthos; »ich würde ein gutes Gasthaus diesen garstigen Sandwüsten vorziehen, welche Gott nur für die Kaninchen erschaffen hat; zudem bin ich auch hungrig.« »Tut, was Ihr wollt, Porthos,« erwiderte d'Artagnan; »ich für meinen Teil bin überzeugt, dass für Leute in unserer Lage das freie Feld am sichersten ist.« D'Artagnan, der überzeugt war, die Stimmenmehrheit zu erhalten, verlor sich in die Dünen, ohne dass er auf Porthos' Antwort wartete Die kleine Schar folgte ihm, und verlor sich alsbald hinter den Sandhügeln, nicht ohne die öffentliche Aufmerksamkeit auf sich gezogen zu haben. »Nun lasst uns Rat halten«, sagte Aramis, nachdem sie etwa eine Viertelstunde weit gegangen waren. »Nicht doch,« entgegnete d'Artagnan, »lasst uns entfliehen. Wir sind Cromwell, Mordaunt und dem Meere, also drei Abgründen entronnen, die uns verschlingen wollten; Herrn Mazarin aber werden wir nicht entrinnen.« »Ihr habt recht, d'Artagnan,« versetzte Aramis, »und meine Ansicht wäre sogar, wir sollten uns, zu größerer Sicherheit, trennen.« »Ja, ja, Aramis!«, rief d'Artagnan, »trennen wir uns.«

Porthos wollte reden und gegen diesen Beschluss Einspruch tun, aber d'Artagnan drückte ihm die Hand und gab ihm zu verstehen, dass er schweigen solle. Porthos war sehr folgsam gegen diese Zeichen seines Freundes, dessen geistiges Übergewicht er mit seiner natürlichen Gutmütigkeit anerkannte. Er verschlang sonach die Worte, welche sich über seine Lippen drängen wollten. »Warum trennen wir uns denn?«, fragte Athos. »Weil ich und Porthos,« entgegnete d'Artagnan, »von Herrn von Mazarin an Cromwell abgeschickt wurden, und, anstatt Cromwell zu dienen, dem Könige Karl I. gedient haben, was ganz und gar nicht dasselbe ist. Kehren wir nun mit den Herren de la Fère und d'Herblay zurück, so ist unser Verbrechen am Tage; kehren wir allein zurück, so bleibt unser Verbrechen zweifelhaft, und mit dem Zweifel kann man die Menschen weit bringen. Nun will ich aber Herrn von Mazarin Nüsse zum Aufknacken geben.« »Halt, das ist wahr,« sprach Porthos. »Ihr vergesst«, erwiderte Athos, »dass wir Eure Gefangenen sind, dass wir durchaus nicht glauben, wir wären des Euch gegebenen Wortes entledigt, und dass, während Ihr uns als Gefangene nach Paris zurückbringt –« »In der Tat, Athos,« fiel d'Artagnan ein, »es tut mir leid, dass ein so geistvoller Mann, wie Ihr seid, stets Armseligleiten spricht, worüber ein Tertianer erröten müsste. Chevalier,« fuhr d'Artagnan fort, während er sich zu Aramis wandte, der, wiewohl er anfangs eine entgegengesetzte Meinung geäußert hatte, sich bei dem ersten Worte zu jener seines Begleiters hingeneigt zu haben schien: »Chevalier, begreift doch, dass hier, wie immer, mein argwöhnischer Charakter übertreibt. Ich und Porthos wagen nichts. Allein wenn man uns in Eurer Gegenwart etwa festnehmen wollte, nun, so würde man sieben Mann nicht ebenso wie drei Mann verhaften; die Schwerter würden blitzen, und der schlimme Handel so garstig ausfallen, dass er uns alle vier ins Verderben brächte. Ist es außerdem nicht besser, dass, falls zweien von uns ein Unglück begegnen sollte, die beiden andern in Freiheit sind, um jene aus der Klemme zu ziehen, zu kriechen, zu untergraben, kurz, in Freiheit zu sehen? Und wenn wir getrennt sind, wer weiß, ob wir nicht, Ihr von der Königin, wir von Mazarin, Vergebung erlangen, die man uns verweigern würde, wenn wir beisammen wären. Auf, Athos und Aramis, wendet Euch rechts hin; Ihr, Porthos, kommt mit mir zur linken, lasst diese Herren nach der Normandie gehen, während wir den kürzesten Weg nach Paris einschlagen.« »Doch wenn man uns auf dem Wege verhaftet«, bemerkte Aramis, »wie sollten wir uns dieses Unglück gegenseitig mitteilen?« »Nichts ist leichter als das,« erwiderte d'Artagnan; »lasst uns über eine Reiseroute übereinkommen, von der wir nicht abweichen. Ihr geht nach Saint-Valery, von da nach Dieppe, und wählt sodann die gerade Straße nach Paris; wir wollen über Abbéville, Amiens, Péronne, Compiegne und Senlis gehen und in jedem Gasthof und in jedem Hause, wo wir anhalten, werden wir mit einer Messerspitze an der Wand oder mit einem Diamant an die Fensterscheibe eine Auskunft eingraben, welche die Nachforschungen derjenigen leiten kann, welche in Freiheit sind.« »O Freund«, rief Athos, »wie sehr würde ich die Vorzüge Eures Verstandes bewundern, wenn ich nicht dabei verbliebe, die Eures Herzens zu verehren!« Er reichte d'Artagnan die Hand. »Athos,« versetzte der Gascogner achselzuckend, »hat etwa der Fuchs Genie? Nein, er weiß die Hühner zu würgen, die Jäger von der Spur abzulenken und am Tage wie des Nachts seine Wege wieder zu finden, weiter nichts. Nun, sind wir einverstanden?« »Es ist abgemacht.« »So lasst uns das Geld teilen«, sagte d'Artagnan; »wir haben etwa noch zweihundert Pistolen übrig. Was ist noch übrig, Grimaud?« »Einhundertachtzig und ein halber Louisdor, gnädiger Herr.« »Ganz wohl. – Ah, vivat, die Sonne ist da, willkommen, liebe Sonne! Obschon du nicht dieselbe bist, wie in der Gascogne, so erkenne ich dich doch, oder tue wenigstens, als ob ich dich erkennte. Willkommen! o, dich habe ich schon lange nicht gesehen!«

Nun ging's ans Abschiednehmen. Die vier Freunde warfen sich zu einer einzigen Gruppe einander in die Arme und hatten, in dieser brüderlichen Umschlingung vereinigt, in diesem Momente alle vier sicher nur eine Seele. Blaisois und Grimaud sollte Athos und Aramis folgen; für Porthos und d'Artagnan war Mousqueton hinreichend. »Potz Element, d'Artagnan,« sprach Porthos, als die beiden Gruppen sich getrennt hatten, »ich muss Euch das auf der Stelle sagen, denn ich kann gegen Euch nie etwas auf dem Herzen behalten, ich erkannte Euch bei diesem Umstande nicht wieder.« »Warum?«, fragte d'Artagnan mit seinem feinen

Lächeln. »Weil, wenn Athos und Aramis eine wirkliche Gefahr laufen, es nicht der Zeitpunkt ist, sie zu verlassen. Ich bekenne, dass ich schon ganz geneigt war, ihnen zu folgen, und dass ich es noch bin, sie einzuholen, trotz aller Mazarins auf der Welt.« »Porthos;«, erwiderte d'Artagnan, »Ihr hättet recht, wenn das so wäre; vernehmt indes eine ganz kleine Sache, welche Euch, wie unbedeutend sie auch sein mag, auf andere Ansichten bringen wird: dass nämlich nicht diese Herren der größten Gefahr entgegengehen, sondern wir, und dass wir uns also nicht von ihnen trennen, um sie zu verlassen, sondern um sie nicht mit in die Gefahr zu verwickeln.« »Wirklich?«, rief Porthos und machte vor Erstaunen große Augen. »Nun, zweifelsohne; wenn man sie festnimmt, so handelt es sich bei ihnen ganz einfach um die Bastille, wenn aber wir es werden, so handelt es sich bei uns um den Greveplatz.« »O, o!« rief Porthos, »es ist weit von hier bis zu jener Baronskrone, d'Artagnan, die Ihr mir zugesichert habt.« »Bah, nicht so weit, Porthos, wie Ihr meint; Ihr kennt doch das Sprichwort: »Jeder Weg führt nach Rom.« »Warum laufen wir aber größere Gefahr, als Athos und Aramis?« »Weil sie nichts taten, als dass sie den Befehl vollzogen, welchen sie von der Königin Henriette erhielten, und weil wir denjenigen verrieten, den wir von Mazarin empfingen, weil wir, als Boten an Cromwell abgeschickt, Parteigänger des Königs Karl wurden, und weil wir, anstatt das von Mazarin, Cromwell, Joyce, Bridge, Fairfax usw. verurteilte königliche Haupt abschlagen zu helfen, dasselbe beinahe gerettet haben.« »Meiner Treue, das ist auch wahr«, rief Porthos, »wie wollt Ihr aber, lieber Freund, dass der General Cromwell mitten unter seinen wichtigen Angelegenheiten Zeit hatte, daran zu denken ...« »Cromwell denkt an alles, Cromwell hat Zeit für alles, und folgt mir, lieber Freund, lasst uns unsere kostbare Zeit nicht verlieren. Wir werden erst dann in Sicherheit sein, wenn wir Mazarin gesehen haben, und dann ...« »Zum Teufel, was werden wir Mazarin sagen?« fragte Porthos. »Lasst nur mich machen, ich habe schon mein Plänchen; der lacht gut, der zuletzt lacht.«

### Die Rückkehr

Athos und Aramis hatten sich auf den Weg begeben, den ihnen d'Artagnan angedeutet, und sich nach Kräften beeilt. Wenn sie schon verhaftet werden sollten, so schien ihnen das vorteilhafter in der Nähe von Paris, als weit davon entfernt. Sonach hatten sie, aus Besorgnis, festgenommen zu werden, jeden Abend, entweder an die Wand oder an die Fensterscheiben, das verabredete Erkennungssignal gezeichnet, doch erwachten sie jeden Morgen frei, zu ihrer großen Verwunderung. Während der sechs Wochen ihrer Abwesenheit hatten sich in Frankreich so viele kleine Dinge ereignet, dass sie fast ein großartiges Ereignis ausmachten. Als die Pariser am Morgen ohne König und ohne Königin erwachten, waren sie ob dieser Verlassenheit sehr bestürzt, und die gewünschte Abwesenheit Mazarins leistete für die zwei erlauchten Flüchtlinge keinen Ersatz. Die erste Empfindung, welche Paris erschütterte, als es die Flucht nach Saint-Germain vernahm, eine Flucht, von der wir den Leser zum Zeugen gemacht haben, war somit jene Art von Schrecken, der die Kinder ergreift, wenn sie bei Nacht oder in der Einsamkeit aufwachen. Das Parlament geriet in Unruhe, und man beschloss, eine Deputation an die Königin zu schicken und sie bitten zu lassen, dass sie Paris nicht länger ihrer königlichen Gegenwart berauben wolle. Allein, die Königin fühlte noch den doppelten Eindruck des Triumphes von Lens und des Stolzes über ihre gelungene Flucht. Die Abgesandten genossen nicht allein nicht die Ehre, von ihr empfangen zu werden, man ließ sie auch noch auf der Straße warten, wo ihnen der Kanzler – jener Kanzler Séguier, welchen wir im ersten Teile des Werkes hartnackig einen Brief bis in das Mieder der Königin verfolgen sahen – den Endbeschluss des Hofes überbrachte, der dahin lautete, dass, falls sich das Parlament vor der königlichen Majestät nicht demütige und sein Unrecht über alle die Punkte eingestehe, welche den Streit veranlasst haben, der sie entzweite, Paris am nächsten Tage belagert werden sollte; dass sogar in der Voraussicht dieser Belagerung der Herzog von Orleans bereits Saint-Cloud, und der Prinz, von seinem Siege bei Lens noch ganz strahlend, Charenton und Saint-Denis besetzt halten. Für den Hof, dem vielleicht eine gemäßigte Antwort wieder eine große Anzahl Parteigänger verschafft hätte, hatte diese drohende Antwort leider eine Wirkung hervorgebracht, die der erwarteten ganz entgegengesetzt war. Sie beleidigte den Stolz des Parlaments, da es sich von der Bürgerschaft energisch unterstützt fühlte, der die Begnadigung Broussels den Maßstab von ihrer Kraft gegeben hatte, und das auf diese offenen Briefe mit der Erklärung antwortete, dass es den Kardinal Mazarin, als anerkannten Urheber all dieser Zerwürfnisse, für den Feind des Königs und des Landes erkläre, und ihm gebiete, sich noch am nämlichen Tage vom Hofe und innerhalb acht Tagen aus Frankreich zu entfernen, und alle Untertanen des Königs aufforderte, ihn, falls er nicht gehorchte, nach Verlauf dieser Frist festzunehmen. Diese energische Antwort, welche der Hof nicht im geringsten erwartet hatte, erklärte zugleich Paris und Mazarin außerhalb der Gesetze. Es erübrigte nur noch, zu erfahren, ob das Parlament oder der Hof obsiegen würde. Der Hof traf nun seine Anstalten zum Angriff, und Paris traf Anstalten zur Verteidigung. Die Bürger beschäftigten sich sonach mit dem, was Bürger zur Zeit eines Aufruhrs zu tun pflegen, sie spannten nämlich Ketten und rissen das Pflaster der Stadt auf, als sie in Begleitung des Koadjukars den Prinzen von Conti, Bruder des Prinzen von Condé, und den Herzog von Longueville, seinen Schwager, zu ihrem Beistande herbeikommen sahen. Jetzt waren sie getröstet, da sie zwei Prinzen von Geblüt für sich und überdies den Vorteil der Mehrzahl hatten. Diese unvermutete Hilfe war den Parisern am zehnten Januar gekommen. Nach einer stürmischen Diskussion wurde der Prinz von Conti zum Generalissimus des königlichen Heeres außerhalb Paris erwählt, und die Herzoge von Elboeuf und von Bouillon nebst dem Marschall de la Mothe zu Generalleutnants. Der Herzog von Longueville, ohne Rang und Titel, begnügte sich mit dem Amte, seinem Schwager beizustehen. Was Herrn von Beaufort betrifft, so war er von Vendômois angekommen, während er, laut der Chronik, seine stolze Miene, die schönen und langen Haare und jene Volkstümlichkeit mitbrachte, die ihm das Königtum der Hallen verschaffte. Die Pariser Armee organisierte sich nun mit jener Geschwindigkeit, welche die Bürger zu haben pflegen, wenn sie durch irgendein Gefühl angeregt werden, sich in Soldaten zu verwandeln. Am neunzehnten versuchte dieses improvisierte Heer einen Ausfall, weit mehr, um sich und die anderen von seiner Existenz zu überzeugen, als etwas Ernstes zu wagen, während es eine Fahne in der Luft flattern ließ, auf der man den sonderbaren Spruch lass: »Wir suchen unseren König!« In den folgenden Tagen beschäftigte man sich mit kleinen, vereinzelten Operationen, die kein anderes Resultat herbeiführten, als dass man einige Herden wegtrieb, und zwei bis drei Häuser in Brand steckte. So kam der Februar heran, und am ersten dieses Monats waren unsere vier Freunde in Boulogne gelandet, wo sie dann, jeder nach seiner Seite, ihren Weg nach Paris einschlugen. Gegen das Ende des vierten Tages ihrer Reise vermieden sie vorsichtig Nanterre, um nicht irgendeiner Partei der Königin in die Hände zu geraten. Athos traf höchst ungern diese Vorsichtsmaßregeln, allein Aramis machte ihm sehr einsichtsvoll begreiflich, dass sie kein Recht hätten, unvorsichtig zu sein, dass ihnen König Karl eine letzte, geheiligte Sendung anvertraut habe, und dass diese am Fuße des Schafotts erhaltene Sendung erst zu den Füßen der Königin vollbracht wäre. Athos gab also nach. In den Vorstädten trafen unsere Reisenden eine gute Bewachung; ganz Paris stand unter den Waffen. Die Schildwache verwehrte den zwei Edelleuten den Einlass und rief ihren Sergeanten. Dieser kam sogleich hervor, gab sich ganz die wichtige Miene, welche die Bürger anzunehmen pflegen, wenn sie so glücklich sind, mit einer militärischen Würde bekleidet zu werden, und fragte:»Wer seid Ihr, meine Herren?«»Zwei Kavaliere,« entgegnete A- thos. »Woher kommt Ihr?« »Von London.«»Was wollt Ihr in Paris?« »Einen Auftrag an Ihre Majestät die Königin von England ausrichten.« »Wie das, heute geht ja alles zu der Königin von England,« versetzte der Sergeant. »Wir haben bereits drei Edelleute auf diesem Posten in ihren Pässen untersucht, welche zu Ihrer Majestät gehen. Wo sind Eure Päs- se?«»Wir haben keine.«»Wie doch, Ihr habt keine.«»Nein, wir kommen, wie schon gesagt, aus England, und wissen ganz und gar nicht, wie sich die politischen Angelegenheiten verhalten, da wir Paris vor der Abreise des Königs verlassen haben.«»Ha«, rief der Sergeant mit verschmitzer Miene,»Ihr seid Mazariner und möchtet gern zu uns übertreten, um uns auszukundschaften.«»Lieber Freund«, erwiderte Athos, der die Sorge zu antworten, bisher Aramis überlassen hatte,»wenn wir Mazariner wären, hätten wir gewiss alle möglichen Pässe. O, glaubt mir, setzt in Eurer Stel- lung vornehmlich in diejenigen ein Misstrauen, deren Papiere vollkom- men in Ordnung sind.«»Geht hinein in die Wachstube,« sprach der Ser- geant,»und tragt Eure Gründe dem Wachkommandanten vor.« Er wink- te der Schildwache, und diese trat zur Seite; der Sergeant ging in die Wachstube voraus, und die zwei Kavaliere folgten ihm. Die Wachstube war von Bürgern und Leuten aus dem Volke angefüllt; die einen spiel- ten, die andern tranken und wieder andere unterredeten sich. In einer Ecke standen die drei zuerst angekommenen Edelleute, deren Pässe der Offizier untersucht hatte. Der Offizier befand sich in einem anstoßenden Zimmer, da ihm die Wichtigkeit seines Ranges eine besondere Wohnung einräumte. Die erste Bewegung der neuen Ankömmlinge und der zuerst Angekommenen war, dass sie sich von den beiden Enden der Wachstube einen schnellen und forschenden Blick zuwarfen. Die zuerst Angekom- menen waren in lange Mäntel gehüllt. Der eine von ihnen war weniger groß als sein Begleiter und stand im dunklen Hintergrunde. Auf die An- zeige des Sergeanten bei seinem Eintreten, dass er wahrscheinlich zwei Mazariner bringe, spannten die drei Kavaliere die Ohren und lauschten. Der kleinste von ihnen, der zwei Schritte vorgetreten war, wich wieder zurück und stand abermals im Schatten. Bei der Anzeige, dass die neuen Ankömmlinge ohne Pässe seien, schien die einhellige Meinung der Wa- che dahin zu gehen, dass sie die Stadt nicht betreten sollten.»Ha doch, meine Herren,« sprach Athos,»es ist im Gegenteile wahrscheinlich, dass Ihr uns einlasset, da wir wohl, wie ich glaube, mit vernünftigen Männern zu tun haben. Die Sache macht sich sehr einfach; man melde nämlich un- sere Namen Ihrer Majestät der Königin von England, und wenn sie für uns bürgt, so werdet Ihr, wie ich hoffe, unserm freien Eingang durchaus kein Hindernis mehr in den Weg legen.« Bei diesen Worten verdoppelte jener Edelmann, der im Schatten stand, seine Aufmerksamkeit, und machte dabei eine solche Bewegung der Überraschung, dass sein Hut, zurückgestoßen von dem Mantel, in welchen er sich noch sorgfältiger einhüllte, zu Boden fiel; er bückte sich und hob ihn schnell wieder auf. »O Gott«, flüsterte Aramis, während er Athos mit dem Ellenbogen anstieß; »habt Ihr gesehen?«

»Was?«, fragte Athos. »Das Antlitz des kleinsten der drei Edelleute.«

»Nein.«

»Es schien mir ... allein das ist unmöglich ...« In diesem Momente trat der Sergeant ein, der in das Privatzimmer des Wachkommandanten gegangen war, um seine Befehle zu vernehmen, und während er die drei Kavaliere bezeichnete und ihnen ein Papier zustellte, sprach er: »Die Pässe sind in Ordnung. Lasst diese drei Herren abtreten.« Die drei Kavaliere verneigten sich mit dem Kopfe und beeilten sich, die Erlaubnis und den Weg zu nützen, der sich vor ihnen auf den Befehl des Sergeanten eröffnete. Aramis folgte ihnen mit den Augen, und in dem Momente, wo der kleinste an ihnen vorüberschritt, drückte er Athos schnell die Hand. »Was ist es denn, mein Lieber?«, fragte dieser. »Ich habe...es war gewiss eine Erscheinung.« Dann wandte er sich zu dem Sergeanten und fuhr fort: »Mein Herr, sagt mir doch, ob Ihr die drei Edelleute kennt, die eben von hier weggegangen sind?«

»Ich kenne sie nach ihren Pässen; es sind die Herren Flamarens, von Châtillon und von Bruy, drei adelige Frondeurs, die sich mit dem Herrn von Longueville verbinden.«

»Das ist seltsam,« versetzte Aramis, indem er mehr seinen eigenen Gedanken als dem Sergeanten antwortete, »ich dachte, Mazarin selbst zu erkennen.« Der Sergeant brach in ein Lachen aus und sagte: »Er sollte sich so zu uns wagen, um gefangen zu werden? Er ist nicht so töricht!« »O«, murmelte Aramis, »ich kann mich wohl geirrt haben, da ich nicht d'Artagnans untrüglichen Blick habe.« »Wer spricht hier von d'Artagnan?« rief der Offizier, welcher eben an der Schwelle seines Zimmers erschien. »O!«, rief Grimaud mit aufgesperrten Augen. »Was ist's?«, fragten zugleich Athos und Aramis. »Planchet.« entgegnete Grimaud; »Planchet mit dem Steifkragen.« »Die Herren de la Fère und d'Herblay,« rief der Offizier, »auf dem Rückwege nach Paris! O, meine Herren, wie erfreut mich das, denn gewiss werdet Ihr Euch mit dem Herrn Prinzen verbinden.« »Wie du siehst, lieber Planchet«, erwiderte Aramis, während

Athos lächelte, als er den wichtigen Posten sah, den der vormalige Kamerad Mousquetons, Bazins und Grimauds in der Bürgermiliz bekleidete. »Herr d'Herblay, dürfte ich es wohl wagen, Sie um Nachrichten über Herrn d'Artagnan zu befragen, den Sie eben genannt haben?« »Lieber Freund, wir haben ihn vor vier Tagen verlassen, und haben alle Ursache, zu glauben, dass er vor uns Paris erreicht habe.« »Nein, gnädiger Herr, ich habe die Gewissheit, dass er nicht in die Hauptstadt zurückgekehrt ist, vielleicht blieb er gar in Saint-Germain.« »Das glaube ich nicht, denn wir gaben uns das Rendezvous für das Gasthaus la Chevrette.« »Ich bin heute selbst dort gewesen.« »Und hatte die schöne Magdalena keine Nachricht von ihm?«, fragte Aramis lächelnd. »Nein, gnädiger Herr, mir schien sie, aufrichtig gesagt, sehr bekümmert.« »So haben wir bei unserer Eilfertigkeit am Ende doch noch keine Zeit verloren«, sagte Aramis. «Erlaubt mir also, lieber Athos, dass ich Herrn Planchet meinen Glückwunsch abstatte, ohne mich weiter nach unserem Freunde zu erkundigen.« »Ah, Herr Chevalier!« sprach Planchet mit einer Verbeugung. »Leutnant?«, fragte Aramis. »Leutnant, mit der Zusage Kapitän zu werden.« »Das ist sehr schön,« entgegnete Aramis, »und wie sind Euch alle diese Ehren zuteil geworden?« »Wissen Sie fürs erste, meine Herren, dass ich es war, der Herrn von Rochefort entfliehen ließ?« »Ja, bei Gott! er hat uns das erzählt.« »Bei dieser Gelegenheit wäre ich durch Mazarin fast an den Galgen gekommen, was mich bei dem Volke noch beliebter machte, als ich es schon gewesen.« »Und wegen dieser Beliebtheit ...« »Nein, eines bessern Umstandes wegen. Sie wissen doch, mein Herr, dass ich im Regimente Piemont diente, wo ich die Ehre hatte, Sergeant zu sein.« »Ja.« »Nun, eines Tages, wo niemand eine Schar Bürger, welche mit unmilitärischem Schritte herankamen, in Reih und Glied aufstellen konnte, gelang es mir, alle in Schritt und Haltung recht militärisch aufmarschieren zu lassen, und so ernannte man mich auf dem Exerzierplätze... zum Leutnant.« »Das ist die Erklärung,« versetzte Aramis. »So zwar,« sprach Athos, »dass Ihr viele Adelige zählt.« »Allerdings. Wie Sie zweifelsohne wissen, haben wir den Herrn Prinzen von Conti, den Herrn Herzog von Longueville, den Herrn Herzog von Beaufort, den Herrn Herzog von Elboeuf, den Herzog von Bouillon, den Herzog von Chevreuse, Herrn von Brissac, den Marschall de la Mothe, Herrn von Luynes, den Marquis von Noirmontier, den Grafen von Fiesques, den Marquis von Laignes, den Grafen von Montrefor. den Marquis von Sèvigné – und was weiß ich wen noch.« »Und Herrn Rudolf von Bragelonne?«, fragte Athos mit bewegter Stimme. »D'Artagnan sagte mir, guter Planchet, dass er ihn Euch bei seiner Abreise anempfohlen habe.« »Ja, Herr Graf, als wäre er sein eigener Sohn, und ich kann versichern, dass ich ihn keinen Augenblick aus dem Gesichte verloren habe.« »So befindet er sich wohl?«, fragte Athos mit freudebebender Stimme. »Ist ihm kein Unglück begegnet?« »Keines, gnädiger Herr.« »Und wo wohnt er?« »Immer noch im Gasthause zu ›Karl dem Großen‹.« »Wie bringt er die Tage zu?« »Er ist bald bei der Königin von England, bald bei Frau von Chevreuse. Er und der Graf Guiche trennen sich nicht.« »Dank, Planchet, Dank.« sprach Athos und reichte ihm die Hand. »O, Herr Graf!«, rief Planchet und berührte dessen Hand mit der Fingerspitze. »Ha, was tut Ihr denn, Graf?«, flüsterte Aramis, »einem gewesenen Bedienten.« »Freund«, erwiderte Athos, »er gibt mir Nachricht von Rudolf.« »Und jetzt«, fragte Planchet, der Aramis' Bemerkung nicht gehört hatte, »jetzt, meine Herren, was gedenken Sie zu tun?« »Wir wollen jedenfalls nach Paris zurückkehren, wenn Ihr es uns erlaubt, lieber Herr Planchet«, erwiderte Athos. »Wie, ob ich es erlaube? Sie scherzen, Herr Graf, ich bin nur Ihr gehorsamer Diener.« Er verneigte sich, wandte sich dann zu seiner Mannschaft und sagte: »Lasset diese Herren weiter gehen, ich kenne sie, es sind Freunde des Herrn von Beaufort.« »Es lebe der Herr von Beaufort!«, rief einstimmig der ganze Wachposten, und öffnete Athos und Aramis den Weg. Der Sergeant näherte sich allein Planchet und sagte leise zu ihm: »Was, ohne Pass?« »Ohne Pass,« entgegnete Planchet. «Gebt acht, Kapitän«, fuhr jener fort, und gab Planchet im Voraus den ihm versprochenen Titel, »gebt acht, einer von jenen drei Herren, die eben weggingen, warnte mich, diesen Herren nicht zu trauen.« »Ich aber,« versetzte Planchet majestätisch, »ich kenne sie und stehe für sie Bürge.« Nach diesen Worten drückte er Grimaud die Hand, der sich ob dieser Auszeichnung sehr geehrt fühlte. »Nun, auf Wiedersehen, Kapitän!« sprach Aramis in seinem scherzhaften Tone.«

## Die Botschafter

Die zwei Freunde begaben sich sogleich auf den Weg, und ritten über den steilen Abhang der Vorstadt hinab, als sie aber unten ankamen, sahen sie mit Schrecken, dass die Straßen von Paris in Flüsse und die Plätze in Seen verwandelt waren; infolge des großen Regengusses im Monat Januar war die Seine über die Ufer getreten, und der Strom überschwemmte zuletzt die halbe Hauptstadt. Athos und Aramis ritten verwegen in diese Überflutung; doch standen die armen Pferde alsbald bis an die Brust im Wasser, und die zwei Kavaliere mussten sich entschließen, abzusteigen und einen Kahn zu nehmen, wonach sie den Bedienten auftrugen, sie bei den Hallen zu erwarten. Somit kamen sie zu Schiffe nach dem Louvre.

Man gelangte wohl zur Königin, musste jedoch im Vorzimmer warten, weil Ihre Majestät soeben Edelleuten Audienz gab, welche ihr Nachrichten aus England brachten. »Auch wir,« sprach Athos zu dem Diener, der ihm diese Antwort gab, »auch wir bringen nicht bloß Nachrichten von England, sondern kommen soeben von dort an.«

»Wie nennen Sie sich denn, meine Herren?«, fragte der Bediente. »Graf de la Fère und Chevalier d'Herblay,« entgegnete Aramis. Als der Diener diese Namen vernahm, welche die Königin so oft in ihrer Hoffnung ausgesprochen hatte, erwiderte er ihnen: »Meine Herren, in diesem Falle ist es etwas anderes, und ich denke, Ihre Majestät würde mir nicht vergeben, wollte ich Sie eine Minute lang warten lassen. Ich bitte also, folgen Sie mir.« Er ging voraus, Athos und Aramis folgten.

Als sie bei dem Zimmer ankamen, gab er ihnen einen Wink, zu warten, und während er die Tür öffnete, sprach er: »Madame, ich hoffe, dass mir Ihre Majestät vergeben wird, wider Ihre Befehle gehandelt zu haben, wenn sie erfährt, dass diejenigen, welche ich anmelde, der Herr Graf de la Fère und der Chevalier d'Herblay sind,« Auf diese zwei Namen erhob die Königin einen Freudenschrei, den auch die beiden Kavaliere von ihrem Platze aus hörten. »Die arme Königin!«, murmelte Athos. »O, lasst sie eintreten! lasst sie eintreten!« rief nun auch die junge Prinzessin, und eilte nach der Türe. Das arme Kind verließ seine Mutter nicht und suchte, sie durch seine kindliche Sorgfalt die Abwesenheit ihrer beiden Brüder und der Schwester vergessen zu machen. »Tretet ein, meine Herren!«, rief sie, »tretet ein!« Sie öffnete ihnen selbst die Türe. Athos und Aramis traten ein. Die Königin saß in einem Lehnstuhl, und vor ihr standen zwei von jenen drei Kavalieren, welche sie in der Wachstube gesehen hatten. Es waren die Herren von Flamarens und Gaspard von Coligny, Herzog von Châtillon. Als die zwei Freunde angemeldet wurden, traten sie einen Schritt zurück, und flüsterten sich besorgt einige Worte zu.

»Nun, meine Herren,« sprach die Königin von England, als sie Athos und Aramis sah, »endlich seid Ihr hier, treue Freunde! jedoch die Staatskuriere reisen noch schneller als Ihr. Der Hof war von den Angelegenheiten in London in dem Augenblicke unterrichtet, als ihr an die Tore von Paris kamet, und hier sind die Herren von Flamarens und von Châtillon, welche mir im Namen Ihrer Majestät der Königin Anna die neuesten Nachrichten bringen.«

Aramis und Athos blickten sich an; sie staunten ungemein über die Ruhe und selbst Freude, welche in den Blicken der Königin strahlte.

»Erzählt gefälligst weiter,« sprach sie, indem sie sich an die Herren von Flamarens und von Châtillon wandte; »Ihr habt also gesagt, Se. Majestät. Karl I., mein erlauchter Gemahl, sei trotz des Wunsches der Mehrheit der englischen Nation zum Tode verurteilt worden?«

»Ja, Madame«, stammelte Châtillon.

Athos und Aramis blickten sich stets verwunderter an.

»Er sei auf das Schafott geführt«, fuhr die Königin fort, »auf das Schafott, ach, mein Herr und mein König! – er sei auf das Schafott geführt, und von dem entrüsteten Volke gerettet worden.«

»Ja, Madame«, erwiderte Châtillon mit so leiser Stimme, dass die zwei Kavaliere, ungeachtet ihrer Aufmerksamkeit, diese Bejahung kaum hören konnten. Die Königin faltete die Hände mit großherziger Dankbarkeit, indes die Tochter einen Arm um den Hals der Mutter schlang und ihre von Freudentränen feuchten Augen küsste.

»Nun erübrigt uns nur noch, uns Ihrer Majestät untertänigst zu empfehlen,« sprach Châtillon, dem die Rolle beschwerlich schien und der unter Athos' festem, durchbohrendem Blicke sichtlich errötete.

»Noch einen Augenblick, meine Herren,« sprach die Königin, und hielt sie mit einem Winke zurück. »Einen Augenblick, denn hier sind die Herren de la Fère und d'Herblay, welche von London kommen, wie Ihr hören konntet, und die Euch vielleicht als Augenzeugen Näheres, was Ihr nicht wisset, werden berichten können. Überbringt sodann diese näheren Umstände der Königin, meiner guten Schwester. Redet, meine Herren, redet, ich höre. Verheimlicht nichts und schonet nichts. Wenn Se. Majestät noch lebt und die königliche Ehre bewahrt ist, so ist mir alles Übrige gleichgültig.«

Athos wurde blass und legte eine Hand auf sein Herz.

»Nun,« sprach die Königin, welche diese Bewegung und diese Blässe bemerkte, »so redet doch, mein Herr, ich bitte Euch.«

»Um Vergebung, Madame«, erwiderte Athos, »allein ich will dem Berichte dieser Herren nichts beifügen, ehe sie nicht selber einsehen, das sie sich vielleicht geirrt haben.«

»Geirrt!«, rief die Königin fast erstickt, »geirrt! – Was ist es denn? Ach mein Gott!«

»Meine Herren«, versetzte Herr von Flamarens, zu Athos gewendet; »wenn wir uns geirrt haben, so kommt der Irrtum vonseiten der Königin, und ich sehe voraus, Ihr werdet nicht so vermessen sein, ihn zu berichtigen und damit Ihre Majestät Lügen strafen.« »Mein Herr, vonseiten der Königin?«, fragte Athos mit seiner ruhigen und klangvollem Stimme, »Ja,« murmelte Flamarens mit niedergeschlagenen Augen. Athos seufzte traurig. »Geschieht das nicht vielmehr vonseiten desjenigen, der Euch begleitete, und den wir mit Euch in der Wachstube der Barriere Roule gesehen haben, dass dieser Irrtum bestehe?«, fragte Aramis mit seiner beißenden Höflichkeit; »denn, wenn wir uns nicht getäuscht haben, der Graf de la Fère und ich, so seid Ihr zu dreien nach Paris gekommen.« Châtillon und Flamarens erbebten. »Doch erklärt Euch, Graf,« sprach die Königin in ihrer Beängstigung, die sich von Augenblick zu Augenblick vermehrte; »ich lese auf Eurer Stirn die Verzweiflung. Euer Mund zaudert, mir eine entsetzliche Botschaft zu bringen, Eure Hände beben – – Ach, mein Gott, mein Gott, was ist denn vorgefallen!« »O Herr!«, seufzte die junge Prinzessin, während sie neben ihrer Mutter auf die Knie sank, »erbarmet Euch unser!« »Mein Herr,« versetzte Châtillon, »wenn Ihr eine traurige Botschaft bringt, so handelt Ihr grausam, wenn Ihr sie der Königin mitteilt.«

Aramis trat Châtillon so nahe, dass er ihn fast berührte, und sprach mit gepressten Lippen und funkelnden Augen: »Mein Herr, ich hoffe, Ihr werdet nicht so anmaßend sein, den Herrn Grafen de la Fère und mich zu lehren, was wir da sprechen sollen.« Während dieses kurzen Wortstreites hatte sich Athos, stets die Hand auf dem Herzen und den Kopf gesenkt, der Königin genähert, wonach er mit bewegter Stimme zu ihr sprach: »Madame! die Fürsten haben vermöge ihrer über die andern Menschen erhabenen Natur vom Himmel ein Herz erhalten, welches weit größere Unglücksfälle zu ertragen vermag als der gemeine Haufe, denn ihr Herz hat Anteil an ihrer höheren Stellung. Sonach darf man, wie mich dünkt, mit einer Königin wie Ihre Majestät, nicht auf dieselbe Art verfahren, wie mit einer Frau von unserem Stande. Königin, zu allem Märtyrertum auf dieser Welt bestimmt, das ist das Resultat der Sendung, mit der wir beehrt worden sind.« Athos kniete vor der zitternden und erstarrten Königin nieder, nahm aus seinem Busen ein Kästchen hervor, welches den Orden in Diamanten in sich schloss, den die Königin vor seiner Abreise Lord Winter gegeben, ferner den Trauring, welchen Karl vor seinem Tode Aramis zugestellt hatte; Athos hatte diese zwei Gegenstände, seit er sie empfangen, treu bewahrt. Er schloss das Kästchen auf, und überreichte sie der Königin mit einem tiefen stummen Schmerze.

Die Königin streckte die Hand aus, nahm den Ring, presste ihn krampfhaft an ihre Lippen, und ohne dass sie einen Seufzer ausstieß, ohne dass sie ein Schluchzen hervorbrachte, streckte sie die Arme aus und sank blass und bewusstlos in die Arme ihrer Frauen und ihrer Tochter. Athos küsste den Saum von dem Kleide der unglücklichen Witwe, richtete sich wieder mit einer Majestät empor, welche einen tiefen Eindruck auf die Anwesendem machte, und sprach: »Ich, Graf de la Fère, Edelmann, der nie gelogen, ich schwöre zuvörderst vor Gott und sodann vor dieser armen Königin, dass wir auf Englands Boden zur Rettung des Königs alles getan haben, was zu tun möglich war. Nun, Chevalier,« fügte er, zu d'Herblay gewendet, hinzu, »nun lasst uns gehen, unsere Verpflichtung ist erfüllt.«

»Noch nicht«, erwiderte Aramis, »es erübrigt uns noch, mit diesen Herren ein Wort zu sprechen.« Dann wandte er sich wieder zu Châtillon und sagte: »Mein Herr, beliebt es Euch nicht, hinauszugehen, wäre es auch nur für einen Augenblick, um dieses Wort zu hören, welches ich in Gegenwart der Königin nicht aussprechen kann?« Châtillon verneigte sich, ohne zu antworten, zum Zeichen der Einwilligung. Athos und Aramis gingen voraus, Châtillon und Flamarens folgten; sie gingen durch den Vorsaal, ohne ein Wort zu sprechen, als sie aber zu einer Terrasse kamen, die mit einem Fenster in gleicher Höhe lag, nahm Aramis den Weg zu dieser ganz einsamen Terrasse, blieb an dem Fenster stehen, wandte sich zu dem Herzog von Châtillon und sprach: »Mein Herr! Ihr habt Euch eben herausgenommen, uns sehr übermütig zu begegnen. Das ist durchaus und in keinem Falle annehmbar, und noch weniger für Männer, welche der Königin die Botschaft eines Lügners überbrachten.«

»Mein Herr!«, rief Châtillon. »Was habt Ihr denn mit Herrn von Bruy gemacht?«, fragte Aramis höhnisch. »Sollte er etwa sein Antlitz verändern, das dem des Herrn von Mazarin gar zu ähnlich war? Im Palais-Royal gibt es bekanntlich eine beträchtliche Anzahl italienischer Masken...«

»Ha, mich dünkt, dass Ihr uns herausfordert«, sagte Flamarens. »Ah, meine Herren, es dünkt Euch nur?«

»Chevalier, Chevalier!«, rief Athos. »Ei, lasst mich gewähren,« entgegnete Aramis mit Unmut, »Ihr wisst doch, dass ich die Dinge nicht mag, die nur halb getan sind.«

»Kommt also ans Ende, mein Herr,« verfetzte Châtillon mit einem Hochmut, der dem von Aramis in nichts nachstand. Aramis verneigte sich und sagte: »Meine Herren, ein anderer als ich oder der Graf de la

Fère ließe Euch festnehmen, denn wir haben in Paris einige Freunde; allein wir bieten Euch ein Mittel an, abzureisen, ohne behelligt zu werden. Kommt und plaudert mit uns fünf Minuten lang mit dem Schwerte in der Hand auf dieser einsamen Terrasse.«

»Recht gern«, erwiderte Châtillon. »Einen Augenblick, meine Herren,« sprach Flamaiens, »ich weiß wohl, dass der Antrag verlockend ist, doch ist es uns in diesem Momente nicht möglich, ihn anzunehmen.« »Weshalb nicht?«, fragte Aramis in seinem scherzhaften Tone. »macht Euch etwa die Nähe Mazarins so vorsichtig?« »O, hört Ihr, Flamarens?«, fragte Châtillon, »wenn ich nicht antworte, so wäre das ein Brandmal für meinen Namen und meine Ehre.« »Das ist auch meine Ansicht,« versetzte Aramis kalt. »Ihr werdet aber nicht antworten, und ich bin überzeugt, diese Herren werden sogleich meine Ansicht teilen.« Aramis schüttelte den Kopf mit einer Miene ungläubigen Trostes. Châtillon bemerkte diese Miene und griff an sein Schwert. »Herzog,« sprach Flamarens, »Ihr vergesset, dass Ihr morgen ein überaus wichtiges Unternehmen leitet, und dass Ihr, von dem Prinzen ausersehen, und von der Königin angenommen, Euch bis morgen Abend nicht selber angehört.« »Wohlan denn, also auf übermorgen«, sagte Aramis. »Übermorgen, das ist sehr lange, mein Herr,« entgegnete Châtillon. »Nicht ich bestimme diesen Zeitpunkt«, erwiderte Aramis, »zumal,« fügte er hinzu, »als man sich bei diesem Unternehmen treffen könnte« »Ja, Ihr habt recht, mein Herr!« rief Châtillon, »und mit großem Vergnügen, wenn Ihr Euch bemühen wollet, bis an die Tore von Charenton zu kommen.« »Ha doch, mein Herr, ich würde um der Ehre willen. Euch zu treffen, bis ans Ende der Welt gehen, umso mehr werde ich in dieser Rücksicht ein paar Stunden Weges machen.« »Nun denn, mein Herr, auf morgen.« »Ich rechne darauf. Somit gehet wieder zu Eurem Kardinal, schwört mir aber zuvor auf Eure Ehre, dass Ihr ihm unsere Rückkehr nicht melden werdet.« »Bedingnisse?« »Weshalb denn nicht?« »Weil es den Siegern zukommt, Bedingnisse zu stellen, und Ihr das nicht seid, meine Herren!« »So lasst uns sogleich ziehen. Uns, die wir morgen kein Unternehmen leiten, gilt das gleichviel.« Châtillon und Flamarens blickten sich an; es lag in Aramis' Worten und Mienen so viel Hohn, dass vorzüglich Châtillon schwere Mühe hatte, seinen Zorn zu mäßigen. Doch auf ein Wort von Flamarens beherrschte er sich und sagte: »Wohlan, es sei; unser Begleiter, wer er auch sei, soll nichts von dem erfahren, was vorgegangen ist. Doch Ihr, mein Herr, sagt es mir kräftig zu, morgen in Charenton zu sein, nicht wahr?« »O, seid unbesorgt, meine Herren,« entgegnete Aramis.

Die vier Kavaliere trennten sich, doch jetzt verließen Châtillon und Flamarens den Louvre zuerst und Athos und Aramis folgten ihnen. »Wem gilt denn all Eure Wut, Aramis?«, fragte Athos. »Nun, bei Gott, ich bin gegen diejenigen entrüstet, an die ich mich gehalten habe.« »Was haben sie Euch getan?« »Was sie mir getan haben? saht Ihr es also nicht?« »Nein.« »Sie haben spöttisch gelacht, als wir schwuren, dass wir in England unsere Verpflichtung erfüllt haben. Nun haben sie es aber entweder geglaubt, oder nicht geglaubt. Glaubten sie es, so haben sie spöttisch gelacht, um uns zu beleidigen; glaubten sie es nicht, so war es abermals eine Beleidigung für uns, und es ist durchaus nötig, ihnen zu beweisen, dass wir doch zu etwas tauglich sind. Übrigens ist es nur ganz recht, dass sie die Sache auf morgen verschoben haben; denn ich glaube, diesen Abend gibt es etwas Besseres zu tun, als vom Leder zu ziehen.« »Was haben wir zu tun?«, fragte Athos. »Ei, bei Gott, wir haben mit Mazarin anzubinden.« Athos verzog seine Lippen und sagte: »Ihr wisst, Aramis, dass ich diesen Unternehmungen meinen Beifall nicht gebe.« ,»Weshalb?« »Weil sie Überfällen ähnlich sind.« »Athos, Ihr wäret wahrhaft ein seltsamer Feldherr, Ihr würdet nur bei hellem Tage kämpfen; würdet Eurem Gegner die Stunde bekannt geben, wann Ihr ihn angreifet, und sehr auf der Hut sein, etwas in der Nacht gegen ihn zu unternehmen, aus Besorgnis, er mochte Euch beschuldigen, dass Ihr die Dunkelheit benützt habt.« Athos lächelte und sprach: »Ihr wisset wohl, man kann seine Natur nicht ändern und überdies wisset Ihr, woran wir eben sind, und ob die Gefangennehmung Mazarins nicht viel mehr ein Unglück als ein Glück, viel mehr eine Gefährdung als ein Triumph wäre.« »Sagt, Athos, dass Ihr meinen Vorschlag missbilligt.« »Nicht doch, im Gegenteile ist er eine gute Kriegslist, allein...« »Allein... was?« »Ich denke, Ihr hättet diese Herren nicht sollen schwören lassen, Mazarin nichts mitzuteilen, denn weil Ihr das getan, so habt Ihr beinahe die Verbindlichkeit auf Euch genommen, nichts zu tun.« »Ich habe ganz und gar keine Verbindlichkeit übernommen, das schwöre ich, sondern halte mich für völlig ungebunden. Auf, Athos, gehen wir!« »Wohin?« »Zu Herrn von Beaufort oder zu Herrn von Bouillon, um ihnen zu melden, was vorgeht.« »Ja, jedoch nur unter der Bedingung, dass wir bei dem Koadjutor anfangen. Er ist Priester, er ist bewandert in Sachen des Gewissens, wir wollen ihm die Unsrige vortragen.« »Ha,« versetzte Aramis, »er wird alles verderben, alles sich aneignen; enden wir mit ihm, anstatt mit ihm anzufangen.« Athos lächelte, man sah es, er trage auf dem Grunde seines Herzens einen Gedanken, den er nicht kundgab. »Wohlan, es sei!« sprach er. »Bei wem beginnen wir?« »Bei Herrn von Bouillon, wenn es

Euch beliebt; zu ihm führt auch unser Weg zuerst.« »Nun werdet Ihr mir wohl eines zugeben, nicht wahr?« »Was?« »Dass ich zuvor einen Augenblick in den Gasthof ›Kaiser Karl der Große‹ gehe, um Rudolf zu umarmen.« »Wie doch, ich gehe mit Euch dahin, wir umarmen ihn mitsammen.«

Beide stiegen wieder in den Kahn, der sie hergeführt hatte, und ließen sich nach den Hallen rudern. Dort trafen sie Grimaud und Blaisois, welche ihre Pferde hielten, und alle vier ritten nach der Straße Guonegaud. Allein Rudolf befand sich nicht im Gasthause »Karl der Große«; er hatte dieser Tage einen Brief von dem Prinzen bekommen und sich auf der Stelle mit Olivain auf den Weg gemacht.

### Die drei Leutnants des Generalissimus.

Wie Athos und Aramis übereingekommen und in der abgemachten Ordnung begaben sie sich von dem Gasthause »Kaiser Karl der Große« nach dem Hotel des Herzogs von Bouillon. Athos und Aramis waren nicht hundert Schritt weit gekommen, ohne dass sie von den Schildwachen an den Barrikaden angehalten wurden, die sie um das Losungswort befragten; sie gaben zur Antwort, dass sie zu Herrn von Bouillon gingen, um ihm eine wichtige Nachricht zu bringen; und so gab man ihnen bloß einen Führer mit, der unter dem Vorwande, sie zu begleiten und ihnen den Durchgang zu erleichtern, über sie zu wachen hatte. Dieser schritt ihnen voran und sang:

»Ce brave monsieur de Bouillon
Est incommode de la goutte.

(Dieser brave Herr von Bouillon
Ist gequält vom Zipperlein.)

Das war ein neues Triolett, welches aus, ich weiß nicht wie vielen Couplets bestand, worin jeder sein Teil bekam. Als man in die Nähe des Hotels von Bouillon kam, kreuzte man eine kleine Schar von drei Reitern, die alle Losungsworte von der Welt hatten, denn sie ritten ohne Führer und Eskorte, und hatten an den Barrikaden bloß mit denen, welche sie bewachten, einige Worte zu wechseln, um sie mit all der Ehrerbietung vorüber zu lassen, welche sie zweifelsohne ihrem Range schuldig waren. Bei ihrem Anblick hielten Athos und Aramis an. »O!«, rief Aramis. »Graf, seht Ihr?« »Ja,« entgegnete Athos. »Was haltet Ihr von diesen drei Reitern?« »Und Ihr, Aramis?« »Nun, dass es unsere Männer

sind.« »Ihr habt nicht geirrt, ich habe Herrn von Flamarens sicher erkannt.« »Und ich Herrn von Chatillon.« »Was den Reiter im braunen
Mantel betrifft... .« »Es ist der Kardinal.« »In Person.« »Potz Wetter, er
wagt sich so in die Nähe des Hotels von Bouillon,« versetzte Aramis. A-
thos lächelte, ohne zu antworten. Fünf Minuten später klopften sie an
der Türe des Prinzen. An der Türe stand eine Schildwache, wie es bei
Personen höheren Standes der Gebrauch ist; es war sogar ein kleiner
Posten im Hofraum, gewärtig, den Befehlen des Leutnants des Prinzen
von Conti Folge zu leisten. Wie es im Liede hieß, so litt der Herzog von
Bouillon an der Gicht und lag im Bett; allein trotz dieses bedenklichen
Übels, das ihn seit Monatsfrist, das ist seit Paris belagert wurde, abgehal-
ten hatte, ein Pferd zu besteigen, ließ er doch zurückmelden, er sei bereit,
den Herrn Grafen de la Fere und Herrn Chevalier d'Herblay zu empfangen. Die zwei Freunde wurden nun bei dem Herzoge von Bouillon eingeführt. Der Kranke lag in seinem Zimmer wohl zu Bette, jedoch umgeben von allen erdenklichen kriegerischen Rüstungen. Man erblickte an
den Wänden nichts als Schwerter, Pistolen, Panzer und Gewehre, und es
ließ sich erachten, sobald Herr von Bouillon die Gicht nicht mehr hätte,
würde er den Feinden des Parlaments tüchtig zu schaffen geben. Nunmehr musste er aber zu seinem großen Leidwesen, wie er sagte, das Bett
hüten. »Ach, meine Herren«, rief er, »Ihr seid recht glücklich, da Ihr reiten, hierhin und dorthin gehen und für die Sache des Volkes kämpfen
könnet. Allein ich bin an das Bett geheftet, wie Ihr seht. O, die Teufelsgicht!« ächzte er und verzog abermals das Gesicht. »Gnädiger Herr,«
sprach Athos, »wir kommen soeben aus England an, und es war bei unserer Ankunft in Paris unsere erste Sorge, uns nach Ihrem Befinden zu
erkundigen.« »Großen Dank, meine Herren, großen Dank!« entgegnete
der Herzog. »Um mein Befinden steht es schlimm, wie Ihr seht ... die
Teufelsgicht! Ah, Ihr kommt von England? und der König Karl befindet
sich wohl, wie ich erfahren habe?« »Er ist tot, gnädigster Herr!«, erwiderte Aramis. »Bah!« machte der Herzog verwundert. »Er ward durch das
Parlament verurteilt und starb auf dem Schafott.« »Unmöglich!« »Er
ward vor unseren Augen hingerichtet.« »Was erzählte mir denn Herr
von Flamarens?« »Herr von Flamarens?« wiederholte Aramis. »Ja, er
ging eben von mir weg.« Athos lächelte und fragte: »Mit zwei Begleitern.« »Ja, mit zwei Begleitern«, antwortete der Herzog; dann fügte er
mit einiger Besorgnis bei: »Seid Ihr ihnen vielleicht begegnet?« »Jawohl,
auf der Straße, wie ich glaube,« versetzte Athos. Er sah Aramis lächelnd
an, der ihn gleichfalls mit einer etwas verwunderten Miene anblickte.
»Die Teufelsgicht!« ächzte der Herzog und fühlte sich augenscheinlich

unwohl. »Gnädiger Herr,« sprach Athos, »es ist wirklich Ihre ganze Aufopferung für die Pariser Sache notwendig, umso leidend, wie Sie sind, an der Spitze der Kriegsscharen zu bleiben, wobei diese Beharrlichkeit in der Tat die Bewunderung des Herrn d'Herblay wie die Meinige erweckt.« »Was wollt Ihr, meine Herren? Man muss doch – und Ihr, die Ihr so wacker und ergeben seid, Ihr, denen mein werter Kamerad, der Herzog von Beaufort, die Freiheit und vielleicht auch das Leben verdankt, Ihr seid ein Beispiel davon – man muss sich wohl aufopfern für das allgemeine Beste. Ich opfere mich auch auf, wie Ihr seht, allein ich bekenne, dass meine Kräfte zu Ende gehen. Das Herz ist gesund, der Kopf ist gesund, allein die Teufelsgicht tötet mich, und ich bekenne, dass, wenn der Hof meinen Anforderungen Gerechtigkeit widerfahren lässt, ganz billigen Anforderungen, da ich bloß eine vom vorigen Kardinal mir zugesicherte Schadloshaltung will, die er mir zugesagt, als man mir mein Fürstentum Sedan wegnahm; ja, ich bekenne, wenn man mir Krongüter von gleichem Werte gibt, wenn man mich für den Nichtgenuss dieses Besitztums, seit es mir weggenommen, nämlich seit acht Jahren, entschädigt, wenn der Titel Prinz denen zugestanden wird, welche meinem Hause angehören, und wenn mein Bruder Turenne wieder sein Kommando erhält, so will ich mich sogleich auf meine Güter zurückziehen und den Hof und das Parlament sich nach Belieben ins Einvernehmen setzen lassen.« »Sie hätten auch ganz recht; gnädigster Herr,« sprach Athos. »Das ist Eure Ansicht, nicht wahr, Herr Graf de la Fère?« »Ganz und gar.« »Und auch die Eurige, Herr Chevalier d'Herblay?« »Vollkommen.« »Nun, meine Herren,« fing der Herzog wieder an, »ich bekenne Euch, dass ich diese Ansicht ganz wahrscheinlich adoptieren werde. Der Hof macht mir in diesem Augenblicke Eröffnungen, und es steht nur bei mir, drauf einzugehen. Bis jetzt habe ich sie zurückgewiesen; da mir aber Männer, wie Ihr seid, sagen, ich habe unrecht, und da mich besonders diese Teufelsgicht unfähig macht, der Pariser Sache irgendeinen Dienst zu leisten, so habe ich, meiner Treue, große Lust, Euren Rat zu befolgen und den Vorschlag einzugehen, welchen mir soeben der Herr von Châtillon getan hat.« »Gehen Sie ihn ein, Prinz, gehen Sie ihn ein«, sagte Aramis. »Meiner Treue, ja, ich bin sogar verdrießlich, dass ich ihn diesen Abend zurückgewiesen habe – doch morgen haben wir eine Zusammenkunft, und da wollen wir sehen.«

Die zwei Freunde verneigten sich vor dem Herzoge; dieser sprach zu ihnen: »Geht, meine Herren, geht, Ihr müsst von der Reise sehr erschöpft sein. Der arme König Karl! Bei allem dem aber ist er ein bisschen selber schuld, und es muss uns trösten, dass sich hierbei Frankreich keinen

Vorwurf zu machen hat, und dass es zu seiner Rettung alles getan hat, was es vermochte.« »O, was das betrifft,« versetzte Aramis, »so sind wir Zeugen davon. Zumal Herr von Mazarin –« »Nun seht, es freut mich sehr, dass Ihr ihm dieses Zeugnis erteilt; es liegt etwas Gutes in dem Kardinal, und wäre er nicht Ausländer – – so würde man ihm zuletzt Gerechtigkeit widerfahren lassen. – Ach, die Teufelsgicht!« Athos und Aramis gingen fort, allein das Ächzen des Herrn von Bouillon folgte ihnen bis in das Vorgemach; dieser arme Prinz litt augenscheinlich Höllenschmerz. Als sie zu dem Straßentore kamen, sagte Aramis zu Athos: »Nun, was denkt Ihr von ihm?« »Von wem?« »Bei Gott, von Herrn von Bouillon.« »Freund, ich denke von ihm das«, erwiderte Athos, »was das Triolett unseres Führers von ihm sagt:

›Dieser      brave      Herr      von      Bouillon
Ist gequält vom Zipperlein.‹«

»Ich erwähnte somit auch nichts von dem Gegenstande, der uns herführte,« sprach Aramis. «Da habt Ihr vorsichtig gehandelt; sonst hättet Ihr ihm wieder einen Anfall verursacht. Lasst uns jetzt zu Herrn von Beaufort gehen.« Die zwei Freunde begaben sich auf den Weg nach dem Hotel Vendôme. Es schlug zehn Uhr, als sie dort ankamen. Das Hotel Vendôme war ebenso gut bewacht, und bot einen ebenso kriegerischen Anblick wie das des Herrn von Bouillon. Es befanden sich hier Schildwachen, ein Posten im Hofraum, zusammengestellte Gewehre, gesattelte, am Ringe befestigte Pferde. Zwei Reiter, welche das Hotel in dem Momente verließen, wo Athos und Aramis hineinritten, mussten, um diese durchzulassen, einen Schritt weit zurückreiten. »Ah, meine Herren!«, rief Aramis, »das ist wahrhaft die Nacht der Begegnungen, und ich gestehe, dass wir uns, nachdem wir heute schon so oft zusammengetroffen sind, unglücklich fühlten, wenn wir uns morgen nicht begegnen würden.« »O, in dieser Beziehung, mein Herr«, erwiderte Châtillon – denn er war es, der eben mit Flamarens vom Herzoge von Beaufort wegritt – »könnet Ihr unbekümmert sein; wenn wir uns des Nachts antreffen, ohne uns aufzusuchen, so werden wir uns umso eher bei Tage finden, wo wir uns wirklich suchen.« »Das hoffe ich auch, mein Herr,« entgegnete Aramis. »Und ich – bin davon überzeugt,« sprach der Herzog.

Die Herren von Flamarens und von Châtillon ritten weiter und Athos und Aramis stiegen vom Pferde. Sie hatten noch kaum den Zügel der Pferde den Bedienten übergeben und ihre Mäntel ausgezogen, als ein Mann zu ihnen trat. Und, nachdem er sie ein Weilchen lang bei dem matten Schein einer Laterne angeblickt, die mitten im Hofe hing, einen

Schrei der Überraschung ausstieß und in ihre Arme flog. »Graf de la Fère!«, rief dieser Mann, »Chevalier d'Herblay! Wie doch, Ihr seid in Paris?« »Rochefort!«, riefen zugleich die beiden Freunde. »Ja sicher; wie Ihr erfahren habt, sind wir aus Vendômois vor vier oder fünf Tagen angekommen und haben im Sinne, Herrn Mazarin etwas zu schaffen zu geben. Ich setze voraus, dass Ihr noch immer unserer Partei angehört?« »Mehr als je. – Und der Herzog?« »Er ist gegen Mazarin höchlich aufgebracht. Wisst Ihr, welches Aufsehen der liebe Herzog erregt hat? Er ist gleichsam der König in Paris und kann nicht ausgehen, ohne Gefahr zu laufen, erdrückt zu werden.« »Ah, desto besser,« sprach Aramis; »allein sagt uns, sind nicht eben die Herren von Flamarens und von Châtillon hier weggeritten?« »Ja! sie hatten eine Audienz bei dem Herzog und kamen zweifelsohne in Mazarins Namen, allein sie werden ihren Mann gefunden haben, dafür bürge ich.« »Sagt doch,« sprach Athos, »könnte man nicht die Ehre haben. Seine Hoheit zu sehen?« »Wie doch! Im Augenblicke, Ihr wisst, für Euch ist er immer zu sprechen. Folgt mir, ich maße mir die Ehre an, Euch einzuführen.« Rochefort ging voraus. Alle Türen öffneten sich vor ihm und den zwei Freunden. Sie trafen Herrn von Beaufort, als er sich eben zu Tische setzen wollte. Die tausendfachen Geschäfte des Abends verspäteten sein Mahl bis zu diesem Augenblicke, allein ungeachtet dessen hatte der Prinz kaum die zwei Namen gehört, die ihm Rochefort nannte, so erhob er sich vom Stuhle, schritt schnell den beiden Freunden entgegen und empfing sie mit den Worten: »O, bei Gott, seid mir willkommen, meine Herren! Nicht wahr, Ihr teilt meine Abendmahlzeit mit mir? Boisjoli, sage Noirmont, dass ich zwei Gäste habe. Ihr kennt Noirmont, nicht wahr, meine Herren? Er ist mein Koch, der Nachfolger von Vater Marteau, der die Euch bekannten vortrefflichen Pasteten bäckt. Boisjoli, er soll eine schicken, doch keine solche, wie er für la Ramée gebacken hat. Gott sei Dank, wir brauchen jetzt keine Strickleitern, Dolche und Knebel mehr.« »Gnädigster Herr,« sprach Athos; »bemühen Sie unsertwegen Ihren berühmten Koch nicht, wir kennen seine vielen und mannigfaltigen Talente. Mit Erlaubnis Ew. Hoheit werden wir heute Abend bloß die Ehre haben, uns nach Ihrem Befinden zu erkundigen und Ihre Befehle einzuholen.« »O, meine Gesundheit ist vortrefflich, wie Ihr seht, meine Herren; eine Gesundheit, welche in Vincennes in der Gesellschaft des Herrn von Chavigny fünf Jahre lang Trotz geboten hat, ist zu allem fähig. Was meine Befehle betrifft, so gestehe ich, meiner Treue, dass ich sehr in Verlegenheit wäre, Euch welche zu erteilen, da jeder die Seinigen erteilt, und ich, wenn das so fortgeht, am Ende keine mehr geben werde.« »Wirklich!«, rief Athos, »ich dachte aber, dass das Parlament auf Ihre Einigung rechnete.« »O ja, unsere Einigung, da steht es gut; mit dem Herzog von Bouillon geht es noch, er hat die Gicht, kommt nicht vom Bette weg, man kann sich mit ihm verständigen, allein mit Herrn von Elboeuf und seinen Elefanten von Söhnen – – Kennt Ihr das Triolett auf Herrn von Elboeuf, meine Herrn?« »Nein, gnädigster Herr.« »Wirklich?« Der Herzog fing an zu singen:

Font rage à la Place royale.
Ils vont tous quatre piaffants
Monsieur d'Elboeuf et ses entfants
Mais sitôt qu'il faut battre aux champs.
Adieu leur humeur martiale.
Monsieur d'Elboeuf et ses enfants
Font rage à Place royale.«

(Herr d'Elboeuf und seine Söhne machen großen Lärm auf dem Place-Royale, alle vier stolzieren hochtrabend einher, wenn sie aber ins Feld ziehen sollen, dann ist ihr kriegerischer Sinn verschwunden usw.)

»So steht es aber nicht mit dem Herrn Koadjutor, wie ich hoffe«, sagte Athos. »Ja doch, mit dem Koadjutor steht es noch schlimmer. Gott bewahre uns vor solchen Unruhestiftern,, welche über ihrem Chorrock einen Panzer tragen. Wisst Ihr, was er tut?« »Nein.« »Er wirbt ein Regiment an, dem er seinen Namen gibt, das Regiment Corinth. Er ernennt Leutnants und Kapitäne wie der Marschall von Frankreich und Oberste wie der König.« »Ja,« versetzte Aramis, »allein wenn er sich schlagen soll, so bleibt er gewiss in seinem Palaste.« »O, ganz und gar nicht, da irrt Ihr, lieber d'Herblay; wenn er kämpfen soll, so tut er es auch, so zwar, dass man ihn jetzt, wo ihm der Tod seines Oheims einen Sitz im Parlamente verschaffte, unaufhörlich zwischen den Beinen hat, im Parlamente, im Rate und auf dem Kampfplatze. Der Prinz von Conti ist General dem Namen nach, und so geht alles schlecht, meine Herren, alles sehr schlecht.« »So zwar, gnädigster Herr, dass Eure Hoheit unzufrieden ist,« sprach Athos und wechselte einen Blick mit Aramis. »Unzufrieden, Graf? sagt, dass meine Hoheit entrüstet ist.« Es war nicht mehr bloß ein Blick, es war ein Blick und ein Lächeln, welches Athos und Aramis austauschten, und wären ihnen auch Châtillon und Flamarens nicht begegnet, so hätten sie es doch erraten, dass sie hier gewesen seien. Sonach sprachen sie auch kein Wort von der Anwesenheit des Herrn von Mazarin in Paris. »Gnädigster Herr,« sprach Athos, »wir sind jetzt zufrieden. Als wir um diese Stunde zu Euer Hoheit kamen, hatten wir keine andere Absicht, als einen Beweis unserer Ergebenheit abzulegen, und Ihnen zu sagen, dass wir uns zu ihrer Verfügung als die getreuesten Diener stellen.«»Als meine getreuesten Freunde, meine Herren, als meine getreuesten Freunde! Ihr habt es mir bewährt, und sollte ich mich je wieder mit dem Hofe aussöhnen, so werde ich Euch, wie ich hoffe, beweisen, dass auch ich Euer Freund geblieben bin, so wie der dieser Herren... wie Teufel heißen sie denn – d'Artagnan und Porthos?«»D'Artagnan und Porthos.«»Ah ja, so ist's. Ihr versteht mich also, also Graf de la Fère? – Ihr versteht mich, Chevalier d'Herblay? Ganz und stets der Eure!« Athos und Aramis verneigten und entfernten sich. »Lieber Athos,« sprach Aramis, »Gott vergebe mir; ich glaube, dass Ihr mich nur begleitet habt, um mir eine Lehre zu geben.«»Wartet doch, mein Lieber,« versetzte Athos, »zu dieser Bemerkung wird es Zeit sein, wenn wir den Herrn Koadjutor verlassen.«»Lasst uns nach dem erzbischöflichen Palaste gehen.« Beide begaben sich auf den Weg nach der City.

Als sich Athos und Aramis der Wiege von Paris näherten, fanden sie die Straßen überschwemmt und waren abermals genötigt, einen Kahn zu nehmen. Der erzbischöfliche Palast ragte mitten aus dem Wasser empor, und vermöge der vielen Kähne, die rings um denselben angebunden waren, hätte man glauben mögen, man befinde sich nicht in Paris, sondern in Venedig. Diese Kähne fuhren hin und her, kreuzten sich in allen Richtungen und verloren sich im Straßenlabyrinth der City oder in der Richtung des Zeughauses oder des Kais von Saint-Victor und steuerten wie in einem See. Von diesen Schiffen waren die einen still und geheimnisvoll, die anderen lärmend und illuminiert. Die zwei Freunde glitten unter diese Welt von Fahrzeugen und landeten gleichfalls. Das ganze Erdgeschoss des erzbischöflichen Palastes stand unter Wasser, doch wurde eine Art Treppe an die Mauern gelegt, und die ganze Veränderung, die aus der Überschwemmung hervorgegangen war, bestand darin, dass man durch die Fenster eintrat, statt durch die Tore. Auf diese Art gelangten Athos und Aramis in das Vorgemach des Koadjutors, welches voll von Bedienten war, da sich ein Dutzend Kavaliere im Wartezimmer befanden. »Mein Gott!«, rief Aramis, »seht nur, Athos, will sich etwa dieser Koadjutor das Vergnügen machen, uns im Vorzimmer warten zu lassen?« Athos lächelte und sagte: »Lieber Freund, man muss die Menschen hinnehmen mit all den Unannehmlichkeiten ihrer Stellung. Der Koadjutor ist in diesem Augenblicke einer der sieben oder acht Könige, welche in Paris regieren. Er macht einen Hof.«»Ja,« versetzte Aramis, »allein wir sind keine Höflinge.«»Somit wollen wir ihm unsere Namen melden lassen, und wenn er darauf keine geziemende Antwort gibt, so werden wir ihn bei den Angelegenheiten Frankreichs oder den Seinigen lassen. Es handelt sich bloß darum, dass wir einen Diener rufen und ihm eine halbe Pistole in die Hand drücken.« »Nun eben«, sagte Aramis – »ich irre mich nicht – ja – nein – dennoch – es ist Bazin, der Schlingel, er kommt.« Bazin, der in diesem Augenblicke in seinem Küsteranzug majestätisch durch das Vorgemach schritt, wandte sich mit gerunzelter Stirne, um den Unverschämten zu sehen, der ihn auf solche Weise anredete. Kaum hatte er aber Aramis erkannt, so wurde aus dem Tiger ein Lamm, er ging auf die beiden Kavaliere zu und sagte: »Wie doch, Sie sind es, Herr Chevalier? Sie, Herr Graf? Sie kommen nun in dem Augenblicke an, wo wir so sehr um Sie besorgt waren. O, wie bin ich glücklich, Sie wieder zu sehen!« »Gut, gut, Meister Bazin«, rief Aramis, »halte ein mit Glückwünschen. Wir wollen den Herrn Koadjutor sprechen, doch muss das auf der Stelle geschehen, da wir Eile haben.« »Wie, augenblicklich?« entgegnete Bazin, »ja doch; Kavaliere, wie Sie, lässt man nicht im Vorgemache warten. Nur hat er in diesem Momente eine Beratung mit einem Herrn de Bruy. »De Bruy!«, riefen zugleich Athos und Aramis. »Ja, ich habe ihn angemeldet und erinnere mich ganz wohl an seinen Namen. Kennt ihn der gnädige Herr?« fügte er hinzu und wandte sich an Aramis. »Mich dünkt, dass ich ihn kenne.« »Ich könnte das nicht behaupten,« entgegnete Bazin, »denn er war so dicht in seinen Mantel gehüllt, dass ich bei aller Mühe, die ich mir gab, kein Fleckchen seines Gesichtes zu sehen vermochte. Ich will aber hingehen und Sie anmelden, vielleicht bin ich diesmal glücklicher.« »Es ist nicht vonnöten,« versetzte Aramis, »wir leisten für diesen Abend darauf Verzicht, den Herrn Koadjutor zu sehen, nicht wahr, Athos?« »Wie es Euch beliebt«, erwiderte der Graf. »Ja, er hat mit diesem Herrn von Bruy zu wichtige Geschäfte abzutun.« »Und darf ich ihm sagen, dass diese Herren nach dem erzbischöflichen Palaste gekommen sind?« »Nein«, sagte Aramis, »es ist nicht der Mühe wert. Kommt, Athos.«

Die zwei Freunde drängten sich wieder durch die Menge der Bedienten und verließen den Palast, von Bazin begleitet, der ihre Wichtigkeit durch verschwenderische Höflichkeitsbezeigungen kundgab. »Nun«, fragte Athos, als er mit Aramis im Kahne saß, »fangt Ihr an zu glauben, dass wir all diesen Leuten mit der Verhaftung des Herrn von Mazarin einen üblen Streich gespielt hätten?« »Ihr seid die leibhaftige Weisheit, Athos,« entgegnete Aramis. Was die zwei Freunde hauptsächlich überraschte, war das geringe Gewicht, welches man am Hofe von Frankreich auf die furchtbaren Ereignisse in England legte, da sie ihnen doch die Aufmerksamkeit von ganz Europa erwecken zu müssen schienen. Eine arme Witwe und eine königliche Waise ausgenommen, welche in einem Winkel des Louvre trauerten, schien auch wirklich niemand zu wissen, dass es einen König Karl I. gegeben, und dass dieser König auf einem Schafott gestorben sei. Die zwei Freunde gaben sich für den folgenden Morgen um zehn Uhr das Rendezvous, denn wiewohl es schon spät war, als sie an das Tor des Gasthauses kamen, so behauptete Aramis doch, er habe noch wichtige Besuche zu machen, und ließ Aramis allein eintreten.

Am nächsten Morgen trafen sie Schlag zehn Uhr zusammen. Athos war schon um sechs Uhr früh ausgegangen. »Nun«, fragte Athos, »habt Ihr irgendeine Nachricht erhalten?« »Keine; man sah d'Artagnan noch nirgends und Porthos zeigte sich gleichfalls nicht. Und Ihr?« »Ich weiß nichts.« »Teufel!«, rief Aramis. »Wahrlich,« sprach Athos, »diese Verspätung ist nicht natürlich; sie nahmen den geradesten Weg und hätten uns folglich zuvorkommen müssen.« »Fügt noch bei,« versetzte Aramis, »dass uns d'Artagnans Schnelligkeit bekannt ist, und dass er keine Stunde verloren hätte, da er wusste, dass wir seiner harren.« »Wenn Ihr Euch noch erinnert, so hoffte er, hier am Fünften einzutreffen.« »Und wir haben bald den Neunten. Diesen Abend geht die festgesetzte Frist zu Ende.« »Was glaubt Ihr wohl zu tun«, fragte Athos, »wenn wir diesen Abend noch keine Nachricht haben?« »Bei Gott, wir reisen ab, um sie aufzusuchen.« »Wohl,« versetzte Athos. »Allein Rudolf!«, fragte Aramis. Über Athos' Stirne zog eine leichte Wolke hin; er sagte: »Rudolf macht mir viel Sorge; er erhielt gestern einen Brief von dem Prinzen Condé; er ging zu ihm nach Saint-Cloud und kehrte noch nicht zurück.« »Saht Ihr Frau von Chevreuse nicht?« »Sie war nicht zu Hause; und Ihr, Aramis, musstet zu Frau von Longueville gehen, wie ich glaube?« »Ich war schon dort.« »Nun?« »Auch sie war nicht zu Hause, doch hat sie wenigstens die Adresse ihrer neuen Wohnung zurückgelassen.« »Wo war sie denn?« »Ratet, ich wette tausend gegen eins.« »Wie sollte ich es erraten, wo um Mitternacht – denn ich setze voraus, dass Ihr zu ihr gegangen seid, als Ihr mich verließet – wie sollte ich erraten, sage ich, wo um Mitternacht die schönste und rührigste Frondeuse ist!« »Im Rathause, mein Lieber.« »Wie, im Rathause? Ist sie denn zum Stadtschultheiß erwählt?« »Nein, sie machte sich aber zur einstweiligen Königin von Paris, und da sie sich nicht getraute, sich gleich anfangs im Palais-Royal oder in den Tuilerien einzurichten, so bezog sie das Stadthaus und wird nächstens dem lieben Herzog einen Erben oder eine Erbin schenken.« »Lieber Aramis«, sagte Athos, »Ihr erwähntet mir Nichts von diesem Umstande.« »Bah, wirklich? So habe ich das vergessen. Verzeiht.« »Nun«, fragte Athos, »was wollen wir bis abends tun? Wir sind jetzt nicht stark beschäftigt, wie mich dünkt.« Ihr vergesst, dass wir etwas ganz Zugeschnittenes fertigzubringen haben.«»Wo denn.«»In der Richtung von Charenton hin, bei Gott; ich hoffe, dort einen gewissen Herrn von Châtillon, den ich lange schon hasse, seinem Versprechen gemäß anzutreffen.«»Und weshalb hasst Ihr ihn?«»Weil er der Bruder eines gewissen Herrn von Coligny ist.«»Ah, richtig, das hatte ich vergessen! – er hat sich die Ehre angemaßt, Euer Nebenbuhler zu sein. Er wurde ob dieser Kühnheit sehr grausam bestraft, und das sollte Euch genügen, mein Lieber.«»Ja, ich sage Euch, das genügt mir nicht, da ich rachsüchtig bin. Und dann, A-thos, versteht es sich von selbst, dass Ihr ganz und gar nicht gehalten seid, mich zu begleiten.«»Geht, Ihr scherzt nur,« sprach Athos. »Wenn Ihr entschlossen seid, mich zu begleiten, mein Lieber, so ist keine Zeit zu verlieren. Die Trommel wurde gerührt, ich begegnete den Reitern, welche aufbrachen, und sah Bürger, die sich vor dem Rathause in Schlachtordnung aufstellten; man wird sich sicher in der Nähe von Charenton schlagen, wie gestern Herr von Châtillon gesagt hat.«»Ich war der Meinung,« versetzte Athos, »die Beratungen dieser Nacht hätten an den kriegerischen Anordnungen etwas geändert.«»Ja, zweifelsohne, man wird sich aber nichtsdestoweniger schlagen, geschähe es auch nur, um diese Beratungen mehr zu maskieren.«

»Die armen Leute,« sprach Athos. »die sich werden hinwürgen lassen, damit man Herrn von Bouillon Sedan zurückgebe, damit man Herrn von Beaufort den Anspruch auf die Admiralität lasse, damit der Koadjutor Kardinal werde.«

»Ei, geht, mein Lieber«, sagte Aramis. »gesteht nur ein, Ihr würdet nicht derart philosophieren, müsste nicht Euer Rudolf Anteil nehmen an all diesen Streitigkeiten.«

»Vielleicht sprecht Ihr wahr, Aramis.«

»So lasst uns also hingehen, wo man sich schlägt, das ist ein sicherer Weg, um d'Artagnan, Porthos und vielleicht auch Rudolf wiederzufinden.«

»Ach!«, seufzte Athos. »Lieber Freund.« versetzte Aramis, »ich sage Euch, da wir jetzt in Paris sind, so müsst Ihr die Gewohnheit des beständigen Seufzens ablegen. Zum Kriege, bei Gott! wie im Kriege! Athos, seid Ihr denn nicht mehr Krieger? Habt Ihr Euch zum Geistlichen gemacht? Seht doch, da ziehen schöne Bürger vorüber! Bei Gott, das ist anlockend; und seht den Kapitän an, der hat fast ein militärisches Aussehen.«

»Sie kommen aus der Straße du Mouton.«

»Die Trommel an der Spitze, wie wahrhafte Soldaten; aber seht doch jenen Mann dort, wie er sich wiegt, wie er einhersteigt.«

»He!«, sagte Grimaud. »Was?«, fragte Athos. »Planchet, gnädiger Herr!«

»Gestern noch Leutnant«, sagte Aramis, »heute Kapitän, morgen sicher schon Oberst; dieser Mensch wird in acht Tagen Marschall von Frankreich.«

»Wir wollen ihn um einige Auskunft fragen«, sagte Athos. Die zwei Freunde traten zu Planchet, der, stolzer als je, den beiden Kavalieren zu eröffnen geruhte, dass er den Auftrag habe, sich auf dem Place-Royale mit zweihundert Mann aufzustellen, welche den Nachtrab des Pariser Heeres bildeten, um von dort nötigenfalls nach Charenton zu ziehen.« Da Athos und Aramis in derselben Richtung gingen, so begleiteten sie Planchet bis zu seinem Platze. Planchet ließ seine Mannschaft ziemlich geschickt auf dem Place-Royale manövrieren und stellte sich hinter einer langen Reihe von Bürgern auf, welche in der Straße und Vorstadt Saint-Antoine standen und das Zeichen zum Kampfe erwarteten. »Der Tag wird heiß werden,« sprach Planchet in kriegerischem Tone.

»Ja, sicher,« entgegnete Aramis, »von hier bis zum Feinde ist es aber noch weit.«

»Gnädiger Herr«, antwortete der Kapitän, »man wird die Entfernung abkürzen.« Aramis verneigte sich, wandte sich dann zu Athos und sprach: »Es behagt mir nicht, mit all diesen Leuten da auf dem Place-Royal zu kampieren; wollt Ihr nicht, dass wir weiterziehen? Wir werden die Dinge besser zu Gesicht bekommen.«

»Und dann würde Euch Herr von Châtillon nicht auf dem Place-Royale suchen, nicht wahr? So gehen wir denn weiter, Freund.«

»Habt Ihr nicht auch mit Herrn Flamarens ein paar Worte zu reden?«

»Freund«, erwiderte Athos, »ich habe einen Entschluss gefasst, nämlich das Schwert nur noch im Falle der Not zu ziehen.«

»Seit wann das?«

»Seit ich den Dolch gezückt habe.«

»Ah, gut, noch eine Erinnerung an Herrn Mordaunt. Wahrlich, mein Lieber, es fehlte nur noch, Gewissensbisse darüber zu empfinden, dass Ihr ihn getötet habt.«

»Stille«, rief Athos und legte mit seinem ihm eigentümlichen Lächeln einen Finger auf den Mund, »reden wir nicht mehr von Mordaunt, das könnte uns Unheil bringen.«

## Der Kampf bei Charenton

Zum großen Erstaunen des Volkes hatten unvermutet Verhandlungen zwischen Mazarin und seinen Gegnern begonnen, die zunächst zu einem vorläufigen Waffenstillstand Anlass gaben. Bei einem Spazierritt durch die truppenerfüllte Vorstadt trafen Athos und Aramis den Herzog von Chatillon, von dem sie erfuhren, dass Rudolph an der Seite des Prinzen von Condé bei den königlichen Truppen stehe. Plötzlich hörte man Hornsignale und Trommelwirbel; in die lagernden Truppen kam lebhafte Bewegung und die Kunde von dem erfolgten Abbruch der Verhandlungen und dem bevorstehenden Beginn des Kampfes verbreitet sich mit großer Schnelligkeit. Tatsächlich begannen zwei Stunden später die ersten Gefechte, die bald in eine regelrechte, sehr heftig geführte Schlacht übergingen. Mitten in dem Kampfgewühl hatte sich eine Duellgruppe gebildet: Aramis kämpfte mit Chatillon, den er nach dem zweiten Wechsel, tödlich verwundet, aus dem Sattel hob. Der Tod des Herzogs war dem Prinzen von Condé Anlass, zur Entscheidung zu drängen. Er warf sich an der Spitze seiner Kerntruppe gegen die Frondeurs und entschied die Schlacht in kurzer Zeit zugunsten des Königs und des Kardinals.

## Die Straße nach der Picardie

Athos und Aramis, welche wohl in Paris sehr in Sicherheit waren, verhehlten sich die überaus großen Gefahren nicht, in die sie sich begaben, wenn sie den Fuß hinaussetzten; allein wir wissen, was die Frage nach Gefahr für solche Männer war. Überdies fühlten sie, dass die Entwicklung dieser zweiten Odyssee nahe sei, und dass es nur noch eines letzten Handstreichs bedurfte, wie man zu sagen pflegt. Die zwei Edelleute nahmen anfangs Umwege, damit sie nicht in die Hände von Mazarinern fielen, welche in Isle de France zerstreut waren, dann, damit sie den Frondeurs entgingen, welche die Normandie innehatten und welche nicht ermangelt hätten, sie vor Herrn von Longueville zu führen, auf dass er sie als Freunde oder Feinde erkenne. Als sie diesen zwei Gefahren entronnen waren, kamen sie auf der Straße von Boulogne wieder nach Abbéville, und folgten ihr Schritt für Schritt und Spur für Spur. Sie waren aber eine Weile unentschlossen; sie besuchten bereits zwei bis drei Wirtshäuser, befragten bereits zwei bis drei Wirte, ohne dass eine einzige

Spur ihre Zweifel aufgeklärt oder ihre Nachforschungen geleitet hätte, als Athos mit seinen zarten Fingern auf etwas tastete, das rau anzufühlen war. Er hob das Tischtuch auf und las die folgenden Hieroglyphen, welche mit einer Messerklinge tief in das Holz eingeschnitten waren:

*Port ... – D`Art ... – 2. Februar.*

»Vortrefflich!«, rief Athos, während er Aramis diese Schrift zeigte; »wir wollten hier übernachten, doch das ist unnütz, wir ziehen weiter.« Somit setzten sie ihre Reise wieder fort. Es war ein höchst mühevolles und zumal sehr langweiliges Geschäft, das Athos und Aramis auf sich genommen. So gelangten sie bis Peronne. Schon waren sie wieder gewillt, umzukehren, als sie auf ihrem Ritte durch die Vorstadt, welche nach dem Stadttore führte, kamen, wo Athos auf einer weißen Mauer, welche die Ecke einer Straße bildete, die rings um den Wall lief, die Augen auf eine Zeichnung mit schwarzer Kreide richtete, welche mit der Kunstlosigkeit der ersten Versuche eines Kindes zwei Reiter im rasenden Galopp vorstellte; der eine dieser Reiter hielt in der Hand eine Tafel, auf der in spanischer Sprache geschrieben stand »Man folgt uns«.

»O!«, rief Athos, »seht, das ist so klar wie der Tag. Wiewohl d'Artagnan verfolgt war, so wird er hier doch fünf Minuten angehalten haben; das beweist übrigens, dass man ihm nicht sehr nahe folgte, und vielleicht gelang es ihm, zu entrinnen.«

Aramis schüttelte den Kopf und sagte: »Wäre er entronnen, so hätten wir ihn wiedergesehen oder wenigstens von ihm sprechen gehört.«

»Ihr habt recht, Aramis; setzen wir unsern Weg fort.«

Es wäre unmöglich, die Unruhe und Ungeduld der beiden Freunde zu schildern, Athos' liebevolles und freundschaftliches Herz war beunruhigt und Aramis' reizbarer und leicht schwindelnder Kopf war voll Ungeduld. Sie sprengten somit zwei bis drei Stunden weit so rasend wie die zwei Reiter an der Mauer. Auf einmal sahen sie in einem engen, von zwei Hügeln eingeschlossenen Hohlweg die Straße durch einen ungeheuren Felsblock halb versperrt. Sein ursprünglicher Platz war an einer Seite des Abhangs angedeutet, und die Art Nische, welche er infolge des Ausbrechens zurückließ, zeigte an, dass er nicht von selbst herabrollen konnte, während wieder seine Schwere bewies, dass es, um ihn in Bewegung zu setzen, des Armes eines Enceladus oder Briareus bedurft hätte. Aramis hielt an. »O«, rief er, während er den Stein betrachtete, »an dieser Arbeit war Ajax Telamonius oder Porthos. Lasst uns doch absteigen, Herr Graf, und dieses Felsenstück untersuchen.« Beide stiegen ab; der Stein wurde augenfällig zu dem Ende herabgewälzt, um Reitern den

Durchgang zu verrammeln. Er war somit anfangs quer über den Weg gelegt worden, denn stießen die Reiter auf dieses Hindernis, stiegen sie ab und wälzten es beiseite. Die zwei Freunde untersuchten jenen Stein nach allen seinen beleuchteten Seiten, er bot nichts Auffallendes dar. Sie riefen nun Blaisois und Grimaud herbei. Zu Vier gelang es ihnen, den Fels umzuwenden. Auf der Seite, welche den Boden berührt hatte, stand geschrieben: »Acht Chevauxlegers setzen uns nach. Gelangen wir bis Compiegne, so kehren wir im »gekrönten Pfau« ein, da der Wirt zu unsern Freunden gehört.«

»Das lautet bestimmt,« sprach Athos, »und wir werden in dem einen wie in dem andern Falle erfahren, woran wir uns zu halten haben. Lasst uns somit zum »gekrönten Pfau« aufbrechen.«

»Ja,« entgegnete Aramis; »bevor wir aber abreiten, lasst unsere Pferde ein bisschen ausruhen, da sie wirklich fast erschöpft sind.« Aramis sprach wahr. Man kehrte in der nächsten Schenke ein und gab jedem Pferde ein doppeltes Maß von Hafer in Wein getränkt, gönnte ihnen drei Stunden Rast und brach dann wieder auf. Selbst die Männer waren erschöpft, doch hielt sie die Hoffnung aufrecht. Sechs Stunden darauf kamen Athos und Aramis nach Compiegne und fragten nach dem »gekrönten Pfau«. Man zeigte ihnen ein Schild, das den Gott Pan mit einer Krone auf dem Haupte darstellte. Die zwei Freunde stiegen ab, ohne bei dem Schilde zu verweilen, das Aramis zu einer andern Zeit derb getadelt hätte. Sie fanden in dem Gastwirte einen wackeren Mann, kahlköpfig und dickleibig wie ein chinesischer Magot, und fragten, ob er nicht vor kürzerer oder längerer Zeit zwei Kavaliere beherbergt, welche von Chevauxlegers verfolgt worden wären. Der Wirt holte, ohne zu antworten, aus einer Kiste eine Degenklinge hervor und sagte: »Kennen Sie das?« Athos warf nur einen Blick auf die Klinge und sprach: »Das ist d'Artagnan's Schwert.«

»Des großen oder des kleinen?«, fragte der Wirt. »Des kleinen«, erwiderte Athos.

»Ich sehe, Sie sind Freunde dieser Herren.«

»Nun, was ist ihnen denn begegnet?«

»Sie kamen mit ganz erschöpften Pferden in meinem Hofraum an, und ehe sie noch Zeit hatten, das Tor abzusperren, sprengten acht Chevauxlegers, die sie verfolgten, hinter ihnen heran.«

»Acht!«, rief Aramis; »es wundert mich sehr, dass sich zwei so Tapfere, wie d'Artagnan und Porthos, von acht Mann gefangen nehmen ließen.«

»Allerdings, mein Herr, und die acht Mann würden nichts ausgerichtet haben, hätten sie nicht an zwanzig Mann des königlichen italienischen Regiments, welches in dieser Stadt in Besatzung lag, herbeigerufen, wonach Ihre zwei Freunde buchstäblich durch die Zahl überwältigt wurden.«

»Gefangen genommen!«, rief Athos, »und weiß man warum?«

»Nein, gnädiger Herr, man führte sie allsogleich hinweg, sodass sie nicht Zeit hatten, mir etwas zu sagen, nur fand ich, als sie schon fort waren, dieses Stück Schwert auf dem Schlachtfelde, wo ich zwei Tote und fünf bis sechs Verwundete wegschaffen half.«

»Und ist ihnen kein Leid geschehen?«, fragte Aramis.

»Nein, ich glaube nicht, gnädiger Herr.«

»Gut,« versetzte Aramis, »das ist immer noch ein Trost.«

»Und wisst Ihr, wohin sie geführt wurden?«, fragte Athos.

»In der Richtung von Louvres.«

»Wir lassen Blaisois und Grimaud hier.« sprach Athos, »sie sollen morgen mit den Pferden nach Paris zurückkehren, die heute auf der Straße erliegen würden, und nehmen wir die Post.«

»Wir nehmen die Post,« wiederholte Aramis. Man ließ Postpferde kommen. Mittlerweile speisten die zwei Freunde eilfertig zu Mittag und wollten ihre Reise fortsetzen, wenn sie in Lauvres einige Auskünfte bekämen. Sie gelangten nach Louvres. Daselbst gab es kein Gasthaus; man trank hier Likör, der bereits schon damals dort bereitet wurde, und seinen Ruf bis zum heutigen Tag erhalten hat.

»Hier lasst uns einkehren,« sprach Athos, »d'Artagnan wird diese Gelegenheit nicht verabsäumt haben, nicht etwa um ein Gläschen Likör zu trinken, sondern um uns eine Weisung zurückzulassen.« Sie traten ein und begehrten zwei Gläser Likör am Jahrtische, wie es d'Artagnan und Porthos gleichfalls hatten tun müssen. Der Tisch, an dem man trank, war mit einer Zinnplatte überdeckt und auf dieser war mit der Spitze einer dicken Nadel eingegraben: »Rueil, D.«

»Sie sind in Rueil,« sprach Aramis, der diese Schrift zuerst bemerkte.

»Lasst uns also nach Rueil gehen,« versetzte Athos.

»Das heißt, uns dem Wolf in den Rachen werfen«, erwiderte Aramis.

»Wäre ich Jonas' Freund gewesen, wie ich d'Artagnan's Freund bin,« sprach Athos, »so wäre ich ihm bis in den Bauch des Walfisches gefolgt, und Ihr, Aramis, würdet dasselbe tun wie ich.«

»Gewiss, lieber Graf, ich glaube, Ihr macht mich besser, als ich bin. Wäre ich allein, so weiß ich nicht, ob ich ohne große Vorsichtsmaßregeln nach Rueil ginge; allein, wo Ihr hingeht, gehe ich gleichfalls hin.« Sie nahmen die Post und brachen auf, nach Rueil.

Athos gab, ohne es zu ahnen, Aramis den besten Rat von der Welt. Die Abgesandten des Parlaments waren eben wegen jener berühmten Konferenz angekommen, welche drei Wochen dauern und jenen hinkenden Frieden herbeiführen sollte, demzufolge der Prinz von Condo verhaftet wurde. Rueil war von Seite der Pariser mit Advokaten, Vorständen, Ratsherren und Beamten aller Art überfüllt; endlich von Seite des Hofes mit Edelleuten, Offizieren und Garden; so war es sonach mitten unter dieser Verwirrung ein Leichtes, so unbekannt zu bleiben, wie man es wünschen mochte, überdies führten sie Unterhandlungen zu einem Waffenstillstand, und in diesem Augenblicke zwei Kavaliere verhaften, ob sie auch Frondeurs der ersten Masse waren, wäre ein Eingriff in das Völkerrecht gewesen. Die zwei Freunde meinten, es wäre alle Welt mit dem Gedanken beschäftigt, der sie ???[Text fehlt] . Sie mengten sich unter die Gruppen, in der Hoffnung dass sie etwas über Porthos und d'Artagnan würden sprechen hören; allein jedermann beschäftigte sich nur mit Artikeln und Berichtigungen. Somit fuhren sie fort in ihren Nachforschungen, zogen vielfache Erkundigungen ein und ließen unter tausend Vormunden, wovon die einen sinnreicher waren als die andern, die Leute reden, bis sie zuletzt auf einen Cheveauxleger trafen, der ihnen bekannte, er habe zu der Eskorte gehört, welche d'Artagnan und Porthos von Compiègne nach Paris gebracht hatte. Ohne die Chevauxlegers hätte man nicht einmal gewusst, dass sie dort angekommen seien. Athos kam auf den Gedanken, mit der Königin zu sprechen. »Um mit der Königin zu sprechen, müsst Ihr fürs erste mit dem Kardinal sprechen, und kaum werden wir mit ihm geredet haben, denkt wohl an das, was ich Euch sage, Athos, so werden wir mit unseren Freunden zusammenkommen, jedoch nicht auf die Art, wie wir es wünschten. Lasset uns in Freiheit handeln, um gut und schnell zu handeln.«

»Ich will zu der Königin gehen,« sprach Athos. »Wohlan, Freund, wenn Ihr entschlossen seid, diese Torheit zu begehn, so bitte ich, setzt mich einen Tag vorher in Kenntnis davon.«

»Warum?« Weil ich die Gelegenheit zu einem Besuche in Paris nützen will.«

»Bei wem?«

»Nun, was weiß ich! Vielleicht bei einer Frau von Longueville. Sie ist dort allmächtig und wird mir behilflich sein. Nur lasst mir Eure Verhaftung durch jemand melden, damit ich eilig wieder zurückkehre.«

»Warum wagt Ihr nicht auch mit mir die Verhaftung?«, fragte Athos. »Nein, dafür danke ich.«

»Zu vier verhaftet und beisammen, wagen wir nichts mehr, denke ich. Nach Verlauf von vierundzwanzig Stunden sind wir alle in Freiheit.«

»Mein Lieber, seit ich Châtillon getötet habe, den Liebling der Damen von Saint-Germain, erregte ich zu viel Aufsehen um meine Person, als dass ich nicht doppelt das Gefängnis fürchten müsste. Die Königin wäre imstande, bei dieser Gelegenheit auf Mazarins Ratschläge einzugehen, und der Rat, den ihr Mazarin geben würde, wäre meine Hinrichtung.«

»Doch lieber Freund,« sprach Athos, »ich opfere mich auf, und will die Königin Anna um eine Audienz bitten.«

»Gott befohlen, Athos, ich gehe und werbe ein Heer an.«

»Und was tun?«

»Um zurückzukehren und Rueil zu belagern.«

»Wo werden wir uns wieder treffen?«

»Am Fuße des Galgens, den der Kardinal errichten lässt.« Die zwei Freunde schieden. Aramis, um nach Paris zurückzukehren, Athos, um sich durch einige Vorkehrungen einen Weg bis zur Königin zu eröffnen.

## Die Erkenntlichkeit der Königin Anna

Athos traf keineswegs auf so viele Schwierigkeiten, wie er gedacht hatte, um bis zur Königin Anna zu gelangen; schon bei dem ersten Schritte ebnete sich ihm alles, und die angesuchte Audienz wurde ihm für den nächsten Tag nach dem Lever zugestanden, dem beizuwohnen ihn seine Geburt berechtigte. Athos wurde in die Appartements der Königin eingeführt: Sein Name war schon zu oft in den Ohren der Königin erklungen und hatte in ihrem Herzen widergehallt, als dass sie ihn nicht erkannt hätte; sie verhielt sich jedoch gleichgültig und begnügte sich damit, dass sie den Edelmann mit einer Festigkeit anblickte, welche den Frauen verstattet ist, die entweder durch ihre Schönheit oder ihre Geburt

Königinnen sind. »Es ist ein Dienst, den uns zu erweisen, Ihr Euch anbietet, Graf?« sprach die Königin Anna nach kurzem Schweigen.

»Ja, Madame, es ist noch ein Dienst«, erwiderte der Graf, empfindlich darüber, dass ihn die Königin nicht zu erkennen schien. Athos war ein edles Gemüt, jedoch ein armseliger Hofmann. Anna faltete die Stirne; Mazarin, der vor einem Tische saß und in Papieren blätterte, wie es ein einfacher Staatssekretär hätte machen können, hob den Kopf empor.

»Redet!« sprach die Königin. Mazarin fing an, wieder in seinen Schriften zu blättern.

»Madame,« begann Athos wieder, »zwei unserer Freunde, zwei der eifrigsten Diener Ihrer Majestät, Herr d'Artagnan und Herr du Ballon, die der Kardinal nach England schickte, sind plötzlich in dem Momente verschwunden, in dem sie wieder Frankreichs Boden berührten, und man weiß nicht, was mit ihnen geschehen ist.«

»Nun?«, fragte die Königin.

»Nun,« versetzte Athos, »ich wende mich an die Huld Ihrer Majestät, um zu erfahren, was aus diesen zwei Kavalieren geworden ist, und behalte mir vor, mich nachher nötigenfalls an Ihre Gerechtigkeit zu wenden.«

»Mein Herr,« entgegnete die Königin Anna mit jenem Stolze, der gewissen Männern gegenüber beleidigend war, »darum stört Ihr uns also mitten unter den wichtigen Sorgen, die uns beschäftigen? Das ist eine Polizeiangelegenheit, und Ihr wisst, mein Herr, oder sollt es vielmehr wissen, dass wir keine Polizei mehr haben, seit wir nicht mehr in Paris sind.«

Athos verneigte sich mit kalter Ehrerbietung und sagte: »Ich denke, Ihre Majestät wird es nicht nötig haben, sich bei der Polizei zu erkundigen, was mit den Herren d'Artagnan und du Ballon geschehen ist; wollte Sie so gnädig sein, in dieser Hinsicht den Herrn Kardinal zu befragen, so könnte der Herr Kardinal, wenn er nur seine eigene Erinnerung befragt, Antwort erteilen.«

»Gott vergebe mir«, rief die Königin mit jener geringschätzenden Lippenbewegung, die ihr eigen war, »ich glaube, dass Ihr ihn selber befragt.«

»Ja, Madame, und ich habe hierzu auch beinahe das Recht, denn es handelt sich um Herrn d'Artagnan, verstehen Ihre Majestät wohl, um Herrn d'Artagnan –« sprach er auf eine Weise, damit er die Stirn der Königin sich beugen lasse unter den Erinnerungen der Frau. Mazarin sah ein, dass es Zeit sei, der Königin Anna zu Hilfe zu eilen und er sagte: »Herr Graf, ich will Euch gern etwas mitteilen, was Ihre Majestät nicht weiß; was nämlich mit diesen zwei Edelleuten geschehen ist. Sie waren ungehorsam und befinden sich in Verhaft.«

»So bitte ich denn Ihre Majestät«, versetzte Athos stets ruhig und ohne Mazarin zu antworten, »diese Verhaftung des Herrn d'Artagnan und du Vallon aufheben zu wollen.«

»Mein Herr«, erwiderte die Königin, »was Ihr da begehrt, ist eine Maßregel der Disziplin, die mich nichts angeht.«

»Diese Antwort hat d'Artagnan nie gegeben, wenn es sich um den Dienst Ihrer Majestät handelte,« erwiderte Athos, voll Anstand sich verneigend. Er machte zwei Schritte rückwärts, um wieder die Türe zu erreichen, aber Mazarin hielt ihn zurück, während er der Königin zuwinkte, die sichtlich erblasste und Miene machte, einen strengen Befehl zu erteilen.

»Mein Herr,« sprach die Königin Anna zu Mazarin in einem Tone, aus dem sie trotz aller Verstellungskunst den wahren Ausdruck nicht verbannen konnte, »seht, ob sich etwas für diese zwei Kavaliere tun lässt.«

»Madame,« entgegnete Mazarin, »ich werde tun, was Ihrer Majestät gefällt.«

»Tut, was der Herr Graf de la Fère bittet. Nicht wahr, mein Herr, so nennt Ihr Euch?«

»Ich führe noch einen andern Namen, Madame, ich nenne mich Athos.«

»Madame,« sprach Mazarin mit einem Lächeln, welches verriet, wie leicht er eine halbe Andeutung verstand; »Ihre Majestät kann ruhig sein, Ihre Wünsche werden vollzogen werden.«

»Ihr habt es gehört, mein Herr,« sprach die Königin.

»Ja, Madame, ich habe von der Gerechtigkeit Ihrer Majestät nichts Geringeres erwartet. Ich werde sonach meine Freunde wiedersehen, Madame, nicht wahr? So versteht es wirklich Ihre Majestät?«

»Ja, mein Herr, Ihr werdet sie wiedersehen; doch sagt an, Ihr gehört zur Fronde, nicht so?«

»Madame, ich diene dem König.«

»Ja, auf Eure Weise.«

»Meine Weise ist die aller Kavaliere, und ich kenne deren nicht zwei«, antwortete Athos mit Stolz.

»Geht also, mein Herr,« sprach die Königin, und verabschiedete Athos mit einem Winke. »Ihr habt erreicht, was Ihr zu erreichen gewünscht, und wir wissen, was wir zu wissen gewollt.«

Während Athos, nicht ohne Argwohn, durch den Flur ging, der zur Treppe führte, fühlte er sich plötzlich an der Schulter berührt und wandte sich um. »Ah!«, rief er, »Herr von Comminges!«

»Ja, Herr Graf, ich bin es und bin mit einer Sendung beauftragt, wegen welcher ich bitte, mich ganz für entschuldigt zu halten.«

»Mit welcher Sendung, mein Herr«, fragte Athos.

»Wollet mir Euer Schwert übergeben, Graf!«

Athos lächelte, öffnete das Fenster, das auf die Straße blicken ließ, und rief hinaus: »Aramis!« Ein Edelmann wandte sich um, es war derselbe, den Athos schon vorher erkannt zu haben glaubte; es war Aramis, der den Grafen freundschaftlich grüßte.

»Aramis!«, rief Athos, »ich werde verhaftet.«

»Gut«, antwortete Aramis phlegmatisch.

»Mein Herr.« sprach Athos. während er sich wieder zu Comminges wandte, und ihm höflich sein Schwert beim Griff übergab, »da ist mein Schwert, bewahrt es mir sorgsam auf, um es mir, wenn ich wieder das Gefängnis verlasse, zurückzustellen. Ich halte darauf, es wurde einst meinem Großvater von dem Könige Franz I. zum Geschenk gemacht. Zu seiner Zeit hat man die Edelleute bewaffnet und nicht entwaffnet. Nun, wohin werdet Ihr mich führen?«

»Fürs erste in mein Zimmer,« entgegnete Comminges. »Die Königin wird sodann den Ort Eures weiteren Aufenthaltes bestimmen.«

### Das Königtum unter Herrn von Mazarin

Die Verhaftung von Athos machte gar kein Aufsehen, verursachte gar kein Ärgernis, und war beinahe unbekannt geblieben. Sie störte daher den Gang der Ereignisse durchaus nicht, und der Pariser Deputation wurde bedeutet, sie könne vor der Königin erscheinen. Die Königin empfing sie schweigend und stolz wie immer, hörte die Beschwerden und Bitten der Abgesandten an; als aber ihre Reden zu Ende waren, hätte niemand zu sagen vermocht, ob sie dieselben verstanden habe, so gleichgültig blieb das Gesicht der Königin Anna. Allein Mazarin, der bei dieser Audienz anwesend war, verstand recht gut, was die Abgeordneten wollten, nämlich einfach und unbedingt, in deutlichen und bestimmten Ausdrücken – seine Verweisung. Als nun die Reden beendigt waren, und die Königin stumm blieb, sprach Mazarin: »Meine Herren! ich will mich mit Euch verbünden, um die Königin zu bitten, dass sie den Leiden ihrer Untertanen ein Ziel setzen wolle. Ich habe zur Linderung derselben alles getan, was ich vermochte, und doch herrscht, wie Ihr sagt, allgemein die Meinung, dass sie von mir, dem armen Fremdling, herrühren, der nicht so glücklich war, den Beifall der Franzosen zu gewinnen. Man hat mich leider nicht verstanden, und das aus der einfachen Ursache, weil ich dem erhabensten Manne gefolgt bin, der noch je das Zepter der Könige von Frankreich unterstützt hat. Mich vernichten die Erinnerungen an Herrn von Richelieu. Wäre ich ehrsüchtig, würde ich gegen diese Erinnerungen fruchtlos ankämpfen; allein ich bin es nicht und will auch den Beweis davon geben. Ich erkläre mich für überwunden; ich will tun, was das Volk begehrt. Haben die Pariser einiges Unglück gehabt, und wer hat das nicht, meine Herren, so ist Paris genugsam bestraft: Es ist hinlänglich Blut geflossen, genug des Elends lastet auf einer Stadt die ihres Königs und der Gerechtigkeit beraubt ist. Ich will als einfacher Privatmann nicht die Verantwortung auf mich nehmen, dass eine Königin mit ihrem Reiche zerfalle. Da Ihr fordert, ich solle mich zurückziehen, nun denn, so will ich es tun.«

»Sonach«, flüsterte Aramis seinem Nachbar ins Ohr, »ist der Friede geschlossen und die Konferenzen sind unnötig. Man braucht nur noch Herrn Mazarin unter gutem Geleite bis an die entfernteste Grenze zu schicken und darüber zu wachen, dass er weder über diese, noch über eine andere zurückkomme.«

»Einen Augenblick, mein Herr, einen Augenblick,« sprach der Altenmann, an welchen Aramis sich gewendet hatte.

»Potz Wetter, wie Ihr schnell zu Werke geht! Man sieht es, dass Ihr ein Kriegsmann seid. Es ist noch der Punkt über Lohn und Schadloshaltung ins Reine zu bringen.«

»Herr Kanzler,« sprach die Königin, zu Seguier gewendet, den wir bereits kennen, »eröffnet die Verhandlungen, die in Rueil stattfinden sollen. Der Herr Kardinal sprach von Dingen, welche mich ungemein erschütterten, darum will ich nicht umständlicher sprechen. Was das Bleiben oder Fortgehen anbelangt, weiß ich dem Herrn Kardinal zu viel Dank, als dass ich ihm nicht durchaus freien Willen lassen sollte. Der Herr Kardinal wird tun, was ihm gefällig ist.« Eine flüchtige Blässe überflog das Antlitz des Ministers. Er blickte die Königin mit Unruhe an. Ihr Gesicht schien so gleichgültig, dass er ebenso wenig wie die anderen darin lesen konnte, was in ihrem Innern vorging.

»Ich bitte Euch aber«, fuhr die Königin fort, »dass die Rede so lang von dem Könige sei, bis sich der Herr Kardinal entscheidet.« Die Abgesandten verneigten und entfernten sich.

»Ha, was,« sprach die Königin, als der letzte derselben fortgegangen war, »Ihr wollt diesen Aktenwürmern und Advokaten nachgeben?«

»Madame,« entgegnete Mazarin, indem er sein Auge forschend auf die Königin heftete, »für das Glück Ihrer Majestät gibt es kein Opfer, das ich nicht darzubringen bereit wäre.« Mazarin sah sie jetzt an, wo sie allein zu sein wähnte, und nicht mehr eine ganze Welt von Feinden lauernd um sich hatte; er folgte den Gedanken auf ihrem Angesichte, wie man in klaren Seen die Wolken vorüberschweben sieht, welche, wie die Gedanken, eine Spiegelung des Himmels sind.

»Ich will somit dem Sturme weichen«, murmelte die Königin, »will den Frieden erkaufen, um in Geduld und Demut bessere Zeiten abzuwarten.« Mazarin lächelte bitter zu dieser Äußerung, welche anzeigte, dass sie den Antrag des Ministers für Ernst hielt. Anna, welche den Kopf gesenkt hatte, sah dieses Lächeln nicht; als sie jedoch bemerkte, dass auf ihre Fragen keine Antwort erfolgte, so richtete sie die Stirn wieder empor und sagte: »Nun, Kardinal, Ihr antwortet nicht, was denkt Ihr denn?«

»Madame, ich denke, dass dieser ungebührliche Edelmann, welchen wir durch Comminges verhaften ließen, auf Herrn Buckingham angespielt hat, als hätten Sie ihn ermorden lassen, auf Frau von Chevreuse, welche Sie verbannen, und auf Herrn von Beaufort, den Sie einsperren ließen. Wenn er aber auf mich angespielt hat, so geschah es, weil er nicht weiß, was ich Ihnen bin.« Die Königin Anna zitterte, wie sie zu tun pflegte, wenn man sie in ihrem Stolze verletzte, sie errötete und grub, um nicht zu antworten, ihre Nägel in ihre schönen Hände. »Er ist ein Mann von gutem Rate, von Ehre und von Geist, abgerechnet, dass er auch ein entschlossener Mann ist. Nicht wahr, Madame, Sie wissen etwas davon zu sagen? Somit will ich ihm – und das aus persönlicher Gunst – andeuten, worin er sich rücksichtlich meiner geirrt hat. Was man mir da vorschlägt, sieht wirklich fast so aus wie eine Abdankung, und eine Abdankung verdient Überlegung.«

»Eine Abdankung,« sprach Anna, »mein Herr, ich dächte, dass nur die Könige abdanken.«

»Nun denn«, antwortete Mazarin, »bin ich denn nicht beinahe König, König von Frankreich?« Das war eine jener Demütigungen, welche die Königin oft von Mazarin zu erdulden hatte, und unter denen sie jedes Mal den Kopf neigte. Deshalb betrachtete die Königin Anna mit einem gewissen Schrecken die drohenden Züge des Kardinals, denen es in solchen Momenten nicht an einer gewissen Größe fehlte. »Mein Herr,« sprach sie, »habe ich nicht gesagt, und habt Ihr nicht gehört, wie ich zu diesen Leuten sagte, Ihr würdet tun, was Euch gut dünkt?«

»In diesem Falle,« entgegnete Mazarin, »muss es mir gut dünken, zu bleiben, glaube ich. Das ist nicht bloß mein Interesse, sondern ich erlaube mir auch zu sagen, dass es Ihre Rettung ist.«

»Bleibt also, mein Herr, ich wünsche nichts weiter, dann aber lasset mich nicht beleidigen.«

»Sie wollen von den Anforderungen der Aufrührer und von dem Tone sprechen, womit sie dieselben gestellt haben. O, Geduld! sie haben ein Terrain gewählt, auf dem ich ein viel geschickterer Feldherr bin als sie. Wir werden sie ganz einfach dadurch schlagen, dass wir Zeit gewinnen. Sie haben bereits Hunger; in acht Tagen geht es ihnen noch schlimmer.«

»O, mein Gott, ja, mein Herr, ich weiß, dass wir damit endigen werden; allein es handelt sich nicht bloß um sie, sie haben mir nicht die empfindlichsten Beleidigungen zugefügt.«

»Ach, ich begreife, Sie wollen von den Erinnerungen reden, welche diese drei oder vier Kavaliere unablässig hervorrufen. Wir halten sie in Gewahrsam, und sie sind strafbar genug, um sie so lang behalten zu können, wie es uns beliebt. Nur Einer ist noch außer unserer Gewalt, und bietet uns Trotz. Doch zum Teufel! wir werden auch ihn mit seinen Kameraden vereinigen können. Ich denke, dass wir schon viel Schwierigeres getan haben als das. Ich ließ zuvörderst und vorsichtshalber die zwei Widerspenstigsten in Rueil einsperren, nämlich unter meinen Augen und mir zur Hand. Der dritte wird noch heute zu ihnen stoßen.«

»Solange sie gefangen sitzen, wird das gut sein,« versetzte die Königin, »doch werden sie eines Tages frei werden.«

»Ja, wenn sie Ihre Majestät in Freiheit setzt.«

»Ha doch«, fuhr die Königin fort, auf ihre eigenen Gedanken antwortend, »so beklagt man Paris.«

»Warum?«

»Wegen der Bastille, mein Herr, die so fest und verschwiegen ist.«
»Madame, mit den Konferenzen haben wir den Frieden, mit dem Frieden haben wir Paris, mit Paris besitzen wir die Bastille, und darin sollen unsere vier Großsprecher verkümmern.« Die Königin Anna runzelte leicht ihre Stirne, indes ihr Mazarin die Hand küsste, um sich zu beurlauben.

Begleitet von Mazarin und bedeckt von Comminges und einigen Soldaten, kam Athos nach Rueil, wo er im Auftrage Mazarins im Pavillon der Orangerie untergebracht wurde. Comminges zeigte sich sehr entgegenkommend und teilte Athos zu dessen Verwunderung mit, dass sich d'Artagnan im selben Hause befinde, und dass nur eine Mauer verhindere, dass die beiden Freunde einander durch die Fenster erblicken könnten. Athos bat Comminges, d'Artagnan seine Ankunft mitzuteilen und ihm auch beiläufig zu erzählen, dass Mazarin, ihn, Athos, noch am selben Abend zu besuchen, versprochen habe.

### Kopf und Arm

Nunmehr begeben wir uns von der Orangerie nach dem Jagdpavillon. Im Erdgeschosse dieses Pavillons saßen Porthos und d'Artagnan, und teilten die langen Stunden ihrer Gefangenschaft, welche diesen beiden Temperamenten so widerwärtig war. D'Artagnan schritt mit stieren Augen und manchmal dumpf brüllend längs der eisernen Stangen eines breiten Fensters, das auf den Diensthof ging, einem Tiger ähnlich, auf und nieder. Porthos wiederkäute stillschweigend ein kostbares Mittagsmahl, von dem die Überreste eben weggetragen wurden. Der Eine schien der Vernunft beraubt und tiefsinnig; der Andere schien in tiefes Nachdenken verloren und schlief; nur war sein Schlaf ein schwerer Traum, was sich aus der abgebrochenen und unzusammenhängenden Weise seines Schnarchens erraten ließ. »Seht; der Tag neigt sich,« sprach d'Artagnan. »Es muss ungefähr vier Uhr sein. Es sind bald 183 Stunden, dass wir hier sitzen.«

»Hm,« machte Porthos, als wollte er damit eine Antwort gegeben haben. »Hört Ihr denn nicht, ewiger Schläfer!«, rief d'Artagnan ungeduldig, dass sich ein Anderer bei Tage dem Schlafe hingeben könne, wo er alle Mühe von der Welt hatte, um nachts schlafen zu können. »Was?«, fragte Porthos. »Was ich sage.«

»Was sagt ihr denn?«

»Ich sage, dass wir schon bald 183 Stunden hier sitzen,« entgegnete d'Artagnan, »Daran seid Ihr Schuld,« sagte Porthos. »Wie, ich bin daran Schuld...?«

»Ja, ich habe Euch angeboten, uns aus dem Staube zu machen.«

»Indem Ihr eine Stange wegrisset oder eine Türe durchbrächet?«

»Allerdings.«

»Porthos, Leute wie wir gehen nicht so schlicht und einfach davon.«

»Meiner Treue! ich würde doch fortgehen mit diesem Schlachtrock und einfach, was Euch gar so verächtlich vorkommt.« D'Artagnan zuckte die Achseln und sprach: »Dann ist auch damit noch nicht alles abgetan, wenn wir aus diesem Gemache wegkommen.«

»Lieber Freund«, erwiderte Porthos. »Eure heutige Laune scheint mir etwas besser als die gestrige. Erklärt mir, wie nicht alles abgetan sei, wenn wir von hier wegkommen.«

»Es ist damit noch nicht alles abgetan, weil wir ohne Waffen und Losungswort im Hofe nicht fünfzig Schritte machen könnten, ohne auf eine Schildwache zu stoßen.«

»Nun«, antwortete Porthos, »so schlagen wir diese Schildwache nieder, und bemächtigen uns ihrer Waffen.«

»Ja, bevor sie aber ganz niedergemacht, wird sie einen Schrei oder wenigstens ein Ächzen ausstoßen, wonach der Wachtposten hervortreten wird; man wird uns umringen und wie Füchse fangen, uns, die wir Löwen sind.«

So stand es mit unseren Gefangenen, als Comminges eintrat, dem ein Sergeant und zwei Mann vorangingen, die das Abendessen in einem Korbe voll Schüsseln und Tellern brachten.

»Richtig, wieder Hammelfleisch!«, rief Porthos.

»Lieber Herr von Comminges,« sprach d'Artagnan, »wisset, dass mein Freund, Herr du Vallon, das Äußerste tun will, wenn Herr von Mazarin fortfährt, uns mit dieser Art Fleisch zu füttern.«

»Ich erkläre sogar, dass ich nichts anderes essen werde«, sagte Porthos, »wenn man das nicht fortschafft.«

»Tragt das Hammelfleisch wieder fort«, sagte Comminges, »ich will, dass Herr du Vallon auf angenehme Weise nachtmahle, umso mehr, da ich ihm eine Botschaft zu bringen habe, welche ihm, davon bin ich überzeugt, Appetit machen wird.«

»Ist etwa Herr von Mazarin gestorben?«, fragte Porthos.

»Nein, ich bedaure sogar, Euch sagen zu müssen, dass er sich recht wohl befindet.«

»Desto schlimmer,« entgegnete Porthos.

»Macht es Euch Freude, zu erfahren, dass sich der Herr Graf de la Fère wohl befindet?«, fragte Comminges. D'Artagnan riss seine kleinen Augen weit auf und rief:

»Ob mir das Freude macht? es würde mich derart freuen, dass ich glücklich wäre.«

»Nun denn, ich bin von ihm selbst beauftragt, Euch seinen Gruß zu überbringen, und zu melden, dass er gesund ist.« D'Artagnan wäre vor Entzücken fast aufgesprungen. Ein flüchtiger Blick übersetzte Porthos seinen Gedanken.

»Wenn Athos weiß wo wir sind,« sprach dieser Blick, «wenn er uns grüßen lässt, so wird Athos alsbald auch handeln.« Porthos war nicht sehr gewandt, Blicke zu verstehen, da er aber diesmal bei Athos' Namen denselben Eindruck empfunden hatte, so verstand er auch.

»Allein«, fragte der Gascogner schüchtern, »Ihr sagt, der Graf de la Fère beauftragte Euch mit einem Gruß für Herrn du Vallon und mich?«

»Ja, mein Herr.«

»Habt Ihr ihn gesehen?«

»Allerdings.«

»Wo das? ohne Unbescheidenheit.«

»Gar nicht weit von hier!« entgegnete Comminges lächelnd.

»Gar nicht weit von hier?« wiederholte d'Artagnan mit strahlenden Augen. »So nahe, dass, wären die Fenster nicht vermauert, welche nach der Orangerie gehen, Ihr ihn von der Stelle aus, wo Ihr eben steht, sehen könntet.« Er streicht da herum, dachte d'Artagnan, dann sprach er laut:

»Habt Ihr ihn vielleicht auf der Jagd getroffen – im Parke?«

»O nein; näher noch, viel näher. Seht dort, hinter jener Mauer,« sprach Comminges und klopfte an die Wand.

»Hinter jener Mauer? Was ist denn dort hinter der Mauer? Man brachte mich des Nachts hierher, und so weiß ich den Teufel, wo ich mich befinde.«

»Nun, so setzt eines voraus,« sprach Comminges.

»Ich will alles voraussetzen, was Ihr wollet.«

»Setzt voraus, es befindet sich an dieser Wand ein Fenster.«

»Nun?«

»Nun, so könntet Ihr von diesem Fenster aus den Herrn de la Fère an dem Seinigen erblicken.«

»Wohnt also de la Fère im Schlosse?«

»Ja.«

»Unter welchem Titel?«

»Ebenso wie Ihr,«

»Athos ist Gefangener?«

»Ihr wisst doch«, erwiderte Comminges lächelnd, »in Rueil gibt es keine Gefangenen, weil es da kein Gefängnis gibt.«

»Streiten wir nicht um Worte, mein Herr! Athos wurde also verhaftet?«

»Gestern in Saint Germain, als er von der Königin wegging.« Die Arme d'Artagnan's glitten schlaff an seiner Seite herab, als wäre er vom Blitze getroffen worden. Die Blässe ergoss sich wie eine weiße Wolke in sein Antlitz, verschwand aber sogleich wieder. »Gefangen!«, stammelte er.

»Gefangen!« wiederholte Porthos niedergeschlagen. Auf einmal richtete d'Artagnan den Kopf wieder empor, und man sah in seinen Augen einen Blitz zucken, den Porthos kaum bemerkt hätte. Dann folgte diesem flüchtigen Scheine die vorige Niedergeschlagenheit wieder.

Comminges, der zu d'Artagnan wirklich eine freundschaftliche Neigung gefasst hatte, und zwar seit jenem großen Dienste, den ihm dieser am Tage von Broussel's Verhaftung erzeigt hatte, wo er ihn den Händen der Pariser entriss, sprach zu ihm:

»Ha doch! weit entfernt, dass ich Euch eine traurige Botschaft überbringen wollte. Bei dem jetzigen Kriege ist unser ganzes Sein ungewiss. Lacht also über den Zufall, der Euren Freund und Euch näher bringt, statt dass Ihr untröstlich darüber seid.« Diese Aufforderung hatte aber keinen Einfluss auf d'Artagnan, er behielt seine traurige Miene.

»Was für eine Miene machte er denn?«, fragte Porthos, der die Gelegenheit nützen und sein Wort anbringen wollte, als er sah, dass d'Artagnan das Gespräch fallen ließ.

»Nun, eine recht gute Miene«, antwortete Comminges. »Anfangs zeigte er sich wohl ziemlich trostlos wie Ihr; als er jedoch erfuhr, dass ihm der Kardinal diesen Abend noch einen Besuch machen wollte ...«

»Ha!«, rief d'Artagnan, »der Herr Kardinal will dem Grafen de la Fère einen Besuch machen ...«

»Ja, er ließ es ihm melden, und als der Herr Graf de la Fère das hörte, gab er mir den Auftrag, Euch zu sagen, er wolle diese Gunst des Kardinals dazu nützen, für Eure Sache und für die Seinige zu reden.«

»O der liebe Graf!«, rief d'Artagnan.

»Eine hübsche Sache!«, murmelte Porthos,

»eine große Gunst! Bei Gott! der Graf de, la Fère, dessen Familie mit den Montmorencys und den Rohans verwandt ist, ist doch ebenbürtig mit Herrn von Mazarin!«

»Gleichviel,« entgegnete d'Artagnan in seinem plattesten Tone; »wenn man das in Erwägung zieht, lieber du Vallon, so ist es viel Ehre für den Herrn Grafen de la Fère, auch lässt sich viel Hoffnung dabei nähren. Ein Besuch – nach meiner Ansicht ist es selbst eine so große Ehre für einen Gefangenen, dass ich glaube, Herr von Comminges sei im Irrtume.«

»Wie? ich bin im Irrtume?«

»Herr von Mazarin wird wohl nicht den Grafen de la Fère besuchen, sondern der Herr Graf de la Fère wird zu Herrn von Mazarin berufen werden.«

»Nein, nein, nein!«, rief Comminges, der darauf hielt, dass man die Dinge in ihrer ganzen Genauigkeit herstelle. »Ich habe das, was der Herr Kardinal gesagt hat, ganz richtig verstanden. Er wird den Herrn Grafen de la Fère besuchen.« D'Artagnan war bemüht, von Porthos einen Blick aufzufangen, ob sein Freund die Wichtigkeit dieses Besuches einsehe, allein Porthos sah gar nicht nach dieser Seite hin.

»Es ist also eine Gewohnheit des Herrn Kardinals, dass er in seiner Orangerie spazieren geht?«, fragte d'Artagnan.

»Er schließt sich dort jeden Abend ein«, antwortete Comminges; »es scheint, dass er dort über die Staatsangelegenheiten nachdenke.«

»Dann fange ich an zu glauben,« versetzte d'Artagnan, dass Herr de la Fère von seiner Eminenz einen Besuch empfangen werde; überdies wird er sich sicher begleiten lassen.«

»Ja, von zwei Soldaten.« »Und so wird er vor zwei Fremden über Geschäfte sprechen?«

»Die Soldaten sind Schweizer aus kleinen Kantons und verstehen bloß Deutsch. Überdies werden sie wahrscheinlich an der Türe warten.« D'Artagnan grub seine Fingernägel in die Ballen seiner Hände, damit sein Gesicht keinen andern Ausdruck annehme, als den er ihm eben erlauben wollte, und sprach dann:

»Herr von Mazarin mag auf seiner Hut sein, bei dem Grafen de la Fère so allein einzutreten, da der Graf de la Fère wütend sein muss.« Comminges fing an zu lachen und fragte:

»Ha doch, man sollte wirklich meinen, Ihr wäret Menschenfresser; Herr de la Fère ist höflich und überdies hat er keine Waffen. Auf den ersten Ruf Seiner Eminenz würden die zwei Soldaten, die ihn stets begleiten, herbeistürzen.«

»Zwei Soldaten,« versetzte d'Artagnan, während er seine Erinnerungen zu sammeln schien, »zwei Soldaten; ja, also deshalb höre ich jeden Abend zwei Mann rufen, die ich oft eine halbe Stunde lang unter meinem Fenster auf- und niederschreiten sehe?«

»Ganz richtig, sie warten auf den Kardinal, oder Bernouin vielmehr, der sie ruft, wenn der Kardinal ausgeht.« »Hübsche Männer, meiner Treue,« sprach d'Artagnan. »Es ist das Regiment, welches bei Lens war, und das der Prinz dem Kardinal gab, um ihm Ehre zu erweisen.«

»O, mein Herr«, sagte d'Artagnan, um das lange Gespräch gleichsam in ein Wort zu fassen, »wenn sich nur Seine Eminenz erweichen lässt, und Herrn de la Fère unsere Befreiung zusteht.«

»Das wünschte ich von ganzem Herzen,« entgegnete Comminges. »Würdet Ihr es dann nicht ungebührlich finden, ihn zu erinnern, wenn er auf diesen Besuch vergessen sollte?«

»Ganz und gar nicht.«

»O, das beruhigt mich wieder ein bisschen.« Diese schlaue Wendung des Gespräches hätte jedem ein erhabenes Manöver geschienen, der in des Gascogners Herzen zu lesen verstand.

»Nun noch eine letzte Vergunst«, fuhr er fort, »ich bitte Euch, lieber Herr Comminges.«

»Ich bin ganz zu Euren Diensten, mein Herr.«

»Ihr werdet den Grafen de la Fère wiedersehen?«

»Morgen - früh.«

»Wollet Ihr ihm für mich einen guten Tag wünschen und ihm sagen, er möchte für mich um dieselbe Gunst nachsuchen, die er wird erlangt haben.«

»Ihr wünscht also, der Herr Kardinal möge hierher kommen?«

»Nein, ich kenne mich, ich verlange nicht so viel. Möge mir nur Seine Eminenz die Ehre erzeigen, mich anzuhören, mehr wünsche ich nicht.«

»O,« murrte Porthos kopfschüttelnd, »das hätte ich nie von ihm gedacht. Wie doch das Unglück einen Menschen erniedrigt.«

»Das soll geschehen,« versetzte Comminges. »Versichert auch den Grafen, dass es mir wohl gehe, und wie Ihr mich zwar traurig gesehen habt, doch ergeben in mein Schicksal.«

»Mein Herr, Ihr gefallt mir, wenn Ihr das sagt.«

»Sagt dasselbe auch für Herrn du Vallon.«

»Für mich? o nein,« rief Porthos; »ich bin ganz und gar nicht ergeben in mein Schicksal.«

»Doch werdet Ihr Euch darein ergeben, Freund.«

»Niemals!«

»Er wird sich darein ergeben, Herr von Comminges, ich kenne ihn besser, als er sich selbst kennt, und weiß von ihm tausend ausgezeichnete Eigenschaften, die ihm selbst unbewusst sind. Schweigt, lieber du Vallon, und ergebt Euch in Euer Los.«

»Gott befohlen, meine Herren,« sprach Comminges. »Gute Nacht!«

»Wir wollen dahin trachten.«

Comminges verneigte und entfernte sich. D'Artagnan folgte ihm mit den Augen in derselben demutsvollen Haltung und derselben ergebenen Miene. Doch kaum war die Türe hinter dem Gardekapitän wieder geschlossen, als er auf Porthos zurannte, und ihn mit einem Ausdruck von Freude umarmte, an dem man nicht irrewerden konnte.

»O, rief Porthos, o, was ists denn? armer Freund, werdet Ihr etwa verrückt?«

»Was es ist?« versetzte d'Artagnan; »dass wir gerettet sind.«

»Ich finde das ganz und gar nicht heraus,« entgegnete Porthos; im Gegenteil sehe ich, dass wir alle gefangen sitzen, Aramis ausgenommen, und dass sich unsere Aussicht auf Befreiung verringert hat, seit einer mehr in Mazarins Schlinge geraten ist.«

»Ganz und gar nicht, Porthos, mein Freund, diese Schlinge war zureichend für Zwei, wird aber für Drei zu schwach.«

»Ich verstehe Euch durchaus nicht.« erwiderte Porthos.

»Es ist auch nicht nötig,« sprach d'Artagnan; »setzen wir uns zu Tische, und sammeln wir Kräfte, die wir wohl in der Nacht brauchen werden.«

»Was wollen wir denn diese Nacht tun?«, fragte Porthos mehr und mehr gespannt.

»Wir werden wahrscheinlich reisen.«

»Doch ...«

»Setzen wir uns zu Tische, lieber Freund, die Gedanken kommen mir während des Essens. Habe ich nach dem Mahle meine Gedanken beisammen, will ich sie Euch mitteilen.

### Arm und Kopf

Das Mahl ging schweigsam, doch nicht traurig vorüber. »Nun?« sprach d'Artagnan nach einem kurzen Weilchen.

»Nun?« wiederholte Porthos. »Ihr habt also gesagt, lieber Freund ...«

»Ich? ich habe nichts gesagt.«

»Doch, Ihr sagtet ja, dass Ihr Lust hättet, von hier wegzugehen.«

»O ja! in dieser Hinsicht fehlt es mir nicht an Lust.«

»Ihr habt auch noch beigefügt, dass es sich, um hier wegzukommen, nur darum handelt, eine Eisenstange wegzureißen, oder eine Tür einzubrechen.«

»Das ist wahr, ich sagte das und wiederhole es sogar.«

»Und ich, Porthos, ich gab Euch zur Antwort: »Das wäre ein schlechtes Mittel, und wir würden nicht hundert Schritte weit kommen, ohne wieder gefangen und niedergehauen zu werden, ausgenommen wir hätten Kleider, um uns zu vermummen, und Waffen, um uns zu verteidigen.«

»Das ist wahr, wir hätten Kleider und Waffen nötig.«

»Nun, wir haben sie, Freund Porthos, und sogar noch etwas besseres,« entgegnete d'Artagnan und stand auf.

»Bah,« versetzte Porthos und blickte um sich.

»Sucht nicht, es ist umsonst, das alles wird zu rechter Zeit zu uns kommen. Um welche Stunde sahen wir gestern die zwei Schweizergarden auf- und abschreiten?«

»Ich glaube eine Stunde vor Anfang der Nacht.«

»Wenn sie heute aufziehen wie gestern, brauchen wir also keine Viertelstunde mehr auf sie zu warten.«

»Wir werden wirklich noch eine Viertelstunde zu warten haben.«

«Nicht wahr, Porthos, Ihr habt noch immer einen wackeren Arm?«

»So zwar, dass Ihr ohne allzugroße Anstrengung einen Reif aus dieser Zange und einen Pfropfzieher aus dieser Glutschaufel machen könntet?«

»Allerdings«, antwortete Porthos.

»Lasst sehen.« sprach d'Artagnan. Der Riese ergriff die zwei erwähnten Gegenstände und bewerkstelligte mit aller Leichtigkeit ohne alle ersichtliche Anstrengung die beiden Verwandlungen, welche sein Freund gewünscht hatte.

»Hier«, sagte er.

»Herrlich«, rief d'Artagnan; »in der Tat. Porthos, Ihr seid tüchtig.«

»Nun denn, Freund, geht an das Fenster, und gebraucht Eure Kraft, um eine Stange wegzubrechen. Halt, bis ich die Lampe verlösche.«

Porthos näherte sich dem Fenster, fasste eine Stange mit beiden Händen an, klammerte sich daran, und krümmte sie bogenförmig, wonach die zwei Enden aus den Fugen des Gesteins hervortraten, worin sie seit dreißig Jahren eingekittet waren.

»Ha doch mein Freund!«, rief d'Artagnan, »wie sehr auch der Kardinal ein Mann von Geist ist, so hätte er das doch nie zu tun vermocht.«

»Soll ich noch einige wegreißen?«, fragte Porthos.

»Nicht doch, diese wird genügen, da jetzt ein Mann hindurch kann.« Porthos versuchte es und streckte seinen Leib hinaus.

»Ha,« sprach er. »Das ist wirklich eine recht hübsche Öffnung. Nun streckt Euren Arm hinaus.«

»Wo?«

»Durch die Öffnung.«

»Warum?«

»Das werdet Ihr sogleich erfahren, steckt ihn nur hinaus.«

»Ich möchte aber nur begreifen,« sprach Porthos.

»Hört, lieber Freund, Ihr werdet mit zwei Worten vollkommen unterwiesen sein. Die Türe des Postens geht auf, wie Ihr seht.«

»Ja, das sehe ich.«

»Man wird die zwei Garden, welche Herrn von Mazarin begleiten, in unsern Hof schicken, über welchen derselbe nach seiner Orangerie geht.«

»Sie kommen dort heraus.«

»Wenn sie nur die Türe des Postens wieder verschließen; wohl, sie tun es.«

»Nun?«

»Still, sie könnten uns hören.«

»So werde ich nichts erfahren.«

»Doch, denn nach Maßgabe, als Ihr handelt, werdet Ihr auch begreifen.«

»Mir wäre indes lieber gewesen ...«

»Ihr werdet die Freude der Überraschung haben.«

»Halt, das ist wahr!«, rief Porthos.

»Stille!« Porthos blieb stumm und unbeweglich.

Die zwei Soldaten näherten sich wirklich der Seite des Fensters. In diesem Momente ging die Türe der Wachtstube wieder auf, und man rief einen der Soldaten zurück. Der Soldat verließ seinen Kameraden und ging wieder in die Wachtstube.

»Es geht also immer noch?«, fragte Porthos.

»Besser als je,« entgegnete d'Artagnan. »Nun hört: Ich will diesen Soldaten herbeirufen, und mit ihm plaudern, so wie ich es gestern mit einem seiner Kameraden getan. Erinnert Ihr Euch noch?«

»Ja, doch verstand ich kein Wort von dem, was er sagte.«

»Er hatte wirklich einen scharfen Akzent. Verliert aber kein Wort von dem, was ich Euch sagen werde, Porthos, denn alles kommt auf die Ausführung an.«

»Gut, die Ausführung ist meine starke Seite.«

»Das weiß ich, bei Gott! recht gut, darum zähle ich auch auf Euch.«

»Redet.«

»Ich will also den Soldaten herbeirufen und mit ihm plaudern.«

»Das habt Ihr schon gesagt.«

»Ich werde mich links wenden, sodass er Euch in dem Augenblicke, wo er auf die Bank steigt, zur Rechten kommen wird.«

»Wenn er aber nicht hinaufsteigt?«

»Er wird hinaufsteigen, da seid ruhig. In dem Momente nun, wo er auf die Bank steigt, streckt Ihr Euren furchtbaren Arm aus. und packt ihn am Kragen. Während Ihr ihn dann aufhebt, wie Tobias den Fisch bei den

Kiefern emporhob, zieht Ihr ihn herein in unser Zimmer und sorgt dafür, ihn ja fest genug zu drücken, um ihm das Schreien zu verleiden.«

»Ja,« versetzte Porthos. »wenn ich ihn aber erwürge?«

»So wäre das fürs Erste nur ein Schweizer weniger; allein ich hoffe, Ihr werdet ihn nicht erwürgen, sondern ganz sanft hier niederstellen, wo wir ihn knebeln und irgendwo anbinden wollen. Dann werden wir zu seiner Uniform und zu seinem Schwerte kommen.«

»Vortrefflich!«, rief Porthos, indem er d'Artagnan mit der größten Bewunderung anstarrte.

»Hm«, sagte der Gascogner.

»Ja«, fuhr Porthos fort, da er sich eines bessern besann, »doch Eine Uniform und Ein Schwert sind für Zwei nicht genug.«

»Nun, hat er denn nicht seinen Kameraden?«

»Richtig«, erwiderte Porthos. »Wenn ich also husten werde, so ist es Zeit, dass Ihr den Arm ausstreckt.«

»Gut.«

Die zwei Freunde stellten sich jeder auf den bezeichneten Posten, und wie sie standen, war Porthos ganz in der Ecke des Fensters verborgen.

»Guten Abend, Kamerad!«, rief d'Artagnan mit seiner sanftesten Stimme und im freundlichsten Tone.

»Guten Abend, mein Herr«, erwiderte der Soldat.

»Es ist eben nicht warm zum Spazierengehen,« bemerkte d'Artagnan.

»Brrrrroun,« machte der Soldat. »Ich denke, ein Glas Wein wäre Euch eben nicht unangenehm?«

»Ein Glas Wein, o, das wäre mir willkommen.«

»Der Fisch beißt an, der Fisch beißt an«, flüsterte d'Artagnan Porthos zu.

»Ich begreife,« entgegnete Porthos.

»Ich habe hier eine Flasche«, sagte d'Artagnan.

»Eine Flasche?«

»Ja.«

»Eine volle Flasche?«

»Ganz voll, und sie ist Euer, wenn Ihr sie auf meine Gesundheit leeren wollt.«

»O, mit Vergnügen!« entgegnete der Soldat und trat näher.

»Kommt und holt sie also, mein Freund,« sprach der Gascogner.

»Recht gern; ich glaube, es ist eine Bank hier.«

»Mein Gott, ja man sollte meinen, sie sei eigens dazu angebracht worden. Steigt hinauf... da, gut, so ists recht, mein Freund.« D'Artagnan hustete. In diesem Momente sank Porthos Arm nieder, seine stählerne Faust packte rasch wie der Blitz und fest wie eine Zange den Soldaten am Kragen, hob ihn mit der Gefahr, ihn zu schinden, durch die Öffnung an sich und legte ihn auf den Boden, wo ihm d'Artagnan nur so viel Zeit ließ, um wieder Atem zu holen, ihn sodann mit der Schärpe knebelte und hierauf mit der Schnelligkeit und Gewandtheit eines Mannes auszukleiden anfing, der sein Handwerk auf dem Schlachtfelde erlernt hat. Sonach trug man den geknebelten und gefesselten Soldaten an den Kamin, worin unsere Freunde das Feuer im Voraus ausgelöscht hatten.

»Da haben wir nun ein Schwert und einen Rock,« sprach Porthos.

»Diese nehme ich,« versetzte d'Artagnan; wollt Ihr einen andern Rock und ein anderes Schwert, so müsset Ihr Euer Kunststück wiederholen. Habt acht, ich sehe eben den zweiten Soldaten aus der Wachstube treten und sich nach unserer Seite wenden.«

»Ich halte es für unklug«, äußerte Porthos, »dasselbe Manöver wieder anzufangen, denn dasselbe Mittel, sagt man, gelingt nicht zweimal. Wenn ich ihn verfehle, wäre alles verloren. Ich will hinaufsteigen, und ihn in dem Momente packen, wo er es gar nicht ahnt, und ihn Euch ganz geknebelt heraufschieben.«

»Das ist besser,« entgegnete der Gascogner.

»Macht Euch also bereit,« sprach Porthos und ließ sich durch die Öffnung gleiten. Die Sache wurde so bewerkstelligt, wie es Porthos angegeben hatte. Der Riese verbarg sich auf seinem Wege, und als der Soldat an ihm vorüberkam, packte er ihn am Kragen, knebelte und schob ihn wie eine Mumie durch die ausgebrochenen Fensterstangen, durch die er hinter ihm einstieg. Man entkleidete den zweiten Soldaten, wie man es mit dem ersten getan, legte ihn auf ein Bett, befestigte ihn mit den Gurten, und da das Bettgestell von dickem Eichenholz und die Gurte doppelt waren, so war man über diesen ebenso wie über den andern beruhigt.

»Nun,« sprach d'Artagnan, »das geht ja vortrefflich. Versucht jetzt den Rock dieses Schlingels da, Porthos. Ich zweifle, dass er Euch passen wird; ist er Euch aber zu eng, so beängstigt Euch nicht. Das Wehrgehäng wird Euch genügen und vornehmlich der Hut mit den roten Federn.«

Der zweite Soldat war zufällig ein riesenhafter Schweizer, sodass mit Ausnahme einiger Stiche, welche in den Nähten krachten, alles aufs Beste an den Leib passte. Ein Weilchen hindurch hörte man nichts als das Rauschen von Tuch, da Porthos und d'Artagnan sich eilfertig anzogen. »Das ist nun geschehen,« sprachen beide zugleich.

»Was Euch betrifft, Kameraden,« fuhren sie fort, indem sie sich zu den zwei Soldaten wandten, »so wird Euch kein Leid geschehen, wenn Ihr hübsch ruhig seid; doch wenn Ihr Euch rührt, so seid Ihr des Todes!« Die Soldaten verhielten sich ganz stille. Sie erkannten es an Porthos Faust, dass die Sache mehr als ernstlich sei und es sich hier ganz und gar nicht um einen Scherz handle.

»Nun, Porthos«, sagte d'Artagnan, »nun wäre es Euch nicht unangenehm, zu verstehen?«

»Ja wohl.«

»Nun, wir steigen hinaus in den Hofraum.«

»Ja.«

»Wir vertreten die Stelle dieser zwei Schlingel.«

»Gut.«

»Wir schreiten auf und nieder.«

»Das wird uns behagen, weil es nicht warm ist.«

»In kurzem wird der Kammerdiener die Diensttuenden rufen wie gestern und vorgestern.«

»Werden wir dann antworten?«

»Nein, im Gegenteil, wir werden nicht antworten.«

»Wie es Euch gefällt; mir ist nicht darum zu tun, Antwort zu geben.«

»Somit antworten wir nicht, sondern drücken nur unsern Hut in das Gesicht und begleiten Seine Eminenz.«

»Wohin denn?«

»Wohin er gehen wird, zu Athos. Glaubt Ihr denn, es wird ihm nicht lieb sein, wenn er uns sieht?« »O«, rief Porthos. »oh, ich verstehe.« »Wartet noch mit dem Verwundern, Porthos; denn wahrlich, Ihr habt das Ende noch nicht«, erwiderte der Gascogner scherzend. »Was wird denn geschehen?«, fragte Porthos. »Folgt mir,« entgegnete d'Artagnan; »wer lebt, wird sehen.« Er schlüpfte durch die Öffnung und ließ sich sachte in den Hof gleiten. Porthos folgte ihm auf demselben Wege, wiewohl etwas mühevoller und weniger behänd. Man hörte, wie die zwei gebundenen

Soldaten im Zimmer vor Furcht zitterten. D'Artagnan und Porthos hatten den Boden kaum berührt, so ging eine Türe auf, und der Kammerdiener rief:»Zum Dienste!« Zugleich ging die Türe der Wachstube auf und eine Stimme rief:»La Brugère und du Barthois, geht!«»Mich dünkt, dass ich la Brugère heiße«, sagte d'Artagnan.«»Und ich du Barthois«, murmelte Porthos.»Wo seid Ihr denn?«, fragte der Kammerdiener, den das Licht der Augen dergestalt blendete, dass er ohne Zweifel unsere zwei Helden in der Finsternis nicht erkennen konnte.»Da sind wir,« entgegnete d'Artagnan, während er das Elsässer Französisch nachahmte. Dann fügte er zu Porthos umgewendet bei:»Herr du Vallon, was sagt denn Ihr dazu?«»Meiner Treue, ich sage, es ist recht schön, angenommen, dass das so fortgeht.

## Die Gefängnisse des Herrn von Mazarin

Die zwei improvisierten Soldaten schritten gravitätisch hinter dem Kammerdiener her; er schloss eine Türe der Vorhalle auf, dann eine zweite, welche zu einem Wartezimmer zu führen schien, und wies ihnen ein paar Schemel.»Der Wachbefehl ist ganz einfach,« sprach er zu ihnen, »lasst hier nur eine einzige Person eintreten, eine einzige, versteht wohl, nicht mehr. Dieser Person leistet in allem Gehorsam. Was die Rückkehr betrifft, so ist kein Irrtum möglich. Ihr wartet da, bis ich Euch ablöse.«

D'Artagnan war diesem Kammerdiener genau bekannt, denn es war Bernouin, der ihn seit sechs bis acht Monden wohl schon zehnmal bei dem Kardinal eingeführt hatte. Anstatt also zu antworten, war er bemüht, nur »ja« zu murmeln, und zwar nicht gascognisch, sondern so deutsch als möglich. Was Porthos betrifft, so forderte von ihm d'Artagnan und erhielt auch das Versprechen, in keinem Falle zu reden. Würde er aufs Äußerste getrieben, so war es ihm verstattet, das sprichwörtliche und schauerliche:»der Teufel!« zu sagen.

Bernouin ging fort und verschloss die Türe.»O«, rief Porthos, als er den Schlüssel im Schlosse drehen hörte, «hier scheint es Mode zu sein, die Leute einzusperren. Wie mich dünkt, haben wir nur das Gefängnis gewechselt; nur sind wir, statt dort Gefangene zu sein, dasselbe in der Orangerie, und ich weiß nicht, ob wir dabei etwas gewonnen haben.« Porthos, mein Freund,« sprach d'Artagnan leise,»zweifelt an der Vorsehung nicht und lasst mich überlegen und nachsinnen.«»So überlegt denn und sinnt nach,« versetzte Porthos misslaunig, da er sah, dass die Sache diese Wendung nahm, statt eine andere zu nehmen.»Wir sind achtzig Schritte weit gegangen und über sechs Stufen gestiegen; hier ist also, wie eben mein ausgezeichneter Freund Comminges gesagt hat, jener andere, dem unserigen gegenüberliegende Pavillon, den man mit dem Namen Pavillon der Orangerie bezeichnet. Der Graf de la Fère muss also nicht ferne sein, nur sind die Türen gesperrt.« »Das ist eine hübsche Schwierigkeit,« sprach Porthos, »und mit einem Drucke der Schultern ...« »Bei Gott! Porthos, mein Freund!« rief d'Artagnan, »verspart Eure Kraftanstrengung, oder sie hat nötigenfalls nicht mehr so ganz den Wert, den sie verdient;, hörtet Ihr denn nicht, es werde jemand hierherkommen?« »Allerdings.« »Nun, dieser Jemand wird uns die Türen aufschließen.« »Doch, mein Lieber,« entgegnete Porthos, »wenn uns dieser Jemand erkennt, und wenn er beim Erkennen zu schreien anfängt, so sind wir verloren; denn ich glaube doch nicht, dass Ihr die Absicht habt, mich diesen Mann totschlagen oder erwürgen zu lassen. Ein solches Verfahren wäre gut gegen die Engländer und Deutschen.« »O, Gott soll mich und Euch davor bewahren!« sprach d'Artagnan. »Der junge König würde uns vielleicht Dank wissen, allein die Königin könnte es uns nicht vergeben, und sie ist es, die wir schonen müssen; dann wäre es überdies unnötiges Blut – o, niemals, nein! ich habe meinen Plan. Lasst mich also gewähren, und wir werden lachen.« »Um so besser,« versetzte Porthos, »ich fühle hiezu das Bedürfnis.« »Stille«, flüsterte d'Artagnan, »da ist der angemeldete Jemand.« Man vernahm in der Vorhalle, das heißt im Vorgemache, ein leises Geräusch von Tritten. Die Türangeln knarrten und ein Mann in Kavalierkleidung, in einen braunen Mantel gehüllt, erschien mit einem breiten, über die Augen niedergeschlagenen Filzhute und einer Laterne in der Hand. Porthos drängte sich an die Wand, doch konnte er sich nicht dergestalt unsichtbar machen, dass ihn der Mann im Mantel nicht bemerkte; er reichte ihm seine Laterne und sprach: »Zünde die Lampe der Decke an.« Dann wandte er sich zu d'Artagnan und sagte: »Weißt Du die Ordre?« »Ja,« entgegnete der Gascogner. entschlossen, sich an die deutsche Sprache zu halten. »Tedesco«, murmelte der Kavalier, »va bene.« Er ging der Türe zu, welche jener gegenüberlag, durch die er eingetreten war, öffnete dieselbe und verschwand hinter ihr, nachdem er sie wieder abgesperrt hatte. »Nun«, fragte Porthos; »was tun wir jetzt?« »Jetzt wollen wir unsere Schultern gebrauchen, wenn die Türe versperrt ist, Freund Porthos. Alles zu seiner Zeit, und alles kommt demjenigen zu rechter Zeit, der zu warten weiß. Zuvor aber lasst uns diese Türe auf eine anständige Art verrammeln und dann diesem Kavalier folgen:« Die zwei Freunde schritten allsogleich ans Werk und verrammelten die Türe mit all' den Geräten, die sich im Saale vorfanden, ein Hindernis, welches den Eingang umso mehr verschloss, als die Türe nach innen aufging. »So,«

sprach d'Artagnan, »nun sind wir versichert, im Rücken nicht überrumpelt zu werden. Jetzt gehen wir vorwärts.« Man kam zu der Tür, durch welche Mazarin verschwunden war. Sie war versperrt; d'Artagnan versuchte es umsonst, sie zu öffnen. »Nun handelt es sich hier darum, Euren Achseldruck geltend zu machen«, sagte d'Artagnan. »Drückt, Freund Porthos doch sachte, ohne Lärm zu machen; drückt nichts ein, trennt bloß die Flügel, nichts weiter.« Porthos stemmte seine kräftige Schulter gegen eines der Fächer, das auch nachgab, und steckte seine Degenspitze zwischen den Riegel und den Schließhaken des Schlosses. Der gekrümmte Riegel wich zurück und die Türe ging auf. »Lasst uns eintreten,« sprach d'Artagnan. Sie traten ein; hinter einer Glaswand, beim Schein der mitten in der Galerie auf den Boden gestellten Laterne des Kardinals, erblickte man die Orangen- und Granatbäume des Schlosses Rueil in langen Reihen aufgestellt, die eine große Allee und zwei kleine Seitenalleen bildeten. »Kein Kardinal – bloß eine Lampe?«, rief d'Artagnan; »zum Teufel, wo ist er denn?« Als er nun einen der Seitenflügel untersuchte, nachdem er Porthos einen Wink gegeben, den andern zu durchspüren, bemerkte er auf einmal einen aus seiner Lage gerückten Kasten und an der Stelle desselben eine Öffnung. Zehn Männer hätten Mühe gehabt, diesen Kasten in Bewegung zu setzen, doch mittels eines Mechanismus drehte er sich auf dem Boden, auf dem er stand. Wie schon erwähnt, bemerkte d'Artagnan eine Öffnung an dieser Stelle, und darin die Stufen einer Wendeltreppe. Er winkte Porthos mit der Hand und zeigte ihm die Öffnung und die Wendeltreppe. Die zwei Männer blickten einander bestürzt an. »Wenn wir bloß Gold suchten,« sprach d'Artagnan. »so hätten wir es schon gefunden, und wären reich für immer.« »Wie so?« »Seht Ihr denn nicht ein, Porthos, dass ganz wahrscheinlich unten an dieser Treppe jener berühmte Schatz des Kardinals liegt, von dem so viel geredet wird, und dass wir bloß hinabzusteigen brauchten, eine Kiste zu leeren, den Kardinal darin einzuschließen und fortzugehen, das mitnehmend, was wir an Gold zu schleppen vermöchten; wenn wir dann diesen Kasten wieder an seinen Platz stellten, würde uns niemand von der Welt, nicht einmal der Kardinal, fragen, woher wir unsern Reichtum haben.« »Das wäre wohl ein hübscher Streich für Gemeine,« versetzte Porthos, der jedoch zweier Kavaliere unwürdig ist, wie mich dünkt.« »Das ist auch meine Ansicht,« entgegnete d'Artagnan: »Ich habe somit auch gesagt; wenn wir nur Gold suchten, allein wir wollen etwas anderes.«

In demselben Momente und wo d'Artagnan den Kopf nach dem Keller neigte, klang an sein Ohr ein metallischer und dumpfer Schall gleich dem eines goldgefüllten Beutels, der geschüttelt wird; er erbebte. Bald darauf schloss sich wieder eine Tür, und der erste Schimmer eines Lichtes ward an der Treppe sichtbar.

Mazarin hatte seine Lampe in der Orangerie gelassen, um Glauben zu machen, dass er spazieren ging. Allein er hatte eine Wachskerze, um seine geheimen Goldkisten zu untersuchen. »He!«, rief er auf italienisch, während er wieder langsam über die Stufen hinaufging und einen dickbäuchigen Säckel voll Realen untersuchte; »he, das reicht hin, um fünf Parlamentsräte und zwei Generale von Paris zu bezahlen. Auch ich bin ein großer Feldherr, nur führe ich den Krieg nach meiner Art.« D'Artagnan und Porthos lauerten sich jeder in eine Seitenallee hinter einen Kasten und warteten. Mazarin drückte an einer in der Wand verborgenen Feder, drei Schritte weit von d'Artagnan entfernt. Die Platte drehte sich und der Orangenbaum auf derselben nahm wieder seine Stelle. Nun löschte der Kardinal seine Kerze aus, steckte sie in die Tasche, nahm wieder seine Lampe und sprach: »Nun besuchen wir den Herrn de la Fère.« »Gut,« dachte d'Artagnan, »das ist unser Weg, wir gehen mitsammen.« Alle drei begaben sich auf den Weg; Herr von Mazarin ging in der mittleren Allee, Porthos und d'Artagnan in den Seitenalleen. Die beiden letzteren vermieden sorgsam den langen Lichtschein, den die Lampe des Kardinals bei jedem Schritte zwischen die Kästen streute. Dieser kam zu einer zweiten Glastür, ohne zu bemerken, dass man ihm folge, da der weiche Sand die Tritte seiner zwei Begleiter dämpfte. Hierauf wandte er sich links, bog in einen Korridor ein, den Porthos und d'Artagnan noch nicht wahrgenommen hatten, jedoch in dem Momente, wo er die Türe desselben aufschließen sollte, hielt er nachsinnend an. »Ah, diavolo!«, rief er; »ich vergaß auf Comminges Anempfehlung; ich muss die Soldaten mitnehmen und vor die Türe stellen, um diesen Teufelsmenschen nicht in die Hände zu geraten. Vorwärts!« Er wandte sich mit ungeduldiger Miene um, um wieder zurückzugehen. »Gnädiger Herr,« sprach d'Artagnan, den Fuß voran, den Hut in der Hand und freundlichem Gesichte, »o bemühen Sie sich nicht, wir folgten Eurer Eminenz Schritt für Schritt und sind nun hier.« »Ja, wir sind hier,« wiederholte Porthos. Mazarin wandte seine Augen voll Schrecken von dem Einen zu dem Andern, erkannte beide und lieh unter stöhnendem Entsetzen seine Laterne aus der Hand fallen. D'Artagnan hob sie wieder auf, sie war zum Glück im Fallen nicht erloschen. »O, wie unbedacht, gnädiger Herr«, sagte d'Artagnan; »hier kann man ohne Licht nicht gut gehen; Eure Eminenz könnte an einen Kasten stoßen, oder in eine Vertiefung stürzen.« »Herr d'Artagnan!« stammelte Mazarin, der sich von seiner

Überraschung nicht erholen konnte. »Ja, gnädigster Herr, ich bins, und ich habe die Ehre, Ihnen Herrn du Vallon vorzustellen, diesen meinen vortrefflichen Freund, für den sich Eure Eminenz früher so lebhaft zu interessieren so gütig waren,« D'Artagnan kehrte den Schein der Lampe nach Porthos erheitertem Antlitze, der nun zu begreifen anfing und darüber ganz stolz war. »Sie wollen zu Herrn de la Fère gehen,« fuhr d'Artagnan fort; »o gnädigster Herr, lassen Sie sich durchaus nicht abhalten. Zeigen Sie uns gefällig den Weg. und wir werden nachfolgen.« Mazarin kam allmählich wieder zur Fassung. »Meine Herren, seid Ihr schon lange in der Orangerie?«, fragte er mit zitternder Stimme, da er an den Besuch dachte, welchen er seinen Schätzen gemacht hatte. Porthos öffnete den Mund, um zu antworten, d'Artagnan warf ihm einen Wink zu, und Porthos stumm gebliebener Mund schloss sich allgemach wieder. »Gnädigster Herr,« sprach d'Artagnan, «wir kommen eben erst an.« Mazarin holte wieder Atem, er war nicht mehr für seinen Mammon, er war nur noch für sich selbst besorgt. Eine Art Lächeln schwebte über seine Lippen hin. »Wohlan,« sprach er, »Ihr habt mich in der Schlinge gefangen, meine Herren, und ich erkenne mich für besiegt. Nicht wahr, Ihr verlangt von mir Eure Freiheit? Ich will sie Euch geben.« »O gnädigster Herr,« entgegnete d'Artagnan, »Sie sind überaus gütevoll, doch unsere Freiheit haben wir bereits, und wir bäten recht gerne um etwas anderes.« »Ihr habt Eure Freiheit!«, rief Mazarin ganz erschreckt. »Sicher, und Sie, gnädiger Herr, haben dagegen die Ihrige verloren, und nun – gnädiger Herr, was wollen Sie, das ist so Kriegsbrauch – es handelt sich um die Auslösung.« Mazarin fühlte sich bis auf den Grund seines Herzens von Schauder durchweht. Sein durchdringender Blick heftete sich vergeblich auf des Gascogners höhnisches und auf Porthos gleichgültiges Antlitz. Beide standen in Schatten gehüllt, und die Sibylle von Cumä selber hätte in ihren Mienen nichts zu lesen vermocht. »Ich sollte meine Freiheit einlösen?« sprach Mazarin. »Ja, gnädigster Herr.« »Was soll sie denn kosten, Herr d'Artagnan?« »Bei Gott! gnädigster Herr, ich weiß das noch nicht. Wenn es Eure Eminenz gütigst erlaubt, so wollen wir deshalb den Grafen de la Fère befragen. Wolle demnach Eure Eminenz die Türe zu öffnen geruhen, die zu ihm führt, und in zehn Minuten werden wir im Reinen sein.« Mazarin erbebte. »Gnädigster Herr«, fuhr d'Artagnan fort, »Eure Eminenz sieht, wie sehr wir dabei den Anstand beobachten, indes müssen wir notgedrungen bemerken, dass wir keine Zeit zu verlieren haben; schließen Sie also gefälligst auf, gnädiger Herr, und erinnern Sie sich ein für alle Mal, dass bei der leisesten Bewegung, die Sie, zu entfliehen, machen würden, bei dem geringsten Schrei, den Sie ausstießen, Sie uns nicht gram werden dürften, wenn wir zu irgendeiner Gewalttätigkeit schritten, da wir uns in einer ganz eigenen Lage befinden.« »Seid unbesorgt, meine Herren«, erwiderte Mazarin, »ich werde nichts der Art versuchen, darauf gebe ich mein Ehrenwort.«

D'Artagnan winkte Porthos, dass er seine Wachsamkeit verdopple, dann wandte er sich wieder zu Mazarin und sprach: »Nun, gnädigster Herr, treten wir ein, wenn es gefällig ist.«

**Konferenzen.**

Mazarin ließ den Riegel einer Doppeltür springen, an deren Schwelle Athos schon ganz gewärtig stand, seinen hohen Besuch zu empfangen, den ihm Comminges angekündigt hatte. Als er Mazarin sah, verneigte er sich und sagte: »Eure Eminenz hätte nicht nötig gehabt, sich begleiten zu lassen; die Ehre, die mir zu Teil wird, ist zu groß, als dass ich sie vergesse.« »Lieber Graf,« entgegnete d'Artagnan, »Seine Eminenz hat uns auch ganz und gar nicht gewollt; ich und du Vallon bestanden vielleicht auf ungebührliche Weise darauf, da unser Verlangen, Euch zu sehen, so groß war.« Bei dieser Stimme, bei diesem höhnischen Tone, bei der so bekannten Miene, welche diese Stimme und diesen Ton begleitete, sprang Athos vor Überraschung in die Höhe und rief: »D'Artagnan! Porthos!« »In Person, lieber Freund.« »Was bedeutet das?«, fragte der Graf. »Das hat zu bedeuten«, erwiderte Mazarin, während er wie schon früher zu lächeln versuchte, sich aber im Lächeln in die Lippen biss, »das hat zu bedeuten, dass die Rollen gewechselt sind, denn statt, dass diese Herren meine Gefangenen sind, bin ich der Gefangene dieser Herren, sodass Ihr mich gezwungen seht, hier Gesetze anzunehmen, anstatt sie zu geben. Ich warne Euch aber, meine Herren, falls Ihr mich nicht etwa umbringt, wird Euer Sieg nur kurz sein; die Reihe wird Euch treffen, man wird kommen – –« »O gnädiger Herr,« fiel d'Artagnan ein, »keine Drohung, das ist ein schlimmes Beispiel. Wir sind doch mit Ew. Eminenz so sanft und liebreich. Ja, lasset uns alle üble Laune, allen Groll beiseitesetzen, und artig mitsammen reden.« »Mir ist nichts lieber als das, meine Herren,« versetzte Mazarin; »jedoch in dem Augenblicke, wo wir über mein Lösegeld unterhandeln, will ich nicht, dass Ihr Eure Lage für besser haltet, als sie ist; während Ihr mich in der Schlinge findet, seid Ihr mit mir in ihr gefangen. Wie wollet Ihr denn von da hinaus? Seht dort die Gitter und die Türen, seht, oder erratet vielmehr die Schildwachen, welche hinter diesen Gittern und Türen stehen, die Soldaten, welche die Höfe anfüllen, und lasst uns Vergleiche machen. Hört, ich will Euch beweisen, dass ich großherzig bin.« »Wohl«, dachte d'Artagnan, »halten wir uns wacker, denn er will uns einen Streich spielen.« »Ich habe Euch Eure Freiheit angeboten,« sprach der Kardinal, »ich biete sie Euch abermals an. Wollet Ihr sie? Ehe noch eine Stunde vergeht, wird man Euch entdecken und verhaften, oder Euch zwingen, mich zu töten, was ein hässliches Verbrechen wäre und ganz unwürdig so biederer Kavaliere, wie Ihr seid.« »Lasset Ihr mich aber frei abgehen«, fuhr Mazarin fort, »und nehmt dagegen Eure Freiheit – –« »Wie sollten wir unsere Freiheit annehmen,« fiel d'Artagnan ein, »da Sie uns dieselbe, wie Sie selber sagten, fünf Minuten darauf wieder nehmen könnten? Und,« fügte er hinzu, »so, wie ich Sie kenne, werden Sie uns dieselbe wieder nehmen.« »Nein, auf mein Ehrenwort – – Glaubt Ihr mir nicht?« »Ich glaube nicht – –« »Wohlan, auf mein Wort als Minister.« »Das sind Sie nicht mehr, gnädiger Herr, Sie sind Gefangener.« »So wahr ich Mazarin heiße, bin ichs, und werde es immer sein, wie ich hoffe, Herr d'Artagnan,« fuhr er fort. »Ihr habt viel Verstand, und es tut mir sehr leid, dass ich mich mit Euch entzweit habe.« »Gnädigster Herr «, söhnen wir uns aus, mir ist nichts lieber als das.« »Wohlan,« sprach Mazarin, »wenn ich Euch auf eine augenfällige, fühlbare Weise in Sicherheit setzte.« »O, das ist etwas anderes,« bemerkte Porthos. »Wie das?«, fragte Athos. »Ja wie?« wiederholte d'Artagnan. »Fürs Erste: Nehmt Ihr es an?« fragte der Kardinal. »Teilen Sie uns Ihren Plan mit, gnädiger Herr, und wir wollen sehen.« »Bedenket wohl, dass Ihr eingesperrt, dass Ihr gefangen seid.« »Sie wissen, gnädiger Herr, dass uns immer noch eine letzte Zuflucht bleibt.« »Welche denn?« »Mitsammen sterben.« Mazarin schauderte. dann sprach er. »Hört! am Ausgang dieses Korridors ist eine Türe, zu der ich den Schlüssel habe, und diese Türe führt in den Park. Geht fort mit diesem Schlüssel. Ihr seid behänd. Ihr seid stark. Ihr seid bewaffnet; wenn Ihr hundert Schritte weit von hier zur Linken wendet, so werdet Ihr die Mauer des Parkes sehen; klettert über dieselbe, und mit drei Sätzen seid Ihr auf der Heerstraße und seid frei. Nun kenne ich Euch aber zu gut, um zu wissen, dass das kein Hindernis für Eure Flucht ist, wenn Ihr angegriffen werdet.« »Ha, bei Gott, gnädiger Herr,« entgegnete d'Artagnan, »das gefällt mir, das nenne ich reden. Wo ist dieser Schlüssel, den Sie uns anzubieten so gütig sind?« »Hier ist er.« »O, gnädiger Herr,« sprach d'Artagnan, »Sie werden uns wohl selbst bis zu jener Türe führen?« »Recht gern, wenn das zu Eurer Beruhigung dient.« Mazarin. der nicht so wohlfeilen Kaufes davon zu kommen hoffte, ging freudig nach dem Korridor und öffnete die Türe. Sie führte allerdings in den Park, das bemerkten die drei Flüchtlinge schon an dem Nachtwinde, der sich im Korridor verfing, und ihnen den

Schnee in das Gesicht wehte. »Teufel, Teufel!«, rief d'Artagnan, »das ist eine garstige Nacht. Wir kennen die Örtlichkeit nicht und werden uns nicht zurechtfinden. Eure Eminenz hat schon so viel getan, und ist bis hierher gegangen – – o, gnädiger Herr, noch einige Schritte – – fuhren Sie uns doch bis zur Mauer.« »Es sei«, erwiderte der Kardinal. Er ging in gerader Linie und raschen Schrittes nach der Mauer, wo alle Vier in einem Augenblicke ankamen. »Seid Ihr nun zufrieden, meine Herren?«, fragte Mazarin. »Das will ich meinen; Pest! wir wären ja ungenügsam, wir drei armen Kavaliere, wenn wir uns mit einer solchen Ehre der Begleitung nicht begnügten. – – Jedoch, gnädiger Herr, Sie haben vordem bemerkt, dass wir behänd, stark und bewaffnet seien?« »Ja.« »Sie irren, denn nur ich und Herr du Vallon sind bewaffnet; der Herr de la Fère ist es nicht, und sollten wir etwa auf eine Runde stoßen, so müssten wir uns verteidigen können.« »Das ist nur allzu wahr.« »Wo werden wir aber ein Schwert hernehmen?«, fragte Porthos. »Der gnädige Herr wird dem Grafen das Seinige borgen, da er es nicht selber braucht«, sagte d'Artagnan. »Recht gern«, erwiderte der Kardinal, »ich möchte den Herrn Grafen sogar bitten, dass er es gefälligst als Andenken von mir behalten wolle.« »Ich denke, das ist artig, Graf,« sprach d'Artagnan. »Sonach gelobe ich auch dem gnädigen Herrn, dass ich mich nie von diesem Schwerte trennen werde.« »Nun, Athos,« sprach d'Artagnan, »steigt hinauf, und macht schnell.« Athos wurde von Porthos unterstützt, der ihn wie eine Feder aufhob, und erreichte die Höhe der Mauer. »Jetzt springt, Athos.« Athos sprang und verschwand auf der andern Seite der Mauer. »Seid Ihr auf dem Boden?«, fragte d'Artagnan. »Ja.« »Unversehrt?« »Ganz wohlbehalten« »Porthos, habt Acht aus den Herrn Kardinal, indes ich hinaufsteigen werde – nein, ich brauche Eure Hilfe nicht, ich werde ganz allein hinaufklettern. Habt nur Acht auf den Kardinal.« »Ich achte auf ihn, erwiderte Porthos; »nun?« »Ihr habt doch Recht, es ist schwerer, als ich dachte; leiht mir Euren Rücken, lasset aber den Herrn Kardinal nicht los.« »Ich lasse ihn nicht los.« Porthos bot d'Artagnan seinen Rücken, und dieser saß mittels dieser Stütze im Nu auf der Höhe der Mauer. Mazarin tat, als ob er lachte. »Seid Ihr oben?«, fragte Porthos. »Ja, mein Freund und nun – –« »Nun – was?« »Nun reicht mir den Herrn Kardinal, und wenn er den geringsten Schrei ausstößt, so erwürget ihn.« Mazarin wollte schreien, allein Porthos umklammerte ihn mit seinen zwei Händen, und hob ihn hinauf bis zu d'Artagnan, der ihn am Kragen anfasste und neben sich setzte. Dann sprach er in einem bedrohlichen Tone: »Mein Herr, springen Sie sogleich zu Herrn de la Fère hinab, oder ich töte Sie, auf Edelmannswort.« »Mein Herr, mein Herr«, stammelte Mazarin, »Ihr brecht Euer Wort.« »Ich?« »Wo habe ich etwas versprochen, gnädiger Herr?« Mazarin brach in ein Stöhnen aus und sagte: »Ihr seid frei durch mich, Eure Freiheit war mein Lösegeld«, »Allerdings, allein das Lösegeld jenes unermesslichen in der Orangerie verborgenen Schatzes, zu dem man hinabgelangt. wenn man eine geheime Feder in der Mauer drückt, durch die sich ein Kasten dreht, der im drehen eine Treppe zeigt – sollen wir davon nicht auch ein bisschen reden –? sagen Sie an, gnädigster Herr!« »Gott«, rief Mazarin fast erstickt und die Hände faltend. »Gott, ich bin ein verlorener Mann!« Ohne dass sich aber d'Artagnan an sein Wehklagen kehrte, fasste er ihn unter dem Arme, und ließ ihn sanft hinabgleiten in Athos Arme, der unten an der Mauer gewartet hatte, hierauf wandte sich d'Artagnan zu Porthos und sagte: »Ergreift meine Hand, ich halte mich an der Mauer fest.« Porthos gab sich einen Schwung, dass die Mauer zitterte und gelangte gleichfalls auf die Höhe. »Ich hatte Euch nicht recht begriffen,« sprach er, »allein jetzt begreife ich, das ist sehr unterhaltend.« »Findet Ihr das?«, fragte d'Artagnan. »Desto besser. Doch damit es bis ans Ende unterhaltend bleibe, lasst uns keine Zeit verlieren.« Er sprang von der Mauer hinab. Porthos tat desgleichen. »Meine Herren«, sagte d'Artagnan, »begleitet den Herrn Kardinal, ich will das Terrain untersuchen.« Der Gascogner zog sein Schwert und schritt voran. »Nach welcher Richtung müssen wir gehen, gnädiger Herr,« sprach er, »um zur Heerstraße zu gelangen? Überlegen Sie wohl, ehe Sie antworten, denn wenn sich Ew. Eminenz irrte, so könnte das nicht bloß für uns, sondern auch noch für Sie ernste Unannehmlichkeiten haben.« »Geht längs der Mauer fort, mein Herr,« entgegnete Mazarin, »da lauft Ihr nicht Gefahr, Euch zu verirren.« Die drei Freunde verdoppelten ihre Schritte; allein schon nach einer kurzen Strecke mussten sie ihren Gang mäßigen, da ihnen der Kardinal bei all' seinem guten Willen doch nicht zu folgen vermochte.

Auf einmal stieß d'Artagnan an etwas warmes, das sich bewegte. »Ha, ein Pferd«, rief er; »meine Herren, ich habe ein Pferd gefunden!« »Ich gleichfalls,« versetzte Athos. »Und auch ich,« sprach Porthos, welcher, getreu seiner Ordre, den Kardinal noch immer am Arme hielt. »Ha, das nenne ich einen Glücksfall!«, sagte d'Artagnan, »gerade in dem Augenblicke, wo sich Ew. Eminenz beklagte, zu Fuße gehen zu müssen ...« Allein in dem Momente, wo er dies sprach, senkte sich ein Pistolenlauf nach seiner Brust herab, und er hörte ernst die Worte rufen: »Nichts angerührt!« »Grimaud«, rief er aus, »Grimaud, was tust Du hier? schickt Dich etwa der Himmel hieher?« »Nein, gnädiger Herr«, antwortete der biedere Diener, »sondern Herr Aramis, der mir die Pferde zu hüten befahl.« »Ist also Aramis hier?« »Ja, gnädiger Herr, seit gestern.« »Und was tut Ihr?« »Wir haben Acht.« »Was, Aramis ist hier?«, wiederholte Athos. »Sein Posten war dort an der kleinen Pforte des Schlosses.« »Seid Ihr also zahlreich?« »Wir sind unser Sechzig.« »Gebt es ihm bekannt.« »Im Augenblicke, gnädiger Herr!« Da Grimaud der Meinung war, niemand würde den Auftrag so gut ausrichten wie er, so eilte er in vollem Laufe davon, indes die Freunde seelenvergnügt warteten, um sich wieder zu vereinigen. Es gab in der ganzen Gruppe nur Herrn von Mazarin, der in einer sehr üblen Stimmung war.

## Wo man zu glauben anfängt, Porthos werde Baron und d'Artagnan Kapitän werden.

Zehn Minuten darauf kam Aramis an, begleitet von Grimaud und von acht bis zehn Edelleuten. »Ihr seid also frei, Brüder, frei ohne meine Beihilfe, ich konnte also trotz all' meiner Bemühungen nichts für Euch tun?« »O, seid nicht trostlos, lieber Freund, aufgeschoben ist nicht aufgehoben; wenn Ihr nichts tun konntet, so werdet Ihr noch etwas tun können.« »Indes habe ich meine Maßregeln gut getroffen,« versetzte Aramis. »Ich habe sechzig Mann von dem Herrn Koadjutor bekommen, zwanzig bewachen die Mauern des Parkes, zwanzig die Straße von Rueil nach Saint-Germain, zwanzig sind verteilt im Forste. Auf diese Art und durch diese strategischen Anordnungen habe ich auch zwei Eilboten Mazarins an die Königin aufgefangen.« Mazarin horchte mit gespannten Ohren »Wie ich aber hoffe,« sagte d'Artagnan, «so habt Ihr sie biederer Weise an den Herrn Kardinal zurückgeschickt!« »Ja wohl,« entgegnete Aramis, »ich rechnete mir eine solche Rücksicht wahrlich nicht zur Ehre an. In der einen dieser Depeschen erklärt der Kardinal gegen die Königin, die Kassen seien leer, und Ihre Majestät habe kein Geld mehr; in der andern heißt es: Er wolle seine Gefangenen nach Melun bringen lassen, denn Rueil schiene ihm kein hinreichend sicherer Ort zu sein. Ihr begreift nun, lieber Freund, dass mir dieser letztere Brief gute Hoffnung erweckte. Ich legte mich mit meinen sechzig Mann in Hinterhalt, umstellte das Schloss, hielt Handpferde bereit, die ich dem schlauen Grimaud anvertraute, und harrte auf Euren Ausgang; ich rechnete darauf erst morgen früh und hoffte nicht, Euch ohne Gemetzel frei machen zu können. Ihr seid noch diesen Abend frei, ohne Kampf frei, desto besser! Wie habt Ihr es denn angestellt, um diesem Mazarin zu entwischen? Ihr hattet Euch gewiss sehr über ihn zu beklagen!« »Nicht allzu sehr«, erwiderte d'Artagnan. »Wirklich?« »Ich möchte sogar sagen, dass wir Ursache hatten, mit ihm zufrieden zu sein.« »Unmöglich!« »Und doch, in Wahrheit, wir sind frei durch ihn.« »Durch ihn?«»Ja, er ließ uns durch Bernouin, seinen Kammerdiener, in die Orangerie führen, von wo wir ihn bis zu dem Grafen de la Fère begleiteten. Nun bot er uns unsere Freiheit wieder an, was wir auch annahmen, und er trieb die Gefälligkeit so weit, dass er uns den Weg zeigte, und uns bis zur Parkmauer begleitete, über welche wir ganz glücklich stiegen und dann Grimaud begegneten.« »Ah, schön!«, rief Aramis,»das söhnt mich wieder aus mit ihm, und ich wünschte, dass er hier wäre, um ihm zu sagen, dass ich ihn einer so schönen Handlung gar nicht für fähig gehalten hätte.« »Gnädigster Herr,« sprach d'Artagnan, der sich nicht länger mehr beherrschen konnte,»erlauben Sie mir, Ihnen den Herrn Chevalier d'Herblay vorzustellen, der Ew. Eminenz, wie Sie selbst gehört, seine Komplimente ehrerbietig darzubringen wünscht.« Darauf zog er sich zurück und stellte den verlegenen Mazarin den verwirrten Blicken Aramis bloß. »O«, stammelte dieser, »o, der Kardinal? Eine schöne Beute! Holla, Freunde, holla! die Pferde, die Pferde!« Einige Reiter sprengten herbei. »Bei Gott,« sprach Aramis, »so bin ich denn doch zu etwas nützlich gewesen! Gnädigster Herr; geruhe Ew. Eminenz alle meine Ehrfurchtsbezeichnungen anzunehmen! Ich wette darauf, es war wieder dieser Christof von Porthos, der diesen Streich ausgeführt hat. – Halt, ich vergaß ...« Er gab einem der Reiter einen Auftrag. »Ich denke,« sprach d'Artagnan, »es wäre klug, aufzubrechen.« »Ja, doch ich erwarte jemand ... einen Freund von Athos,« »Einen Freund?« fragte der Graf. »Seht nur, dort sprengt er im Galopp durch das Gebüsch herbei.« »Herr Graf, Herr Graf!«, rief eine jugendliche Stimme, die Athos mit Leben erfüllte. »Rudolph, Rudolph!«, rief der Graf de la Fère. Der junge Mann vergaß einen Augenblick lang seine gewöhnliche Ehrerbietung und stürzte an den Hals seines Vaters. »Sehen Sie doch, Herr Kardinal, wäre es nicht schade gewesen, Menschen zu trennen, die sich so innig lieben, wie wir uns lieben? Meine Herren,« fuhr Aramis zu den Reitern gewendet fort, die jeden Augenblick zahlreicher herbeikamen, »umringt Seine Eminenz, um ihm Ehre zu erzeigen; er will uns die Gunst der Begleitung schenken, wofür Ihr gewiss dankbar sein werdet. Porthos, verliert ja Seine Eminenz nicht aus den Augen! –« Da trat Aramis zu d'Artagnan und Athos und hielt mit ihnen Rat. »Nun denn, auf den Weg!«, rief d'Artagnan nach fünf Minuten langer Beratung. »Wohin ziehen wir?«, fragte Porthos. »Zu Euch nach Pierrefonds, lieber Freund, Euer schönes Schloss ist würdig, Seiner Eminenz herrschaftliche Gastfreundschaft anzubieten; auch ist es trefflich gelegen, von Paris nicht zu nahe, nicht zu fern; es ließe sich von dort eine leichte Verbindung mit der Hauptstadt herstellen. Kommen Sie, gnädiger Herr, sie werden dort wie ein Fürst leben, der Sie auch sind.« »Ein gefallener Fürst,« entgegnete Mazarin kläglich. »Gnädigster Herr«, erwiderte Athos, »der Krieg hat seine Wechselfälle; seien Sie überzeugt, dass wir sie nicht missbrauchen werden.« »Nein,« versetzte d'Artagnan, »doch werden wir sie nützen.« Die Entführer ritten durch den Rest der Nacht mit jener unermüdlichen Schnelligkeit von ehemals, indem sie Mazarin mitten in diesem Phantomenlauf finster und tiefsinnig mit fortzogen.

Als der Morgen anbrach, hatte man bereits zwölf Stunden, ohne anzuhalten, zurückgelegt; die Hälfte der Eskorte war erschöpft, einige Pferde erlagen. »Die Pferde von heute taugen nicht so viel wie die von ehemals«, sagte Porthos; »Alles schlägt aus der Art.« »Ich habe Grimaud nach Dammartin geschickt«, sagte Aramis, »dass er fünf frische Pferde bringe, eines für Seine Eminenz, vier für uns; die Hauptsache ist, dass wir den gnädigen Herrn nicht verlassen; der übrige Teil der Eskorte kann später zu uns stoßen; haben wir einmal Saint-Denis im Rücken, so steht nichts mehr zu besorgen.«

Grimaud brachte wirklich fünf Pferde zurück. Da der Edelmann, an welchen er sich wandte, ein Freund von Porthos war, so beeilte er sich, ihm dieselben anzubieten, aber nicht zu verkaufen, wie man ihm vorgeschlagen hatte. Nach Verlauf von zehn Minuten blieb die Eskorte in Ermenonville zurück, allein die vier Freunde ritten mit erneuter Hast fort und nahmen Mazarin mit sich. Um die Mittagsstunde erreichte man die Allee von Porthos' Schloss. »Ha«, rief Mousqueton, der neben d'Artagnan ritt und auf dem ganzen Wege keine Silbe gesprochen hatte, »ha, Sie mögen mir glauben oder nicht, gnädiger Herr, aber seit meiner Abreise von Pierrefonds atme ich jetzt zum ersten Male wieder.« Darauf setzte er sein Pferd in Galopp, um den andern Dienstleuten die Ankunft des Herrn du Vallon und seiner Freunde zu melden. »Wir sind unser vier,« sprach d'Artagnan zu seinen Freunden, »wir wollen abwechseln in der Bewachung des gnädigen Herrn und jeder von uns hat drei Stunden lang die Obhut zu versehen. Athos wird das Schloss untersuchen, welches für den Fall einer Belagerung uneinnehmbar gemacht werden muss; Porthos wird Sorge tragen für den Mundvorrat und Aramis für den Einzug der Besatzungen, das heißt: Athos sei der Ingenieur en chef, Porthos der Generalproviantmeister und Aramis der Platzgouverneur.« Inzwischen wurde Mazarin das schönste Zimmer im Schlosse eingeräumt. »Meine Herren,« sprach er, als dieses geschehen war, »wie ich voraussetze, ist es nicht Eure Absicht, mich hier lange inkognito zu behalten.« »Nein, gnädiger Herr; wir wollen es im Gegenteil schnell bekannt geben, dass wir Ew. Eminenz hier haben.« »So wird man Euch belagern.« »Darauf rechnen wir.« »Und was wollet Ihr tun?« »Wir wollen uns« verteidigen. Auch werden wir es jetzt nicht nötig haben, so heldenmütig zu sein; morgen wird das Pariser Heer Kunde haben, und übermorgen wird es hier eintreffen. Statt, dass nun die Schlacht bei Saint-Denis oder Charenton geliefert wird, wird sie also bei Compiègne oder Villers-Cotterets stattfinden.« »Der Prinz wird Euch schlagen, wie er es immer getan.« »Das ist nicht unmöglich, gnädiger Herr, doch vor der Schlacht werden wir Ew. Eminenz sich auf ein anderes Schloss unseres Freundes du Vallon zurückziehen lassen, da er drei besitzt, wie dieses ist. Wir wollen Ew. Eminenz nicht den Zufällen des Krieges aussetzen.« »Ha doch,« sprach Mazarin, »ich sehe, dass ich werde kapitulieren müssen.« »Vor der Belagerung?« »Ja, vielleicht sind da die Bedingungen besser.« »O, gnädiger Herr, Sie werden sehen, wie billig wir in Hinsicht der Bedingnisse sind.« »Sagt also, worin Eure Bedingnisse bestehen.« »Ruhen Sie fürs erste aus, gnädigster Herr, dann wollen wir darüber nachdenken.« »Ich brauche mich nicht auszuruhen, meine Herren, ich brauche nur zu wissen, ob ich in den Händen von Freunden oder Feinden bin.« »Unter Freunden, gnädigster Herr, unter Freunden.« »Nun denn, so sagt mir auf der Stelle, was Ihr wollet, auf dass ich sehe, ob wir einen Vergleich schließen können. Redet, Herr Graf de la Fère.« »Gnädiger Herr,« entgegnete Athos, »für mich habe ich nichts zu fordern, aber viel für Frankreich. Sonach begebe ich mit meiner Stimme, und überlasse dem Herrn Chevalier d'Herblay das Wort.« Athos verneigte sich, trat einen Schritt zurück und blieb als bloßer Zuseher bei der Unterhandlung am Kamin stehen.

»Redet also, Herr Chevalier d'Herblay,« sprach der Kardinal. »Was verlangt Ihr? Keine Umwege, keine Zweideutigkeit. Fasset Euch klar, kurz und bestimmt.« »Ja, gnädiger Herr, ich will offenes Spiel spielen.« »Eröffnet also Euer Spiel.« »Ich trage das Programm der Bedingnisse in meiner Tasche, welche Ihnen vorgestern die Deputation, zu der ich gehörte, in Saint-Germain auferlegt hat. Halten wir fürs erste die alten Rechte in Ehren; die Forderungen in diesem Programm werden zugestanden werden.« »Wir waren über diese hier fast einverstanden«, sagte Mazarin, »gehen wir also zu den Privat-Bedingnissen über.« »Sie glauben somit, es werde deren geben?«, fragte Aramis. »Ich denke, dass Ihr nicht alle so uneigennützig sein werdet, wie der Herr Graf de la Fère«, sagte Mazarin, während er sich zu Athos wandte und sich vor ihm verbeugte. »Was verlangt Ihr also, mein Herr, außer den allgemeinen Bedingnissen, auf welche wir zurückkommen werden?« »Ich verlange, gnädigster Herr, dass man der Frau von Longoueville die Normandie nebst gänzlicher Lossprechung und 500 000 Livres gebe. Ich verlange, dass Se. Majestät der König geruhe, der Pate des Sohnes zu sein, von dem sie genesen ist, und dann, dass der gnädige Herr nach Verrichtung der Taufe abgehe, um unserem Heiligen Vater, dem Papste, seine Huldigung darzubringen.« »Das will sagen: Ich soll mein Amt als Minister niederlegen, Frankreich verlassen und mich verbannen?« Mazarin machte ein verdrießliches Gesicht, das sich nicht beschreiben lässt. «Und was verlangt Ihr» mein Herr?« fragte er d'Artagnan. «Ich, gnädigster Herr», antwortete der Gascogner, »ich bin durchaus derselben Ansicht wie der Herr Chevalier d'Herblay, nur weiche ich in Bezug auf den letzten Artikel ganz von ihm ab. Weit entfernt, dass ich wünschte, der gnädige Herr sollte Frankreich verlassen, will ich vielmehr, dass Sie in Paris bleiben, und zwar als erster Minister, da Ew. Eminenz ein starker Politiker ist. Ich will sogar, soviel ich vermag, trachten, dass Sie über die ganze Fronde obsiegen, jedoch unter der Bedingung, dass Sie sich ein bisschen an die getreuen Diener des Königs erinnern, und dass Sie die erste Kompanie der Musketiere jemanden übergeben, den ich bezeichnen werde ... Und Ihr, du Vallon?« »Ja, sprecht auch Ihr Euch aus«, sagte Mazarin. »Ich«, erwiderte Porthos, »ich wünschte, dass der Herr Kardinal, um mein Haus zu ehren, welches ihm ein Asyl gewährt, zum Andenken an dieses Ereignis geruhen wolle, meine Herrschaft zur Baronie zu erheben mit der Zusage des Ordens für einen meiner Freunde bei der ersten Ernennung, welche Seine Majestät vornehmen wird.« »Ihr wisst wohl, mein Herr, dass man die Ahnenprobe ablegen müsse, um den Orden zu bekommen.« »Dieser Freund wird sie auch ablegen. Wäre es überdies erforderlich, so würde ihm der gnädigste Herr sagen, wie sich diese Förmlichkeit umgehen lässt.« Mazarin biss sich in die Lippen, der Streich war geradezu, und er gab ziemlich trocken zur Antwort: »Wie mich dünkt, meine Herren, so will sich das alles nicht wohl zusammenfügen, denn während ich die einen zufriedenstelle, muss ich notwendig die anderen unzufrieden machen. Wenn ich in Paris bleibe, kann ich nicht nach Rom reisen; wenn ich Papst werde, kann ich nicht Minister bleiben, und wenn ich nicht Minister bin, so kann ich Herrn d'Artagnan nicht zum Kapitän und Herrn du Vallon nicht zum Baron machen.« »Das ist richtig.« entgegnete Aramis, »und da ich die Minorität bilde, so nehme ich meinen Vorschlag in der Beziehung zurück, was die Reise nach Rom und die Entlassung des gnädigen Herrn anbelangt.« »Ich bleibe also Minister?«, fragte Mazarin. »Sie bleiben Minister; über das, gnädiger Herr, sind wir einig,« versetzte d'Artagnan, »da Frankreich Ihrer bedarf.« »Ich stehe von meinen Forderungen ab,« begann Aramis wieder, »und Se. Eminenz wird erster Minister und sogar Günstling Ihrer Majestät bleiben, wenn

Sie uns das zugestehen wollen, was wir für Frankreich und für uns in Anspruch nehmen.«»Meine Herren,« sprach Mazarin, »befasst Euch nur mit Euch und lasst Frankreich nach seinem Gutdünken sich mit mir vergleichen.« »O nein«, erwiderte Aramis, «die Frondeurs müssen einen Vertrag haben; Ew. Eminenz wird so gütig sein, denselben in unserem Beisein abzufassen und zu unterschreiben und sich verbindlich machen, die Genehmigung dieses Vertrages von der Königin zu erwirken.«»Ich kann bloß für mich stehen, aber nicht auch für die Königin,« entgegnete Mazarin. »Und wenn sich Ihre Majestät weigert?«»Gnädigster Herr,« sprach Aramis, »sehen Sie hier den von den Frondeurs beantragten Vertrag; wolle ihn Ew. Eminenz gefälligst lesen und prüfen.« »Ich kenne ihn.«»Also unterfertigen Sie ihn.«»Bedenken Sie, meine Herren, dass eine Unterschrift unter den obwaltenden Umständen so betrachtet werden könnte, als wäre sie mit Gewalt erzwungen worden.«»Ew. Eminenz wird da sein, um zu bezeugen, dass sie freiwillig gegeben wurde.« »Wenn ich mich aber zuletzt dennoch weigere?«»O, gnädiger Herr«, bemerkte d'Artagnan, »Ew. Eminenz würde sich dann die Folgen der Weigerung selbst zuzuschreiben haben.«»Wagtet Ihr etwa die Hand an mich zu legen?«»Gnädiger Herr, Sie legten sie doch an Musketiere Ihrer Majestät.«»Die Königin wird mich rächen, meine Herren.«»Das glaube ich nicht, wiewohl ihr hiezu vielleicht die Lust nicht fehlen möchte; wir wollen aber mit Ew. Eminenz nach Paris gehen, und die Pariser sind Leute, die uns in Schutz nehmen.«»Das ist garstig«, murmelte Mazarin. »Unterfertigen Sie also den Vertrag«, sagte Aramis. »Aber wenn ich ihn auch unterschreibe und die Königin sich weigert, ihn anzunehmen?«»So nehme ich es auf mich, zu der Königin zu gehen und ihre Zustimmung zu erwirken.«»Seid auf Eurer Hut,« entgegnete Mazarin, »in Saint-Germain nicht so empfangen zu werden, als Ihr berechtigt zu sein glaubt.«»Ei was«, erwiderte d'Artagnan, »ich will mich so betragen, dass ich willkommen bin; ich weiß ein Mittel.«»Welches?«»Ich will Ihrer Majestät den Brief überbringen, worin ihr Euer Gnaden die gänzliche Erschöpfung der Finanzen anzeigt.«»Und dann?«, fragte Mazarin erblassend. »Wenn ich dann Ihre Majestät in der größten Verlegenheit sehe, will ich sie nach Rueil führen, will sie in die Orangerie geleiten und ihr eine gewisse Feder zeigen, wodurch sich ein Kasten in Bewegung setzt.« »Genug, mein Herr, genug«, stammelte der Kardinal; »wo ist der Vertrag?«»Da ist er,« sprach Uranus. »Sie sehen, wie wir großmütig sind«, sagte d'Artagnan, »indem wir mit einem solchen Geheimnis gar viel ausrichten könnten.«»Unterfertigen Sie also,« mahnte Aramis und hielt ihm die Feder hin.

Mazarin stand auf, ging ein Weilchen mehr tiefsinnig, als niederge-schlagen auf und ab, blieb dann plötzlich stehen und sagte: »Wenn ich werde unterschrieben haben, meine Herren, was wird dann meine Bürg-schaft sein?« »Mein Ehrenwort, gnädiger Herr,« entgegnete Athos. Ma-zarin erbebte, wandte sich hierauf zu de la Fère, prüfte einen Augenblick dieses edle und biedere Gesicht, nahm dann die Feder und sprach: »Herr Graf, das genügt mir« – und er unterschrieb. »Nun, Herr d'Artagnan,« fuhr er fort, »macht Euch bereit, nach Saint-Germain zu gehen, und überbringt einen Brief von mir an die Königin.«

### Wie man etwas mit einer Feder und einer Drohung viel schneller und besser ausrichtet, als mit dem Schwerte und der Ergebenheit.

D'Artagnan wusste aus der Mythologie, die er wohl kannte, dass die Gelegenheit nur ein einziges Haarbüschel habe, bei dem man sie ergrei-fen kann, und er war nicht der Mann, der sie vorüberschlüpfen ließ, oh-ne sie beim Schopfe zu fassen. Er entwarf sich ein schnelles und sicheres Reisesystem, indem er frische Pferde nach Chantilly vorausschickte, wo-nach er in fünf bis sechs Stunden in Saint-Germain eintreffen konnte. Ehe er aber aufbrach, bedachte er noch, es wäre für einen Mann von Ver-stand und Erfahrung doch seltsam, auf das Ungewisse loszugehen und das Gewisse hinter sich zu lassen. Er suchte Aramis und sprach dann zu ihm: »Mein lieber Chevalier d'Herblay, Ihr seid die eingefleischte Fron-de. Trauet also Athos nicht, da er die Angelegenheit von niemandem, nicht einmal seine eigenen, besorgen will. Insonderheit trauet Porthos nicht, welcher dem Grafen zuliebe, den er wie eine Gottheit auf Erden ansieht, ihm helfen wird, Mazarin entwischen zu lassen, wenn nur Ma-zarin so klug ist, zu weinen oder sich ritterlich zu zeigen.« Aramis lä-chelte mit seinem schlauen und zugleich entschlossenen Lächeln. »Fürchtet nichts,« sprach er, »ich habe meine Bedingnisse zu machen. Ich bin nicht tätig für mich, sondern für andere, und mein bisschen Ehrgeiz muss denen, welchen er gilt, Vorteile beringen.« »Gut«, dachte d'Artag-nan, »von dieser Seite bin ich beruhigt.« Er drückte Aramis die Hand, suchte Porthos auf und sprach zu ihm: »Freund, Ihr habt mit mir so viel gearbeitet, um unser Glück zu gründen, dass es in dem Momente, wo wir auf dem Punkte stehen, die Frucht unserer Mühen zu ernten, von Euch ein lächerlicher Blödsinn wäre, wenn Ihr Euch von Aramis beherr-schen ließet, dessen Verschmitztheit Ihr wohl kennet, eine Verschmitzt-heit, welche, wir dürfen das unter uns sagen, nicht immer frei von Ego-ismus; oder von Athos, einem zwar edlen und uneigennützigen, aber gleichfalls abgestumpften Manne, welcher, weil er für sich selbst nichts mehr wünscht, nicht begreifen kann, dass andere noch Wünsche haben könnten. Was würdet Ihr denn sagen, wenn Euch der eine oder der andere unserer Freunde den Vorschlag machte, Mazarin entfliehen zu lassen?«»Nun, ich würde sagen, dass es uns allzu viel Mühe gekostet hat, ihn zu fangen, als dass wir ihn loslassen sollten.« »Bravo, Porthos, und Ihr hättet ganz Recht, denn mit ihm würdet Ihr Eure Baronie aus der Hand gleiten lassen, zu geschweigen, dass Euch Mazarin, wäre er einmal fort, aufhängen ließe.« »Bah, Ihr glaubt das?« »Ich bin davon überzeugt.« »So würde ich ihn eher töten, als entwischen lassen.« »Und Ihr hättet ganz recht; denn Ihr werdet begreifen, als wir unsere Angelegenheiten zu besorgen dachten, handelte es sich nicht darum, die der Fronde zu besorgen, welche überdies die politischen Fragen nicht so verstehen, wie wir alte Soldaten.« »Seid außer aller Furcht, lieber Freund,« versetzte Porthos, »ich sehe Euch durch das Fenster zu Pferde steigen und folge Euch mit den Augen, bis Ihr entschwunden seid, sodann kehre ich zurück und setze mich vor die Türe des Kardinals, eine Glastüre, welche in das Zimmer führt. Von dort aus kann ich alles bemerken und bei dem geringsten verdächtigen Anzeichen töte ich ihn.« »Bravo«, dachte d'Artagnan; »von dieser Seite, denke ich, wird der Kardinal gut behütet sein.« Er drückte dem Herrn von Pierrefonds die Hand, suchte Athos auf und sprach zu ihm:»Lieber Athos, ich reise jetzt ab, und habe Euch nur eines noch zu sagen: Ihr kennet die Königin Anna; die Gefangenschaft des Herrn von Mazarin ist die einzige Bürgschaft für mein Leben; wenn Ihr ihn frei lasset, so bin ich des Todes.« »Es war für mich nichts weniger als eine solche Rücksicht nötig, lieber d'Artagnan, um mich zu bestimmen, den Kerkermeister zu machen. Ich verbürge Euch mein Wort, dass Ihr den Kardinal da, wo Ihr ihn verlasset, auch wieder finden werdet.« »Das beruhigt mich mehr als alle Unterschriften von der Welt«, dachte d'Artagnan.»Nun kann ich abreisen, da ich Athos' Wort habe.«

D'Artagnan begab sich wirklich auf den Weg, allein, ohne eine andere Bedeckung als sein Schwert, und mit einem einzigen Schreiben Mazarins, ihn durchzulassen, bis er zur Königin gelange. Sechs Stunden nach seiner Abreise von Pierrefonds befand er sich schon in Saint-Germain.

Das Verschwinden Mazarins war noch nicht bekannt; die Königin Anna wusste allein darum und verbarg ihren Vertrautesten ihren Kummer. Man hatte in d'Artagnans und Porthos' Zimmer die zwei gefesselten und geknebelten Soldaten wieder gefunden, und gab ihnen auf der Stelle den Gebrauch der Glieder und der Sprache wieder, allein sie konnten nichts weiter sagen, als das, was sie wussten, wie sie nämlich ergriffen, gebunden und entkleidet worden waren. Was aber d'Artagnan und Porthos taten, nachdem sie da hinausgestiegen, wo die Soldaten hineingekommen waren, darüber waren sie ebenso unwissend wie alle anderen Schlossbewohner. Nur Bernouin wusste hierüber ein bisschen mehr als die anderen. Als Bernouin seinen Herrn nicht zurückkommen sah und Mitternacht schlagen hörte, unternahm er es, in die Orangerie zu dringen.» Die erste mit Geräten verrammelte Türe erregte in ihm schon einigen Verdacht; doch wollte er diesen Verdacht noch niemandem mitteilen und bahnte sich einen Durchgang durch all dieses Zeug. Hierauf gelangte er in den Korridor und fand da alle Türen geöffnet. Ebenso verhielt es sich mit der Türe vor Athos' Zimmer und jener des Parkes. Als er dort ankam, war es ihm ein leichtes, den Fußspuren auf dem Schnee zu folgen. Er sah, dass diese Tritte an der Mauer endeten; auf der andern Seite fand er wieder dieselben Fußstapfen; dann die Huftritte der Pferde, dann die Spuren einer ganzen Reiterschar, die sich in der Richtung von Enghien hinzogen. Da blieb ihm denn kein Zweifel mehr übrig, dass der Kardinal von den drei Gefangenen entführt worden sei, da die drei Gefangenen mit ihm entschwunden waren, und so eilte er nach Saint-Germain, um der Königin dieses Verschwinden zu melden.

Die Königin Anna hatte ihm Stillschweigen aufgetragen, und Bernouin leistete gewissenhaft Folge; nun ließ sie den Prinzen kommen, und teilte ihm alles mit, und der Prinz schickte sogleich fünf- bis sechshundert Reiter mit dem Befehle aus, die ganze Umgebung zu durchsuchen, und jede verdächtige Truppe, die sich in was immer für einer Richtung von Rueil entfernte, nach Saint-Germain zurückzuführen. Da aber d'Artagnan keine Truppe bildete, sondern allein war, da er sich nicht von Rueil entfernte, sondern nach Saint-Germain ging, so achtete seiner niemand, und seine Reise blieb ganz ungestört. Als unser Botschafter in den Hofraum des alten Schlosses hineinritt, war die erste Person, die er erblickte, Meister Bernouin selber, der an der Schwelle stand und Nachrichten über seinen verschwundenen Herrn erwartete. Bei d'Artagnans Anblick, der in den Ehrenhof ritt, rieb sich Bernouin die Augen und meinte, sich zu irren; allein d'Artagnan gab ihm mit dem Kopfe einen freundschaftlichen Wink, stieg ab, warf den Zügel seines Pferdes dem Arme eines vorbeigehenden Dieners zu, schritt zu dem Kammerdiener hin und begrüßte ihn mit lächelndem Munde. »Herr d'Artagnan,« rief dieser aus, wie jemand, der einen schweren Traum hat, und im Schlafe spricht, »Herr d'Artagnan.« »Ich bin es, Herr Bernouin!« »Und was wollen Sie hier tun?« »Nachrichten von Herrn von Mazarin überbringen, und zwar die neuesten.« »Was ist denn aus ihm geworden?« »Es geht ihm so wie mir und Euch.« »Ist ihm also nichts Widerwärtiges begegnet?« »Ganz und gar nichts; er fühlte nur die Luft zu einem Ausfluge nach Isle-de-France und ersuchte uns, den Herrn Grafen de la Fère, Herrn du Vallon und mich, ihn zu begleiten. Wir waren zu sehr seine Diener, um eine solche Bitte abzuschlagen. Gestern abends brachen wir auf, und hier bin ich jetzt.« »Hier sind Sie!« »Seine Eminenz hat Ihrer Majestät etwas Geheimes und Vertrauliches mitzuteilen, und da diese Sendung nur einem zuverlässigen Manne anvertraut werden konnte, so schickte er mich nach Saint-Germain. Wollet Ihr also etwas tun, lieber Herr Bernouin, was Eurem Gebieter angenehm ist, so meldet Ihrer Majestät, dass ich angekommen sei und sagt ihr, zu welchem Ende.« Ob er nun ernstlich gesprochen, oder ob das, was er sagte, nur ein Scherz gewesen, so machte doch Bernouin, da d'Artagnan augenscheinlich unter den gegenwärtigen Umständen der einzige Mann war, der die Königin Anna von ihrem Kummer befreien konnte, gar keine Schwierigkeit, ihr diese seltsame Sendung zu melden, und die Königin gab ihm, wie er vorausgesehen, den Befehl, Herrn d'Artagnan sogleich einzuführen. D'Artagnan näherte sich seiner Souveränin mit allen Zeichen tiefster Ehrerbietung. Drei Schritte von ihr entfernt setzte er ein Knie auf den Boden und überreichte ihr den Brief. Wie schon erwähnt, war dieser Brief ein einfaches, halb ein Einführungs-, halb ein Beglaubigungsschreiben. Die Königin las es, erkannte genau die Handschrift des Kardinals, wiewohl es eine bebende Hand verriet, und da ihr der Brief nichts von dem meldete, was vorgefallen war, so fragte sie ihn um die näheren Umstände. D'Artagnan erzählte ihr alles mit jener offenen und einfachen Miene, die er sich unter gewissen Umständen so gut zu geben verstand. »Wie, mein Herr«, rief die Königin, entglüht vor Entrüstung, als d'Artagnan seine Erzählung beendigt hatte, »Ihr wagt es mir Euer Verbrechen einzugestehen, mir Euren Verrat mitzuteilen?« »Um Vergebung, Madame! Es dünkt mich aber, dass ich mich entweder falsch ausgedrückt, oder dass mich Ihre Majestät falsch verstanden hat; hierbei gibt es weder ein Verbrechen noch einen Verrat. Herr von Mazarin hielt uns, mich und Herrn du Vallon, gefangen, weil wir es nicht glauben konnten, dass er uns nach England schickte, um ganz ruhig König Karl I., dem Schwager des seligen Königs, Ihres Gemahls, dem Gatten der Königin Henriette, Ihrer Schwester und Gattin, den Kopf abschlagen zu sehen, und dass wir alles getan haben, was wir konnten, um das Leben des königlichen Märtyrers zu retten. Somit waren ich und mein Freund überzeugt, dass da irgendein Irrtum obwalte, dessen Opfer wir wären, und dass es zwischen uns und seiner Eminenz zu einer Erklärung kommen müsse. Damit nun aber eine Erklärung ihre Früchte trüge, müsse sie ruhig, fern von Geräusch und von Unberufenen geschehen. Demgemäß haben wir den Herrn Kardinal auf das Schloss meines Freundes gebracht, und dort haben wir uns erklärt. Nun denn, Madame, was wir vorausgesehen, ist wahr gewesen. Herr von Mazarin war der Meinung, wir hätten dem General Cromwell gedient, statt dem Könige Karl, was eine Schmach gewesen wäre, die von uns auf ihn und von ihm auf Ihre Majestät hätte fallen müssen; eine Ruchlosigkeit, welche das Königtum Ihres erlauchten Sohnes bis ins Mark hinein würde gebrandmarkt haben. Wir lieferten ihm jedoch den Beweis vom Gegenteil und sind bereit, diesen Beweis Ihrer Majestät selbst zu liefern mit Berufung auf die erhabene Witwe, welche im Louvre weint, wo sie Ihre königliche Freigebigkeit bewirtet. Dieser Beweis stellte ihn derart zufrieden, dass er mich, wie es Ihre Majestät sieht, abgeschickt hat, um über die Schadloshaltungen zu sprechen, die natürlicherweise Edelleuten gebühren, welche falsch beurteilt und mit Unrecht verfolgt worden sind.« »Ich höre Euch mit Bewunderung an,« versetzte die Königin Anna. »In der Tat, ich sah noch selten solch' eine Unverschämtheit!« »Ha doch«, erwiderte d'Artagnan, »nun irrt sich auch Ihre Majestät über unsere Gesinnungen, wie es Herr von Mazarin getan hat.« »Ihr seid im Irrtum, mein Herr,« sprach die Königin, und ich irre mich so wenig, dass Ihr in zehn Minuten verhaftet sein werdet und ich an der Spitze eines Heeres zur Befreiung meines Ministers ausziehen werde.« »Ich bin versichert,« entgegnete d'Artagnan, »Ihre Majestät werde eine solche Unvorsichtigkeit nicht begehen, weil sie fürs erste nutzlos wäre und dann die gefährlichsten Folgen haben könnte. Der Herr Kardinal wäre tot, ehe er noch befreit würde, und Seine Eminenz ist von der Wahrheit dessen, was ich da sage, so sehr überzeugt, dass er mich für den Fall, als ich Ihre Majestät in dieser Stimmung sehen sollte, gebeten hat, alles zu tun, was ich nur vermag, um Sie von diesem Vorhaben abzubringen.« »Wohlan, so will ich nichts weiter tun, als Euch verhaften lassen.« »Auch das nicht, Madame, denn der Fall meiner Verhaftung ist ebenso gut vorausgesehen als jener der Befreiung des Kardinals. Wenn ich morgen bis zu einer bestimmten Stunde nicht zurückgekehrt sein werde, so wird man übermorgen den Herrn Kardinal nach Paris führen.« »Mein Herr, man sieht es wohl, wie Ihr in Eurer Stellung fern von den Menschen und den Ereignissen lebt, indem Ihr sonst wissen würdet, dass der Herr Kardinal schon fünf- bis sechsmal in Paris war, seit wir es verlassen haben, dass er Herrn von Beaufort, Herrn von Bouillon, den Herrn Koadjutor und Herrn von Elboeuf gesehen, und dass nicht einer daran gedacht hat, ihn verhaften zu lassen.« »Um Vergebung, Madame, ich weiß das alles; meine Freunde werden somit auch den Herrn Kardinal weder zu Herrn Beaufort noch zu Herrn von Bouillon noch zu dem Koadjutor noch zu Herrn von Elboeuf führen, da diese Herren nur für ihre eigene Rechnung Krieg führen, und der Herr Kardinal leicht mit ihnen fertig würde, wenn er ihnen das zugesteht, was sie verlangen; sondern vor das Parlament, welches sich wohl sicher im Einzelnen erkaufen lässt, das aber Herr von Mazarin bei all seinem Reichtum nicht ganz erkaufen könnte.« »Mich dünkt,« sprach die Königin Anna, während sie ihren Blick, der verächtlich bei einer Frau und schrecklich bei einer Königin wurde, auf d'Artagnan heftete, »mich dünkt, dass Ihr der Mutter Eures Königs drohet!« »Madame«, erwiderte d'Artagnan, »ich drohe, weil man mich dazu nötigt. Ich erhebe mich, weil ich bis zur Höhe der Ereignisse und der Personen hinaufreichen muss. Doch glauben Sie nur eines, Madame, das ebenso wahr ist, als es noch ein Herz gibt, das in dieser Brust für Sie schlägt, glauben Sie, dass Sie der beständige Abgott unseres Lebens waren, welches wir – mein Gott, Sie wissen es wohl – zwanzigmal für Ihre Majestät eingesetzt haben. O, Madame, sagen Sie nun, sollte denn Ihre Majestät kein Mitleid mit Ihren Dienern fühlen, die seit zwanzig Jahren kümmerlich in der Dunkelheit gelebt, ohne dass sie in einem einzigen Seufzer die heiligen und feierlichen Geheimnisse entschlüpfen ließen, die sie, mit Ihnen zu teilen, so glücklich waren? Würdigen Sie mich eines Blickes, Madame, mich, der zu Ihnen spricht, mich, den Ihre Majestät beschuldigt, dass ich die Stimme erhebe und einen drohenden Ton annehme? Wer bin ich? Ein armer Offizier, ohne Vermögen, ohne Obdach, ohne Zukunft, wenn der Blick der Königin, den ich so lange gesucht, nicht einen Moment auf mir ruht. Betrachten Sie den Herrn Grafen de la Fère, ein Vorbild des Adels, eine Blume der Ritterschaft, er nahm Partei gegen seine Königin – nicht doch, er nahm vielmehr Partei gegen ihren Minister, und wie ich glaube, macht dieser keine Ansprüche. Sehen Sie endlich, Herrn du Vallon, dieses getreue Herz, diesen ehernen Arm, er erwartet schon seit zwanzig Jahren ein Wort aus Ihrem Munde, das ihn durch das Wappen zu dem macht, was er durch Gesinnung und Tapferkeit ist. Blicken Sie endlich auf Ihr Volk, das Sie liebt und doch leidend ist; das Sie lieben, das aber nichtsdestoweniger hungert; das nichts lieber will, als Sie segnen, das Sie aber doch . . Nein, ich habe Unrecht. Ihr Volk wird Sie niemals verwünschen, Madame. Nun denn, Madame, sprechen Sie ein Wort, und alles ist abgetan, der Friede folgt dem Kriege, die Freude den Tränen, der Jubel dem Jammer!«

Die Königin Anna betrachtete mit einem großen Erstaunen das kriegerische Antlitz d'Artagnans, auf dem sich ein ungewöhnlicher Ausdruck von Rührung lesen ließ. »Warum«, fragte sie. »habt Ihr nicht alles das gesagt, ehe Ihr gehandelt?« »Madame,« entgegnete d'Artagnan, »weil es sich darum handelte, Ihrer Majestät Eines zu beweisen, woran Sie, wie mich dünkt, gezweifelt hat, dass wir nämlich noch einige Tapferkeit besitzen, und billig einige Beachtung verdienen.« »Und Eure Tapferkeit würde vor nichts zurückweichen, wie ich bemerke,« sprach die Königin. »Sie wich in der Vergangenheit vor nichts zurück,« entgegnete d´Artagnan, »was sollte sie weniger in der Zukunft tun?« »Und würde im Falle der Weigerung und folglich im Falle des Kampfes, die Tapferkeit so weit gehen, mich selbst in Mitte meines Hofes zu entführen, um mich der Fronde auszuliefern, wie Ihr es mit meinem Minister tun wolltet?« »Daran haben wir gar nie gedacht, Madame«, erwiderte der Gascogner mit jener gascognischen Prahlsucht, die bei ihm nichts als Treuherzigkeit war; »hätten wir es aber unter uns vier beschlossen, so würden wir es sicher ausführen.« »Ich sollte das wohl wissen«, murmelte die Königin Anna, »sie sind ja Männer von Eisen.« »Madame«, begann d'Artagnan wieder, »das beweise mir leider, dass Ihre Majestät erst von heute an eine richtige Ansicht hat.« »Gut,« versetzte Anna, »wenn ich aber diese Ansicht am Ende habe ...« »So würde uns Ihre Majestät Gerechtigkeit widerfahren lassen und uns sonach nicht mehr wie gewöhnliche Menschen behandeln. Sie würde in mir einen Botschafter erblicken, der würdig ist, mit Ihnen, seinem Auftrage gemäß, hohe Interessen zu besprechen.« »Wo ist dieser Auftrag?« »Hier ist er.« Die Königin richtete ihre Augen auf den Vertrag, den ihr d´Artagnan reichte. »Ich sehe hierin nur die allgemeinen Bedingnisse,« sprach sie. »Es befinden sich darin nur die Interessen des Herrn von Conti, des Herrn von Beaufort, des Herrn von Bouillon, des Herrn von Elboeuf und des Herrn Koadjutors – wo sind aber die Eurigen?« »Wir lassen uns damit, dass wir unsern Rang einnehmen, Gerechtigkeit widerfahren! Wir dachten, dass unsere Namen nicht würdig wären, neben diesen erhabenen Namen zu stehen.« »Ihr habt aber, wie mich dünkt, nicht darauf Verzicht geleistet, mir Eure Ansprüche mündlich vorzutragen?« »Madame, ich halte Sie für eine große und mächtige Königin und glaube, es wäre Ihrer Größe und Macht unwürdig, die Tapferen nicht auf gebührende Art zu belohnen, die Seine Eminenz nach Saint-Germain zurückbringen werden.« »Das will ich eben,« versetzte die Königin; »sagt an, redet.« »Derjenige, welcher die Angelegenheit verhandelt, muss nach meiner Ansicht zum Kommandanten der Garden, zum Kapitän der Musketiere ernannt werden, damit die Belohnung nicht unter der Höhe Ihrer Majestät bleibe.« »Es ist also der Platz des Herrn von Tréville, den Ihr von mir verlangt?« »Der Platz ist erledigt, und seit einem Jahre, Madame, als ihn Herr von Tréville niedergelegt hat, ist er nicht wieder besetzt worden.« »Das ist aber im Hofhalte des Königs eine der ersten militärischen Stellen.« »Herr von Tréville war ein einfacher gascognischer Junker, wie ich, und bekleidete dieses Amt zwanzig Jahre lang.« »Mein Herr,« versetzte die Königin, »Ihr wisst auf alles Antwort zu geben.« Darauf nahm sie vom Schreibtische ein Dekret, füllte es aus und unterschrieb es. »Madame,« sprach d'Artagnan, während er das Dekret nahm und sich verneigte, »das ist wahrhaft eine schöne und großherzige Belohnung, allein die irdischen Dinge sind voll Unbeständigkeit, und ein Mann, der bei Ihrer Majestät in Ungnade käme, würde morgen diese Stelle verlieren.« »Was anders?« entgegnete die Königin und errötete, dass sie von diesem Geiste durchblickt ward, der ebenso scharfsinnig war als der Ihrige. »Hunderttausend Taler für diesen armen Kapitän der Musketiere, an dem Tage zahlbar, wo seine Dienste Ihrer Majestät nicht mehr genehm sein sollten.« Anna zögerte. »Und wenn man erwägt«, begann d'Artagnan wieder, »dass die Pariser unlängst durch einen Parlamentsbeschluss demjenigen sechsmalhunderttausend Livres anboten, der ihnen den Kardinal tot oder lebendig ausliefern würde –« »Nun, das ist billig,« fiel die Königin ein, »da Ihr von einer Königin nur den sechsten Teil von dem begehrt, was das Parlament angeboten hat.« Sie unterfertigte eine Zusage von hunderttausend Talern und sagte: »Dann?« »Madame, mein Freund du Vallon ist reich, und hat folglich an Glücksgütern nichts zu wünschen; allein ich glaube, mich zu erinnern, es sei zwischen ihm und Mazarin die Rede gewesen, seine Herrschaft zur Baronie zu erheben.« »Ein Schlucker,« versetzte die Königin; »man wird darüber lachen.« »Wohl möglich«, erwiderte d'Artagnan, »allein ich bin überzeugt, dass diejenigen, welche in seiner Gegenwart lachen, nicht zweimal lachen werden.« »So mag es denn sein mit der Baronie,« sprach die Königin Anna und unterzeichnete. »Nun bleibt noch der Chevalier d'Herblay.« »Was will er?« »Dass der König geruhen wolle, bei dem Sohne der Frau von Longueville Patenstelle zu vertreten.« Die Königin lächelte. »Madame«, bemerkte d'Artagnan, »Herr von Longueville ist von königlicher Abkunft.« »Ja,« sprach die Königin – »jedoch sein Sohn?« »Sein Sohn – Madame, er muss von ihr sein, da der Gemahl seiner Mutter von ihr ist.« »Und verlangt Euer Freund nichts weiter für Frau von Longueville?« »Nein, Madame, da er voraussetzt, dass der König, indem sich Seine Majestät herablässt, der Pate ihres Kindes zu werden, der Mutter kein geringeres Taufgeschenk machen kann, als 500.000 Livres und dabei, wohlverstanden, dem Vater die Statthalterschaft der Normandie zugesteht.« »Was die Statthalterschaft der Normandie betrifft, so glaube ich mich verbindlich machen zu können,« entgegnete die Königin, »was jedoch die 500.000 Livres anbelangt, so sagt mir der Kardinal ohne Unterlass, dass in der Staatskasse kein Geld mehr sei.«»Wir wollen es mitsammen suchen, Madame, wenn es Ihre Majestät genehmigt, und werden es gewiss finden.« »Was dann?« »Dann Madame ...« ».Ja.« »Das ist alles.« »Habt Ihr denn nicht einen vierten Genossen?« »Wohl, Madame, den Grafen de la Fère.« »Was wünscht er?« »Er verlangt nichts.« »Nichts?« »Nein!« »Gibt es denn auf Erden einen Menschen, der nicht fordert, wo er doch könnte?« »Es gibt den Grafen de la Fère, Madame.« »Seid Ihr zufriedengestellt, mein Herr?« »Ja, Ihre Majestät. Allein es liegt noch etwas vor, das die Königin nicht unterfertigt hat.« »Was?« »Das Allerwichtigste.« »Die Zustimmung zu dem Vertrage?« »Ja.« »Wozu das? Ich werde den Vertrag morgen unterschreiben.« »Es gibt eines, was ich ihrer Majestät versichern zu dürfen glaube,« sprach d'Artagnan, »wenn nämlich Ihre Majestät den Vertrag nicht noch heute unterfertigt, so wird hiezu später keine Zeit mehr sein. Geruhe demnach Ihre Majestät, ich bitte inständigst, unter dieses Programm, das ganz von der Hand des Herrn von Mazarin geschrieben ist, zu setzen: »Ich genehmige den von den Parisern vorgeschlagenen Vertrag.« Anna war gefangen, sie konnte nicht mehr zurückweichen, sie unterschrieb.

D'Artagnan kniete nieder und sagte: »Madame, geruhen Sie, den unglücklichen Edelmann anzublicken, der zu Ihren Füßen liegt; er bittet Ihre Majestät, zu glauben, dass ihm auf Ihren Wink alles möglich wird. Er setzt Vertrauen in sich selbst, er setzt Vertrauen in seine Freunde, er will auch Vertrauen in seine Königin setzen, und zum Beweise, dass er nichts fürchtet und auch nichts achtet, wird er Ihrer Majestät Herrn von Mazarin ohne Bedingung zurückführen. Nehmen Sie, Madame, hier sind die geheiligten Unterschriften Ihrer Majestät; wenn Sie glauben, sie mir zurückstellen zu müssen, so werden Sie es tun; von diesem Augenblicke an aber sind Sie zu nichts mehr verpflichtet.«

Hier übergab d'Artagnan, immer noch kniend und mit einem von Stolz und männlicher Kühnheit flammenden Blicke, der Königin Anna alle die Papiere, die er ihr mit so viel Mühe der Reihe nach entrissen hatte. »Madame«, erwiderte d'Artagnan, »vor zwanzig Jahren – ich habe ein gutes Gedächtnis – hatte ich die Ehre, hinter dem Türvorhange des Rathauses eine dieser schönen Hände zu küssen.«

»Hier ist die andere!«, rief die Königin, »und damit die Linke nicht weniger freigebig sei als die Rechte« – sie zog einen Diamant vom Finger der dem ersten ungefähr gleich war –, »nehmt und bewahrt diesen Ring zu meinem Andenken.«

»Madame«, stammelte d'Artagnan, indem er aufstand, »ich habe nur noch einen Wunsch, dass nämlich das erste, was Sie von mir fordern, mein Leben sei.« Und mit jener Bewegung, die nur ihm eigen war, richtete er sich wieder auf und verließ das Zimmer.

Fünfzehn Stunden darauf führten d'Artagnan und Porthos Mazarin wieder der Königin zu, wo der eine sein Dekret als Kapitän-Leutnant, der andere sein Baron-Diplom erhielt. »Seid Ihr jetzt zufrieden?«, fragte die Königin. D'Artagnan machte eine Verbeugung; Porthos drehte sein Diplom zwischen den Fingern und heftete die Augen auf Mazarin. »Was ist es denn noch weiter?«, fragte der Minister. »Was es ist, gnädiger Herr? Dass von einer Zusicherung zum Ritter des Ordens bei der ersten Ernennung die Rede war. »Für wen also?«, fragte Mazarin. »Für meinen Freund, den Grafen de la Fere.« »O, für ihn,« rief die Königin, »das ist etwas anderes, die Proben sind abgelegt.« »Er wird es bekommen?« »Er hat es.«

Noch an demselben Tage ward der Vergleich mit Paris unterfertigt und überall bekannt gemacht, dass sich der Kardinal seit drei Tagen eingesperrt hätte, um ihn mit desto größerer Obsorge auszuarbeiten.

### Schluss

Als Porthos und Aramis nach Hause kamen, fanden sie einen Brief von Athos, worin er sie für den folgenden Morgen in das Gasthaus zu »Karl dem Großen« zu kommen bat. Beide begaben sich schon frühzeitig zu Bette, doch schlief weder der eine noch der andere. Man erreicht das Ziel all' seiner Wünsche nicht, ohne dass es nicht, wenn man dahin gelangt ist, diesen Einfluss hätte, dass es wenigstens den Schlaf der ersten Nacht verscheuchte. Am nächsten Morgen gingen beide zur festgesetzten Stunde zu Athos. Sie trafen den Grafen und auch Aramis im Reiseanzuge. »Ha!«, rief Porthos, »reisen wir also ab? Auch ich habe diesen Morgen meine Sachen eingepackt.« »Ah, mein Gott, ja!« entgegnete Aramis; »in Paris ist nichts mehr zu tun, da es keine Fronde mehr gibt. Frau von Longueville hat mich eingeladen, einige Zeit in der Normandie zuzubringen und ihr in Rouen eine Wohnung einrichten zu lassen, indes ihr Sohn getauft wird. Ich gehe, um diesem Auftrage nachzukommen, und gibt es dann nichts Neues, so kehre ich zurück, um mich wieder in Noisy-le-Sec zu begraben.« »Und ich,« versetzte Athos, »ich kehre zurück nach Bragelonne. Ihr wisst es, lieber d'Artagnan, dass ich nur noch ein guter und braver Landwirt bin. Rudolf besitzt kein anderes Vermögen, als das Meinige; das arme Kind! sonach muss ich darüber wachen, indem ich gewissermaßen nur ein Namenborger bin.« »Und was macht Ihr aus Rudolf?« »Freund, ich überlasse ihn Euch. Man wird in Flandern Krieg führen, nehmt ihn mit Euch. Ich bin besorgt, der Aufenthalt in Bois dürfte ihm den jungen Kopf verrücken. Nehmt ihn mit und lehrt ihn, tapfer und bieder sein, wie Ihr.« »Und ich,« versetze d'Artagnan, «da ich Euch nicht mehr haben werde, Athos, so werde ich doch wenigstens diesen lieben Blondkopf haben, und indem Türe ganze Seele wieder in ihm auflebt, Athos, so will ich, wiewohl er nur ein Kind ist, stets glauben, Ihr seid bei mir, mich begleitend und unterstützend.« Die vier Freunde umarmten sich mit Tränen im Auge. Hierauf schieden sie, ohne zu wissen, ob sie sich je wieder sehen würden.

D'Artagnan ging mit Porthos in die Gasse Tiquetonne zurück. »D'Artagnan, hört,« sprach Porthos, »legt das Schwert zur Seite und kommt mit mir nach Pierrefonds, nach Bracieux oder nach du Vallon; wir werden mitsammen altern und uns von unseren Gefährten unterhalten.« »O nein«, erwiderte d'Artagnan. »Pest, man wird den Feldzug eröffnen und ich will dabei sein, da ich etwas zu gewinnen hoffe.« »Was hofft Ihr, denn zu werden?« »Bei Gott! Marschall von Frankreich.« »Ah, ah!«, rief Porthos, d'Artagnan anstarrend, an dessen Gascognaden er sich nie ganz gewöhnen konnte. »Geht mit mir, Porthos, ich werde Euch zum Herzog machen.« »Nein«, antwortete Porthos, »Mouston will nicht mehr ins Feld rücken, überdies veranstaltet man mir auf meiner Herrschaft zum Ärger aller Nachbarn einen feierlichen Einzug.« «Darauf weiß ich nichts zu entgegnen«, sagte d'Artagnan, der die Eitelkeit des neuen Barons kannte. »Also auf Wiedersehen, Freund!« »Auf Wiedersehen, lieber Kapitän!« sprach Porthos. »Ihr wisset, dass Ihr stets willkommen seid, wenn Ihr mich auf meiner Baronie besuchen wollet.« »Ja, ich will nach meiner Zurückkunft aus dem Felde dahin kommen.« »Das Reisegepäck des Herrn Barons ist bereit!«, rief Mousqueton. Die zwei Freunde drückten sich die Hand und schieden. D'Artagnan blieb an der Türe stehen und blickte Porthos, als er wegging, schwermütig nach. D'Artagnan blieb einen Moment regungslos und gedankenvoll, dann wandte er sich und sah die schone Magdalena, welche in Unruhe über d'Artagnans neue Beförderung an der Türschwelle stand. »Magdalena!«, rief der Gascogner, »räumt mir die Wohnung im ersten Stockwerke ein; nun ich Kapitän der Musketiere bin, muss ich mich auch als das zeigen. Doch bewahrt mir stets mein Zimmer im fünften Stocke, da man nicht weiß, was sich ereignen kann.«

*Ende*

CPSIA information can be obtained
at www.ICGtesting.com
Printed in the USA
LVHW101129291222
736096LV00026B/410

9 783368 467944